걸리버 여행기

옮긴이 **이종인**

1954년 서울에서 태어나 고려대학교 영어영문학과를 졸업하고 한국 브리태니커 편집국장과 성균관대학교 전문 번역가 양성 과정 겸임 교수를 역임했다. 지금까지 250여 권의 책을 번역했다. 인문 사회과학 분야의 교양서, 특히 서양의 고대와 중세에 대한 역사서를 많이 번역했다. 번역 입문 강의서 『번역은 글쓰기다』, 『살면서 마주한 고전』 등을 집필했으며, 옮긴 책으로는 『리비우스 로마사 Ⅰ, Ⅱ, Ⅲ, Ⅳ』, 『로마제국 쇠망사』, 『고대 로마사』, 『숨결이 바람 될 때』, 『변신 이야기』, 『작가는 왜 쓰는가』, 『호모 루덴스』, 『중세의 가을』, 『유한계급론』 등이 있다.

현대지성 클래식 27

걸리버 여행기

1판 1쇄 발행 2019년 9월 4일
1판 11쇄 발행 2025년 3월 24일

지은이 조너선 스위프트
옮긴이 이종인
발행인 박명곤 **CEO** 박지성 **CFO** 김영은
기획편집1팀 채대광, 이정미, 백환희, 이상지
기획편집2팀 박일귀, 이은빈, 강민형, 박고은
기획편집3팀 이승미, 김윤아, 이지은
디자인팀 구경표, 유채민, 윤신혜, 임지선
마케팅팀 임우열, 김은지, 전상미, 이호, 최고은

펴낸곳 (주)현대지성
출판등록 제406-2014-000124호
전화 070-7791-2136 **팩스** 0303-3444-2136
주소 서울시 강서구 마곡중앙6로 40, 장흥빌딩 10층
홈페이지 www.hdjisung.com **이메일** support@hdjisung.com
제작처 영신사

ⓒ 현대지성 2019

"Curious and Creative people make Inspiring Contents"
현대지성은 여러분의 의견 하나하나를 소중히 받고 있습니다.
원고 투고, 오탈자 제보, 제휴 제안은 support@hdjisung.com으로 보내 주세요.

현대지성 홈페이지

현대지성 클래식 27

걸리버 여행기

GULLIVER'S TRAVELS

조너선 스위프트 | 이종인 옮김

현대
지성

조너선 스위프트

일러두기

• 각주는 모두 역자가 붙였습니다.

• 이 책은 옥스퍼드 월드 클래식(Oxford World's Classics)의
  Gulliver's Travels를 대본으로 삼았습니다.

⚓

차례

⚓

─────────── 공고 ───────────

이 책의 바로 다음 장에 '심슨 씨가 걸리버 선장에게 보낸 편지'*가 붙어 있으므로 여기서 장황한 공고는 불필요할 것이다. 편지에서 걸리버 선장이 임의로 삽입되었다고 불평한 문장들은 어떤 작고한 사람이 생전에 작성한 것이다. 당초 출판사는 변경이나 수정이 필요하다고 생각되는 문장들에 대해서 이 고인의 의견을 많이 참고했다. 그러나 고인은 저자의 계획을 옳게 이해하지도 못하고, 또 저자의 간명하고 쉬운 문장을 모방할 능력도 없는 입장이면서도 많은 내용을 변경하고 또 삽입해 넣었는데, 그중에서도 특히 작고한 여왕 폐하가 생전에 수석 장관(총리대신) 없이도 통치했다는 말을 추가해 넣음으로써 선왕의 위엄을 더욱 높일 수 있다고 생각했다.

우리는 런던의 출판사에 보내진 원고가 육필 원고를 옮겨 쓴 필사본이었으며, 육필 원고는 저자의 가장 친밀한 친구이며 런던 거주자인 명망 높은 신사의 손에 넘어갔다고 확신했다. 저자의 친구는 가제본 상태의 책을 사들여서 보관 중인 육필 원고와 서로 비교했고, 비교 검토 끝에 그 책의 뒷부분에 여러 장의 백지를 추가로 덧붙여서 수정이 필요하다고 생각하는 사항들을 적어 놓았다.

독자들이 현재 손에 들고 있는 판본은 이 수정사항들이 모두 반영된 책이다. 저자의 친밀한 친구가 우리에게 그가 적어 넣은 수정사항들을 있는 그대로 필사하는 것을 허용해 준 덕이다.

─────────

*　실제로는 '걸리버 선장이 사촌 심슨에게 보내는 편지'가 수록되어 있다. 이 부분은 초판 당시의 오류로 보이며, 본 역서가 참고한 옥스퍼드본에도 이 사항이 명시되어 있다.

6

⚓

나는 그렇게 해야 할 상황이 발생할 때마다 자네가 공개적으로 다음 사실을 시인해 주기를 바라네. 즉, 자네가 아주 급하고 바쁘다는 말을 자주 하는 바람에 내가 결국 아주 엉성하고 부정확한 상태의 내 여행기를 발간하는 일에 동의하게 되었다고 말일세. 또 자네는 옥스퍼드나 케임브리지 대학 출신의 젊은이를 고용하여 그 원고를 정리하고, 문장을 가다듬겠다는 계획도 말했지. 나의 사촌 댐피어가 나의 조언을 따라서 그의 책 『세계 일주 여행』을 써낼 때 그렇게 했던 것처럼.

하지만 내가 자네에게 어떤 단어나 문장을 빼버려도 좋다고 한 적이 없고, 더 나아가 새로운 문장을 삽입해도 좋다고 허락한 일은 더더욱 기억이 나지 않는다네. 특히 추가된 문장과 관련하여 그 모든 문장들을 삭제해야 한다고 여기서 강력히 주장하는 바일세. 특히 내가 가장 경건하고 공손한 마음으로 추모하는 작고한 여왕 폐하에 대한 문장은 반드시 삭제해야 하네. 나는 지구상의 그 어떤 사람보다도 선왕을 더 숭배하고 공경했다고 자부하는 바이지만 말일세.

그러나 자네 혹은 자네의 교열자는 마땅히 다음과 같은 사항을 고려했어야 하네. 나의 주인인 후이늠 앞에서 우리 인간과 같은 기질을 가진 동물을 칭찬한다는 것은 나의 기질에도 배치背馳될 뿐만 아니라 예의바른 일도 되지 못한다는 것을 말일세. 게다가 교열자가 삽입해 넣은 사실은 아주 그릇된 것일세. 내가 그 점에 대해서 알고 있는 것은 이러하네. 나는 여왕 폐하의 통치 시기 중 상당 부분을 영국에 있었기 때문에, 선왕이 총리대신을 부려서 통치했다는 사실을 알고 있네. 폐하는 실제로 그런 총리대신을 두 명이나 거느렸네. 첫 번째 총리대신은 고돌핀 공이었고, 두 번째는 옥스퍼드 공이었지. 그러므로 자네는 나를 "있지도 않은 것"을 말한 사람으로 만들어 버렸네. 마찬가지로 계획자들이 근무하는 라가도 아카데미 이야기, 그리고 나의 주인 후이늠과 나눈 대화를 묘사한 몇몇 문장 등에 대하여, 자네는 일부 구체적 상황을 생략했거나 빼먹거나 바꾸어 놓았고, 그 결과 저자인 나도 그게 과연 내가 쓴 글인지 알아볼 수 없을 정도가 되었네.

내가 전에 보낸 편지에서 이 문제에 대하여 언급했을 때 자네는 이런 답변을 보내 왔었지. 무엇보다도 당국의 비위를 거스르는 것이 두려우며, 권력자들은 출판물을 엄격히 감시한다고 말일세. 그리고 뭔가 은근히 암시하는 것(나는 자네가 이 말을 썼다고 생각하네)을 당국이 그들 마음대로 해석할 뿐만 아니라 또 그것을 빌미로 처벌을 한다는 이야기도 했었지. 하지만 내가 약 2만 5천 킬로미터 떨어진 저 먼 지역에서 아주 여러 해 전에 했던 말들이, 현재 그 야후 무리를 통치한다고 하는 야후들 중 어떤 자에게 적용이 될 수 있다는 말인가? 특히 그 당시에 나는 야후의 통치를 받아가며 살아야 하는 불행한 일은 전혀 고려하지도 염려하지도 않았는데 말일세. 야후들이 후이늠이 끄는 마차를 타고 가는 광경은 마치 후이늠이 짐승이고 야후는 이성적 존재라는 인상을 주었는데, 그런 광경만으로도 나는 충분히 불평할 만한 이유를 확보한 것이 아닌가? 그런 끔찍하고 혐오스러운 광경을 보지 않는 것이 내가 이곳으로 은퇴한 주된 이유이기도 하지.

나와 자네의 관계, 나아가 내가 자네를 얼마나 신임했는지에 대해서는 이 정도로 말해 두면 충분할 것으로 보네.

그 다음에는 나 자신의 판단력 부족을 한탄하지 않을 수 없네. 자네와 다른 사람들의 간청과 그릇된 논리에 설득되어, 나와 다른 의견을 갖고 있음에도 불구하고 내 여행기를 출판해도 좋다고 허락했으니 말일세. 자네가 공공선의 동기를 줄기차게 주장했을 때, 내가 다음과 같은 야후의 특징을 고려해야 한다는 이야기를 자주 했음을 자네도 기억할 걸세. 즉, 야후는 교훈이나 모범을 본받아 행동을 수정하는 것이 완전히 불가능한 동물종이라고 했는데 실제로 그렇게 증명되었네. 적어도 이 작은 섬나라에서만이라도 권력 남용과 부정부패가 완전히 종식되기를 바랐는데 (나는 그렇게 기대할 만한 이유가 있었지) 결과는 어떻게 되었는가? 책을 출간하여 경고한 지 6개월이 지났는데도 내 책이 나의 본래 의도대로 효과를 거둔 단 하나의 사례도 지금껏 내게 보고된 바 없었네. 나는 다음에 열거하는 사태들이 벌어지면 자네가 편지로 알려 주기를 바랐네.

'정당이나 당파가 사라졌다. 재판관들은 박식하고 정의로운 사람들이 되었다. 변호사들은 정직하고 겸손하며 일말의 상식을 갖추었다. 이단자들과 이단의 책을 불태우는 스미스필드에서 법률 책을 피라미드처럼 쌓아놓고 불태웠다. 귀족 청년들의 교육방식이 완전히 바뀌었다. 의사들은 추방되었다. 여자 야후들은 미덕, 명예, 진실, 상식 등을 많이 갖추게 되었다. 고위 장관들의 회의와 접견은 완전히 일소되었다. 재치, 능력, 지식이 보상을 받았다. 산문과 시로 언론을 욕보이는 자들이 그런 글을 쓴 종이를 목구멍 너머로 삼키고 또 그런 글을 쓴 잉크로 목을 축이는 형벌을 받았다.'

자네의 격려로 이런 사건들 이외에 천 가지의 다른 개혁이 이루어질 것이라고 나는 당초에 기대했었네. 내 여행기에서 제시된 교훈들을 명심한다면 충분히 그런 개혁이 이루어질 수 있었지. 일곱 달이라면 야후들이 저지르는 악덕과 우행을 교정하기에 충분한 시간이라고 생각하네. 그들의 본성 중에 미덕 혹은 지혜를 실천하려는 기질이 조금이라도 들어 있다면 말일세. 그러나 지금껏 자네가 보내온 편지들에서 내가 기대한 것들에 부응하는 내용이라고는 단 하나도 없었네. 오히려 자네는 매주 우편배달부를 통하여 내게 비방과 중상모략, 책에 대한 요점 정리, 비판적 의견, 회고록, 여행기의 속편 등에 관한 이야기만 알려 주었지. 이런 것들은 내가 다음과 같은 잘못을 저질렀다고 지적해대는 문건들이었다네.

이 여행기는 위대한 정치가들을 비판하고 있다.

이 여행기는 인간의 본성을 모독하고 있다.(그들은 아직도 뻔뻔스럽게 자신을 야후가 아니라 인간이라고 부르고 있다네)

이 여행기는 여성을 경멸하고 있다.

그런데 이런 문서들을 작성한 사람들 사이에서도 의견이 일치하지 않는다는 것을 나는 발견했지. 또 그들 중 일부는 내가 내 여행기의 저자가 아니라고 말하기도 했네. 또 어떤 자들은 내가 아예 알지도 못하는 책들을 들이대며 내가 그 책들을 집필한 저자라고 주장하기도 했다네.

또한 자네의 인쇄업자는 너무 부주의하여, 내가 여러 번에 걸쳐 여행하고 돌아온 시기와 날짜를 혼동하고 또 착오한 상태로 인쇄를 했네. 그러니까 정확한 연도, 월, 날짜 등을 제시하지 못했어. 그리고 내 책이 발간된 이후에 원고가 모두 파기되었다는 이야기를 들었네. 게다가 나도 사본을 가지고 있지 않아. 그렇지만 자네에게 몇 가지 교정사항들을 보냈으니, 혹시 재판이 될 경우에 그것들을 삽입해 넣기를 바라네. 하지만 반드시 그렇게 교정해야 한다고 감독할 수가 없는 형편이니, 이 문제는 현명하고 솔직한 독자들에게 맡겨서 적절히 가감하면서 읽어 주기를 바랄 뿐이네.

나는 일부 선원 야후들이 나의 선원 언어에 시비를 걸면서 많은 부분에서 적절하지 못하고 또 일부는 현재 사용되지 않는 언어라고 말하는 것을 들었네. 이건 나로서는 어쩔 수 없는 일이야. 나는 젊을 때 첫 여행에 나섰고, 가장 나이든 선원들에게 가르침을 받았으므로 그들이 말하는 대로 말할 수밖에 없네. 그 후 나는 선원 야후들도 육지에 사는 야후들 못지않게 신조어를 많이 만들어낸다는 사실을 발견했네. 육지 야후들은 해마다 말을 바꾸고 있어. 내가 여행에서 귀국할 때마다 그들의 예전 언어에서 많이 바뀌어 있었고, 그래서 새로운 언어를 전혀 알아듣지 못했지. 그리고 덧붙여 하는 말이네만, 런던에 사는 야후가 호기심을 못이겨 내가 사는 집을 방문해 오면, 그와 나는 서로 충분히 이해가 되는 방식으로 각자의 생각을 표현하지 못할 정도라네.

이러한 야후들의 비난이 내게 다소 영향을 미치기도 했는데 특히 다음과 같은 주장을 아주 개탄스럽게 생각하네. 그들 중 일부는 뻔뻔스럽게도 다음과 같은 생각을 암시하고 있어.

나의 여행기는 내 머리에서 만들어낸 순전한 허구이다.
후이늠과 야후는 유토피아의 주민들과 마찬가지로 실체가 없는 존재들이다.

릴리펏, 브롭딩랙(이 단어는 이렇게 표기되어야 하는데 기존에 브롭딩낵으로 표기되었다네), 라퓨타 등지의 사람들에 대해서는, 그 어떤 야후도 뻔뻔스럽게 그들의 존재를 의심한다거나 내가 그들에 대하여 서술한 사실을 수상하게 여긴다는 이야기를 들어본 바가 없네. 왜냐하면 진실이 모든 독자에게 확신을 심어 주기 때문이지. 그리고 후이늠과 야후에 대한 나의 이야기도 그에 못지않게 믿을 만한 이야기라네. 무엇보다도 이 도시에는 수천 명의 야후들이 살고 있지 않은가? 이 야후들은 후이늠 나라에 살고 있는 형제 야후들에 비해 볼 때, 원숭이처럼 재잘거리며 지껄이고 또 알몸을 드러내지 않는다는 것을 제외하면 별반 다를 바가 없네.

내가 여행기를 쓴 것은 그들의 칭찬을 받아내기 위한 것이 아니라 그들을 교정하고 싶은 마음이 있었기 때문이지. 야후 종족 전원이 일치단결하여 나를 칭찬한다 하더라도 그것은 내가 현재 마구간에 데리고 있는 저 두 마리의 타락한 후이늠의 울음소리보다 못한 것이라고 생각하네. 비록 두 후이늠이 타락하기는 했지만, 그들로부터 아무런 악덕도 섞이지 않은 미덕을 여전히 배울 수 있기 때문이지.

나를 비난하는 이 한심한 동물들이 감히 내가 나 자신의 진실을 옹호해야 할 정도로 아주 타락한 자라고 생각하고 있단 말인가? 내가 비록 야후이기는 하지만, 후이늠의 나라에서는 다음과 같은 사실이 잘 알려져 있었네. 그 사실인즉 고명한 주인님의 가르침과 모범 덕분에 내가 2년이라는 시간 내에(아주 어렵사리 그렇게 했다는 것을 인정하는 바이지만) 거짓말하기, 둘러대기, 기만하기, 모호하게 말하기 등의 악습을 완전히 제거할 수 있었다는 것이네. 이런 악습은 야후라는 종種의 영혼 깊숙이 박혀 있는데 특히 유럽인들의 경우에 더욱 심하다네.

내가 이처럼 화를 내는 상황에 이른 만큼 다른 불평 사항들도 많이 있지만 나 자신과 자네를 더 이상 괴롭히는 일은 그만두기로 하겠네. 그렇지만 이 점은 솔직하게 말해야만 하겠네. 내가 마지막 항해에서 귀국한 이래, 나의 야후 본성에 수반되는 다소간의 타락한 기질이 되살아났다네. 몇몇 야후들과 대화를 나누었고, 또 불가피한 사정으로 나의 가족들과 대화를 나누다보니 그렇게 되었다네. 그런 타락이 없었더라면, 나는 이 왕국에서 야후 종족을 교정해 보겠다는, 나의 어리석은 계획을 아예 시도조차 하지 않았을 걸세. 하지만 이제는 그런 이상적인 계획을 영구히 그만두기로 했다네.

1727년 4월 2일
레뮤얼 걸리버

이 여행기의 저자인 레뮤얼 걸리버 씨는 나의 오래된 친밀한 친구이다. 또 우리는 외가 쪽으로 서로 친척이 된다. 약 3년 전에 걸리버 씨는 호기심 많은 사람들이 레드리프에 있는 그의 집에 몰려드는 것을 피곤하게 여겼다. 그래서 그는 고향 지역인 노팅엄셔의 뉴워크 근처에다 안락한 집이 딸린 자그마한 땅을 구입했다. 그는 현재 그곳에 은퇴하여 살고 있으며 동네 사람들 사이에서 호평을 받고 있다.

걸리버 씨는 그의 선친이 살았던 뉴햄프셔에서 태어나기는 했으나, 나는 그의 가문이 옥스퍼드셔 출신이라고 말하는 것을 들은 바 있다. 이것을 확인해 주는 사항으로, 나는 옥스퍼드셔 카운티에 있는 밴버리의 교회 묘지에서 걸리버라는 이름이 새겨진 무덤과 비석을 여러 개 발견했다.

그는 레드리프에서 뉴워크로 이사하기 전에 이 여행기의 원고를 내 손에 맡기면서 내가 적절하다고 생각하는 방식으로 처리하도록 전결권을 부여해 주었다. 나는 이 원고를 꼼꼼하게 세 번 읽었다. 문장은 아주 쉽고 간명하다. 내가 다소 불만으로 여기는 유일한 사항은 저자가 많은 여행기 작가들의 관습을 준수하는 바람에, 어떤 사건들에 대한 묘사가 너무 상세하다는 것이다. 그렇지만 작품 전체의 분위기로 보면 진실을 말하고 있음이 아주 명확하다. 실제로 저자는 진실만을 말하는 사람으로 유명하며, 레드리프의 동네 사람들 사이에서는 어떤 사물의 정확성을 확인할 때 "그것은 마치 걸리버 씨가 말한 것처럼 진실입니다"라고 말하는 것이 하나의 속담 비슷하게 되었다.

저자의 허락 아래, 이 원고를 여러 명망가들에게 보여 그들의 조언을 받았고, 그래서 이제 이 원고를 세상에 내보내려 한다. 이 여행기가 우리의 젊은 귀족들에게 정치와 정당을 다룬 흔해 빠진 저작들보다 더 좋은 읽을거리가 되기를 희망하는 바이다. 비록 그런 인기가 한동안의 일이 될지라도.

나는 여러 항해에서의 바람과 조류, 편차와 방위각에 대한 무수히 많은 문장들을 과감하게 쳐냈다. 만약 그렇게 하지 않았다면 이 여행기는 지금보다 두 배는 더 두꺼운 책이 되었을 것이다. 또한 폭풍을 만난 배의 대처 요령, 그 상황에서의 선원들의 행동거지, 위도와 경도 등에 대한 자세한 묘사도 생략되었다. 이런 생략에 대하여 걸리버 씨는 다소 불만일 것으로 생각된다. 하지만 나는 이 작품을 일반 독자의 독해력에 가능한 한 맞추도록 애를 썼다. 내가 해사海事 문제에 무지하여 몇몇 실수를 저질렀다면 그에 대해서는 내가 전적으로 책임질 각오이다. 그리고 어떤 여행자가 삭제 이전의 온전한 작품의 원고(저자의 손에서 곧바로 나온 것)를 보고자 한다면 즉시 그에게 원고를 보여 드릴 용의가 있다.

저자와 관련된 좀 더 자세한 사항들에 관해서, 독자는 이 책의 제1부 첫 페이지들에서 만족스러운 정보를 얻을 수 있을 것이다.

리처드 심슨

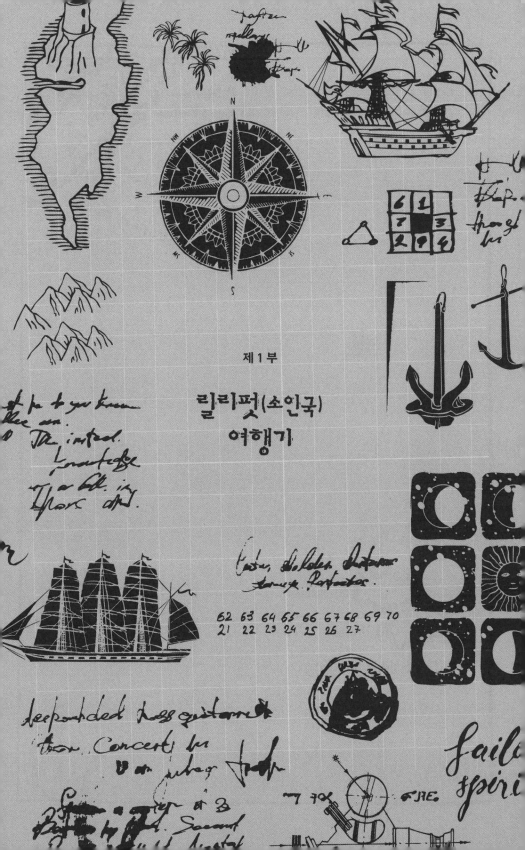

제1부

릴리펏(소인국)
여행기

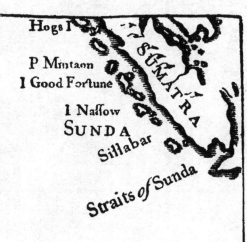

Hogs I

P Mintaon
I Good Fortune

I Naſſow
SUNDA
Sillabar

Straits *of* Sunda

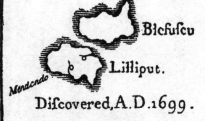

Blefuſcu

Lilliput.

Mendendo

Diſcovered, A.D. 1699.

Diment Land.

제 1 장

저자가 그 자신과 가족에 대하여 간략하게 말하고 처음 여행에 나서
게 된 이유들을 설명한다. 그는 바다에서 배가 난파하여 목숨을 건지려고
열심히 헤엄을 쳤고, 릴리펏 나라의 해안에 안전하게 도착했다. 그는
그 나라의 포로가 되어 수도로 끌려간다.

나의 아버지는 노팅엄셔에 자그마한 땅을 갖고 있었다. 나는 다섯 아
들 중 세 번째였다. 아버지는 내가 열네 살이었을 때 케임브리지의 에마
누엘 칼리지에 보냈고, 나는 그곳에서 3년 동안 머물면서 학업에 전념
했다.[1] 그러나 나를 유학시키는 비용은(나의 생활비가 아주 소액이었음에도
불구하고) 아버지의 작은 재산으로 감당하기에는 너무 부담스러운 것이
었다. 그래서 나는 런던의 유명한 의사인 제임스 베이츠 선생님의 도제
로 들어가서 그분 밑에서 4년을 일했다.

아버지는 가끔 내게 소액의 돈을 부쳐 주었다. 나는 그 돈을 잘 모아
두었다가 항해술과 그에 관련된 수학 지식을 배우는 데 사용했다. 그런
지식은 여행을 계획하는 사람에게 유익한 것이었는데 나는 장래 언젠
가 여행을 떠나는 것이 나의 운명이라고 늘 생각했다. 나는 베이츠 선생
님의 집을 나온 뒤에는 다시 아버지 집으로 돌아갔다. 그곳에서 아버지

---

[1] 열네 살은 그 당시 대학에 들어가는 정상적인 나이로서, 스위프트는 열다섯 살에 더블린
의 트리니티 칼리지에 들어갔다.

와 삼촌 존, 그리고 다른 친척들의 도움으로 레이던² 대학교 유학 자금 40파운드를 마련했고, 또 연간 30파운드를 보내 주겠다는 약속을 받았다. 나는 레이던 대학교에서 2년 7개월 동안 의학을 공부했는데, 그 지식이 장거리 여행에 큰 도움이 된다는 것을 알고 있었기 때문이다.

레이던에서 돌아온 직후에 나는 고마운 스승 베이츠 선생님의 추천으로 스왈로 호의 선상 의사가 되었는데, 그 배의 선장은 에이브러햄 패널이었다. 나는 그 선장 밑에서 3년 반을 근무하면서 지중해 동부 지역과 다른 지역을 두 차례 여행했다. 이 여행에서 돌아왔을 때 나는 런던에 정착할 생각을 했다. 옛 스승 베이츠 선생님은 그것을 적극 격려했고 또 내게 여러 명의 환자들을 보내 주기도 했다. 나는 올드 주리에 있는 자그마한 집을 얻었고 결혼을 하는 것이 좋겠다는 조언을 받았다. 그리하여 뉴게이트 거리에서 양말 가게를 하는 에드먼드 버튼 씨의 둘째 딸인 메리 버튼과 결혼했는데 장인은 내게 4백 파운드의 지참금을 주었다.

그러나 고마운 스승 베이츠 선생님이 그 후 2년 만에 돌아가셨고 나는 아는 사람들이 별로 없었으므로 내 의원 사업은 기울기 시작했다. 나는 양심상 내 동료 의사들 중 많은 사람들이 하는 것처럼 비양심적인 행위를 따라할 수가 없었다. 그래서 아내와 몇몇 친지들과 상의한 끝에 다시 선상 의사 생활을 하기로 결심했다. 나는 두 배에서 연속하여 의사로 근무하면서 6년 간 동인도 제도와 서인도 제도³를 여러 번 여행했고, 그로 인해 내 재산도 상당히 늘어났다. 나는 여가 시간이면 고대와 현대의 최고로 뛰어난 작가들의 작품을 읽으며 시간을 보냈다. 배에 좋은 책들이 다수 갖추어져 있었던 것이다. 항해 중에 어떤 지역에 상륙하면 그 지역의 언어뿐만 아니라 그곳 주민들의 풍습과 기질을 세심하게

---

2 네덜란드의 도시로 18세기 유럽에서 가장 훌륭한 의과대학이 있었던 곳.

3 동인도 제도는 동남아시아 말레이 제도, 서인도 제도는 북아메리카 동쪽 카리브 제도를 말한다.

관찰하면서 시간을 보냈다. 나는 기억력이 좋아서 그 사람들의 언어를 쉽게 배웠다.

이 여행들 중 마지막 여행에서는 그리 큰돈을 벌지 못했고 나는 바다가 싫증이 났다. 그래서 더 이상 바다로 돌아가지 않고 아내와 가족과 함께 육지에 머무르기로 결심했다. 나는 올드 주리에서 페터레인으로 이사를 했고, 거기서 다시 부두 가까운 지역인 워핑으로 옮겨갔는데 선원들을 내 의원의 환자로 받을 수 있지 않을까 희망했기 때문이다. 그러나 그곳에서의 개업 생활은 별 소득을 올리지 못했다. 의원의 상황이 좋아질 것이라고 기대하면서 3년을 보냈으나 별 성과가 없었고, 나는 남태평양으로 출항 예정인 앤틸로프 호의 선장 윌리엄 프리처드로부터 좋은 제안을 받아 다시 항해에 나섰다. 우리는 1699년 5월 5일 브리스틀에서 출발했고 항해는 처음엔 아주 순조로웠다.

이 해역에서 벌어진 일들을 자세히 보고하여 독자들을 번거롭게 만드는 것은 적절치 않다고 생각된다. 단지 다음의 사항만 말하면 충분하리라. 동인도 제도로 가는 길에 우리는 폭풍을 만나 태즈메이니아의 북서쪽으로 밀려갔다. 방위를 관측해 보니 우리의 위치는 남위 30도 2분이었다. 선원들 중 12명은 과도한 노동과 영양 부족으로 사망했다. 나머지 살아 남은 선원들도 아주 허약한 상태였다. 그 해역에서 여름이 시작되는 11월 5일, 해상에는 안개가 자욱하게 끼었는데, 선원들이 배에서 약 2백 미터 떨어진 지점에 우뚝 솟은 암초를 발견했다. 그러나 바람이 워낙 거세었으므로 우리는 어떻게 해볼 사이도 없이 곧바로 그 암초로 밀려갔고 배는 좌초하여 두 조각이 나고 말았다. 나를 포함하여 선원들 중 여섯 명은 배에서 바다로 작은 보트를 내려 그 위에 올라타고서 난파하는 배와 암초에서 간신히 벗어났다. 내 계산으로 약 15킬로미터 정도 노를 저었을 때, 우리는 더 이상 팔을 돌릴 수가 없었다. 본선에 있을 때 이미 상당히 체력을 소진했기 때문이다.

그리하여 체력이 바닥나 버린 우리는 파도가 치는 대로 몸을 내맡기기로 했다. 그렇게 한 반 시간 정도 지났을 때 북쪽에서 갑자기 불어온 강풍에 우리의 보트가 뒤집혔다. 그 보트에 함께 탔던 내 동료 선원들, 암초 위로 도망친 선원들, 배 안에 그대로 남아 있던 선원들이 어떻게 되었는지 나는 알지 못한다. 하지만 내심 그들이 모두 실종되었다고 결론 내렸다. 나 자신에 대해서 말해 보자면, 나는 운명이 시키는 대로 열심히 헤엄을 쳤고 바람과 조수의 도움으로 계속 앞으로 밀려 나갔다. 나는 종종 다리를 밑으로 내려 보았으나 발바닥이 땅에 닿지 않았다. 내가 거의 탈진하여 더 이상 헤엄을 칠 수 없었을 때, 갑자기 두 발이 땅바닥에 닿는 것을 느꼈다.

이 무렵 강풍은 상당히 잦아들었다. 땅 바닥의 경사도 아주 완만하여, 거의 1.6킬로미터 정도를 걸어가니까 해안이 나왔다. 나는 그때가 저녁 여덟 시 무렵이라고 짐작했다. 곧 해안에서 내륙 쪽으로 8백 미터 더 걸어갔으나 인가나 주민의 흔적을 발견할 수 없었다. 어쩌면 내 몸이 너무나 탈진하여 그런 흔적을 발견하지 못하는 것일 수도 있었다. 나는 아주 피곤했고 날씨는 무더웠으며 게다가 배에서 탈출하기 직전에 브랜디를 약간 마셨으므로, 아주 나른하여 그냥 드러누워 자고 싶다는 생각뿐이었다. 곧 나는 짧게 자란 부드러운 풀밭 위에 쓰러졌다. 거기서 평생 그런 단잠을 자본 적이 없었다는 생각이 들 정도로 곤하게 잠이 들었다. 내 추측에는 아홉 시간 정도 잔 것 같았다. 왜냐하면 내가 깨었을 때 여전히 대낮이었기 때문이다.

나는 곧바로 일어나려 했으나 움직일 수가 없었다. 나는 등을 땅에 대고 누워 있었는데 두 팔과 두 다리가 땅에 단단히 고정되어 있었다. 숱이 많고 기다란 나의 머리카락 또한 그런 식으로 결박되어 있었다. 나는 내 겨드랑이에서 허벅지에 이르기까지 나의 상체를 묶고 있는 여러 갈래의 가느다란 끈도 느꼈다. 그리하여 오로지 하늘만 쳐다볼 수 있었다. 태양은 이글거리기 시작했고 햇빛은 내 두 눈을 사정없이 찔러댔다. 주위에서 혼란스러운 소음이 들려왔지만 내가 누워 있는 자세에서는 하늘 이외에는 아무것도 볼 수가 없었다. 곧 나는 어떤 살아 있는 물체가 내 왼쪽 다리 위로 기어오르는 것을 느꼈다. 그것은 앞으로 계속 전진하여 내 가슴을 통과하더니 바로 턱 앞까지 왔다.

내가 가능한 한 눈을 아래로 내리깔아 바라보았더니 그것은 키가 불과 15센티미터 정도인 사람이었다. 그는 양손에 활과 화살을 들었고 등에는 화살통을 메고 있었다. 곧 적어도 그런 사람 40명쯤 되는 무리가 첫 번째 사람을 따라 내 몸 위로 올라오는 것을 느꼈다. 나는 너무나 놀라서 크게 고함을 질러댔다. 그러자 그들은 겁을 집어먹으며 뒤로 달아났다. 나중에 들어서 안 이야기지만, 그들 중 일부는 나의 양 허리에서 땅으로 뛰어내리다가 부상을 당했다. 그러나 그들은 곧 다시 돌아왔다. 그들 중 한 명은 내 얼굴을 똑바로 쳐다볼 수 있는 지점까지 올라왔는데, 너무나 놀랍다는 듯이 두 손과 두 눈을 치켜 올리더니 "헤키나 데굴"이라고 날카로우면서도 뚜렷한 목소리로 외쳐댔다. 다른 자들도 같은 말을 여러 번 반복했다. 하지만 당시에 나는 그 말이 무슨 뜻인지 알지 못했다.

독자 여러분도 충분히 짐작하겠지만 나는 이런 일이 벌어지는 동안 엄청난 불안감을 느끼며 누워 있었다. 나는 결박에서 벗어나려고 발버둥치다가 마침내 운 좋게도 줄을 끊을 수가 있었고 내 왼쪽 팔을 땅에다 고정시킨 핀들을 잡아 뺐다. 나는 왼쪽 팔을 얼굴 쪽으로 들어올림으로써 그들이 나를 결박한 방법을 알아냈다. 방금 전에 사납게 머리를 잡아당겨 머리가 엄청 아팠지만 그래도 그 덕분에 내 머리카락을 왼쪽 땅에다 고정시킨 줄들을 약간 느슨하게 풀어놓을 수 있었다. 그 결과 이제 고개를 약 5센티미터 정도 돌릴 수 있었다. 하지만 그들은 내가 그들을 사로잡기도 전에 두 번째로 달아났다. 그리고 곧 아주 날카로운 억양의 고함 소리가 들려왔다. 그 소리가 멈추자 그들 중 하나가 "톨고 포낙"이라고 크게 소리쳤다.

곧 나는 백여 개의 화살이 내 왼쪽 손에 발사되는 것을 느꼈다. 그 화살들은 백여 개의 바늘처럼 내 손을 찔러댔다. 게다가 그들은 우리 유럽에서 포탄을 쏘아대는 것처럼 공중을 향해 또다른 화살들을 발사했는데, 그것들 중 다수가 내 몸에 떨어졌으나 나는 고통을 느끼지 않았다. 일부 화살들은 내 얼굴에 떨어졌는데 나는 즉각 왼손으로 내 얼굴을 가렸다. 이 한바탕의 화살 세례가 끝났을 때, 나는 슬픔과 고통으로 신음소리를 내지르며 고개를 돌렸다. 그리고 내가 결박에서 풀려나려고 다시 버둥거리자 그들은 전보다 더 강력한 화살 세례를 퍼부었다. 그들 중 일부는 창으로 나의 양 옆구리를 찔러댔다. 운 좋게도 나는 몸에 꽉 끼는 가죽 상의를 입고 있었으므로 창이 뚫고 들어오지 못했다.

그 순간 나는 미동도 하지 않고 가만히 누워 있는 것이 최선의 방법이라고 생각했다. 내 계획은 밤이 올 때까지 기다리는 것이었다. 밤의 어둠 속에서는 이미 풀린 나의 왼손을 써서 쉽사리 결박을 풀어버리고 자유로운 몸이 될 수 있을 것이었다. 몸집이 아주 작은 그곳 주민들을 보니, 나머지 주민들도 내가 보았던 그 자와 똑같은 신체 구조라면 설령 그들이 대군을 이끌고 온다 해도 충분히 대적해 줄 수 있을 것 같았다. 하지만 상황은 내 생각처럼 되지 않았다. 내가 조용히 있는 것을 보더니 그들은 더 이상 화살을 발사하지 않았다. 그러나 소음이 점점 심해지는 것을 미루어 볼 때, 그들의 숫자가 내 생각보다 훨씬 더 많음을 알 수 있었다.

내가 누워 있는 곳에서 약 4미터 떨어진 곳, 내 오른쪽 귀 위쪽에서 한 시간 이상 뭔가 두드려 만드는 소리가 났다. 사람들이 일을 하고 있는 것 같았다. 고정 핀과 결박 줄이 허용하는 범위 내에서 그쪽으로 머리를 돌려보니, 땅에서 약 45센티미터 높이의 임시 가설 무대가 세워져 있었다. 그 시설의 평대 위에는 주민 네 명이 올라설 수 있었고, 거기에 오르는 사다리가 두세 개 설치되어 있었다. 그 평대에 올라온 주민들 중 하나는 지체 높은 사람인 모양인데, 내게 장황한 연설을 했으나 나는 한 마디도 알아듣지 못했다. 하지만 그 지체 높은 사람이 연설을 시작하기 전에 "랑그로 데훌 산"이라는 말을 세 번 소리쳤다는 것은 미리 말해 두고 싶다(이 말과 앞에 나온 말들은 나중에 내게 설명이 되었다).

그 즉시 50명의 주민들이 앞으로 나서더니 나의 왼쪽 머리를 땅에다 결박시킨 줄들을 끊어 주었다. 그러자 나는 머리를 자유롭게 오른쪽으로 돌릴 수 있었고, 곧 연설을 하려고 하는 사람과 그의 몸짓을 지켜볼 수 있었다. 그는 중년의 나이였고 그를 수행한 다른 세 사람보다 훨씬 키가 컸다. 그 셋 중 한 명은 시종으로, 그 지체 높은 사람의 옷자락을 약간 들어올리고 있었는데 그의 키는 나의 가운뎃손가락보다 약간 큰 정도였다. 나머지 두 사람은 그의 양 옆에 공손하게 서 있었다. 나는 협박의 어투를 여러 번 느낄 수 있었으나 약속, 연민, 친절함 등의 분위기도 동시에 느낄 수 있었다. 나는 공손한 태도로 몇 마디 대답을 하면서, 태양 쪽으로 나의 왼손을 들어올리고 두 눈을 치켜뜸으로써 태양을 나의 증인으로 부르는 시늉을 했다.

내가 배를 탈출한 지 여러 시간이 흘러갔지만 그동안 단 한 조각의 음식도 먹지 못했으므로 배가 고파서 죽을 지경이었다. 자연의 욕구가 너무나 강력하게 압박해 왔으므로, 나는 더 이상 조바심을 참지 못하고 (비록 예절을 위반하는 것이기는 하지만), 손가락을 내 입에 가져다 대면서 음식을 먹고 싶다는 욕구를 표시했다. '후르고'(내가 나중에 안 바이지만, 그들은 고관대작을 이렇게 불렀다)는 내 몸짓을 금방 이해했다. 그는 임시 가설무대에서 내려가더니 여러 개의 사다리를 내 양쪽 옆구리에 설치하라고 명령했다. 그러자 백여 명의 주민들이 사다리를 타고 올라와 내게 접근해 왔다. 그들은 고기가 가득 든 바구니를 들고 있었는데, 그 음식은 나에 대한 최초의 첩보를 받은 황제의 명령으로 즉각 준비되어 그곳으로 수송되어 온 것이었다.

바구니 속에는 여러 종류의 고기가 있었지만 맛만 가지고서는 어떤 동물의 고기인지 알 수가 없었다. 양고기같이 생긴 어깨, 다리, 허리살 등이 잘 조리되어 있었는데 크기는 종달새 날개보다 더 작았다. 나는 그것들을 한 번에 두세 개씩 먹어치웠다. 소총 총알처럼 생긴 빵은 한 번에 세 개씩 먹었다. 그들은 나의 식욕과 먹성에 놀라움과 경이로움의 감탄사를 연발하면서 그들이 할 수 있는 한 부지런히 음식을 대 주었다.

이어 나는 음료가 필요하다는 몸짓을 했다. 그들은 나의 먹성으로 보아 음료도 보통의 양으로는 감당할 수 없겠다는 것을 알았다. 그들은 재주가 많은 사람들이었으므로 아주 교묘한 기술을 발휘하여 그들 나라에서 제일 큰 통을 줄을 써서 들어올리더니 내 손까지 굴려 와서 마개를 땄다. 거기에는 음료가 4분의 1 리터 정도밖에 들어있지 않았으므로 나는 단숨에 다 마셔버렸다. 그것은 부르고뉴 와인 같은 맛이 났지만 한결 더 감미로웠다. 그들은 내게 두 번째 큰 통을 가져왔고 나는 단숨에 마시고서는 좀 더 가져오라고 손짓을 했다. 하지만 그들은 더 이상 내놓을 통이 없었다.

내가 이런 경이로운 행동을 해보이자 그들은 기뻐서 소리쳤고 내 가슴 위에서 춤을 추면서 아까 했던 말인 "헤키나 데굴"을 몇 차례 반복해서 말했다. 그들은 깨끗이 비워버린 두 통을 땅으로 내던지라고 나에게 신호를 했고, 그에 앞서 "보라크 미볼라"라고 외치면서 땅에 있는 사람들에게 비켜서라고 경고했다. 그들은 공중에 떠오르는 두 통을 보자 다 같이 "헤키나 데굴" 하고 소리쳤다. 솔직히 고백하거니와, 나는 그들이 내 몸 위에서 앞뒤로 왔다 갔다 하는 동안에, 내 손아귀로 잡을 수 있는 마흔 명 혹은 쉰 명을 손아귀에 움켜잡고 땅에다 패대기치고 싶은 욕구를 문득문득 느꼈다. 그러나 아까 몸에 맞았던 화살의 고통이 기억났고, 그건 그들이 내게 할 수 있는 최악의 것은 아닌 것 같았다. 또 내가 아까 지체 높은 사람에게 순종적인 태도를 보인 것은, 명예를 지키겠다고 약속을 한 것이나 다름없었다. 이런 것들을 생각하면서 그런 공격적 욕구를 억누를 수 있었다. 게다가 엄청난 비용도 아끼지 않고 내게 관대한 대접을 해준 사람들에게 나 또한 상호 우의의 정을 베풀어야 마땅하다고 생각했다.

그러나 나는 이 소인들의 대담한 행동에 내심 경탄을 금할 수 없었다. 그들은 나의 왼쪽 손이 자유로운 상태에 있는데도 개의치 않고 내 몸 위를 자유롭게 왔다 갔다 했다. 또 틀림없이 내가 아주 엄청난 괴물처럼 보일 텐데도 전혀 두려워하는 기색이 없었다. 잠시 뒤 내가 더 이상 고기를 달라고 하지 않자 내 앞에 황제가 보낸 높은 신분의 인물이 나타났다. 그 정부 고관은 내 오른쪽 다리의 발목 부분에서 올라와서 내 얼굴까지 전진해 왔는데 수행원이 약 열두 명이었다. 그는 폐하의 옥새가 찍힌 신임장을 꺼내서 내 눈 앞에 들이밀고서 약 10분간 연설을 했다. 그는 화를 내는 기색은 없었으나 말하는 어조는 결연했다.

　　그는 가끔씩 앞쪽을 가리켰는데, 비록 나중에 알게 된 것이지만, 8백 미터 정도 떨어진 수도를 가리키는 것이었다. 정부의 내각에서 나를 수도로 데려오라고 결정했고 폐하가 승인했다는 것이다. 나는 몇 마디 대답을 했으나 아무 소용이 없었다. 나는 자유로운 왼손을 들어서(그들이 다칠까봐 정부 고관과 수행원들의 머리 훨씬 위쪽으로 들어올렸다) 오른손에다 갖다 놓고 이어 내 머리와 몸을 가리키면서 결박을 풀어 달라는 표시를 했다. 고관은 내 뜻을 잘 알아듣는 것 같았다. 하지만 그는 머리를 흔들면서 안 된다는 뜻을 표시하고 또 양손을 포개어 보여 주면서 내가 포로 자격으로 수송되어야 한다는 것을 알렸다.

　　그렇지만 고관은 내가 고기와 음식을 충분히 먹는 등 잘 대접을 받지 않았느냐고 몸짓과 손짓으로 의사 표시를 했다. 그 순간 또다시 내 힘으로 결박을 풀어버릴까 하는 생각이 들었다. 그러나 내 얼굴과 양손에 아까 화살을 맞았을 때의 따끔거리는 고통이 여전히 느껴졌다. 사실 내 피부는 물집이 잡혔고 또 여러 개의 화살이 아직도 얼굴과 양손에 박혀 있었다. 게다가 적들의 숫자가 점점 더 늘어나는 것도 목격했다. 나는 그들이 원하는 대로 나를 처분해도 좋다는 신호를 보냈다. 그러자 후르고와 그의 수행원들은 아주 공손하면서도 쾌활한 표정으로 내게서 물러갔다.

곧 나는 사람들이 일제히 소리치는 것을 들었는데, "페플롬 셸란"이라는 말이 여러 번 반복되었다. 여러 명의 사람들이 내 왼쪽 옆구리에 달라붙어 결박한 밧줄을 어느 정도 풀어 주는 것을 느꼈고, 그래서 오른쪽으로 몸을 돌리면서 소변을 볼 수 있게 되었다. 엄청난 양의 오줌에 소인들은 크게 놀랐다. 그들은 앞서 나의 동작으로 내가 무슨 행동을 하려는지 알아차리고, 엄청난 소음과 격류를 일으키며 쏟아지는 물살로부터 몸을 피하기 위해서 내 오른쪽 옆구리에서 좌우로 멀찍이 벌려 서 있었다. 그러나 이렇게 하기 전에 그들은 내 얼굴과 손에 아주 좋은 냄새를 풍기는 연고를 발라 주었다. 그 연고 덕분에 몇 분 사이에 화살에 맞아 따끔거리던 통증이 다 사라졌다. 이런 편안한 상황에다 아주 영양가 높은 고기와 음료를 먹고 마셔서 원기가 회복된 탓인지 나는 곧바로 다시 잠에 떨어졌다. 나중에 들어서 안 이야기지만 나는 여덟 시간 정도 잠을 잤다. 그건 별로 놀라운 일이 아니었다. 의사들이 황제의 명령으로 와인 통에다 수면제를 섞었던 것이다.

내가 상륙하여 풀밭에 드러누워 자고 있던 그 순간에, 황제는 지급至急 전령에 의하여 그 소식을 보고받은 듯하다. 황제는 이어 내각에서 내가 위에서 말한 방식으로 나를 결박하도록 명령을 내렸다(결박 작업은 내가 잠들어 있던 밤중에 수행되었다). 또 내게 다량의 고기와 음료를 보내 주고 그 다음에는 수송 기계를 준비하여 수도로 데려오라고 지시했다.

이러한 결단은 아주 과감하면서도 위험한 것이었다. 나는 이와 유사한 상황을 만나면 그 어떤 유럽의 군주도 이런 결단을 내리지 못할 것이라고 확신한다. 하지만 내가 보기에 그 조치는 아주 신중하면서도 관대한 것이었다. 가령 이 사람들이 내가 잠들어 있는 동안에 창과 화살로 나를 죽이려 했다고 가정해 보자. 나는 따끔거리는 화살을 느끼자마자 잠에서 깨어났을 것이고 그 고통 때문에 나의 분노와 체력은 엄청나게 솟구쳤을 것이다. 당연히 나를 결박한 밧줄 따위는 가볍게 풀어버렸을 것이고, 그 다음에 그들은 아무런 저항도 하지 못하고 일방적으로 당했을 것이며 또 내게서 아무런 자비도 기대하지 못했을 것이다.

　이 사람들은 가장 뛰어난 수학자들이었고, 명성 높은 학문의 후원자인 황제의 포용과 격려에 의하여 완벽한 수준의 기계공학에 도달했다. 이 군주는 나무들이나 다른 무게 나가는 것들을 수송하기 위하여 바퀴 달린 운송 기계를 여러 개 준비해 두었다. 그는 나무가 울창한 숲속에서 엄청나게 큰 군함들 - 그중 어떤 것은 길이가 3미터나 되었다 - 을 건조하고는, 이 수송 기계들을 사용하여 3백 내지 4백 미터 떨어진 바다까지 수송했다. 5백 명의 목수와 기사들이 즉각 그들 나라가 갖고 있는 가장 큰 수송 기계를 준비하는 작업에 달려들었다. 그것은 땅에서 8센티미터 높이로 들어올린 목제 기계였는데 길이 2미터에 너비가 약 1.2미터였고 그 밑에는 22개의 바퀴가 달려 있었다.

　나는 아까 사람들이 일제히 소리치는 것을 들었는데 그건 바로 이 수송 기계가 도착했기 때문이었다. 그 기계는 내가 상륙한 후 네 시간만에 출발한 듯했다. 기계는 누워 있는 나의 바로 옆에 평행이 되게 놓였다. 하지만 가장 큰 문제는 나를 들어서 그 위에 올리는 것이었다. 이 작업을 위하여 30센티미터 높이의 기둥 80개가 세워졌다. 그리고 갈고리를 써서 짐 꾸리는 끈처럼 굵은 노끈들을 일꾼들이 내 목, 양손, 상체, 두 다리 등에 튼튼하게 감아 놓은 무수한 붕대에 고정시켰다. 그리고 9백 명의 힘센 인력이 달려들어 기둥에 고정시킨 도르래를 이용하여 이 노끈들을 잡아당겼다. 이런 식으로 해서 나는 세 시간도 안 되어 수송 기계 위에 올려졌고 다시 단단하게 결박되었다. 나는 이 모든 것을 나중에 들어서 알게 되었다. 이 인양 작업이 진행되는 동안에, 나는 와인에 들어간 수면제 탓에 내내 곤히 잠들어 있었던 것이다. 키가 12센티미터 정도 되는, 황제 폐하의 말 1천5백 마리가 동원되어 나를 수도까지 끌고 갔다. 수도는 위에서 말한 것처럼 8백 미터 떨어진 곳에 있었다.

　우리가 길 떠난 지 네 시간쯤 되었을 때, 나는 아주 우스꽝스러운 사건으로 잠에서 깨어났다. 뭔가 고장이 나서 수송 기계가 잠시 멈추어 선

동안에, 두세 명의 젊은 원주민들이 잠든 내 모습이 어떻게 생겼는지 궁금해했다. 그들은 수송 기계 위로 올라와 내 얼굴까지 살금살금 다가왔다. 그리고 그들 중 한 사람인 근위대의 장교가 그가 휴대한 단창의 날카로운 끝을 내 왼쪽 콧구멍 속으로 깊숙이 집어넣었다. 그것은 볏짚처럼 내 코를 자극했고 나는 거세게 재채기를 했다. 그러자 그들은 아무도 눈치 채지 못하는 가운데 현장에서 사라졌다. 나는 수송 도중에 갑자기 깨어난 사건의 전말을 3주 후에나 알게 되었다.

우리는 그날 내내 장거리 행군을 했고 밤이 되자 멈추어 섰다. 나의 양옆에는 각 5백 명의 근위대원이 보초를 섰는데 절반은 횃불을, 나머지 절반은 활과 화살을 들고 대기했다. 내가 조금이라도 움직일 것 같으면 화살을 날리기 위해서였다. 그 다음날 아침 해가 뜨자 우리는 행군을 계속했고 정오 무렵에 도성의 출입문으로부터 약 2백 미터 떨어진 지점에 도착했다. 황제와 궁중 신하 전원이 우리를 마중 나와 있었다. 하지만 정부의 고관들은 황제가 직접 내 몸에 올라가서 옥체를 위태롭게 하는 일은 절대로 있어서는 안 된다며 만류했다.

운송 기계가 멈추어 선 곳에는 오래된 사원이 하나 서 있었는데 왕국 내에서 가장 큰 사원이었다. 그곳은 몇 해 전에 불미스러운 살인 사건이 벌어져서, 부정 탄 곳으로 여겨졌다. 그리하여 일반인들이 사용할 수 있도록 용도가 전환되었고 모든 장식품과 집기들은 치워졌다. 나는 이 건물에 머무르기로 결정되었다. 북쪽을 바라보는 대문은 높이 약 1.2미터에 너비가 거의 60센티미터였다. 나는 이 대문을 통하여 안으로 기어들어갈 수 있었다. 대문의 양옆에는 땅에서 15센티미터 정도 올라온 곳에 자그마한 창문이 각각 하나씩 나 있었다. 왼쪽에 있는 창문을 통하여 국왕의 대장장이들이 91개의 쇠사슬을 반입했다. 그 쇠사슬은 유럽의 귀부인의 시계를 매단 줄처럼 생겼는데 크기도 그와 거의 비슷했다. 그들은 그 쇠사슬을 내 왼쪽 다리에다 걸고 다시 36개의 자물쇠로 꽁꽁 잠갔다.

이 사원의 맞은편, 큰길 저쪽 약 6미터 떨어진 곳에는 대략 1.5미터 높이의 작은 탑이 하나 있었다. 황제는 나를 쳐다보기 위해 궁중 대신들과 함께 이 탑에 올랐다. 나는 그들을 직접 보지는 못했고 나중에 들어서 이 사실을 알게 되었다. 똑같은 목적을 위하여 도시의 주민 약 10만 명이 그곳에 나온 것으로 추산되었다. 근위병들이 나를 지키고 있음에도 불구하고, 여러 번에 걸쳐 1만 명 정도 되는 주민들이 사다리를 이용하여 내 몸 위로 올라왔다. 그러나 곧 그것을 금지하면서 다시 내 몸 위로 올라가는 자는 사형에 처해질 것이라는 포고령이 떨어졌다.

일꾼들은 내가 더 이상 달아나는 것이 불가능하다고 판단되자 내 몸을 결박했던 노끈을 다 끊었다. 그러자 나는 지난 한평생 느껴 본 적이 없을 법한 우울증을 느끼며 일어섰다. 내가 일어서서 걷자 사람들은 그 광경을 보고 놀라서 커다란 고함을 일제히 내질렀는데 그 굉음은 필설로 다 표현하기 어려울 정도였다. 나의 왼쪽 다리를 묶은 쇠사슬은 길이가 약 2미터였으므로, 반원형을 그리며 앞뒤로 걸어다니는 자유만 겨우 누릴 수 있었다. 쇠사슬의 끝이 대문에서 10센티미터 떨어진 곳에 고정되었으므로, 나는 대문 안으로 기어들어가 사원 경내에서 몸을 쭉 뻗고 드러누웠다.

제 2 장

릴리펏의 황제가 여러 명의 귀족을 데리고 구금 중인 저자를 보러 오다. 저자가 황제의 신체와 의복에 대하여 묘사하다. 저자에게 릴리펏의 말을 가르치기 위해 학자들이 임명되다. 저자가 온순한 기질로 그들의 호감을 얻다. 저자의 호주머니가 수색되어 칼과 권총을 빼앗기다.

내가 두 발로 일어서서 주위를 돌아보았을 때, 그처럼 흥미로운 광경을 본 적이 없다고 고백해야 할 듯하다. 사원 주변의 지역은 하나의 계속되는 정원처럼 보였다. 대체로 사방 12미터의 정방형인 울타리 친 들판은 그만한 넓이의 화단과 비슷해 보였다. 이 들판들 사이에 약 5백 제곱미터의 숲들이 간헐적으로 들어서 있었고, 내가 보기에 가장 높은 나무들은 키가 2미터 정도 되는 듯했다. 이어 나의 왼쪽에 있는 도시를 내려다보았는데 극장 무대의 배경으로 그려놓은 도시처럼 보였다.

나는 벌써 여러 시간 동안 극심한 생리적 욕구에 시달리고 있었다. 그것은 그리 놀라운 일도 아니었는데 거의 이틀 동안 용변을 보지 못했기 때문이다. 나는 화급함과 수치심 사이에서 극도의 어려움을 겪고 있었다. 내가 생각해 낼 수 있는 가장 좋은 방법은 집 안으로 기어들어가는 것이었고 나는 실제로 그렇게 했다. 나는 사원의 대문을 닫았고, 쇠사슬이 허용하는 데까지 갔다. 그리고 그 불편한 물건을 내 몸에서 방출했다. 내가 이처럼 지저분한 행동을 저지른 것은 이때가 유일했다. 나는 관대한 독자들이 내가 처한 곤궁한 상황을 원만하고 불편부당하게 고려한 후에 이런 행위를 양해해 주기를 희망한다.

이때부터 나는 아침에 일어나자마자 나의 쇠사슬이 허용하는 범위 내에서 야외로 나가서 용변을 보았다. 그리고 매일 아침 사람들이 모여들기 전에 그 지저분한 물건은 처리가 되었다. 분뇨 처리 업무를 맡은 두 명의 하인들이 손수레에 담아서 그 냄새나는 물건을 밖으로 내갔던 것이다. 청결의 문제와 관련하여 내 입장을 온 세상에 정당화해야 할 필요가 없었더라면, 나는 일견 그리 중요한 것 같지 않은 문제를 이토록 길게 말하지 않았을 것이다. 그러나 나를 중상하고 비방하는 자들이 이 문제와 그 외의 다른 문제와 관련하여 나의 청결함을 문제 삼았다는 이야기를 나는 들었다.

이 용무가 끝났을 때, 나는 신선한 공기를 호흡하기 위해 집 밖으로 나왔다. 황제는 이미 작은 탑에서 내려와 말을 타고 내 쪽으로 오고 있었는데 하마터면 큰일이 날 뻔했다. 황제를 태운 말은 잘 훈련된 어마御馬였지만 마치 자기 앞에 거대한 산이 우뚝 솟아 움직이는 듯한 그런 광경은 아주 생소한 것이었으므로, 놀라서 앞발을 들고서 벌떡 서 버렸다. 그러나 탁월한 기수인 황제는 안장 위에 침착하게 앉아 있었고, 그러자 수행원들이 달려들어 말의 고삐를 재빨리 잡았다. 그동안 황제는 천천히 말에서 내렸다.

그는 말에서 내리자 아주 놀라는 표정으로 나를 찬찬히 쳐다보았으나, 나의 쇠사슬이 미치는 범위 밖에 서 있었다. 그는 이미 대기 중인 요리사와 시종들에게 내게 음식과 음료를 가져다 주라고 명령했다. 그들은 바퀴 달린 수레 위에다 그것들을 올려놓고서 내 손이 미치는 곳까지 밀고 왔다. 나는 그 수레에서 음식을 집어 들고 곧 비워버렸다. 스무 대의 수레에는 고기가 가득 들어 있었고, 열 대에는 술이 들어 있었다. 고기가 든 각 수레에는 두세 번 씹어 먹을 만한 분량의 고기가 들어 있었다. 음료는 도자기 병에 들어 있었는데, 수레 한 대당 병이 열 개씩 있어서 그것을 몽땅 한 번에 마시고, 나머지도 그런 식으로 마셨다.

황후와 황자, 황녀들은 여러 명의 귀부인들을 대동했으나 멀찍이 떨어진 곳에 마련된 의자에 앉아 있었다. 그러나 황제의 말이 놀라서 앞발을 처드는 사고가 발생하자 그들은 의자에서 내려와 황제에게로 왔다. 나는 이제 황제의 용모에 대해서 말하겠다. 그는 궁정의 그 어떤 신하보다 내 손톱만큼이나 키가 더 컸는데, 그것만으로도 상대방의 가슴에 두려움을 심어 주기에 충분했다. 그의 얼굴은 강인하면서도 남성적이었고 오스트리아 풍의 입술에 매부리코였다. 안색은 올리브 빛깔이었고 자세는 꼿꼿했으며 상체와 사지는 잘 균형이 잡혀 있었다. 그의 몸짓은 우아했고 행동거지는 장엄했다. 그는 당시 28세 9개월이었으므로 한창 때를 지나기는 했으나, 즉위하여 통치한 지 7년이 지났고, 하는 일마다 축복을 받았으며 전투를 하면 대체로 승리했다. 황제를 좀 더 자세히 보기 위하여 나는 옆으로 누웠고 그리하여 내 얼굴은 그와 평행을 이루었다. 이제 그는 내게서 약 3미터 떨어진 지점에 서 있었다. 나는 그 후에도 황제를 내 손바닥 위에 올려놓고 내려다본 일이 여러 번이었으므로 그의 신상 묘사는 아주 정확하다고 자신한다.

황제의 의복은 아주 단순하고 소박했으며 아시아와 유럽의 중간에 해당하는 패션이었다. 그는 머리에 보석들이 상감된 가벼운 황금 투구를 쓰고 있었는데 투구 끝부분에는 깃털이 달려 있었다. 그는 내가 혹시라도 움직일 때를 대비하여 칼집에서 뽑은 칼을 손에 들고 있었다. 그 칼은 길이가 거의 8센티미터였는데 칼자루와 칼집은 다이아몬드가 상감된 금으로 만든 것이었다. 그의 목소리는 날카로웠으나 아주 뚜렷하고 분명했고, 그래서 나는 일어섰을 때 그 소리를 똑똑히 들을 수가 있었다. 귀부인들과 궁정 신하들은 대부분 화려한 옷을 입고 있었다. 그래서 그들이 서 있는 자리는 황금과 순은의 무늬가 장식된, 땅바닥에 펼쳐 놓은 페티코트 같은 인상을 주었다.

황제는 내게 말을 걸었고 나는 대답을 했으나 우리는 서로 단 한 마디도 알아듣지 못했다. 거기에는 여러 명의 사제와 법률가들이 있었는데(나는 그들의 의복으로 짐작을 했다), 황제는 그들에게 말을 걸어보라고 명령을 내렸다. 나는 내가 조금이라도 알고 있는 독일어와 네덜란드어, 라틴어, 프랑스어, 스페인어, 이탈리아어, 혼성 속어 등을 말해보았지만 모두 아무 소용이 없었다. 그렇게 두 시간 정도 있다가 궁정 사람들은 모두 물러갔고, 내 곁에는 강력한 경비 부대가 남겨졌다. 어떻게 하든 내 곁 가까운 곳에 밀고 들어오려고 조바심치는 대중의 뻔뻔함과 때로는 악의를 물리치기 위해서였다. 내가 집 앞의 문 앞에 앉아 있는데 그들 중 몇몇 뻔뻔한 자들이 나를 향해 화살을 발사했고 그중 한 화살은 나의 왼쪽 눈을 거의 맞출 뻔했다.

경비대장은 그 여섯 명의 난동꾼들을 체포하라고 지시했고 그들을 내 손에 넘겨주는 것만큼 합당한 처벌은 없다고 생각했다. 그의 부하 병사들은 그 지시를 받들어서 창의 손잡이 부분으로 그들을 찔러대면서 내 손이 닿는 곳까지 밀어 넣었다. 나는 그들을 내 오른손으로 모두 잡아서 그중 다섯 명은 상의 호주머니에 집어넣고 여섯 번째 주민에 대해서는 얼굴을 찡그리며 그 자를 산 채로 잡아먹을 듯한 표정을 지었다. 그 불쌍한 주민은 끔찍한 비명을 내질렀고 경비대장과 장교들은 고통스러운 표정이었다. 특히 내가 손칼을 호주머니에서 끄집어내자 더욱 표정을 관리하지 못했다. 하지만 나는 곧 그들의 공포를 불식시켰다. 나는 온화한 표정을 지으며 그 주민을 묶은 밧줄을 재빨리 끊어 주고 그를 땅 위에 내려놓았다. 그는 황급히 현장에서 달아났다. 나는 나머지 주민들도 호주머니에서 하나씩 꺼내서 동일하게 처리했다. 그러자 병사들과 주민들은 나의 관대한 처분에 크게 감동한 모양이었다. 나의 그런 태도는 궁중 여론에서 내게 아주 유리하게 작용했다.

저녁 무렵 나는 아주 힘들게 집으로 들어가 거기 땅바닥에 누웠다. 나는 약 2주간을 그런 식으로 생활했다. 이 기간 동안 황제는 나에게 알맞은 침대를 준비하라는 지시를 내렸다. 일반인이 사용하는 침대 6백 개가 수레로 내 집에 실려 와서 조립 작업에 들어갔다. 우선 150개의 침대들로 너비와 길이를 맞추어 내가 사용할 침대의 바닥을 만들고 나머지 450개로 그 위에 3층을 더 얹었다. 그 침대 덕분에 나는 매끈한 돌로 이루어진 딱딱한 바닥의 압박으로부터 그런대로 해방이 되었다. 그다지 도움은 되지 않았지만 말이다. 그들은 침대와 같은 계산의 비율을 적용하여 내게 깔개, 담요, 덮개 등을 제공했다. 나처럼 오랫동안 어려움을 겪은 사람에게 그 정도면 침구로서는 충분했다.

내가 도착했다는 소식이 왕국 전역으로 퍼져 나가자, 나를 보기 위해 엄청나게 많은 숫자의 부자, 한가한 사람, 궁금증 많은 자들이 수도로 몰려들었다. 그리하여 자칫 마을들이 텅 비고 농사와 가사 일에 대하여 엄청난 태만이 발생할 뻔했으나, 황제는 여러 번의 칙령과 국가 포고령을 내려서 그런 불편한 상황이 벌어지는 것을 미리 막았다. 황제는 나를 이미 본 사람은 즉각 집으로 돌아가되, 나의 집 50미터 근처까지 다시 오려면 궁정의 사전 허가를 받아야 한다는 칙령을 내렸다. 그 칙령 덕분에 정부의 재무부는 상당한 수수료 수입을 올렸다.

한편 황제는 각의를 여러 번 개최하여 나를 처분할 방향에 대하여 신하들과 논의했다. 나중에 나의 각별한 친구이며 정부 고관이어서 비밀 사항을 많이 아는 사람한테서 들은 이야기인데, 궁정은 나 때문에 많은 어려움을 겪고 있었다. 그들은 내가 쇠사슬을 끊고 달아날 것을 우려했다. 나의 식사 비용은 엄청난 규모였고 식량이 모자라서 기근 사태가 올 수도 있었다. 한때 그들은 나를 굶겨 죽일 생각도 했다. 아니면 하다못해 내 얼굴과 양손에 독화살을 쏘아 나를 죽여 버릴 수도 있었다. 그러나 그들은 다시 생각해 보았다. 저런 거대한 시체의 악취는 수도에 전염병을 일으킬 수 있고 그 병은 왕국 전역으로 퍼져 나갈 수도 있었다.

이런 논의가 오고 가는 중에 여러 명의 군 장교들이 각의 장소를 찾아 갔고, 그들 중 두 명이 방 안으로 들어가 위에서 말한 여섯 명의 범죄자들을 관대하게 풀어준 나의 행동을 보고했다. 황제와 각의 대신들은 그 보고를 받고서 깊이 감동을 받았고, 곧 황제의 칙령이 내려졌다. '수도 근처 8백 미터 범위 내에 있는 모든 마을은 내일 아침 산악 인간의 음식용으로

6두의 쇠고기, 40두의 양, 기타 고기들을 내놓아야 한다. 또 그에 비례하여 양질의 빵과 와인, 기타 주류도 함께 제공해야 한다.' 황제는 이어 그 비용을 국고에서 지불하라고 재무부에 명령을 내렸다. 이 비용과 관련하여 황제는 주로 자신의 영지에서 나오는 수입으로 충당했고, 신민들에게는 특별한 경우를 제외하고는 세금을 거두지 않았다. 신민들은 전쟁에 나설 때 자기 비용으로 참가해야 하는 의무를 지키고 있기 때문이었다.

또한 가내 하인으로 6백 명이 내게 배정되었다. 이 하인들에게는 숙식비에 해당하는 임금이 지불되었고 편의를 위해 내 집 문 양옆에 그들을 위한 텐트가 설치되었다. 또 그 나라의 풍습에 알맞은 옷을 내게 지어 주라고 3백 명의 재봉사에게 지시가 내려졌다. 폐하의 측근인 여섯 명의 대학자들이 나에게 그들의 언어를 가르쳐 주는 임무를 부여받았다. 마지막으로, 황제의 어마들, 귀족의 말들, 그리고 근위 부대 등이 내가 보는 데서 훈련을 함으로써 산악 인간에게 빨리 익숙해지라는 명령도 내려졌다.

이런 명령들은 즉각 실시되었다. 그리고 약 3주 동안에 나는 그들의 언어를 배우는 일에 큰 진척을 보였다. 그 기간에 황제는 자주 나를 찾아와서 학자들이 나를 가르치는 일을 거들었다. 우리는 이미 어느 정도 의사소통이 되었다. 내가 제일 먼저 배운 말은, 폐하께서 빨리 나를 자유롭게 풀어 주었으면 좋겠다는 나의 소망을 표현하는 것이었다. 나는 날마다 무릎을 꿇고 그 말을 되풀이했다. 내가 알아듣는 범위 내에서 그의 대답은 이러했다. "그것은 시간이 걸리는 일이며 내각의 조언이 없이는 생각조차 할 수 없는 일이다. 먼저 '루모스 켈민 페소 데스마르 론 엠포소' 해야 한다." 풀이하면, '황제와 그의 왕국에 평화를 맹세하라' 이다. "그러나 너를 최대한 친절하게 대해 주도록 하겠다. 그러니 인내심과 신중한 행동으로 본인과 신하들의 호감을 얻도록 하라." 황제는 또 해당 관리에게 내 몸 수색을 하도록 지시를 내리겠으니 그것을 나쁘게 받아들이지 말라는 말도 했다. 내가 몸에 위험한 무기들을 지니고 있을

지 모른다고 우려하기 때문이었다. 그는 산악 인간의 몸집에 걸맞은 물건들이라면 틀림없이 위험한 무기일 것이라고 부연했다.

나는 폐하께 조금도 심려하지 말라고 대답했다. 또 지금이라도 내 몸을 탈탈 털고 또 호주머니를 털어서 황제 앞에 내보일 준비가 되어 있다고 말했다. 나는 이것을 몸짓 절반, 말 절반으로 표시했다. 황제는 왕국의 법률에 의하여 두 명의 황실 관리가 수색해야 한다고 대답했다. 또 나의 동의와 협조 없이는 이런 수색 작업을 할 수 없다는 것도 안다고 말했다. 황제는 나의 관대함과 공정함을 아주 높이 평가하기 때문에 두 명의 관리의 목숨을 내 손에 맡긴다고 말했다. 그들이 내게서 무엇을 압수하든 간에, 내가 왕국을 떠날 때에는 다시 돌려주거나 아니면 내가 요구하는 금액을 지불할 것이라고 덧붙였다.

나는 두 명의 관리를 내 손으로 집어 올려 그들을 나의 상의 호주머니에 먼저 집어넣었고, 이어 다른 호주머니들로 차례로 옮겨 놓아 수색을 도왔다. 그러나 나의 두 시계 호주머니와, 또다른 비밀 호주머니는 보여 주지 않았다. 그 호주머니에는 내게는 중요하지만 다른 사람들에게는 하찮은 자그마한 필수 용품들이 들어 있었던 것이다. 한 시계 호주머니에는 은제 시계가 들어 있었고 다른 시계 호주머니에는 자그마한 지갑에 약간의 금이 들어 있었다. 두 명의 관리는 펜, 잉크, 종이를 휴대하고서 그들이 본 모든 물건에 대하여 정확한 물품 목록을 만들었다. 그 작업이 끝나자 나를 다시 땅에다 내려달라고 하면서 그 목록을 황제에게 바쳐야 한다고 말했다. 나는 후에 이 목록을 한 자 한 자 있는 그대로 영어로 번역했는데 다음과 같다.

먼저, 산악 인간(나는 '퀸부스 플레스트린'이라는 현지어를 이렇게 번역했다)의 상의 호주머니를 살살이 뒤진 끝에 우리는 커다란 낡은 천 한 장을 발견했는데 그 크기는 폐하의 주요 국무회의실에 카펫으로 사용해도 될 정도로 컸습니다. 왼쪽 주머니에는 커다란 은제 궤짝이 들어 있었는데 역시 같은 은으로 된

뚜껑이 달려 있었습니다. 우리 수색자들은 그 궤짝을 들 수가 없었습니다. 우리는 그것을 열어 달라고 요청했습니다. 우리 중 한 명이 그 궤짝 안으로 들어가 보니 거기 쌓인 먼지가 무릎 절반까지 올라왔고 그중 일부가 우리의 얼굴에 날아들어 우리 두 사람은 여러 번 재채기를 했습니다. 오른쪽 조끼 주머니에서 우리는 얇은 하얀 물질의 덩어리를 발견했는데 그 물질들은 층층이 포개어져 있었고 사람 세 명 정도의 크기였으며 단단한 줄로 묶인 데다 검은 색 무늬가 표시되어 있었습니다. 천박한 의견이지만 우리는 그것을 메모장이라고 생각하는데 글자 한 자가 거의 우리 손바닥만 했습니다. 왼쪽 조끼 호주머니에는 일종의 도구가 있었는데 그 등에는 스무 개의 기다란 기둥이 튀어나와 있었습니다. 그 형상은 폐하 궁정의 쇠 울타리와 비슷했습니다. 우리는 산악 인간이 이 도구로 머리카락을 빗는다고 짐작했습니다. 이렇게 짐작한 것은 우리가 그에게 자주 질문을 하지 않았기 때문인데 그에게 우리의 의사를 전달하기가 어려운 탓도 있었습니다.

그의 중간 덮개(나는 바지를 가리키는 현지어 란푸로를 이렇게 번역했다)의 커다란 오른쪽 호주머니에서, 우리는 사람 키 정도의 속이 빈 쇠기둥을 발견했습니다. 그것은 그보다 더 큰 단단한 나무 조각에 고정되어 있었습니다. 기둥의 한쪽 면에는 커다란 쇳조각이 튀어나와 있었는데 그 조각에는 괴상한 무늬가 새겨져 있었습니다. 왼쪽 호주머니에도 이와 똑같은 물건이 하나 더 있었습니다. 오른쪽에 있는 새끼 호주머니에는 하얀 금속과 붉은 금속으로 만든 동그랗고 평평하면서 크기가 서로 다른 조각들이 여럿 있었습니다. 그 하얀 조각들은 은인 것 같았는데 너무 크고 무거워서 저의 동료와 저는 그것들을 들 수가 없었습니다. 왼쪽 새끼 호주머니에는 불규칙한 형태를 가진 두 개의 검은 기둥이 있었습니다. 우리는 그 호주머니의 바닥에 서 있었기 때문에 그것들의 꼭대기까지 아주 어렵사리 올라갈 수 있었습니다. 거기에는 우리의 머리보다 두 배나 큰 하얗고 둥근 물질이 있었습니다. 두 기둥의 안에는 거대한 쇠 날이 들어 있었습니다. 우리는 이것이 위험한 물건일지 모른다고 우려하여 그에게 그 속에 든 것을 보여 달라고 요구했습니다. 그는 그것들을 케이스에서 꺼내더니 그의 나라에서는 그중 하나로 턱수염을 면도하고, 다른 하나로는 고기를 써는데 사용한다고 말했습니다.

우리가 들어갈 수 없는 두 개의 호주머니가 있었는데 그는 이것을 시계 주머니라고 했습니다. 그것은 그의 중간 덮개의 위쪽을 파고 들어가는 두 개의 커다란 틈새인데 복부의 압력으로 딱 달라붙어 있었습니다. 오른쪽 시계 주머니에는 커다란 은제 사슬이 걸려 있었고, 그 바닥에는 경이로운 기계가 들어 있었습니다. 우리는 그 사슬의 끝에 있는 기계를 꺼내 보여 달라고 지시했습니다. 그것은 지구의같이 생겼는데 절반은 은이고 나머지 절반은 다소 투명한 금속이었습니다. 우리는 투명한 금속에 이상하게 생긴 무늬들이 원형으로 배열되어 있는 것을 보았고, 그 무늬들을 만져보려 했으나 투명한 물질이 우리의 손가락을 막아냈습니다. 산악 인간이 이 기계를 우리의 귀에 대 주었는데 물방앗간처럼 끊임없는 소음이 울려왔습니다.

우리는 그것이 미지의 동물이거나 그가 예배하는 신神일 거라고 추측했습니다. 하지만 우리는 후자의 의견이 더 그럴듯하다고 생각합니다. 왜냐하면 그가 그것을 참고하지 않고서는 어떤 일도 하지 않는다고 우리에게 말했기 때문입니다(그가 다소 불완전하게 의사 표시를 했기에 우리가 제대로 알아들었다면 그렇다는 것입니다). 그는 그것을 그의 신탁이라고 불렀고, 그것이 그가 평생 동안 어떤 행동을 하든 그에게 시간을 가르쳐 준다고 했습니다. 왼쪽 시계 주머니에서 어부가 어망으로 쓸 만한 커다란 그물을 꺼냈는데 지갑처럼 열고 닫을 수 있게 되어 있었고 실제로 그런 용도로 사용한다고 합니다. 우리는 그 그물 안에서 여러 개의 잡다한 금속 조각들을 발견했는데 실제로 황금이라면 상당한 가치가 있을 것이라고 판단했습니다.

이렇게 하여 우리는 폐하의 명령에 따라 그의 모든 호주머니를 샅샅이 수색했습니다. 우리는 그의 허리에 둘러져 있는 어떤 거대한 동물의 가죽으로 만든 허리띠를 발견했습니다. 그 허리띠 왼쪽에 사람 다섯 명 길이의 단검이 매달려 있었습니다. 그리고 허리띠 오른쪽에는 두 개의 방으로 나뉜 쌈지가 매달려 있었는데, 각 방은 폐하의 신민 세 명이 들어갈 만한 공간이었습니다. 그 방들 중 하나에는 아주 무거운 금속으로 만든 여러 개의 둥근 공들이 있었는데 그 크기는 우리의 머리만 하여 그것을 들어올리려면 상당한 힘이 필요할 듯합니다. 다른 방에는 검은 알갱이들이 많이 들어 있었는데 그리 크지도 않고 무겁지도 않아서 우리의 손바닥에 그 알갱이를 오십 개 정도 들 수 있었습니다.

이상이 우리가 산악 인간의 몸에서 발견한 물건들의 목록입니다. 그는 우리에게 아주 공손하게 대했고 폐하의 명령에 고분고분하게 따랐습니다. 폐하의 성대한 치세 제89월 4일에 서명하고 날인했습니다.

클레프렌 프렐록, 마르시 프렐록

이 목록이 황제 앞에서 낭독되자 황제는 몇몇 물건들을 자진 제출하라고 나에게 명령했다. 그는 먼저 나의 단검을 내놓으라 했고 나는 칼집째 다 바쳤다. 이어 황제는 정예군 3천 명을 소집하라고 명령하여 일정한 거리를 지키며 나의 주위를 둘러싸게 했다. 그들은 일단 유사시에 대비하여 활과 화살을 발사할 채비를 갖추었다. 하지만 나는 개의치 않았다. 나의 두 눈은 황제에게 고정되어 있었기 때문이다. 이어 황제는 그 단검을 꺼내보라고 명령했다. 단검은 바닷물 때문에 다소 녹슬기는 했지만 전체적으로 아주 상태가 양호했다. 내가 칼을 꺼내들자 모든 병사들이 공포와 경탄의 고함을 내질렀다. 해가 밝게 빛나고 있어서 내가 칼을 이리저리 휘두르자 번쩍거리는 칼의 빛이 그들을 눈부시게 만들었기 때문이다. 아주 관대한 군주인 폐하는 내가 예상했던 것보다 덜 위축되었다. 그는 칼을 다시 칼집에 넣고서 내 발을 묶은 쇠사슬에서 약 2미터 지점의 땅에다 부드럽게 내려놓으라고 명령했다.

그 다음에 황제가 요구한 것은 속이 빈 쇠기둥, 즉 나의 호주머니 권총이었다. 나는 그것을 꺼냈고 황제의 뜻에 따라 그 용도를 보여 주게 되었다. 나는 권총에 화약만 장전하여 발사하기로 했다. 다행히 화약 쌈지는 바닷물에 젖지 않은 상태였다(화약을 물에 젖게 하는 것은 신중한 선원이라면 어떻게든 피하려고 하는 사태이다). 나는 먼저 황제에게 놀라지 말라고 주의를 주었다. 그런 다음 권총을 들어 공중에 발사했다. 그 총소리는 단검보다 더 엄청난 반응을 일으켰다. 수백 명이 마치 벼락에 맞아 죽는 것처럼 땅에 엎드렸다. 심지어 황제 자신도 땅에 서 있기는 했지만 잠시 망연자실한 상태였다. 나는 방금 단검을 내놓았던 것처럼 내 권총 두 자루도 화약 쌈지 및 총알과 함께 자진 제출했다. 그러면서 화약 쌈지는 특히 불 근처에다 놓아두지 말라고 간청했다. 만약 거기에 불이 붙으면 황제의 궁전이 공중분해가 되어버릴 것이었기 때문이다.

나는 황제가 아주 보고 싶어 한 시계도 내놓았다. 황제는 근위 병사 두 명에게 명령하여 그 시계를 어깨에 맨 막대기로 운반하게 했는데, 그 모습은 영국에서 짐꾼 두 사람이 맥주 통을 메고 가는 것과 비슷했다. 그는 시계가 계속 소리를 내는 것을 신기하게 생각했고, 분침이 움직이는 모습도 기이하게 여겼다. 소인들은 우리들보다 시력이 월등하게 좋았으므로 황제는 분침의 동작을 쉽사리 알아보았다. 황제는 주위에 있던 학자들에게 의견을 구했는데, 다양하면서도 애매모호한 의견들이 많이 나왔다. 이런 상황은 내가 자세히 말하지 않아도 독자들이 충분히 상상할 수 있으리라 믿는다. 물론 내가 그들의 말을 완전하게 알아듣지 못한 탓도 있었을 것이다. 나는 은화와 동전도 내놓았고, 아홉 개의 커다란 황금 조각과 그보다 작은 황금 조각이 든 그물 지갑도 제출했다. 나의 칼과 면도날, 빗과 은제 코담배 통, 손수건과 수첩도 역시 내놓았다. 나의 단검, 두 자루의 권총, 화약 쌈지는 수레에 실려 황제의 저장고로 운반되어 갔으나, 나머지 물품들은 나에게 다시 돌아왔다.

내가 위에서 이미 말한 것처럼, 수색을 받지 않은 비밀 호주머니가 하나 있었다. 거기에는 안경(나는 시력이 약해서 때때로 이것을 사용해야 했다), 호주머니 망원경, 기타 사소한 편의품이 들어 있었다. 이것들은 황제에게 그리 중요한 것이 아니었으므로, 나는 반드시 수색에 응해야 할 의무가 있다고 보지 않았다. 게다가 그것들을 내 품안에 꼭 끼고 있지 않고 밖으로 내놓으면 사라지거나 망가질지 모른다고 우려했다.

제 3 장

저자가 아주 기이한 방식으로 황제와 남녀 귀족들을 즐겁게 하다. 릴리펏
궁정의 오락행사를 묘사하다. 저자가 조건부로 자유를 부여받다.

나의 공손한 기질과 선량한 행동은 지금까지 황제와 그의 궁정에서 호
평을 받았고 또 군대와 일반 국민들도 나를 좋게 생각했다. 그래서 나
는 곧 자유의 몸이 되리라는 희망을 갖게 되었다. 나는 모든 가능한 방
법을 동원하여 그런 호의적인 여론을 진작시키려 했다. 원주민들은 점
점 더 나를 위협적이지 않은 존재로 보았고, 그리하여 나를 두려워하지
않게 되었다. 나는 때때로 땅 위에 드러누워 내 손을 옆으로 펼쳐서 주
민 대여섯 명이 내 손바닥 위에서 놀게 해 주었다. 그리고 마침내 소년
과 소녀들이 내 머리카락 속에서 자연스럽게 숨바꼭질 놀이를 할 정도
가 되었다. 나는 소인국의 현지어를 이해하고 말하는 데 큰 진척을 보였
다. 황제는 어느 날 내게 여러 가지 곡예 행사를 보여줄 마음을 먹었다.
소인들은 곡예의 기술이나 규모에 있어서 그 어떤 나라도 따라오지 못
할 정도로 뛰어났다. 나는 그중에서도 밧줄 곡예가 가장 재미있었다. 그
것은 땅에서 공중으로 5센티미터 올라간, 약 60센티미터 길이로 펼쳐진
가느다란 하얀 줄 위에서 연기하는 놀이였다. 나는 이 곡예에 대하여 아
래에서 좀 더 자세히 설명하고자 하는데 독자들의 양해를 바란다.

　이 곡예는 고관직을 노리며 또 궁중에서 높은 총애를 받고자 하는 사
람들만 하는 놀이였다. 그들은 어릴 때부터 이 기술을 연마하는데, 모
두가 귀족 출신이거나 인문학 교육을 받은 사람들은 아니었다. 사망이

나 불명예(종종 발생한다)로 인하여 고관 자리가 공석이 되면 대여섯 명의 후보들이 밧줄 곡예를 시연하여 황제와 궁정을 즐겁게 하겠다고 황제 폐하에게 청원한다. 밧줄 위에서 떨어지지 않고 가장 높이 점프한 사람이 그 고관 자리를 차지한다. 주요 장관들은 아주 빈번하게 그들의 기술을 보여서 예전의 기량이 녹슬지 않았다는 것을 황제에게 납득시키라는 명령을 받았다. 재무장관인 플림냅은 제국 내의 모든 장관들을 통틀어서 그들의 밧줄보다 약 3센티미터 높게 설치되어 있는 밧줄 위에서 연기를 해 보였다. 나는 그가 밧줄 위에 설치된 나무 접시 위에서 공중제비를 여러 번 넘는 것을 직접 목격했다. 그 밧줄이라는 것은 영국의 평범한 노끈 정도의 두께밖에 안 되었다. 내 친구인 비서실장 렐드레살은, 나의 공평한 의견을 말해 보자면, 재무장관 다음의 연기자이며 나머지 장관들은 수준이 거의 비슷했다.

이 오락행사에는 종종 치명적인 사고가 발생했고, 그 사건 건수는 기록부에 등재되어 있다. 나는 두세 명의 후보가 사지를 부러트리는 것을 직접 목격했다. 그러나 장관들 자신이 몸소 기량을 선보이라는 명령을 받을 때에는 위험도가 훨씬 높아졌다. 자기 자신은 물론이고 동료 고관들의 기록을 뛰어넘어야 하기에 다들 과감한 모험을 벌였고 그리하여 낙상을 입지 않은 자는 거의 없었다. 그들 중 몇 명은 낙상 사고가 한 번에 그치지 않고 두세 번을 기록하기도 했다. 내가 소인국에 도착하기 한두 해 전에 플림냅은 낙상을 당하여 목이 부러질 뻔했으나, 우연히 땅에 놓여 있던 황제의 방석들이 추락하는 힘을 약화시켜 주어 그런 참사를 모면했다는 이야기를 들었다.

또 특별한 경우에 황제, 황후, 총리대신 앞에서만 연기되는 또다른 오락 행사가 있었다. 황제는 15센티미터 길이의 고급 비단줄 세 개를 테이블 위에 올려놓는다. 줄의 색깔은 각각 청색, 적색, 녹색이다. 이 줄들은 부상으로 주어지는 것인데, 황제는 자신의 특별한 은총을 그 줄로 표현한다. 그 행사는 황제의 대회의실에서 열린다. 이 행사에서 후보자들은 위에서 말한 줄타기 행사와는 전혀 다른 기량의 경연을 벌여야 한다. 나는 구세계든 신세계든 그 어느 나라에서도 그와 유사한 행사가 벌어진 것을 본 적이 없었다. 먼저 황제는 막대기 한 쪽을 양손에 바닥과 평행이 되게 잡는다. 그 막대기가 올라가거나 밑으로 내려가는 데 따라서 후보들은 한 사람씩 앞으로 나와서 그 막대기 위를 뛰어넘거나 아니면 그 밑을 기어서 앞뒤로 여러 번 왔다 갔다 해야 했다. 때로는 황제가 막대기의 한쪽 끝을 잡고 총리대신이 반대쪽 끝을 잡았다. 때로는 총리대신이 전적으로 그 막대기를 잡는 적도 있었다. 자신의 역할을 능숙하게 수행하면서 가장 오래 뛰어오르기와 기어가기를 하는 사람에게 푸른 색깔의 비단줄이 수여되었다. 붉은 색은 차점자에게, 그리고 초록색은 3등을 한 자에게 주어졌다. 그들은 그 비단을 허리에다 띠처럼 둘렀다. 궁중의 고관대작치고 그런 허리띠로 장식하지 않은 자는 거의 없었다.

군대의 말들과 궁중 마구간의 말들은 날마다 내 앞에서 훈련을 했으므로 더 이상 수줍어하지 않았고 아무런 거리낌 없이 내 발 바로 앞까지 다가왔다. 기수들은 내가 손바닥을 땅에다 내려놓고 있으면 그 위로 도약하여 건너갔다. 황제의 사냥꾼들 중 한 사람은 커다란 경주마를 타고서 내 발과 구두 위로 높이 솟아올라 건너갔는데 그건 정말 대단한 도약이었다.

나는 어느 날 아주 특별한 방식으로 황제를 즐겁게 하는 행운을 잡았다. 나는 60센티미터 높이에 보통 지팡이의 두께를 가진 목재 여러 개를 내 앞에 가져오게 해 달라고 황제에게 요청했다. 그러자 황제는 목재부 책임자에게 그에 대한 조치를 즉각 취하라고 지시를 내렸다. 그 다음 날 아침, 여섯 명의 목재 담당관이 각각 여덟 마리의 말이 끄는 여섯 대의 수레에 나누어 타고서 요청한 목재를 가지고 왔다. 나는 거기서 아홉 개의 막대기를 집어 들어 그것들을 가로세로 75센티미터의 정사각형 꼴로 땅에다 단단히 고정시켰다. 이어 나는 네 개의 막대기를 더 끄집어내어, 땅에서 약 60센티미터 높이로 들어올려 기존의 네 귀퉁이를 기준으로 네 면에다 평행하게 고정시켰다. 이어 단단하게 세워놓은 아홉 개의 기둥에 내 손수건을 올려놓고 사방으로 잡아당겨 북의 윗부분처럼 평평하게 폈다. 추가로 평행하게 고정시킨 네 막대기는 손수건보다 13센티미터 가량 더 높아서 자연스럽게 난간 역할을 하게 되었다.

나는 이 작업을 완료하자 황제에게 24필의 기마로 구성된 정예 기마 부대를 소집하여 이 손수건의 들판 위에서 훈련하게 해 달라고 요청했다. 황제는 이 계획을 승인했고, 나는 완전무장한 말과 기병 장교를 하나씩 하나씩 내 손으로 집어서 평원 위에 올려놓았다. 기마병들은 곧 대열을 형성했고 두 편으로 나뉘어 모의 전투를 벌이게 되었다. 그들은 날이 무딘 화살을 쏘았고, 칼을 뽑아들었으며, 도망치거나 뒤쫓았고, 아니면 공격하거나 후퇴했는데, 요약해서 말하자면 내가 본 것 중에서 가장 훌륭한 군사 훈련을 수행했다. 평행하게 수평으로 고정시킨 네 개의 막대기는 기병과 기마가 무대 밖으로 추락하는 것을 막아 주었다. 황제는 그 광경을 너무나 재미있게 여겨서 그 후 며칠 동안 모의 전투를 계속 시연하라고 지시했다. 한번은 황제가 직접 그 손수건 들판 위로 들어올려져 작전 명령을 직접 내리기도 했다. 황제는 심지어 황후도 어렵사리 설득하여 내가 무대 2미터 떨어진 곳에서 높이 들고 있었던 황후의 의자에서 그 모의 전투 장면을 직접 보게 했다.

이 오락 행사 중에 아무런 사고가 발생하지 않은 것은 나의 행운이었다. 딱 한 번 기병 대장 소속의 불 같은 성격을 가진 말이 말발굽으로 내 손수건을 쳐서 구멍을 냈고, 그리하여 말의 발이 그 구멍으로 빠지면서 말과 기수가 동시에 전복되었다. 나는 즉시 그 둘을 구제했다. 나는 한 손으로 그 구멍을 막고 다른 한 손으로 아까 들어올렸던 것과 마찬가지 방식으로 기병 부대원들을 하나씩 내려놓았다. 구멍에 발이 빠진 말은 왼쪽 어깨를 삐었지만 기수는 부상을 당하지 않았다. 나는 할 수 있는 최대한으로 손수건을 보수했지만, 이런 위험한 놀이에서 그 강도를 더 이상 신뢰할 수가 없었다.

내가 자유롭게 풀려나기 이삼일 전, 위에서 묘사한 것과 유사한 종류의 오락으로 궁중을 즐겁게 하고 있는데 전령이 도착하여 황제에게 다음과 같은 사실을 보고했다. 내가 처음 발견된 지역을 말 타고 달리던 몇몇 사람들이 땅 위에 떨어진 아주 커다란 검은 물체를 발견했다는 것이었다. 그것은 아주 기이하게 생긴 물건인데 둥그런 가장자리가 황제의 침실만큼이나 넓게 밖으로 뻗어 있었고 한가운데는 사람 키 높이만큼 솟아올라 있었다. 가까이 다가가서 살펴보니 그것은 살아 있는 생물은 아니었다. 몇몇 사람이 그 주위로 빙빙 도는데도 그것은 풀밭 위에 미동도 하지 않고 누워 있었다. 그러자 그들은 서로의 어깨 위를 타고 올라가 그 물체의 꼭대기에 도달했다. 꼭대기는 납작하고 평평했는데 그들이 발을 굴러보니 그 내부는 비어 있었다. 그들은 그 물체가 산악 인간의 소유물인 듯하다고 판단했다. 그리고 만약 황제가 허락을 내린다면 다섯 필의 말을 동원하여 이것을 황궁까지 수송해 갈 수 있다고 했다.

나는 그 보고서의 의미를 즉각 알아차렸고 그런 첩보를 받아든 것을 기쁘게 생각했다. 내가 난파된 후, 처음 해안에 도착했을 때 나는 아주 당황한 상태였다. 그래서 내가 쓰러져 잠든 풀밭까지 오기 전에, 노를 젓는 동안에 끈으로 내 머리에 묶었던 모자, 내가 헤엄을 치는 동안에도 꼭 붙어 있었던 내 모자가 상륙한 후 그만 머리에서 벗겨져 나갔던 것이다. 나는 모자를 묶었던 끈이 내가 보지 못하는 사이에 어떤 사고로 끊어져 나갔고, 그래서 모자를 바다에서 잃어버렸나 보다 하고 생각했다.

나는 황제에게 모자의 용도와 성질을 설명하면서 그것이 가능한 한 빨리 내게 전달될 수 있게 해 달라고 간청했다. 다음날 마차꾼이 마차에 그것을 싣고 도착했는데 모자의 상태가 썩 좋지는 못했다. 소인들은 모자 가장자리에서 4센티미터 떨어진 모자챙에다 구멍을 두 개 뚫은 다음에 두 개의 갈고리를 그 구멍에다 고정시키고, 이어 그 갈고리를 기다란 줄을 이용하여 마구에다 결박시켰다. 그런 다음 8백 미터나 되는 거리를 마차로 질질 끌면서 수송해 왔다. 하지만 소인국의 땅은 아주 부드럽고 평평했으므로, 내가 예상했던 것만큼 모자의 피해가 심하지는 않았다.

이런 사건이 벌어진 지 이틀 후에, 황제는 수도 주변에 주둔하고 있던 일부 부대에게 출동 준비를 지시했다. 아주 독특한 방식으로 오락 행사를 벌이고 싶은 생각이 들었던 것이다. 그는 내게 내가 편안하게 할 수 있는 범위 내에서 가능한 한 다리를 넓게 벌리고 거인의 조각상처럼 서 있으라고 했다. 그리고 한 장군(그는 나이든 노련한 지휘관이었고 나의 후원자이기도 했다)에게 휘하 부대를 밀집 대형으로 행군시켜 내 가랑이 밑을 지나가게 했다. 보병은 24열로 나란히 섰고, 기병은 16열로 섰다. 그리고 북이 울리고 군기가 휘날리며 창날이 번득거렸다. 이 부대는 보병 3천에 기병 1천으로 구성되었다. 황제는 나의 신체와 관련하여 모든 병사가 엄격하게 예의를 지킬 것을 명령했고 이를 위반하면 사형에 처한다고 말했다. 하지만 그런 어명도 젊은 장교들이 내 가랑이 밑을 지나갈 때 눈을 들어 위를 쳐다보는 것까지 막지는 못했다. 그리고 사실을 털어놓고 말해 보자면 그 당시 내 바지는 그다지 상태가 좋지 못하여 소인들에게 웃음과 감탄의 기회를 동시에 제공했다.

나는 구속된 내 몸을 자유롭게 풀어 달라는 건의서와 탄원서를 무수하게 올렸고, 마침내 황제는 그 문제를 처음에는 내각에서, 그리고 마지막으로 전체 회의에서 거론하게 되었다. 두 번의 회의에서 나의 석방에 반대하는 사람은 스키레시 볼골람을 제외하고는 아무도 없었다. 볼골람 장관은 특별히 이렇다 할 사유도 없이 나의 치명적 원수가 되기로 작정한 사람이었다. 그러나 회의는 그의 반대 의사에도 불구하고 나머지 각료들의 전원 찬성으로 결론 났고 황제는 그것을 확정지었다. 볼골람은 직책이 '갈베트', 즉 해군장관이었다. 황제의 신임이 두터웠고 소관 업무를 잘 알았으나, 퉁명스럽고 심통 맞은 표정의 소유자였다. 그러나 그도 마침내 설득되어 석방에 동의했다. 그러나 나를 석방시키는 전제 조건들을 작성하고 내가 그것을 지키겠다고 맹세해야 한다는 의견을 내

릴리펏의 군대가 행군하다.

각에서 관철시켰다. 그는 직접 그 문서를 작성했다.

그 석방 조건 문서는 스키레시 볼골람이 직접 내게 들고 왔고, 그의 옆에는 두 명의 차관과 여러 명의 고위 관리가 시립했다. 그 조건 문서가 낭독된 후에 그들은 그 조건들을 지키겠다는 맹세를 하라고 내게 요구했다. 먼저 내 조국의 방식대로 맹세하고, 그 다음에는 그들의 법률이 지정한 방식에 따라 맹세하라는 것이었다. 그들의 맹세는 오른쪽 발을 왼손으로 잡고, 오른손의 가운뎃손가락을 머리의 정수리에다 올려놓고, 엄지손가락을 오른쪽 귀 끝부분에다 올려놓는 것이었다. 그러나 독자는 소인국 특유의 문장과 표현 방식, 그리고 나를 석방하기로 한 여러 조건 등이 궁금할 것이므로 나는 그 문서 전체를 내가 할 수 있는 대로 한 구절 한 구절 충실하게 번역했다. 그리하여 다음과 같이 번역된 문장을 일반에 공개한다.

골바스토 모마렌 에블라메 구르딜로 쉐핀 물리 울리 구에,

릴리펏의 가장 위대한 황제는 온 우주의 기쁨이면서 공포이다. 그분의 영토는 5천 블루스트룩(원주圓周가 약 20킬로미터)으로서 지구의 가장 오지에까지 뻗쳐 있다. 그분은 모든 군주들의 군주이며, 모든 사람의 아들들보다 더 키가 크다. 그분의 발은 지구의 중심을 짓누르고 그분의 머리는 태양을 떠받친다. 그분이 고개를 한 번 끄덕이기만 해도 지상의 모든 군주들은 무릎을 흔들면서 떤다. 봄처럼 상쾌하고, 여름처럼 편안하며, 가을처럼 결실이 많고, 겨울처럼 무섭다. 가장 숭고하신 폐하께서는 최근에 우리의 지극히 거룩한 영토에 도착한 산악 인간에게 다음과 같은 조문을 부과하셨고 그는 모든 조항을 철저히 이행하겠다고 맹세했다.

첫째, 산악 인간은 위대한 왕실의 옥새가 찍힌 허가증 없이 우리의 영토를 떠나지 못한다.

둘째, 산악 인간은 우리의 사전 명령 없이 수도 안으로 들어와서는 안 된다. 그가 수도로 들어올 경우에, 주민들에게는 두 시간 전에 경고를 해서 그들

의 집 안에 머무르도록 할 것이다.

셋째, 산악 인간은 우리의 주요 대로에서만 걸어다닐 것이며, 초원이나 밭을 걸어가거나 누워서는 안 된다.

넷째, 그는 대로를 걸어갈 때 우리의 사랑스러운 신민, 그들의 말, 수레 등을 짓밟지 않도록 극도의 신경을 써야 할 것이며, 신민들의 사전 동의 없이 그들을 손바닥 위에 올려놓아서는 안 된다.

다섯째, 긴급한 전령을 지급으로 파견해야 할 경우, 산악 인간은 그 전령과 파발마를 그의 호주머니에 집어넣고 달려가야 한다. 매달 6일은 이런 업무를 수행해야 한다. 그리고 필요하다면 그 전령을 황궁에 안전하게 데리고 와야 한다.

여섯째, 산악 인간은 블레푸스쿠 섬에 사는 우리의 적들에 대항하여 우리의 동맹이 되어야 하며, 현재 우리를 침략하려고 준비 중인 적국의 함대를 파괴하기 위해 전력을 다해야 한다.

일곱째, 산악 인간은 여가 시간이 있을 때 거대한 돌들을 들어올려 주요 공원이나 다른 황실 건물들의 담장을 막아 주어야 한다.

여덟째, 산악 인간은 두 달 내에 우리나라의 해안 일대를 직접 답사하여 그의 걸음걸이로 우리 영토의 둘레를 정확하게 측량해야 한다.

마지막으로, 위의 모든 조항들을 준수하겠다는 엄숙한 맹세 아래, 산악 인간은 우리 신민 1,728명분에 해당하는 고기와 음료를 날마다 제공받을 것이고, 황제를 자유롭게 알현할 수 있으며, 그 외에 우리의 여러 혜택을 누릴 수 있을 것이다.

폐하 치세 제91번째 달, 제12일에 벨파보락에 있는 우리의 황궁에서 작성되었다.

나는 아주 흔쾌하고 만족스러운 기분으로 이 모든 조항을 맹세하고 승복을 약속했다. 하지만 그 조항들 중 일부는 내가 생각하는 것만큼 그리 명예로운 것은 아니었다. 그런 조항들은 오로지 해군장관인 스키레시 볼골람의 악의에서 비롯된 것이었다. 맹세를 하는 즉시 나의 쇠사슬은 풀렸고 나는 온전한 자유의 몸이 되었다. 황제 자신이 친히 그 맹세 의식에 행차하여 그 자리를 더욱 빛내 주었다. 나는 황제의 발 아래에 부복함으로써 그런 성은에 답례했다. 황제는 곧 나에게 일어서라고 명령했다. 그리고 여러 번에 걸쳐 우아한 표현이 오고 갔는데, 나는 잘난 체한다는 비난을 피하기 위하여 여기에 그 표현을 반복하지 않겠다. 황제는 내가 유익한 신하가 되어 줄 것을 당부했고, 또 그 자신이 지금껏 내게 베풀어 주었고 앞으로도 그렇게 해 줄 그 혜택에 보답하는 사람이 되어야 한다고 말했다.

독자는 내게 자유를 가져다준 위의 조항들 중 마지막 부분에서 릴리펏 사람 1,728명분에 해당하는 고기와 음료를 날마다 제공받는다는 이야기를 흥미롭게 여겼을 것이다. 나는 시간이 좀 흐른 뒤에 궁중에 있는 한 친구에게 어떻게 그런 구체적 숫자에 도달할 수 있었냐고 물어보았다. 그의 대답은 이러했다. 폐하께 봉사하는 수학자들이 사분의의 도움으로 내 신장을 파악한 후에 나의 신체 구조가 소인의 그것에 비하여 12대 1 비율로 큰 것을 발견하고 내 몸의 부피가 적어도 소인 1,728명에 해당한다는 것을 알아냈고, 그래서 그만한 숫자의 소인 식사를 준비해야 한다고 결론을 내렸다는 것이다. 이로써 독자들은 이 사람들의 창의적인 재주와, 저 위대한 군주의 신중하면서도 정확한 경제를 어느 정도 파악했을 것이다.

제 4 장

릴리펏의 수도인 밀덴도와 황제의 황궁이 묘사되다. 저자와 비서실장이 이 나라의 국정에 관하여 대화를 나누다. 저자가 적국과의 전쟁에서 폐하를 돕겠다고 제안하다.

내가 자유의 몸이 된 후에 제일 먼저 요청한 사항은 수도인 밀덴도를 한번 돌아보고 싶다는 것이었다. 이 요청을 황제는 흔쾌히 받아들이면서 도시의 주민들과 그들의 집을 다치지 않도록 특별한 주의를 기울여야 한다고 당부했다. 주민들에게는 포고령에 의해 내가 수도를 방문한다는 계획이 미리 통보되었다. 수도를 둘러싼 성벽은 높이가 70센티미터에 너비는 30센티미터였다. 그래서 마차와 말들이 그 위를 안전하게 달려갈 수 있었다. 또한 성벽에는 3미터 간격으로 강력한 성탑들이 설치되어 있었다.

나는 서쪽 대문 위를 걸어 넘어가 두 개의 대로 사이를 아주 천천히 조심스럽게 걸어갔다. 나는 윗옷은 벗어두고 짧은 조끼만 입고 있었는데 나의 상의 옷자락이 소인 주택의 지붕과 처마를 손상시킬지 모른다고 우려했기 때문이다. 또 혹시라도 도로에 남아 있을지도 모르는 산발적인 산책자를 밟지 않도록 극도로 조심했다. 비록 모든 주민은 자신의 집 안에 머물러야 하고 그것을 위반할 시 그 책임은 모두 당사자가 져야 한다는 엄격한 포고령이 내려져 있기는 했지만, 그래도 조심해야 했다. 다락방 창문과 옥상에는 구경꾼들이 너무도 많이 나와 있어서, 나는 지나간 세월 동안 많은 여행을 했지만 그처럼 붐비는 장소는 본 적이 없다는 생각이 들었다. 도시는 정사각형이었고 네 면의 성벽은 정확하게 150미터 길이였다. 서로 십자를 이루며 달리는 두 간선 도로는 도시를 정확하게 넷으로 나누었고 도로의 너비는 150센티미터였다. 나는 이면도로와 골목길은 들어가지 못하고 지나가면서 쳐다보기만 했는데 너비는 30센티미터에서 45센티미터 가량이었다. 그 도시는 인구 50만을 수용할 수 있었다. 집들은 3층에서 5층 높이였고 가게와 시장이 많이 들어서 있었다.

황제의 왕궁은 두 대로가 만나는 도시의 중심부에 있었다. 황궁을 60센티미터 높이로 두른 성벽은 건물들로부터 7.5미터 떨어져 있었다. 나는 황궁의 성벽 위로 걸어 넘어와도 좋다는 황제의 허락을 받았다. 성벽과 황궁 사이의 거리는 아주 넓었기 때문에 나는 황궁의 네 방향을 쉽게 둘러볼 수 있었다. 바깥 궁전은 사방 12미터의 사각형이었는데 두 개의 다른 궁전이 들어 있었다. 가장 안쪽에 황제의 침전이 있었는데 그것을 정말 구경하고 싶었으나 그렇게 하기가 아주 어렵다는 사실을 알아챘다. 왜냐하면 바깥 궁전에서 안쪽 궁전으로 통하는 대문의 높이가 겨우 45센티미터였고 너비는 18센티미터밖에 안 되었기 때문이다. 바깥 궁전의 건물들은 높이가 최소 1.5미터는 되었다. 내가 그 위로 걸어 넘어가면 그 건물들에 상당한 피해를 입힐 것 같았다. 벽은 잘 깎은 돌로 단단하게 지어졌고 두께도 10센티미터나 되었지만 아무래도 위태로웠다.

그렇지만 황제는 내가 안쪽 궁전의 장엄하고 아름다운 건축물을 꼭 보아 주기를 바랐다. 나는 그렇게 하기 위해서 먼저 사흘 동안 준비를 해야 했다. 나는 도시로부터 약 1백 미터 떨어진 곳에 있는 황실 공원의 가장 키 큰 나무 몇 그루를 내 칼로 베어냈다. 그리고 이 나무들을 가지고 내 체중을 견뎌낼 만큼 단단한 약 1미터 높이의 발 받침대를 만들었다. 주민들에게는 내가 외출하니 조심하라는 포고령이 두 번째로 내려졌다. 나는 발 받침대 두 개를 양손에 들고서 도심을 가로질러 황궁으로 갔다. 바깥 궁전의 측면에 도착했을 때 나는 한 받침대를 손에 든 채로 다른 받침대 위에 올라섰다. 이어 손에 든 것을 지붕 위로 들어올려 바깥 궁전과 안쪽 궁전 사이의 빈 공간에 내려놓았다. 그 공간의 거리는 2.4미터였다.

한 받침대에서 다음 받침대로 건너갔고, 그런 다음 갈고리가 달린 막대기로 뒤에 있는 받침대를 끌어올렸다. 이렇게 해서 나는 바깥 궁전의 지붕을 넘어가서 가장 안쪽 궁전까지 갈 수 있었다. 나는 옆으로 누운 채로 궁전 중간층들의 창문을 쳐다보았다. 그 창문들을 일부러 열어 놓은 덕에 나는 아주 화려한 궁전 내부를 볼 수가 있었다. 그곳에는 황후와 여러 황자들이 각자의 방에서 주위에 수행원들을 거느리고 기거하고 있었다. 황후마마는 내게 아주 우아하게 미소를 지었고 창문 밖으로 손을 내밀어 입 맞추게 해 주었다.

그러나 나는 독자들에게 더 이상 이런 종류의 묘사를 제공하지 않을 생각이다. 왜냐하면 그런 세부사항들은 이 여행기보다 더 부피가 큰 책에 다 들어가 있고, 또 그 책이 현재 거의 인쇄에 들어간 상태이기 때문이다. 인쇄 예정인 그 큰 책에는 이 제국의 전반적인 사항들이 자세히 묘사되어 있다. 가령 이 제국이 최초로 건국된 시기로부터 시작하여, 오랜 과정을 거쳐 계승되어온 군주들, 그들의 전쟁과 정책, 법률, 학문, 그리고 종교 등에 대하여 구체적인 정보가 제시되어 있다. 또 이 제국의 동식물들, 제국의 특별한 풍습과 관습, 기타 기이하면서도 유익한 사건 등도 그 책에 들어가 있다. 지금 이 여행기의 주된 목적은 내가 그곳에 약 9개월 동안 체류하는 동안에 이곳 사람들 혹은 나 자신에게 발생한 사건이나 거래 등에 대해서 말하는 것이다.

내가 자유의 몸이 된 지 약 2주 정도 된 어느 날 아침이었다. 개인적 문제를 다루는 비서실장(그들은 그를 이렇게 불렀다)인 렐드레살이 단 한 명의 하인만 대동하고 내 집을 찾아왔다. 그는 타고 온 마차를 멀찍이 떨어진 곳에 대기하라고 명령하고서 한 시간만 면담을 하고 싶다는 뜻을 내게 밝혔다. 그의 높은 신분, 개인적인 장점, 내가 궁중에 자유를 간청할 때 그가 나를 위해 해준 여러 좋은 일들 등을 감안하여 나는 즉각 동의했다. 나는 그가 좀 더 편안하게 내 귀에다 대고 말할 수 있도록 드러눕겠다고 말했다. 하지만 그는 내가 그를 나의 손 안에 올려놓고 대화를 나누었으면 좋겠다고 했다.

그는 먼저 내가 자유의 몸이 된 것을 치하했다. 그리고 그가 그런 결정이 난 데 대하여 어느 정도 공로가 있다고 말할 수도 있겠지만, 궁정의 현재 상황이 다르게 돌아갔더라면 내가 그처럼 빨리 자유의 몸이 되지 못했을 수도 있다고 부연했다. 그는 이어 말했다.

"소인국이 외국인에게는 번창하고 있는 것처럼 보일지 모르지만, 이 나라는 두 개의 강력한 악 밑에서 신음하고 있다. 하나는 본국에 있는 난폭한 파당이고, 다른 하나는 해외의 가장 강력한 적국이 침공해 올지 모른다는 위험이다. 파당 문제에 대해서 말해 보자면, 지난 70개월 동안 이 제국에는 두 개의 서로 싸우는 파당이 있어 왔다. 그 두 당파의 이름은 트라멕산과 슬라멕산인데, 그들이 신는 구두굽이 높은 굽이냐 혹은 낮은 굽이냐에 따라 그런 이름으로 갈라지게 되었다. 그들은 그런 특징으로 상대방과 자신을 구분했다./

높은 굽 정파는 우리의 오래된 헌법 정신과 일치되는 바가 많다. 그런 사정에도 불구하고 폐하는 낮은 굽 정파를 선호하여 정부의 행정관서나 황실에서 내려 줄 수 있는 관직에 낮은 굽 인사들을 임명했다. 폐하의 구두굽은 궁정의 그 어떤 사람보다도 최소한 1드루르는 더 낮다.² 두 당파 사이의 적개심은 너무도 치열하여 그들은 같이 식사를 하거나 술을 마시지 않는 것은 물론이고 같이 말을 하지도 않는다.

/ 두 당파는 영국의 토리당과 휘그당을 가리킨다. 오래된 헌법 정신과 일치되는 바가 많은 정당이 토리당이고, 진보적으로 현재의 국제를 바꾸고자 노력하는 당이 휘그당이다.

2 드루르는 높이의 단위로서 1인치(2.5센티미터)의 14분의 1, 즉 1.8밀리미터.

높은 굽인 트라멕산의 숫자는 우리 낮은 굽을 훨씬 능가할 정도로 많지만, 현재 권력은 우리 낮은 굽 정파의 손아귀에 전적으로 들어와 있다. 그러나 우리는 황실의 후계자인 황태자 전하가 높은 굽 쪽으로 약간 기울어진 경향이 있기에 아주 우려한다. 적어도 우리는 황태자가 한쪽 신발 굽이 다른 신발 굽보다 높은 신발을 신었다는 것을 안다. 그래서 뒤뚱거리며 걷는 것이다. 그런데 이런 내분이 벌어지는 가운데, 우리는 블레푸스쿠 섬사람들이 침공해 올지 모른다는 위협까지 받고 있다. 그 섬은 이 세상에 존재하는 또다른 제국인데 우리 황제 폐하가 다스리는 제국만큼이나 크고 강력하다.

우리가 당신에게 들은 바, 이 세상에 존재한다는 당신만큼 몸집이 거대한 인간들이 사는 다른 왕국이나 국가에 대해서, 우리의 철학자들은 아주 회의적이다. 우리는 차라리 당신이 달이나 별에서 툭 떨어진 존재라고 추측하고 싶다. 왜냐하면 당신 같은 사람이 1백 명만 더 등장한다면 폐하가 다스리는 왕국의 모든 과일과 소 떼를 다 먹어치울 것이기 때문이다. 게다가 6천 달을 자랑하는 우리의 유구한 역사서에서 릴리펏[3]과 블레푸스쿠[4] 이외의 다른 지역들에 대한 언급은 전혀 나오지 않았다.

내가 이제 앞으로 말하려는 것은, 이 두 강대한 제국이 지난 36개월 동안에 아주 끈덕지게 서로 전쟁을 해왔다는 것이다. 그 전쟁의 발단은 이러하다. 우리가 달걀을 먹기 전에 그것을 깨트리는 방식으로 위쪽의 넓은 부분을 깨서 먹는 방식이 널리 인정되어 왔다. 그런데 현 폐하의 할아버지가 소년 시절에 계란을 먹으려고 오래된 방식으로 그것을 깨다가 그만 손가락 하나를 베고 말았다. 그러자 황자의 아버지인 황제가 모든 신민들은 달걀의 밑부분, 즉 갸름한 부분을 깨어서 먹어야 한다는

---

3 영국을 빗댄 것.
4 프랑스를 빗댄 것.

칙령을 내렸고 이에 불응할 경우 엄벌을 내리겠다고 위협했다.[5] 우리의 역사서가 전하는 바에 의하면, 사람들은 이 칙령에 크게 분개했고 그리하여 이 문제로 여섯 건의 반란이 발생했다. 그 결과, 한 황제가 목숨을 잃었고 또다른 황제는 황위를 잃었다.[6]

그런데 이런 반란 사건들은 블레푸스쿠의 황제들이 뒤에서 사주했기에 벌어진 것들이었다. 반란이 진압되면 반란의 주모자들은 언제나 그 제국으로 도망쳤다. 추계된 바에 의하면, 1만 1천 명의 사람들이 여러 번에 걸쳐서 사형당했는데 갸름한 부분을 깨어서 달걀을 먹어야 한다는 칙령을 따르느니 차라리 죽음을 선택했기 때문이다. 이 논쟁에 대해서 수백 권에 달하는 방대한 책들이 저술되었다. 그러나 위쪽의 넓은 부분을 깨서 먹을 것을 주장하는 사람들의 책들은 금서 목록에 올랐고 이런 주장을 하는 사람들은 법률에 의해 공직 취임이 금지되었다.

이런 소란스러운 문제들이 계속되는 동안에, 블레푸스쿠의 황제들은 우리나라에 자주 사신들을 보내 우리가 종교 내에 분열을 일으키고 있다고 비난했고, 또 우리가 위대한 예언자 루스트로그의 근본 교리를 위반했다고 성토했다. 우리나라가 그 예언자의 책 브룬드레칼(이것이 그들의 알코란[코란/경전]인데) 제54장에 나오는 말씀과 다른 길을 가고 있다는 것이었다. 그러나 그것은 경전을 그들 멋대로 비틀어 해석한 것에 지나지 않았다. 왜냐하면 경전의 말씀은 다음과 같기 때문이다. '진정한 신자들은 그들에게 편리한 쪽을 택하여 달걀을 깨도록 하라.' 나의 천박한 소견에, 어느 쪽이 진정으로 편리한 쪽인가는 모든 사람의 양심에 맡겨야 할 문제이고, 하다못해 최고 행정관이 그의 권위로 결정할 문제라고 생각된다.

---

5 가톨릭과 개신교의 갈등을 가리키는데 영국은 개신교 국가이고 프랑스는 가톨릭 국가이다.
6 1649년에 크롬웰 혁명군에 의하여 처형된 찰스 1세와 1689년에 명예혁명으로 폐위된 제임스 2세를 가리킨다.

아무튼 넓은 부분을 주장하는 망명자들은 블레푸스쿠 궁정의 황제에게 큰 신임을 얻었다. 우리나라에서 준동하는 이 넓은 부분 주장자들의 당파가 은밀하게 지원하고 격려하는 바람에 두 제국 사이에는 지난 36개월 동안 서로 승패를 달리하며 전쟁이 벌어져 왔다. 이 기간 동안 우리는 주함 40척과 그보다 훨씬 많은 숫자의 소규모 함정을 잃었고 정예 해군과 육군 병력 3만 명을 잃었으나, 적국이 받은 피해는 우리보다 약간 더 큰 것으로 추산된다. 그러나 적국은 이제 다수의 선단에 무기를 장착하고 우리를 공격해 올 준비를 하고 있다. 그리하여 당신의 용기와 힘을 크게 신임하는 폐하는 내게 명령하여 당신을 찾아가 이러한 국내외 상황을 자세히 알리라고 하명했다."

나는 비서실장에게 황제 폐하에 대한 의무를 한시도 잊은 적이 없다고 운을 떼고서 이어 외국인인 내가 국내의 두 당파 간의 문제에 개입하는 것은 부적절하다고 생각되나, 폐하와 그분의 국가를 지키는 문제에 있어서만큼은 내 목숨을 잃는 한이 있더라도 침략자들에 맞서 싸울 준비가 되어 있다고 말했다.

제 5 장

저자가 비상한 전략으로 적의 침공을 막다. 최고로 높은 명예직이 저자에게 수여되다. 블레푸스쿠 황제로부터 사절단이 도착하다. 황궁에 사고로 불이 나다. 저자가 나머지 황궁에 불이 옮겨붙는 것을 막아내다.

블레푸스쿠 제국은 릴리펏에서 북북동쪽에 위치한 섬인데 8백 미터 거리밖에 되지 않는 해협에 의해서 떨어져 있다. 나는 그 제국을 직접 보지는 못했으나 침공이 계획되어 있다는 이야기를 듣고서 그 제국을 마주 보는 해안에는 가지 않았다. 이미 나에 대한 첩보를 접수한 적선들에 의해 발견될까 두려웠기 때문이다. 전쟁 중에 두 제국 사이의 상호 연락은 엄격하게 금지되었고 그런 행위가 발각될 경우에는 사형에 처해졌다. 우리의 황제는 모든 종류의 배에 출항 금지령을 내렸다.

나는 황제에게 적의 선단을 통째로 나포해 오는 계획을 보고했다. 우리의 척후병이 내게 알려준 바에 의하면, 적의 선단은 항구에 닻을 내리고 집결해 있었으며 첫 번째 순풍이 불어오는대로 출항할 예정이었다. 나는 가장 노련한 선원들에게 해협의 수심을 상의했는데 그들은 전에 자주 수심을 측정하여 이에 대해 잘 알고 있었다. 만조滿潮의 한가운데에서 가장 깊은 곳이 70글룸글루프(1.8미터)였고, 나머지 해역은 기껏해야 50글룸글루프였다. 나는 블레푸스쿠를 마주 보는 북동 해안으로 걸어갔다. 나는 언덕 뒤에 엎드려서 호주머니 망원경을 꺼내서 닻을 내린 적의 선단을 살펴보았다. 군함이 약 50척이었고 수송선은 그보다 훨씬 많이 정박되어 있었다.

나는 집으로 돌아와 튼튼한 밧줄과 쇠막대기를 다량 준비하라고 명령을 내렸다(나는 이에 대하여 이미 허가를 받아놓았다). 밧줄은 보통 노끈 두께였고 쇠막대의 길이와 크기는 뜨개질바늘만 했다. 나는 밧줄을 더 튼튼하게 만들기 위해 세 겹으로 꼬았다. 마찬가지 이유로 바늘도 세 겹으로 꼬았고 끝부분은 구부려서 갈고리로 만들었다. 50개의 갈고리를 그만한 숫자의 밧줄에 고정시킨 다음, 나는 북동 해안으로 다시 가서 웃옷, 구두, 양말을 벗고서 가죽 상의만 입은 채 바다로 걸어 들어갔다. 만조가 되기 30분 전이었다. 나는 황급히 걸어가다 중간 해역에서 30미터 정도 헤엄을 쳤고, 마침내 두 발이 땅바닥에 닿는 것을 느꼈다. 30분도 안 되어 적의 선단 바로 앞에 도착한 것이었다.

적병은 나를 보더니 너무 놀라서 배 밖으로 뛰쳐나와 해안까지 헤엄쳐 달아났다. 해안에는 3만 명 이상 되는 사람들이 우글거리고 있었다. 나는 가져간 도구를 꺼내서 갈고리를 적선의 선두에 있는 구멍에다 고정시켰고, 이어 적선의 뒷부분을 밧줄로 모두 묶었다. 내가 이 작업을 하는 동안, 적군은 수천 발의 화살을 쏘아댔다. 그중 다수가 내 양손과 얼굴을 맞혔다. 화살은 아주 따끔거렸을 뿐만 아니라 내 작업을 크게 방해했다. 내가 가장 우려했던 부분은 내 두 눈이었는데 아무런 방비 없이 가만히 있었더라면 틀림없이 실명했을 것이다. 내가 불현듯 좋은 방책을 생각해내지 않았더라면 말이다. 나는 여러 사소한 필수품들 중, 비밀 호주머니에 안경을 간직하고 있었다. 위에서 이미 말한 바와 같이, 이 안경은 수색을 담당한 관리들이 뒤지지 않았다.

나는 그 안경을 꺼내어 내 코에다 가능한 한 단단하게 고정시켰다. 이렇게 방책을 세웠으므로 나는 날아오는 적의 화살에도 불구하고 적선 결박 작업을 계속했다. 그들의 화살은 안경을 약간 흔들어 놓는 것 이외에는 아무런 효과도 발휘하지 못했다. 나는 갈고리를 다 고정시킨 뒤 밧줄 매듭을 내 손에 잡고서 배들을 잡아당기기 시작했다. 그러나 단 한 척의 배도 움직이지 않았다. 배들이 바다에 내린 닻으로 단단하게 고

걸리버가 적선들을 묶다.

정되어 있었던 것이다. 그래서 이제 나의 나포 작전 중 가장 과감한 부분을 실행해야 했다. 나는 갈고리를 배들에 고정시킨 상태에서 밧줄 매듭을 잠시 내려놓고, 칼을 꺼내어 닻을 고정시킨 밧줄을 싹둑싹둑 잘랐다. 그 과정에서 약 2백 발의 화살을 내 얼굴과 양손에 맞았다. 이어 나는 모든 갈고리와 연결된 밧줄들의 매듭을 집어 들었다. 그리고 아주 수월하게 내 뒤에 있는 적의 대형 군함 50척을 당기면서 바다로 나아갔다.

내가 무슨 작업을 하고 있는지 전혀 상상하지 못했던 블레푸스쿠 사람들은 처음엔 너무 놀라서 제정신이 아니었다. 그들은 내가 닻줄을 끊는 것을 보고서 나의 계획이 배들을 표류시키거나, 서로 충돌하게 하려는 것이라고 생각했다. 그러나 앞쪽에 서 있는 내가 선단 전체를 한꺼번에 끌고 가는 광경을 보고서 비탄과 절망의 비명 소리를 내질렀다. 그들의 슬픔을 묘사하거나 상상하는 것은 거의 불가능했다. 나는 위험에서 벗어나자 잠시 걸음을 멈추고 내 양손과 얼굴에 박힌 화살들을 뽑아낸 뒤 위에서 이미 말한 바 있는, 내가 처음 도착했을 때 지급받았던 연고를 꺼내어 그 부위에다 부드럽게 발랐다. 나는 안경을 벗었고 만조가 어느 정도 가라앉을 때까지 한 시간쯤 기다렸다가 나포한 배들을 가지고 해협 중간 부분을 걸어서 건너 릴리펏의 황립 항구에 무사히 도착했다.

황제와 궁정 신하들은 해안에 서서 이 엄청난 모험이 어떻게 결말이 나는지 보려고 기다리고 있었다. 그들은 커다란 반달 모양으로 움직이는 선단이 앞으로 움직이는 광경은 보았지만 몸이 가슴까지 물속에 잠겨 있던 나를 제대로 알아보지 못했다. 내가 해협 중간 부분에 도착하자, 그들은 더욱 고통스러워했다. 내 몸이 목까지 물속에 잠겼기 때문이다. 황제는 내가 익사했다고 생각했고 이제 적선이 호전적인 자세로 해안에 접근해 오고 있다고 판단했다. 그러나 황제는 곧 그런 걱정을 덜게 되었다. 내가 걸음을 떼어놓을 때마다 해협의 깊이는 얕아졌고, 나는 곧 그들의 말이 들리는 지점까지 다가갔다. 나는 선단을 결박한 밧줄의 끝부분을 높이 쳐들면서 커다란 목소리로 외쳤다. "릴리펏의 가장 위대하신 황제 폐하 만세!"이 위대한 군주는 내가 해안에 도착하자마자 할 수 있는 모든 칭찬의 말을 퍼부으며 영접했고, 즉석에서 나를 '나르닥'에 임명했다. 나르닥은 그 나라에서 가장 높은 명예직의 호칭이었다.

황제는 내가 다른 기회를 잡아서 나머지 적선들을 전부 그의 항구들로 끌어 오기를 바랐다. 군주들의 야심은 측정할 수 없을 정도로 거대한 바, 황제는 블레푸스쿠 제국 전역을 그의 휘하의 일개 속주로 만들어서 총독을 두고서 통치하고 싶어 했다. 또 넓은 부분으로 달걀을 깨는 사람들을 모두 전멸시켜 그 지역 사람들이 갸름한 쪽으로 달걀을 깨도록 강요하려는 생각이었다. 이렇게 하여 오로지 그 자신만이 온 세상의 유일한 군주가 되고 싶어 했다. 하지만 나는 정의뿐만 아니라 정책의 관점에서 여러 가지 논증을 끌어다 대면서 황제의 그런 생각을 만류하려고 애썼다. 나는 또 자유롭고 용감한 사람들을 노예로 만드는 일에 도구로 동원되고 싶지 않다는 뜻도 분명하게 밝혔다. 이 문제가 각의에서 논의되었을 때, 일부 현명한 장관들은 나와 같은 의견이었다.

나의 이런 공개적이고 과감한 선언은 황제의 계획과 정책에 너무나 반대되는 것이었기에 황제는 그 후 나를 용서할 수가 없었다. 황제는 각료 회의에서 아주 교묘한 방식으로 그런 뜻을 언급했다. 이건 나중에 내가 전해들은 것인데, 일부 현명한 장관들은 침묵을 지킴으로써 내 의견에 동조한 듯했다. 그러나 나의 은밀한 적수인 일부 장관들은 간접적으로 나를 비난하는 의견을 억누르지 않고 표시했다. 이때부터 황제는 내게 좋지 않은 감정을 품게 되었고 나에게 악의를 품은 장관들 무리는 그런 황제를 둘러싸고 음모를 꾸미기 시작했다. 그 음모는 두 달도 채 지나지 않아 겉으로 터져 나왔고 나는 하마터면 목숨을 잃을 뻔했다. 군주들에게 해 준 커다란 봉사는, 군주들의 야심을 충족시키기를 거부하는 태도와 견주어 볼 때 아주 하찮은 것에 지나지 않았다.

적의 선단을 끌고 온 사건이 벌어진 지 3주 후에, 블레푸스쿠에서 공손하게 평화를 제안하기 위해서 고위 사절단이 도착했다. 그 평화 협정은 곧 우리 황제에게 아주 유리한 조건으로 체결되었는데, 나는 이 점에 대해서는 독자에게 자세히 말하지 않을 생각이다. 사절단은 총 여섯 명의 사절에 약 5백 명의 수행원이 따라왔다. 그들의 수도 입성은 아주 장엄하고 화려하여 그들의 군주의 위용에 걸맞고 또 사절단의 중요한 임무를 대변해 주었다. 평화 조약이 체결되는 과정에서, 나는 현재 궁중에서 누리는 신임 혹은 누리는 것처럼 보이는 신임 덕에 그들에게 여러 가지 좋은 일을 해 주었다. 내가 그들에게 정말로 우호적으로 대했다는 이야기를 전해들은 사절단의 여러 고위 사절은 나를 공식적으로 방문해 왔다. 그들은 먼저 나의 용기와 관대함에 대해서 많은 칭송의 말을 했다. 그들은 그들의 황제의 이름으로 그들의 왕국으로 나를 초대했고, 내가 그 나라에 와서 나의 엄청난 힘을 몇 가지 보여 주기 바란다는 뜻을 표명했다. 그들은 내가 이전에 벌였던 많은 경이로운 일들을 익히 들어서 알고 있다고 했다. 나는 즉각 그들의 초청을 수락했는데, 그 초청 건의 세부사항에 대해서는 생략함으로써 독자들을 번거롭게 하는 것을 피하려 한다.

나는 잠시 고위 사절들을 접대했고 그들은 무한한 만족과 경탄을 표시했다. 나는 그들의 주군인 황제가 높은 미덕을 갖춘 것으로 온 세상에 명성이 자자하다는 사실을 잘 알고 있으며, 황제에게 나의 공손한 존경의 뜻을 전해 주기 바란다고 말했다. 또 나의 조국으로 돌아가기 전에 그들의 황제를 꼭 알현하고 싶다는 뜻도 밝혔다. 그리하여 나는 릴리펏의 황제를 다시 만날 기회를 얻었을 때 블레푸스쿠 황제를 찾아가 만나는 일에 대하여 사전 허락을 요청했다. 황제는 즉각 허락해 주었으나 내눈에도 분명하게 보일 정도로 태도가 아주 차가웠다. 나는 황제의 태도가 왜 그런지 그 이유를 짐작하지 못했다. 그러던 중 어떤 사람으로부터 귀띔을 듣고서 사태를 파악했다. 플림냅과 볼골람이 내가 고위 사절들을 만난 것이 불충의 표시라고 황제에게 보고했다는 것이다. 하지만 내마음속에는 황제에 대한 불충의 뜻이 조금도 없었다. 이때 처음으로 나는 궁정과 대신들이 어떤지에 대하여 어렴풋한 생각을 갖게 되었다.

고위 사절들이 통역을 통하여 내게 말을 걸어왔다는 사실을 언급하고 싶다. 두 제국의 언어는 유럽 나라들의 언어가 서로 다른 것처럼 아주 달랐다. 두 제국은 그들 언어의 유수한 전통, 아름다움, 활기찬 표현 능력 등을 자랑스럽게 여기면서 상대 제국의 언어에 대해서는 노골적인 경멸을 표시했다. 우리의 황제는 적의 선단을 통째로 나포해 온 유리한 상황을 활용하여, 적국에게 사절단의 신임장을 비롯하여 모든 대화를 릴리펏 언어로 해야 한다고 요구했다. 두 제국은 무역과 상업의 교류가 활발했고 서로 적국의 유배자들을 계속하여 받아들였으며, 젊은 귀족과 시골 향사鄕士들을 상대 제국에 보내 좀 더 넓은 세상을 구경하고 사람과 풍습에 대해서 더 많이 배워 오게 했다. 해양 지역에서 근무하는 고위 인사, 상인, 선원들 중에는 두 제국의 언어를 익혀서 어느 언어로든 대화를 나눌 수 있는 사람들이 많았다. 나는 이런 사실을 몇 주 뒤 블레푸스쿠 황제를 알현하러 갔을 때 알게 되었다. 그때 나는 적들의 악의로 인해 아주 불운한 처지에 놓이게 되었는데, 블레푸스쿠 방문은 내게 아주 행복한 모험이 되었다. 나는 이 일에 대해서 적당한 때에 다시 이야기할 것이다.

독자들은 기억하고 있으리라 생각되는데, 내가 석방 조건 문서에 서명했을 때, 그 내용이 너무 비굴하여 서명하고 싶지 않았던 조항들이 몇 개 있었다. 하지만 극도의 강요에 내몰려 있었기 때문에 나는 그런 조항들을 받아들일 수밖에 없었다. 그러나 이제 제국의 가장 높은 지위인 나르닥이 되었으므로, 그 문서에 들어 있는 일부 조항들은 나의 품위와 체면에는 어울리지 않았다. 하지만 황제는 (그분에게 공정하게 대하기 위해 이렇게 말하는 것인데) 그런 조항들에 대하여 내게 말한 적이 없었다.

그로부터 얼마 지나지 않아 나는 황제에게 당시 내 생각으로는 커다란 봉사를 해 주었다. 나는 한밤중에 수백 명의 사람들이 내 문 앞에서 고함치는 소리에 잠에서 깨어났고 좀 무섭다는 생각이 들었다. '부르글룸'이라는 말이 계속하여 내 귀에 들려오고 있었다. 궁중 사람 몇 명이 군중들 사이를 뚫고서 내게 다가와 황궁으로 즉시 와 달라고 간청했다. 황후마마의 내전이 로맨스 소설을 읽다가 잠들어 버린 궁중 시녀의 부주의로 불이 났다는 것이었다. 나는 즉각 일어났고 내가 앞으로 나갈 수 있게 길을 비키라는 명령이 떨어졌다.

마침 달밤이었으므로 나는 사람들을 우연히 짓밟는 일 없이 황궁까지 갈 수 있었다. 현장에 도착해 보니 사람들이 궁전의 담벼락에다 사다리를 걸쳐놓고 양동이에 담아온 물을 퍼붓고 있었다. 하지만 수원은 좀 떨어진 곳에 있었다. 그 양동이들은 커다란 골무 정도의 크기였는데, 그 불쌍한 사람들은 그들이 할 수 있는 한 빠르게 그 양동이를 내게 전달했다. 그러나 불길이 너무 거세어서 그 양동이들은 아무 소용이 없었다. 내가 겉옷을 입고 있었더라면 그걸 덮어서 간단히 불길을 진압할 수 있었을 것이다. 그러나 한밤중에 깨어나 급히 달려오는 바람에 그것을 집에다 놔두고 가죽 상의만 입고 왔었다.

그 화재 현장은 아주 절망적이면서도 비참한 상황이었다. 아름다운 궁전은 이제 모두 불타버려서 땅바닥에 잿더미로 가라앉을 판국이었다. 그때 나는 평소의 나와는 어울리지 않게 냉정을 유지하면서 불현듯 아주 좋은 방책을 생각해냈다. 나는 지난 밤 글리미그림(블레푸스쿠 사람들은 그것을 플루넥이라고 불렀으나, 릴리펏의 것이 한결 더 좋다는 평판이 나 있었다)이라고 하는 아주 맛좋은 와인을 많이 마셨는데, 그 와인은 배뇨 촉진 기능이 아주 탁월했다. 천만다행으로 나는 아직 배뇨를 하지 않은 상태였다. 내가 불길에 가까이 다가가자 거기서 올라오는 열기와, 불을 끄려는 나의 신체적 움직임이 서로 결합되어 몸 속에 이미 들어가 있던 와인이 신속하게 오줌으로 바뀌었다. 나는 불난 궁전에다 오줌을 힘껏 누었고 3분 만에 불은 완전히 진화되었다. 건설하는 데 무수하게 많은 세월과 시간이 들어간 아름다운 나머지 궁전들은 화마로부터 온전하게 보존되었다.

이제 해가 떴고 나는 황제를 기다려 화재 진압을 축하하지 않고 내 집으로 돌아왔다. 내가 황제에게 아주 탁월한 공로를 세우기는 했지만, 황제가 나의 화재 진압 방식에 대하여 어떤 반응을 보일 것인지 알 수 없었기 때문이다. 왕국의 기본법에 의하면, 신분고하를 막론하고 궁전 경내에서 소변을 보는 것은 사형으로 다스려야 하는 대죄에 해당되었다. 그러나 황제로부터 메시지를 받고서 약간 안심이 되었다. 황제는 대법관에게 지시하여 나를 사면하는 문서를 작성하게 할 것이라고 말했다. 하지만 나는 사면장을 받지 못했다. 그리고 은밀한 귀띔을 통하여 다음 사실을 알게 되었다. 황후가 내가 한 일에 대하여 극도의 혐오감을 느껴서 궁전의 제일 먼 쪽으로 이사하고, 불타버린 궁전을 다시 사용하기 위해 수리하는 일은 결코 하지 않겠다고 결심했으며, 그녀의 최측근들이 있는 자리에서 내게 복수할 것을 맹세했다는 것이다./

/ 앤 여왕은 스위프트의 논문 『통 이야기』를 종교에 적대적이라 여겨서 스위프트가 잉글랜드 내에서 사제의 보직을 받는 것에 반대했고 스위프트는 결국 아일랜드로 돌아갈 수밖에 없었다. 소인국의 황후가 걸리버의 소행을 괘씸하게 여긴 것은 이 일을 빗댄 것이라는 해석이 있다.

제 6 장

릴리펏의 주민들과 그들의 학문, 법률, 관습, 아이들을 교육시키는 방법
에 대해 이야기하다. 그 나라에서 저자가 생활했던 방식을 묘사하다.
저자가 어떤 훌륭한 귀부인의 명예를 지켜 주다.

나는 이 제국에 대한 상세한 묘사를 다른 책에다 미루어 놓을 생각이지
만, 그래도 호기심 많은 독자들에게 몇 가지 일반적인 사항들을 말씀드
리고 싶다. 원주민들은 보통 키가 15센티미터 이하인데, 다른 동물이나
식물 그리고 나무들도 이와 정확하게 비례하는 크기이다. 예를 들어, 가
장 큰 말이나 소도 키가 10~13센티미터이며, 양은 4센티미터이거나 그
이하이다. 그들의 거위는 우리의 참새 정도이다. 이런 식으로 크기가 전
반적으로 하향 조정되어 있으며, 마침내 아주 작은 미물의 수준까지 이
르면 내 눈에는 거의 보이지 않았다. 그러나 자연은 릴리펏 사람들의 두
눈을 모든 사물에 잘 적응시켜서 이것들을 충분히 살펴볼 수 있게 만들
었다.

그들은 사물을 아주 세밀하게 살펴볼 수 있지만 멀리 떨어져 있는 것
은 잘 보지 못했다. 가까이 있는 물건을 얼마나 잘 알아보는지 구체적으
로 사례를 든다면, 나는 요리사가 우리의 날파리 크기 정도밖에 안 되는
종달새의 깃털을 아주 능숙하게 잡아 뽑는 광경을 흥미롭게 지켜본 적
이 있다. 젊은 처녀는 내 눈에는 보이지 않는 바늘을 가지고 역시 보이
지 않는 비단에 수를 놓았다. 그 나라의 가장 큰 나무들은 높이가 대략
2미터였다. 엄청나게 규모가 큰 황실 공원에 있는 나무들을 말하는 것

이다. 팔을 쭉 펴면 꼭 쥔 주먹으로 그 나무의 우듬지를 쓰다듬을 수 있었다. 다른 식물들 또한 이런 비례에 어울리는 크기이다. 이 이상의 것은 독자들의 상상에 맡기겠다.

나는 현재로서는 그들의 학문에 대해서 별로 이야기할 마음이 없고, 단지 여러 시대에 걸쳐서 여러 분야에서 번창해 왔다는 것만 말해 두겠다. 하지만 그들이 글을 써나가는 방식은 아주 특이했다. 유럽인처럼 왼쪽에서 오른쪽으로, 혹은 아랍인처럼 오른쪽에서 왼쪽으로, 혹은 중국인처럼 위에서 아래로 써 나가지 않았다. 카스카기아인처럼 아래에서 위로 써 나가는 것도 아니었다. 이 나라 사람들은 영국의 숙녀들처럼 종이의 한쪽 구석에서 다른 쪽 구석으로 사선으로 써 내려갔다.

그들은 망자를 매장할 때 머리를 아래쪽에다 두고 묻었다. 이렇게 한 것은 1만 1천달이 지나면 그들이 모두 다시 일어난다는 생각을 갖고 있기 때문이다. 그만큼 시간이 경과한 후에는 지구(그들은 지구가 평평하다고 믿었다)가 거꾸로 뒤집힐 것이고, 그리하여 망자들이 부활할 때 자연스럽게 두 발로 서게 된다는 것이었다. 그들 중에 학식이 높은 자들은 이런 교리가 어리석은 것이라고 말했다. 하지만 일반 대중의 믿음에 따라 그 관습은 계속되고 있다.

이 제국에는 아주 특이한 법률과 관습이 있다. 만약 그것들이 나의 조국의 것들과 정면으로 위배되지 않았더라면 나는 그것들을 정당화하려는 생각이 조금 들었을 것이다. 아무튼 그런 법률과 관습들이 잘 시행되기를 바랄 뿐이다. 내가 먼저 언급하고자 하는 것은 제보자에 관련된 것이다. 이 나라에서는 국가에 반역하는 모든 범죄들이 아주 엄중하게 다스려진다. 만약 피고가 자신의 무고함을 재판에서 완벽하게 증명한다면, 그를 고발한 자는 즉각 치욕스러운 죽음에 처해진다. 원고의 재산과 토지를 몰수하여 무고함이 밝혀진 피고의 잃어버린 시간, 몸소 겪은 위험, 어렵게 견딘 구금 생활, 그리고 자신을 변호하기 위해 들어간 비용 등을 모두 4배로 물어준다. 만약 몰수된 재산으로 모두 충당이 되지 않는다면 왕실 재정에서 대부분 메워준다. 황제 또한 그 피고를 총애한다는 표장을 공식적으로 그에게 수여하며 그의 무고함이 온 도시에 선포된다.

그들은 사기 역시 사형으로 다스린다. 사기를 절도보다 더 무거운 범죄로 보기 때문이다. 그들이 주장하는 논리는 이러하다. 상식이 있는 사람이 조심하고 경계하면 도둑으로부터 그의 재산을 지킬 수가 있다. 그러나 정직한 사람은 그보다 더 교활한 자를 만나면 그를 막아낼 방법이 없다. 그리고 물건을 사고파는 행위는 항구적으로 계속되어야 하는데 그러자면 신용 거래가 필수이다. 그런데 사기가 허용되거나 묵인되면 정직한 거래인은 언제나 손해를 보고 악당은 이익을 보게 된다. 언젠가 내가 어떤 죄인을 위해 개입하면서 왕에게 관용을 베풀어달라고 한 일이 기억난다. 그 죄인은 자신이 받은 거액의 어음을 가지고 그대로 달아나서 어음 주인에게 손해를 입힌 자였다. 나는 그 죄인에게 정상 참작의 사유가 있다면서 그는 신용을 위반했을 뿐이라고 황제에게 말했다. 황제는 죄를 더 악화시키는 사유를 정상 참작의 사유로 들고 있으니 참으로 한심스럽게 생각한다고 말했다. 그래서 나는 나라마다 관습이 다르다는 평범한 대답 이외에는 아무런 말도 하지 못했다. 그때 정말 부끄러웠다는 것을 여기서 고백한다.

우리는 흔히 포상과 징벌이라는 말을 하는데, 이 두 가지가 행정의 주축이다. 그러나 나는 릴리펏처럼 이 격언이 완벽하게 실시되는 나라는 보지 못했다. 국법을 73개월 동안 철저하게 지켰다는 사실을 보여주는 증거를 충분하게 제시한 자는 일정한 혜택을 받게 되는데, 그의 지위와 신분에 따라 그런 용도로 지정되어 있는 기금에서 돈을 지급받는다. 그는 또한 '준법'이라는 뜻의 '스닐팔' 호칭을 그의 이름 앞에 붙일 수 있으나 이것은 후손에게 상속되지 않는다. 내가 그들에게, 내 조국의 법률은 포상에 대해서는 아무런 언급을 하지 않고 오로지 징벌만으로 단속한다고 말해 주자 그건 아주 잘못된 정책이라는 답변이 돌아왔다. 이런 신상필벌信賞必罰의 원칙에 입각하여 그들의 법정에 있는 정의의 입상은 온 사방을 자세히 살펴본다는 의미에서 앞에 두 개의 눈, 뒤에 두 개의 눈, 그리고 양 옆구리에 각각 하나의 눈을 갖고 있다. 또 오른손에는 끈을 풀어 놓은 황금 주머니를, 왼손에는 칼집에 든 칼을 들고 있는데, 이는 정의가 징벌보다는 포상에 더 관심을 기울인다는 것을 보여 주기 위해서이다.

공직에 사람을 뽑을 때에는 후보의 능력보다는 도덕성을 더 중시한다. 그들은 정부의 행정 업무가 인류에게 꼭 필요하다고 보면서 어떤 지위가 되었든 인간의 평범한 이해력만 있으면 이를 충분히 수행할 수 있다고 생각했다. 신의 섭리는 공직 수행을 신비한 업무로 보지 않고, 그래서 천재의 재능을 가진 사람만이 이해할 수 있는 것으로 만들어 놓지도 않았기 때문이다. 사실 천재는 한 시대에 세 명이 나올까 말까다. 그들은 모든 사람이 진리, 정의, 절제 등의 미덕을 지킬 능력이 있다고 보았다. 경험과 좋은 의도의 도움을 받아가며 이런 미덕을 실천하는 사람이라면, 누구라도 그 나라의 공직에 나설 수 있다. 단 특별한 연구 과정이 필요한 공직을 제외하고는 말이다.

그러나 릴리펏인들은 도덕성이 결여된 자는 아무리 뛰어난 재능을 갖고 있더라도 그런 결핍을 결코 보충할 수 없으며, 따라서 그런 위험한 자에게 공직을 맡겨서는 절대로 안 된다고 생각했다. 도덕적 성품을 가진 사람이 무지에 의해 저지른 오류는 공공 이익에 치명적인 피해를 입히지는 않는다. 그러나 부패한 경향이 있는 데다 그 자신의 부패한 심성을 숨기고, 돋보이게 하고, 옹호하는 능력을 가진 자의 고의적인 술수는 공공 이익에 돌이킬 수 없는 피해를 입힌다.

마찬가지로, 신의 섭리를 믿지 않는 자는 공직에 취임할 수가 없었다. 릴리펏의 왕들은 자신을 신의 대리인이라고 공언했기 때문에, 릴리펏 사람들은 군주가 그의 행위의 근거가 되는 신의 권위를 부정하는 자를 임명하는 것은 어리석기 짝이 없는 일이라고 생각했다.

이런 법률과 다음의 법률들을 서술하는 데 있어서, 나는 원래의 순수한 제도들을 말하는 것이지, 릴리펏 사람들이 인간성의 타락으로 인해 빠져들게 된 아주 부끄러운 부정부패를 언급하는 것은 아니다. 밧줄 위에서 춤을 잘 추거나 혹은 막대기 위를 잘 뛰어넘거나 그 밑을 잘 기어서 특혜와 공로의 훈장을 얻는 관행을 말하는 게 아니다. 독자들은 이런 관행이 현 황제의 할아버지 시절에 도입되었다는 사실을 주목하기 바란다. 그 후 정당과 당파가 점진적으로 늘어나면서 현재와 같은 지경에 이르게 된 것이다.

배은망덕은 그들 사이에서 중죄에 해당하는데, 우리는 다른 나라들도 이렇게 여긴다는 것을 책에서 읽어 알고 있다. 그들은 이런 논리를 내세운다. 은인을 배신하는 자는 인류 전체의 공동의 적이 되어야 마땅하며, 나머지 인류가 그 자에게 은혜를 베풀어준 일이 있는지 여부와는 무관하게 그렇게 되어야 한다. 그는 이런 식으로 모든 인류를 적으로 돌렸기 때문에 인간 사회에서는 살아갈 수가 없다.

부모 자식 간의 의무사항에 대한 소인국의 개념은 우리의 그것과는 아주 다르다. 그들은 남녀의 결합을 자손을 낳아 종을 존속하라는 자연의 위대한 법칙에 바탕을 둔 것으로 여긴다. 인간의 남녀는 다른 동물들과 마찬가지로 성적 욕망에 의해 결합되고 그에 따라 자식을 낳아 그 자식을 사랑하게 되는데 이는 자연의 법칙이다. 이 때문에 자식은 그를 낳아준 아버지나 이 세상에 나올 수 있게 길러준 어머니에게 고마움의 의무를 느낄 필요가 없다. 인간 생활의 비참함을 감안할 때 세상에 태어나게 해 준 것은 혜택이 될 수 없으며, 또 그의 부모가 의도한 것도 아니었다. 부모가 성적 결합을 할 때에 그 목적은 다른 데 있었기 때문이다.

이러한 논리와 그 외의 다른 유사한 논리에 입각하여, 그들은 부모는 자식의 교육을 맡기는 데 있어서 맨 마지막으로 고려되어야 할 사람들이라는 의견을 피력한다. 그래서 소인국은 모든 마을에 공공 육아 학교를 건립해 놓고서 부모들에게 다음과 같이 하라고 요구한다. 먼저 남녀 아이가 생후 20개월이 지나면 그들을 육아 학교로 보내 키우고 또 교육해야 한다. 그들은 20개월이면 아이들이 온순하게 복종할 수 있는 기본 조건을 갖추고 있다고 보았다. 소인국에는 서로 다른 신분과 성별에 따라 아이들을 수용하는 여러 종류의 학교들이 있었다. 또 부모의 지위, 아이들의 능력과 성향 등에 따라 아이들에게 적절한 생활 조건에 익숙해지도록 훈련시키는 교사들이 있었다. 나는 먼저 남자 아이를 위한 육아 학교를 말하고 그 다음에 여자 아이를 위한 육아 학교를 언급하겠다.

귀족이거나 고관대작의 아들들을 위한 육아 학교에는 신중하고 학식 높은 교사들과 보조교사가 임명되었다. 아이들의 옷과 음식은 수수하면서도 간소했다. 그들은 명예, 정의, 용기, 겸손, 관대, 종교적 경건, 조국애 등의 원칙을 배우며 자란다. 아주 짧은 먹고 자는 시간을 제외하고 그들은 늘 일을 했다. 오락 시간은 두 시간인데 체력 단련 과정이 그 안에 들어 있었다. 아이들은 네 살이 될 때까지는 남이 옷을 입혀 주었지만, 그 이후에는 스스로 옷을 입어야 했다. 이것은 아무리 신분이 높더라도 예외가 없었다. 우리 나이로 치면 50세 정도 되는 여자 하인들도 있었는데 이들은 가장 천한 일만 했다.

아이들은 하인들과 대화를 해서는 절대 안 되며 오락을 할 때에도 소수의 무리를 이루어야 하고, 반드시 교사 혹은 그의 보조교사가 입회해야 했다. 이렇게 입회 감독을 함으로써 우리 영국의 아이들이 잘 저지르는 우행과 악덕에 빠져드는 것을 어릴 적부터 미연에 방지할 수 있었다. 그들의 부모는 1년에 2번만 아이들을 면회할 수 있었고, 면회는 한 시간을 초과해서는 안 되었다. 부모는 만날 때와 헤어질 때 아이와 입을 맞출 수 있었다. 그러나 이런 면회 장소에 반드시 입회하는 교사가 부모가 아이에게 낮은 목소리로 속삭이거나 애정의 표시를 하는 것을 금지했고, 또 장난감이나 과자, 기타 선물을 가져오는 것도 허락되지 않았다.

아이의 교육과 오락에 들어가는 비용을 부모가 제때 지불하지 않으면 황제의 관리들이 그 가정을 찾아가 강제 징수한다.

일반 신사, 상인, 직인, 수공업자 등의 자녀를 위한 육아 학교도 귀족 육아 학교에 준하여 운영된다. 단 직인을 지향하는 아이는 일곱 살에 직인의 도제로 들어간다. 반면에 고위 인사의 자식들은 영국 나이 21세에 해당하는 15세가 될 때까지 계속 교육을 받는다. 그러나 졸업 3년 전부터 외출 금지가 점진적으로 해제된다.

여아 육아 학교에서 고위직의 아이들은 남아들과 마찬가지 방식으로 교육되었으나, 단정한 여자 하인들이 교사나 보조교사의 입회 아래 옷을 입혀 주었다. 그러나 다섯 살이 되면 스스로 옷을 입어야 했다. 만약 이들 여자 하인이 무섭거나 어리석은 이야기로 아이들을 즐겁게 하려 하거나, 영국의 하녀들이 저지르는 평범한 우행을 저지른다면 시내에서 세 번 조리돌림과 매질을 당하고, 1년 간 투옥되었다가 아주 외딴 오지로 평생 추방되었다. 이렇게 하여 어린 소녀들은 남아들 못지않게 비겁자와 바보가 되는 것을 부끄럽게 여겼다. 여아들은 예의와 청결이 요구하는 것 이상의 모든 개인 장신구를 경멸했다. 나는 또 여아라고 해서 교과 과정이 남아들과 달라지는 것은 발견하지 못했다. 단 체육 시간은 남아들처럼 강도 높게 하지 않으며, 가정생활과 관련하여 몇 가지 규칙이 제시되었고 남자 아이들에 비해 한정된 범위의 학과만 부과된다는 정도가 다를 뿐이었다. 그들이 신봉하는 격언은 이랬다. "신분 높은 사람들 사이에서 아내는 언제나 합리적이고 유쾌한 동반자가 되어야 하는데, 그 이유는 그녀가 언제나 젊지만은 않기 때문이다." 여아가 결혼 적령인 12세가 되면 부모 혹은 보호자가 그녀를 집으로 데리고 가면서 교사들에게 깊은 고마움을 표시하며, 그 젊은 여성과 동료 학생들은 어김없이 눈물을 흘린다.

지위가 떨어지는 여아 학교에서는, 아이들이 여성에게 적합하고 또 그들의 신분에 어울리는 온갖 종류의 일을 배운다. 도제로 나갈 여아는 일곱 살에 학교를 떠나고 나머지 여아들은 11세까지 그곳에 머무른다.

이 학교에 아이를 보낸 신분 낮은 가정들은 가능한 한 낮게 책정되어 있는 1년 치 학비 이외에도 학교의 서무부장에게 그 가정의 수입 중 소액을 그 아이의 몫으로 납부해야 한다. 따라서 부모들은 법률에 의해 강제로 그 비용을 납부한다. 소인국 사람들은 부부가 그들의 성적 욕망에 굴복하여 아이를 이 세상에 나오게 하고서 그 양육비를 공공 비용으로 떠넘기는 것은 아주 불공정한 일이라고 생각했다. 지체 높은 가정의 경우, 부모들은 각 아이들이 그 신분에 걸맞은 대접을 받기 위해 필요한 금액을 보증금으로 내놓았다. 이 자금들은 철저한 절약 정신과 아주 공정한 처리 원칙에 따라 집행되었다.

농부와 노동자들은 자녀를 집에서 키웠다. 그들의 일은 땅을 갈고 경작하는 것이기 때문이다. 따라서 그 아이들의 교육은 일반 대중에게 그리 중요한 게 되지 못했다. 하지만 나이 들고 병든 농부와 노동자들은 병원에서 보살폈다. 이 제국에서 걸인이라는 것은 존재하지 않는 직업이었기 때문이다.

여기서 호기심 많은 독자의 관심을 다른 곳으로 돌려서 나의 가정생활과 내가 이 나라에서 9개월 13일 동안 머물면서 어떻게 살았는지를 말씀드리고자 한다. 나는 손재주가 좀 있었고 그런 재주를 발휘할 필요가 있었으므로, 나 자신을 위하여 왕실 공원에서 베어 온 가장 큰 나무들을 가지고 탁자와 의자를 만들었다. 나의 셔츠와 침대 및 탁자에 들어갈 천을 만들어 주기 위해 2백 명의 침모가 동원되었는데, 그 천은 그들이 구할 수 있는 것들 중에서 가장 튼튼하면서도 거칠었다. 그들은 그 천을 여러 겹으로 덧대어 꿰매야 했다. 가장 두꺼운 것이라고 해 봐야 면사포 정도의 두께였기 때문이다. 그들의 천은 한 장이 너비 8센티미터에 길이가 90센티미터였다. 침모들은 땅에 누워 있는 나의 신체 치수를 쟀다. 한 사람은 나의 목에, 다른 한 사람은 다리 중간 부분에 서서 길게 늘인 줄을 양쪽에서 잡고서 길이를 쟀다. 그리고 세 번째 침모가 2.5센티미터 길이의 자를 가지고 그 줄의 길이를 측정했다. 이어 그들은 나의 오른쪽 엄지 손가락을 재고서 더 이상의 치수 작업은 하지 않았다.

그들은 수학적 계산에 의하여 엄지손가락 둘레의 두 배가 손목 둘레라는 것을 알았고, 목과 허리도 그런 식으로 치수를 알아냈다. 또 그들에게 본을 보이기 위해 땅에 펼쳐 놓은 내 낡은 셔츠의 도움으로 그들은 치수를 정확하게 쟀다. 나의 겉옷을 만들기 위해 3백 명의 재봉사가 동일한 방식으로 동원되었다. 하지만 그들은 내 치수를 재는 또다른 방법을 알고 있었다. 나는 무릎을 꿇고 앉았고 그들은 땅에서 내 목까지 사다리를 걸쳐놓았다. 이어 그들 중 한 사람이 목 부분까지 올라와 수심을 재는 측량줄을 내 옷깃에서 땅바닥까지 내렸다. 그것은 내 웃옷의 길이를 정확하게 알려 주었다. 그러나 허리와 양팔은 내가 직접 쟀다. 그 옷이 내 집에서 완성되었을 때(소인들의 집 중 제일 큰 집도 그 옷을 보관할 수 없었다), 그 옷은 영국의 숙녀들이 만든 조각보를 이어 붙인 옷 같았다. 물론 이 옷은 한 가지 색깔이었지만 말이다.

내 음식을 준비하는 요리사는 3백 명이었는데 내 집 근처에 지어진 작고 편안한 오두막들이 주방이었다. 그들은 그곳에서 가족과 함께 살면서 하루에 두 번씩 나의 음식을 준비했다. 나는 손에 스무 명의 시종을 올려놓고 그들을 식탁 위에 내려놓았다. 땅에서는 1백여 명의 시종이 식사를 도왔는데 일부는 고기 그릇을 다루었고 일부는 와인이나 기타 주류의 술통을 메고 있었다. 그들의 양고기는 영국 것만 못하지만 소고기는 훌륭했다. 한번은 아주 큰 허리살 고기가 나와서 세 번에 나누어 씹어야 했는데 그건 드문 일이었다. 나의 하인들은 내가 영국에서 종달새 다리 고기를 먹는 것처럼 쇠고기를 뼈째로 먹는 것을 보고서 깜짝 놀랐다. 그들의 거위와 칠면조는 보통 한입에 먹어버렸는데 그 맛이 영국 것보다 훨씬 더 좋다는 사실을 실토해야겠다. 그들의 자그마한 닭고기는 내 칼끝에 한 번에 20마리 혹은 30마리를 올려놓고 단숨에 먹어 치웠다.

어느 날 황제는 나의 생활방식을 보고 받고서 황제 자신과 황후 그리고 황자와 황녀들과 함께 나와 식사하는 행복(황제는 이렇게 말하는 걸 좋아했다)을 맛보고 싶다고 했다. 황제 일가는 모두 함께 왔고 나는 그들을

릴리펏의 재봉사들이 걸리버의 치수를 재다.

내 식탁 위에 마련된 귀빈석에 앉힌 뒤 그들 주위에 호위병들도 올려놓았다. 재무장관인 플림냅도 장관 표징인 하얀 지팡이를 들고 참석했는데 자주 나를 시큰둥한 표정으로 쳐다보았다. 나는 그것을 못 본 체했고 황제 일행에게 멋진 인상을 주기 위해, 또 그 나라의 명예를 더욱 높이기 위해 평소보다 더 많은 음식을 먹었다.

내 생각으로는 황제 폐하의 내 집 방문이 플림냅이 황제에게 나를 헐뜯을 좋은 기회가 된 것 같다. 재무장관은 평소 심통 맞은 성질과는 다르게 나를 자주 쓰다듬으며 애정 표시를 했지만 언제나 나의 은밀한 적수였다. 재무장관은 황제에게 국고의 형편없는 상태에 대하여 불평했다. 재무부는 채권을 크게 융통해 주어야 돈을 조달할 수 있는데, 국가 채권이 액면가에서 9퍼센트 빠진 상태로 유통이 되고 있다는 것이었다. 또 내가 황제에게 150만 스프루그(장식 금속 조각 크기의 가장 큰 금화)의 경비를 쓰게 했다고 보고했다. 그래서 전체적으로 볼 때, 가능한 한 빨리 나를 처분하는 것이 좋겠다고 황제에게 상신했다.

여기서 나는 나 때문에 무고하게 고통을 당한 귀부인의 명예를 회복시켜 주고자 한다. 재무장관은 어떤 사악한 혀를 가진 자의 악의 때문에 그의 아내를 공연히 질투하게 되었다. 그 사악한 혀는 귀부인이 나를 아주 좋아하고, 또 궁중에서 그녀가 몰래 나의 숙소를 찾아갔다는 스캔들이 돌고 있다고 보고했다. 나는 이것이 아무 근거도 없는 극악무도한 허위 보고라는 것을 여기서 엄숙히 맹세한다. 그 귀부인은 순수한 자유와 우정의 표시로 나에게 잘 대해 주었을 뿐이다. 그녀가 내 집에 자주 찾아왔다는 것은 인정하겠다. 하지만 늘 공적인 방문이었고 마차에는 언제나 세 사람이 대동했으며 그들은 자매이거나 젊은 딸이거나 각별한 지인이었다. 그리고 이런 방문은 궁중의 다른 많은 귀부인들에게도 흔한 것이었다. 그리고 나는 내 하인들을 나의 증인으로 삼고 싶다. 과연 그들이 내 집 문 앞에 선 마차 안에 누가 타고 있는지 모르는 경우가 있었던가?

누가 방문해 왔다고 하인이 내게 알려오면 나는 습관적으로 문 앞까지 즉각 나아갔다. 나는 경의를 표시한 후에 마차와 두 말(6두 마차의 경우라도 마부가 뒤의 말 네 마리는 마차에서 미리 떼어놓았다)을 들어서 탁자 위에 올려놓고 그 주위에 12센티미터 높이의 이동식 난간을 둘러서 미연에 사고를 방지했다. 나는 종종 사람들이 가득 탄 마차 네 대를 탁자 위에 올려놓고 의자에 앉아서 그들 쪽으로 내 얼굴을 기울였다. 내가 한 무리와 대화를 하는 동안에, 마부는 다른 마차들을 몰아서 부드럽게 식탁 주위를 돌았다. 나는 이런 식으로 대화를 나누며 여러 번 오후 한때를 즐겁게 보냈다.

나는 재무장관과 그의 제보자 두 명(이제 그들의 이름을 클루스트릴과 드룬로라고 밝히겠으니 이런 폭로를 악용하든 말든 마음대로 하라)에게 과연 어떤 사람이 익명으로 내 집을 찾아왔는지 말해보라고 도전하는 바이다. 익명으로 찾아온 경우는 내가 위에서 이미 말한 바와 같이 황제 폐하의 명령을 받아 찾아온 비서실장 렐드레살의 경우뿐이다. 나는 훌륭한 귀부인의 명예가 걸린 문제가 아니었다면 이 문제를 이렇게 장황하게 언급하지 않았을 것이다.

이는 물론 나의 명예도 걸린 문제이다. 나는 나르닥이라는 높은 명예의 호칭을 가지고 있지만 재무장관은 그렇지 못하다. 온 세상이 다 아는 바와 같이 그는 '클룸글룸'이라는 호칭을 갖고 있는데 그건 나보다 한 단계 아래인 호칭이다. 영국으로 치자면 공작 밑의 후작인 것이다. 하지만 나는 그의 직책을 중시하여 그가 나보다 앞선다는 것을 인정했다. 내가 나중에 우연한 계기(그것을 자세히 말하는 것은 부적절하다)로 알게 된 그 거짓 정보 때문에, 재무장관은 한동안 그의 아내에게 험상궂은 표정을 지었고 내게는 더욱 심술궂은 표정을 지었다. 그는 마침내 자신이 속았다는 것을 깨닫고 아내와 화해했지만 나는 그의 신임을 완전히 잃어버렸다. 그리고 나에 대한 황제의 신임도 급속하게 사라져갔다. 황제는 최측근인 재무장관에게 크게 휘둘리고 있었던 것이다.

제 7 장

저자가 그에게 대역죄 누명을 씌우려는 계획을 알게 되고 블레푸스쿠로
달아나다. 그곳에서 어떤 대접을 받았는지 말하다.

내가 이 왕국을 떠나게 된 경위를 이야기하기 전에 독자에게 나를 처치
하기 위한 은밀한 음모가 두 달 동안이나 진행되어 왔음을 미리 말씀드
리고 싶다.

나는 지금까지 궁정 생활을 전혀 모르는 사람이었는데 내가 신분이
낮아서 그런 생활을 할 자격이 되지 못했기 때문이다. 나는 위대한 군주
와 장관들의 기질에 대해서 많이 읽고 또 들어왔다. 그러나 이처럼 멀리
떨어진, 유럽의 군주나 장관의 원칙에 따르지 않고 다스려지는 나라에
서 그러한 기질이 끼치는 엄청난 효과를 맞이하리라고는 상상조차 하
지 못했다.

내가 블레푸스쿠 황제를 알현하려 갈 준비를 하고 있을 때, 한 정부
고관(나는 그가 황제 폐하의 심기를 심하게 건드렸을 때 그에게 큰 도움을 준 적이
있었다)이 밤중에 가려진 마차를 타고서 아주 은밀하게 나를 찾아와서,
누구인지 밝히지 않고 만나줄 것을 요청했다. 마부들은 곧 돌려보내졌
고, 나는 고관을 마차 안에 든 채로 내 호주머니에 집어넣었다. 그리고
신임하는 하인에게 누가 찾아오면 내가 몸이 불편하여 잠자리에 들었
다고 말하라고 이른 다음에, 내 집의 문을 걸어 잠그고 평소 하던 대로
마차를 내 탁자 위에 올려놓았다. 이어 서로 인사를 나눈 다음에 나는
고관의 얼굴에 가득한 근심을 살펴볼 수 있었다. 그 이유를 물어보니 그

는 나의 명예와 목숨이 걸려 있는 중요한 문제라면서 내가 그의 이야기를 끝까지 들어 주기를 바랐다. 그가 한 말은 다음과 같았는데, 나는 그가 떠나자마자 그의 말을 그대로 기록해 두었다.

"당신 때문에 최근에 고위 협의회가 여러 번 개최되었습니다. 그리고 불과 이틀이 지나지 않아 황제 폐하는 온전한 결정을 내렸습니다.

당신은 스키레시 볼골람(해군장관)이 당신이 이 나라에 도착한 이후 계속 당신의 치명적인 원수였다는 사실을 잘 알 겁니다. 그와 당초 무슨 이유로 그렇게 되었는지 그 이유를 나는 잘 알지 못합니다. 당신이 블레푸스쿠를 상대로 큰 성공을 거둔 뒤에 그의 증오심은 부쩍 커졌습니다. 당신의 성공으로 해군장관인 그의 명예가 바랬으니까요. 해군장관은 의처증 문제로 당신에게 악명 높은 적개심을 품은 재무장관 플림냅과 결탁하여 당신을 거꾸러트리기로 음모를 꾸몄습니다. 그리하여 육군장관인 림톡, 시종장인 랄콘, 대법관인 발무프 등이 당신의 대역죄와 기타 중죄를 탄핵하는 문건을 작성했습니다."

나 자신의 공로와 무고함을 자신하던 나는 이런 장황한 서언에 짜증을 느끼며 그의 말을 가로막으려 했다. 그러자 고관은 그의 말을 끝까지 들어달라고 간청하면서 이렇게 계속했다.

"당신이 내게 준 큰 도움에 대한 감사 표시로 나는 그런 음모가 진행되는 과정에 대한 정보, 그리고 탄핵 문서 한 부를 입수하였습니다. 나는 당신에게 이런 도움을 주면서 내 목숨을 걸고 있는 것입니다.

산악 인간에 대한 탄핵문

제1조 황제 폐하 칼린 데파르 플루네의 치세 시에 제정된 법률에 의하면 황궁 경내에서 용변을 본 자는 대역죄의 징벌에 처해지도록 되어 있다. 그럼에도 불구하고 상기 산악 인간은 황후마마의 침전 근처에서 발생한 불을 끈다는 미

명 아래, 해당 법률을 노골적으로 무시하면서, 방자하고 사악하고 대역죄인 같은 자세로 소변을 발사했다. 이러한 행위는 위에 언급한 법령을 명백하게 위반한 것이다.

제2조 상기 산악 인간은 블레푸스쿠의 선단을 황실 항구로 예인해 온 후에 황제 폐하로부터 블레푸스쿠 제국의 모든 배들을 나포해 오고 그 나라를 우리나라의 속주로 만들어 본국에서 파견하는 총독이 다스리게 하라는 명령을 받았다. 또한 그곳으로 망명간 '위쪽 부분' 당파와, '위쪽 부분' 이단을 즉각 포기하지 않는 블레푸스쿠의 모든 사람을 처치하라는 명령을 받았다. 그러나 산악 인간은 가장 장엄하고 인자하신 황제 폐하의 의사에 반하여 행동하는 거짓된 대역죄인답게 그런 일을 하지 않게 해 달라고 간청했다. 그가 제시한 이유는 무고한 사람들의 양심, 자유, 목숨을 빼앗고 싶지 않다는 것이었다.

제3조 블레푸스쿠 궁정에서 황제 폐하의 궁정에 평화를 호소하기 위한 사절단을 파견해 왔을 때, 상기 산악 인간은 거짓된 대역죄인답게 상기 사절단을 도와주고, 부추기고, 위로해 주고, 즐겁게 해 주었다. 산악 인간은 그들이 최근까지 우리 황제 폐하의 노골적인 적으로서 전쟁을 준비해 온 군주의 하인들이라는 것을 잘 알면서도 그런 행동을 했던 것이다.

제4조 상기 산악 인간은 충성스러운 신하의 의무를 저버린 채 현재 블레푸스쿠의 궁정으로 여행을 떠날 준비를 하고 있다. 그는 황제 폐하로부터 단지 구두 허가만 받았을 뿐이다. 그런 구두 허가를 구실로 삼아, 거짓된 대역죄인답게 그 여행을 떠나려 하고 있는데, 그로 인해 최근까지 우리 황제 폐하의 노골적인 적으로서 전쟁을 준비해온 블레푸스쿠 황제를 도와주고, 위로해 주고, 부추기고 있다.

이것들 이외에 다른 조항들도 있지만 방금 요약하여 읽어 드린 이런 조항들이 가장 중요합니다.

이 탄핵 건을 논의하는 과정에서, 폐하는 엄청난 관용의 표시를 여러 번 보였습니다. 종종 당신이 폐하께 해 드린 공로를 언급하면서 당신의 정상을 참작하려 했습니다. 재무장관과 해군장관은 밤중에 당신의 집에 불을 놓아 가장 고통스럽고 치욕스러운 죽음에 처해야 한다고 고집했습니다. 그들은 동시에 육군장관이 독화살로 무장한 2만의 병력을 거느리고 현장에 출동하여 당신의 얼굴과 양손을 공격해야 한다고 말했습니다. 또한 당신의 일부 하인들에게 은밀히 지시하여 당신의 셔츠와 홑이불에 독즙을 발라놓게 하면 당신은 독이 스며든 살을 마구 뜯으며 극심한 고통 속에서 죽게 될 것이라고 했습니다. 육군장관 또한 이들과 같은 생각이었습니다. 그래서 오랫동안 당신을 적대시하는 세력이 벌써 과반을 넘었습니다. 그러나 황제 폐하는 가능하면 당신의 목숨을 살려 주려 했고 마침내 시종장을 설득했습니다.

이렇게 된 후, 황제 폐하는 언제나 당신의 진정한 친구인 비서실장 렐드레살에게 의견을 제시하라고 명령했습니다. 그는 당신이 호의를 품고 있는 사람답게 발언했습니다. 비서실장은 당신의 범죄가 중대하기는 하지만, 군주의 가장 고결한 미덕인 자비를 베풀 여지가 있다고 했습니다. 또 황제 폐하는 그런 자비로 이미 명성이 높지 않느냐는 이야기도 했습니다. 당신과 비서실장의 우정은 온 세상에 잘 알려져 있으므로, 존경받는 각료 회의는 비서실장의 의견이 편파적이라고 생각했을 수도 있습니다. 그러나 그는 어명을 받들어 그 자신의 의견을 다음과 같이 자유롭게 개진했습니다.

'폐하가 산악 인간의 공로를 감안하시고 또 폐하 자신의 지극히 관대한 성품에 따라서 산악 인간의 목숨을 살려 주실 생각이라면 그의 두 눈을 뽑아버리라고 명령을 내리십시오. 이렇게 하면 정의가 어느 정도 실현될 수 있을 뿐만 아니라 모든 세상이 폐하의 관대함과, 각의에 참석한 장관들의 공정한 심의를 칭송할 것입니다. 산악 인간은 두 눈을 잃었다 하더라도 체력은 그대로 유지할 것이므로 국왕 폐하에게 여전히 쓸모가 있을 것입니다. 또 실명하면 위험을 보지 않게 될 것이므로 더욱 용기를 내게 될 것입니다. 산악 인간이 적의 선단을 우리 항구로 끌어올

때 가장 두려워했던 부분은 그의 두 눈을 잃는 것이었습니다. 하지만 산악 인간은 앞으로 장관들의 눈으로 앞을 보면 됩니다. 가장 위대한 군주들도 때때로 이렇게 합니다.'

비서실장의 제안은 각료 회의에 참석한 장관들 전원에게 아주 못마땅하게 생각되었습니다. 해군장관 볼골람은 화를 참지 못하고 자리에서 벌떡 일어서더니 어떻게 비서실장이 감히 대역죄인의 목숨을 살려주자는 의견을 낼 수 있는지 도저히 납득하지 못하겠다고 말했습니다. 당신이 수행한 일들은 국가이성'의 관점에서 볼 때 오히려 당신의 죄를 더욱 가중시키는 행위라는 것이었습니다. 가령 당신이 폐하의 궁전에서 소변을 보아 진화한 것은(그는 이 대목에서 몸을 부르르 떨었습니다), 또 다른 경우에는 궁전에 홍수를 일으켜 모든 건물을 떠내려가게 하는 수단도 될 수 있다는 거였습니다. 적선을 우리 항구 쪽으로 끌고 온 당신의 힘은 불만이 처음으로 터져 나오는 순간 그 적선을 도로 적에게 가져다주는 쪽으로 사용될 수 있다고 했습니다. 볼골람은 당신이 내심 '위쪽 부분' 파라고 생각해 볼 만한 이유가 충분하다고 주장했습니다. 반역은 노골적인 행위로 터져 나오기 전에 먼저 사람의 마음속에 자리 잡기 때문에, 해군장관은 당신을 반역자로 비난하면서 당장 처형해야 마땅하다고 고집했습니다.

재무장관도 같은 의견이었습니다. 폐하의 황실 국고가 당신을 유지하는 비용을 대느라고 크게 줄어들어 아주 난감한 상황이 되었고 이제 곧 더 이상 유지하지 못할 수준에 도달할 것이라고 말했습니다. 당신의 두 눈을 뽑아버리자는 비서실장의 제안은 결코 이 악을 다스리는 방책이 될 수가 없고 단지 그것을 더욱 악화시킬 것이라고 전망했습니다. 일부 닭들의 눈알을 뽑아버린 후에 그 닭들이 더욱 먹이를 많이 먹고 몸

/ 국가이성(國家理性)은 자기목적적 존재인 국가가 스스로를 유지·강화하기 위하여 지켜야 할 법칙이나 행동기준을 말한다.

이 불어난 사실을 감안할 때, 사태 악화는 아주 분명하다는 것이었습니다. 지존하신 폐하와 당신의 판관인 각료들은 그들의 양심을 걸고 당신의 유죄를 확신했습니다. 이것만으로도 당신을 사형에 처할 충분한 근거가 됩니다. 법률 조문이 엄격하게 요구하는 객관적 증거가 없어도 말입니다.

하지만 황제 폐하는 사형에 적극 반대하면서 이런 관대한 대답을 내리셨습니다. '각의가 양 눈을 뽑아버리는 것만으로는 너무 약한 처벌이라고 하니, 다른 추가적인 징벌을 생각해 보도록 하라.' 그러자 당신의 친구인 비서실장이 공손하게 나서서, 아까 재무장관이 당신을 유지하는 비용이 국고에 엄청난 피해를 입히고 있다고 말한 데 대하여 한 마디 대답하고 싶다고 했습니다. 비서실장의 의견은 이러했습니다.

'폐하의 수입을 전적으로 관장하는 재무장관은 산악 인간의 유지비용을 점진적으로 낮춤으로써 재정 악화를 막을 수 있습니다. 산악 인간에게 충분한 음식을 제공하지 않는다면 그는 점점 허약하고 초췌해져서 식욕을 잃게 될 것이고 결국 몇 달을 버티지 못하고 쇠약해져서 죽어버릴 것입니다. 산악 인간의 몸뚱어리가 평소의 절반 크기로 줄어든다면 시체에서 풍기는 악취도 그리 위험하지 않을 것입니다. 그리고 사망 직후에 폐하의 신하 5~6천 명을 동원하여 2~3일 안에 시체에서 살을 발라내어 수레에다 싣고서 오지로 가서 파묻어버린다면 전염병도 사전에 예방할 수 있을 것입니다. 그리고 산악 인간의 골격은 잘 보존하여 후대에 자랑스러운 기념물이 되게 하면 좋을 것입니다.'

이런 식으로 비서실장의 우정 덕분에 이 모든 문제가 타협이 되었습니다. 당신을 굶겨서 서서히 죽게 만든다는 계획은 철저히 비밀에 부쳐야 한다는 엄명이 내려졌습니다. 그러나 당신의 두 눈알을 뽑아버린다는 선고는 형벌 장부에 기록되었습니다. 이러한 결정에 반대한 사람은 아무도 없었습니다. 단 해군장관 볼골람은 예외였는데, 그는 잘 알려진 대로 황후의 총신으로서 당신을 죽이라는 황후의 독촉을 계속해서 받아 왔기 때문입니다. 황후는 당신이 황후 거처의 화재를 그런 치욕스럽고 불법적인 방식으로 진화한 것에 대하여 오랫동안 악감정을 품고 있었습니다.

앞으로 사흘 이내에 당신의 친구 비서실장이 당신 집을 찾아와 당신 앞에서 탄핵문을 낭독할 것입니다. 이어 황제 폐하의 관대함과 은혜를 찬양한 다음에, 당신의 두 눈알을 뽑아버리는 선고가 떨어졌음을 알릴 겁니다. 폐하는 당신이 감사하는 마음으로 공손하게 그런 처벌을 받아들일 것을 의심하지 않고 있습니다. 폐하가 거느리는 외과의사 스무 명이 현장에 입회하여, 땅에 누워 있는 당신의 두 눈알에 아주 날카로운 화살을 발사하여 양 눈을 제거하는 작업이 잘 수행되는지 감독할 것입니다.

당신이 어떤 조치를 취할 것인지는 당신의 판단에 맡깁니다. 이제 나는 아까 은밀히 찾아왔던 것과 똑같은 방법으로 즉각 돌아가야겠습니다.”

정부 고관은 떠나갔고 나는 혼자 남아서 머릿속에 많은 의심과 당황스러운 생각이 교차하는 것을 느꼈다.

이 군주와 각료들이 도입한 관습은, 내가 들어서 아는 바 예전의 관습과는 아주 달랐다. 이 관습에 따르면 궁정이 잔인한 처형을 선포한 후에는 황제가 언제나 각료 전원을 상대로 연설을 했다. 군주의 적개심이나 총신의 악의를 완화하기 위해서였다. 주로 황제 자신의 엄청난 관대함과 자비를 언급했는데, 황제의 그런 특별한 인품이 온 세상 사람들이 다 알고 또 인정하는 사실이라는 것이다. 이 연설은 즉각 왕국 전역에 공표되었다. 그러나 사람들을 가장 두렵게 만드는 것은 바로 황제의 자비를 칭송하는 그 장황한 언사이다. 왜냐하면 그런 찬양이 길면 길수록 그 처벌은 더욱 비인간적이고 또 처형을 당하는 자는 더욱더 무고하기 때문이다.

하지만 나 자신에 대해서 말해 보자면, 나는 출생 신분이나 교육 환경이나 도무지 궁정 신하로 들어갈 만한 사람이 되지 못했다. 그런데다가 사물을 잘 분간하지 못했고, 그래서인지 그 선언에서 관대함이나 호의를 도무지 발견할 수가 없었다. 그것이 관대하기는커녕 너무 가혹한 것이 아닐까 하고 생각했다(내가 잘못 생각한 것인지 모르지만). 나는 재판에 나가 내 입장을 당당히 밝힐까 하는 생각도 때때로 했다. 탄핵문에 열거된 여러 조항들의 객관적 사실은 부인하지 못하지만, 그들이 나름 정상 참작을 해 주지 않을까 하고 생각했다. 하지만 평생 동안 많은 국가 재판의 판결문을 읽어보았는데, 그 결과는 언제나 판사들이 적절하다고 생각하는 쪽으로 끝났다. 나는 이처럼 중요한 시점에 그런 위험한 판결에 의지할 수 없었고 또 강력한 적수들에게 그런 식으로 맞서는 것도 어리석게 생각되었다.

나는 한번은 강력하게 저항해 볼까 하는 생각도 했다. 내 몸이 자유롭게 움직일 수 있는 동안에는, 온 제국의 힘을 다 합쳐도 나를 패배시키지 못할 것이었다. 나는 큰 바위 몇 개만 가져와서 손쉽게 수도를 박살낼 수도 있었다. 그러나 이 계획이 너무 끔찍하다고 생각하여 포기했다. 내가 황제에게 한 충성 맹세, 내가 그에게서 받은 혜택, 그가 내게 수여한 나르닥이라는 높은 직위 등을 생각할 때 도저히 그렇게 할 수 없었다. 게다가 나는 조변석개朝變夕改하는 궁정 신하들의, 고마움을 정반대로 표시하는 방법을 아직 익히지 못한 상태였다. 그래서 궁정 신하들처럼 뻔뻔하게 폐하가 현재 내게 부여하려는 가혹한 처사는 과거에 내게 베풀어 주었던 혜택을 모두 상쇄해 버렸으니, 나는 이제 폐하에게 아무 빚진 것이 없다고 내뻗칠 수가 없었다.

마침내 나는 결정을 내렸다. 이것 때문에 내가 비난을 받을지도 모르겠는데, 그런 비난은 나름 근거가 있다고 해야 할 것이다. 아무튼 나는 아주 무모하고 또 경험의 뒷받침 없는 미숙한 결단 덕분에, 두 눈알이 뽑히지도 않았고 결과적으로 자유도 얻게 되었음을 고백하는 바이다. 그 후 나는 많은 다른 궁정에서 군주와 장관들이 나보다 훨씬 가벼운 죄를 저지른 사람을 어떻게 다스리는지 그 방법들을 목격했다. 만약 내가 릴리펏에 있을 때 군주와 장관들의 행태를 잘 알고 있었더라면 그들이 내린 그런 관대한 징벌에 아주 신속하면서도 자발적으로 승복했을 것이다.

그러나 나는 젊음의 충동적 기질에 휘둘려 황급하게 행동에 나섰다. 블레푸스쿠 황제를 알현해도 좋다는 황제 폐하의 허가를 받았으므로, 나는 그것에 힘입어 사흘이 지나기 전에 내 친구 비서실장에게 편지를 보내 내가 얻은 황실의 허가에 의하여 그날 아침 블레푸스쿠로 떠날 계획임을 통보했다. 나는 비서실장의 답장을 기다리지 않고 우리의 함대가 정박하고 있는 해안 쪽으로 갔다. 나는 거기서 큰 군함을 골라 뱃머리에 밧줄을 감고 닻을 들어올렸다. 이어 내 옷을 벗어서 (겨드랑이에 끼워서 가지고 온 홑이불과 함께) 그 군함 속에다 집어넣었다. 그리고 그 군함을 끌어당기면서, 물속을 걸어가거나 헤엄쳐서 블레푸스쿠 황실 항구에 도착했다. 그곳에서는 사람들이 오랫동안 나를 기다리고 있었다.

그들은 내게 안내인 두 명을 붙여 주어 수도까지 나를 안내했다. 수도의 이름은 제국의 이름과 똑같았다. 나는 도성의 대문 앞 2백 미터 지점에 도착할 때까지 두 안내인을 내 손 안에 들고 있었다. 나는 안내인들에게 내각의 장관에게 나의 도착 사실을 알리고 내가 거기서 황제의 명령을 기다리고 있음을 통지하게 했다. 나는 한 시간 안에 답변을 받았다. 폐하가 황실 가족과 궁정의 고위 장관들을 대동하고 나를 영접하기 위해 오고 있다는 전갈이었다. 나는 1백 미터 앞까지 나아갔다. 황제와 그의 일행은 말에서 내렸고, 황후와 귀부인들은 마차에서 내렸다. 나는 그들이 나를 무서워하거나 나에 대해 걱정하지 않는다는 것을 알아보았다. 나는 땅에 엎드려 폐하와 황후의 손에 입을 맞추었다.

나는 블레푸스쿠 폐하에게 나의 약속을 지키기 위해 나의 주인이신 릴리펏 황제의 허가를 받아서 이렇게 건너왔다고 말했다. 이처럼 강력하신 군주를 만나뵙게 되어 영광이며 나의 주인이신 릴리펏 황제에 대한 나의 의무를 위반하지 않는 것이라면 폐하께도 힘껏 도움을 드리고 싶다고 말했다. 하지만 나의 치욕에 대해서는 아무 말도 하지 않았다. 그때까지 나는 그 처사에 대하여 아무런 공식 통보도 받지 못했고, 또 내가 그의 세력권 밖으로 나가 있는 동안에 릴리펏 황제가 그 비밀을 공표하리라고 생각하지 않았기 때문이다. 하지만 이 점에 있어서 내가 착각했음이 곧 밝혀졌다.

　나는 독자들에게 내가 블레푸스쿠 궁정에서 받은, 위대한 군주의 관대함에 걸맞은 접대를 자세히 말하지 않을 생각이다. 또 집과 침대가 없어서 겪은 어려움도 이야기하지 않겠다. 단지 홑이불을 뒤집어쓰고 땅에서 잤다는 것만 말해두겠다.

제 8 장

저자가 우연한 행운으로 블레푸스쿠에서 떠나올 수단을 발견하다. 몇몇 어려움을 겪은 후에 조국으로 무사히 돌아오다.

나는 그 섬에 도착한 지 사흘 후에 호기심이 발동하여 섬의 북동쪽 해안으로 산책을 나갔다. 그리고 약 2킬로미터 떨어진 해상에서 전복된 보트처럼 보이는 물건을 발견했다. 나는 구두와 양말을 벗고 바다 속으로 2~3백 미터 걸어들어가서 그 물체가 조수에 밀려 나에게 가까운 쪽으로 떠밀려오는 것을 보았다. 그것은 틀림없는 진짜 보트였다. 아마도 태풍 때문에 본선에서 뜯겨져 나간 보트인 모양이었다. 나는 즉각 도시로 돌아가서 황제 폐하에게 지난번 선단을 잃어버린 후 남아 있는 대형 선박 스무 척과 해군 차관 휘하의 선원 3천 명을 지원해 달라고 요청했다.

이 선단은 곧 출발했고, 나는 지름길을 골라 아까 보트를 발견한 해안으로 바삐 갔다. 조수가 그 보트를 좀 더 해안 가까이 밀어붙이고 있었다. 선원들은 내가 미리 꼬아 놓은 충분한 강도의 밧줄을 제공받았다. 선단이 현장에 도착하자, 나는 옷을 벗고 보트에서 1백 미터 떨어진 지점까지 걸어갔다. 그 다음에 헤엄을 쳐서 보트 바로 옆까지 갔다. 그때 선원들이 내게 밧줄의 한쪽 끝부분을 던져 주었고, 나는 그것을 보트 앞부분의 구멍에다 고정시킨 뒤 다른 쪽 끝을 군함에다 연결시켰다. 그러나 내 발바닥이 바닥에 닿지 않았으므로 그런 연결 작업이 아무 소용이 없었고, 나는 보트를 끌어당길 수가 없었다. 이런 난처한 상황에서 나는 한쪽 손으로 헤엄을 치면서 다른 손으로 보트를 앞쪽으로 밀었다. 조류가 나를 도와주는 가운데 그런 식으로 한참 밀고 있자니 곧 턱을 들고서도 발로 바닥을 밟을 수가 있었다. 나는 2, 3분 휴식을 취한 다음에 또다시 보트를 앞으로 밀었고, 이제 바다의 수심은 내 겨드랑이 정도밖에 안 되었다.

이제 가장 힘든 일이 끝났으므로 나는 한 배에 저장해 놓은 다른 밧줄들을 꺼내서 그것을 보트에다 결박하고, 이어 나를 수행해 온 배 아홉 척에다 나누어 묶었다. 바람이 순조롭게 불어왔고 선원들이 앞에서 잡아당기고 나는 뒤에서 밀면서 마침내 해안에서 35미터 떨어진 지점까지 왔다. 나는 조수가 밀려 나가기를 기다렸다가 물이 완전히 빠진 해안에서 보트까지 걸어서 갔다. 2천 명의 선원과 밧줄 및 인양기의 도움을 얻어서 보트를 똑바로 세워 보았는데 다행히 파손된 곳이 거의 없었다.

열흘이나 걸려 만든 노를 저어 그 보트를 블레푸스쿠 황실 항구까지 옮겨온 까다로운 작업에 대해서는 독자들에게 말하지 않겠다. 항구에 도착해 보니 많은 사람들이 나와 있었는데 그 보트의 거대한 크기에 다들 경탄했다. 나는 황제에게 운이 좋아 이 보트를 입수하게 되었다고 말하고서, 이 보트를 타고 특정 장소까지 가면 거기서 나의 조국으로 돌아갈 수 있으니, 제발 블레푸스쿠를 떠나도 좋다는 황제의 허가를 내려 주고, 아울러 그 보트에다 채울 물자를 좀 지원해 달라고 애원했다. 황제는 나를 좀 타이르더니 마침내 흔쾌히 출발 허가를 내려 주었다.

나는 이렇게 시간이 흘러가는 동안, 릴리펏 황제가 블레푸스쿠 황제의 궁정에 지급 전령을 보냈다는 소식이 들려오지 않아 의아하게 여겼다. 하지만 나는 나중에 은밀한 정보를 듣게 되었다. 릴리펏 황제는 내가 그의 가혹한 처사를 사전에 파악했다는 사실을 조금도 알지 못한 채, 내가 황제로부터 받은 허가(그건 릴리펏 궁정에 잘 알려져 있었다)에 입각하여 약속을 지키기 위해 블레푸스쿠로 갔다고만 생각했다. 그래서 알현 행사가 끝나면 며칠 안에 릴리펏으로 돌아오리라 생각한다는 것이었다. 그러나 황제는 내가 장기간 자리를 비우자 그것을 못마땅하게 여겼다.

그리하여 재무장관 및 음모를 꾸몄던 나머지 각료들과 논의한 끝에 나를 탄핵하는 문서 한 부를 휴대한 고위인사를 블레푸스쿠로 파견했다.

이 고위 사절은 그의 주인인 릴리펏 황제의 관대함을 블레푸스쿠의 군주에게 전달하는 임무를 맡았다. 오로지 내 두 눈알만 뽑기로 하고 더 이상의 징벌을 가하지 않을 생각이니 이 얼마나 관대한 처사냐는 것이었다. 그가 말하기를, 내가 법망을 피해 달아난 자이고 만약 두 시간 이내에 돌아오지 않으면 나르닥이라는 호칭을 박탈당하는 것은 물론이고 반역자로 선포될 것이라고 했다. 사절은 또한 이런 말도 덧붙였다. "두 제국 사이의 평화와 우의를 유지하기 위해서, 형제 나라인 블레푸스쿠의 황제는 그의 두 손과 두 발을 결박하여 릴리펏으로 돌려보내 반역자로 처형할 수 있게 해줄 것을 기대한다."

블레푸스쿠의 황제는 사흘 동안 각료들과 논의한 끝에 공손함과 변명이 가득한 답장을 보냈다. "그를 결박하여 돌려보내는 문제와 관련하여, 형제 나라는 그것이 불가능함을 양해하기 바란다. 산악 인간이 블레푸스쿠의 함대를 나포해 가기는 했지만, 두 나라의 강화 조약을 체결하는 데 그가 블레푸스쿠에 많은 도움을 주었으므로 황제는 그를 보호해야 할 의무감을 느낀다. 하지만 양국의 군주들은 곧 편안한 마음을 갖게 될 것이다. 그가 해안에서 엄청나게 큰 보트를 발견하여 바다로 나아갈 수 있게 되었기 때문이다. 그래서 블레푸스쿠 황제는 선원들에게 그의 조력과 지휘를 받으면서 그 배에 물자를 채우는 작업을 진행하라고 명령을 내렸다. 앞으로 몇 주 후면 두 제국은 이 감당하기 어려운 장애물을 무사히 처분할 수 있을 것이다."

사절은 이 답변을 가지고 릴리펏으로 돌아갔다. 블레푸스쿠의 황제는 이런 경과를 내게 말해 주면서 동시에 내가 그의 밑에서 계속 봉사한다면 (이건 철저한 비밀인데) 나를 보호해 주겠다고 했다. 나는 그가 진심으로 그런 말을 한다고 생각했지만, 할 수만 있다면 더 이상 군주나 대신을 신임하고 싶지 않았다. 그래서 황제의 호의에 백배 감사한다고 말하면서, 나를 놓아달라고 공손하게 애원했다. 좋은 일인지 나쁜 일인지 알 수 없지만 운명이 이런 보트를 내게 보내 주었으므로, 두 강력한 군주 사이에서 불화의 원인을 제공하기보다는 대양으로 항해할 결심을 이미 굳게 다졌다고 말했다. 그리고 나는 어떤 우연한 일로 그가 나의 결정을 아주 좋게 생각할 뿐만 아니라 그의 각료들도 대부분 같은 생각임을 알게 되었다.

이런 여러 가지 조건 덕분에 나는 예상보다 더 빨리 출발을 서두르게 되었다. 궁중은 한시바삐 나를 보냈으면 하는 마음이었기에 그 출발 작업을 크게 도와주었다. 내 지시를 받아가며 배에 들어갈 돛을 만들기 위해 5백 명의 인부가 동원되었고 그들이 가진 가장 튼튼한 천을 13번 겹쳐서 돛을 만들었다. 나는 그들의 가장 두꺼운 밧줄과 케이블을 열 번, 스무 번, 서른 번을 꼬아서 필요한 밧줄과 케이블을 만들었다. 해변을 오래 탐색하다가 우연히 발견한 거대한 암석이 내 배의 닻으로 사용되었다. 또 암소 3백 마리 분량의 쇠기름을 사용하여 내 보트에 기름칠을 하거나 기타 여러 작업을 했다. 나는 커다란 나무들을 베어내어 노와 돛대를 만드느라고 엄청난 고생을 했다. 이 작업에는 황제의 조선공들이 많은 도움을 주었다. 내가 나무를 대충 깎아내면 그들이 그것을 다듬었다.

약 한 달 만에 모든 준비가 끝났다. 나는 황제에게 사람을 보내 출발 허락을 내리시면 이제 떠나겠다고 알렸다. 황제와 황실 가족이 나를 전송하기 위해 궁전 밖으로 나왔다. 나는 땅바닥에 엎드려서 황제가 우아하게 내민 손에다 입맞춤을 했다. 황후와 젊은 황자들에게도 마찬가지 방식으로 인사를 했다. 황제 폐하는 각각 2백 스프루그(금화)가 들어 있는 지갑 오십 개와, 자신의 초상화를 내게 선물로 주었다. 나는 그 초상화가 훼손되지 않도록 즉각 내 장갑 속에다 집어넣었다. 이별 의식을 묘사하는 것은 너무 번거로우니 여기서는 생략하기로 하겠다.

나는 배에다 1백 마리 분의 소고기, 3백 마리 분의 양고기, 그리고 그에 상응하는 빵과 음료, 4백 명의 요리사가 만들어 준 조리된 고기 등을 실었다. 나는 살아 있는 암소 여섯 마리와 수소 두 마리, 그리고 암양 여섯 마리와 숫양 두 마리도 배에다 실었는데 이것들을 내 조국으로 데리고 가서 번식시킬 생각이었다. 선상에서 이들에게 줄 다량의 건초와 옥수수 자루도 실었다. 나는 원주민도 12명 정도 데려갈 생각이었다. 그러나 황제는 이것만은 절대로 허락하지 않으려 했다. 내 호주머니를 샅샅이 뒤졌을 뿐만 아니라, 설사 본인이 동의하고 희망한다고 해도 그의 신민을 단 한 명도 데려가지 않겠다고 나의 명예를 걸고 약속하게 만들었다.

이처럼 내가 할 수 있는 모든 준비를 끝냈으므로, 나는 1701년 9월 24일 아침 6시에 출항했다. 그리고 북쪽으로 20킬로미터 정도 갔더니 바람이 남동풍으로 바뀌었다. 저녁 여섯 시에 나는 북서쪽으로 약 24킬로미터 정도 떨어진 곳에 있는 자그마한 섬을 발견했다. 나는 그쪽으로 다가가서 섬의 뒤쪽에다 닻을 내렸는데 섬에는 아무도 살지 않는 듯했다. 나는 음식을 좀 꺼내서 먹고 휴식을 취했다. 그 후 푹 잤는데 대략 6시간을 잔 것 같았다. 내가 잠에서 깨고 두 시간 만에 날이 밝았기 때문이다. 아주 청명한 밤이었다. 나는 해가 뜨기 전에 아침을 먹었다. 닻을 들어올리니 바람이 아주 순조로웠다. 나는 어제와 똑같은 항로를 타고 갔고 나의 호주머니 나침반으로 방향을 잡았다.

나는 가능하다면 반 디멘스 랜드[1] 북동쪽 방향에 있다고 생각되는 여러 섬들 중 하나에 도착할 계획이었다. 나는 그날 하루 종일 아무것도 발견하지 못했다. 그러나 그 다음날 오후 세시 무렵, 내 계산으로 블레푸스쿠에서 115킬로미터 떨어진 지점에 도착했을 때 남동쪽으로 항해해 가는 배를 발견했다. 나는 소리쳐서 불렀으나 아무런 대답도 듣지 못했다. 하지만 나는 그 배를 따라잡고 있었다. 바람이 잦아들었기 때문이다. 나는 돛을 활짝 펴고서 다가갔고 반 시간이 지나자 그 배는 나를 알

---

[1] 현재의 태즈메이니아를 말한다.

아보고서 깃발을 내걸더니 대포를 한 발 쏘았다. 내가 다시 한 번 사랑하는 조국과, 거기에 남겨 두고 온 내 소중한 처자식을 볼 수 있게 되었다는 예기치 못한 희망을 만나게 되어 느낀 기쁨을 여기서 필설로 다 설명하기가 어렵다.

그 배는 돛을 느슨하게 했고, 나는 9월 26일 저녁 5시와 6시 사이에 그 배를 따라잡았다. 그 배에 걸린 영국 국기를 보는 순간 내 가슴은 뛰놀았다. 나는 소와 양을 내 호주머니에 집어넣고 그 배에 올랐고 남은 식량을 모두 그 배로 옮겨 놓았다. 그 배는 영국 상선이었는데 북태평양과 남태평양을 통과하여 일본에서 돌아오는 길이었으며, 선장은 뎁트퍼드 출신의 존 비델 씨로서 아주 공손한 신사일 뿐만 아니라 뛰어난 선원이었다. 우리의 현재 위치는 남위 30도였다. 상선에는 선원이 50명 가량 있었다. 여기서 나는 옛 동료인 피터 윌리엄스라는 친구를 만났는데 그는 나를 선장에게 좋은 말로 소개해 주었다.

선장은 나에게 친절하게 대해 주었고, 나의 마지막 출발지가 어디이며 어디로 가는 중인지 물었다. 나는 간단히 몇 마디로 대답했다. 그러나 선장은 내가 헛소리를 하고 있고, 많은 어려움을 겪다 보니 머리가 약간 돌아버렸다고 생각했다. 그래서 나는 호주머니에서 검은 소와 양을 꺼내 그에게 보여 주었고, 선장은 크게 놀라더니 내가 진실을 말하고 있다는 것을 납득했다. 이어 나는 그에게 블레푸스쿠 황제가 내게 준 금화와 황제의 초상화, 그리고 그 나라의 진귀품 등을 보여 주었다. 나는 2백 스프루그가 든 지갑 두 개를 그에게 주었고, 우리가 영국에 도착하면 새끼를 배어 배가 부른 암소와 암양을 선물하겠다고 약속했다.

나는 이 항해의 자세한 사항을 독자들에게 보고하지 않겠다. 항해는 대체로 순탄했다. 우리는 1702년 4월 13일에 잉글랜드 남동쪽의 다운스에 도착했다. 나는 한 가지 불운한 사고를 겪었다. 선상의 쥐가 양 한 마리를 물어간 것이었다. 나는 한 구멍에서 살이 완전히 발린 양의 뼈를 발견했다. 나머지 소들은 해안에 안전하게 도착했고 나는 그들을 그리니치의 잔디 볼링장에다 방목했다. 그전에는 소들이 영국의 풀을 먹지 못하면 어쩔까 아주 걱정했는데, 그곳은 풀의 질이 좋아서 소들이 아주 잘 먹었다. 나는 오랜 항해에서 선장의 호의가 없었더라면 그 소들을 온전히 보존하지 못했을 것이다. 선장은 내게 그가 가지고 있는 질 좋은 과자를 일부 제공했는데 나는 그것을 갈아서 가루를 내어 물과 함께 섞어서 소들의 먹이로 주었다.

영국에 머무는 짧은 체류 기간 동안에 나는 가축들을 여러 지체 높은 사람들과 기타 인사들에게 보여줌으로써 많은 수익을 올렸다. 나는 두 번째 항해에 나서기 전에 그것들을 6백 파운드를 받고 팔았다. 내가 마지막 항해에서 돌아와 보니 많이 번식해 있었고 특히 양이 그러했다. 나는 양털이 아주 부드럽고 좋아서 양모 산업의 발달에 크게 도움이 될 수 있기를 희망한다.

나는 아내와 아이들과 함께 두 달을 머물렀다. 그러나 낯선 나라들을 보고 싶은 줄기찬 욕망 때문에 더 이상 체류할 수가 없었다. 나는 아내에게 1천5백 파운드를 주었고 레드리프의 좋은 집에서 살게 해 놓았다. 나머지 자금은 일부는 현금, 일부는 물건으로 내가 가지고 갔는데 그걸로 재산을 불려볼 생각이었다. 나의 큰아버지 존은 에핑 근처에 있는 땅을 유산으로 남겼는데 거기서 연간 약 30파운드의 소득이 나왔다. 나는 또한 페터레인에 있는 블랙불 여관을 오랫동안 세를 놓았는데 여기서는 30파운드보다 훨씬 많은 소득이 나왔다. 그래서 내 가족이 교구 지원금으로 살아가야 할 위험은 없었다.

큰아버지 이름을 딴 나의 아들 조니는 중학교에 다니는 장래가 유망한 아이였다. 내 딸 베티(지금은 좋은 혼처에 시집가서 슬하에 아이들을 두고 있다)는 당시 바느질을 배우고 있었다. 나는 처자식과 작별 인사를 했는데 양쪽 모두 눈에 이슬이 맺혔다. 나는 수라트[2]로 가는 3백 톤 크기의

---

2 인도 서해안의 대도시로 영국이 인도를 지배하던 시기의 중심지이다.

상선인 어드벤처 호에 승선했고, 선장은 리버풀 출신의 존 니콜라스였다. 내가 이 상선을 타고 겪은 일은 여행기의 2부에서 소개된다.

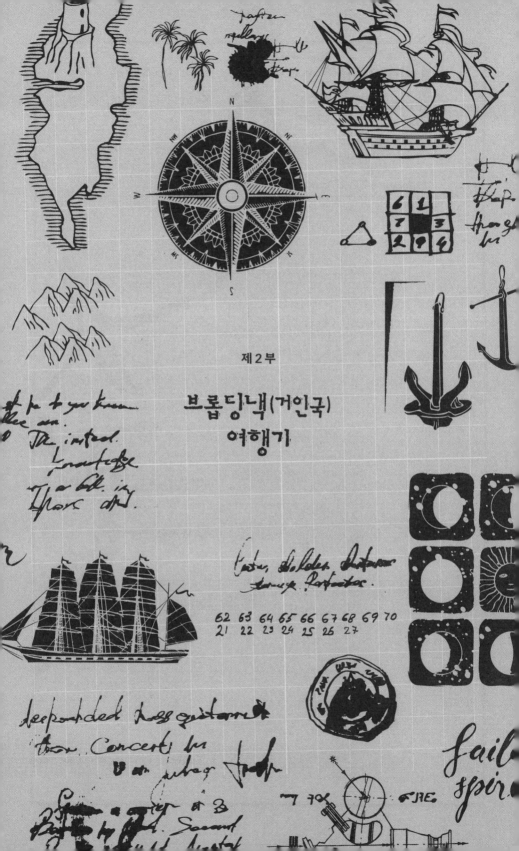

제2부

브롭딩낵(거인국)
여행기

BROBDINGNAG

Flanflasnic

Lorbrulgrud

Discovered, AD 1703

NORTH AMERICA

Streights of Annian

C. Blanco

St Sebastian

NEW ALBION.

C Mendocino

Monat St Martin

Pto Sr Francis Drake

P Monterey

제 1 장

큰 폭풍우를 만나다. 육지를 발견하고 긴 보트에 탄 선원들이 식수를 구하러 가다. 저자가 그들과 함께 그 나라를 구경하러 갔다가 해안에 혼자 남겨지고, 원주민들 중 한 사람에게 붙잡혀 농부의 집으로 끌려가다. 그곳에서 받은 대접과, 그곳에서 벌어진 여러 사건들. 주민들을 묘사하다.

기질과 운명에 의하여 활동적이고 분주한 인생을 영위하게 되어 있는 나는 귀국한 지 두 달만에 또다시 조국을 떠났다. 나는 1702년 6월 20일 다운스에서 수라트 행行 어드벤처 호에 올랐다. 선장은 콘월 사람인 존 니콜라스였다. 우리는 희망봉에 도착할 때까지 순풍을 만나서 잘 항해했고 식수를 얻기 위해 그곳에 상륙했다. 그러나 배의 누수를 발견하고서 짐들을 다 내린 후에 그곳에서 겨울을 보냈다. 또한 선장이 말라리아에 걸리는 바람에 우리는 3월 말이 되어서야 비로소 희망봉을 떠날 수 있었다.

다시 항해에 나선 우리는 마다가스카르 해협을 지날 때까지 순항을 했다. 그러나 그 섬의 북쪽에 도착하여 남위 5도 정도에 이르렀을 때 바람이 불기 시작했다. 원래 그 해역의 북쪽과 서쪽 사이에서는 12월부터 5월 초까지 일정한 강도의 바람이 관측되었다. 그런데 4월 19일에 바람이 평소보다 더 거세게 서쪽을 향해 불었다. 그 바람은 스무 날 동안 계속 불었고 그 기간 동안 우리 배는 몰루카 제도 /의 동쪽으로 약간 몰려

/ 인도네시아 동쪽의 군도.

갔다. 선장이 5월 2일에 관찰한 바에 따르면, 우리는 적도에서 북쪽으로 3도 정도 떨어진 곳에 있었다. 그날 바람이 완전히 잦아들어 바다는 평온했고 그래서 나는 적잖이 기뻤다. 그러나 선장은 그 수역에서 항해를 많이 해본 노련한 사람이었으므로, 우리에게 태풍에 대비하라고 지시했다. 그리고 그 다음날 남부 몬순이라 불리는 남풍이 불어오기 시작했다.

바람이 돛이 견딜 수 없을 정도로 세게 불어와서 우리는 경사진 돛 sprit-sail을 거두어들이고 앞쪽 돛 또한 접을 준비를 했다. 날씨가 너무나 험악했으므로 대포들을 고정시키고 뒤쪽 돛도 접었다. 우리 배는 어느 정도 폭풍을 벗어났지만, 우리는 배를 정지시키거나 돛을 모두 접고 나아가기보다는 현재 상태로 달려 나가기로 했다. 우리는 앞쪽 돛을 다시 조정한 후 고정시키고, 앞쪽 돛의 밧줄을 배 뒤쪽으로 잡아당겼다. 키는 이제 바람 불어오는 쪽을 향했다. 배는 용감하게 버텼다. 앞쪽 돛을 밧줄로 잡아당겨 고정시켰으나, 돛은 찢어졌다. 우리는 활대를 아래로 끌어내리고 돛을 배에다 거두어들였으며, 돛 주위의 것들을 다 치워버렸다. 엄청난 폭풍이었고 바다는 괴상하고 위험하게 몸부림쳤다. 우리는 키의 손잡이에 부착된 짧은 줄을 잡아당기면서 조타수를 도와주었다.

우리는 중간 돛대를 내리지 않고 그대로 놔두었다. 덕분에 거센 바다에서 밀리지 않고 계속 버티고 있었기 때문이었다. 우리는 중간 돛대가 우뚝 버티고 있으면 배가 곧 어느 정도 안정을 되찾고 풍랑 거친 바다를 더 잘 뚫고 나가리라는 것을 알았다. 배가 바다를 헤쳐 나갈 충분한 공간도 있었다. 마침내 폭풍이 끝났을 때, 우리는 앞쪽 돛과 중간 돛을 펴서 배를 멈추었다. 이어 뒤쪽 돛, 중간 위쪽 돛, 앞쪽 윗부분 돛 등을 설치했다. 우리의 항로는 동북동이었는데 바람은 남에서 동으로 불었다. 우리는 우현의 돛을 바람에 적응시키기 위하여 밧줄을 잡아당겼고, 돛대 활대에 부착된 밧줄을 풀었다. 그리고 배의 측면에 있는 밧줄을 바람의 반대쪽으로 잡아당겼다. 또한 돛을 팽팽하게 하는 밧줄을 앞쪽으로 단단하게 잡아당겼다. 우리는 가능한 한 바람이 불어오는 쪽을 향해 나아갔다.

이 폭풍이 불어오는 동안에 서남서 방향의 강풍이 뒤따랐다. 그리하여 우리 배는 내 계산에 의하면 동쪽으로 약 2천4백 킬로미터 밀려갔고, 배에 타고 있는 가장 고참 선원도 우리가 도대체 지금 어디에 있는지 알지 못하게 되었다. 우리의 식량은 충분했고, 배는 튼튼했으며, 선원들도 건강했다. 하지만 우리는 식수 부족으로 극심한 고통을 겪었다. 그러나 우리는 좀 더 북쪽으로 틀어서 시베리아나 북극 바다에 도달하기보다는 현재 항로를 유지하는 게 좋겠다는 생각이 들었다.

1703년 6월 16일, 중간 돛대에 올라간 소년 선원이 육지를 발견했다. 17일에 우리는 커다란 섬 혹은 육지(우리는 둘 중 어떤 것인지 알지 못했다)를 분명하게 볼 수 있었다. 그 땅의 남쪽 부분에 작은 목처럼 바다로 비쭉 내민 땅이 있었다. 그 땅의 해안은 수심이 너무 얕아서 1백 톤의 배가 정박할 수 없었다. 우리는 그 해안에서 5킬로미터 이내 지점에다 닻을 내렸고, 선장은 기다란 보트를 바다에 내린 뒤, 식수통을 휴대한 무장 선원 열두 명을 파견하여 식수를 구할 수 있는지 알아보라고 했다. 나는 그들과 함께 가게 해 달라고 하여 허락을 받았다. 그 나라를 한번 둘러보면서 어떤 것들을 발견할 수 있겠는지 궁금했기 때문이다. 우리가 해안에 도착했을 때, 강이나 샘물은 보이지 않았고 주민들의 흔적도 발견되지 않았다.

선원들은 해안 근처에서 식수를 찾아다녔고, 나는 혼자 내륙 쪽으로 1.6킬로미터 정도 안으로 들어갔다. 그곳은 아주 황량하고 암석이 많은 땅이었다. 나는 곧 피곤해졌고 호기심을 충족시켜 줄 사물도 발견하지 못했으므로 해안 쪽으로 천천히 발걸음을 되짚어 걸어갔다. 바다가 내 눈 앞에 다시 펼쳐졌을 때, 나는 선원들이 이미 보트에 올라타 죽을 힘을 다해 본선 쪽으로 노를 젓는 광경을 볼 수 있었다. 아무 소용이 없겠지만 그래도 선원들을 향해 막 소리치려고 하는 찰나, 나는 거대한 괴물이 바다 쪽으로 아주 빠르게 걸어가는 광경을 보았다. 바다는 그 괴물의 무릎까지밖에 오지 않았고 그는 엄청난 걸음걸이로 걸어갔다. 그러나 선원들은 그보다 약 2.4킬로미터 앞선 지점에 있었고 그 근처에는 날카롭고 뾰족한 바위들이 많아서 괴물은 그 보트를 따라잡을 수 없었다.

이것은 나중에 들어서 안 이야기이다. 나는 거기 그대로 서서 그 일의 결말을 지켜볼 배짱이 없었다. 나는 아까 걸어갔던 길 쪽으로 있는 힘을 다해 달려갔다. 이어 가파른 언덕으로 올라갔더니 그 땅의 전망을 어느 정도 살펴볼 수 있었다. 그 땅은 잘 경작되어 있었다. 그러나 무엇보다도 나를 놀라게 한 것은 그 풀의 길이였다. 아마도 건초로 쓰려고 남겨둔 풀인 것 같았는데 높이가 6미터 가량 되었다.

나는 곧 큰길로 접어들었다. 당시에는 그게 큰길인 줄 알았으나 그곳 주민들에게는 보리밭 사이로 나 있는 자그마한 길에 불과했다. 이 길을 나는 어느 정도 걸어갔으나 길 양쪽에서 아무것도 볼 수가 없었다. 마침 수확이 가까운 때여서 보리 이삭은 12미터 높이로 자라 있었다. 나는 한 시간 정도 걸어서 보리밭의 끝에 도착했다. 그 끝에는 36미터 높이의 산울타리가 쳐져 있었고 주위의 나무들은 너무 높아서 그 키를 측량할 수 없을 정도였다. 거기에는 이 밭에서 저 밭으로 건너가는 계단이 설치되어 있었다. 모두 네 계단이었는데 맨 윗부분에는 큰 돌을 가로질러 놓아 그 돌을 타고 넘어가야 되었다. 내가 이 계단을 올라가는 것은 불가능했다. 각 계단의 높이는 2미터였고 맨 위의 돌은 6미터나 되었기 때문이다.

내가 산울타리 사이에 빈틈이 없나 살피며 두리번거리는 동안에, 이웃 들판의 주민들 중 한 사람이 계단 쪽으로 걸어오는 것이 보였다. 그 또한 아까 해변에서 우리 보트를 뒤쫓아 가던 괴물만큼이나 덩치가 컸다. 그는 교회의 우뚝 솟은 첨탑 정도로 키가 컸고 내가 보기에 한 걸음마다 보폭이 10미터는 좋이 되는 듯했다. 나는 극도의 공포와 경악에 사로잡혀 보리 이삭 사이로 달려가 몸을 숨기고 그를 살폈다. 그는 계단 맨 위에 올라가 오른쪽에 있는 옆 들판을 뒤돌아보았다. 그는 트럼펫 소

걸리버가 거인 추수꾼들을 보고 경악하다.

리보다 몇 배는 더 큰 소리를 내질렀다. 그 소리는 하늘 높이까지 올라 갔다. 처음에 나는 그게 천둥소리라고 생각했다.

그러자 그와 똑같이 생긴 일곱 명의 괴물이 손에 수확용 낫을 들고서 그에게 걸어왔다. 그 낫 하나가 우리 낫 여섯 개를 합쳐 놓은 정도의 크기였다. 이 사람들은 별로 옷을 잘 입고 있지 않았는데 맨 처음 나타난 자의 하인이거나 일꾼인 듯했다. 이어 그가 뭐라고 말을 하자, 그들은 내가 숨어 있던 보리밭을 수확하기 시작했다. 나는 그들로부터 가능한 한 먼 거리를 유지하려고 애썼다. 하지만 아주 어렵게 움직여야만 했는데 보리 줄기들 사이의 공간이 때때로 30센티미터가 되지 않아 그 사이로 내 몸을 밀어 넣기가 아주 까다로웠기 때문이다. 그렇지만 나는 어렵사리 그 사이를 비집고 들어가 앞으로 나가면서 보리밭의 다른 부분으로 이동했는데, 그곳에서는 보리 줄기가 비바람을 맞아 쓰러져 있었다. 여기에서 한 걸음도 더 내디딜 수가 없었다. 왜냐하면 줄기들이 서로 뒤엉켜서 그 사이로 빠져나갈 수가 없었고 쓰러진 이삭의 수염이 너무 뾰족하고 강력하여 옷을 뚫고 들어와 내 살을 마구 찔러댔기 때문이다.

그때 내 뒤, 1백 미터 정도 떨어진 지점에서 추수꾼들이 움직이는 소리가 들려왔다. 너무 애를 써서 사기가 저하된 데다 슬픔과 절망에 완전히 사로잡힌 나는 두 보리 더미 사이에 드러누워서 그 순간 나의 생이 끝나 버리기를 간절히 기원했다. 나는 과부가 될 아내, 아버지가 없게 될 자식들을 생각하며 신음 소리를 내질렀다. 친구들과 친척들의 조언에도 불구하고 두 번째 여행을 떠난 나 자신의 어리석음과 고집스러움에 탄식했다. 이렇게 마음이 크게 동요한 상태였지만 릴리펏 생각을 하지 않을 수 없었다. 그곳의 주민들은 나를 산악 인간이라고 부르면서 이 세상에 일찍이 나타난 적이 없는 가장 경이로운 존재라고 했다. 그곳에서 나는 제국의 함대를 한 손으로 틀어쥘 수 있었고 그 제국의 역사서에 기록될 만한 여러 가지 업적을 남겼다. 그러나 그 제국의 후손들은 수백만의 사람들이 증언했음에도 불구하고 그런 업적을 믿지 않을 것이다.

그런데 이 나라에서는 내가 한 명의 릴리펏 사람이 되어 아주 보잘것없는 존재처럼 보일 것이니 나로서는 얼마나 창피한 노릇인가. 하지만 이런 창피가 나의 불행 가운데 가장 하찮은 것이라고 생각했다. 인간은 그 덩치에 따라 더 야만적이고 더 잔인해진다고 볼 때, 내가 저 거대한 야만인들 중 첫 번째 야만인의 손에 잡힌다면 그의 입 속에 들어갈 한 조각 고깃덩어리에 지나지 않을 것이기 때문이다. 철학자들은 그 자체로 크거나 작은 것은 없으며 비교에 의해서 그런 차이가 생긴다고 말했는데 과연 맞는 말이다. 만약 릴리펏 사람이 초소인국超小人國에 가게 된다면 그건 운명의 여신을 즐겁게 할지 모른다. 초소인국에서 릴리펏 사람은 거인으로 보일 것이다. 내가 릴리펏 사람들에게 산악 인간으로 보였던 것처럼 말이다. 그렇다면 이 세상 어느 먼 곳(그러나 아직 우리가 발견하지 못한 곳)에, 지금 내가 목격한 저 거대한 괴물 또한 소인으로 보이는 나라가 있을 수도 있지 않겠는가?

겁먹고 당황한 상태였지만 나는 이런 생각을 하지 않을 수 없었다. 추수꾼들 중 하나가 내가 누워 있는 보리 더미에서 10미터 지점까지 다가왔고, 나는 저 거대한 발에 밟혀 죽거나 아니면 추수 낫에 찍혀 몸이 두 동강이 날지 모른다는 두려움에 떨었다. 그래서 그가 다시 움직이는 기색을 보였을 때, 나는 공포에 사로잡힌 사람이 낼 수 있는 최대한의 목소리로 비명을 내질렀다. 그러자 거인은 우뚝 멈춰 섰고 한동안 자신의 발밑을 찬찬히 살펴보다가 마침내 땅에 누워 있는 나를 발견했다. 그는 잠시 경계하며 생각에 잠겼다. 자신의 피부를 긁거나 물지 모르는 자그마한 해충을 잡으려 하는 그런 사람의 태도였다. 내가 영국에 있을 때 족제비를 대하는 모습 그대로였다. 마침내 그는 내 등의 중간 부분을 엄지와 검지로 집어 올리더니 눈 앞 3미터 지점까지 가져갔다. 내 모습을 좀 더 자세히 살펴보려고 하는 것 같았다.

나는 그의 의도를 제대로 짐작했다. 그리고 행운이 작용하여 나는 침착한 마음가짐을 유지할 수 있었다. 나는 지상에서 약 20미터 높이에 들어올려진 상태였음에도 조금도 버둥거리지 않기로 결심했다. 그가 두 손가락으로 내 양 옆구리를 꼭 쥐고 있었지만 그 손가락 사이로 내 몸이 추락하지 않을까 두려웠기 때문이다. 내가 한 것이라고는 두 눈을 태양 쪽으로 들어올리고 양손을 기도하는 자세로 모아 쥐면서 아주 공손하고 우울한 목소리로 몇 마디 애원의 말을 하는 것 뿐이었다. 그것이 내가 처한 상황에 합당한 자세였다. 우리가 없애버릴 마음을 먹은 자그마한 해충을 대하듯이, 그가 언제라도 나를 땅바닥에 내동댕이칠 수 있다는 두려움이 내 머릿속에 가득했다.

그러나 행운이 작용했는지 그는 나의 목소리와 몸짓을 재미있게 여긴 듯했고 나를 기이한 물건처럼 내려다보기 시작했다. 내 말을 알아듣지는 못했으나 그런 말들을 뚜렷하게 발음하는 것을 신기하게 여겼다. 곧 나는 신음 소리를 내면서 눈물을 흘렸고 손으로 옆구리를 가리켰다. 내가 할 수 있는 한 그의 엄지와 검지가 누르는 압력 때문에 양 옆구리가 아프다는 시늉을 했다. 그는 내 뜻을 파악한 것 같았고 그의 겉옷 깃을 올려서 나를 그 안에다 부드럽게 내려놓더니 곧장 그의 주인에게 달려갔다. 주인은 건강한 농부였고 내가 들판에서 처음 보았던 그 사람이었다.

농부는 하인의 보고를 듣고(나는 그들의 대화를 그렇게 짐작했다), 지팡이 정도 크기의 자그마한 볏짚을 집어 들더니 그걸로 내 웃옷의 깃을 들어 올렸다. 그는 내 웃옷을 내가 갖고 태어난 피부 정도로 생각하는 것 같았다. 그는 내 얼굴을 좀 더 잘 보기 위하여 입김으로 내 머리카락을 불어 헤쳤다. 그는 주위의 일꾼들을 부르더니 그들에게 들판에서 나를 닮은 생물을 혹시 본 적이 있느냐고 물었다(이는 나중에 들어서 알았다). 이어 나를 땅 위에 두 손, 두 발을 짚은 상태로 내려놓았다. 나는 즉각 일어나서 천천히 앞뒤로 걸으면서 도망갈 의사가 전혀 없음을 알렸다. 그들은 내 동작을 좀 더 자세히 살펴보려고 내 주위에 둥그렇게 둘러앉았다. 나는 모자를 벗고서 주인 농부에게 깊숙이 허리를 숙여 인사를 했다. 또 무릎을 꿇고 두 눈과 양손을 쳐들면서 내가 낼 수 있는 가장 큰 목소리로 몇 마디 말을 했다.

나는 호주머니에서 금화가 든 지갑을 꺼내어 공손한 자세로 그에게 바쳤다. 그는 손바닥으로 그것을 받아들고서 눈 가까이 가져가면서 그게 뭔지 알아내려 했다. 그러더니 소매에서 핀을 하나 꺼내어 지갑을 여러 번 뒤척여보았으나 그게 무엇인지 알아내지 못했다. 나는 그에게 손바닥을 땅에다 내려놓으라는 신호를 하고서, 지갑을 다시 받아들고 그 안에 있는 금화를 모두 그의 손바닥에 쏟았다. 4피스톨²짜리 스페인 금화 여섯 개와 그보다 좀 크기가 작은 동전 20~30개였다. 그는 새끼손가락 끝을 혀에다 갖다 대고 살짝 침을 묻히더니 커다란 금화 하나를 집어들었고 이어 두 번째 것도 집어들었다. 하지만 그는 그게 무엇인지 전혀 모르는 것 같았다. 그는 동전들을 내 지갑에 도로 넣고 호주머니 속에 다시 넣으라는 신호를 보냈다. 나는 몇 번 그에게 지갑을 받아 달라고 호소하다가 결국 그의 요구대로 하는 게 최선이라고 생각하여 그렇게 했다.

이 시점에 이르러 농부는 내가 이성적 존재임이 틀림없다고 확신했다. 그는 가끔 내게 말을 걸었는데, 그의 목소리는 물방앗간의 소리처럼 내 귀를 찔렀지만 말은 아주 또렷했다. 나는 할 수 있는 한 큰 목소리를 내며 여러 언어로 대답했다. 그는 내 앞 2미터까지 귀를 갖다 대며 알아들으려 했으나 아무 소용이 없었다. 우리는 상대방의 말을 전혀 알아들을 수 없었다. 그는 하인들을 다시 일터로 보냈고 호주머니에서 손수건을 꺼내어 두 겹으로 접어 손바닥에 놓고, 손바닥이 위로 가게 한 채 그 손을 땅에다 내려놓으며 그 위에 올라서라는 신호를 했다. 그 두께는 30센티미터가 채 되지 않았으므로 나는 쉽게 올라설 수 있었다.

나는 그의 지시를 충실히 따르는 것이 내가 할 일이라고 생각했다. 나는 바닥에 떨어질까 봐 두려워 손수건 위에 납작 엎드렸다. 농부는 안

---

2 피스톨(pistole)은 옛 스페인 금화의 단위다.

전을 더욱 강화하기 위하여 손수건의 나머지 부분으로 나를 머리까지 감쌌다. 이렇게 해서 그는 나를 그의 집까지 데려갔다. 집에 도착하자 그는 아내를 불러서 나를 그녀에게 보여 주었다. 영국 여자들이 두꺼비나 거미를 보면 비명을 지르며 뒤로 물러서듯이 그녀도 똑같은 반응을 보였다. 그러나 나의 행동을 잠시 관찰하고 또 내가 농부의 신호를 잘 알아듣는 것을 보고서 곧 상황에 적응하더니 점차 나를 아주 부드럽게 대했다.

때는 정오 무렵이었고 하인이 점심 식사를 가지고 들어왔다. 직경이 약 7미터 정도 되는 그릇에 담겨 있는 고기 요리 한 가지였으며 농부와 그 아내의 지위에 걸맞은 음식이었다. 그 집의 식구는 농부와 그의 아내, 세 명의 자녀, 그리고 늙은 할머니였다. 그들이 모두 자리에 앉자 농부는 나를 그에게 좀 떨어진 식탁 위에 올려놓았다. 하지만 그 식탁은 높이가 땅에서 무려 9미터나 되었다. 나는 떨어질까봐 아주 두려웠고, 그래서 가장자리에서 가장 먼 곳에 자리 잡았다. 농부의 아내는 고기를 잘게 썰고 또 빵을 작게 쪼개서 나무 접시 위에 놓더니 그것을 내 앞에 가져다 놓았다. 나는 그녀에게 고개를 깊이 숙여 인사를 했고 칼과 포크를 잡고서 먹기 시작했다. 그 모습은 그들을 아주 즐겁게 했다.

여주인은 하녀에게 9리터 정도 들어가는 작은 컵을 가져오라고 하더니 거기에다 음료를 채웠다. 나는 그 컵을 아주 힘들게 양손으로 받아들고서, 여주인에게 최고의 경의를 표시하면서 그녀의 건강을 빈다고, 아주 크게 목소리를 내며 영어로 말했다. 그러자 농부의 식구들은 아주 즐겁다는 듯이 웃음을 터트렸고 나는 그 소리에 귀청이 떨어져나갈 지경이었다. 그 음료는 사과주 맛이 났는데 그리 나쁘지 않았다. 이어 농부는 그의 그릇 옆으로 다가오라는 신호를 했다. 이해심 깊은 독자라면 금방 이해하고 양해할 테지만, 나는 테이블 위를 걸어가면서 내내 겁에 질려 있었다. 그러다가 빵 껍질에 걸려 앞으로 확 고꾸라졌으나 다치지는 않았다. 나는 즉시 일어섰다. 그러나 농부의 식구들이 크게 걱정하는 것을 보고서, 모자를 꺼내(나는 좋은 매너를 보여 주기 위해 모자를 벗어 겨드랑이에 끼고 있었다) 그것을 머리 위에 올려 세 번 크게 돌리면서 내가 무사하다는 것을 보여 주었다.

그러나 나의 주인(나는 앞으로 농부를 이렇게 부르겠다)을 향해 걸어가는데 그의 옆에 앉아 있던 열 살 정도의 짓궂은 막내아들이 나의 두 다리를 잡아서 공중 높이 쳐들었다. 나는 사지가 마비될 정도로 몸을 떨었다. 그러나 곧 그의 아버지가 나를 그에게서 낚아챘다. 그리고 아들의 왼쪽 따귀를 갈겼다. 그 타격의 강도는 유럽의 기병 부대를 땅에 쓰러트릴 법했다. 아버지는 아들에게 식탁에서 떠나라고 지시했다. 나는 아이가 내게 원한을 품는 것이 두려웠고 또 우리나라의 아이들이 참새, 토끼, 어린 고양이, 강아지 등에게 짓궂은 행동을 자주 한다는 것을 기억하고서, 그의 아들을 용서해 달라는 신호를 농부에게 보냈다. 아버지는 그 요청을 받아들였고 아들은 다시 자리에 앉았다. 나는 그 아들에게 다가가서 그의 손에 입맞추었다. 농부는 아들의 손을 잡아서 그 손으로 내 몸을 살며시 쓰다듬게 했다.

점심 식사를 하는 중에 여주인이 좋아하는 고양이가 그녀의 무릎 위에 뛰어올랐다. 나는 내 등 뒤에서 열두 대의 양말 짜는 기계가 작동하는 듯한 소리를 들었다. 고개를 돌려보니 그건 이 고양이가 가르릉거리는 소리였는데, 그 몸집은 머리와 앞발 하나만 가지고 비례적으로 따져볼 때 우리나라의 황소보다 세 배는 더 큰 것 같았다. 여주인은 그 고양이에게 밥을 먹이며 머리를 쓰다듬었다. 고양이의 사나운 표정은 나를 아주 당황하게 만들었다. 나는 그 동물로부터 약 15미터 떨어진 지점에 있었고, 여주인이 고양이가 뛰어올라 앞발톱으로 나를 낚아챌까봐 고양이를 꽉 쥐고 있기는 했지만, 그래도 무서웠다. 하지만 곧 아무런 위험도 없는 것으로 드러났다. 주인이 나를 고양이 앞 3미터 지점에 나를 갖다 놓았을 때, 고양이는 전혀 나를 아는 체하지 않았다. 내가 남한테서 들었고 또 여행 중에 체험으로 확인한 바에 의하면, 사나운 동물 앞에서 달아나거나 두려움을 표시하면 곧 그 동물이 나를 쫓아오거나 공격한다. 그래서 나는 그 위험한 순간에 아무런 관심도 보이지 않기로 마음먹었다. 나는 대담하게도 대여섯 번이나 고양이 머리 바로 앞까지 걸어갔고, 고양이에게서 50센티미터 정도 떨어진 지점까지 다가갔다. 그러자 오히려 고양이가 나를 더 두려워하는 것처럼 뒤로 몸을 사렸다. 농가에서 늘 있는 일이지만, 개 서너 마리가 방 안으로 들어왔는데 나는 개들에 대해서는 덜 두려움을 느꼈다. 그중 한 마리는 마스티프종種이었는데 덩치가 코끼리 네 마리를 합쳐놓은 것만했다. 또다른 개는 그레이하운드였는데 마스티프보다 키는 컸지만 덩치는 그만큼 크지 않았다.

점심 식사가 거의 끝나갈 무렵, 유모가 한 살짜리 갓난쟁이를 품안에 안고서 방안으로 들어왔다. 아이는 나를 보고 런던교에서 첼시까지 들릴 만한 울음소리를 내지르더니 어린아이가 통상 하는 요구대로 나를 장난감으로 달라고 칭얼댔다. 어머니는 아이가 귀여운 마음에서 나를 집어 들어 아이 앞에 갖다 놓았다. 아이는 곧 내 허리를 잡고서 내 머리를 입 안에 집어넣으려 했다. 나는 혼신의 힘을 다하여 비명을 내질렀고 아이는 깜짝 놀라더니 나를 떨어트렸다. 아이의 어머니가 앞치마로 떨어지는 나를 받아 주지 않았더라면 나는 틀림없이 목을 부러트렸을 것이다. 유모는 아이를 잠잠하게 만들려고 딸랑이를 흔들어댔다. 그것은 일종의 비어 있는 통인데 그 안에 커다란 돌들이 들어 있었고, 아이의 허리에 줄로 고정되어 있었다. 그러나 딸랑이는 아무 소용이 없었다.

그래서 유모는 최후의 수단으로 아이에게 젖을 먹였다. 나는 유모의 거대한 유방처럼 혐오스러운 물건은 이 세상에 다시 없을 것이라고 고백해야겠다. 그 크기, 형체, 색깔을 호기심 많은 독자에게 설명하기 위하여 어떤 물건과 비교하며 말해야 할지 난감했다. 그 유방은 2미터 정도 앞으로 튀어나와 있었고 둘레는 못 되어도 5미터는 될 것 같았다. 젖꼭지는 내 머리통의 절반 정도 크기였고, 젖꼭지와 젖통의 색깔은 잡티, 뾰루지, 주근깨 등이 뒤섞여 있어서 그렇게 구역질날 수가 없었다. 유모는 젖을 더 잘 먹이기 위해 앉아 있었고 나는 서 있었기 때문에 그 광경을 아주 가까이서 볼 수 있었다. 이것은 나로 하여금 우리 영국 숙녀들의 하얀 피부를 생각하게 만들었다. 영국 숙녀들은 우리와 똑같은 크기이므로 그처럼 아름답게 보이고 결점이 감추어진다. 그러나 우리가 실험을 해보아서 알지만 돋보기를 사용하면 아주 부드럽고 하얀 피부도 우둘투둘하고 거칠면서 나쁜 색깔을 띤다.

나는 릴리펏 생각이 났다. 그곳 소인들의 피부 색깔은 이 세상에서 가장 아름다운 것처럼 보였다. 나는 이 문제와 관련하여 나와 친한 친구였던 소인국의 학자와 의논해 본 적이 있었다. 그 학자는 내 얼굴을 땅에서 올려다볼 때에는 한결 부드럽고 매끈하게 보인다고 말했다. 그러나 내가 그를 손 위에 올려놓고 내 얼굴에 바싹 가져갈 때에는 아주 달라진다고 했다. 그는 처음에는 아주 큰 충격이었다고 말했다. 내 얼굴에서 많은 구멍을 발견했고, 턱수염은 멧돼지의 털보다도 열 배는 더 단단한 것처럼 보였으며, 얼굴 색깔은 여러 가지 불쾌한 색깔로 이루어져 있다는 것이었다. 내가 우리나라 대부분의 남자들처럼 얼굴이 희고 또 여행을 많이 한 데 비하여 얼굴이 별로 타지 않았는데도 그런 평가를 받았다. 그 소인 학자는 또 황제 궁정의 숙녀들에 대하여 이야기하면서, 어떤 여자는 주근깨가 많고, 어떤 여자는 입이 너무 넓고 또 다른 여자는 코가 너무 크다고 말했지만 나는 그런 것을 전혀 구분하지 못했다.

나는 이런 생각이 너무나 뻔한 것이라고 고백하는 바이다. 하지만 혹시 독자들이 이 거대한 사람들이 기형이 아닐까 생각할지 몰라서 이렇게 소인과 비교해 본 것이다. 이 거인들에게 공정을 기하기 위하여 그들이 용모가 아름다운 족속이라는 것을 말해야겠다. 특히 내 주인은 일개 농부에 불과하지만, 약 20미터의 높이에서 그를 자세히 살펴보니 아주 균형 잡힌 용모의 소유자였다. 점심 식사가 끝나자 주인은 밖으로 나가 일꾼들과 합류했다. 그러나 그의 목소리와 몸짓으로 보아 아내에게 나를 잘 보살피라고 각별히 당부하는 것 같았다. 나는 너무 피곤하여 잠을 자고 싶었다. 여주인은 그것을 눈치 채고 나를 그녀의 침대 위에 눕힌 후에 깨끗하고 하얀 손수건으로 덮어 주었다. 그 손수건은 군함의 중간 돛대의 돛보다 더 크고 거칠었다.

나는 두 시간 가량 잠을 자면서 꿈을 꾸었다. 꿈에서 나는 집으로 돌아와 아내와 자식들과 함께 있었다. 잠에서 깨었을 때 그 꿈은 나를 더욱 슬프게 했다. 나는 큰 방에 혼자였다. 방은 세로 60미터에 가로 90미터 크기였고 높이는 60미터 정도 되었다. 나는 20미터 넓이의 침대에 누워 있었다. 여주인은 집안일을 보러 갔고 나를 방에다 둔 채 문을 잠갔다. 침대는 바닥에서 8미터 높이였다. 나는 용변이 보고 싶어서 침대에서 내려왔지만 감히 소리 질러 여주인을 부를 수가 없었다. 설사 부른다고 해도 나의 작은 목소리가 멀리 떨어진 여주인에게 들릴 것 같지 않았다. 내가 누워 있는 침실과 농부 가족들이 사용하는 주방까지는 굉장히 먼 거리였다. 내가 이런 상황에 놓여 있을 때, 쥐 두 마리가 커튼을 기어올라와 침대 위에서 앞뒤로 달리면서 뭔가 냄새를 맡으려 했다. 그 중 한 마리가 내 얼굴 가까이 다가왔다. 나는 겁을 먹으며 즉시 일어나 나 자신을 보호하기 위하여 단검을 뽑아들었다. 두 마리 쥐는 대담하게도 양쪽에서 나를 공격해 왔고 한 마리는 내 상의의 깃에다 앞발을 뻗었다. 하지만 나는 운 좋게도 그놈이 나에게 해코지를 하기 전에 그 배를 단검으로 갈라 버렸다. 그놈은 내 발밑에서 쓰러졌다. 다른 쥐는 동료의 그런 운명을 보더니 달아났다. 하지만 나는 도망치는 놈을 쫓아가 등에다 심한 상처를 입혔다. 이런 무공을 거둔 뒤에, 나는 침대 위에서 천천히 걸으면서 숨을 가다듬고 정신을 차렸다. 두 쥐는 커다란 마스티프 크기였으나 훨씬 더 민첩하고 사나웠다. 만약 내가 잠들기 전에 허리띠를 풀었더라면 나는 틀림없이 갈가리 찢겨 산 채로 잡아먹히고 말았을 것이다. 죽은 쥐의 꼬리를 재어 보았는데 약 2미터였다. 하지만 침대에 쓰러져 피를 흘리는 시체를 침대 밖으로 끌고 가는 것은 아주 역겨운 일이어서 할 수 없었다. 그러다 그놈이 아직 숨이 붙어 있는 것을 보고서 나는 단검으로 목을 거세게 찔러서 완벽하게 처치해 버렸다.

그 직후에 여주인이 방 안으로 들어와 온몸에 피가 묻은 나를 보더니 달려와서 나를 손으로 잡았다. 나는 죽은 쥐를 가리켰고 미소를 지으며 다치지 않았다는 표시를 했다. 그러자 그녀는 아주 기뻐하면서 하녀를 불러 집게를 가지고 죽은 쥐를 창문 밖으로 내버리라고 지시했다. 이어 그녀는 나를 탁자 위에 올려놓았다. 나는 피가 많이 묻은 단검을 그녀에게 보여 주었고, 그 피를 내 옷깃에 닦은 다음 다시 단검을 칼집에 집어넣었다. 나는 남이 대신 해 줄 수 없는 일로 압박을 받고 있었다. 그래서 여주인에게 바닥에 좀 내려달라는 신호를 했다. 여주인이 그렇게 해주자 나는 너무 수줍어서 문을 가리키며 여러 번 고개를 숙이는 것 이외에는 더 이상의 의사 표시를 할 수가 없었다. 그 선량한 부인은 마침내 아주 어렵사리 내 의도를 알아차렸다. 그녀는 다시 손으로 나를 들고서 마당으로 나가서 나를 내려놓았다. 나는 구석진 곳으로 약 2백 미터 정도 걸어가서 그녀에게 나를 쳐다보거나 따라오지 말라는 신호를 한 뒤에, 괭이밥의 두 잎사귀 사이에 내 몸을 가리고서 용변을 보았다.

나는 점잖은 독자에게 이런 일과 기타 사소한 일을 장황하게 서술하는 것을 양해해 주기 바란다. 이런 일들이 야비하고 천박한 정신의 소유자들에게는 사소하게 보일지 모르지만, 철학자가 그의 생각과 상상을 넓혀서 개인이나 공공의 생활에 적용하는 데 도움을 줄 것이다. 그것이 내가 이 여행기와 다른 여행기들을 세상에 내놓는 유일한 목적이다. 사실 나는 세상에서 진리만 연구해 왔으며, 학문이나 멋지고 장식적인 글쓰기는 일체 배제해 왔다. 그러나 이 여행의 모든 장면은 내 마음에 아주 강렬한 인상을 남겼고 내 기억 속에 깊이 각인되어 있다. 그래서 처음에 그것을 이처럼 종이 위에 옮겨놓으면서 단 하나의 구체적 상황도 생략하지 않았다. 그러나 꼼꼼히 점검하면서, 첫 번째 원고에 들어 있던 덜 중요한 문장들을 여럿 삭제했는데 너무 사소하거나 장황하다는 비난을 받을까 봐 두려워했기 때문이다. 여행자들에게 종종 퍼부어지는 그런 비난은 때때로 충분한 근거가 있다.

제 2 장

농부의 딸에 대해 묘사하다. 저자가 시장에 나가서 구경거리가 되고 이어 수도로 가게 되다. 그 여행을 자세히 묘사하다.

여주인은 아홉 살 난 딸이 있었는데 대단한 재주를 가진 아이였고 바느질을 잘했으며 아기 인형에게도 옷을 멋지게 해 입혔다. 그 애와 어머니는 나를 위해 밤중에 필요한 아기 요람을 만들었다. 그 요람은 작은 장의 서랍 속에 넣어졌고, 쥐들의 습격을 우려하여 매달린 선반 위에 올려놓았다. 이것이 내가 그 농가에 머무는 내내 나의 침대가 되었다. 그러나 그 침대는 나의 요청에 의해 점점 더 편안하게 개량되었다. 내가 그들의 말을 배우기 시작하면서 필요한 것을 그들에게 알릴 수 있었던 것이다. 이 소녀는 손재주가 아주 좋았고, 내가 한두 번 그녀 앞에서 옷을 벗는 것을 보더니 그 다음에는 손수 내 옷을 입혀 주고 벗겨 주었다. 그러나 그녀가 나 스스로 입도록 두는 경우에는 결코 그녀의 신세를 지지 않았다.

그 딸은 내게 일곱 벌의 셔츠를 만들어 주었고, 또 그녀가 손에 넣을 수 있는 가장 좋은 천으로 여러 장의 내의를 만들어 주었다. 그러나 그 천은 삼베보다 더 거칠었다. 그녀는 나를 위해 이런 옷들을 계속 손수 빨래해 주었다. 그녀는 또한 그들 나라의 언어를 가르쳐 주는 선생님이었다. 내가 어떤 물건을 가리키면 그녀가 그 나라의 말을 알려 주었다. 이렇게 하여 나는 며칠 사이에 내게 필요한 것을 말할 수 있었다. 그녀는 아주 마음이 착했고 키도 약 12미터 정도로 그녀 나이에 비해 작은 편이었다. 그녀는 내게 '그릴드릭'이라는 이름을 지어 주었다. 그녀에

글룸달클리치가 걸리버에게 언어를 가르치다.

이어 그 가족이 나를 그렇게 불렀고 나중에는 온 왕국이 그 이름으로 나를 기억했다. 이 말은 라틴어로는 나눈쿨루스, 이탈리아어로는 호문첼레티노', 영어로는 마네킹이라는 뜻이었다. 나는 주로 그녀 덕분에 그 나라에서 내 목숨을 부지할 수 있었다. 나는 그녀를 '글룸달클리치'라고 불렀는데 '어린 유모'라는 뜻이다. 그녀가 나에게 보여준 애정과 배려에 대하여 아주 고맙게 치하하지 않는다면 나는 아주 배은망덕한 사람이 되고 말리라. 나는 진정으로 그녀에게 합당한 보상을 해줄 수 있는 능력이 내게 있었으면 하고 생각한다. 하지만 나는 본의 아니게 그녀에게 불명예를 안겨 주는 불행한 인간이 되고 말았는데, 이처럼 그녀를 걱정하는 데는 충분한 이유가 있다.

나는 이제 농부의 인근 동네에 알려지고 또 사람들의 입에 오르내리게 되었다. 나의 주인이 들판에서 괴상한 동물을 발견했는데 덩치는 대략 스플락눅만하고 그 외의 나머지는 인간과 똑같다는 이야기가 널리 퍼졌다. 그 동물은 인간의 모든 동작을 흉내 낼 줄 알고, 자신만의 언어로 말을 하며, 이미 우리 나라의 단어들을 몇 마디 배웠다. 또 두 다리로 우뚝 설 수 있으며 온순하고 부드럽고, 오라고 부르면 오고, 시키는 일은 뭐든지 하며 세상에서 가장 멋진 사지를 갖고 있고 세 살 난 귀족 딸보다 더 아름다운 피부를 갖고 있다, 라는 이야기였다.

인근에 사는 또다른 농부는 내 주인의 각별한 친구였는데 그 소문의 진상을 알아보기 위해 일부러 농가를 방문했다. 나는 즉각 불려나가 탁자 위에 놓여졌다. 나는 거기서 시키는 대로 걷는 동작을 해보였고, 단검을 뽑아들고 머리 위에 치켜들며 주인의 손님에게 경의를 표시하고서, 그들 나라 말로 잘 지내고 있느냐고 물었고 농가를 찾아온 걸 환영한다고 말했다. 이 모든 것은 어린 유모가 시킨 그대로 한 것이었다. 방

/ '나눈쿨루스'와 '호문첼레티노'는 난쟁이 혹은 소인을 뜻하는 라틴어 '나누스'와 '호문쿨루스' 등을 바탕으로 스위프트가 만들어 낸 말로 보인다.

문객은 나이가 들어서 눈이 잘 안 보였고 그래서 나를 더 잘 보기 위해 안경을 썼는데, 나는 커다랗게 웃지 않을 수 없었다. 그의 두 눈은 창문에 비치는 커다란 보름달처럼 보였기 때문이다. 내가 즐거워하는 이유를 알아낸 우리 가족은 덩달아 함께 웃었다. 그러자 그 늙은 농부는 한심하게도 화를 내며 표정이 일그러졌다.

그 농부는 아주 심술궂은 성격의 소유자였다. 내게는 아주 불행한 일인데, 그는 내 주인에게 사악한 제안을 함으로써 그런 성격을 유감없이 발휘했다. 근처 읍의 장날에 나를 데리고 나가서 사람들에게 나를 구경시켜 주면 어떻겠냐고 말했던 것이다. 읍은 우리 농가에서 약 35킬로미터 떨어져 있었고 말을 타고 가면 반 시간 거리였다. 나는 주인과 친구가 오랫동안 낮은 목소리로 속삭이며 때때로 나를 가리키는 광경을 보면서 뭔가 음모가 꾸며지고 있음을 알았다. 나의 공포심 때문인지 나는 그들이 하는 말을 일부 엿듣고 또 알아들었다고 생각했다. 그러나 그 다음날 나의 어린 유모 글룸달클리치가 그 일의 전말을 내게 알려 주었다. 그녀는 영리하게도 어머니로부터 정보를 빼냈다. 그 불쌍한 소녀는 나를 가슴 위에 올려놓고서 수치와 슬픔으로 눈물을 쏟아냈다.

그녀는 무례하고 조잡한 사람들 때문에 내가 어떤 사고를 당할지 모른다고 우려했다. 그들은 나를 비틀어서 죽일 수도 있고, 아니면 나를 그들의 손아귀에 집어넣고 내 사지 중 하나를 부러트릴 수도 있었다. 그녀는 내가 아주 성격이 겸손하고 또 명예를 소중히 여기는 사람임을 안다고 말했다. 돈 때문에 가장 저급한 사람들에게 내가 구경거리로 내돌려지게 되었으니 내가 그걸 아주 치욕스럽게 여길 것이라고 생각했다. 그녀는 엄마와 아빠가 그릴드릭이 온전히 그녀의 것이라고 약속했는데 이제 지난해 했던 일과 똑같은 일을 하려 한다고 말했다. 부모는 그녀에게 어린 양을 건네 줄 것처럼 했지만 그 양이 통통하게 살이 오르자마자 푸줏간에 팔아치웠던 것이다.

나 자신의 입장을 말해 보자면 나는 어린 유모처럼 그렇게 걱정이 되지 않았다. 나는 언제나 가슴 깊숙이 하나의 강력한 희망을 품고 있었는데, 언젠가 내가 자유를 되찾게 되리라는 것이었다. 내가 괴물 취급을 당하며 사람들의 구경거리가 되는 치욕에 대해서, 나는 우선 나 자신을 낯선 나라의 완벽한 이방인이라고 생각했다. 만약 내가 영국으로 다시 돌아간다면 이런 불행을 당한 것을 가지고 누가 나를 비난하는 일은 없으리라고 보았다. 왜냐하면 대영제국의 왕이라고 해도 그가 나와 똑같은 상황에 놓였다면, 똑같은 어려움을 겪었을 것이기 때문이다.

나의 주인은 친구의 조언에 따라서 그 다음 장날에 나를 네모난 상자에 넣어서 인근 읍으로 데리고 갔다. 그는 그의 딸 글룸달클리치를 말 뒤 안장에 함께 태웠다. 그 상자는 사면이 꽉 막혀 있었고 내가 드나들 수 있는 작은 문이 달렸으며 공기가 유입될 수 있는 약간의 작은 구멍이 뚫려 있었다. 소녀는 어린아이용 침대의 이불을 그 안에 조심스럽게 넣어서 내가 그 위에 드러누울 수 있게 했다. 여행은 불과 반 시간이었으나 나는 상자 안에서 심하게 흔들려 아주 불편했다. 말이 한 번 발걸음을 뗄 때마다 약 12미터 보폭으로 빠르게 달렸기 때문이다. 그 요동치는 상태는 바다에서 큰 풍랑을 만난 배가 솟구쳤다 가라앉는 것과 비슷했으나, 그 부침의 빈도가 더욱 잦았다. 그 여행길은 런던에서 세인트올번스까지 가는 길²보다 약간 더 멀었다.

나의 주인은 한 단골 여관에서 내렸다. 그는 여관 지배인과 잠시 이야기를 나누면서 필요한 사전 준비를 하고서 그룰트루드, 즉 호객꾼을 고용했다. 호객꾼은 마을 전체를 돌아다니면서 괴상한 동물을 초록색 독수리 간판을 내건 여관에서 전시하니 많이들 와서 구경하라고 소리쳤다. 그 신기한 동물은 스플락눅(아주 멋진 몸매를 가진 그 나라의 동물로 길이가 약 1.8미터이다) 비슷하게 생겼으나 그 이외에는 인간과 똑같이 생겼고, 여러 말을 할 줄 알며, 백 가지의 흥미로운 재주를 선보인다며 호객 행위를 했다.

---

2 세인트올번스는 런던에서 약 32킬로미터 떨어진 도시다.

나는 여관의 가장 큰 방의 탁자 위에 올려졌는데, 그 방의 크기는 사방 1백 미터는 됨직해 보였다. 나의 어린 유모는 나를 보살피고 또 여러 가지 지시를 내리기 위해 탁자 옆의 키 낮은 의자에 앉았다. 나의 주인은 사람이 붐비는 것을 피하기 위하여 한 번에 30명의 구경꾼만 받았다. 나는 소녀가 명령한 대로 탁자 주위를 걸어다녔다. 그녀는 내가 그 나라 말을 이해할 수 있는 범위 내에서 여러 가지 질문을 했다. 나는 최대한 큰 목소리로 대답을 했다. 나는 여러 번 구경꾼 쪽으로 몸을 돌리면서 공손하게 허리를 숙여 인사를 했고, 이렇게 오신 것을 환영한다면서 유모가 가르쳐 준 말을 몇 마디 했다. 나는 글룸달클리치가 컵으로 사용하라고 준, 술이 채워진 골무를 높이 쳐들고 구경꾼들의 건강을 빌며 쭉 마셨다. 또 단검을 뽑아들고 영국에서 검사劍士가 하는 방식대로 칼을 공중에 휘둘렀다. 유모는 내게 볏짚 조각을 건네 주었고 나는 그것을 창으로 삼아, 어릴 적에 배운 대로 공중에 휘두르며 창검술을 시범 보였다.

나는 그날 12회의 공연을 했고, 종종 같은 재주를 여러 번 되풀이해야 했다. 마침내 나는 피로와 분노로 거의 초주검이 되었다. 이미 나를 본 사람들은 내가 아주 놀랍다는 소문을 퍼트렸고 구경꾼들은 공연장 안으로 들어오기 위해 문을 깨부술 기세였다. 나의 주인은 그 자신의 이익을 보호하기 위하여 어린 유모 이외에는 아무도 나를 만지지 못하게 했다. 그리고 사전에 위험을 방지하기 위하여 탁자 주위에 긴 의자들을 멀찍한 거리에 둘러놓아 구경꾼들이 전혀 내게 손을 내밀 수 없게 해놓았다. 그러나 어떤 짓궂은 학동이 내 머리를 향하여 개암나무 열매를 던졌는데 아슬아슬하게 빗나갔다. 아주 엄청난 힘으로 날아왔는데 만약 정통으로 맞았더라면 틀림없이 내 머리는 박살이 나고 말았을 것이다. 그 크기가 거의 작은 호박만 했기 때문이다. 나는 그 악동이 흠씬 두드려 맞고 방 밖으로 쫓겨나는 것을 고소하게 바라보았다.

나의 주인은 다음 장날에 다시 공연을 하겠다고 공고를 냈다. 동시에 그는 나를 위하여 좀 더 편안한 수송 수단을 준비했는데 그럴 만한 충분한 이유가 있었다. 나는 첫 번째 여행과 여덟 시간 내내 이어진 공연으로 인하여 너무나 피곤했고 그리하여 제대로 서 있을 수도 말을 할 수도 없었다. 사흘이 지나서야 나는 겨우 기력을 회복했다. 나는 집에서도 쉴 수가 없었다. 인근 160킬로미터 이내의 이웃 양반들이 내 명성을 듣고서 주인집으로 직접 나를 구경하러 왔기 때문이다. 그들의 처자식까지 다 합치면 서른 명 가까이 되는 인원이었다. 그 나라는 인구가 아주 조밀했다. 나의 주인은 집에서 나를 구경시킬 때에는 비록 단 한 가구일지라도, 공연장의 좌석이 가득 찰 때의 요금을 받았다. 그래서 나는 한동안은 일주일 내내(그들의 안식일인 수요일을 제외하고) 휴식을 취할 수가 없었다. 읍의 장터에 가지 않는데도 말이다.

나의 주인은 내가 돈벌이가 된다는 것을 알고서 왕국 내의 대도시들로 나를 데리고 가서 공연을 할 마음을 먹었다. 그는 장기 여행에 대비하여 필요한 준비를 하고서 집안일을 그에 맞추어 다 정리해 놓았다. 그는 내가 그 나라에 도착한 지 두 달쯤 되었을 때인 1703년 8월 17일 그의 아내와 작별 인사를 했다. 우리는 제국의 중심부에 있는 수도를 향해 출발했는데 우리의 집에서 약 5천 킬로미터 떨어진 곳이었다. 주인은 그의 딸 글룸달클리치를 뒷 안장에 태웠다. 그녀는 나를 상자 안에 넣어서 자신의 허리에 묶었고 다시 그것을 무릎 위에 조심스럽게 올려놓았다. 소녀는 상자 내부의 사면을 가능한 한 부드러운 천으로 덮었고 바닥에는 쿠션용 누비이불을 깔았다. 그리고 그 위에다 아기용 침대를 설치했고, 나의 속옷과 기타 필요한 물품을 제공했다. 그녀는 모든 것을 가능한 한 편리하게 만들려고 애를 썼다. 우리 뒤에는 짐을 말에다 싣고 따라오는 농가의 소년 하인 이외에 다른 일행은 없었다.

주인의 계획은 수도로 올라가는 도중에 경유하는 모든 읍에서 나를 구경시키겠다는 것이었다. 또 80킬로미터 혹은 160킬로미터를 가다가 어떤 마을 혹은 고위 인사의 저택 등 고객이 있을 만한 곳이면 걸음을 멈추고 공연을 했다. 우리는 하루에 200킬로미터 내지 250킬로미터를 넘지 않는 편안한 여행을 했다. 왜냐하면 글룸달클리치가 나를 보호하기 위하여 말의 속보 때문에 피곤하다고 불평을 했기 때문이다. 그녀는 종종 내가 원하면 나를 상자에서 꺼내어 콧바람을 쐬게 해 주고 또 그 나라를 구경시켜 주었다. 하지만 그럴 경우에도 내 몸에 부착된 끈을 단단히 쥐고 있었다. 우리는 나일강이나 갠지스강보다 훨씬 더 너비가 크고 깊은 강을 대여섯 개 건너갔다. 런던교가 있는 템스강보다 작은 시내는 거의 보기 힘들었다. 우리는 총 10주에 걸쳐 여행을 했다. 나는 중간의 많은 마을과 일반 가정을 제외하고 18개의 도시에서 공연을 했다.

10월 26일에 수도에 도착했다. 수도의 이름은 그들 말로 '로르브룰그루드'인데 '우주의 자부심'이라는 뜻이었다. 주인은 왕궁에서 그리 멀리 떨어지지 않은 수도의 중심 거리에 숙소를 정했다. 그리고 내 신체 조건과 능력을 정확하게 묘사한 공고문을 여러 군데에다 붙였다. 그는 너비가 90~120미터가 되는 커다란 방을 임차하고 직경 20미터가 되는 탁자를 마련해 나를 그 위에서 공연하게 했다. 탁자의 가장자리에서 1미터 떨어진 지점에 1미터 높이의 울타리를 설치하여 내가 탁자에서 굴러 떨어지는 것을 사전에 예방했다. 나는 하루에 10회 공연을 했고 구경꾼들은 모두 경탄과 만족의 함성을 내질렀다. 나는 이제 그들의 말을 그런대로 잘 할 수 있었고 그들이 내게 건네는 말을 완벽하게 이해했다. 그 외에 나는 그들의 알파벳을 배웠으므로, 이런저런 상황에서 하나의 온전한 문장으로 요령껏 설명을 할 수도 있었다. 우리가 집에 있을 때, 그리고 여행 중의 여가 시간에 글룸달클리치가 내게 글을 가르쳐 주었기 때문이다. 그녀는 지도 제작자 니콜라 상송³의 작은 지도책보다 별로 크지 않은 소책자를 호주머니 속에 넣고 다녔는데, 어린 소녀들에게 그들 나라의 종교를 간단히 설명해 주는 책자였다. 그녀는 이 책에 나오는 문장을 가지고 내게 철자를 가르쳐 주고 또 단어들의 뜻풀이를 해 주었다.

---

3 17세기 프랑스의 지도 제작자.

제 3 장

저자가 왕궁에 보내지다. 왕비가 저자의 주인인 농부로부터 그를 사들여서 왕에게 선물로 바치다. 저자가 폐하의 학자들과 논쟁을 하다. 왕궁에 저자의 거처가 마련되고 왕비의 총애를 받게 되다. 저자가 조국의 명예를 강하게 주장하다. 왕비가 데리고 있는 난쟁이와 싸우다.

매일 그런 중노동을 하게 되자 몇 주 사이에 나의 건강에 아주 심각한 무리가 왔다. 나의 주인은 돈을 많이 벌수록 더욱 욕심이 커졌다. 나는 식욕이 거의 없었고 거의 해골이나 다름없게 되었다. 농부는 나의 건강 상태를 보더니 내가 곧 죽을 것 같다는 결론을 내리고 죽기 전에 가능한 한 많은 이익을 올려야겠다고 생각했다. 이런 생각을 하며 결심을 굳혀 가는 동안에, 왕실의 의전관인 슬라르드랄이 찾아와 왕비와 귀부인들의 오락을 위하여 나를 즉시 궁정으로 보내라고 명령했다. 귀부인들 중 몇몇은 이미 나의 공연을 본 사람들이었고, 나의 아름다움, 행동, 양식 등 신기한 것들을 왕비에게 보고했었다.

왕비마마와 수행 귀부인들은 나의 행동거지를 보고서 형언하기 어려울 정도로 즐거워했다. 나는 무릎을 꿇고서 왕비마마의 발에 입맞출 수 있는 영광을 청원했다. 그러나 이 우아한 왕비는 내게(이때 나는 이미 탁자 위에 올려져 있었다) 새끼손가락을 내밀었고, 나는 양팔로 그 손가락을 감싸 안으며 끝부분에 아주 공손하게 내 입술을 가져다댔다. 왕비는 나의 나라와 여행에 대하여 여러 가지 일반적인 질문을 했고, 나는 가능한 한 간단하고 분명하게 대답했다. 그녀는 왕국에 살게 된다면 만족하겠느냐고 물었다. 나는 탁자의 상판 위에까지 고개를 숙이며 내가 주인의 노예라는 사실을 공손하게 말하고서, 하지만 내 마음대로 할 수 있다면 평생을 왕비마마에게 봉사하며 지낼 것이며 이를 아주 자랑스럽게 생각할 것이라고 말했다.

그러자 왕비는 나의 주인에게 좋은 값에 나를 팔 의향이 없느냐고 물었다. 내가 한 달 이상 살지 못할 것이라고 생각한 주인은 즉각 나를 팔아넘길 결심을 하고서 금화 1천 개를 요구했다. 그 돈은 즉각 지불되었고, 각 금화의 크기는 포르투갈 금화의 8백 배였다. 그러나 거인국과 유럽 사이의 문물 차이와 그 나라의 높은 금값을 감안한다 하더라도, 그 금액은 영국의 1천 기니보다 큰 금액이라고 할 수는 없었다. 그러자 나는 왕비에게 한 가지 요청을 했다. 이제 내가 왕비마마의 비천한 하인 겸 신하가 되었으니, 지금껏 온갖 배려와 자상함으로 나를 보살펴 주고 또 그 일을 아주 잘 해 온 글룸달클리치를 마마의 하녀로 받아들여 계속 나의 유모 겸 교사 노릇을 하게 해 달라는 것이었다. 왕비마마는 나의 요청을 즉각 받아들였고 손쉽게 농부의 동의를 얻었다. 사실 농부는 자신의 딸이 궁중에서 원하는 인물이 된 것을 아주 기쁘게 생각했다. 그리고 그 불쌍한 소녀도 노골적으로 기뻐했다. 나의 옛 주인은 나에게 작별 인사를 하면서 나를 좋은 분의 손에 맡겼다면서 물러갔다. 나는 그의 말에 단 한 마디도 대꾸하지 않고 간단히 목례만 했다.

왕비는 나의 차가운 태도를 눈여겨 보았다. 농부가 궁전의 방에서 나가자 왕비는 내게 그 이유를 물었다. 나는 왕비마마에게 솔직하고 대담하게 말했다.

"나는 옛 주인에게 아무런 신세도 진 게 없습니다. 그가 들판에서 나를 발견했을 때 불쌍하고 힘없는 사람을 땅바닥에 내팽개쳐서 죽이지 않은 것 이외에 말입니다. 그 신세는 그가 왕국의 절반을 돌며 나를 공연시켜 올린 수입과 나를 팔아넘긴 대금으로 이미 다 갚았습니다. 내가 그동안 견딘 삶은 나보다 신체적으로 열 배나 강한 동물도 충분히 죽일 수 있을 정도로 고생스러운 것이었습니다. 날마다 공연을 하면서 사람들을 즐겁게 하는 중노동을 계속하면서 내 건강은 말할 수 없을 정도로 망가졌습니다. 만약 옛 주인이 내가 곧 죽을 거라고 생각하지 않았다면 마마께서는 그처럼 싼 값에 저를 사들일 수 없었을 것입니다.

그러나 위대하고 선량하시며, 자연의 장식이고, 세상의 귀인이며, 온 신하들의 즐거움이신 왕비마마의 손에 학대당할 염려는 전혀 없게 되었으니 옛 주인의 우려가 근거 없는 것임을 증명해 보이려 합니다. 사실 저는 왕비마마의 자상하신 보살핌 덕분에 이미 기력이 회복되고 있음을 느낍니다."

이것이 내가 대답한 말의 개요였는데, 아주 부정확한 어법으로 심하게 머뭇거리면서 말해진 것이었다. 특히 머뭇거렸던 부분은 거인국 사람들의 독특한 문장 스타일을 따른 부분이었는데, 글룸달클리치가 나를 궁정에 데려가면서 가르쳐준 몇 마디에서 가져온 것들이었다.

왕비는 나의 어법이 궁정 예절에 맞지 않는 엉터리임을 어느 정도 감안해 주면서도 이렇게나 작은 동물이 상당한 재치와 양식을 갖고 있다는 사실에 놀라움을 금치 못했다. 그녀는 나를 손 위에 올려놓고서 왕에게 데려갔다. 왕은 마침 거처에 들어와 있었다. 아주 신중하고 근엄한 용모의 소유자인 국왕 폐하는 처음엔 나를 제대로 쳐다보지도 않았다. 왕은 왕비에게 다소 쌀쌀한 태도로 언제부터 스플락눅을 좋아하게 되었느냐고 물었다. 왕비의 손바닥 위에서 엎드려 있는 나를 그런 동물로 보았던 것이다. 그러나 엄청난 재치와 유머 감각을 갖고 있는 왕비는 나를 필기용 책상 위에 부드럽게 세워 놓으면서 왕에게 나 자신을 소개하라고 명령했다. 나는 아주 간단하게 자기소개를 했다. 그리고 왕의 거실 문 앞에 서 있던 글룸달클리치는 내가 그녀의 눈 밖에 있는 것을 견디지 못하여 안으로 들어오도록 허락되었다. 보모는 내가 그녀 아버지의 농가에 도착한 이후 벌어진 일들을 모두 확인해 주었다.

왕은 왕국 내에서 그 어떤 사람 못지않게 배웠고 또 철학과 수학을 깊이 공부한 사람이었다. 내가 아직 입을 열어 말하기 전에, 내 모습을 찬찬히 살피고 또 내가 똑바로 서서 걷는 것을 보고서 나를 어떤 교묘한 예술가가 만든 일종의 시계 제품이라고 생각했다(거인국에서는 시계 제조 기술이 완벽의 수준에 도달했다). 그러나 내 목소리를 듣고 또 내가 하는 말이 정상적이면서 합리적인 것임을 파악하고서는 놀라움을 금치 못했다. 그는 내가 그 왕국에 도착한 경위에 대한 설명을 듣고서도 만족하지 못했다. 그건 글룸달클리치와 그녀 아버지가 꾸며낸 이야기이고 또 농부가 나를 비싼 값에 팔아넘기기 위해 몇 마디 말을 가르쳐 주었다고 생각했다. 이렇게 상상하면서 그는 내게 여러 가지 질문을 던졌는데, 나로부터 계속하여 합리적인 대답을 듣게 되었다. 단 외국어 억양이 들어가 있고 거인국 언어에 대한 지식이 좀 불완전하다는 것이 흠이었다. 게다가 내가 농부의 집에 있을 때 배운 농촌 어투 또한 궁정의 우아한 어법과는 맞지 않았다.

국왕 폐하는 그때(그 나라의 관습에 따라) 주간 당번을 맡아 궁전에 입시해 있던 세 명의 대학자들을 오라고 불렀다. 이 학자들은 내 신체를 세밀히 검토하더니 나에 대하여 서로 다른 의견을 내놓았다. 그들은 내가 자연의 정상적인 법칙에 따라 태어난 존재는 아니라는 사실에 의견 일치를 보았다. 내게 생명을 보존하는 능력, 즉 민첩한 태도, 나무에 올라가거나 땅을 파는 능력 등이 결핍되어 있기 때문이었다. 그들은 내 이빨을 아주 정밀하게 살펴보더니 내가 육식 동물이라고 진단했다. 그렇지만 대부분의 네발 동물들이 충분히 나를 제압할 것이고, 들쥐와 기타 동물은 너무나 민첩한데 내가 무엇을 식량으로 삼는지 의아해했다. 내가 달팽이나 기타 벌레를 먹고 살지 않는다면 말이다. 하지만 학자들은 아주 유식한 논증을 통하여 내가 그렇게 할 수 없다는 의견을 개진했다.

그러자 그들 중 한 사람이 내가 태아 혹은 유산된 존재일지 모른다고 생각하는 것 같았다. 하지만 이 의견은 다른 두 학자들에 의해 거부되었다. 나의 사지가 그것 자체로 완벽한 완제품이라는 것이다. 그리고 나의 턱수염을 보아 알 수 있듯이 내가 이미 여러 해를 살아왔다는 것이었다. 그들은 돋보기를 통하여 턱수염의 뻣뻣한 털을 분명히 볼 수 있었다. 그들은 나를 난쟁이로 보지도 않았다. 나의 왜소한 신체와 비교할 대상이 없었기 때문이다. 왕비마마가 총애하는 난쟁이는 왕국에서 가장 키가 작은 존재인데, 그도 근 9미터나 되었다. 많은 토론 끝에 그들이 만장일치로 내린 결론은, 내가 다만 '레플룸 스칼카트', 즉 글자대로 번역하면 '루수스 나투라이Lusus Naturae(자연의 장난)'에 지나지 않는다는 것이었다. 이러한 결론은 실로 유럽의 근대 학문과 일치한다. 근대 유럽의 학자들은 '신비한 원인'이란 낡아빠진 도피수단을 멸시하는데, 이것은 아리스토텔레스의 추종자들이 그들의 무식을 위장하기 위해 헛되이 고안해낸 것이었다. 그 대신 근대의 학자들은 놀라운 해결책, 즉 '자연의 장난'을 발명해 냈다. 바로 이것이 인간 지식의 증진에 이루 말할 수 없는 공헌을 했다.

이런 결정적인 결론이 내려진 후, 나는 한두 마디 대답을 하게 해 달라고 요청했다. 나는 왕을 상대로 이런 말을 했다.

"나는 나만한 신체 조건을 가진 남녀 수백만 명이 살고 있는 나라에서 왔습니다. 그 나라에서는 동물, 나무, 집들도 나의 신체 조건에 비례하는 덩치를 갖고 있습니다. 그래서 나는 거인국 사람들이 여기에서 그 자신들을 부지할 수 있는 것과 마찬가지로 나 자신을 부지할 수 있습니다. 나는 이것을 세 학자의 논증에 대한 답변으로 삼고 싶습니다."

그러자 학자들은 경멸의 미소를 지어보이면서 농부가 대답할 말을 아주 잘 가르쳤다고 말했다.

학자들보다 훨씬 높은 이해력을 갖춘 왕은 그들을 물러가게 하고, 나의 옛 주인을 불러오게 했다. 마침 운 좋게도 그 농부는 아직 수도에서 떠나지 않은 상태였다. 국왕 폐하는 먼저 그 농부와 단독으로 대화를 나누고 이어 그에게 나와 어린 소녀를 상대로 대질을 시키더니 우리가 한 말이 사실일지 모른다고 생각하기 시작했다. 그는 왕비에게 나를 각별히 보살피라고 당부했다. 그리고 글룸달클리치에게 계속 나를 보살피는 업무를 맡기는 게 좋겠다는 의견을 피력했다. 왕은 우리가 서로에게 좋은 감정을 가지고 있음을 알아보았던 것이다. 그녀에게는 궁전 내의 편리한 거처가 제공되었다. 그녀에게는 교육을 담당할 가정교사, 옷을 입혀 줄 시녀, 그리고 잡다한 일들을 대신 해 줄 두 명의 하인이 배정되었다. 그러나 나를 보살피는 일은 오로지 그녀의 몫이었다.

왕비는 궁중의 가구 제작자에게 명령하여 나의 침실로 활용될 상자를 만들라고 지시했다. 그 상자의 모양에 대해서는 나와 글룸달클리치가 조언하기로 했다. 이 제작자는 아주 재주 많은 장인이었다. 나의 지시에 따라 그는 3주만에 사방 5미터 크기에 3.6미터 높이의 나무 상자를 완성했다. 상자에는 위아래로 여닫는 창문과 하나의 출입문과 두 개의 작은 방이 있어서 런던에서 흔히 볼 수 있는 침실처럼 꾸며졌다. 천장을 이루는 판자는 두 개의 경첩에 의하여 들어올렸다 내렸다 할 수 있었는데, 왕비마마의 목수가 이미 만들어 놓은 침대가 이 천장을 통하여 상자 안으로 들어왔다. 글룸달클리치는 그 상자를 매일 밖으로 가지고 나가서 두 손으로 천장을 열어서 환기가 되게 했고, 또 밤에는 적당한 곳에다 내려놓고 내 위의 천장에 자물쇠를 잠갔다. 자그마한 기호품을 잘 만드는 유능한 일꾼이 상아 비슷한 물질로 등받이와 팔걸이가 있는 의자 두 개, 물건을 넣을 서랍이 있는 탁자 두 개를 내게 만들어 주었다. 그 상자를 들고 다니는 사람의 부주의나, 마차를 타고 갈 때의 진동으로 인해 내게 사고가 발생하는 것을 막기 위하여 그 방의 사방 벽, 바닥, 그리고 천장에는 누비이불로 내장을 했다.

나는 들쥐와 생쥐가 상자 안으로 들어오는 것을 막기 위하여 나의 출입문에 자물쇠를 달아 달라고 요구했다. 대장장이는 여러 번의 시도 끝에 그들 사이에서는 본 적이 없는 아주 작은 자물쇠를 만들어냈다. 내가 영국의 어떤 신사 저택의 대문에서 본 자물쇠도 그것보다는 컸다. 나는 글룸달클리치가 그 열쇠를 잃어버릴까 봐 두려워서 가능한 한 그 열쇠는 내 호주머니 속에 보관하려고 애썼다. 여왕은 내 옷을 만들어 주기 위해 가능한 한 얇은 비단을 준비하라고 지시했다. 그 두께는 영국 담요보다 더 두껍지는 않았지만 아주 거추장스러워서 적응하는 데 좀 시간이 걸렸다. 옷들은 거인국의 패션에 맞추어 지어졌는데, 일부는 페르시아식이고 일부는 중국식이었다. 아무튼 아주 진지하고 단정한 옷이었다.

왕비는 나와 함께 있는 것을 아주 좋아하여 내가 없으면 식사를 못할 정도였다. 나는 왕비마마가 식사하는 식탁 위, 그러니까 왕비의 왼쪽 팔꿈치 바로 옆에 준비된 식탁과 의자에 앉았다. 글룸달클리치는 나를 도와주고 보살피기 위하여 내 식탁 옆 바닥에 설치한 등받이 없는 자그마한 의자에 앉았다. 나는 은제 식기와 접시 한 벌, 그리고 기타 필요한 식기들을 지급받았다. 그 식기들의 크기는 왕비의 그것과 비교해 볼 때, 내가 런던 장난감 가게에서 보았던 어린아이 집의 가구만 했다. 어린 보모는 이 식기들을 은제 박스에 넣어 그녀의 호주머니에 보관하고 있다가 식사 때마다 내가 요구하면 꺼내 주었다. 내 식기의 설거지는 언제나 그녀가 했다.

왕비는 두 공주하고만 식사를 했는데 한 공주는 16세였고, 그 밑의 공주는 13세 1개월이었다. 왕비마마는 가끔 자그마한 고기 한 점을 내 접시 위에 내려놓았는데, 나는 그것을 잘게 썰어서 먹었다. 왕비는 내가 그런 식으로 먹는 모습을 보고서 아주 즐거워했다. 왕비는 소화가 잘 안된다고 하지만 그녀가 식사 때 먹는 한입은 영국 농부 12명의 한 끼 분량이었다. 그것은 때로 아주 구역질나는 광경이었다. 그녀는 종달새 날개를 뼈째로 이빨 사이에 넣어 와드득 썹어 먹었는데, 그 크기는 다 자란 칠면조 날개의 아홉 배나 되었다. 그리고 12펜스짜리 빵 두 개만한 빵 덩어리를 한입에 해치웠다. 음료는 대형 술통보다 큰 컵으로 한입에 다 마셔버렸다. 그녀가 사용하는 나이프는 자루가 달린 낫 두 배의 크기였다. 스푼, 포크, 기타 식사 도구들도 그와 똑같은 비례의 크기를 갖고 있었다. 글룸달클리치가 호기심이 발동하여 나를 궁정의 식탁들을 구경하는 데 데리고 갔었는데, 그곳에는 거대한 나이프와 포크가 열 벌 혹은 열두 벌씩 놓여 있었다. 나는 그때까지 그런 살벌한 풍경을 본 적이 없다는 생각이 들었다.

수요일마다(내가 앞에서도 말했듯이, 이 날은 그들의 안식일이었다), 왕과 왕비 그리고 왕자와 공주들은 국왕 폐하의 거처에서 함께 식사를 했다. 나는 이제 그 식사에서 총애를 받는 단골손님이 되었다. 이런 행사에서 나의 자그마한 식탁과 의자는 국왕 왼쪽 편, 소금통 바로 앞에 배치되었다. 이 군주는 나와 대화를 나누는 것을 특히 즐겼다. 유럽의 풍습, 종교, 법률, 행정, 학문 등에 대하여 질문을 했고 나는 내 능력이 닿는 범위 내에서 가능한 한 성실하게 답변했다. 왕의 이해력은 뛰어났고 판단력은 정확하여 내가 말한 것에 대하여 아주 현명한 의견과 논평을 내놓았다.

지금 고백하는 바이지만, 나는 사랑하는 조국에 대하여 너무 많은 말을 했다. 가령 우리의 무역, 바다와 육지에서의 전쟁, 종교의 분열, 국가 내의 정당 등을 자세히 말씀드렸던 것이다. 하지만 왕은 자신이 받은 교육의 편견이 작용하여 나를 오른손 손바닥 위에 올려놓고 왼손으로 나를 부드럽게 쓰다듬으며 웃음을 참지 못하고 크게 너털웃음을 터트렸다. 그러면서 내가 휘그당인지 혹은 토리당인지 물었다.

이어 국왕은 뒤에 시립하던 총리에게 고개를 돌렸다. 그 총리는 로열 소버린 호[/]의 중간 돛대 크기에 육박하는 하얀 지팡이를 들고 서 있었는데 왕은 그 총리에게 이렇게 말했다. "인간의 장엄함이라는 것은 얼마나 하찮은 것인가. 저처럼 작은 벌레만한 사람들도 흉내를 내다니 말이오."

왕은 이어서 이런 말도 했다. "그렇지만 이 작은 사람들도 그들 나름대로 명예를 구분하여 작위를 내릴거요. 자그마한 둥우리와 토굴을 만들어서 그걸 주택이며 도시라고 부르기도 하고요. 저들은 옷이나 마차

[/] 1637년에 건조된 영국 해군의 가장 큰 함선들 중 하나.

로 뻐길 거요. 저들도 사랑하고, 싸우고, 논쟁하고, 속이고, 배신할거요."

왕이 이렇게 말을 하는 동안 나는 얼굴이 여러 번 붉으락푸르락해졌다. 기술과 무기의 주인이고, 프랑스의 채찍이며, 유럽의 중재자이고 미덕, 경건, 명예, 진실의 중심지이고, 온 세상의 자부심이고 부러움인 나의 고상한 조국을 그렇게 경멸하는 식으로 말하다니.

하지만 나는 그런 피해에 분개할 처지에 있지 않았다. 그리고 깊이 생각해 보니 과연 내가 피해를 보았는지 의문이 들기 시작했다. 여러 달 동안 거인들을 쳐다보고 대화하는 데 익숙해지고 또 그들의 크기에 맞추어 사물을 바라보면서 그들의 덩치와 모습에 대하여 내가 처음 느꼈던 공포는 서서히 사라져갔다. 그리하여 내가 그때 아름다운 장식과 생일 옷을 걸친 영국 귀족과 귀부인 무리가 그들의 신분에 맞추어 점잖게 걸어가고 인사를 하고 대화를 나누는 광경을 쳐다보았더라면, 나 역시도 거인국의 왕과 고관들이 지금 내게 하고 있는 것처럼 웃음을 터트렸으리라. 또 왕비가 나를 손 위에 올려놓고 나와 함께 큰 거울 앞에 서서, 우리 두 사람의 모습이 거기 나타날 때, 나 또한 나 자신에 대하여 미소를 억누를 수가 없었다. 그런 대조보다 더 우스꽝스러운 것은 이 세상에 없었다. 그리하여 나는 나 자신이 실제 크기보다 몇 배나 더 작아졌다고 생각하기 시작했다.

궁중에서 왕비의 난쟁이처럼 나를 화나게 하고 괴롭히는 자는 없었다. 그는 그 나라에서 가장 키가 작은 자였는데 내 생각에 9미터가 채 되지 않는 듯했다. 그는 자기보다 훨씬 작은 자가 있는 것을 보고서 오만해졌다. 그리하여 내가 여왕 대기실의 탁자 위에 서서 궁정의 귀족이나 귀부인들과 이야기를 하고 있는 동안에, 난쟁이는 내 곁을 지나가면서 거들먹거리거나 잘난 체했다. 그리고 그때마다 꼭 나의 작은 키에 대하여 한두 마디 했다. 그러면 나는 그를 형제라고 부르면서 어디 한 번 씨름을 붙어보자고 그에게 도전하는 것으로 응수했다. 그런 식으로 내가 한 재치 있는 말들은 궁정 시동들의 입에 오르내렸다.

어느 날 점심 식사 때, 이 사악하고 자그마한 난쟁이는 내가 그에게 응수한 말에 너무나 화가 나서 왕비마마가 앉은 의자의 등을 붙잡고 일어서더니, 아무런 위험도 예상하지 못하고 의자에 막 앉으려던 나의 허리를 부여잡고는 커다란 은제 크림 접시 속으로 나를 내팽개치고서 아주 재빠르게 달아났다. 나는 머리부터 거꾸로 떨어졌는데 만약 내가 헤엄을 잘 치는 사람이 아니었더라면 아주 큰 어려움을 겪을 뻔했다. 그 순간 글룸달클리치는 방의 한쪽 끝에 가 있었기 때문이다. 왕비는 너무나 놀라서 침착하게 나를 도와줄 형편이 되지 못했다. 아무튼 어린 유모가 재빨리 내게 달려와 나를 꺼내 주었다. 하지만 이미 내가 1리터 이상의 크림을 먹은 후였다. 나는 곧 침대에 눕혀졌다. 옷이 완전히 망가져서 옷 한 벌을 잃은 것 이외에 다른 피해는 없었다.

　난쟁이는 심하게 매질을 당했고, 그 외에도 나를 빠트린 그 크림 그릇의 크림을 다 먹으라는 추가 징벌을 받았다. 그때 이후 그는 다시는 총애를 받지 못했다. 그 직후 왕비가 그를 신분 높은 귀족 부인에게 하사했기 때문이다. 나는 그를 더 이상 보지 않아도 되어서 아주 크게 안도했다. 이런 사악한 난쟁이가 적개심을 품고 어떤 극단적인 일까지 저지를지 도저히 알 길이 없었기 때문이다.

　그는 전에도 내게 지저분한 장난을 쳤다. 왕비는 그것을 보고 웃음을 터트렸지만 동시에 너무 화가 나서 난쟁이를 즉시 내쫓으려 했다. 내가 관대한 마음을 발휘하여 개입을 하지 않았더라면 말이다. 그 사건의 전말은 이러하다. 왕비마마는 골수가 든 뼈를 접시 위에 세워 놓고 식사를 했다. 그녀는 먼저 골수를 빼서 먹고 난 다음에 속이 비어 버린 뼈를 다시 접시 위에다 세워 놓았다. 난쟁이는 기회를 엿보다가 글룸달클리치가 찬장에 잠시 간 사이에, 식사 때마다 그녀가 올라서서 나를 보살피는 받침대 위에 올라서서 내 두 다리를 꽉 잡더니 속이 비어 있는 골수 뼈에다 비틀어 넣고서 뼈 밖으로 내 상체만 공중에 매달려 덜렁거리게 했다. 나는 그런 식으로 거기 갇혀 있었고 아주 우스꽝스러운 몰골을 연출

했다. 한 일 분쯤 지나기 전까지는 아무도 내게 무슨 일이 벌어졌는지 알지 못했다. 내가 소리를 지르는 것은 체면 떨어지는 일이라고 생각했기 때문이다. 그러나 군주들은 뜨거운 음식을 먹는 법이 거의 없기 때문에 내 두 다리는 데지 않았고 단지 양말과 바지만 더럽히고 말았다. 난쟁이는 내가 간청하여 심한 매질 이외에 다른 벌은 받지 않았다.

나는 종종 왕비로부터 겁이 많은 사람이라고 놀림을 받았다. 그녀는 내 조국의 사람들도 나처럼 심한 겁쟁이냐고 묻곤 했다. 그런 말이 나오게 된 계기는 이러하다. 왕국에는 여름에 파리가 창궐했다. 이 혐오스러운 벌레는 종달새만한 크기였는데 점심 식사를 위해 앉아 있는 나에게 조금도 쉴 틈을 주지 않았다. 그놈들은 계속하여 내 귀 주변에서 웅웅거리고 붕붕거렸다. 내 음식 위에도 가끔 내려앉아서 혐오스러운 배설물이나 알을 깠다. 그런 것들은 그 나라의 원주민들 눈에는 전혀 보이지 않았으나 내게는 아주 잘 보였다. 거인국 사람들의 시력은 내 눈처럼 그리 날카롭지 않아 미세한 사물들을 잘 보지 못했다.

때때로 그 파리들은 내 코나 이마에 딱 달라붙어서 급소를 찔러댔는데 아주 고약한 냄새를 풍겼다. 과학자들에 의하면 파리들은 그 발끝의 끈끈한 물질 덕분에 천장을 걸어다닐 수 있다고 하는데, 나는 그 지저분한 물질의 흔적을 금방 알아볼 수 있었다. 나는 이 혐오스러운 파리들로부터 나 자신을 보호하기 위해 야단법석을 떨었고, 그놈들이 내 얼굴을 향해 날아올 때에는 깜짝 놀라지 않을 수 없었다. 난쟁이는 우리나라의 어린이들이 그렇게 하듯이, 이런 파리들을 몇 마리 손에 잡아서 나를 놀라게 할 목적으로 갑자기 그 파리들을 내 코 앞에 놓아주어 왕비를 즐겁게 했다. 나의 대책은 공중에 날아가는 파리를 칼로 베어 버리는 것이었다. 그러면 나의 날렵한 칼솜씨를 다들 칭찬해 주었다.

어느 날 아침의 일로 기억한다. 글룸달클리치는 내가 든 상자를 창문에다 내려놓았다. 평소 날씨가 좋으면 그렇게 했듯이 내게 콧바람을 쐬게 해주기 위해서였다(영국의 새장처럼 창문의 못에다 내 상자를 걸어두는 일은 결코 하지 못하게 했다). 나는 그 상태에서 위로 밀어올리는 창문을 하나 열고서 식탁에 앉아서 달콤한 케이크를 아침 식사로 먹기 시작했다. 그런데 그 냄새를 맡은 스무 마리가 넘는 말벌이 내 방 안으로 날아들어 스무 개의 백파이프가 울어대는 것보다 더 큰 소리를 내며 요란스럽게 붕붕거렸다. 어떤 말벌들은 내 케이크를 조각내어 낚아채 갔다. 어떤 놈들은 내 머리와 얼굴 주위를 날아다니면서 그 소음으로 나를 당황하게 만들었는데 나는 그것들의 벌침이 너무나 두려웠다.

그러나 나는 용기를 내어 일어서서 단검을 꺼내들고 공중의 말벌들을 공격했다. 내가 네 마리를 처치하자 그놈들이 방 밖으로 빠져나갔고 나는 곧 창문을 닫았다. 이 말벌들은 메추라기만큼이나 덩치가 컸다. 나는 말벌의 침을 뽑아냈는데 길이가 약 4센티미터 정도였고 바늘처럼 날카로웠다. 나는 그것들을 잘 보관해 두었다가 유럽의 여러 지역들에서 다른 신기한 물건들과 함께 사람들에게 구경시켰다. 그리고 영국에 돌아와서는 그 벌침 세 개를 그레셤 대학에 기증하고, 네 번째 것은 내가 보관했다.

제 4 장

거인국의 묘사. 현대 지도의 수정을 제안하다. 왕의 궁전과 수도를 묘사하다.
저자가 자신이 여행을 다니는 방식을 설명하고, 중앙 사원에 대해 묘사하다.

나는 이제 독자에게 이 나라를 간략하게 소개하고자 한다. 단 내가 여행 다녀서 알고 있는 범위 내의 지식만 보고하겠다. 그 여행 범위는 수도인 로르브룰그루드 인근 약 3천2백 킬로미터를 넘어서지 않는다. 왜냐하면 내가 늘 수행했던 왕비가 국왕이 왕국을 순행할 때 그 범위까지만 왕을 따라갔기 때문이다. 3천2백 킬로미터 지점에 이르면 왕비는 그 자리에서 정지하고서 왕이 왕국을 순행하고 돌아오기를 기다렸다. 이 군주가 다스리는 영토의 범위는 길이가 약 1만 킬로미터이고 폭은 5천~8천 킬로미터였다. 이런 현지 사정을 감안할 때, 일본과 캘리포니아 사이에 바다만 있다는 유럽의 지리학자들의 생각은 큰 오류라는 결론을 내리지 않을 수 없다. 타타르(시베리아)의 커다란 대륙과 균형을 이루려면 그 사이에 상당한 크기의 땅이 있어야 한다는 것이 나의 의견이다. 따라서 지리학자들은 아메리카의 북서부에 있는 이 거대한 땅을 지도와 해도에 추가함으로써 그들의 오류를 시정해야 한다. 그리고 나는 그런 수정 작업이 벌어진다면 즉각 도울 생각이다.

이 왕국은 반도인데 북동부에는 높이 50킬로미터의 산맥이 있어서 여기서 국경이 끝난다. 이 산맥의 정상에는 화산들이 많이 있어서 산맥을 통과하기는 불가능하다. 대부분의 학자들은 이 산맥 너머에 어떤 생물들이 살고 있는지, 애초에 거주 가능한 지역인지 알지 못한다. 왕국은

3면이 바다로 둘러싸여 있다. 왕국을 통틀어서 바다에 면한 항구는 하나도 없다. 강들이 바다로 빠져나가는 해안에는 뾰족한 암석들이 가득하고, 바다는 전반적으로 풍랑이 거칠게 일어서 그들의 자그마한 배로는 난바다로 나가는 것이 불가능하다. 그래서 거인국 사람들은 세상의 다른 지역과의 상업적 거래로부터 완전히 배제되어 있다. 그러나 커다란 강들에는 배가 많이 떠다니고 좋은 물고기도 많다. 그들은 바다에 나가서 고기잡이를 하지 않는다. 바닷물고기는 유럽의 그것과 크기가 똑같아서 잡을 만한 가치가 없기 때문이다.

따라서 이처럼 거대한 동식물을 만들어낸 자연이 오로지 이 대륙에 한해서만 그 힘을 발휘한 게 분명해 보인다. 그렇게 된 이유에 대해서는 과학자들이 결정하도록 미루는 것이 좋겠다고 생각한다. 그러나 그들은 가끔 해변의 암벽에 부딪쳐서 죽은 고래를 잡아올렸다. 거인국의 평민들은 그 고기를 아주 잘 먹었다. 내가 보았던 고래들은 너무 커서 한 사람이 어깨에 메고 올 수 없을 정도였다. 때때로 고래들은 사람들의 호기심을 충족시키기 위해 바구니에 담겨 로르브룰그루드로 운송되었다. 나는 그런 고래가 진귀품이라며 왕의 식탁에 올라온 것을 보았다. 그러나 왕은 고래를 별로 좋아하지 않았다. 고기가 너무 커서 왕에게 혐오감을 준 듯한데, 나는 그보다 더 큰 고래를 그린란드에서 본 적이 있다.

거인국은 주민들이 많았다. 51개의 도시, 근 1백 개의 성벽이 있는 읍, 그리고 다수의 마을로 구성되어 있었다. 호기심 많은 독자를 충족시키기 위해서라면 수도인 로르브룰그루드를 묘사하는 것으로 충분하리라 본다. 이 도시는 중심부를 관통하는 강의 양쪽에 들어서 있는데 두 부분의 크기는 거의 비슷하다. 수도에는 약 8만 채의 주택이 들어서 있다. 도시의 길이는 3글롱글룽(약 86킬로미터)에 폭은 2.5글롱글룽이다. 이러한 단위는 국왕의 명령으로 작성된 지도를 가지고 내가 직접 측정한 수치이다. 그 지도는 나를 위해 일부러 땅바닥에 펼쳐 놓았는데 그 길이만 무려 30미터였다. 나는 맨발로 그 지도 위를 걸어서 도시의 직경과 둘레를 여러 번 측정했고, 축척으로 계산하여 꽤 정확한 수치를 얻었다.

왕궁은 반듯하게 지은 단일 건물이 아니라, 둘레가 약 11킬로미터에 이르는 땅에 여러 개의 건물들이 들어선 것이었다. 주요 방들은 높이가 72미터였는데 너비와 길이는 거기에 비례했다. 글룸달클리치와 내게 마차가 한 대 배정되었고, 그녀의 가정교사는 자주 그녀를 마차에 태워 시내 구경을 가거나 쇼핑을 갔다. 나는 언제나 상자에 든 채 두 사람을 따라 외출을 했다. 소녀는 나의 요청에 따라 나를 상자에서 꺼내어 손바닥에 올려놓음으로써, 우리가 거리를 지나가는 동안 수도의 주택과 사람들을 좀 더 자세히 볼 수 있게 해 주었다. 우리가 타고 간 마차는 웨스트민스터 홀'만 했지만 높이는 그 정도까지 되지 않았다. 하지만 이것이 아주 정확한 수치라고 자신 있게 말하지는 못하겠다.

어느 날 가정교사는 마부에게 몇몇 가게들 앞에서 멈춰 서라고 지시했다. 그곳에서 구걸을 하고 있던 거지들이 곧 우리 마차 옆으로 몰려들었는데, 그건 일찍이 유럽인의 눈으로는 본 적이 없는 아주 참혹한 광경이었다. 한 여자 거지는 유방암을 앓고 있었는데 유방은 거대한 크기로 불어나 있었고 뻥뻥 뚫린 구멍이 가득했다. 그중 두세 개는 내가 쉽게 기어들어가 몸 전체를 쑥 빠뜨릴 수 있을 정도였다. 또다른 남자 거지는 목에 혹이 나 있었는데 그 크기는 양모 뭉치 다섯 개만 했고, 또다른 거지는 양쪽 다리 모두 나무 의족을 댔는데 그 길이는 각각 6미터나 되었다. 그러나 가장 혐오스러운 광경은 그들의 옷에 기어 다니는 이였다. 나는 육안으로 그 해충의 사지를 볼 수 있었는데 현미경으로 유럽의 이들을 들여다보는 것보다 훨씬 더 선명하게 보였다. 이들은 마치 돼지처럼 주둥이를 앞으로 내밀면서 기어다녔다. 내가 육안으로 목격한 최초의 이들이었다. 만약 내가 해부 도구(불운하게도 나는 그 도구를 배

／ 영국의 웨스트민스터 궁전(현 국회의사당)에 있는 홀로, 너비 20미터, 길이 73미터, 높이는 28미터 가량이다.

에다 놔두고 왔다)를 갖고 있었더라면 그 이를 한 마리 해부해 보고 싶은 마음도 들었다. 하지만 그 광경은 너무나 역겨워서 나는 속이 심하게 울렁거렸다.

내가 밖에 나갈 때 사용하는 커다란 상자 외에도, 왕비는 좀 더 작은 상자를 만들라고 지시했다. 그 상자는 가로세로 약 4미터 크기에 높이는 3미터여서 여행할 때 편리했다. 커다란 상자는 글룸달클리치의 무릎 위에 올려놓기에는 좀 불편했고 마차 내에서도 다소 번거로웠던 것이다. 작은 상자는 큰 것을 만든 기술자가 제작했는데 나는 전체 제작 과정에서 지시를 내렸다. 이 여행용 상자는 4면 중 3면의 중앙 부분에 창문이 달려 있었고, 창문에는 외부에 쇠 격자 창살을 하나 더 설치해 장거리 여행 중에 벌어질지도 모르는 사고를 미연에 방지했다. 창문이 없는 네 번째 면에는 두 개의 강력한 꺾쇠가 설치되어 있다. 내가 말을 타고 외출을 하고 싶어 할 때, 나를 데리고 가는 사람은 그의 허리띠를 이 두 개의 꺾쇠 사이에다 집어넣어서 내가 든 상자를 허리에 단단히 고정시킬 수 있었다.

이 일은 내가 신임하는 진지하면서도 착실한 하인이 맡았다. 내가 순행에 나서는 왕과 왕비를 따라갈 때나 궁전의 정원을 보고 싶어 할 때나, 궁정의 귀부인이나 장관을 방문할 때, 글룸달클리치가 몸이 불편하여 함께할 수 없게 되면 이 하인이 대신 나섰다. 나는 곧 정부 고관들 사이에서 알려지고 존중을 받게 되었는데, 나 자신의 능력보다는 국왕 폐하의 총애 덕분에 그렇게 되었다고 생각한다. 여행 중에 내가 마차를 타고 가는 것을 피곤하게 여기면 말 탄 하인이 나의 상자를 그의 허리띠에 묶어서 옆에 있는 쿠션에다 내려놓았다. 거기서 나는 상자의 3면에 나 있는 창문을 통하여 그 나라를 자세히 볼 수 있었다. 나의 상자 안에는 야전 침대와 천장에 매단 그물 침대, 두 개의 의자와 바닥에 나사로 단단히 고정시킨 탁자가 있었다. 나사로 고정시킨 것은 말이나 마차의 움직임 때문에 내가 크게 흔들리는 것을 예방하기 위해서였다. 나는 바다 여행에 오래 숙달되어 있었으므로, 때때로 마차가 심하게 요동쳐도 별로 당황하지 않았다.

나는 도시 구경을 하고 싶을 때면 언제나 여행용 상자를 이용했다. 글룸달클리치는 그 상자를 무릎 위에 올려놓은 채, 그 나라 식으로 말하자면 일종의 지붕 없는 가마라고 할 수 있는 것을 타고 나갔다. 그 가마는 네 명이 운반했고 옆에서는 왕비의 제복을 입은 두 하인이 호위했다. 자주 내 소식을 들은 시민들은 궁금증을 이기지 못하고 그 가마 옆으로 몰려들었다. 소녀는 그런 환호를 받아들여 가마를 멈추라고 말한 다음 나를 상자에서 꺼내어 그녀의 손바닥에 올려놓아 사람들에게 잘 보이게 했다.

나는 중앙 사원, 특히 그 사원에 소속된 탑을 보고 싶어 했다. 그 탑은 왕국에서 가장 높다고 소문이 나 있었다. 그래서 어느 날 보모는 나를 그리로 데려갔는데 나는 상당히 실망한 채 돌아왔다. 왜냐하면 탑의 높이가 지상에서 시작하여 가장 높은 부분인 첨탑에 이르기까지 9백 미터를 넘지 않았기 때문이다. 거인국과 유럽 국가들의 크기 차이를 감안해 볼 때 그 정도 높이는 그리 경탄할 만한 것이 되지 못했다. 비례를 따져 볼 때 (내가 정확하게 기억하고 있다면), 솔즈베리 성당의 첨탑 높이[2]에도 이르지 못하는 것이었다.

하지만 내 평생 동안 신세를 졌다고 생각하는 그 나라에 공정을 기하기 위해서, 비록 이 유명한 탑의 높이는 대단한 것이 못 되지만 대신 그 아름다움과 강건함으로 보충이 되고 있다는 점은 말해두어야겠다. 벽은 30미터 두께에 가로세로 12미터나 되는 잘라낸 돌로 구축되어 있었다. 벽의 사면은 신들의 조각상이나 실물보다 더 큰 황제의 조각상으로 장식되어 있었고 각각 여러 군데의 벽감에 설치되어 있었다. 나는 그 조각상에서 떨어져 나온 손가락 하나를 발견했는데 땅에 떨어져 쓰레기

---

2 잉글랜드 남부에 있으며 높이는 약 120미터.

더미 사이에 감추어져 있었다. 그 손가락의 크기를 재보니 길이가 정확하게 123센티미터였다. 글룸달클리치는 그것을 손수건으로 싸서 호주머니에 집어넣고 집으로 가져가서 집에 보관한 장신구 더미에 넣어 두었다. 그녀 또래의 소녀들이 대개 그러하듯이 그녀도 그런 장신구들을 좋아했다.

궁전의 주방은 아주 고상한 건물인데 천장은 아치형이고 높이는 약 180미터였다. 거대한 솥은 런던 세인트폴 대성당의 돔 지붕[3]에 비하여 열 발자국쯤 작은 크기였다. 나는 귀국 후에 세인트폴 대성당에 일부러 올라가 그 크기를 재어보았다. 궁전 주방의 받침쇠, 거대한 단지와 주전자, 쇠꼬챙이에 꽂혀 회전하는 고깃덩어리와 그 외의 여러 가지 특별한 사항들을 여기에 묘사한다고 해도 좀처럼 믿어 주지 않을 것이다. 엄정하게 비판하는 평론가는 내가 약간 과장을 하고 있다고 생각할 것이다. 모든 여행자들이 가끔 그런 의심을 받는다. 그런 비난을 피하기 위하여 나는 정반대로 너무 사실을 축소해서 기술했다. 그래서 이 여행기가 브롭딩낵(이것이 그 왕국의 이름이다) 언어로 번역되어 그 나라에 전달된다면, 왕과 신민들은 내가 그릇되게도 너무 왜소하게 그들 나라를 재현했다고 불평을 할 것이다.

국왕 폐하는 왕실 마구간에 6백 마리 이상의 말을 유지하는 법이 없다. 그 말들의 키는 대체로 16미터에서 18미터이다. 하지만 왕이 국가 기념일에 행차를 하게 되면, 5백 기로 구성된 근위 기병대가 호위했다. 나는 기병대의 행렬이 일찍이 본 적이 없는 가장 멋진 광경이라고 생각했으나 폐하의 군대가 열병식 중 전투 대형을 갖춘 모습을 보고서는 생각을 바꾸었다. 이 열병식에 대해서는 다음 기회에 말하게 될 것이다.

---

3 직경 44미터에 높이 110미터.

제 5 장

저자에게 벌어진 여러 가지 사건들을 이야기하다. 죄수의 처형을 보다.
저자가 항해 기술을 과시하다.

나의 왜소한 신체 때문에 여러 가지 우스꽝스럽고 곤란한 사고들을 겪
지 않았더라면 나는 그 나라에서 그런대로 행복한 삶을 살았을 것이다.
여기서 그런 사건들 중 일부에 대해서 말하고자 한다. 글룸달클리치는
종종 나를 작은 상자에다 담아 궁전의 정원으로 데리고 나가서 나를 상
자에서 꺼내 그녀 손바닥 위에 올려놓거나 아니면 땅에다 내려놓아 걷
게 했다. 왕비의 난쟁이가 궁전에서 쫓겨나기 전의 일인데, 그는 어느
날 정원까지 우리를 따라왔다. 보모는 나를 땅에다 내려놓았고 마침 난
쟁이와 나는 난쟁이 사과나무들 근처에 서 있었다. 나는 난쟁이와 그 나
무의 상호 유사성에 대하여 어리석은 논평을 가함으로써 나의 재치를
보여 주고자 했다. 우리 영어와 마찬가지로 거인국 말에도 난쟁이 사과
나무라는 단어가 있었던 것이다.

그런 모욕적인 말을 듣자 그러지 않아도 기회를 노리고 있던 저 사악
한 깡패는 내가 그 사과나무 밑을 걸어가고 있을 때 내 머리 위에서 그
나무를 세게 흔들었다. 한 알이 브리스틀 지역의 술통만한 사과 여남은
개가 내 귀 근처에 우수수 떨어져 내렸다. 내가 허리를 수그리고 있는데
사과 알 하나가 내 등을 때렸고, 나는 땅에 덜퍼덕 쓰러졌으나 부상을
당하지는 않았다. 내가 먼저 도발을 했으므로, 난쟁이는 나의 요청에 따
라 용서받았다.

또 다른 날, 글룸달클리치는 나를 부드러운 풀밭 위에 내려놓고 혼자서 놀게 한 다음에 가정교사와 함께 저쪽으로 걸어갔다. 그런데 갑자기 우박이 쏟아져서 나는 그 맹렬한 기세에 눌려 땅에 쓰러졌다. 내가 땅에 쓰러지자 우박이 나의 온 몸을 마구 두드려댔는데 마치 무수한 테니스 공들이 내 몸 위로 떨어져 내리는 것 같았다. 나는 네 발로 엉금엉금 기면서 레몬 박리향 화단의 가장자리, 바람이 불어오지 않는 쪽까지 가서 얼굴을 땅에 대고 엎드리면서 내 몸을 보호했다. 하지만 머리부터 발끝까지 온 몸에 타박상을 입어서 열흘 동안 외출을 할 수가 없었다. 이러한 일은 전혀 놀랍지 않다. 왜냐하면 거인국의 모든 자연 현상은 동일한 비례이기 때문에, 우박도 유럽의 그것에 비하여 근 1천8백 배나 컸기 때문이다. 나는 너무 궁금하여 그 무게를 직접 달고 재어 보았으므로, 이 사실을 자신 있게 주장할 수 있다.

그러나 왕실 정원에서 그보다 더 위험한 사고가 나에게 발생했다. 나의 어린 보모는 나를 안전한 곳에다 내려놓았다고 생각하여 가정교사와 알고 지내는 다른 귀부인들과 함께 정원의 다른 곳으로 걸어갔다. 사실 나는 조용히 생각에 잠길 수 있도록 나를 혼자 내버려 두라고 자주 요청했다. 유모는 그날 상자를 들고 다니는 번거로움을 피하기 위하여 상자를 집에다 놔둔 채 정원으로 나왔다. 보모가 멀리 가서 내가 부르는 소리를 들을 수 없게 된 순간, 수석 정원사가 기르는 자그만 하얀 스패니얼 개가 마침 내가 누워 있는 곳을 배회하고 있었다. 그 개는 냄새를 맡더니 내게 곧바로 다가와서 나를 입안에 물고, 주인에게 달려가 꼬리를 흔들어대면서 나를 부드럽게 땅에다 내려놓았다. 다행스럽게도 그 개는 훈련을 잘 받아서 나를 입안에 물고 달려가기만 했을 뿐 상처를 입히거나 옷을 찢거나 하지는 않았다.

그러나 나를 잘 알고 또 나를 아주 좋아했던 그 불쌍한 정원사는 크게 겁을 먹으며 어쩔 줄 몰라했다. 그는 나를 부드럽게 두 손으로 들어 올리면서 괜찮으냐고 물었다. 하지만 나는 너무 놀라고 숨이 차서 단 한 마디도 할 수가 없었다. 나는 곧 정신을 차렸고 그는 나를 안전하게 어린 보모에게 데려다 주었다. 그녀는 그 무렵 아까 나를 내려놓았던 자리에 돌아와서 내가 보이지 않고 불러도 대답하지 않자 거의 제 정신이 아닐 정도로 번민하고 있었다. 그녀는 개를 멋대로 풀어놓았다고 정원사를 마구 질책했다. 그러나 그 일은 쉬쉬하면서 궁정에 알리지 않았다. 소녀는 왕비의 분노를 두려워했던 것이다. 나의 입장에서 볼 때에도, 그런 이야기가 널리 퍼지면 나의 명성에 좋을 게 없었다.

이 일로 인해 글룸달클리치는 앞으로 외출할 때 나를 그녀의 눈에 보이지 않는 곳에다 두면 절대로 안 된다고 결심하게 되었다. 사실 나는 그런 결심을 오래전부터 두려워해 왔다. 그래서 나 혼자 있을 때 벌어졌던 사소한 사고들을 그녀에게 일부러 감추었던 것이다. 한번은 솔개가 정원 위를 날다가 급강하하며 나에게 달려들었다. 만약 내가 단호한 자세로 단검을 뽑아들고 빽빽한 과일나무 밑으로 재빨리 도망치지 않았더라면 솔개는 그 발톱에 나를 낚아채고서 하늘 높이 날아올랐을 것이다.

또 한번은 새로 쌓아 올린 두더지의 흙더미 꼭대기로 올라가다가 그 구멍에 빠져서 내 목 부분까지 잠긴 일이 있었다. 나는 옷을 더럽힌 데 대하여 지금은 잘 기억이 나지 않는 거짓말을 둘러대어 간신히 위기를 모면했다. 또 한번은 불쌍한 영국에 대하여 곰곰이 생각하며 혼자 걷다가 달팽이 껍질에 걸려 넘어지는 바람에 오른쪽 정강이를 부러트린 적이 있었다.

그처럼 나 혼자서 걸을 때면 아주 몸집이 작은 새들도 전혀 나를 두려워하지 않았다. 나는 그것을 즐겁게 여겨야 할지 아니면 창피하게 여겨야 할지 난감했다. 그 작은 새들은 나에게서 1미터도 떨어지지 않은 지점까지 날아와서 두리번거리며 벌레나 기타 식량을 찾았는데, 아예 그들 근처에는 아무도 없다는 듯이 무관심하고 태평해 보였다. 한 번은 지빠귀가 내 손에 들려 있던 케이크 한 조각을 부리로 낚아채기도 했다. 그건 글룸달클리치가 아침 식사로 내게 건네준 것이었다. 내가 이런 새들 중 한 마리를 잡으려고 하자, 그 새들은 과감하게 내게 달려들면서 내 손가락을 물려고 했다. 나는 감히 내 손가락을 그들의 부리가 닿는 쪽으로 내밀 수가 없었다. 그러더니 새들은 무관심하게 뒤로 물러서면서 아까 했던 것처럼 벌레나 달팽이를 찾아다녔다.

그러던 어느 날 나는 두꺼운 방망이를 들고 나와 있는 힘을 다하여 홍방울새에게 던졌다. 운 좋게도 나는 그놈을 쓰러트렸고 양손으로 그놈의 목을 잡고서 의기양양하게 나의 보모한테 달려갔다. 그러나 잠시 기절했던 새는 곧 기력을 회복하고서 두 날개로 나의 머리와 신체 양옆을 마구 때려댔다. 그 새를 팔을 뻗어 멀찍이 들고 있어서 새의 발톱이 내게 미치지는 못했지만 그놈을 그만 놓아버리고 싶은 생각이 스무 번은 더 들었다. 그렇지만 곧 하인이 달려와서 새의 목을 비틀어버림으로써 나는 곤경에서 벗어났다. 나는 왕비의 명령으로 다음날 그 새를 점심 식사로 먹었다. 내가 기억하기에 그 홍방울새는 우리 영국의 백조만한 크기였다.

왕비의 시녀들은 종종 글룸달클리치를 그들의 거처로 초대하면서 나도 함께 데려오라고 했는데 나를 직접 보고 또 만져볼 속셈이었다. 그들은 종종 나를 머리끝에서 발끝까지 알몸으로 벗겨놓고 나를 그들의 가슴 위에 드러눕게 했다. 나는 거기서 심한 역겨움을 느꼈다. 털어놓고 말해 보자면 그들의 피부에서 아주 고약한 냄새가 났기 때문이다. 나는 이 귀부인들을 험담할 의도로 이렇게 말하는 것은 아니다. 사실 나는 그들을 아주 존경한다. 하지만 내 생각에 나의 후각이 나의 왜소한 신체에 비례하여 더 날카로워졌던 것같다. 우리 영국에서 고귀한 신분의 사람들이 그러하듯이, 이 고귀한 여인들은 그들의 애인에게는 물론이고 그들 사이에서도 그렇게 불쾌한 사람들이 아니다. 그들의 자연스러운 냄새는 그런대로 참을 만했는데 그들이 향수를 사용하여 몸을 치장한 경우에 나는 그 즉시 기절해 버렸다.

나는 소인국에 있었을 때 나의 친한 친구가 내게 해 준 말을 잊어버릴 수가 없다. 나는 그곳에서 어떤 따뜻한 날에 운동을 심하게 했는데, 그 친구는 내게서 강한 냄새가 난다고 솔직하게 말해 주었던 것이다. 대부분의 남성들이 그렇듯이 그건 전혀 나의 잘못이 아니었지만, 소인국의 내 친구는 나에 비하여 후각이 아주 발달해 있었는데, 그건 여기 거인국 사람들에 대한 나의 후각과 비슷한 것이다. 이런 점에서 나의 여주인인 왕비와 어린 보모 글룸달클리치에 대하여 공정한 평가를 내려야 한다고 생각하며, 두 사람은 그 어떤 영국 귀부인 못지않게 상냥하고 우아한 사람이다.

나의 보모가 나를 데리고 왕비의 시녀들을 방문할 때 내가 가장 불만족스럽게 생각한 일은, 그들이 아무런 예의도 지키지 않으면서 마치 내가 아예 존재하지 않는 사람인 것처럼 대하는 모습을 보는 것이었다. 그들은 내가 보는 데서 옷을 훌렁 벗어버리고 속옷을 입었다. 그동안 나는 그들의 화장대 위에 올려놓아져서 그들의 알몸을 훤히 다 볼 수가 있었다. 그건 전혀 매혹적인 광경이 아니었으며 나는 공포와 혐오 이외의 다른 감정은 느낄 수가 없었다. 그들의 피부는 너무나 거칠고 울퉁불퉁했으며 가까이에서 보면 온갖 잡다한 색깔로 얼룩덜룩했다. 여기저기에 쟁반만한 검은 반점이 나 있었고 그 반점에서는 노끈보다 더 굵은 털이 비죽 튀어나와 있었다. 그들의 신체 나머지 부분에 대해서는 더 이상 말할 것도 없다.

그들은 내가 옆에 있는데도 전혀 망설이지 않고, 적어도 두 통(760리터)은 됨직한 분량의 소변을 4천5백 리터가 넘게 들어가는 요강에다 방뇨했다. 가장 아름다운 시녀는 상냥하고 발랄한 열여섯 살 소녀였는데 때때로 나를 그녀의 젖꼭지 위에 걸터앉게 했다. 그 외에도 여러 가지 장난을 쳤는데, 독자는 내가 그 부분을 자세히 설명하지 않는 것을 양해해 주기 바란다. 아무튼 나는 너무나 불쾌한 나머지 글룸달클리치에게 무슨 핑계를 대든지 상관없으니 그 여자를 다시는 만나지 않게 해 달라고 간청했다.

어느 날 보모 가정교사의 조카 되는 젊은 남자가 찾아와 두 사람에게 처형 광경을 함께 보러 가자고 졸라댔다. 그 젊은 남자의 친한 친구를 살인한 자의 사형이 집행된다는 것이었다. 글룸달클리치는 성격이 원래 온유하기 때문에 당초 구경 갈 생각이 없었으나 결국 그 일행에 끼게 되었다. 범죄자는 처형을 목적으로 설치된 처형대 위의 의자에 묶인 채 앉아 있었다. 죄수의 목은 약 12미터 길이의 칼로 단번에 잘려 나갔다. 정맥과 동맥이 엄청나게 많은 양의 피를 하늘 높이 뿜어냈는데 베르사유 궁전의 커다란 분수′도 그 피가 솟아날 때의 핏줄기와 비교하면 상대가 되지 않았다. 처형대 바닥에 떨어진 머리는 엄청나게 튀어올라 나를 깜짝 놀라게 했다. 나는 처형대로부터 1.6킬로미터나 떨어져 있었는데도 말이다.

내가 바다 여행에 대해서 하는 이야기를 자주 듣고 또 내가 울적할 때면 나를 즐겁게 해 주려고 온갖 배려를 아끼지 않던 왕비는 내게 돛과 노를 다룰 줄 아느냐고 묻더니 건강을 위하여 노젓기 연습을 해보는 게 어떻겠냐고 말했다. 나는 노와 돛을 다 잘 다룬다고 대답했다. 나의 본래 직업은 배의 의사였지만 나 또한 위기 상황에서는 여느 선원들과 똑같이 그런 일을 했다. 그러나 거인국에서 그런 노젓기를 어떻게 할 수 있겠는지 의아했다. 여기서는 가장 작은 나룻배도 영국의 제1급 군함 크기와 맞먹기 때문이었다. 게다가 내가 다룰 수 있는 작은 보트는 그들의 커다란 강에서는 운항이 불가능했다. 왕비마마는 내가 보트의 설계도를 준비하면 왕실의 목수가 그걸 제작한 다음에, 그 배를 띄울 장소를 마련해 주겠다고 말했다. 목수는 아주 재간이 좋은 일꾼이었고, 내 지시에 따라서 열흘만에 유럽 사람 8명을 너끈히 태울 수 있고, 필요한 장비를 모두 갖춘 유람선을 만들어 냈다.

그 배가 완성되자 왕비는 아주 기뻐하면서 배를 들고 왕에게 달려갔

′　루이 14세의 궁정에 세워진 분수대는 높이 23미터의 물을 쏘아 올릴 수 있었다.

다. 왕은 수조에다 물을 가득 채우고 나를 그 배에 태워서 한번 시운전을 해 보라고 지시했다. 하지만 수조에는 배에 마련된 두 개의 노를 돌릴 만한 공간이 없었다. 하지만 왕비는 그 전에 이미 또다른 대비책을 강구해 두었다. 그녀는 목수에게 길이 90미터, 폭 15미터, 깊이 2.4미터의 나무통을 준비하도록 시켰다. 또한 그 통에 물이 새는 것을 막기 위해 틈새마다 역청을 발라 놓았다. 그들은 이 통을 가져와서 왕궁 바깥방의 벽에다 바싹 붙여 바닥에 내려놓았다. 나무통의 바닥에는 배수구가 있어서 물이 썩기 시작하면 그 구멍으로 물을 빼게 되어 있었다. 하인 두 명이면 그 통을 반 시간만에 물로 가득 채울 수 있었다.

이 통에서 나는 종종 나 자신뿐만 아니라 왕비와 귀부인들의 즐거움을 위해 노를 저었다. 그들은 내가 노련하고 민첩하게 노를 젓는 모습을 보면서 아주 즐거워했다. 때때로 나는 배의 돛을 활짝 폈고, 그럴 때는 배를 능숙하게 조종하기만 하면 되었다. 귀부인들은 부채를 흔들어서 바람을 보내 주었고 그들이 피곤해지면 시동들이 입김을 불어서 내 돛을 앞으로 나가게 했다. 나는 마음대로 배의 방향을 우현 혹은 좌현으로 전환하면서 내 기량을 뽐냈다. 내가 기술을 다 보이고 나면, 글룸달클리치가 내 보트를 그녀의 방으로 가져가서 방 안에 박혀 있는 못에다 걸어두어 마르게 했다.

이 항해술 시범에서 나는 사고를 당해 거의 목숨을 잃을 뻔했다. 시동이 물통 위에다 내 배를 내려놓았을 때, 글룸달클리치 옆에 있던 가정교사가 아주 주제넘게도 나를 손으로 들어서 보트 위에 내려놓으려 했다. 그 와중에 나는 그녀의 손가락 사이로 미끄러져서 12미터 아래의 바다으로 추락사할 뻔했으나, 아주 다행스럽게도 가정교사의 가슴 장식에 꽂혀 있던 큰 핀에 걸렸다. 그 핀의 머리가 내 셔츠와 바지의 허리띠 사이에 걸렸던 것이다. 이렇게 하여 나는 허리 부분이 핀에 꿰인 채 공중에 매달리게 되었고 글룸달클리치가 나를 황급히 구해 주었다.

또 한번은 이런 일이 있었다. 사흘마다 한 번씩 물통에 물을 갈아 넣는 하인들 중 하나가 부주의하게 물을 퍼 와서 그 양동이에서 커다란 개구리가 튀어나왔다(물론 하인은 이것을 미처 알지 못했다). 개구리는 내가 보트에 오를 때까지 물속에 숨어 있었다. 그러다가 쉴 곳을 찾아 배에 올라오면서 배의 한쪽에 기댔다. 나는 배가 전복되는 것을 막기 위하여 온 힘을 다하여 반대쪽에 힘을 주어야 했다. 개구리는 배 위에 올라오자 배의 절반 정도를 뛰어오르며 내 머리 위로 덮쳐 왔다. 이어 앞뒤로 움직이면서 그 징그러운 진흙을 내 얼굴과 옷에다 마구 발라댔다. 그 놈은 몸집이 커서 평소 생각했던 것보다 더 기형적인 동물처럼 보였다. 글룸달클리치가 도와주려 했으나 나 혼자서도 충분히 그놈을 상대할 수 있다는 뜻을 알렸다. 나는 노를 하나 들어 그놈을 마구 내리쳤고 마침내 배에서 완전히 쫓아냈다.

그러나 내가 그 왕국에서 겪은 가장 큰 위험은 주방의 직원이 기르는 원숭이에게 당한 일이었다. 글룸달클리치는 일을 보러 가거나 누구를 만나러 갈 때에는 나를 그녀의 방에다 넣어두고 문을 잠갔다. 그날은 날씨가 아주 따뜻했으므로 방문이 열려 있었고, 내가 있던 커다란 상자의 창문과 문도 열어 놓은 상태였다. 나는 주로 그 커다란 상자에서 생활했는데, 그 상자가 공간도 넓고 주거하기에 편리하기 때문이었다. 내가 탁자에 앉아 조용히 명상하고 있는데, 뭔가가 방의 창문에서 쿵쾅거리며 이쪽에서 저쪽으로 건너뛰는 소리가 들려왔다. 나는 크게 동요하면서 밖을 내다보고 싶었지만 자리를 그대로 지켰다.

그때 이 장난이 심한 동물이 위아래로 널뛰듯이 움직이며 다가오더니 마침내 내가 있는 상자까지 왔다. 원숭이는 아주 궁금해하고 즐거워하면서 상자를 쳐다보았고 그 문과 창문을 다 들여다보았다. 나는 방의 제일 먼 구석으로 후퇴했다. 원숭이는 온 사방에서 나를 쳐다보면서 나를 겁먹게 만들었다. 그래서 나는 쉽사리 침대 아래로 숨을 수도 있었지만, 침착한 마음가짐을 잃어버리고 미처 그러지 못했다. 원숭이는 한동안 들여다보고, 빙그레 웃고, 뭐라고 혼자 지껄이더니 마침내 나를 노려

걸리버가 개구리를 만나다.

보기 시작했다. 이어 그놈은 문 안으로 한 발을 집어넣었는데 고양이가 생쥐를 가지고 노는 동작 그대로였다. 나는 이리저리 몸을 피해 보았으나 원숭이는 마침내 나의 상의 옷깃(그 나라의 실크로 만든 것인데 아주 두껍고 튼튼했다)을 거머쥐고서 나를 밖으로 끌어냈다.

그놈은 오른쪽 앞발로 나를 들어올리더니 마치 어린아이에게 젖을 먹이려는 유모 같은 동작을 취했다. 나는 유럽에서 원숭이가 자기 새끼를 젖먹이는 광경을 본 적이 있었다. 내가 버둥거리자 그놈은 나를 꽉 움켜쥐었고 나는 가만히 있는 게 좋겠다고 생각하여 동작을 멈추었다. 그놈이 다른 발로 나의 얼굴을 부드럽게 쓰다듬는 것으로 보아 나를 원숭이 새끼로 생각하고 있음이 분명했다. 이렇게 장난을 치고 있던 그놈은 방문에서 나는 소리에 동작을 멈추었다. 누군가가 방문을 열면서 나는 소리 같았다. 그러자 그놈은 아까 들어왔던 창문으로 훌쩍 뛰어올라 납 창살과 홈통을 타고 올라갔다. 그놈은 세 발로는 연신 그렇게 움직이면서 나머지 한 발로는 나를 안고 있었다. 그러다가 마침내 우리의 거처 옆에 있는 방의 지붕으로 올라갔다.

글룸달클리치는 원숭이가 나를 안고 방 밖으로 빠져나가는 순간 비명을 내질렀다. 그 불쌍한 소녀는 거의 제정신이 아니었다. 궁전의 그 구역 내에 있던 모든 사람들이 고함을 쳤다. 하인들은 사다리를 가지러 달려갔다. 궁중의 수백 명에 달하는 사람들이 그 원숭이를 쳐다보았다. 원숭이는 한 건물의 높은 지붕 꼭대기에 앉아서 한 발로 나를 새끼처럼 붙잡고서 다른 발로 볼주머니에서 뭔가 끄집어내어 내 입에다 마구 밀어넣었고, 내가 먹지 않으려 하면 가볍게 나를 쳤다. 그러자 아래쪽에 있던 군중은 웃음을 참지 못했다. 나도 그런 그들을 비난하고 싶은 생각이 없었다. 분명 나 자신을 제외한 모든 사람에게 그건 우스꽝스럽기 짝이 없는 광경이었기 때문이다. 어떤 사람들은 원숭이를 땅으로 끌어내리려고 돌멩이를 던졌다. 하지만 곧 그런 행동은 제지되었다. 잘못하면 그 돌에 맞아 내 머리통이 박살날 수 있기 때문이었다.

이제 사다리가 여러 개 설치되어 여러 명의 남자들이 그것을 타고 올라왔다. 원숭이는 그것을 보고서 자신이 포위되었다는 사실을 알았다. 세 발로는 빠르게 도망할 수 없다고 생각한 그놈은 나를 지붕 타일 위에다 내려놓고 재빠르게 도망쳤다. 나는 지상에서 5백 미터 높이의 지점에서 한동안 혼자 앉아 있었다. 바람이 불어오면 아무 때나 날려 갈 수 있었고, 아니면 현기증을 느껴 쓰러져서 지붕 꼭대기에서 처마까지 데굴데굴 구를 수도 있었다. 그러나 어린 보모의 시종인 청년 한 명이 내가 있는 곳까지 기어올라와 나를 바지 호주머니에 집어넣고 안전하게 지상으로 내려왔다.

　나는 원숭이가 내 목구멍 안으로 쑤셔넣은 지저분한 것들로 거의 숨이 막힐 지경이었다. 그러나 나의 착한 어린 보모가 바늘로 그것들을 내 입에서 뽑아내 주었다. 이어 나는 토하기 시작했고 그러자 속이 아주 편안해졌다. 하지만 나는 저 혐오스러운 동물이 내 양 옆구리를 꼬집는 바람에 심한 타박상을 입었고 온몸에 힘이 없었다. 나는 그 사고 후에 2주간 누워 있어야 했다. 왕, 왕비, 궁정 사람들은 매일 사람을 보내 내 건강을 물어왔다. 왕비마마는 나의 와병 중에 여러 번 친히 병문안을 오기도 했다. 그 원숭이는 도살 처분되었고 앞으로 궁전 내에서 원숭이를 기를 수 없다는 명령이 내려졌다.

　내가 병에서 회복하여 국왕을 알현하고서 병중의 배려에 대해서 감사 표시를 했을 때, 왕은 이 사고와 관련하여 나를 놀리며 아주 즐거워했다. 그는 내가 원숭이 앞발에 잡혀 있을 때 무슨 생각을 했느냐고 물었다. 그놈이 내게 준 음식과 그 먹여 주는 방식이 마음에 들더냐고 물었고, 지붕 꼭대기의 신선한 공기가 나의 식욕을 재촉했느냐는 질문도 했다. 그는 나의 조국에서 이런 일이 벌어졌더라면 어떻게 응대했을지 나의 생각을 물었다. 나는 폐하에게, 유럽에는 이런 동물이 없고, 단지 외국에서 신기한 동물로 수입해 온 원숭이밖에 없다고 대답했다. 하지만 그 원숭이들은 몸집이 아주 작아서 열두 마리가 한꺼번에 나에게 달려들어도 충분히 상대해 줄 수 있다고 부연했다.

나를 낚아챈 그 흉측스러운 동물에 대해서(그놈은 덩치가 코끼리만 했다), 그놈이 내 방에 앞발을 들이밀 때 두려움을 이기고 단검을 쓸 수 있었더라면 (그러면서 나는 무서운 표정으로 칼자루를 탁 쳤다) 그놈에게 상처를 입혀서 들어온 것 못지않게 황급히 달아나게 했을 텐데 그러지 못한 것이 유감이라고 말했다. 나는 이 말을 아주 단호한 어조로 말했는데, 자신의 용기를 의심받지 않기 위해 일부러 더 단호한 태세를 취하는 사람과 비슷했다. 그러나 나의 말은 커다란 웃음 이외에는 아무런 반응도 이끌어내지 못했다. 주위 신하들이 아무리 국왕 폐하 앞이라 할지라도 차마 그런 웃음까지는 참지 못했던 것이다.

그때 나는 이런 생각을 했다. 덩치가 너무 차이 나서 아예 비교의 대상이 되지 못하는 사람들 앞에서 덩치 작은 사람이 자신의 명예를 내세우려 하는 것은 아주 헛된 일이로구나. 그리고 귀국한 후, 영국에서도 내가 깨달았던 그런 교훈을 주는 사례를 아주 빈번하게 볼 수가 있었다. 출신, 인격, 재치, 상식 등이 전혀 없는 하찮고 한심한 시종이 자신을 중요한 사람이라고 생각하면서 왕국의 고관들과 동급이라고 여기는 것이었다.

나는 날마다 궁중에 이런저런 웃긴 이야깃거리를 제공했다. 글룸달클리치는 나를 아주 사랑하기는 했지만, 내가 왕비마마를 즐겁게 할 듯한 어리석은 일을 저지를 때마다 그것을 왕비에게 보고했다. 나의 보모는 어느 날 건강이 좋지 않아서 도시에서 한 시간 거리인 50킬로미터 떨어진 곳으로 바람을 쐬러 갔다. 그들은 들판의 작은 길 옆에 마차를 세우고 내렸다. 글룸달클리치가 나의 여행용 상자를 땅에 내려놓자 나는 거기에서 나와 산책을 시작했다. 마침 길 한가운데에는 소똥이 있었는데 나는 그것을 뛰어넘음으로써 나의 민첩한 행동을 자랑하고 싶었다. 나는 열심히 달려가서 점프를 했는데 불행하게도 약간 짧아서 똥더미 한가운데에 무릎까지 빠지고 말았다. 나는 아주 어렵게 나머지 부분을 헤치며 걸어 나왔고, 시종 한 사람이 손수건으로 내 몸을 깨끗하게 닦아 주었다. 나는 온몸이 오물투성이가 되었고, 나의 보모는 우리가 집으로 돌아올 때까지 나를 상자 안에다 가두었다. 궁전에 돌아오자 왕비는 곧 내게 벌어진 일을 보고 받았고 시종은 궁중에 그 창피한 소식을 널리 퍼트렸다. 그래서 궁중의 모든 사람들이 며칠 동안 나의 어리석음을 소재로 웃음을 터트리며 즐겁게 지냈다.

제 6 장

왕과 왕비를 즐겁게 하기 위해 저자가 여러 가지 방안을 생각해 내다.
그의 음악적 소질을 보여 주다. 왕이 유럽의 국가에 대하여 묻고 저자가
그에 답하다. 왕이 그에 대해 논평하다.

나는 일주일에 한두 번 왕의 아침 접견에 참석했고, 그가 이발사의 면도
칼 아래 누워 있는 것을 보았는데 처음에는 아주 보기가 무서운 광경이
었다. 면도날이 우리의 낫보다 두 배는 더 컸기 때문이다. 국왕 폐하는
그 나라의 관습에 따라 일주일에 두 번만 면도를 했다. 나는 한번은 이
발사에게 요청하여 면도 거품을 얻었는데 거기서 약 40 내지 50개의 아
주 튼튼한 털을 골라냈다. 이어 나는 매끈한 나무 한 조각을 가져다가
빗 모양으로 깎아낸 다음, 글룸달클리치에게서 빌려온 자그마한 바늘로
일정한 간격을 유지하며 여러 군데에다 구멍을 냈다. 이어 그 구멍에다
털을 고정시키고 나의 칼로 끝부분을 다듬으니 그럴듯한 머리빗이 되
었다. 마침 나의 빗은 이가 많이 빠져서 거의 쓸모가 없었으므로 이것은
적절한 대체품이 되어 주었다. 사실 나는 그 나라에서 내게 빗을 만들어
줄 정도로 세밀하고 꼼꼼한 기술자는 알지 못했다.

이 일은 즐거운 오락거리를 제공했고 그 후 나는 그와 비슷한 일을
하면서 여러 시간을 보냈다. 나는 왕비의 시녀들에게 마마의 머리카락
부스러기를 좀 모아달라고 요청했다. 곧 나는 그것을 어느 정도 모았다.
나는 지난번에 내게 방을 만들어 주면서 내 지시를 충실히 따랐던 내
친구 목수와 상의했다. 나는 그에게 내 방에 있는 것보다 별로 크지 않

은 의자 틀을 두 개 만들고 의자 등과 자리가 될 곳에 작은 구멍들을 뚫어 달라고 요청했다. 이어 가장 튼튼한 머리카락을 골라 이 구멍들을 통과하게 하여 성근 그물을 만들어서, 영국식으로 말하자면 일종의 등나무 의자를 만들었다. 나는 두 의자를 왕비마마에게 선물로 바쳤고 그녀는 그 의자를 거처에다 두고서 진기한 물품이라면서 사람들에게 보여주었다. 그 의자를 본 사람들은 모두 입을 모아 신기한 물건이라고 감탄했다.

왕비는 그 의자에 나를 앉히려 했으나 나는 그 지시를 따르기를 단호히 거부했다. 한때 왕비마마의 머리를 장식했던 소중한 머리카락 위에 나의 불손한 신체 부분을 내려놓느니 차라리 천 번의 죽음을 감수하겠다고 말했다. 나는 언제나 손재주가 좋았으므로 이 머리카락을 가지고 1.5미터 길이의 손지갑을 만들었고 그 위에 금색 글자로 왕비마마의 이니셜을 수놓았다. 나는 왕비의 허락을 받아서 이것을 글룸달클리치에게 주었다. 사실대로 말하자면 그 물건은 커다란 동전의 무게도 견디지 못해서 실용보다는 장식용이었고, 그래서 그녀는 그 안에다 여자애들이 좋아하는 소형 장난감 이외에는 아무것도 보관하지 않았다.

음악을 좋아하는 왕은 궁중에서 자주 연주회를 열었다. 나는 가끔 그곳에 초청되었고 탁자 위에 놓인 나의 상자 안에 앉아서 그 음악을 들었다. 하지만 음악 소리가 너무 커서 나는 곡조를 제대로 파악할 수 없었다. 우리 왕실 군악대의 모든 북과 나팔을 동시에 불어댄다고 하더라도 그 소리에는 미치지 못할 것이다. 나는 상자를 연주자들이 앉아 있는 곳에서 아주 멀리 떨어진 곳에다 내려놓게 하고, 그 다음에는 출입문과 창문을 모두 닫고, 창문 커튼마저 내렸다. 그 후에 들어보니 그런대로 들을 만한 음악이라는 사실을 깨달았다.

나는 소년 시절에 스피넷(소형 하프시코드)을 약간 배웠다. 글룸달클리치는 그런 하프시코드를 자기 방에다 놓아두었고, 음악 선생이 일주일에 두 번 찾아와 그녀를 가르쳤다. 나는 그 악기를 스피넷이라고 했는데, 생긴 모양이 우리 영국 것과 비슷하고 또 동일한 방식으로 연주를 하기 때문이었다. 나는 우연히 이 악기를 가지고 영국의 곡조를 연주하여 왕과 왕비를 즐겁게 할 수 있겠다는 생각을 하게 되었다. 하지만 그것은 굉장히 어려운 일처럼 보였다. 그 스피넷은 길이가 거의 18미터였고, 건반의 넓이는 각각 30센티미터였다. 내가 아무리 힘껏 팔을 벌려도 건반 다섯 개를 건드리기가 어려웠고 그걸 누르려면 내 주먹으로 힘껏 내리쳐야 했다. 그건 너무 힘든 일이었고 또 아무 소용도 없는 일이었다.

그래서 나는 이런 방법을 고안해 냈다. 우선 보통 곤봉만한 크기의 둥근 막대기를 두 개 준비했다. 곤봉의 한쪽 끝은 반대쪽보다 굵게 만든 다음, 그 부분을 쥐 가죽으로 감았다. 이것으로 건반 윗부분을 치면 건반이 상하지도 않고 또 소리를 방해할 것 같지도 않았다. 나는 스피넷 앞에 건반보다 1.2미터 낮은 벤치를 갖다놓게 하고서 그 벤치 위에 올라갔다. 거기서 좌우로 열심히 달리면서 손에 든 두 막대기로 필요한 건반을 열심히 두드려댔다. 나는 이런 식으로 해서 춤곡을 연주하여 폐하 부부를 크게 즐겁게 했다. 그러나 그것은 아주 격렬한 노동이 수반되는 연주였고, 게다가 16개 이상의 건반은 두드릴 수가 없었다. 그 결과 다른 피아니스트들과는 다르게 저음과 고음을 동시에 연주할 수도 없었다. 내 연주의 크게 불리한 부분이었다.

내가 앞에서 말한 것처럼, 왕은 뛰어난 이해력의 소유자였다. 그는 나에게 상자 안에 든 채로 입궁하라고 분부하고 그 상자를 왕의 거처에 있는 탁자 위에 올려놓게 했다. 이어 왕은 나에게 의자를 가지고 상자에서 나와서 왕으로부터 3미터 떨어진 지점으로 와서 앉게 했다. 그러면 나는 왕의 얼굴과 거의 같은 높이가 되었다. 이런 식으로 해서 나는 왕과 여러 차례 대화를 나누었다. 어느 날 나는 국왕 폐하에게 내 심중에 있는 말을 솔직하게 말했다.

"폐하는 유럽과 세상의 나머지 나라들에 대하여 경멸을 드러내시는

데, 그처럼 탁월한 심성을 지닌 분에게 그런 경멸은 어울리지 않는 듯합니다. 덩치가 크다고 해서 이성이 그에 따라 자연스럽게 커지는 것은 아닙니다. 오히려 우리 나라에서는 키가 제일 큰 사람이 가장 분별력 없는 사람인 경우가 있습니다. 다른 동물들 중에서도, 벌과 개미는 그들보다 더 덩치가 큰 동물들보다 더 근면하고, 재능과 지혜 등이 더 뛰어나다는 명성을 누리고 있습니다. 폐하는 저를 하찮은 존재로 볼지 모르지만, 저는 폐하께 어떤 보람 있는 일을 해 드리고 싶습니다."

왕은 내 말을 주의 깊게 듣고서 전보다는 나를 좀 더 좋게 생각하기 시작했다. 그는 내가 영국 정부에 대해서 할 수 있는 한 정확하게 묘사해 주기를 바랐다. 군주들은 일반적으로 자신들의 관습을 좋아하는 법이지만(내가 전에 국왕과 나눈 대화에서 그는 다른 군주들에 대하여 그렇게 생각했다), 국왕은 모방할 만한 가치가 있는 것이 있는지 듣고 싶어 했다.

점잖은 독자여, 내가 얼마나 데모스테네스나 키케로[1]의 혀를 갖고 있기를 바랐는지 충분히 상상할 수 있을 것이다. 그랬더라면 나는 사랑하는 조국에 대하여 그 장점과 행복에 어울리는 문장으로 찬양할 수 있었을 텐데.

나는 먼저 우리 나라가 두 개의 섬으로 되어 있고, 한 명의 군주 아래 세 개의 강력한 왕국을 거느리고 있으며, 아메리카에 식민지를 보유하고 있다는 말로 설명을 시작했다. 나는 우리 나라의 비옥한 땅과 온화한 기후에 대해서 오랫동안 이야기했다. 이어 나는 영국 의회의 구성에 대하여 대략적으로 말했다. 먼저 상원이라고 하는 고귀한 기관이 있는데, 아주 오래되고 많은 재산을 소유한 귀족들만이 이 기관의 구성원으로 들어간다. 왕과 왕국의 자문역으로 태어난 그들은 어려서부터 문무文武 교육을 받는다. 그들은 사법부에도 일정한 지분을 갖고 있으며, 더 이상

---

[1] 데모스테네스와 키케로는 각각 고대 그리스와 로마의 정치가이며, 둘 다 웅변으로 유명했다.

의 항소가 불가능한 최고 법원의 재판관으로 나가기도 한다. 그들은 용기, 행동, 충성심 등의 미덕을 발휘하면서 군주와 국가의 보위를 위해 즉각 나설 준비가 되어 있다. 이들은 왕국의 보배이며 간성干城이다. 귀족들은 저명한 선조의 뜻을 충실히 이행하는 자이며, 그들의 명예는 곧 그들의 미덕에 대한 보답이다. 귀족의 후예들은 그런 명예로부터 퇴보한 적이 결코 없다고 알려져 있다.

이런 귀족들 이외에 여러 명의 성직자들, 즉 주교의 지위를 가진 자들이 상원의원으로 합류한다. 주교의 주된 임무는 종교 전체를 보살피면서 사람들에게 종교를 가르치는 예하 성직자들을 관리하는 것이다. 주교는 군주와 그의 현명한 고문관들이 선출한 자이며, 그들은 왕국 전체의 사제들을 샅샅이 뒤지고 살펴서 그중에서 누가 거룩한 생활을 하고 학문에 박식한지 등을 고려한다. 그들은 진정 사제와 주민들의 정신적 아버지들이다.

의회의 또다른 기관으로는 하원이 있다. 이들은 국민에 의해 직접 선출된 훌륭한 신사들이고, 뛰어난 능력과 애국심 등이 감안되어 선출된 인물들로서 온 나라의 지혜를 대표한다. 이 두 기관은 유럽에서 가장 위엄 있는 의회를 구성한다. 의회는 군주와의 협의 아래 법률을 제정한다.

이어 나는 사법부에 대해서 언급했다. 법률을 가장 현명하게 해석하는 현인인 판사들이 사법부를 운영하면서, 국민의 권리와 재산에 관한 분쟁, 악덕의 처벌, 무고한 사람의 보호 등도 관장한다. 또 재무부의 신중한 재정관리, 해군과 육군의 용기와 업적 등을 언급했다. 나는 각 교파 혹은 정당에 있는 수백만 명의 사람들을 기준으로 하여 국가의 총인구수를 계산했다. 나는 우리나라의 스포츠와 오락행사에 대해서도 말했고 우리나라의 명예를 드높일 수 있는 것이라면 사소한 사항들도 빼놓지 않았다. 그리고 나는 지난 백 년 동안 영국에서 벌어진 사건과 사고들의 역사를 간략하게 언급하며 설명을 끝마쳤다.

이 대화는 한 번에 몇 시간이나 걸리는 다섯 번의 접견으로도 온전하게 끝나지 않았다. 왕은 아주 주의 깊게 내 말을 경청했다. 그는 자주 내 말을 기록했고 또 내게 물어보고 싶은 것들을 메모했다.

내가 이 긴 설명을 끝냈을 때, 국왕 폐하는 여섯 번째 접견 때 적어 놓은 노트를 참고하면서 모든 사항에 대하여 조목조목 많은 의문, 질문, 그리고 반대 의견을 말했다.

"그 나라의 어린 귀족의 정신과 육체를 연마하기 위하여 어떤 방법이 사용되는가? 귀족 자제가 교육 가능한 유·소년기에 주로 어떤 일을 하며 보내는가? 어떤 귀족 가문의 대가 끊어지면 어떤 식으로 상원의원을 보충하는가? 새 귀족으로 선출되는 사람은 어떤 자질을 지녀야 하는가? 이런 승진의 동기로는 군주의 기분, 궁중의 귀부인이나 총리에게 바친 뇌물, 공공 이익과 위배되는 특정 정당의 이익 강화 등이 작용하는가? 이런 귀족들이 국가의 법률을 어느 정도 알고 있고 또 어떻게 그런 지식을 얻는가? 그들은 동포 국민들이 최후의 수단으로 그들에게 재산상의 분쟁을 호소할 때 이를 공정하게 해결할 만한 지식을 갖추었는가? 그들은 탐욕이나 당파성 혹은 지식의 결핍으로부터 언제나 자유로워서 뇌물이나 어떤 괴이한 편견이 그들의 판단에 전혀 자리 잡지 못하는가?

내가 말한 주교급 사제가 시대의 흐름에 영합한 적이 없는가? 그는 평사제였을 때 거룩한 삶을 살았고 또 종교적인 문제에 깊은 지식을 갖고 있기에 그런 지위로 승진하였는가? 그는 어떤 유력한 귀족에게 아부하는 노예 같은 전속 사제를 한 적은 없는가? 상원에 들어온 이후에도 그 유력한 귀족의 견해를 비굴한 노예처럼 추종하지는 않았는가?"

왕은 이어 다음과 같은 사항을 알고 싶어 했다.

"그대가 말한 하원의원을 뽑는 데에는 어떤 기술이 동원되는가? 돈이 아주 많은 외지 사람이 통속적인 유권자들에게 영향력을 행사하여 그들의 영주나 그 지방의 가장 인품 높은 신사 대신에 그 외지 사람을 선출하게 유도하지 않는가?"

나는 의원 생활이 아주 고통스럽고 돈이 많이 들어가는 일이며, 월급이나 연금이 없기 때문에 의원 가족들의 생활을 종종 망치는 일이 있다고 보고했는데, 왕은 이렇게 물었다.

"그런데 왜 사람들은 그토록 의회에 들어가고 싶어 하는가?"

국왕 폐하는 의원 생활이 미덕과 공공 정신에 손상을 입히는 것처럼 보이므로, 그 생활이 반드시 성실하다고 보기 어렵다며 의구심을 표명했다. "이처럼 열렬히 의회 입성을 바라는 신사가 선거 때 들어간 비용과 노고를 보상받겠다는 생각을 가지지 않겠는가? 타락한 정부 부처와 연계하고, 허약하거나 사악한 군주의 의도에 영합하여 공공선을 희생시키면서까지 그 비용을 회수하려 하지 않을까?"

국왕은 이 문제에 대하여 조목조목 내게 캐물으면서 여러 가지 질문을 했다. 그가 내놓은 무수한 질문이나 반론을 여기서 일일이 다 거론하는 것은 신중하지도 않고 적절하지도 않아 이만 생략하겠다.

내가 말한 우리나라의 사법부에 대하여, 국왕 폐하는 여러 가지 면에서 궁금한 사항을 표명했다. 나는 대법관 법정에서 장기간 소송을 벌이면서 상당한 비용을 지불한 끝에 승소한 적이 있으므로 그 질문에 대해서는 더 잘 대답할 수 있었다. 국왕은 이렇게 물었다.

"옳고 그름을 결정하는 데에는 보통 어느 정도의 시간과 비용이 드는가? 명백하게 불공정하고, 화나게 하고, 억압적인 소송 건에서 변호사나 고소인은 어느 정도 자유롭게 말할 수 있는가? 특정 종교나 정치 당파가 재판 결과에 영향을 미칠 수 있는가? 변호사들이 정의의 보편적 지식에 대하여 교육을 받은 사람인가? 아니면 어떤 지방, 혹은 어떤 부족, 혹은 어떤 다른 현지 관습법에만 익숙한 사람인가? 혹은 변호사들이나 판사들이 관련 법률을 제정하는 데 참가하여, 그들 마음대로 그 법률을 해석하거나 부연할 수 있는가? 그들은 동일한 소송 건에 대하여 때에 따라 찬성 혹은 반대 의견을 표시한 적이 있는가? 또 상반되는 판결을 내리기 위해 선례를 거론한 적이 있는가? 그들은 부유한 집단인가 아니면 가난한 집단인가? 그들의 의견을 변론하거나 내놓는 대가로 금

전적 보상을 받는가? 그들은 하원의 의원으로 일한 적이 있는가?"

국왕은 다음으로 우리 재무부의 재정 관리에 대해서 물었다.

국왕은 내 기억이 빗나갔다고 생각한다고 말했다. 나는 우리나라의 세입을 연간 5~6백만 파운드 정도로 계산한다고 했다. 그러나 그가 국가 지출을 계산해 보니 때때로 세금의 두 배 이상이라는 것이었다. 이 재정 문제와 관련하여 국왕은 아주 신경 써서 자세히 노트를 해 두었다. 그는 혹시 우리 정부의 행동이 자신에게 도움이 될지 몰라서 그렇게 했다고 말했으며, 따라서 이 계산은 틀릴 수 없다고 확신했다. 설사 내가 그에게 말해 준 것이 사실이라고 해도 그는 여전히 당황할 수밖에 없다고 말했다. 어떻게 왕국이 개인도 아니면서 빚을 지면서 운영을 할 수 있냐는 것이었다.

국왕은 내게 물었다. 우리의 채권자는 누구인가? 그들에게 변제할 돈을 정부는 어디에서 마련하는가? 국왕은 그처럼 돈이 많이 드는 대규모 전쟁 이야기를 듣고서 의아함을 금치 못했다. 그걸 보니 우리가 싸움을 좋아하는 민족이거나 아니면 아주 나쁜 이웃 국가들 사이에서 살아가고 있는 게 틀림없다고 말했다. 또 그런 전쟁을 수행하는 우리의 장군들은 왕보다 돈이 많은 것 같다고 말했다. 무역이나 조약 체결 혹은 해군 선단으로 해안을 지키는 것 이외에, 우리나라 밖으로 나가서 해야 할 일이 무엇이냐고 물었다. 무엇보다도 그는 용병 상비군 이야기를 듣고서 깜짝 놀랐다. 평화로운 시절에 자유로운 국민들 사이에 상비군이 필요하다니!

왕은 이런 말도 했다. 만약 우리가 우리의 동의 아래 의회 의원으로 뽑힌 사람들에 의해 통치된다면, 우리가 누구를 두려워할 것이며, 또 누구를 상대로 하여 싸울 것인가? 또 개인의 집은 그 개인, 그의 자녀, 그리고 가족이 더 잘 지키지 않겠는가? 길거리에서 몇 푼의 돈을 주고 우연히 모집한 대여섯 명의 악당에 의해 개인의 집을 보호받는 것이 과연 안전하겠는가? 악당들은 그 가족을 배신하면 백 배 이상의 돈을 벌 수 있을 텐데 말이다. 국왕은 여기에 대하여 나의 의견을 듣고 싶어 했다.

그는 종교와 정치의 여러 당파 중에서 샘플을 뽑아서 국가의 총 인구 수를 계산하는 나의 괴상한 산수(그는 이렇게 말하기를 좋아했다)에 웃음을 터트렸다. 그는 공공 이익에 위배되는 견해를 갖고 있는 사람이 왜 그의 의견을 바꾸어야 하는지, 또는 왜 그것을 숨기라고 강요하지 못하는지 그 이유를 알지 못했다. 만약 의견을 바꾸기를 강요한다면 그것은 정부의 독재이고, 의견을 숨기게끔 단속하지 못한다면 그것은 정부의 허약함이라고 말했다. 왜냐하면 인간은 그의 벽장에 독약을 소유할 수는 있지만, 그걸 건강을 증진하는 강장제로 팔아먹어서는 안 되기 때문이다.

왕은 내가 이야기한 우리 나라의 귀족과 신사들이 하는 오락 중에서 도박을 지적했다. 그는 삶의 어느 시기에 이 오락이 시작되고 어느 시기에 끝나는지 알고 싶어 했다. 귀족들이 어느 정도 거기에 시간을 보내는지, 판돈이 너무 높아서 재산을 날릴 정도인지 등을 물었다. 야비하고 사악한 인간들이 월등한 도박 기술로 큰돈을 벌지는 않는가? 그 때문에 우리의 귀족들이 그들에게 예속되어 그런 사악한 자들을 친구로 삼지 않는가? 그런 사악한 자들이 귀족들의 정신 수양을 방해하고 또 나아가 도박 빚 때문에 그런 흉측한 기술을 배워 남들에게 써먹도록 하지는 않는가 등을 물었다.

지난 한 세기 동안 우리나라에서 벌어진 일들에 대하여 역사적 설명을 해 주었더니 왕은 깜짝 놀랐다. 그 사건들이라는 것이 음모, 반란, 살인, 학살, 혁명, 추방뿐이라는 것이었다. 그는 그 일들이 탐욕, 파당, 위선, 배신, 잔인, 분노, 광기, 증오, 시기, 욕정, 악의, 야심 등이 만들어낸 최악의 결과라고 진단했다.

국왕 폐하는 또다른 접견에서 내가 그동안 진언한 말들을 아주 힘들여서 충실하게 요약했다. 그는 내게 던진 질문들과 나의 답변을 상호 비교했다. 이어 나를 그의 양손 위에 올려놓고서 부드럽게 쓰다듬으면서 다음과 같은 말을 했다. 나는 그 말의 내용은 물론이고, 국왕이 그 말을 해준 방식을 결코 잊지 못할 것이다.

"나의 작은 친구, 그릴드릭, 자네는 자네 조국에 대하여 아주 그럴듯한 찬양의 말을 했지. 하지만 자네는 무지, 나태, 악덕이 입법자 자격을 얻기 위한 필수 요소임을 아주 명확하게 입증했어. 법률은 그 법률을 왜곡하고 혼란을 주고 회피하려는 자들의 개인적 이익과 능력에 의하여, 임의로 설명되고 해석되고 적용되었지. 나는 자네 나라의 일련의 제도들 중 당초 시작될 때에는 그런대로 용납할 만한 제도들이 있다는 사실을 발견했네. 하지만 그 제도들의 절반 정도는 이미 사라져 버렸고, 나머지 절반은 부정부패에 침식되어 있으나 마나 한 것이 되어 버렸어.

자네가 해 준 말로 미루어볼 때, 자네 나라에서는 공직을 얻기 위해 완벽한 자질은 필요 없는 것 같아. 사람들은 미덕의 힘으로 귀족 작위를 얻는 게 아니고, 사제는 종교적 경건이나 학문으로 승진하는 게 아니야. 군인들은 행동과 용기, 법관들은 성실성, 상원의원은 애국심, 고문관은 지혜로 인해 그 자리에 보임되는 것 같지 않아. 자네가 생애의 많은 부분을 여행을 하면서 시간을 보냈기에, 지금껏 자네 나라의 수많은 악덕을 피해 왔으리라 생각하고 싶네. 그러나 자네가 내게 해 준 이야기와 내가 어렵사리 자네로부터 뽑아낸 대답들을 종합해 볼 때, 나는 이런 결론을 내릴 수밖에 없네.

자네 나라의 국민들 대부분은 가장 해로운 자그마한 벌레 같은 족속일세. 자연이 일찍이 땅 위에 기어 다니도록 허용한 벌레들 중에서 말이야."

제 7 장

저자가 조국에 대한 사랑을 보이다. 왕에게 아주 유리한 제안을 했으나 거절당하다. 저자가 거인국의 왕은 정치에 대하여 아주 무지하고, 학문은 아주 불완전하고 제한적이라 여기다. 그들의 법률과 군사 문제, 그리고 정당들에 대해 이야기하다.

나는 진실을 아주 사랑하기 때문에 내 이야기 중 국왕과 대화한 부분을 감추지 않았다. 나의 분노를 그들에게 드러내려 했으나 언제나 경멸을 받았을 뿐이었다. 내가 가장 사랑하는 고상한 조국이 그처럼 심한 대접을 당하는데도 나는 참으면서 버틸 수밖에 없었다. 나의 다른 독자들도 그렇겠지만, 그런 일이 벌어지다니 나는 정말 유감이었다. 하지만 이 군주는 내 조국의 여러 세부사항들을 궁금해 하면서 꼬치꼬치 캐물었기 때문에 그에게 내가 할 수 있는 한 대답하지 않는다면 배은망덕할 뿐만 아니라 예의에도 어긋나는 일일 것이었다.

하지만 나는 나 자신을 변명하기 위하여 이것만큼은 말해 두어야겠다. 나는 의도적으로 그의 많은 질문들을 회피했고, 또 대답을 하더라도 엄격한 진실에 비추어 보면 내 조국에 훨씬 유리하게 답변을 했다. 왜냐하면 고대 그리스 역사가였던 할리카르나소스[1]의 디오니시오스가 후대의 역사가들에게 아주 당당하게 애국심을 주장했던 것처럼, 나도 조국에 대하여 칭송할 만한 편파적 애국심을 갖고 있었기 때문이다. 나는 조국

---

[1] 고대 그리스의 도시로 현재 터키의 보드룸에 해당한다.

의 약점과 기형을 가능한 한 감추고, 그 미덕과 아름다움을 가능한 한 유리한 쪽으로 말해 주려 했다. 나는 거인국의 군주와 여러 번 만나면서 이렇게 하려고 진정으로 노력했으나, 아쉽게도 별 성공은 거두지 못했다.

그러나 나머지 세상과 완전히 격리되어 있고 따라서 다른 나라에서 통용되는 습관과 관습을 잘 알지 못하고서 살아가는 왕의 입장을 크게 감안해 주어야 한다. 그러한 지식 부족은 많은 편견과 편협한 사고방식을 가져오기 마련인데, 우리 유럽의 세련된 국가들은 그런 것들로부터 완전히 면제되어 있다. 게다가 그처럼 멀리 떨어진 나라의 군주가 미덕과 악덕에 대해서 갖고 있는 견해를 모든 인류의 기준으로 제시하기도 어려운 일이다.

내가 지금까지 해 온 이야기를 확인하고 또 제한된 교육으로 인한 한심한 결과를 좀 더 구체적으로 보여 주기 위하여, 나는 여기서 사람들이 잘 믿어 주지 않을 내용을 하나 삽입하도록 하겠다. 국왕 폐하의 환심을 사서 나의 입장을 더욱 강화해야겠다는 생각에서, 나는 그에게 3~4백 년 전에 발명된 화약 만드는 기술을 말해 주었다.

이 화약 뭉치에 작은 불꽃이 떨어지면, 그 불 떨어진 뭉치가 비록 산처럼 크다 해도 한순간에 전체적으로 불이 붙는다. 모든 것이 가루가 되어 공중에 떠오르고, 화약이 내는 소음과 동요는 천둥 소리보다 더 크다. 이 화약을 놋쇠나 무쇠로 만든 원통 속에 그 크기에 알맞게 쟁여 넣으면, 화약의 힘이 엄청난 힘과 속력으로 무쇠나 납으로 된 대포알을 날려 보낼 수 있다. 그 어떤 것도 대포알의 엄청난 힘을 막아내지 못한다. 이렇게 날려보낸 최고로 큰 대포알은 부대의 병사 전원을 몰살시킬 수 있을 뿐만 아니라, 가장 단단한 성벽도 가루가 되어 땅 위로 허물어지게 만든다. 또한 천 명의 선원이 탄 군함도 바다 밑으로 수장시킬 수 있다. 대포알을 사슬로 연결시키면 돛대와 밧줄을 파괴하고 수백 명의 선원들의 허리를 절단해 버리며, 대포알이 타격한 것은 모두 가루가 되어 버린다. 우리는 종종 이 화약을 속이 빈 둥근 쇠공 속에다 채워 넣고, 발사기에 올려놓아 우리가 포위 공격하는 성 안으로 발사한다. 그러면 성 안의 도로는 파괴되고, 집들은 산산조각이 나고, 유탄이 온 사방으로 날아가 근처에 있던 사람들의 머리를 박살내 버린다.

나는 이 화약에 들어가는 원료들을 잘 알고 또 어떤 것이 싸며 어떤 것이 흔한지도 훤히 꿰고 있다. 나는 그 원료들을 합성하는 방법을 알고 있으며 국왕의 일꾼들을 지휘하여 거인국의 현지 실정에 맞는 크기의 대포를 제작할 수 있다. 가장 큰 대포도 30미터 이상이 될 필요는 없을 것이다. 이러한 대포를 20개나 30개 만들어서 그 안에 화약과 쇠공을 채워넣는다면 폐하 왕국 내의 가장 강성한 읍의 성벽도 몇 시간 안에 파괴할 수 있다. 혹은 수도가 폐하의 지엄한 명령을 감히 거부하려 든다면 그 도시 전체도 파괴할 수 있다. 내가 지금껏 폐하의 은총과 보호를 너무나 많이 받아온 것에 대한 자그마한 보답으로 이 화약 제조 기술을 감히 폐하께 바치고자 한다.

왕은 이 무서운 무기에 대한 나의 자세한 설명과, 더 나아가 그 무기를 만들겠다는 나의 제안을 듣고서 공포에 사로잡혔다. 나같이 무능력하고 비천한 벌레(이것은 국왕의 표현이다)가 어떻게 그런 비인간적인 생각을 품을 수가 있는지 경악했다. 또 그런 파괴적인 무기가 가져오는 유혈과 살육을 묘사하면서 마치 그것이 당연하다는 듯이 전혀 동요하는 빛 없이 말하는 것도 괴이하다는 것이었다. 국왕은 그런 파괴적인 무기는 분명 인류의 대적大敵인 사악한 악마가 최초로 만들어 낸 무기였을 거라고 말했다. 왕은 자신의 입장을 이렇게 밝혔다. 그는 예술과 자연의 분야에서 새로운 것을 발견하는 것을 무엇보다도 즐겁게 여기지만, 그런 끔찍한 무기의 비밀을 아느니 차라리 그의 왕국 절반을 포기하겠다는 것이다. 또 내가 목숨을 소중하게 여긴다면 앞으로 그런 말을 다시는 하지 말라고 명령했다.

편협한 원칙과 근시안적 견해가 불러온 기이한 결과였다! 이 군주는 누구인가. 국민들의 존경, 사랑, 흠모를 한 몸에 받고 뛰어난 능력, 위대한 지혜, 심오한 학문을 갖춘 사람이 아닌가. 게다가 탁월한 통치 능력을 갖추었고 모든 국민들로부터 추앙을 받는다. 그런 군주가 국민들의 목숨, 자유, 재산을 한 손에 거머쥐는 절대 군주가 될 수 있는 기회를 그냥 흘려보내다니! 유럽에서는 그 개념조차 희미한, 선량하지만 불필요한 양심이라는 문제에 사로잡혀서 말이다. 나는 그 훌륭한 왕의 많은 미덕들을 비방하려는 의도는 조금도 없다. 그러나 이 양심의 가책이라는 문제 때문에 그의 성품은 영국 독자들의 견해로는 다소 시원치 않은 것으로 보이리라.

그러나 나는 이런 결점이 그들의 무지로부터 생겨났다고 본다. 그들은 지금껏 정치를 학문으로 만들어 놓지 않았다. 유럽의 총명한 지식인들이 학문으로 정립시킨 것과는 다르게 말이다. 나는 어느 날 왕과 나눈 대화를 잘 기억하고 있다. 내가 우연히, 우리나라에는 통치 기술을 다룬 책이 수천 권은 된다고 말했다. 하지만 왕은 나의 의도와는 전혀 다르게 우리의 이해력을 아주 얕잡아 보았다. 그는 군주나 장관이 획책하는 비밀, 모략, 음모 등을 혐오하면서 그것을 경멸한다고 말했다. 그는 적이나 라이벌 국가가 개입되지 않은 곳에서까지 국가 기밀 운운하는 내 말을 이해하지 못하겠다고 했다. 그는 통치 기술을 아주 비좁은 범위로 제한했다. 가령 상식과 이성, 정의와 관용, 민사와 형사 소송사건들의 신속한 결정, 그 외에 전혀 고려할 만한 가치가 없는 화제 등으로 제한했다. 가령 왕은 이런 견해를 제시하기도 했다. 전에 한 알의 옥수수 이삭이나 한 포기의 풀잎이 자라던 곳에 두 알의 이삭이나 두 포기의 풀잎을 자라게 하는 사람은 인류 전체를 더 이롭게 하는 사람이며, 모든 정치가 족속들을 다 합쳐놓은 것보다 더 귀중한 봉사를 국가에 한 사람이라는 것이었다.

거인국 사람들의 학문은 매우 불충분했으며, 윤리와 역사, 시학 및 수학으로만 이루어져 있었다. 그런 학문에서는 그들이 매우 뛰어났다는 사실은 인정해야 할 것이다. 그러나 마지막에 든 학문, 즉 수학은 오로지 생활에 유용한 것, 즉 농업과 모든 기계 기술의 향상에만 적용된다. 그래서 우리나라 사람들 간에는 별로 높게 평가받지 못할 것이다. 관념이라든지, 존재, 추상 및 초월 같은 개념은 아무리 해도 그들의 머리에 이해시킬 수 없었다.

그들 나라의 법률은 글자 수에 있어서 그 나라 알파벳의 개수인 22개를 넘어가면 안 되었다. 그러나 22개까지 사용하는 사람도 거의 없다. 그 법률은 가장 쉽고 간단한 용어로 표현되어 있으며, 이 사람들은 그 조문에서 한 가지 이상의 의미를 발견할 정도로 변덕스럽지도 않다. 어떤 법률에 대하여 논평을 가하는 것은 그 자체로 중대한 범죄이다. 민사 사건의 결정이나, 범죄인을 다루는 형사 재판에서 그 나라의 선례들이 아주 적었기 때문에, 민사 사건이나 형사 사건에서 특별한 지식을 뽐낼 이유도 없었다.

그들은 중국인과 마찬가지로 태곳적부터 인쇄술을 갖고 있었다. 그러나 그들의 도서관은 별로 크지 않다. 그중에서 가장 크다고 하는 왕실 도서관도 장서 수가 1천 권을 넘지 않는다. 그 도서관은 360미터 정도 되는 회랑에 설치되어 있는데 나는 이 도서관으로부터 마음껏 책을 빌려볼 수 있었다. 왕비의 목수가 글룸달클리치의 방 안에 사다리같이 생긴 7.5미터 높이의 나무 기계를 만들어 주었다. 이 사다리의 계단은 각각 가로 길이가 15미터였다. 그것은 일종의 이동식 계단이었는데 가장 낮은 부분은 방의 벽에서 3미터 정도 떨어져 있었다.

내가 읽고 싶은 책은 벽에 기대어 세워 놓았다. 나는 먼저 사다리의 맨 윗부분으로 올라가서 내 얼굴을 책에다 갖다대고 페이지의 맨 윗부분부터 발걸음을 옮겨놓으며 읽었다. 대개 한 행의 길이는 8보에서 10보 정도 되었다. 그러면 나는 곧 눈높이보다 약간 낮은 곳에 도착했다. 이런 식으로 계단을 내려와 맨 밑까지 오면서 페이지를 읽었다. 그런 다음 사다리의 맨 위로 올라가서 맨 위부터 다시 시작하여 아래로 내려왔다. 페이지를 넘기는 것은 내 두 손으로 쉽게 할 수 있었다. 페이지는 판지처럼 두껍고 딱딱했는데, 가장 큰 판형의 경우라도 5~6미터 길이를 넘어가지 않았다.

그들의 문체는 평이하고, 남성적이고, 부드러웠으며 화려하지 않았다. 그들은 불필요한 말을 반복해서 사용하거나 다양한 표현을 구사하는 것을 피했다. 나는 그들의 책을 많이 읽었는데 특히 역사와 도덕 분야의 책을 많이 읽었다. 나는 도덕 분야 중에서 글룸달클리치의 침실에 언제나 놓여 있는 자그마한 오래된 논문이 특히 흥미로웠다. 그 책은 진지하고 나이든 숙녀인 글룸달클리치의 가정교사의 것이었는데 이 교사는 도덕과 헌신을 다룬 책들을 주로 가르쳤다. 이 책은 인간성의 약점을 다루었는데, 여자들과 일반 대중을 제외하고는 별반 높이 평가되지 않았다.

나는 이 나라의 저자가 이런 문제에 대해서 어떤 말을 하는지 알아보았다. 이 저자는 유럽의 윤리학자들이 다루는 통상적인 화제를 다 다루었다. 먼저 인간은 그 성질상 왜소하고, 경멸스럽고 무기력한 동물이고, 불순한 기후나 맹수들의 분노로부터 그 자신을 보호하지 못한다는 것이었다. 다른 동물들과 비교해 보면, 어떤 동물은 힘에서, 어떤 동물은 속도에서, 어떤 동물은 육감에서, 어떤 동물은 근면성에서 인간보다 월등히 뛰어나다. 저자는 또 이런 말도 덧붙였다. 세상이 쇠퇴하는 시대로 들어오면서 자연도 퇴화했고, 그리하여 고대보다 훨씬 작아진 인간을 생산하기 시작했다. 따라서 다음과 같이 생각하는 것이 아주 합리적이라고 그 저자는 말했다. 인간의 종은 원래는 지금보다 훨씬 컸을 뿐만 아니라 예전 시대에는 거인들이 분명 존재했다. 그것은 역사와 전통이 주장하는 바이고, 왕국의 여러 지역에서 우연히 발굴된 뼈와 해골에 의해서 확인되어 왔다. 과거의 인간은 우리 시대의 왜소한 인간보다 훨씬 컸다.

그 저자는 또 이런 주장도 폈다. 자연의 절대적인 법칙은 애초에 우리가 지금보다 훨씬 크고 단단한 존재로 만들어지도록 요구했다. 그리하여 어떤 집에서 떨어지는 기와, 소년이 던진 돌, 작은 냇가에서의 익사 등 사소한 사건으로 죽지 않게 만들어졌다. 이런 추론에 입각하여 그 저자는 인생을 살아갈 때 유익한 여러 가지 도덕적 교훈을 추출해 냈는데, 여기서 그것을 되풀이할 필요는 없을 것이다. 단지 나의 입장을 말해 보자면, 우리가 자연을 상대로 벌이는 싸움으로부터 도덕적 교훈을 이끌어 내고, 더 나아가 불만과 번민의 문제를 유도하는 것이 우리 인간의 보편적 재능이로구나 하는 생각을 떨칠 수가 없었다. 그러나 자세히 살펴보면, 이런 자연 상대의 싸움이 거인국의 경우에도 그러한 것처럼, 우리들 사이에서도 근거 없는 싸움임이 밝혀질 것이다.

이제 그들의 군사 분야를 살펴보자. 그들은 17만 6천 명의 보병과 3만 2천 명의 기병으로 이루어진 왕의 군대를 자랑스럽게 여겼다. 여러 도시에서는 상인들로, 그리고 농촌에서는 농부들로 군대가 구성되었는데, 이런 것을 군대라고 할 수 있다면 말이다. 군대의 지휘관은 귀족이나 신사가 맡았고 보수나 보상은 없었다. 그들은 아주 엄정한 군기 아래 아주 완벽하게 군사 훈련을 했다. 그러나 그것이 큰 자랑거리라고는 생각되지 않는다. 모든 농부가 영주의 지휘를 받고, 모든 시민이 베네치아의 방식대로 투표에 의해 뽑힌 도시의 주요 인사들의 지휘를 받는데 어떻게 그렇게 되지 않겠는가?

나는 로르브룰그루드의 민병대가 도시에서 가까운 사방 32킬로미터의 거대한 연병장에서 훈련을 하는 광경을 자주 보았다. 그들은 모두 따져서 보병 2만 5천 명에, 기병 6천 명이었다. 그러나 그들이 차지하는 넓은 공간을 감안할 때 내가 그들의 숫자를 헤아리기는 불가능했다. 커다란 말에 올라탄 기병은 높이가 대략 27미터였다. 나는 이 기병대가 명령 한 마디에 일제히 칼을 뽑아 공중에 휘두르는 광경을 본 적이 있다. 아무리 상상력을 발휘한다 해도 그처럼 웅장하고, 놀랍고, 경이로운 광경을 생각해 낼 수는 없을 것이다. 마치 1만 개의 번갯불이 하늘의 모든 구석에서 동시에 번쩍거리는 것 같았다.

나는 다른 나라에서 침입해 들어올 구멍이 없는 영토를 가진 군주가 어떻게 이런 군대를 생각해 내고 또 백성들에게 이런 군사 훈련을 시킬 생각을 했는지 의아했다. 하지만 곧 대화를 나누고 그들의 역사서를 읽음으로써 그 근원을 알게 되었다. 여러 시대가 흘러가는 동안에, 이 나라는 인류가 반드시 겪게 되는 하나의 질병인 권력 투쟁으로 어려움을 겪었다. 귀족은 권력을, 백성은 자유를, 왕은 절대 왕국을 원하며 서로 싸웠다. 다행히 왕국의 법률이 세 세력을 잘 중재하여 균형을 잡아 주었으나, 때때로 그중 한 세력이 그 균형을 깨트렸다. 그리하여 여러 번 내전이 발생했는데, 최근의 내전은 현 국왕의 할아버지 시대에 전반적인 국민의 동의 아래 원만하게 종식되었다. 그 무렵 국민 일반의 동의로 세워진 민병대는 그때 이래 엄격하게 임무를 수행해 왔다.

제 8 장

왕과 왕비가 변경 지역으로 순행을 나서고 저자가 그들을 수행하다.
그 나라를 떠나게 되는 경위를 상세하게 서술하다. 저자가 영국으로 돌아
오다.

나는 언젠가 자유의 몸이 되리라는 간절한 생각을 품고 있었다. 그러나
어떤 수단, 어떤 형태로 그 계획을 성공시킬 수 있을지 상상하는 것조차
불가능했다. 내가 타고 왔던 배가 이 나라에서 처음 관측된 배였다. 왕
은 앞으로 또다른 배가 표류해 오면 해안으로 끌어올려 그 선원과 승객
을 수송차에 실어서 로르브룰그루드로 데려오라고 엄명을 내렸다. 그는
내게 나만한 크기의 여자를 얻어 주어 내가 후손을 남길 수 있기를 바
랐다. 그러나 나는 후손을 남기느니 차라리 죽어버리는 것이 낫다고 생
각했다. 내 자식들은 카나리아 새처럼 조롱에 가두어지거나 아니면 적
당한 때가 되면 왕국 내의 고관들에게 진기한 물건으로 팔려나갈 것이
기 때문이었다.
　나는 거인국에서 훌륭한 대접을 받았고 위대한 왕과 왕비의 총애를
누렸으며 온 궁정에 기쁨을 선사하는 존재였다. 그러나 그것은 인간의
위엄과는 어울리지 않는 바탕 위에서 누린 호사였다. 나는 조국에 남겨
두고 온 내 가족들을 결코 잊지 않았다. 나는 동등한 조건에서 대화를
나눌 수 있는 사람들 사이에 있고 싶었다. 개구리나 어린 강아지처럼 밟
혀 죽을 염려 없이 거리와 들판을 걸어다니고 싶었다. 그런데 나의 해방
은 예상보다 빠르게 아주 기이한 방식으로 찾아왔다. 나는 이제 그 상황

과 관련된 이야기를 여기에서 소상하게 말할 생각이다.

　나는 이제 거인국에서 2년을 살았다. 3년 차에 들어가던 해에 나와 글룸달클리치는 왕국의 남부 해안을 순행하는 국왕 부부를 따라가게 되었다. 나는 이미 묘사한 대로 여행용 가방에 들어가 실려 갔는데, 그 것은 3.6미터 너비의 아주 편안한 방이었다. 나는 천장의 네 구석에 비단 밧줄을 매달아 그물 침대를 만들라고 주문을 했다. 하인이 말 등에서 그 상자를 앞에 놓았을 때 상자가 흔들리는 것에 대비하기 위해서였다. 나는 우리가 길에 나선 동안 종종 그물 침대에 누워 잠이 들었다. 나는 목수에게 상자의 지붕(그물 침대의 바로 위)에다 사방 30센티미터 너비의 구멍을 뚫어 내가 잠자는 동안 환기가 되도록 조치했다. 나는 그 구멍에다 앞뒤로 여닫을 수 있는 판자를 설치하여 임의로 닫을 수 있게 했다.

　우리가 여행을 마쳤을 때, 왕은 플란플라스닉 근처에 있는 별궁에서 며칠을 보내기로 했다. 그곳은 해변에서 30킬로미터 정도 떨어진 도시였다. 나는 아주 피곤했고 가벼운 감기에 걸렸다. 그러나 불쌍한 소녀는 너무 아파서 방 안에 드러누워 있어야 했다. 나는 바다가 보고 싶었다. 만약 내가 달아나는 일이 벌어진다면 바다는 나의 유일한 탈출구일 것이었다. 나는 실제보다 더 아픈 척하면서 시원한 바닷바람을 쐬고 싶으니 허락해 달라고 요청했다. 내가 좋아하는 시동과 함께 나가겠다고 했는데, 그는 전에도 나를 임시로 맡은 적이 있었다. 나는 글룸달클리치가 마지못해 승낙하던 모습을 결코 잊지 못할 것이다. 그녀는 시동에게 아주 조심스럽게 나를 다루어야 한다고 단단히 당부한 다음에, 한바탕 눈물을 쏟아냈는데 마치 앞으로 벌어질 일을 아는 것 같았다.

　소년은 상자에 든 나를 데리고 별궁에서 반 시간쯤 걸어서 해변의 바위들 근처에 도착했다. 나는 소년에게 상자를 내려놓으라고 지시했다. 그리고 여닫이 창문 하나를 열어서 아주 아쉬워하고 우울해 하는 눈빛으로 바다를 쳐다보았다. 갑자기 몸 상태가 나빠진 나는 시동에게 상자 속에 들어가 그물 침대에서 자고 싶다는 뜻을 알렸다. 잠을 자고 나면 기분이 좀 나아지겠지 하는 생각이었던 것이다. 나는 상자 안으로 들어 갔고 소년은 한기를 막기 위해 창문을 내려 주었다. 나는 곧 잠에 곯아 떨어졌다. 그 다음은 내가 짐작하는 바인데 내가 잠자는 동안에 시동이 아무런 위험한 일도 없으리라 생각하고 바위들 사이로 새 알을 찾으러 간 모양이다. 나는 전에도 창문으로 그 소년이 바위 틈새에서 그런 알을 집어 드는 것을 본 적이 있었다.

나는 갑자기 상자 위에 고정시켜 놓은 둥근 고리가 크게 흔들리는 것을 느끼며 잠에서 깼다. 그 고리는 수송의 편의를 위해서 상자 윗부분에 단단히 부착해 놓은 것이었다. 나는 상자가 공중 높이 들어올려지더니 아주 빠른 속도로 날아가는 것을 느꼈다. 처음에 상자가 크게 흔들렸을 때는 그물 침대에서 떨어질 정도였으나, 그 다음부터는 움직임이 아주 부드러웠다. 나는 목청껏 여러 번 소리쳤으나 아무 소용이 없었다. 창문 밖을 내다보았으나 오로지 구름과 하늘만 보일 뿐이었다. 나는 머리 위 에서 날개가 푸덕거리는 것 같은 소리를 들었다. 이어 곧 내가 처한 끔 찍한 상황을 파악했다. 어떤 독수리가 내 상자의 고리를 부리에 물고 서 날아가고 있는 것이었다. 그놈은 껍질이 단단한 거북이를 상대하듯 이, 이 상자를 바위 위에 내던져서 그 안에 든 나를 꺼내 먹으려는 것이 었다. 독수리는 총명하고 냄새를 잘 맡아서 아주 먼 거리에 떨어져 있는 먹잇감도 발견해 낸다. 거북이는 5센티미터 두께의 판자 안에 숨어 있 는 나보다 훨씬 잘 은폐되어 있지만 독수리의 눈길을 피해가지 못한다.

곧 나는 날개가 푸덕거리는 소리가 더 빨라지고 시끄러워지는 것을 느꼈다. 나의 상자는 바람 많이 부는 날의 도로 표지판처럼 위아래로 펄 럭거렸다. 나는 독수리가 (상자의 고리를 부리에 물고 있는 것이 독수리였다고 나는 확신한다) 몇 번 부딪치는 소리를 들었다. 그러더니 나 자신이 갑자 기 수직으로 한 일 분쯤 급강하하는 것을 느꼈다. 너무 빠르게 떨어져서 나는 거의 숨을 쉴 수가 없었다. 갑자기 쾅 하는 소리와 함께 급강하가 멈추었다. 그 소리는 내 귀에 나이아가라 폭포 소리보다 더 크게 들렸다. 그러고 나서 나는 한 일 분쯤 깊은 어둠에 잠겨 있다가 아주 신속하게 위로 올라왔다. 창문 윗부분에 비쳐 들어오는 빛을 볼 수 있었고 나는 이제 내가 바다에 떨어졌음을 알았다.

나의 상자는 내 몸무게, 그 안에 들어 있는 물건들, 상자 위아래의 네 구석을 보강하기 위해 고정시킨 넓은 쇠판 등으로 인해 바다 속으로 약 1.5미터 가라앉은 채 떠 있었다. 나는 그때도 그렇지만 지금도 같은 생각을 하고 있다. 상자를 부리에 물고 날아가던 독수리가 추격해 오던 다른 독수리 두세 마리의 공격을 받고서 자신을 방어하다가 상자를 바다에 떨어트린 것이다. 다른 독수리들은 먹잇감을 같이 나누어먹자는 뜻이었을 것이다. 상자 바닥에 고정시킨 철판들은 아주 단단했으므로, 상자가 급강하하는 동안에 균형을 잡아 주었고, 수면과 충돌할 때 상자가 부서지는 것을 막아 주었다. 상자의 모든 이음새는 홈으로 단단히 결합되어 있고, 문은 경첩으로 움직이는 것이 아니라 창틀처럼 위아래로 열고 닫는 것이었다. 그래서 방안은 철저히 밀폐되어 물이 거의 들어오지 않았다. 나는 아주 어렵사리 그물침대에서 내려올 수 있었다. 그리고 앞에서 말한 천장에 달린 여닫는 판을 열어서 공기를 상자 안으로 들어오게 하려고 애썼다. 공기 부족으로 거의 질식사할 지경이었다.

그 순간 내가 사랑하는 글룸달클리치와 함께 있기를 얼마나 바랐던가! 한 시간 전만 해도 그녀와 함께 있을 수 있었는데. 나는 깊은 환난에 빠져 있었지만, 내 불쌍한 보모에게 들이닥칠 일, 가령 그녀가 나를 잃어서 느끼게 될 슬픔, 왕비의 불쾌한 반응, 그녀에게 닥쳐올 처참한 운명 등을 슬퍼하지 않을 수 없었다. 그 순간 나보다 더 큰 어려움과 고민에 빠진 여행자는 별로 없으리라는 생각이 들었다. 내 상자는 강풍이나 높은 파도에 부딪쳐 언제 산산조각이 날지 몰랐다. 유리창이 단 하나라도 깨어진다면 곧 죽음이었다. 여행 중의 사고를 예방하기 위하여 창문 밖에다 설치한 쇠창살 이외에는 창문을 보호해줄 것이 아무것도 없었다. 비록 심각하지는 않았지만 상자의 여러 틈새로 물이 스며들어오는 것도 보였다. 나는 누수를 가능한 한 막아보려고 애썼다. 나는 상자의 지붕을 들어올릴 수가 없었다. 그렇게 할 수만 있었다면 틀림없이 들어올려서 지붕 위로 올라갔을 것이다. 그러면 소위 상자 안에 갇혀 있는 꼴은 모면할 수 있을 터였다. 설사 내가 갇혀 있는 위험에서 하루 이틀을 모면한다고 해도, 추위와 배고픔에서 오는 죽음을 어떻게 모면할 수 있을 것인가? 나는 매 순간이 나의 마지막 순간이라고 생각하며 그 상태로 네 시간을 버텼다.

나는 이미 독자에게 나의 상자 옆면에 두 개의 단단한 꺾쇠가 달려 있다는 것을 말했다. 하인은 말 탄 채로 나를 데려갈 때 그 꺾쇠에다 허리띠를 통과시켜서 허리춤에 상자를 매달고 갔다.

나는 아주 낙담한 상태로 그 꺾쇠가 뭔가에 부딪쳐 삐걱거리는 소리를 들었다. 아니, 그런 소리가 난다고 생각했다. 나는 곧 상자가 당겨지거나 아니면 바다 위에서 어디를 향해 끌려간다고 생각했다. 일종의 당겨지는 느낌이 들었고 그 바람에 창문 근처의 파도가 더 높게 솟아올라 주위가 한동안 어둠에 잠기기도 했기 때문이다. 이렇게 되자 한동안 희미한 희망을 품게 되었으나, 그런 일이 어떻게 벌어질지 상상할 수가 없었다.

나는 언제나 바닥에 고정되어 있는 의자의 나사를 풀었다. 그런 다음 아까 열어놓았던 천장의 미닫이 문 바로 밑으로 가서 그 의자를 다시 고정시킨 후, 그 위에 올라서서 내 입을 환기 구멍 가까이 갖다대고서 내가 아는 모든 언어를 동원하여 커다란 목소리로 살려 달라고 소리쳤다. 이어 내가 늘 가지고 다니는 지팡이에다 손수건을 묶어서 구멍 위로 비쭉 내밀고서 공중에다 여러 번 흔들어댔다. 만약 어떤 배가 근처에 있다면 선원들이 상자 안에 불쌍한 인간이 갇혀 있다는 것을 눈치 챌 수 있을 것이었다.

하지만 이 모든 행동은 아무런 효과도 내지 못했다. 하지만 내 상자가 계속 움직이고 있다는 것은 분명하게 알 수 있었다. 한 시간 혹은 그 이상이 흘렀을 때 상자의, 꺾쇠가 달려 있고 창문 없는 쪽이 뭔가 단단한 것에 부딪쳤다. 나는 그것이 암벽일 것이라 생각했고 나 자신이 전보다 심하게 흔들리는 것을 느꼈다. 이어 상자 지붕에 밧줄이 지나가는 듯한 소리가 났고 그 밧줄이 둥근 고리를 통과하면서 끼익 하는 소리가 났다. 이제 상자는 전보다 적어도 1미터 높은 지점으로 인양되고 있었다.

나는 손수건을 매단 지팡이를 공중에 높이 쳐들면서 목이 쉴 때까지 살려달라고 소리쳤다. 그러자 세 번 반복되는 커다란 외침을 들었다. 그 소리를 듣고 느낀 황홀감은 직접 겪지 않은 사람은 도저히 상상할 수 없는 것이다.

나는 이제 머리 위에서 쿵쿵 하는 발소리를 들을 수 있었다. 누군가가 커다란 목소리로 구멍을 통하여 영어로 말했다. "그 안에 누군가 있으면 어서 말을 하시오." 나는 이렇게 대답했다. "나는 영국인이고, 불운에 이끌려 일찍이 그 누구도 겪어 본 적이 없는 엄청난 참사를 겪었습니다." 나는 할 수 있는 한 가장 감정이 실린 목소리로, 나를 이 어두운 암굴로부터 구조해 달라고 요청했다. 상대방은 나의 상자가 배에 고정되어 있으므로 내가 안전하다고 대답했다. 또 목수가 곧 와서 상자에다 적당한 구멍을 뚫어 내가 나올 수 있게 하겠다고 말했다.

나는, 그건 너무 시간이 많이 걸리니까 그럴 필요 없고 그렇게 할 일도 아니라고 대답했다. 선원들 중 한 사람이 상자 위의 둥근 고리에다 손가락을 집어넣어 상자를 바다에서 배 위로 올린 다음 선장실로 가져가면 충분할 것이라고 설명했다.

일부 선원들은 내가 너무 큰 소리로 말하는 것을 보고서 나를 미쳤다고 생각했다. 다른 선원들은 웃음을 터뜨렸다. 나는 나와 똑같은 신체와 힘을 가진 사람들 사이로 돌아왔다는 사실을 전혀 생각하지 못했던 것이다. 목수가 곧 도착했고 몇 분 사이에 사방 1.2미터 크기의 구멍을 뚫어서 거기를 통하여 자그마한 사다리를 내려 주었다. 나는 사다리에 올라서서 배 안으로 들어갔으나 몸이 아주 허약한 상태였다.

선원들은 모두 아주 놀랐다. 그들은 천 가지의 질문을 퍼부었으나 나는 대답하고 싶은 마음이 들지 않았다. 나는 그처럼 많은 피그미(난쟁이)들 사이에서 갑갑함을 느꼈다. 나의 눈은 뒤에 두고 온 거인국 사람들의 괴기한 신체에 익숙해져 있었으므로 선원들이 그런 식으로 보였다. 그러나 선장 토머스 윌콕스 씨는 슈롭셔 출신의 정직하고 유능한 선원이었다. 그는 내가 기절 직전인 것을 보고서 나를 선장실로 데려가 힘을 내라며 강장제를 주었고, 또 그의 침대에 눕게 했다. 그러면서 휴식이 필요한 것 같으니 좀 쉬라고 말했다.

나는 잠들기 전에 선장에게 이런 말을 했다. 상자 안에는 너무 소중하여 도저히 잃어버릴 수 없는 가구들이 있다. 멋진 그물 침대, 훌륭한 야전 침대, 두 개의 의자, 한 개의 탁자, 그리고 옷장 등이다. 상자 내부는 사면이 비단이나 목면으로 덮여 있다. 그 상자를 배로 가져오면 선장이 보는 앞에서 상자를 열어서 내 물건들을 보여 주겠다.

선장은 나의 다소 황당하게 들리는 말을 듣고서 내가 헛소리를 하고 있다고 결론 내렸다. 그러나 (아마도 나를 진정시키기 위하여) 내가 요구한 대로 해 주겠다고 말했다. 선장은 다시 갑판으로 돌아가 선원 몇 명을 내 상자 속으로 들여보냈다. 거기서 그들은(이건 나중에 안 것이지만) 내 물건을 들어내고 누비이불을 벽에서 뜯어냈다. 그러나 의자, 옷장, 침대 등은 나사로 바닥에 고정되어 있었기에, 힘으로 뜯어내려고 한 선원들의 무지 때문에 많이 손상되었다. 이어 그들은 배에서 쓰려고 널판 일부를 뜯어냈다. 그들은 그 안에 있는 물건들을 다 들어내자, 그 상자를 바다에 빠트렸다. 상자는 바닥과 옆면이 많이 손상되었기 때문에 곧바로 바다 밑으로 가라앉았다. 나는 그런 파괴 현장에 있지 않아서 오히려 다행스럽게 생각했다. 만약 그 현장을 보았더라면 잊어버리고 싶은 사건들이 다시 생각나서 내 마음이 크게 아팠을 것이기 때문이다.

나는 몇 시간 잠을 잤으나, 내가 두고 온 나라와 내가 겪은 위험들에 대하여 뒤숭숭한 꿈을 꾸었다. 그렇지만 잠에서 깨어나니 기력이 많이 회복된 것을 느꼈다. 시간은 밤 8시였고 선장은 내가 너무 오랫동안 밥을 굶었다고 생각하여 곧바로 저녁 식사를 대령하라고 지시를 내렸다. 그는 나를 부드럽게 대하면서, 내가 너무 험악하게 인상을 쓰거나 횡설수설하지는 않는지 관찰했다. 선장과 나만 남게 되자 그는 나의 여행에 대해서 말해 달라고 요청했다. 또 내가 어떻게 하다 그 괴상한 나무 궤짝 안에 들어가 바다를 표류하게 되었는지도 설명해 주기를 원했다. 그는 낮 12시 경에 망원경으로 주위를 관찰하다가 멀리 떨어진 지점에 있는 그 상자를 발견했는데, 처음에는 배의 돛인 줄 알았다고 말했다. 그래서 항로에서 별로 이탈하지 않은 곳이고 비축된 빵이 거의 떨어져 가서 그것도 사들일 겸 접근했다. 하지만 가까이 다가가보니 자신의 판단 착오를 깨달았고, 보트를 바다에 띄워 그 상자가 무엇인지 알아보게 했다.

그런데 선원들이 겁먹은 채 황급히 되돌아와서 보고하기를 떠다니는 집을 보았다는 것이었다. 그는 선원들의 어리석음에 웃음을 터트리고 그 보트를 타고 직접 현장에 가면서 선원들에게 튼튼한 밧줄을 준비하라고 지시했다. 날씨가 잔잔했으므로 그는 상자 주위를 노 저어 몇 바퀴 돌면서 상자의 창문들과 겉에 설치된 쇠창살 등을 관찰했다. 이어 그는 모두 널빤지로 되어 있어 빛이 통과하지 않는 상자 한쪽 면에 두 개의 꺾쇠가 고정되어 있는 것을 발견했다. 그는 선원들에게 그쪽으로 노를 저어서 가지고 간 밧줄을 한쪽 꺾쇠에다 고정시키고 그 궤짝(그들은 이렇게 불렀다)을 배 쪽으로 예인하라고 지시했다. 상자가 배 바로 옆에 도착하자 그는 선원들에게 또다른 밧줄을 상자 지붕의 둥근 고리에다 고정시켜서 나의 궤짝을 도르래로 인양하라고 지시했다. 하지만 모든 선원이 달려들어도 그 궤짝을 1미터 이상 끌어올릴 수가 없었다. 그때 그들은 상자의 구멍 밖으로 비쭉 나온 지팡이와 손수건을 보고서 어떤 불행한 사람이 저 궤짝 안에 갇혀 있다고 결론 내렸다.

이러한 선장의 설명을 듣고서 나는 그들이 나를 처음 발견한 시점에 아주 커다란 새들을 보지 못했느냐고 물었다. 선장은 이런 대답을 했다.

내가 잠자는 동안 선원들과 이 일을 의논하던 중에, 선원 하나가 북쪽으로 날아가는 독수리 세 마리를 보았다고 했다. 하지만 그들이 평소 크기보다 훨씬 큰 것처럼 보이지는 않았다고 말했다. 나는 독수리가 아주 높이 날고 있었기 때문에 그렇게 보였으리라 추측했다.

선장은 내가 왜 그런 질문을 하는지 알지 못했다. 나는 이어 선장에게, 우리가 육지로부터 얼마나 멀리 떨어져 있느냐고 물었다. 선장은 자신이 할 수 있는 최고의 셈법에 의하면 약 5백 킬로미터 정도 떨어져 있다고 대답했다. 나는 그가 거리를 절반 정도 적게 말하고 있다고 지적했다. 왜냐하면 내가 거인국을 떠나 두 시간도 안 돼 바다에 내던져졌기 때문이다.

그러나 선장은 또다시 내 머리가 좀 이상하게 되었다고 생각하면서 이를 에둘러 표현했고, 내게 별도로 마련해 놓은 선실에 가서 쉬는 게 좋겠다고 말했다. 나는 그에게 좋은 환대와 대화로 한결 정신이 맑아졌으며, 내 평생 그 어느 때보다도 건전한 정신을 유지하고 있다고 대답했다. 그는 심각한 표정을 지으며, 내가 저지른 어떤 중대한 범죄에 가책을 느껴서 정신에 혼란이 온 게 아니냐고 솔직하게 물었다. 가령 어떤 군주의 명령으로 궤짝에 넣어 바다에 던져지는 처벌을 받은 게 아니냐고 했다. 다른 나라에서 중범죄인을 아무 식량도 없이 물이 새는 배에 강제로 태워 바다로 내보내는 경우가 있다는 이야기였다. 그런 죄질이 나쁜 사람을 배에 태우게 되었다면 유감이지만, 그래도 배가 다음번에 도착하는 첫 번째 항구에서 나를 안전하게 상륙시켜 주겠다고 약속했다. 그는 나의 상자 혹은 궤짝과 관련하여 먼저 선원들에게, 그리고 그에게 해준 이야기들 때문에 그의 의심이 부쩍 커졌다고 덧붙여 말했다. 또 식사 중에 내가 보인 기이한 표정과 행동도 마음에 걸린다는 것이었다.

나는 선장에게 제발 참고 내 이야기를 끝까지 들어 달라고 간청했다. 그리하여 나는 지난번 영국을 떠난 때로부터, 그가 나를 처음 발견한 때에 이르기까지의 경과를 소상하게 말해 주었다. 진리는 언제나 합리적인 심성에 도달하는 길을 알고 있다. 그와 마찬가지로, 어느 정도 학문을 알고 양식이 있는 이 정직하고 유능한 신사는 나의 솔직함과 진실을 곧 인정했다. 내가 한 이야기를 모두 확인시켜 주기 위하여 나는 선장에게 상자 속에 들어 있던 옷장을 내 앞에 가져오게 해 달라고 요청했다. 나는 그 옷장의 열쇠를 호주머니에 갖고 있었다(그는 아까 선원들이 내 상자를 어떻게 처분했는지 말해 주었다). 나는 그가 보는 앞에서 옷장을 열어서 내가 기이한 방식으로 해방된 거인국에서 수집한 기이한 물품들의 컬렉션을 보여 주었다.

거기에는 내가 국왕의 수염 부스러기로 만든 빗이 있었고, 왕비의 엄지손톱을 깎아낸 부스러기를 빗 등으로 삼아 똑같은 재료로 만든 쌍둥이 빗도 있었다. 30센티미터에서 45센티미터 정도 길이의 바늘과 핀 컬렉션도 있었다. 목공이 쓰는 못같이 생긴 4개의 벌침, 왕비가 빗어낸 머리카락 몇 개, 그리고 금반지도 있었다. 어느 날 왕비가 아주 자상한 마음을 발휘하면서 새끼손가락에서 반지를 빼어 내 머리 위로 던졌고, 그 반지는 마치 목걸이처럼 내 목에 착지했다. 나는 선장에게 내게 보여준 호의에 대한 보답으로 이 반지를 받아 달라고 요청했다. 하지만 선장은 단호히 거절했다. 나는 선장에게 왕비 시녀의 발가락에서 내 손으로 직접 잘라낸 티눈을 보여 주었다. 그 크기는 켄트 지역에서 나는 사과만 한데 아주 딱딱하게 굳어져 있었다. 나는 영국으로 돌아오자 그 속을 파내어 컵으로 만들어 은제 받침대에 꽂아 놓았다. 마지막으로 나는 당시 내가 입고 있던 바지를 보여 주었는데 그건 생쥐의 가죽으로 만든 것이었다.

나는 그에게 감사 표시로 시종의 이빨 말고는 아무것도 줄 수가 없었다. 그는 아주 강한 호기심을 보이며 그 이빨을 살펴보더니 아주 마음에 든다는 표정을 지었다. 그는 그런 사소한 물건을 필요 이상으로 감사하다는 말을 여러 번 하면서 받아들었다. 그것은 글룸달클리치의 남자 시종들 중 치통을 앓는 시종에게서 돌팔이 의사가 실수로 뽑은 생 이빨이었다. 그런 만큼 그의 입 안에 있던 다른 건강한 치아 못지않게 단단했다. 나는 그 이빨을 잘 닦아서 내 옷장에다 보관해 두었다. 그것은 길이가 약 30센티미터였고 직경이 10센티미터였다.

선장은 내가 이렇게 분명하게 해 준 이야기를 듣고서 아주 흡족한 눈치였다. 그는 내가 영국으로 돌아가면 그 여행기를 종이에 적어놓아 모든 사람에게 알림으로써 이 세상에 도움이 되었으면 좋겠다고 말했다. 하지만 나는 우리나라에 이미 여행기 책이 차고 넘친다고 대답했다. 아주 기발한 것이 아니면 이제 통하지 않게 되었다. 그런 여행기들에서 저자는 진리를 말하려는 게 아니라 그들 자신의 허영이나 관심사 또는 무지한 독자들의 오락 등을 더 신경 쓴다. 나의 이야기는 평범한 사건들 이외에 별 것이 없고 또 기이한 화초, 나무, 새, 기타 동물 등에 대한 정교한 묘사도 없다. 또 많은 여행기 작가들이 즐겨 언급하는 야만족의 미개한 관습이나 우상 숭배에 대한 것도 없다. 그렇지만 선장의 고견을 감사하게 여긴다고 말하고, 그 제안을 깊이 생각해 보겠다고 대답했다.

선장은 한 가지 사항이 좀 기이하다고 말했다. 뭔가 하니 내가 너무 큰 목소리로 말한다는 것이었다. 그러면서 거인국의 왕이나 왕비가 혹시 난청이 아니냐고 물었다. 나는 지난 2년 넘게 그렇게 큰 목소리로 말하는 게 습관이 되어서 그렇다고 대답했다. 내가 선장이나 선원들의 목소리를 존중하고 그런대로 알아들을 수 있지만 사실 내게는 속삭이는 소리처럼 들린다고 말했다. 내가 거인국에서 말하는 어조는 길거리에 있는 남자가 교회 첨탑 끝부분에 올라가 있는 사람을 상대로 말하는 것과 똑같았다. 단 나를 탁자 위에 올려놓거나 그들의 손바닥 위에 올려놓았을 때에는 예외였다.

나도 선장에게 특이한 것을 하나 목격했다고 말했다. 내가 배에 처음 올랐을 때, 내 주위에 서 있던 선원들이 내가 일찍이 본 사람들 중에서 가장 경멸스러운 왜소한 사람들처럼 보였다. 사실 나는 거인국에 있었을 때, 눈이 거대한 사물들에 적응되어 있었기에 거울을 들여다보는 것을 참을 수 없었다. 그런 상호 비교는 나 자신을 아주 한심하게 생각하게끔 만들었다.

선장은 내가 저녁 식사를 하던 중에 주위의 모든 것을 경이로운 눈치로 바라보더라고 지적했다. 그리고 내가 종종 웃음을 억누르지 못하는 모습이었다고 했다. 그는 처음에 그런 태도를 어떻게 해석해야 좋을지 난감해하다가 내 머리에 혼란이 왔기 때문이라고 치부했다. 나는 그런 행동을 한 게 사실이라고 대답했다. 접시의 크기가 3펜스 은화 정도이고, 거의 한입도 안 되는 돼지 다리, 호두알만한 컵을 보았을 때 나는 정말 웃음을 참기가 어려웠다. 나는 그런 식으로 나머지 집기들과 음식들을 묘사해 나갔다. 거인국에 있을 때 내가 왕비를 모시는 동안에, 왕비는 내게 필요한 모든 집기를 나의 크기에 맞추어 작게 만들어 주었다. 그러나 온 사방에서 큰 것들만 보다 보니 나의 생각이 전부 그런 쪽으로 맞추어졌다. 나는 사람들이 자신의 잘못을 비웃듯이, 나의 왜소함을 조롱하게 되었다.

선장은 나의 조롱을 잘 이해했고, 오래된 영국 속담으로 유쾌하게 응수했다. 나의 눈이 나의 배보다 더 커졌다는 것이었다. 그는 내가 하루 종일 굶었을 텐데 내 식욕이 그리 크지 않았다고 지적했다. 그런 유쾌한 기분을 계속 유지하면서, 선장은 독수리의 부리에 물려 있는 나의 상자를 볼 수 있고, 또 그 상자가 까마득한 높이에서 바다로 추락하는 광경을 지켜볼 수 있다면 1백 파운드도 기꺼이 내놓겠다고 말했다. 그것은 아주 엄청난 광경이었을 것이고 자세히 묘사하여 후대에 물려줄 만한 가치가 있다고 했다. 하늘을 날아가는 파에톤'과 너무 비슷하여 그런 비유를 쓰지 않을 수 없다고 말하기도 했다. 하지만 나는 그런 비유가 별로 마음에 들지 않았다.

／ 그리스 신화에서 태양신 헬리오스의 아들로, 아버지의 마차를 잘못 몰고 지구에 접근하여 큰 화재를 내어, 제우스의 벼락에 맞아 죽은 인물.

선장은 통킹 만²에 있다가 영국으로 돌아가는 길이었는데, 바람에 북동쪽으로 밀려서 북위 44도, 동경 143도의 위치로 벗어났다. 그러다가 내가 배에 올라온 지 이틀만에 무역풍을 만나서 남쪽으로 오래 항해했다. 그는 뉴홀랜드³ 해안을 따라 항해하면서 서남서쪽으로 항로를 유지하다가 다시 남남서쪽으로 나아가서 희망봉을 돌았다. 우리의 항해는 아주 순조로웠다. 나는 자세한 항해 일지로 독자를 번거롭게 하지 않겠다.

선장은 한두 군데 항구에 들러서 긴 보트를 보내 식량과 식수를 실어오게 했다. 하지만 나는 다운스에 도착할 때까지 배 밖으로 나가지 않았다. 그곳에 도착한 것은 1706년 6월 3일이었는데 내가 탈출한 지 약 9개월 후였다. 나는 배 삯에 대한 보증으로 내 물건들을 모두 담보로 잡히겠다고 제안했다. 하지만 선장은 단 한 푼도 받지 않겠다고 말했다. 우리는 서로 헤어졌다. 나는 선장에게서 레드리프에 있는 우리 집을 꼭 방문하겠다는 약속을 받아냈다. 나는 그에게 빌린 5실링을 가지고 말과 안내인을 빌렸다.

길에 나서서 주위의 작은 집과 나무, 소, 사람들을 보면서 나는 내 자신이 소인국에 와 있다고 생각하기 시작했다. 나는 만나는 여행자들을 밟아서 다치게 하지 않을까 두려웠다. 종종 그들에게 길에서 벗어나라고 큰 소리를 치기도 했다. 나는 그런 무례한 짓을 해서 한두 번 머리를 크게 얻어맞을 뻔했다.

나는 여러 군데 이리저리 물어서 우리 집을 찾아가야 했다. 마침내 집에 도착했을 때 하인이 대문을 열었는데, 나는 머리를 다칠까 우려하여 (대문 밑을 지나가는 거위처럼) 허리를 깊이 숙이고 들어갔다. 아내는 달려나와 나를 포옹했다. 하지만 나는 그녀가 내 입술에 닿지 못할 것을

---

2   베트남 북부 지역.
3   네덜란드인이 오스트레일리아를 가리키는 명칭.

우려하여 아내의 무릎까지 허리를 숙였다. 내 딸도 무릎을 꿇으며 나의 축복을 바랐으나 나는 그 애가 일어설 때까지 그 애를 볼 수가 없었다. 내 머리와 눈이 20미터 높이에 오랫동안 적응되어 있었기 때문이다. 이어 나는 한 손으로 그 애의 허리를 부여잡았다. 나는 하인들과 집 안에 있던 친구 한두 명을 내려다보았다. 마치 그들이 피그미이고 내가 거인인 것처럼.

나는 아내에게 그녀가 너무 절약하며 굶다 보니 그녀와 딸이 거의 뼈와 가죽만 남았다고 말했다. 간단히 말해서, 내가 너무나 이상하게 행동했기 때문에 식구들은 선장이 나를 처음 보았을 때와 똑같은 생각을 하면서 내가 제정신이 아니라고 결론을 내렸다. 나는 습관과 편견의 엄청난 힘을 예시하기 위하여 이 이야기를 한다.

곧 나와 내 가족과 친구들은 서로 잘 이해하게 되었다. 하지만 아내는 내가 다시는 바다로 나가서는 안 된다고 항의했다. 하지만 나의 나쁜 운명이 나를 바다 쪽으로 떠밀었고 그녀는 그걸 말릴 힘이 없었다. 독자는 이 뒤의 이야기를 통해 어떤 일이 벌어졌는지 알게 될 것이다. 나는 여기서 나의 불운한 여행들 중 제2부를 마친다.

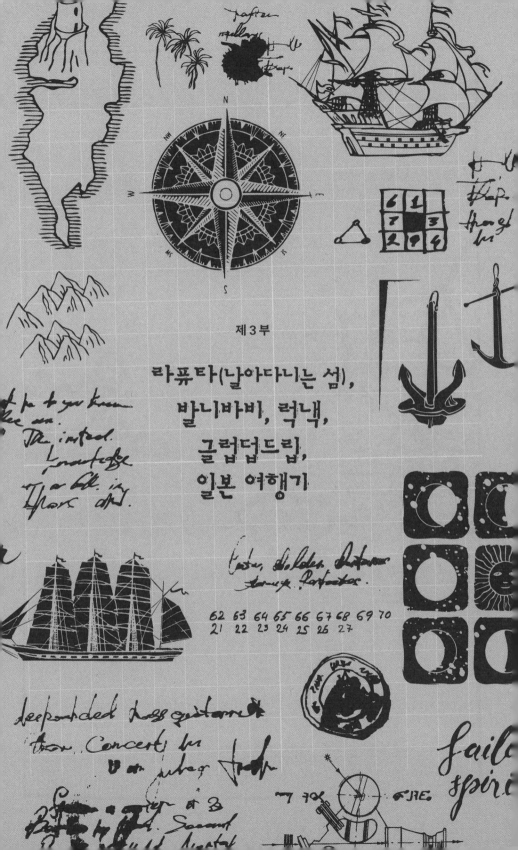

제3부

라퓨타(날아다니는 섬),
발니바비, 럭낵,
글럽덥드립,
일본 여행기

Parts Unknown

LAND OF

St James Bay
Robbin I.

IESSO

Salmon B.

C.Canal

C. Patience

Straits of

De Vries

Companys

Land
Stats I

Sea of Corea

Sando I.
Torpui

Inaba
Meaco

Nwatt

JAPON

Disue

Jedo

Jarungo

Tonsa I.
Bungo I.
Diueris Straits
I. Tandauma

Toy
Red Pt.
Bosho Pt.
Barncvelts

Ongeluckig E.

South. I.

S calo

Glanguru

Maldonada

I Deserta

Ur ac
Timal

Glubdrubdrib

LUGN AGG

Traldragdub

Clamegnig

Lapula

BALNIBARBI

Lagado

Dicovered A.D.1701

제 1 장

저자가 세 번째 항해를 떠났다가 해적에게 붙잡히다. 한 네덜란드인이 적개심을 보이다. 저자가 어떤 섬에 도착하여 라퓨타로 들어가다.

집으로 돌아온 지 열흘도 지나지 않아서 윌리엄 로빈슨 선장이 집으로 찾아왔다. 그는 콘월 사람이었는데, 호프웰이라는 3백 톤짜리 튼튼한 배를 지휘하고 있었다. 나는 전에 지중해 동부 지역으로 항해하는 어떤 배에 선상 의사로 근무한 적이 있었는데, 그는 그 배의 선장이자 지분의 4분의 1을 가지고 있는 공동 소유주이기도 했다. 그는 나를 항상 하급자보다는 동생처럼 대했다. 내가 도착했다는 소식을 듣고 그는 순전히 우의를 다지려는 차원에서 나를 만나러 왔다. 그러나 오랫동안 떠나 있었기에 우리 사이에는 흔하게 나눌 만한 인사 정도만 오갔다.

하지만 그는 그 이후로도 자주 나를 찾아와 내가 건강해서 기쁘다면서 이제 남은 삶을 육지에서 정착할 생각이냐고 묻고, 또 두 달 뒤에 자신이 동인도제도로 떠날 예정이라는 말도 했다. 비록 몇 마디 변명의 말을 하긴 했지만, 결국 그는 나를 선의(선상 의사)로 데려가려는 생각이었다. 그는 내 밑에 보조 선의를 두고 두 명의 조수를 붙일 것이며 봉급도 보통의 두 배로 지급하겠다고 말했다. 또한 항해에 대해서라면 내 지식이 자신과 동등하거나 그 이상이라는 걸 알고 있으니 마치 내가 그와 공동으로 배를 지휘하는 것처럼 내 조언을 따르는 계약도 기꺼이 맺겠다고 했다.

그는 고맙게도 내게 유리한 조건들을 많이 언급했고, 나는 그가 정직한 사람이라는 걸 알았기에 그 제안을 거절할 수 없었다. 과거에 겪은 불운에도 불구하고 더 많은 세상을 보고 싶다는 목마름이 어느 때보다도 내 안에서 강렬하게 불타올랐다. 남은 유일한 어려움은 아내를 설득하는 일이었는데, 어쨌든 나는 허락을 받아내고 말았다. 그녀는 돈을 많이 벌어 오면 아이들의 앞날에 도움이 될 거라는 예상에 결국 손을 들었다.

우리는 1706년 8월 5일에 출항하여 1707년 4월 11일 세인트 조지 요새¹에 도착했다. 대다수 선원이 병에 걸리는 바람에 그곳에서 3주 동안 머무르며 선원들을 쉬게 했다. 휴식을 마치고 우리는 통킹으로 갔고 선장은 그곳에서 한동안 머무르기로 결정했다. 왜냐하면 그가 사려고 했던 많은 상품이 준비되지 않은 데다, 몇 달 안에 일이 해결되리라고 생각할 수 없었기 때문이다. 따라서 정박 비용을 일부라도 충당하기 위하여 그는 작은 범선을 하나 사서, 통킹인들이 이웃 섬들과 주로 거래하는 상품들을 그 배에 실었다. 그는 세 명의 통킹인을 포함하여 열네 명을 배에 태우고 나를 선장으로 임명하여 그 현지 상품의 거래를 책임지게 했다. 그동안 그는 통킹에서 본연의 업무를 처리하기로 했다.

우리는 출항하고 사흘도 되지 않아 커다란 폭풍우를 만나 닷새 동안 북북동쪽으로, 그 다음에는 동쪽으로 내몰렸다. 이후로 날씨는 좋아졌지만, 여전히 강풍이 서쪽에서 불고 있었다. 항해 열흘째 되는 날 해적선 두 척에 추격당했는데 곧 따라잡히고 말았다. 내가 지휘하는 범선에 상품이 가득 실려서 운항 속도가 아주 느렸기 때문이다. 게다가 우리는 방어용 무기도 갖고 있지 않았다.

해적들이 두 해적선으로부터 거의 동시에 맹렬한 기세로 두목의 지휘 아래 우리 배로 들어왔다. 그들은 우리가 모두 얼굴을 바닥에 대고 엎드린 걸 보자(내가 그렇게 하라고 지시했다), 튼튼한 밧줄로 우리의 양손

---

1 동인도 회사가 인도 남동부에 건설한 도시로 나중에 마드라스 시가 되었다.

을 묶은 다음 보초를 한 사람 세우고 범선의 물건들을 뒤지러 갔다.

나는 해적들 중에 네덜란드인이 하나 있는 걸 봤는데, 권력은 있어 보이지만 두목은 아닌 것 같았다. 그는 우리 선원들의 외모를 보고 영국인인 걸 알고는 네덜란드어로 우리에게 뭐라고 지껄였는데, 잘 들어 보니 우리의 등을 마주 보게 묶어서 바다에 처넣겠다는 욕설이었다. 그런대로 네덜란드어를 말할 줄 아는 나는 먼저 그에게 우리의 정체를 말하고, 엄격한 동맹관계인 인접국의 같은 기독교인이자 개신교도인 점을 고려하여 해적선 두목들에게 우리를 관대하게 처분하라고 건의해 달라고 간청했다. 하지만 오히려 그의 화를 부추겼을 뿐이었다. 그는 계속 위협했고, 그의 동료들을 쳐다보며 아주 맹렬한 기세로 뭔가 말했는데, 내 생각으로는 일본어로 말하는 것 같았다. 그는 '기독교인'이라는 단어를 자주 말했다.

두 해적선 중 더 큰 배를 지휘하는 건 일본인 선장이었다. 그는 불완전한 네덜란드어를 조금 말할 수 있었다. 그는 내게로 와서 여러 가지 질문을 했는데, 나는 아주 공손한 태도로 답변했다. 그러자 그는 우리를 죽여선 안 된다고 지시를 내렸다. 나는 일본인 선장에게 아주 깊이 머리를 숙여 인사하고, 이어 네덜란드인에게 고개를 돌려 기독교인 형제보다 이교도가 더 많은 자비를 베풀다니 유감이라고 말했다. 하지만 나는 곧 이런 어리석은 말을 한 걸 후회하게 되었다. 그 적개심 가득한 무뢰한은 나를 바다에 처넣어야 한다고 열을 올리며 두 선장을 설득했지만, 그들은 나를 죽이지 않겠다고 약속했기에 받아들이지 않았다.

하지만 그는 나를 처벌해야 한다고 두 선장을 설득했고, 마침내 나는 인간으로서는 죽음보다 못한 처지에 놓이게 되었다. 내 선원들은 일곱 명씩 해적선에 보내졌고, 범선엔 해적들이 배치되었다. 내게 내려진 조치는 끔찍했다. 나는 식량이라고는 나흘치밖에 없는, 노와 돛이 달린 작은 카누를 타고서 정처 없이 바다를 표류하는 벌을 받게 되었다. 일본인 선장은 고맙게도 자신의 식량을 덜어 내 식량을 두 배로 늘려줬고, 나의 몸수색을 하지 못하게 했다. 내가 카누에 옮겨 타러 내려가는 동안 네덜란드인은 갑판에 서서 네덜란드어로 온갖 욕설과 무례한 언사를 계속 지껄여댔다.

우리가 해적선을 발견하기 약 한 시간 전에 나는 하늘을 관측했는데, 배의 위치는 위도 46도에 경도 183도였다. 해적선에서 어느 정도 멀어진 뒤 나는 휴대용 망원경을 통해 남동쪽에 있는 여러 섬을 발견했다. 나는 순풍이 불어오는 것을 살피면서 가장 가까운 섬에 도달할 생각으로 돛을 세웠다. 그리고 세 시간 정도 되어 그 섬에 도착할 수 있었다. 섬은 바위투성이였다. 하지만 새의 알을 많이 얻을 수 있었다. 나는 잡초와 마른 해초에 불을 붙여 그 알을 구워 저녁 식사를 했다. 최대한 식량을 아낄 생각으로 새 알 이외에 다른 것은 먹지 않았다. 나는 바위 뒤의 대피처에서 몸 아래에 잡초를 깔고 밤을 보냈으며 무척 곤하게 잤다.

다음날이 되자 나는 다른 섬으로 갔고, 이어 때로는 돛을, 때로는 노를 쓰면서 세 번째, 네 번째 섬으로 이동했다. 하지만 내가 그 항해에서 겪었던 괴로움을 자세히 설명하여 독자를 번거롭게 하지 않겠다. 닷새째 되는 날, 네 번째 섬에서 남남동쪽에 있던, 시야에 보이던 마지막 섬에 도착했다는 사실만 알리기로 하겠다.

이 섬은 예상보다 훨씬 먼 곳에 있었고, 도착하는 데 다섯 시간 이상이 걸렸다. 나는 상륙하기 편리한 장소를 찾기 전에 섬을 거의 한 바퀴 빙 돌아야 했다. 어쨌든 그렇게 하여 찾은 곳은 작은 만이었는데, 너비가 내 카누의 세 배 정도 되었다. 나는 섬이 바위투성이라는 걸 알게 되었지만 그래도 풀밭과 달콤한 향을 풍기는 허브 무더기가 다소 있었다. 나는 빈약한 식량을 일부 꺼내 먹고 생기를 되찾은 뒤 나머지 식량을 한 동굴에 보관했다. 섬에는 동굴이 무척 많았다. 나는 바위에서 새 알을 많이 모았고, 마른 해초와 바싹 마른 풀도 모았는데 그것을 가지고 다음 날 새 알을 최대한 구워 먹을 생각이었다(나는 부싯돌, 부시, 성냥, 볼록 렌즈를 가지고 다녔다).

　나는 식량을 감춰 둔 동굴에서 밤을 보냈다. 연료로 쓸 마른 풀과 해초가 내 침대였다. 하지만 거의 잠을 자지 못했다. 피로보다 불안이 더 컸기 때문인지 전혀 졸리지 않았다. 나는 이렇게 황량한 곳에서 목숨을 부지하는 게 얼마나 속절없는 일인지, 내 최후가 얼마나 비참할 것인지 등을 생각했다. 게다가 무기력하고 실의에 빠져 임시 침대에서 일어설 기분마저 나지 않았다. 동굴에서 기어나올 의욕이 간신히 생겼을 무렵, 해는 이미 중천에 떠 있었다. 나는 잠시 바위 사이를 걸었는데, 하늘은 구름 한 점 없이 맑았고 태양은 너무 뜨거워서 얼굴을 옆으로 돌릴 수밖에 없었다. 그러던 차에 갑자기 태양이 뭔가에 가려졌는데, 내 생각에, 구름에 가려졌을 때와는 무척 다른 광경이었다.

　다시 돌아보니 나와 태양 사이에 어떤 거대하고 불투명한 덩어리가 떠 있었고, 내가 있는 섬을 향해 다가오고 있었다. 3킬로미터 정도 상공에 떠 있던 그 물체는 6~7분 남짓 태양을 가렸는데, 공기가 차게 변하지도 않고 하늘도 그다지 어두워지지 않아 산그늘에 서 있는 것과 다를 바 없었다. 하늘에 떠 있던 그 물체는 내가 있는 곳으로 더욱 가까이 다가왔다. 그것은 단단한 물질처럼 보였는데, 바닥은 평평하고 매끈했고, 아래의 바다에서 반사되는 햇빛으로 무척 환하게 빛났다. 나는 해안에서 200미터 정도 높은 곳에 서 있었고, 그 거대한 물체가 1.5킬로미터도 되지 않는 거리에서 내가 서 있는 곳과 거의 나란한 위치까지 내려오는 걸 봤다. 나는 휴대용 망원경을 꺼내들고, 비스듬하게 기울어진 것처럼 보이는 물체의 측면에서 많은 사람이 위아래로 움직이는 걸 분명하게 보았다. 하지만 그들이 무슨 일을 하고 있는지는 알 수 없었다.

　나는 죽지 않고 살고 싶은 인간 본연의 욕구가 솟구쳐 올라 속으로 기쁨을 억누를 수가 없었다. 이 우연한 일로 내가 그 황량한 장소와 상황에서 벗어날 수 있을지도 모른다는 희망을 품게 되었다. 하지만 거대한 섬이 공중에 떠 있고, 그곳에 사람이 산다는 점을 확인하고 내가 얼마나 놀랐는지 독자는 거의 상상도 하지 못할 것이다. 게다가 겉으로 보기에 그들은 마음대로 그 섬을 떠올리고, 내리고, 앞으로 움직이게 할 수 있는 것 같았다. 당시 나는 그런 현상을 과학적으로 고찰하겠다는 생각을 할 형편은 아니었고, 그보다는 그 섬이 어느 방향으로 움직이는지 주시했다. 곧 섬은 나에게 더 가까워졌다.

나는 섬의 측면을 볼 수 있었는데, 그곳은 여러 단계로 된 회랑으로 둘러싸여 있었다. 일정한 간격으로 계단이 있어 그 섬의 사람들이 한 회랑에서 다른 회랑으로 내려올 수 있었다. 나는 가장 낮은 회랑에서 몇몇 사람이 긴 낚싯대로 낚시를 하고, 다른 사람들이 그 모습을 지켜보는 광경을 보았다. 나는 테 없는 모자(테 있는 모자는 오래전에 닳아서 쓸 수 없게 되었다)와 손수건을 높이 쳐들고서 그 섬을 향해 흔들었다. 그 섬이 아까보다 더욱 가까워지자 나는 목이 터져라 외쳐댔다. 그런데 주의 깊게 살펴보니 나를 가장 잘 볼 수 있는 곳에 사람들이 많이 모여 있었다. 비록 나의 외침에 답변은 없었지만, 그들이 나를 가리키고, 또 서로 가리키는 것으로 미루어볼 때, 그들이 분명 나를 발견했다는 걸 알았다. 나는 네다섯 사람이 황급히 계단에 올라서서 섬의 꼭대기로 달려가더니 곧 사라지는 걸 봤다. 나는 그들이 어떤 권력자의 명령을 받고 구조에 나설 모양이라고 추측했는데, 과연 올바른 추측이었다.

사람들의 수는 더 늘어났다. 30분도 되지 않아 섬은 움직여 떠올랐고, 가장 낮은 회랑이 내가 서 있는 곳에서 1백 미터도 떨어지지 않은 곳으로 다가와 정지했다. 나는 간절히 애원하는 태도를 취하며 가장 공손한 말투로 호소했지만, 역시 대답은 없었다. 나를 마주 보며 가장 가까운 곳에 서 있는 이들은 의복으로 보아 신분 높은 사람 같았다. 그들은 종종 나를 바라보며 뭔가를 진지하게 상의했다. 한참이 지나자 그들 중 한 사람이 분명하고 세련되며 매끈한 언어로 말을 걸었는데, 소리를 들어보니 이탈리아어와 크게 다르지 않았다. 나는 최소한 그의 귀에 내 억양이 낭랑하게 들리기 바라며 이탈리아어로 대답했다. 우리는 서로 상대방의 말을 알아듣는지 못했지만, 내 뜻은 쉽게 전해졌다. 그들이 내가 곤경에 빠져서 구조를 바란다는 것을 알아차렸다.

그들은 내게 신호를 보내 바위에서 내려와 해변으로 가라고 지시했고, 나는 시키는 대로 했다. 그러자 공중에 떠 있는 섬이 나를 들어올리기에 편리한 높이로 떠올랐고, 섬의 가장자리가 바로 내 머리 위에 위치하게 되었다. 곧 가장 낮은 회랑으로부터 쇠사슬이 내려왔다. 그 쇠사슬의 맨 끝에는 의자가 달려 있었는데, 내가 거기에 착석하자 그들은 도르래로 쇠사슬을 끌어 올렸다.

제 2 장

저자가 라퓨타인들의 기질과 성향에 관해 설명하고, 이어서 그들의 학문과 왕과 궁중에 대해 설명하다. 저자의 환영회가 열리다. 그곳의 주민들이 두려움과 불안을 느끼다. 저자가 라퓨타의 여성에 관해 설명하다.

쇠사슬에 매달린 의자에서 내려오자 나는 와글거리는 사람들에게 둘러싸였지만, 나와 가장 가까운 곳에 선 사람들이 더 높은 신분인 것 같았다. 그들은 놀랍다는 기색을 숨기지 않고 나를 쳐다봤다. 하지만 나 역시 그들을 바라보고 놀라움을 감출 수 없었다. 나는 그때까지 체형, 의복, 용모가 그렇게 특이한 인종은 단 한 번도 본 적이 없었다. 그들의 머리는 전부 오른쪽이나 왼쪽으로 비스듬히 기울어졌고, 한쪽 눈은 안쪽을, 다른 한쪽 눈은 하늘을 바라봤다. 태양, 달, 별 무늬로 장식된 그들의 옷에는 바이올린, 플루트, 하프, 트럼펫, 기타, 하프시코드, 그리고 유럽에 알려지지 않은 많은 다른 악기들이 그려져 있었다.

나는 하인 복장을 한 사람을 이곳저곳에서 많이 봤는데, 그들은 손에 든 짧은 막대기 끝에 바람을 불어넣은 주머니를 매달고 다녔다. 꼭 도리깨같이 생긴 물건이었다. 그 주머니에는 말린 완두콩이나 작은 조약돌이 들어 있었다. 이러한 사실은 물론 나중에 그들로부터 들어 알게 되었다. 이런 주머니로 그들은 때때로 가까이 서 있는 사람들의 입과 귀를 딱 때렸다. 나는 그 광경을 쳐다보면서 대체 무슨 의도로 저런 행동을 하는지 의아했다. 내가 보기에, 이곳 사람들은 깊은 생각에 빠져들어, 말하고 듣는 기관(입과 귀)에 외부적인 접촉을 가하여 깨어나게 하지 않는다면 말할 수도 없고, 다른 사람의 이야기에 주목할 수도 없었다. 그런 이유로 여력이 되는 사람들은 늘 치기꾼(라퓨타에선 '클리메놀'이라고 한다)을 가정에 고용하고, 그가 없이는 외출하거나 다른 사람을 방문하지 않는다. 치기꾼의 업무는 두 명, 혹은 그 이상의 사람이 모여 있을 때 말하는 사람의 입, 그리고 상대방의 오른쪽 귀를 주머니로 약하게 쳐서 주의를 일깨우는 것이다. 또한 이 치기꾼은 주인이 외출할 때에도 따라가서 필요할 때마다 부지런히 주인의 눈을 살짝 때려 준다. 항상 사색에 빠져 있는 주인은 벼랑에서 떨어지거나, 기둥에 머리를 부딪치거나, 거리에서 다른 사람을 밀치거나 그 자신이 남들에게 밀려 도랑에 빠질 위험이 있기 때문이다.

이런 정보를 미리 알린 건 독자가 나처럼 당황할까 봐 우려해서였다. 사람들의 안내를 받으며 계단을 올라가 섬의 정상으로, 그곳에서 다시 왕궁으로 가는 동안 나는 이곳 사람들의 행동을 이해하지 못해 당황스러웠다. 계단을 오르는 동안 그들은 여러 번 무엇을 하려는지 잊어버렸고, 치기꾼이 깨워 줘 기억을 되찾을 때까지 나를 무관심하게 홀로 내버려 두었다. 그들은 외부 인사인 나의 복장과 용모, 그리고 평민들이 외치는 소리 등에 아주 무심한 태도를 보였다. 하지만 평민들의 생각과 정신은 이들 신분 높은 사람들보다 더 자유로웠다.

우리는 마침내 왕궁에 도착했고, 곧장 알현실로 나아갔다. 그곳에서 나는 대신들을 양쪽에 세우고 옥좌에 앉아 있는 왕을 보게 되었다. 옥좌 앞엔 커다란 탁자가 있었는데, 그 위에는 지구본, 천구의, 그리고 온갖 수학 도구들이 가득했다. 왕은 우리가 왕궁 소속의 모든 사람이 모인 곳을 지나쳐 들어오며 아주 시끄러운 소리를 냈음에도 불구하고 전혀 우리의 존재를 알아채지 못했다. 당시 왕은 어떤 문제를 깊이 생각하는 중이었고, 우리는 그가 그 문제를 풀기 전까지 적어도 한 시간은 기다려야 했다. 그의 양 옆엔 손에 주머니를 든 시동侍童이 있어서, 왕이 한가할 때 한 시동이 입을, 다른 시동이 오른쪽 귀를 살짝 쳐서 주의를 환기

시켰다. 그러면 왕은 갑자기 깨어난 사람처럼 화들짝 놀랐고, 나와 나를 안내한 사람들을 보고서 우리의 방문에 대한 보고를 기억해 냈다.

왕이 몇 마디 말하자 치기 주머니를 든 시동이 즉시 내 옆으로 와서 오른쪽 귀를 살짝 쳤다. 하지만 나는 그런 도구가 필요 없다는 손짓을 했다. 나중에 알고 보니 왕과 궁중의 사람들은 치기 주머니를 물리친 나의 태도를 보고서 내 지식이 아주 형편없다고 치부했다. 내 짐작에 왕은 내게 여러 가지 질문을 했고, 나는 알고 있는 모든 언어를 동원하여 답변했다. 그러나 나도 그를, 그도 나를 이해할 수 없었다. 곧 왕의 명령에 따라 나는 왕궁의 어떤 방으로 안내되었다. 그들은 나의 시중을 들어 줄 하인 두 사람을 붙여 주었다. 현재의 왕은 무엇보다 이방인을 후대한다는 점에서 선왕들과는 다른 모습을 보였다.

나는 왕과 무척 가까이 있던 네 사람의 대신과 저녁을 먹는 영광을 누렸다. 우리는 두 가지 코스의 요리를 먹었는데, 각 코스마다 세 개의 요리가 나왔다. 첫 번째 코스는 정삼각형으로 자른 양 어깨, 마름모 형태의 소고기, 원형으로 된 푸딩이었다. 두 번째 코스는 바이올린 형태로 묶인 오리 두 마리에 플루트와 오보에를 닮은 소시지와 푸딩, 그리고 하프 모양 송아지 가슴살 등이었다. 하인들은 빵을 원뿔형, 원통형, 평행사변형, 그 외의 여러 가지 다른 수학적 형태로 잘라서 내왔다.

저녁을 먹는 동안 나는 몇 가지 물건의 이름을 과감하게 물어보았다. 대신들은 치기꾼들의 도움을 받아가며 기꺼이 답을 들려주었다. 내가 그들과 대화를 할 수 있게 되면 곧 그들의 대단한 능력을 알아보리라 기대하는 듯했다. 나는 곧 그들의 간단한 단어들을 익혀서 빵, 음료 등, 내가 바라는 것을 요청할 수 있게 되었다.

저녁을 먹고 대신들이 떠나자 왕의 명령을 받은 사람이 치기꾼을 데리고 나를 찾아왔다. 그는 펜, 잉크, 종이와 서너 권의 책을 들고 있었고, 몸짓으로 자신이 그 나라의 말을 가르치러 왔다는 뜻을 전했다. 우리는 함께 네 시간 정도 공부했고, 나는 그동안 세로로 수많은 단어를 적으며 그 옆에다 번역된 뜻을 적었다. 또한 몇 가지 간단한 문장을 외우려고 애썼다. 언어 교사는 다음과 같은 방식으로 언어를 가르쳤다. 그는 나의 하인 한 사람에게 뭔가를 가져오고, 뒤돌아서고, 고개를 숙여 인사하고, 앉고, 서고, 걷게 하는 등 여러 가지 행동을 지시하고 그에 해당하는 말을 알려 주었다. 이어 나는 그러한 동작을 하인에게 시키는 그 나라의 문장을 받아 적었다. 언어 교사는 가져온 책을 하나 보여 주며 태양, 달, 별, 황도대黃道帶, 회귀선回歸線, 극권極圈과 함께 많은 평면과 입체의 명칭을 알려 주었다. 그는 모든 악기의 이름을 알려 주고 악기 자체에 관한 설명을 들려주었고, 그것을 연주할 때 사용되는 일반적인 전문 용어도 가르쳐 주었다. 그가 떠난 뒤 나는 방금 배운 모든 단어와 해석을 알파벳순으로 다시 정리했다. 이런 식으로 며칠이 지나자, 좋은 기억력 덕분인지 나는 그들의 언어에 대하여 어느 정도 감을 잡게 되었다.

내가 날아다니는 섬, 혹은 떠 있는 섬이라고 해석했던 단어의 원어는 '라퓨타Laputa'인데, 이 단어의 확실한 어원을 도무지 알 수 없었다. 이곳 사람들은 더 이상 쓰지 않는 랍lap이라는 단어는 '높다'를 뜻하고, 운터Untuh라는 단어는 '지배자'를 뜻하는데, 두 말을 합친 단어인 라푼터Lapuntuh에서 변형이 일어나 라퓨타Laputa가 되었다고 했다. 하지만 내겐 그런 기원이 다소 억지스러워 보여서 동의할 수 없었다. 대신 나는 라퓨타 지식인들에게 내가 생각하는 바를 대담하게 개진했다. 라퓨타는 랍 아우티드Lap Outed와 비슷한 말로서, 랍은 바다 물결에서 춤추는 햇빛을 뜻하며, 아우티드는 날개라는 뜻이라고 해석했다. 하지만 이런 해석을 주제넘게 강요할 생각은 없고 현명한 독자의 판단에 맡길 뿐이다./

나를 시중들라고 왕이 붙여 주었던 하인들은 내 옷차림이 엉망인 걸

/ 라 퓨타(la puta)는 스페인어로는 '창녀'라는 뜻이다. 그러나 그보다는 라틴어 puto에서 온 단어일 가능성이 높다. puto는 '곰곰이 생각하다', '심사숙고하다'라는 뜻이다. 따라서 라퓨타는 '추상적이고 사변적인 생각에 잠기는 사람들의 땅'이라는 뜻이 된다.

걸어다니는 라퓨타 신사.

보고 다음날 아침 재단사를 불러 내 치수를 재고 옷 한 벌을 지어오게 했다. 이 재단사가 일하는 방식은 유럽 재단사의 그것과는 달랐다. 그는 먼저 사분의로 내 신장을 쟀고, 이어 자와 컴퍼스로 내 몸 전체의 치수와 윤곽을 재고 모든 수치를 종이에다 적었다. 엿새가 지나서 내가 받아든 옷은 아주 조악했고, 내 체형과는 전혀 맞지 않았다. 내 몸을 재 간 수치가 크게 잘못된 모양이었다. 하지만 다음과 같은 생각을 하면서 위안을 삼았다. '뭐, 이런 일은 자주 벌어지고, 또 그리 대단한 문제도 아니잖아.'

옷도 없는 데다 앓고 있던 가벼운 병도 며칠 더 끌게 되어 나는 본의 아니게 방에 갇혔다. 이 기간 동안 나는 많은 단어를 익힐 수 있었다. 그 후 궁정으로 갔을 때 나는 왕이 하는 말의 많은 부분을 이해할 수 있었고, 그에게 몇 가지 답변을 하기도 했다. 왕은 명령을 내려 섬을 동북동 東北東으로 움직여 라가도 위에 수직으로 위치하게 했다.

라가도는 섬 아래 단단한 땅 위에 있는 왕국의 수도였다. 그 도시는 430킬로미터 정도 떨어진 거리에 있었고, 거기까지 가는 데에는 나흘 반 정도 걸렸다. 나는 섬이 공중에 떠서 움직인다는 걸 전혀 의식하지 못했다. 두 번째 날 아침 11시 정도 되었을 때 왕은 귀족, 궁중의 신하, 관리를 데리고 친히 모든 악기를 준비하고 세 시간을 내리 연주했다. 나는 악기가 내는 소리에 귀가 먹먹해졌고, 그런 행사를 개최하는 이유도 나에게 그 나라 말을 가르쳐 주었던 사람이 알려 주기 전까지 도저히 짐작조차 할 수 없었다. 언어 교사는 섬사람들이 특정 시기에 항상 연주되는 천체의 음악에 익숙하다고 말했다. 그리하여 궁정 사람들은 자신이 가장 잘 다룰 수 있는 악기로 그 음악의 연주에 참가한다는 것이었다.

수도인 라가도 위로 날아가는 여정 중에 왕은 특정 도시와 마을의 상공에 섬을 멈추라고 지시했다. 백성들의 탄원을 듣기 위해서였다. 왕의 뜻에 따라 짐을 나를 때 쓰는 노끈 여러 개가 그 끝에다 작은 추를 달고 지상으로 내려졌다. 이 노끈들에 사람들이 탄원서를 묶으면 바로 섬으로 올라왔는데, 마치 학동들이 연을 잡아 주는 줄의 끝에다 매달아 놓은 종잇조각처럼 보였다. 때로는 백성들이 와인과 음식을 진상해 그 물건들을 도르래로 끌어올리기도 했다.

내가 이전에 배워 둔 수학 지식은 과학과 음악에 의존하는 그들의 말투를 익히는 데 많은 도움이 되었다. 나는 음악에도 그리 조예가 없는 건 아니었다. 그들은 늘 선線과 도형을 생각했다. 예를 들어, 어떤 여자나 동물의 아름다움을 칭찬하고 싶을 때 그들은 그 아름다움을 마름모, 원, 평행사변형, 타원, 그 외 다른 기하학 용어로 표현했다. 또는 음악에서 비롯된 예술 용어로 표현했는데, 여기서 자세히 말할 필요는 없을 것이다. 나는 왕실 부엌에서 온갖 수학 도구와 악기를 보았는데, 그런 도구들의 모양을 따라 베어낸 구운 고기가 왕의 식탁에 올라갔다.

라퓨타인들의 집은 엉성하게 지어졌다. 벽은 직각이 아니었고, 방에는 직각으로 된 곳이 단 한 군데도 없었다. 이런 결함은 그들이 실용적인 기하학을 우습게 보았기 때문에 벌어진 현상이었다. 그들은 그런 기하학을 상스럽고 기계적이라고 멸시했고, 자신들의 지시가 일꾼의 지적 능력으로는 이해하기 어려운 세련된 것이어서 끊임없이 시공상의 문제가 생긴다고 생각했다. 그들은 종이 위에다 자, 연필, 분할 컴퍼스를 쓸 때는 비상한 손재주를 보였지만, 일상적인 활동에서는 아주 서툴고, 어색하고, 손재주가 형편없었다. 그들은 수학과 음악을 제외한 다른 모든 주제를 생각할 때는 무척 느리고, 어쩔 줄 몰라 당황하는 모습을 보였다. 그들이 하는 추론은 서투르고, 늘 격렬하게 모든 의견에 반대했다. 그들이 올바른 견해를 갖고 있을 때에는 그런 반대를 하지 않았으나 올바른 견해는 좀처럼 내놓는 일이 없었다. 상상, 공상, 발명 등은 전혀 알지 못하고, 그들의 언어에는 그런 개념을 표현하는 단어도 없다. 그들의 생각과 정신은 앞에서 말한 두 개의 학문, 즉 수학과 음악에만 갇혀 있다.

그들 대다수, 특히 천문학 분야를 다루는 사람들은 점성술을 굳건히 믿었다. 물론 그들은 부끄러움 때문에 그것을 공개적으로 인정하지는 않았다. 하지만 그보다 더 놀랍고 전혀 이해할 수 없던 건, 그들이 뉴스와 정치에 지나치게 몰입한다는 것이었다. 그들은 끊임없이 공적인 일에 관해 물었고, 국정에 관한 판단을 내렸으며, 정당의 견해에 관해서라면 반드시 열띤 논쟁을 벌였다. 내가 아는 유럽 수학자들 대다수도 이런 정치적 성향을 보였지만, 과연 수학과 정치 사이에 유사점이 있는지 의문스러웠다. 물론 그들은 가장 작은 원이든 가장 큰 원이든 내각은 360도로 같으니 세상을 통제하고 관리하는 일이 지구본을 만지고 돌리는 일보다 더 큰 노력이 들어가지 않는다고 생각할 수 있다. 그러나 이런 정치적 특성은 인간 본성의 아주 흔한 결점에서 유래한다고 생각된다. 좀 더 구체적으로 말해서, 우리는 전혀 관심도 없고, 공부로든 천성으로든 익숙해지기 가장 어려운 일에 더욱 호기심과 자부심을 느낀다.

이런 사람들은 끊임없이 불안해하며, 단 한순간이라도 마음의 평안을 누리지 못한다. 그들의 심적 동요는 그들 외의 다른 사람에겐 별로 영향을 미치지 못하는 원인에서 비롯된다. 그들의 걱정은 그들이 두려워하는, 천체들의 여러 가지 변화 때문에 발생한다. 예를 들면 이런 것이다. "지구를 향해 태양이 끊임없이 접근한다면 머지않아 지구는 틀림없이 태양에 흡수되거나 삼켜질 것이다. 태양의 표면이 점차 분출되는 용암으로 뒤덮이면 우주에 더 이상 빛을 전할 수 없을 것이다. 지구는 지난번에 지나간 혜성의 꼬리를 간신히 피했는데, 만약 충돌했더라면 틀림없이 잿더미가 되었을 것이다. 앞으로 31년 뒤에 올 것으로 추정되는 혜성은 지구를 파괴할지도 모른다. 왜냐하면 해당 혜성의 근일점近日点[2]을 고려했을 때 태양에 특정 거리 안으로 접근한다면(그들의 계산으로는 두려워할 이유가 충분했다) 혜성은 빨갛게 달궈진 쇠보다 만 배는 강력한 열을 발산할 것이고, 태양에서 멀어지면 불타는 꼬리만 160만 킬로미터에 달할 것이다. 따라서 지구가 혜성의 주된 부분 혹은 핵으로부터

---

[2] 행성이나 혜성의 궤도 중 태양에 가장 가까운 점.

16만 킬로미터 떨어져 있다고 해도 혜성이 지나치는 경로상에 위치한다면 충돌하여 잿더미가 될 것이다. 태양은 외부에서 받아들이는 양분 없이 매일 빛과 열을 발산하고 있으므로 결국엔 에너지를 전부 소모하여 소멸할 것이고, 지구는 물론이고 태양으로부터 빛을 받는 행성들은 모조리 멸망하고 말 것이다."

그들은 이와 비슷한 임박한 위험을 걱정한 나머지 불안감을 억누르지 못하며, 침대에서 조용히 잠들지도 못하고, 일상에서 나타나는 평범한 즐거움이나 오락도 즐기지 못한다. 아침에 지인을 만나면 처음으로 묻는 게 태양의 안부이다. 그들은 각자 일출과 일몰을 어떻게 봤는지, 다가올 혜성과의 충돌을 피할 수 있겠는지 등을 화제로 삼아 이야기를 나눈다. 어린아이들은 요정과 도깨비에 관한 끔찍한 이야기를 듣는 것을 좋아하지만 그 다음에는 너무 무서워서 잠을 자지 않으려고 하는데, 걸핏하면 혜성과 지구의 충돌을 이야기하는 이 어른들은 그런 어린아이들과 비슷한 사람들이다.

라퓨타 섬의 여자들은 활기차고 생기 넘친다. 그들은 남편을 경멸하고 외지인을 과도하게 좋아한다. 저 아래 육지에서 늘 많은 외지인이 도시나 단체, 혹은 개인의 문제를 처리하고자 섬으로 올라와 왕궁에 들르는데, 그들은 라퓨타인들 같은 지적 능력이 없어서 경멸당하지만 부인들은 이들 중에서 애인을 고른다. 당황스러운 점은 부인들이 아주 느긋하면서도 별 들킬 염려도 없이 바람을 피운다는 것이다. 남편이 늘 사색에 몰입하고 있으므로, 종이와 여러 도구를 주어 남편을 생각에 잠기게 하고서 그 옆에 치기꾼을 배치하지 않는다면 부인은 남편의 바로 코앞에서도 애인과 노골적인 애정 행각을 벌일 수 있다.

내가 생각하기로 이 섬은 세상에서 가장 즐거운 곳이고, 이곳의 삶은 지극히 풍요롭고 호화로우며 마음만 먹으면 무슨 일이든 할 수 있지만, 아내와 딸들은 이 섬에 갇힌 걸 애통하게 여긴다. 그들은 세상 구경을 하고 수도에서 기분 전환을 하기를 갈망하지만, 왕의 특별 허가증 없이는 그런 외유가 불가능하다. 이 허가증을 받기란 쉬운 일이 아니다. 상류층이 빈번한 전례를 통하여 저 아래 땅으로 내려간 여자를 설득해 섬으로 다시 데려오는 일이 얼마나 힘든지 깨달았기 때문이다.

나는 총리와 결혼하여 아이를 여럿 둔 한 귀부인에 관한 이야기를 들었다. 총리는 왕국에서 가장 부유하고 아주 품위 있는 사람이었는데 부인을 지극히 사랑했다. 게다가 그는 섬에 있는 주택 중 가장 좋은 대저택에 살았다. 그의 부인은 건강 문제를 핑계 대면서 라가도로 내려갔고, 이후 몇 달이나 그곳에서 숨어 지냈다. 이에 왕이 수색 영장을 발부하여 그녀를 찾아내는 작업을 벌였다. 곧 그녀는 우중충한 싸구려 식당에서 누더기를 걸친 채로 발견되었는데, 매일 자신을 두들겨 패는 늙고 불구인 하인을 먹여 살리려고 자신의 옷을 전부 전당포에 맡겨 놓은 상태였다. 그녀가 그 하인과 헤어지지 않겠다고 고집을 부려 왕이 보낸 사람들이 억지로 그녀를 섬으로 끌고 왔다. 총리는 돌아온 그녀를 조금도 나무라지 않고 최대한 자상하게 맞이했다. 하지만 그녀는 곧 자신이 착용하던 모든 보석을 훔쳐서 라가도로 다시 내려가 그 애인에게로 갔고 이후 소식이 끊겼다.

독자는 이런 이야기를 아주 멀리 떨어진 어떤 나라의 이야기라기보다, 유럽이나 영국에서 벌어진 이야기라고 판단할지 모른다. 하지만 여자의 변덕스러움은 어떤 지방이나 국가에 한정되는 것이 아니며, 어디를 가든 똑같을 것이라고 쉽게 상상할 수 있다.

한 달 정도 지나자 나는 라퓨타인들의 말을 웬만큼 능숙하게 구사할 수 있게 되었고, 왕을 알현하는 영광이 주어졌을 때 왕의 질문에 대부분 대답할 수 있었다. 왕은 법률, 통치 체제, 역사, 종교, 내가 머물렀던 여러 나라의 풍습 등에는 전혀 무관심했고 오로지 수학에 관해서만 질문했다. 왕은 나의 답변에 엄청난 경멸과 무관심을 보였고, 그러는 중에도 양옆의 치기꾼이 그를 종종 깨워 줘야 대화가 가능했다.

제 3 장

현대의 학문과 천문학으로 해결된 한 가지 현상을 말하다. 라퓨타인들이 천문학에서 큰 발전을 이루다. 저자가 왕이 반란을 진압하는 방식을 설명하다.

나는 섬의 진기한 것들을 보고 싶으니 왕궁을 떠나게 해 달라고 왕에게 청했다. 고맙게도 나의 요청은 허락되었고 왕은 나의 언어 교사에게 그 여행에 동행하라고 지시했다. 내가 주로 알고 싶었던 것은 이 섬의 상하 좌우 이동 같은 여러 가지 움직임을 가능하게 하는 기술적, 혹은 자연적 원인이었다. 이제 독자에게 그와 관련된 과학적 설명을 하고자 한다.

이 날아다니는 섬, 혹은 공중에 떠 있는 섬은 완벽한 원형이다. 지름은 7킬로미터 정도이고, 총면적은 40제곱킬로미터, 두께는 270미터이다. 아래에서 섬을 올려다보는 사람들에게 보이는 바닥 혹은 밑면은 평평하고 고른 금강석으로 된 판이며 그 두께는 180미터이다. 그 위로는 통상적인 순서대로 여러 광물의 층이 있다. 이 모든 것 위엔 3미터에서 3.6미터 정도 되는 두께의 비옥하고 기름진 땅이 있다. 윗면은 경계선부터 중심까지 내리막으로 되어 있어 자연스럽게 섬에 떨어지는 모든 이슬과 비는 작은 시내를 이뤄 중앙으로 모여들고, 그곳에서 네 개의 큰 저수지로 흘러든다. 각 저수지는 둘레가 8백 미터 정도이고, 둘레에서 중심까지의 거리는 약 2백 미터이다. 저수지의 물은 낮 동안 태양열로 끊임없이 증발되며, 이것은 저수지의 물이 넘치는 것을 적절하게 막아준다. 게다가 날아다니는 섬의 왕은 구름과 수증기가 있는 영역 위로 섬을 올릴 수도 있으므로 원한다면 이슬과 비를 사전에 막아버릴 수도 있다. 이곳의 과학자들은 구름이 아무리 높이 떠도 3킬로미터 상공이라고 하는데, 적어도 이 나라에서는 구름이 그 높이에서 형성된 적은 단 한 번도 없다고 알려져 있다.

섬의 중앙에는 지름 45미터 정도의 아주 깊은 틈새가 있는데, 천문학자들은 그곳을 통과하여 금강석 윗면에서 약 1백 미터 아래에 있는 커다란 돔으로 내려간다. 그 때문인지 이 돔은 '천문학자의 동굴'로 불리는데, 원어로는 '플란도나 가놀레'이다. 이 동굴에는 늘 타오르는 등燈이 스무 개 있으며, 등에서 나오는 불빛이 금강석에 반사되어 모든 곳을 아주 환하게 비춘다. 이곳엔 육분의, 사분의, 망원경, 천체 관측기 등 천문학 기구들이 무척 다양하게 갖춰져 있다. 하지만 가장 진기한 것은 어마어마한 크기의 천연 자석으로서, 형태가 베틀의 북과 유사하다. 이 섬의 운명은 실로 이 물건에 달려 있다고 해도 과언이 아니다.

천연 자석의 길이는 5미터가 넘고, 가장 두꺼운 부분은 두께가 거의 3미터이다. 이 자석은 그 가운데를 통과하는 지극히 튼튼한 금강석 축으로 지탱되는데, 아주 정확하게 균형이 잡혀 있으므로 손으로 아주 조금만 힘을 가해도 축을 회전시킬 수 있다. 자석 주위는 속이 빈 금강석 원통이 두르고 있는데, 이 원통은 깊이와 두께가 1.2미터에 지름은 10미터이며, 여덟 개의 금강석 받침으로 지탱되어 수평으로 서 있다. 각 받침은 높이가 5미터이다. 원통의 오목한 면의 중앙엔 30센티미터 깊이의 홈이 있으며, 축의 양쪽 끝은 그 홈에 놓여 있어서 필요할 때마다 회전한다.

이 천연 자석은 어떤 힘을 가하더라도 그 자리에서 이동시킬 수 없는데, 원통과 받침이 섬의 밑바닥을 구성하는 금강석 부분과 한 몸이기 때문이었다.

이 천연 자석의 힘으로 섬은 떠오르고 내려가며 이곳저곳으로 이동할 수 있다. 왕이 통치하는 땅에 대해서 말해 보자면, 천연 자석의 한쪽 끝은 당기는 힘을, 다른 한쪽 끝은 밀어내는 힘을 발휘하면서 그 땅에 접근했다 떨어졌다 한다. 땅 쪽으로 자석의 당기는 힘을 가진 끝부분을 위치시

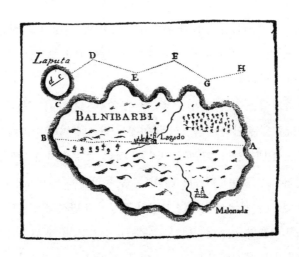

키면 섬은 하강하고, 밀어내는 힘이 있는 끝을 아래쪽으로 놓는 즉시 섬은 땅 위로 향한다. 자석의 위치가 비스듬하면 섬의 움직임도 똑같이 비스듬하게 된다. 이 자석의 힘은 늘 움직이는 방향과 평행으로 작용한다.

이런 비스듬한 움직임을 통하여 섬은 왕이 지배하는 영토의 여러 다른 부분으로 이동한다. 섬이 움직이는 방식을 설명하면 이러하다. AB는 발니바비 영토를 가로지르는 선이다. cd 선은 천연 자석이다. d는 밀어내는 끝, c는 당기는 끝이다. 섬은 C 위에 있다. 밀어내는 끝을 아래로 놓고 cd 위치에 자석을 둔다면 섬은 D를 향해 비스듬하게 위로 올라갈 것이다. 섬이 D에 도착했을 때 당기는 끝이 E를 향할 때까지 축을 통해 자석을 돌리면 섬은 비스듬하게 E를 향해 움직인다. 섬이 EF 선에 서게 되었을 때 축을 통해 자석을 돌려 밀어내는 끝을 아래로 놓으면 섬은 F를 향해 비스듬하게 떠오르게 되고, G를 향해 당기는 끝을 놓으면 섬은 G로 이동할 것이다. 밀어내는 끝이 아래로 가도록 자석을 돌리면 섬은 G에서 H로 움직일 것이다. 따라서 필요할 때마다 자석의 위치를 바꾸는 것으로 섬은 비스듬한 방향으로 번갈아 올라가고 내려가기를 반복한다. 교대로 떠오르고 내려옴으로써(섬의 기울기는 그리 중요한 고려사항이 아니다) 섬은 영토의 이곳저곳으로 이동한다.

그렇지만 반드시 언급해야 할 점은 이 섬은 아래 영토의 범위 너머로는 움직일 수 없다는 것이다. 또한 섬은 6킬로미터 높이 이상으로 떠오를 수 없다. 자석과 관련하여 방대한 논문을 쓴 천문학자들은 그 이유를 이렇게 설명한다. 자석의 효력이 6킬로미터 범위 너머로 발휘되지 못하는 까닭은, 자석의 영향을 받는 광물이 영토 내부, 그리고 해안에서 30킬로미터 정도 떨어진 바다까지에만 묻혀 있을 뿐 지구 전체에 퍼져 있지 않기 때문이다. 따라서 자석의 효력은 왕국의 경계 이내로 한정된다. 왕의 영지인 공중에 떠 있는 섬은 이런 아주 우월한 지위를 누리고 있으므로, 자석의 견인력 안에 있는 모든 지역을 손쉽게 지배할 수 있다.

자석이 수평선과 평행이 되면 섬은 가만히 멈춘다. 그런 경우 자석의 양쪽 끝은 땅과 등거리로 떨어져 있고, 한쪽 끝은 아래로 당기고, 다른 쪽 끝은 위로 미는 힘이 똑같은 강도로 작용한다. 따라서 아무런 움직임도 발생하지 않는다.

자석은 특정 천문학자들이 관리하며, 그들은 임기응변하면서 왕의 지시에 따라 자석을 움직인다. 그들은 일생 대부분을 천체를 관측하며 보낸다. 망원경의 도움을 받아 천체 관측을 하는데, 그 성능은 우리의 것보다 훨씬 뛰어나다. 그들의 망원경은 가장 큰 것이라도 1미터가 넘지 않지만, 우리가 쓰는 30미터 망원경보다 훨씬 더 천체를 확대해서 보여 줘 별을 아주 뚜렷하게 볼 수가 있다. 이런 이점으로 그들은 유럽 천문학자들보다 훨씬 더 먼 곳에 있는 별을 발견했다. 그들은 항성 1만 개의 목록을 작성했는데, 유럽에서 작성한 가장 방대한 항성 목록이라도 항성의 수가 이들의 목록의 3분의 1을 넘지 못한다. 또한 그들은 화성 주위를 회전하는 두 개의 작은 별, 혹은 위성을 발견하기도 했다. 안쪽에 있는 위성은 화성의 중심에서 정확히 화성 지름의 세 배만큼 떨어져 있고, 바깥쪽에 있는 위성은 다섯 배만큼 떨어져 있다. 안쪽 위성은 한 번 공전할 때 10시간이 걸리고, 바깥쪽 위성은 21시간 30분이 걸린다. 따라서 두 위성의 공전 주기를 제곱한 것은 화성의 중심부터 그들까지의 거리를 세제

곱한 것과 거의 같다. 이것은 다른 천체에 작용하는 중력 법칙이 그들에게도 똑같이 작용한다는 걸 분명하게 보여준다.

그들은 93개의 혜성을 관측했고, 주기도 대단히 정확하게 정리했다. 이것이 사실이라면(그들은 사실이라고 엄청난 확신을 가지고 단언한다) 그러한 관측 결과를 널리 공표해야 한다. 현재 우리나라의 혜성에 관한 이론은 설득력이 없고 결점이 많은데, 그렇게 된다면 천문학의 다른 분야들과 마찬가지로 혜성 분야도 완벽해질 수 있을 것이다.

왕이 내각을 설득하여 자신의 뜻을 따르게 하는 데 성공한다면 그는 세상에서 가장 강력한 절대 군주가 될 것이다. 하지만 그것은 그리 간단하지가 않다. 왜냐하면 내각의 재산은 아래 육지에 있고, 왕의 총애를 받는 직책에서 근무 중이라 하더라도 재임 자체가 매우 불투명하다는 사실이 잘 알려져 있으므로 내각이 자신의 지역을 노예처럼 만드는 데 절대 동의하지 않았기 때문이다.

어떤 도시가 반란이나 폭동을 일으켜 맹렬한 파벌 싸움을 벌이거나 평소의 공물을 바치지 않는다면, 왕은 그들을 두 가지 방법으로 복종시킬 수 있다.

첫째, 가장 온건한 방법인데 섬이 그 도시와 주변 지역 위로 날아가 섬을 그곳 상공에 머무르게 하는 것이다. 그렇게 하면 왕은 그 지역으로부터 햇빛과 비를 빼앗아 도시 거주민들을 기근과 질병으로 몰아넣을 수 있다. 그 지역이 그런 처벌이 마땅하다고 생각되는 죄를 저질렀다면 그와 동시에 섬에서 커다란 바위들을 지상으로 투하하기도 한다. 이렇게 되면 방어 시설이 없는 거주민들은 지하실이나 동굴로 피난을 가야 하고, 그러는 사이에 많은 집들의 지붕은 산산조각이 난다.

둘째, 그래도 계속 고집을 부리거나 폭동을 일으킨다면 왕은 최후의 수단을 쓴다. 반항적인 도시의 바로 위로 섬 전체가 하강하는 것이다. 이렇게 되면 집들은 파괴되고 사람은 죽게 되는, 그야말로 전반적인 대학살이 벌어진다. 하지만 그것은 왕이 거의 고려하지 않는 극단적인 방법이고, 실제로 실행에 옮기려고 하지도 않는다. 내각도 감히 그런 일을 실행에 옮기라고 조언하지 못한다. 그렇게 했다간 백성들에게 괜한 증오를 사게 되는 데다 그 밑에 있는 자신의 재산도 큰 손해를 보기 때문이다. 왕의 영지는 떠 있는 섬이라서 아무 문제가 없지만 내각의 고위직들은 생각이 다르다.

그러나 이 나라의 역대 왕들이 아주 화급한 때가 아니라면 그런 끔찍한 조치에 늘 반대해 온 데에는 다른 중대한 이유가 있다. 파괴 대상인 도시에 높게 솟은 바위들이 있거나(보통 대도시들의 지형이 그런 식으로 험준한데, 참사를 막으려는 생각으로 처음부터 그런 터에다 도시를 건설한 것 같다), 아니면 높은 첨탑이나 돌기둥이 많다면, 갑작스러운 하강으로 섬의 밑면이 위험에 처할 수 있다. 앞서 언급했던 것처럼 비록 2백 미터 두께의 순수한 금강석으로 되어 있긴 하지만, 충격이 너무 커서, 혹은 아래의 집들에서 올라오는 불길이 너무 뜨거워서 금강석이 파손되거나 녹을지도 모른다. 이는 유럽에 있는 집들의 굴뚝 내부에서 쇠와 돌이 종종 박살나는 것과 같은 이치이다.

이 모든 것을 백성들은 다 감안하고 있으며, 자신의 자유나 재산에 관해 어디까지 고집을 부릴 수 있는지도 잘 알고 있다. 왕은 극도로 화가 나서 도시를 폐허로 만들기로 굳게 결심하더라도 섬을 아주 조심스럽게 하강시키라고 지시한다. 백성에게 자비심을 베푸는 것처럼 가장하지만, 실은 금강석 밑면이 부서질까 봐 두려워하는 것이다. 만약 파손된다면 모든 과학자의 의견처럼 자석은 더 이상 섬을 떠받칠 수 없게 되어 섬이 통째로 땅바닥으로 떨어질 것이다.

내가 라퓨타 섬에 도착하기 약 3년 전에 왕이 왕국의 영지를 순행 巡幸할 때 왕국의 운명에 마침표를 찍을 뻔한, 적어도 지금의 형태로 확립한 비상한 사건[1]이 벌어졌다. 린달리노는 왕이 순행 중에 가장 먼저

---

[1] 이 사건은 잉글랜드 정부에 대한 아일랜드 국민의 저항을 나타내며, 정치적인 색채 때문

들르는 왕국 내 제2의 도시였다. 그가 도시를 떠나고 사흘 뒤 압제가 너무 심하다고 자주 불평하던 린달리노 주민들은 성문을 폐쇄하고, 시장을 체포하고, 믿기지 않는 속도와 노동력으로 도시의 사방 구석에 하나씩 네 개의 거대한 탑을 세웠다(도시는 정확히 정사각형 형태였다). 각 탑은 도시 중심에 똑바로 서 있는 튼튼하고 뾰족한 바위산과 높이가 같았다. 주민들은 각 탑과 바위에 커다란 자석을 붙였는데, 계획이 실패할 경우를 대비하여 가연성 높은 연료를 어마어마한 양으로 준비했다. 반란을 일으킨 사람들은 자석을 붙인 탑과 바위로 섬의 금강석 밑면을 박살내지 못한다면, 차선책으로 뜨거운 불길로 날아다니는 섬의 밑바닥을 녹여버릴 생각이었다.

왕이 린달리노 주민들이 반란을 일으켰다는 걸 완전히 파악하는 데에는 여덟 달이 걸렸다. 그는 섬을 도시 위에 띄우라고 명령했다. 주민들은 합심하여 식량을 비축했고, 게다가 도시 가운데에 커다란 강이 흘러 물이 끊길 염려도 없었다. 왕은 며칠 동안 도시 위의 상공에 섬을 머무르게 하여 그 지역의 햇빛과 비를 차단했다. 그는 많은 노끈을 내리라고 지시했지만, 단 한 사람도 왕에게 탄원서를 제출하지 않았고, 오히려 무척 도전적인 요구 사항을 담은 종이가 올라왔다. 주민들은 그들의 불만 사항을 시정하고, 많은 책무를 면제하고, 자체적으로 시장을 선출할 수 있게 해 달라는 등 여러 가지 과도한 요구를 했다. 이에 왕은 날아다니는 섬 주민들에게 섬의 가장 아래에 있는 회랑에 집결하여 린달리노 도시로 거대한 돌들을 투하하라고 지시했다. 하지만 도시의 주민들은 네 개의 탑, 다른 튼튼한 건물, 지하실 등으로 재산을 가지고 피신함으로써 그런 공격에 대처했다.

왕은 이제 오만방자한 린달리노인들을 굴복시키기로 결심하고 섬을

에 초판에서 삭제되었다가 19세기에 이르러 다시 복구되었다. 린(Lin)이 두 번 들어간 린달리노(Lindalino)는 아일랜드의 수도 더블린을 암시한다.

네 개의 탑과 바위 꼭대기에서 약 40미터 위의 상공까지 조심스럽게 하강시키라고 지시했다. 하지만 하강 작업을 담당한 관리들은 날아다니는 섬이 평소보다 훨씬 빠르게 가라앉고 있다는 걸 깨달았고, 자석 방향을 바꾸더라도 공중에 멈춰 있기가 무척 어렵고 잘못하면 섬이 땅 위로 추락할지도 모른다고 생각했다. 그들은 즉시 왕에게 사람을 보내 이런 경악할 만한 상황을 보고하면서, 왕에게 섬을 다시 떠우게 허락해 달라고 간청했다. 왕은 이에 동의하고 내각을 모아 대책 회의를 열었으며, 자석을 담당하는 관리들도 참여하라고 지시했다.

자석 담당관 중 가장 나이가 많고 숙련된 사람이 그 사태와 관련된 실험을 해도 좋다는 허락을 받았다. 그는 곧 약 1백 미터 길이의 튼튼한 밧줄을 가져왔다. 이어 섬이 전에 느꼈던 당기는 힘을 벗어날 정도로 도시 위로 떠오르자 밧줄의 끝에 금강석 한 조각을 묶었다. 이 금강석 조각 안엔 섬의 밑면을 구성하는 것과 똑같은 특성의 철광석 혼합물이 들어 있었다. 이어 그는 제일 아래 회랑에서 탑의 꼭대기를 향해 천천히 밧줄을 내렸다. 금강석을 4미터도 내리지 않았는데 돌이 너무도 강하게 아래로 끌려 내려가는지라 그는 안간힘을 써서 간신히 밧줄을 끌어올릴 수 있었다. 그는 이후 작은 금강석 조각 여러 개를 아래로 던졌는데, 조각들이 탑 꼭대기로 맹렬하게 끌려들어 갔다. 같은 실험을 다른 세 개의 탑과 바위를 상대로 했을 때도 결과는 전과 같았다. 이 실험으로 왕의 대책은 완전 무위로 돌아갔고, (다른 자세한 이야기는 더 이상 언급하지 않겠다) 그는 주민들이 원하는 바를 들어줄 수밖에 없었다.

섬이 도시에 무척 가깝게 내려가 다시 떠오를 수 없게 되면 주민들은 섬을 도시에 영원히 가두어 두고 왕과 그의 모든 신하들을 죽여 정부를 영원히 바꿀 결심을 했다고 한다. 이것은 한 고위 대신이 내게 말해준 확실한 이야기이다.

왕국의 기본법에 따라 왕과 왕의 장남과 차남은 섬을 떠날 수 없으며, 왕비도 아이를 낳을 수 있는 한 마찬가지로 섬을 떠날 수 없다.

제 4 장

저자가 라퓨타를 떠나 발니바비로 가서 수도에 도착하다. 수도와 인접 지역에 관해 설명하다. 저자가 고위 귀족에게서 후한 대접을 받다. 저자가 그 귀족과 대화를 나누다.

내가 이 섬에서 홀대당했다는 말은 못 하겠지만, 많이 무시당하고 어느 정도 경멸당하기도 했다는 생각이 저절로 떠올랐음을 털어놓지 않을 수 없다. 왕이나 섬 사람들은 수학과 음악을 제외한 다른 지식엔 전혀 호기심을 보이지 않았고, 나는 그 두 분야에 그들보다 훨씬 못했기에 거의 존중받지 못했다.

한편 섬의 진기한 것을 전부 보고 난 뒤에 나는 섬사람들에게 정말로 질려서 당장이라도 섬을 떠나고 싶었다. 나는 그들을 아주 존중했다. 내가 서툰 두 학문에서 그들은 실로 뛰어났다. 하지만, 동시에 그들은 너무나 멍하니 사색에 빠져 있는 모습을 보였으므로 친구로 사귀기에는 그처럼 불쾌한 사람도 없었다. 나는 섬에서 거주하는 두 달 동안 주로 여자, 상인, 치기꾼, 궁정 시동 등을 상대로 이야기를 나눴고, 그 때문에 아주 경멸받는 사람이 되고 말았다. 하지만 내게 합리적인 답변을 들려준 건 그들뿐이었다.

나는 언어 공부에 열을 올려 그들의 말을 잘 알게 되었다. 그러나 나는 호의적인 사람이 거의 없는 섬에 갇혀 있기가 싫증 나서 기회만 생기면 그 섬을 떠나고 싶었다.

궁정에는 왕과 가까운 친척이고 신분이 높은 귀족이 한 사람 있었다.

그가 존중받는 이유는 단지 그가 왕의 친척이었기 때문이었다. 누구나 그를 가장 무지하고 어리석은 사람으로 여겼다. 하지만 그는 왕을 위해 수많은 탁월한 일을 해냈고, 선천적·후천적 능력도 뛰어났으며, 고결하고 명예로운 사람이었다. 그는 음악을 그리 잘 알지 못했다. 그래서 그를 폄하하는 자들은 그가 엉뚱한 곳에서 박자를 맞춘다고 비방했다. 그는 수학이 서툴러서 그에게 수학을 가르치는 이들은 가장 쉬운 수학 문제를 설명할 때도 큰 어려움을 겪었다. 하지만 그는 내게 대단한 호의를 보였고, 영광스럽게도 나를 자주 찾아와 유럽의 상황, 내가 여행했던 여러 나라의 법률과 관습, 예절과 학문 등을 좀 들려달라고 열렬하게 요청했다. 그는 아주 주의 깊게 내 이야기를 들었고, 이어 무척 현명한 논평을 했다. 그는 나라에서 붙여준 치기꾼이 두 사람 있었지만, 왕궁에 들를 때나 의식에 참석할 때를 제외하고는 대동하지 않았고, 나와 이야기를 할 때면 늘 그들을 물러가게 했다.

나는 이 걸출한 사람에게 섬에서 떠날 수 있도록 왕에게 좀 중재해달라고 간청했다. 그러자 그는 나의 뜻을 들어주면서도 내가 섬을 떠나는 것이 섭섭하다고 말했다. 사실 그는 내게 무척 좋은 일자리를 여러 번 제안했다. 하지만 나는 최대한의 감사 표시와 함께 그 제안을 거절한 바 있었다.

2월 16일, 나는 왕과 궁중에 작별을 고했다. 왕은 내게 영국 돈으로 200파운드 정도 되는 선물을 줬고, 내 보호자였던 그의 친척은 그보다 훨씬 더 값진 선물은 물론이고 수도 라가도에 있는 자신의 친구를 찾아가라며 추천장까지 써 주었다. 당시 섬은 수도에서 3킬로미터 정도 떨어진 산 위의 상공에 있었고, 나는 섬으로 올라왔을 때와 같은 방식으로 가장 낮은 회랑에서 저 아래 땅으로 내려왔다.

왕이 통치하는 땅은 발니바비로 불렸고, 수도는 전에 언급했듯이 라가도였다. 나는 견고한 땅에 발을 대자 어느 정도 만족감을 느꼈다. 그리고 아무 걱정 없이 도시로 걸어갔다. 현지인처럼 옷을 입고, 그들과 대화할 수 있을 정도로 충분히 말도 배웠으니 별 어려움이 없었다. 나는 곧 추천장을 받은 사람의 집을 찾아갔다. 그 사람은 섬의 고위층 친구가 쓴 추천장을 보더니 아주 친절하게 나왔다. 이 고위 귀족의 이름은 무노디였는데, 자기 집의 방을 하나 내어 주었다. 수도에 머무는 동안 나는 그 방에서 살았고, 무척 후한 대접을 받았다./

수도에 도착한 다음날 아침 무노디 경은 자신의 마차로 도시를 보여 주었는데, 런던의 절반 정도 크기였다. 하지만 가옥은 무척 이상하게 지어졌고, 대다수가 수리하지 않아 황폐한 상태였다. 거리에서 다니는 사람들은 걸음이 빨랐고, 사나워 보였으며, 시선은 고정되어 있었고, 보통 누더기를 입고 있었다. 우리는 성문 하나를 지나쳐 5킬로미터 정도 떨어진 시골로 갔는데, 그곳에서 나는 많은 노동자가 여러 도구를 들고 땅에서 일하는 걸 봤다. 하지만 그들이 무슨 일을 하는지 도무지 추측할 수 없었다. 토양은 비옥한 것 같았지만, 어떤 곡식이나 풀이 자랄 것처럼 보이지 않았다. 나는 도시와 시골에서 보이는 이런 기이한 광경에 놀라움을 금치 못하고, 대담하게도 무노디 경에게 거리와 밭에서 저렇게 많은 사람이 바쁘게 움직이는데 아무런 좋은 결과도 낳지 못하는 이유가 무엇인지 알려 달라고 했다. 나는 그렇게 부적절하게 경작된 토양이나 부자연스럽고 황폐한 가옥을 본 적이 없었고, 또 이렇게 고통과 가난을 적나라하게 표출하는 표정과 옷의 주민은 일찍이 만나 본 적이 없었다.

무노디 경은 가장 높은 지위에 있는 사람이었고, 라가도 시장을 몇 년 역임한 적도 있었다. 하지만 내각은 시장 자질이 없다며 그를 면직 처리했다. 반면에 왕은 그가 경멸스러울 정도로 지성이 없지만 선의를 가진 사람이라며 온화하게 대했다.

/ 무노디는 라틴어인 문둔 오디(mundum odi)를 줄여서 만든 말로 '세상에 대한 증오'라는 뜻이다. 라퓨타 사람들이 음악과 수학 등 추상적인 것만 좋아하고 현실적인 것은 무시하면서 멍한 사색에만 잠겨 있는 것을 증오하는 사람이라는 뜻. 라퓨타 사람들은 휘그당, 무노디는 토리당을 빗댄 것이다.

내가 왕국과 주민들을 마음껏 혹평하자 그는 내가 그런 판단을 내릴 만큼 왕국에 충분히 머무르지 않았고, 라퓨타는 다른 나라이니만큼 다른 관습을 가진 것 아니겠냐고 하면서 더 이상 대답하지 않았다. 다른 평범한 주제에도 그는 마찬가지 반응을 보였다. 하지만 저택으로 돌아오자 그는 건물이 어떠냐고 묻는 것으로 시작하여 불합리한 점이 무엇이며, 하인들의 옷과 표정에 불만이 있다면 무엇인지 알려 달라고 했다. 그는 이런 질문을 자신 있게 할 만한 사람이었다. 왜냐하면 그의 주변에 있는 모든 것이 훌륭하고, 정연하고, 우아했기 때문이었다.

나는, 무노디경이 분별 있고, 신분이 높으며, 부유한 사람이므로, 우둔함과 빈곤에서 비롯되는 결함에서 벗어나 있다고 답했다. 그러자 그는 32킬로미터 정도 떨어진 곳에 시골 별장이 있는데, 그곳에 함께 간다면 이런 대화를 더욱 여유롭게 할 수 있을 것이라고 했다. 나는 전적으로 그 뜻을 따르겠다고 답했고, 우리는 다음날 아침 그 별장으로 떠났다.

여행하는 동안 그는 내게, 농부들이 땅을 관리할 때 쓰는 여러 방법을 주의 깊게 살펴보라고 했다. 그러나 내가 보기엔 전혀 이해할 수가 없는 방법이었다. 극히 적은 몇몇 곳을 제외하고 곡식 이삭이나 풀이 자라난 경우를 볼 수 없었다. 하지만 세 시간을 여행하자 풍경이 갑자기 일변했다. 우리는 무척 아름다운 전원으로 들어섰다. 깔끔하게 지어진 농가들은 가까이 모여 있었고, 밭은 울타리로 둘러싸였으며, 그 안엔 포도와 곡식을 키우고 있었고, 목초지도 있었다. 내 기억에 그 왕국에서 이보다 더 기분 좋은 경치를 본 적은 없었다. 무노디 경은 내 표정이 밝아지는 걸 보고 한숨을 내쉬며 여기부터 자신의 영지가 시작되는데, 저택에 도착할 때까지 동일한 풍경이 계속된다고 했다. 그는 이어, 별장 주변의 일을 제대로 처리하지 못해 왕국에 나쁜 선례를 남긴다는 이유로 동포들에게 조롱과 경멸을 받고 있으며, 이런 식으로 땅을 관리하는 사람은 자신처럼 늙고, 고집 세고, 허약한 극소수밖에 없다고도 했다.

우리는 한참 지나 그의 저택에 도착했다. 오래된 건축 기술로 최고의 규칙을 따라 지은 실로 웅장한 건물이었다. 분수, 정원, 산책길, 나무가 늘어선 진입로, 작은 숲이 전부 정확한 판단과 감각으로 잘 배치되어 있었다. 나는 거기서 본 모든 사물에 합당한 찬사를 보냈는데, 무노디 경은 저녁 식사를 마치기 전까지 그런 찬사에 아주 무관심했다. 그는 제삼자가 사라지고 나서야 무척 우울한 표정을 지으며, 도시와 시골에 있는 집을 헐어 버리고 현재의 유행에 맞춰 다시 집을 지어야 할 것 같다고 말했다. 또한 농장을 전부 파괴하고, 다른 땅도 현대적인 용도로 바꾸면서 모든 소작인에게 그대로 따라하라고 지시해야 할 것 같다며 걱정했다. 더 나아가 그렇게 하지 않으면 오만방자하고, 기이하고, 으스대고, 무지하고, 제멋대로라는 비난을 받는 건 물론이고 왕도 더욱 불쾌해할지도 모른다고 했다.

또한 자신이 섬의 궁정에선 들어본 적 없는 어떤 사건을 말해준다면 그의 농장에 대하여 내가 보였던 궁금증은 사라지거나 미미해질 것이라고 했다. 라퓨타에 있는 사람들은 사색에 지나치게 빠진 나머지 이곳 아래의 땅에서 벌어지는 일에는 관심이 없다는 것이었다.

그의 이야기는 요약하면 이런 취지였다. 대략 40년 전 어떤 사람들이 사업 차 혹은 기분 전환 목적으로 라퓨타로 올라갔다. 섬에서 5개월을 체류하고 돌아온 그들은 지극히 적고 변변찮은 수학 지식을 배우고 돌아왔는데, 그와 반대로 하늘을 찌를 정도로 경박한 정신만은 제대로 익혀 왔다. 그들은 아래 땅으로 돌아오자 이곳의 모든 관리 방식에 반감을 보였고, 예술, 과학, 언어, 수학을 완전히 새로운 기반 위에 올려놓는 계획에 몰두했다. 이 목적을 달성하고자 그들은 라가도에 계획자 학술원 Academy of PROJECTORS을 설립해도 좋다는 왕의 특허를 받았다.[2]

이런 분위기는 사람들 사이에서 아주 강하게 영향을 미쳤고, 왕국에

---

2 라가도의 계획자 학술원은 영국 왕립 협회(The Royal Society)를 풍자한 것이다. 스위프트는 영국의 정치와 과학 분야를 신랄한 비평의 대상으로 삼고 있다.

그런 학술원이 없는 도시가 없게 되었다. 이런 학술원의 교수들은 농업과 건축의 새로운 규칙과 방법, 그리고 모든 상업과 제조업에서 쓰일 새로운 도구를 고안했다. 후자의 경우 그들은 한 사람이 열 사람 몫의 일을 할 수 있게 해준다고 단언하기까지 했다. 그들은 영원히 수리하지 않아도 되는 튼튼한 재료로 단 일주일 만에 대저택을 지을 수 있으며, 지상의 과일은 모두 계절에 상관없이 적기에 무르익는 건 물론이고, 현재보다 백 배 이상 수확할 수 있다고 주장하기도 했다. 그들은 그렇게 만족스러운 계획을 수도 없이 제시했다. 유일하게 불편한 점이 있다면 이런 계획 중 어느 것도 아직 실현된 게 없다는 것이다.

그러는 동안 온 나라는 심하게 초토화되었고, 가옥은 엉망이 되었으며, 사람들은 음식을 먹지도 옷을 입지도 못하게 되었다. 하지만 학술원이라는 곳은 낙담하는 대신 희망 반, 절망 반으로 예전보다 50배는 더 맹렬하게 계획을 추진하는 중이었다. 무노디 경은 진취적인 정신을 가진 사람이 아니어서, 옛 방식을 따르는 걸로 만족했다. 그는 조상들이 지은 저택에 살았고, 혁신을 받아들이지 않고 삶의 모든 방면에서 조상들의 행동을 따라 했다. 무노디 경과 같은 태도를 가진 귀족과 신사 계급은 소수에 불과했고, 이런 사람들은 왕국의 전반적인 향상을 추구하는 것이 아니라 자신의 안락과 나태함을 추구하는 기술의 적이자 무지하고 해로운 국민으로 간주되어, 경멸과 악의가 담긴 시선을 받아야 했다.

이 신분 높은 귀족은 내게 그 대大학술원 견학을 시켜 주겠다고 했는데, 자세한 이야기를 미리 하면 그곳에서 느낄 즐거움을 빼앗을지도 모르므로 지금은 말을 아끼겠다고 했다. 그는 내게 5킬로미터 정도 떨어진 곳에 있는 산기슭에 세워진 황폐한 건물을 꼭 봐 두라고 하며 이런 이야기를 들려줬다. 그는 저택에서 1킬로미터도 되지 않는 곳에 아주 편리한 물방앗간을 가지고 있었는데, 커다란 강에서 흐르는 물로 돌아가고, 자기 가족은 물론 많은 소작인이 그 수력을 쓰고도 남았다고 했다. 그런데 약 7년 전에 한 계획자 단체가 자신을 찾아와 물방앗간을 파괴하고 산의 한쪽에 다른 물방앗간을 짓자고 제안했다. 기다란 산등성이에 물을 저장할 수로를 파고, 파이프와 기관으로 물방앗간에 물을 공급한다는 것이었다. 그들은 높은 산의 바람과 공기가 물을 흔들어 주므로 물이 더 잘 흐르고, 물이 비스듬한 경사를 타고 내려오므로 평평하게 흐르는 강과 비교하면 절반 정도의 물로 물방앗간을 돌릴 수 있다고 주장했다. 무노디는 당시 궁정과의 사이가 그리 원만하지 못했고, 많은 친구들이 그 제안을 받아들이라고 압박하는 바람에 마지못해 수락했다. 2년 동안 백 명의 사람을 썼지만 사업은 실패했고, 계획자들은 적반하장으로 일을 망친 건 전부 무노디 때문이라고 비난했다. 이후로도 그들은 그를 욕했고, 다른 사람에게도 성공할 수 있다고 장담하며 똑같은 실험을 시켜놓고 결국에는 실망만 안겨 주었다.

　며칠 뒤 우리는 도시로 돌아왔다. 무노디 경은 자신이 학술원에 미운 털이 박혀 있으므로 나와 동행할 수 없다면서 자신의 친구에게 부탁하여 나와 동행하도록 했다. 무노디 경은 그 친구에게 나를 가리켜 각종 계획을 무척 동경하고, 호기심 많고 뭔가를 쉽게 믿는 사람으로 소개했다. 그건 별로 틀린 말은 아니었다. 나 자신도 젊은 시절에 일종의 계획자였기 때문이었다.

제 5 장

저자가 라가도의 대학술원 견학 허가를 받다. 그는 학술원과, 교수들이
몰두하여 연구 중인 기술에 관해 상세하게 설명한다.

학술원은 하나의 건물이 아니라 어떤 거리 양쪽의 건물 여러 채였는데,
황폐하게 변해가는 곳을 사들여 학술원으로 이용했기 때문이라고 했다.
 학술원장은 나를 아주 친절하게 맞이했고, 나는 여러 날에 걸쳐 학술
원을 찾아갔다. 모든 연구실에는 한 사람, 혹은 그 이상의 계획자가 있
었다. 내 생각엔 연구실이 500개는 족히 넘었던 것 같다.
 내가 가장 처음에 본 사람은 변변찮은 모습이었는데, 얼굴과 손에 그
을음이 가득 묻어 있었고, 머리카락과 수염은 길고 덥수룩했으며, 여러
군데 불에 그슬리기까지 했다. 그의 옷, 셔츠, 피부는 전부 같은 색깔이
었다. 그는 8년 동안 오이에서 햇빛을 추출하는 계획에 매진 중이었는
데, 그렇게 추출된 햇빛을 유리병에 밀봉하고 여름에 추운 날이 닥치면
그것을 풀어 공기를 데우겠다고 했다. 그는 8년 더 연구하면 시장의 정
원에 합리적인 가격으로 햇빛을 제공할 수 있으리라 확신한다고 말했
다. 하지만 그는 지금은 오이가 귀한 계절이라서 실험할 재료가 없다고
불평하며 내게 창의력을 자극할 수 있게 뭔가를 달라고 간청했다. 나는
그에게 소액이나마 돈을 주었다. 무노디 경이 견학자들에게 구걸하는
그들의 습성을 잘 알아서 그런 용도로 쓰라고 미리 내게 돈을 챙겨준
덕분이었다.
 다른 방으로 들어갔을 때 나는 곧바로 나오려고 했다. 끔찍한 악취가

진동했기 때문이다. 안내인은 나를 그 방으로 억지로 밀어 넣었는데, 그러면서 귓속말로 계획자가 무척 화를 낼 것이니 그를 모욕하는 일은 하지 말라고 간청했다. 그래서 나는 감히 코를 막을 생각도 못 했다. 이 방의 계획자는 학술원에서 가장 나이가 많은 사람이었다. 그의 얼굴과 수염은 옅은 황색이었는데, 양손과 옷이 오물로 범벅이 되어 있었다. 소개하는 자리에서 그는 나를 꼭 껴안았다. 이런 인사는 굳이 하지 않고 넘어갈 수도 있었을 것이다. 그는 학술원에 처음 왔을 때부터 사람의 똥을 원래의 음식 성분으로 되돌리는 작업에 몰두했다. 그의 주장에 따르면, 담즙으로 인한 색깔을 제거하고, 냄새를 방출하고, 침을 걷어내면 충분히 그렇게 할 수 있다는 것이었다. 그는 학술원의 승인을 받아 매주 사람의 똥을 브리스틀 술통 정도 크기의 용기에 가득 받는다고 했다.

또다른 어떤 계획자는 얼음을 태워 재로 만들어 그것을 다시 화약으로 만드는 일을 하고 있었다. 또한 그는 불의 유연성에 관해 자신이 쓴 논문을 보여 주기도 했는데, 출판할 의사가 있는 모양이었다.

무척 독창적인 건축가도 한 사람 만났는데, 그는 집을 지을 때 지붕부터 시작하여 기반까지 내려가는 새로운 방식의 건축술을 고안했다. 그는 이러한 방식이 벌과 거미라는 두 세심한 곤충이 집을 짓는 방식과 비슷하다며 자신의 정당성을 주장했다.

한 계획자는 맹인이었는데, 자신처럼 맹인인 도제를 여럿 두고 있었다. 그들의 일은 화가에게 공급할 물감을 만드는 것이었고, 스승은 도제들에게 감촉과 냄새로 물감을 구분하는 법을 가르쳤다. 하지만 그런 교육이 썩 온전하지 못한 때에 찾아간 건 실로 내 불운이었다. 스승도 도제들과 마찬가지로 물감 구분을 제대로 하지 못하는 모습을 보였기 때문이다. 그래도 이 계획자는 학술원에서 엄청난 격려와 존경을 받고 있었다.

다른 방에서 나는 영농 관련 계획자를 만나 무척 기뻤다. 그는 돼지로 밭을 경작하는 법을 고안하여 쟁기, 소, 노동력에 들어가는 비용을 아끼려 했다. 방법은 이랬다. 4천 제곱미터의 밭에 15센티미터 간격을 유지하면서 20센티미터 깊이로 도토리, 대추, 밤, 그리고 돼지가 무척 좋아하는 다른 열매나 채소를 다량 묻어둔다. 그런 다음 6백 마리 혹은 그 이상의 돼지를 밭으로 데려가서 풀어놓으면 며칠 안에 돼지들이 먹이를 찾으며 땅을 전부 파헤쳐 씨를 뿌리기 적당하게 만들어 놓을 것이며, 동시에 거름이 되는 똥까지 공급한다는 것이었다. 그러나 막상 실험을 해 보니 이 계획자는 비용은 물론이고 수고가 너무 많이 든다는 사실을 깨달았다. 들인 비용에 비해 작물이 거의, 혹은 아예 자라지 않았던 것이다. 하지만 이런 발명이 커다란 진보를 가져오리라는 것은 의심의 여지가 없다.

다른 방에 갔더니 그 계획자는 자신이 출입하는 길만 빼놓고 벽과 천장에 온통 거미줄을 걸어 놓았다. 내가 들어가자 그는 거미줄을 건드리지 말라고 크게 소리쳤다. 그는 세상이 누에를 활용하는 치명적인 잘못을 그토록 오랫동안 저질러 왔다며 한탄했다. 그는 집에서 많이 보이는 이 곤충이 실을 뽑는 건 물론 천을 짜는 법까지 알고 있기에 누에와 비교할 수 없을 정도로 탁월한 벌레라고 했다. 그는 더 나아가 거미를 쓰면 비단을 염색하는 데 전혀 비용을 들이지 않아도 된다고 했다. 이어 내게 거미에게 먹일 아주 멋지게 물들인 어마어마한 수량의 파리를 보여 줬고, 나는 그의 말을 완전히 이해하게 되었다. 거미는 파리를 먹고서 그 덕에 거미줄에 색깔을 낼 것이었다. 그는 모든 색깔의 파리를 마련해놓았으니 거미줄에 강도와 밀도를 부여할 고무, 기름, 다른 끈적끈적한 물질을 동시에 그 파리들에게 알맞게 먹인다면, 모든 사람이 원하는 천을 얻을 수 있으리라고 기대했다.

그 다음에 만난 천문학자 한 사람은 시청 위에 있는 커다란 수탉 모양 풍향계 위에 해시계를 놓는 일을 맡았다. 그 일의 목적은 지구와 태양의 매일 매년의 운동을 조정함으로써 돌발적으로 변하는 바람의 방향과 일치시키려는 것이었다.

배가 조금 아프다고 호소하자 안내인은 나를 어떤 방으로 데려갔는데, 그곳엔 같은 도구를 서로 정반대되는 방법으로 써서 병을 치료하는 대단한 의사가 있었다. 그는 길고 가느다란 상아 주둥이가 달린 풀무를 도구로 썼는데, 그 주둥이를 항문을 통해 몸 속으로 20센티미터 집어넣고 바람을 빼냈다. 그는 이런 방법을 통하여 인간의 내장을 말라붙은 오줌보처럼 홀쭉하게 만들 수 있다고 단언했다. 하지만 질병이 더욱 고질적이고 지독한 경우에는, 풀무에 바람을 가득 채운 채 그 주둥이를 환자의 몸에 찔러 넣고 바람을 집어넣은 다음에 풀무를 뺌과 동시에 항문을 손가락으로 강하게 틀어막는다. 이어 풀무에 바람을 다시 채워 넣어 같은 과정을 반복한다. 이런 과정을 서너 번 되풀이하면 마치 펌프에 집어넣은 물처럼, 집어넣은 바람이 노폐물을 모두 빼내와 환자가 회복된다는 것이었다. 나는 그가 개 한 마리를 상대로 방금 말한 두 가지 실험을 하는 걸 봤는데, 처음 말한 방법은 효과가 있는 건지 도무지 알 수 없었다. 이후 두 번째 방법을 쓰니 개는 언제라도 터질 것처럼 빵빵하게 부어올랐고, 엄청나게 똥을 싸버려서 나와 안내인을 극도로 불쾌하게 만들었다. 개는 곧바로 죽고 말았고, 우리가 떠날 때 의사는 같은 방법을 사용하여 개를 살리려고 애쓰는 중이었다.

나는 다른 많은 계획자를 만났지만, 관찰한 많은 진기한 것들을 모두 언급하여 독자를 번거롭게 하고 싶지 않다. 나 역시 간결하게 이야기를 전달하는 걸 좋아하기 때문이다.

지금까지는 학술원의 한쪽만 본 것이었다. 다른 쪽은 사변적이고 추상적인 지식을 발전시키는 사람들이 사용하고 있었다. 이들에 관한 이야기는 일단 학술원에서 만능 계획자The universal artist로 불리는 저명한 사람을 먼저 언급한 다음에 하도록 하겠다. 그는 우리에게 자신이 30년 동안 인간의 삶을 증진시키고자 깊이 생각해 왔다고 했다. 그는 놀랍고 진기한 것들로 가득한 큰 방을 두 개 가지고 있었는데, 그곳에서는 50명이 일하는 중이었다. 몇 사람은 질산칼륨을 추출하여 물이나 유동 분자를 여과함으로써 공기를 만질 수 있는 마른 물체로 고체화하는 중이었고, 다른 사람들은 대리석을 무르게 만들어 베개와 바늘꽂이로 만드는 중이었으며, 또다른 이들은 말이 비틀거리며 넘어지지 않도록 살아 있는 말의 발굽을 딱딱하게 만드는 중이었다. 만능 계획자 자신은 두 가지 대단한 계획에 몰두하느라 바빴다.

첫 번째 계획은 왕겨를 땅에 뿌리는 것이었는데, 그는 왕겨엔 진정한 생식력이 있다고 단언했다. 그는 여러 실험으로 그것을 입증했지만, 내가 워낙 아둔해서인지 도무지 이해할 수 없었다. 또다른 계획은 점성 고무, 광물, 채소 혼합물을 어린 양 두 마리의 몸에 발라 털이 자라지 않게 하는 것이었다. 그는 적당한 때가 되면 왕국 전역에서 털이 나지 않는 양이 번식하길 기대한다고 했다.

우리는 길을 건너 학술원의 다른 쪽으로 갔는데, 그곳에서는 이미 언급한 것처럼 사변적인 지식에 몰두하는 계획자들이 근무했다.

내가 처음으로 본 교수는 무척 큰 방에 있었고, 40명의 제자가 그의 주위에 있었다. 서로 인사를 나눈 뒤 방의 대부분을 차지하는 어떤 틀을 내가 진지하게 바라보자, 교수는 내게 사변적인 지식을 증진하는 프로젝트에서 현실적이고 기계적인 활동을 하고 있으니까 의아해서 그러는 것이냐고 물었다. 이어 그는, 세상은 곧 그 틀의 유용함을 알게 될 것이라고 하면서 자신은 다른 사람의 머리에 절대로 떠오르지 않는 고귀하고 숭고한 생각을 해낸다고 우쭐거렸다. 그는 예술과 학문을 배우는 평소의 방법이 얼마나 고생스러운지 모두가 알고 있지만, 자신이 고안한 방법을 따르면 지극히 무지한 사람도 적당한 비용과 약간의 육체적 노동만으로 철학, 시, 정치, 법, 수학, 신학에 관한 책을 쓸 수 있다고 했다. 특별한 재능이 없고 공부를 하지 않더라도 상관없었다.

이어 그는 나를 틀이 있는 자리로 이끌고는, 틀의 사방에 제자 전원을 줄지어 서게 했다. 틀은 가로세로 6미터였고, 방 중앙에 있었다. 표면은 여러 나무 조각을 박아 만들었는데, 조각은 주사위 정도 크기였으나

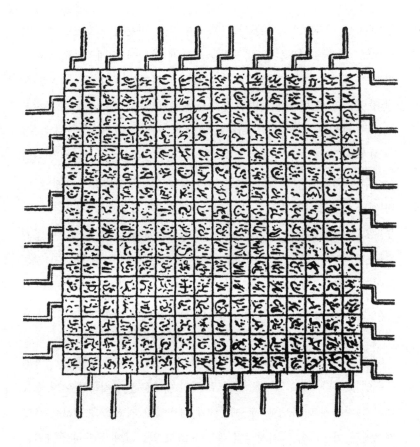

몇 조각은 다른 것보다 더 컸다. 조각들은 전부 가느다란 철사로 연결되었다. 이 나무 조각들은 모든 면에 종이를 붙이고 있었다. 종이엔 그들이 사용하는 언어의 모든 단어가 법, 시제, 격 변화 등에 따라 무질서하게 적혀 있었다. 교수는 이어 내게 틀을 움직일 테니 어떻게 작동하는지 관찰하라고 했다. 제자들은 그의 지시에 따라 쇠로 된 손잡이를 각자 잡았다. 이 손잡이는 틀의 가장자리에 고정되어 있었는데 총 40개였다. 갑작스럽게 손잡이가 돌아가자 단어의 배치가 전부 완전히 변했다. 그는 이어 36명의 제자에게 틀에 나타난 몇 줄을 조용히 읽어보라고 지시했다. 문장 일부를 구성할 수 있는 서너 개 단어를 발견하면 필기를 담당한 제자 네 명이 그것을 받아 적었다. 이런 작업은 서너 번 반복되었고,

틀은 돌아갈 때마다 나무 조각이 뒤집히며 새로운 면에 있는 단어가 나타나도록 고안되었다.

학생들은 이 일을 하루에 여섯 시간씩 하고 있었다. 교수는 내게 전에 모아둔 토막 문장들을 엮은 커다란 2절판 책 몇 권을 보여 줬다. 그는 이런 풍성한 토막 문장들을 잘 조립하여 모든 예술과 학문의 완전체로서 세상에 공개할 것이라고 했다. 하지만 그는 대중이 기금을 모아 이 틀을 5백 대 제작하여 라가도에서 사용하고, 관리자들이 틀의 결과물을 기증한다면 그 작업이 더 개선되고 진보할 수 있다고 말했다.

그는 내게 자신은 젊었을 때부터 이 틀을 발명하는 데 혼신의 힘을 기울였으며, 틀에 모든 어휘를 담았고, 수많은 책을 참고하여 그 속에 나타난 분사, 명사, 동사, 그 외의 품사 등이 사용되는 일반적인 빈도를 지극히 엄격하게 계산했다고 장담했다.

나는 이 저명한 사람에게 틀에 관한 설명을 자세히 해 준 것에 겸허하게 감사를 표하고, 행운이 따라 조국으로 돌아가게 된다면 그를 이 훌륭한 기계를 단독으로 발명한 사람으로 널리 알릴 것이라고 말했다. 나는 그에게 이 기계의 형태와 구조를 종이에 그려 가고 싶다고 했고, 그 결과물을 여기에 첨부했다. 나는 그에게, 유럽의 지식인은 서로 발명을 훔치는 게 일종의 습관이며, 그 때문에 누가 진정한 발명자인지가 늘 논란이 된다고 했다. 또 그것이 이점이기도 하지만, 그에게는 최대한 신경 써서 이 틀을 발명한 영예가 온전히 그에게만 귀속되게 하겠다고 약속했다.

우리는 다음으로 언어를 다루는 방으로 갔다. 그곳에선 세 명의 교수가 자리에 앉아 자국의 언어를 개선하는 일을 협의하는 중이었다.

첫 번째 계획은 다음절어를 단음절어로 줄이고, 동사와 분사를 배제함으로써 대화의 길이를 줄이자는 것이었다. 실제로 생각할 수 있는 모든 게 명사뿐이라는 게 그 이유였다.

다른 계획은 단어라면 모조리 완전히 폐지하자는 것이었다. 그들은 이런 계획이 건강은 물론 간결함의 측면에서 큰 이득이 된다고 역설했다. 단어를 말할 때마다 폐가 다소 부식되어 줄어들고, 이는 명백히 수명 단축으로 이어진다는 것이 그들의 주장이었다. 따라서 그들은 단어는 오로지 사물의 명칭이므로 어떤 일을 논하고자 한다면 사물을 지참하고 가서 그것으로 뜻을 표현하는 게 더 편리하다고 주장하며, 이것이 폐 손상으로 인한 수명 단축의 대책이라고 했다.

그들은, 여자들이 비천하고 문맹인 자들과 합심하여 선조들의 방식에 따라 혀로 말할 자유를 주지 않으면 봉기하겠다고 위협하지 않았더라면, 이 발명이 그대로 실천되어 왕국 백성의 평안과 건강에 이바지했을 것이라고도 했다. 민중은 과학과 도무지 양립할 수 없는 적이었다. 하지만 배우고 현명한 사람 대다수는 사물로 뜻을 전달하는 새로운 계획을 신봉했다. 유일한 불편함은 사물을 지참하는 것뿐이었다. 하려는 일이 엄청나고 다양한 사람은 그것에 맞게 반드시 등에 엄청나게 많은 물건을 담은 보따리를 지고 다녀야 했다. 물론 한두 명의 건장한 하인을 대동한다면 그럴 필요는 없겠지만 말이다.

나는 교수들과 같은 입장인 현인 두 사람이 마치 행상인처럼 짐의 무게로 짓눌려 쓰러지기 직전까지 가는 걸 봤다. 그들은 거리에서 만나 짐을 내려놓고 보따리를 푼 다음 한 시간 정도 함께 물건으로 이야기를 했다. 이야기를 마친 그들은 물건을 다시 싸고 짐을 등에 올리는 것을 서로 도와 준 뒤 헤어졌다.

하지만 짧게 대화할 거라면 물건을 호주머니에 넣거나 겨드랑이 아래에 끼고 가면 충분했고, 집에서 나누는 대화라면 당황할 이유가 없었다. 따라서 이런 방식으로 인위적인 대화를 나누려는 사람들이 만나는 방은 바로 쓸 수 있도록 필요한 온갖 물건을 가득 쌓아놓는다.

이 발명으로 얻는 또다른 엄청난 이득은 이런 대화 방식이 모든 문명국에서 공통어 역할을 할 수 있다는 것이다. 문명국은 상품과 기구가 일반적으로 같거나 거의 비슷하여 용도를 쉽게 이해할 수 있다. 따라서 대

라가도의 현인들이 대화하다.

사들은 전혀 낯선 언어를 쓰는 타국의 군주나 대신과도 대화할 수 있다.

나는 수학을 다루는 방에도 갔는데, 그곳에서 스승이 제자들을 유럽에서 거의 상상도 할 수 없는 방법으로 가르치고 있었다. 먼저 팅크제[1]로 구성된 잉크로 얇은 웨이퍼[2]에 명제와 증명을 명료하게 적고, 학생은 금식한 채로 그것을 먹는다. 이후 사흘 동안 학생은 빵과 물만 먹는다. 웨이퍼가 소화되면 팅크제가 뇌로 올라가 학생은 저절로 수학의 명제를 깨우치게 된다. 방법은 이러했지만, 여태까지 성공하지는 못했다. 먹는 수량이나 요소 구성이 잘못되었기도 하고, 또 부분적으로 학생들이 시키는 대로 하지 않았기 때문이었다. 이 약은 너무 메스꺼워 학생들은 몰래 다른 곳으로 가서 약효가 생기기도 전에 뱉어냈다. 게다가 그들은 처방하는 대로 오래 빵과 물만 먹고 지내지도 않았다.

---

1 알코올에 혼합하여 약제로 쓰는 물질.
2 얇고 바삭하게 구운 과자.

제 6 장

학술원에 관한 추가적인 이야기. 저자가 제시한 개선안이 명예롭게도 받아들여지다.

정치 계획자들이 있는 연구소에서 나는 별로 즐겁지가 않았다. 내 판단에 교수들은 분별이라곤 전혀 없었다. 그들을 만난 일을 생각하면 우울하지 않은 적이 없었다. 이 불행한 사람들이 제안하는 계획은 터무니없었다. 그들은 왕을 설득하여 지혜, 능력, 미덕을 갖춘 사람을 총애하는 신하로 쓰게 하고, 내각이 공익을 염두에 두도록 가르치고, 공훈을 세운 자와 뛰어난 능력을 갖춘 자, 그리고 탁월한 봉사를 한 자에게 포상하고, 왕자들을 지도하여 자신의 진정한 이익이 백성들의 이익임을 알게 하고, 적임자를 적재적소에 등용하게 하는 등 당치도 않은 불가능한 생각을 많이 실현하려고 했다. 사람들이 상상조차 해본 적도 없는 그런 부류의 생각이었다. 그래서 학자들이 터무니없고 비이성적인 생각을 진실이라고 자꾸 들이댄다는 옛말은 정말로 틀린 게 하나도 없다.

하지만 학술원의 이 부분에 대하여 공정을 기하고 싶다. 학술원의 모든 이가 그렇게 이상가인 것은 아니다. 나는 아주 독창적인 의사 한 사람을 만났는데, 그는 정부의 본질과 체계 전반에 완벽히 통달한 것 같았다. 이 걸출한 사람은 통치하는 자들의 악덕과 결점, 그리고 통치받는 자들의 부도덕함으로 여러 부류의 행정에 병폐와 타락이 생겨나는 걸 효과적으로 해결할 방안을 생각하는 데 있어 자신의 학문적 지식을 아주 유용하게 사용했다. 예를 들면 그의 주장은 이랬다. 사람의 몸과 정치 조직 사이에 엄밀하고 보편적인 유사성이 있다는 데 모든 작가와 연구자들이 동의하는 바이다. 그렇다면 그 둘의 건강을 지키고 질병을 치유하는 방법은 명백하게 똑같은 처방을 따라야 한다. 상원의원들과 내각 고문들이 병을 일으키는 체액이 과도하여 자주 고통 받는다는 점은 인정된 바이다. 그들은 머리에 많은 질병을 앓고, 심장은 더욱 그렇다. 심한 경련, 양손(특히 오른손) 신경과 힘줄의 극심한 수축, 우울증 등을 앓고 있을 뿐만 아니라, 과다한 가스로 인한 장 팽창, 현기증, 정신착란, 악취 나는 고름으로 가득한 연주창 / 종양, 냄새나고 거품 많은 트림, 걸신들린 것 같은 식탐과 소화 불량, 이외에도 언급할 필요 없는 많은 질병이 그들에게서 떠나지 않는다.

따라서 이 의사는 다음과 같이 주장했다.

상원 의원들이 회기를 시작할 때 의사들이 동반하여 첫 사흘 동안 하루의 논의가 끝나면 맥을 짚는다. 여러 질병과 그 치유 방법에 대해 심사숙고한 의사들은 나흘째 되는 날 적합한 약을 가져 온 약사들과 함께 회의장에 들어간다. 회의를 시작하기 전에 의사들은 각 상원의원에게 진정제, 식욕촉진제, 관장제, 부식제, 수렴제, 완화제, 설사제, 두통약, 황달약, 거담제, 난청약을 증상에 맞게 투여한다. 다음날이 되면 약효가 나타나는 정도에 따라 이 일을 반복하거나, 약을 변경하거나, 약 자체를 생략한다.

이런 계획은 비용이 크게 들지 않는다. 내 보잘것없는 생각으로 이 방법은 상원의원에게 입법권이 있는 국가에서 일의 신속한 처리에 큰 도움이 될 것 같다. 만장일치를 이루고, 논쟁을 줄이고, 소수의 닫은 입을 열게 하고, 열린 많은 입을 닫게 하고, 성마른 젊은 의원을 억제하고, 나이 든 의원의 맹신을 바로잡고, 어리석은 의원을 일깨우고, 당돌한 의원의 기를 꺾는 데 충분히 이바지하리라 생각된다.

/ 결핵균이 림프샘을 감염시켜 생긴 갑상샘종이 헐어서 터진 부스럼.

나의 촌평은 이 정도로 하고 다시 원래의 논의로 돌아가자.

군주의 총애를 받는 신하들이 짧은 기억력으로 어려움을 겪고 있다는 전반적인 불평에 대하여, 이 의사는 이렇게 제안했다. 누구든 대신을 만나는 사람은 지극히 간결하고 명확한 단어를 써서 용건을 말한 다음 떠날 때 대신이 잊어버리는 걸 방지하고자 그의 코를 비틀거나, 배를 걷어차거나, 티눈을 밟거나, 양쪽 귀의 귓불을 세 번 당기거나, 볼기를 바늘로 찌르거나, 멍들 정도로 팔을 꼬집으라. 또한 요청한 일이 해결되었거나 아니면 확실히 거부당할 때까지 대신을 만나는 날마다 이런 동작을 반복하라는 것이었다.

이 의사는 또한 상원에서 모든 의원은 의견을 전달한 뒤에 그것을 옹호하고는 정반대로 투표해야 한다고 했다. 그렇게 한다면 그 결과는 반드시 공익에 부합할 것이기 때문이다.

그는 당쟁이 격렬할 때 이를 중재하는 훌륭한 방법도 고안해냈다. 방법은 이러했다. 당마다 백 명의 지도자를 데려오고, 머리 크기가 거의 비슷한 두 사람을 한 쌍으로 배치한다. 그런 다음 훌륭한 외과 의사 두 사람이 동시에 두 사람의 후두부를 톱으로 잘라낸다. 그렇게 되면 뇌는 균등하게 나뉠 것이다. 이어 잘린 후두부를 서로 반대파 의원의 머리에 이식한다. 이 수술은 실로 정교함이 필요한 일이다. 하지만 이 의사는 솜씨 좋게 수술이 끝나면 이 치유법은 절대 확실한 효과를 발휘한다고 장담했다. 그가 주장하는 바에 따르면, 반쪽 뇌 두 개가 하나의 두개골 안에서 화제를 놓고 논쟁을 벌이게 되고, 그렇게 되면 곧 서로를 잘 이해하게 되어 중용은 물론 생각의 일관성까지 생겨날 것이라고 했다. 중용과 일관성은 자신이 세상의 움직임을 지켜보고 통치하고자 태어났다고 생각하는 사람의 머리에 꼭 생겨났으면 하는 자질이기도 하다. 정당 지도자들의 뇌 용량이나 품질에 차이가 있을 수 있지 않은가 하는 질문에 대하여 이 의사는 자신이 아는 바에 의하면 아주 사소한 차이밖에 없다고 단언했다.

나는 백성들을 슬프게 하지 않고 세금 징수액을 높일 수 있는 가장 편리하고 효과적인 방법에 관해 두 교수가 벌이는 무척 열띤 논쟁을 들었다. 첫 번째 교수는 가장 정당한 방법은 악덕과 어리석음에 대해 세금을 거두는 것이라고 확언했다. 그는 세금의 액수는 해당자의 이웃으로 구성된 배심원단이 가장 공정한 방식으로 매기면 된다고 했다. 두 번째 교수는 정반대의 의견을 제시했다. 그는 사람들이 스스로 가장 귀하게 여기는 육체와 정신의 자질에 과세해야 한다고 했다. 그는 우수함의 정도에 따라 액수를 매기고, 결정은 각자의 양심에 전적으로 맡기자고 했다. 가장 높은 액수의 세금은 여자들이 가장 좋아하는 남자들에게 부과된다. 그리고 세액은 당사자가 받은 총애의 횟수와 유형에 따라 산정된다. 그런 남자들은 세액 평가에서 스스로 보증인이 되는 것이 허용된다. 기지, 용기, 세련됨 역시 고액 과세의 대상이 되며, 앞서 말한 것과 같은 방식으로 납세자는 자신이 어느 정도로 해당 자질을 보유했는지에 대해 스스로 증인이 될 수 있다. 하지만 명예, 정의, 지혜, 학식에 관해서는 전혀 과세하지 않는다. 왜냐하면 그런 자질들은 워낙 진귀한 것이라 아무도 이웃이 그런 자질을 가졌다고 인정하지 않을 것이고, 또 스스로 그런 자질이 있다고 여기지도 않을 것이기 때문이다.

여자는 용모의 아름다움과 옷을 입는 솜씨에 따라 과세의 대상이 된다. 그들은 남자와 마찬가지로 그런 면에 관해 스스로 판단을 내리는 특권을 부여받는다. 하지만 정절, 순결, 분별력, 착한 마음씨에 세금을 매기는 일은 없다. 그런 특질은 너무나 희귀하여 만약 세금을 매긴다면 세금 징수원의 임금조차 안 나올 것이기 때문이다.

상원의원들이 계속 국왕을 보필하게 하는 방법으로는 의원을 추첨으로 보임하는 방식이 제안되었다. 모든 의원은 먼저 관직을 받든 못 받든 왕실을 지지하겠다는 맹세와 보장을 한다. 첫 번째 추첨에서 관직을 받지 못한 의원은 공석이 생기면 다시 추첨에 참여할 권리를 얻는다. 그렇게 희망과 기대는 계속 유지되고, 설사 보임되지 못한다 해도 아무도 불평을 하지 않는다. 그들은 낙마한 실망감을 전부 운명 탓으로 돌리면서 받아들이게 된다. 운명의 어깨가 내각의 그것보다 더 넓고 튼튼하다는 건 말할 필요도 없다.

또다른 교수는 정부에 대한 음모를 밝혀내는 방법을 담은 커다란 종이 하나를 내게 보여 줬다. 그는 거물 정치인들에게 조언하기를, 의심스러운 모든 자의 식사를 검토해야 된다고 말했다. 그는 그런 자들의 식사 시간, 그들이 침대에서 눕는 방향, 그들이 엉덩이를 닦는 데 쓰는 손은 물론 그들의 똥을 꼼꼼하게 살피라는 말도 했다. 똥의 색깔, 냄새, 맛, 농도, 소화 상태 등을 살펴보면 의심스러운 자들의 생각과 속셈을 판단할 수 있다는 뜻이었다. 사람이 화장실에 있을 때만큼 진지하고, 생각이 풍부하고, 열중하는 때가 없기 때문이다.

교수는 잦은 실험을 통해 다음과 같은 점을 알아냈다. 똥을 누는 상황에서 그 교수는 단지 시험 삼아 국왕을 살해하는 가장 좋은 방법을 생각해 보았는데, 그 순간 똥 색깔이 녹색으로 변하는 걸 확인했다. 또한 반란을 일으키거나 수도를 불태울 생각을 할 때에도 똥 색깔이 매우 달랐다는 것이었다.[2]

교수의 논문은 무척 예리했고, 정치인에게 흥미로우면서도 유용한 많은 의견을 담고 있었지만, 나는 완벽하지 않다는 생각이 들었다. 그래서 나는 대담하게도 교수에게 몇 가지 내용을 추가해도 괜찮겠는지 물어 보았다. 그는 저자들, 특히 계획자 저자들의 일반적인 태도와는 다르게 순순히 내 제안을 받아들였을 뿐 아니라, 그 외에 추가로 더 많은 정보를 제공해 주면 고맙겠다고 했다.

---

[2] 이 부분은 스위프트의 친구였던 애터버리 주교가 1722년 반역죄 혐의로 체포되어 재판을 받은 사건을 풍자한 것이다. 이 사건으로 현왕인 조지 1세를 옹위하던 휘그당이 우위를 점하고 폐위당한 제임스 2세를 지지하던 재커바이트는 큰 타격을 받았다. 당시 재커바이트 언론은 그 재판이 휘그당의 날조라는 입장을 취했다. 휘그당은 주교의 실내 변기 속에서 발견되었다는 음모 관련 문서를 증거로 제시했다.

나는 그에게 전에 오래 체류했던, 현지인들은 랑그덴³이라 부르던 트리브니아⁴ 왕국 이야기를 들려 줬다. 그곳 국민 대다수는 발견자, 목격자, 정보원, 고발자, 기소자, 증인, 선서僞誓인들이었고 그들 밑에 여러 명의 앞잡이들도 데리고 있었다. 이들은 전부 대신과 그 대리인의 휘하에 있기에 그들의 지시에 따라 행동하고, 필요한 자금도 그들에게서 공급받는다. 그 왕국에서 음모는 보통 고상한 정치인으로 올라서려는 욕구가 있는 자, 무분별한 행정에 새로운 활력을 불어넣으려는 자, 사회에 만연한 불만을 억누르거나 다른 곳으로 돌리려는 자, 벌금으로 금고를 채우려는 자, 사익에 맞게 국채의 가격을 올리거나 내리는 자 등이 만들어내는 것이다.

먼저 그들은 합의를 통해 의심을 받는 사람들 중 음모자로 지목할 자를 결정한다. 그런 다음 음모자로 지목한 자의 모든 편지와 다른 서류를 확보하고 그를 사슬에 묶어 데려온다. 이런 서류는 단어, 음절, 글자의 이해하기 힘든 뜻을 찾아내는 솜씨가 무척 뛰어난 기술자들에게 전달된다. 예를 들어, 그들은 실내 변기를 추밀원으로, 거위 떼를 상원으로, 절름발이 개를 침략자로, 역병은 상비군으로, 말똥가리는 대신으로, 통풍은 고위 성직자로, 교수대는 국무대신으로, 요강은 귀족 위원회로, 빗자루는 혁명으로, 쥐덫은 관직으로, 바닥이 안 보이는 구덩이는 국가의 금고로, 시궁창은 궁정으로, 방울 달린 어릿광대 모자는 총신으로, 부러진 갈대는 재판소로, 빈 술통은 장군으로, 고름이 나오는 종기는 행정부라는 숨겨진 뜻이 있는 것으로 해석한다.

이런 방법이 실패하면 그들은 더욱 효과적인 다른 두 가지 방법을 쓴다. 트리브니아의 지식인들은 그 방법들을 아크로스틱⁵이나 철자 바꾸기로 부른다. 전자에서 그들은 모든 첫 글자에 정치적인 의미가 있다고 해석한다. 따라서 N은 음모를, B는 기병 연대를, L은 함대를 뜻하게 된다. 후자의 방법에서는 의심스러운 서류가 어떤 것이든 글자의 위치를 바꿔 불만이 있는 무리의 가장 깊숙이 감춘 의도를 적발해 낸다. 예를 들어, 내가 친구에게 보내는 편지에서 "우리 형 톰이 막 치질에 걸렸다Our brother Tom has just got the Piles."라고 하면, 철자 바꾸기 기술자는 이 문장에 들어가는 똑같은 철자들을 다시 조합하여 다음과 같은 문장을 만들어낸다. "저항하라, 음모가 임박했다, 여행자 보냄Resist-a plot is brought home-The Tour." 이것이 바로 철자 바꾸기 방법이다.[6]

교수는 좋은 의견을 말해 주어 고맙다면서 내게 고마움을 표시했고, 논문에 나의 고명한 이름을 언급하겠다고 약속했다.

나는 이 왕국에 더 이상 마음이 끌리지 않는 걸 느꼈고, 영국으로 돌아갈 생각을 하기 시작했다.

---

[6] 여행자는 휘그당의 박해를 피하여 프랑스로 달아난 볼링브로크 백작을 가리킨다. 백작은 망명 중에 친구들이 그에게 편지를 보낼 때 여행자로 불러주기를 요청했다.

제 7 장

저자가 라가도를 떠나 말도나다에 도착하지만 배가 준비되어 있지 않다. 그는 글럽덥드립으로 짧은 여행을 가서 통치자에게 대접을 받는다.

내가 추측한 바로는 이 왕국이 일부 땅을 차지하는 대륙의 동쪽에는 아메리카의 알려지지 않은 지역, 즉 캘리포니아의 서쪽에 위치한 어떤 지역이 있고, 북쪽에는 태평양이 있는 것 같다. 태평양은 라가도에서 위로 240킬로미터 떨어져 있었는데, 그곳엔 괜찮은 항구가 하나 있었다. 그곳에서 북서쪽, 즉 북위 29도, 경도 140도 정도 되는 곳엔 럭낵이라는 커다란 섬이 있었고, 이 항구와 빈번히 교역했다. 럭낵 섬은 일본에서 약 480킬로미터 정도 남동쪽으로 떨어진 곳에 있었다. 일본 왕과 럭낵 왕은 동맹관계를 철저히 지키고 있었고, 그에 따라 두 섬은 서로 항해할 기회가 아주 많았다. 그리하여 나는 유럽으로 더 빨리 돌아가고자 일본 방향으로 곧장 가기로 했다. 나는 노새 두 마리를 빌리고, 길을 알려 주고 작은 짐을 들어 줄 안내인도 고용했다. 이어 내게 커다란 호의를 베푼 귀족 보호자에게 작별 인사를 했다. 그는 내가 떠난다는 말에 후한 선물까지 안겨 줬다.

이 여행 동안 딱히 언급할 만한 사고나 모험 같은 일은 벌어지지 않았다. 말도나다 항구(앞서 말한 항구를 그렇게 불렀다)에 도착했을 때는 럭낵으로 가는 배가 없었고, 조만간 있을 것 같지도 않았다. 그 항구 도시는 포츠머스[1] 정도 크기였다. 나는 곧 몇몇 사람을 알게 되었고 그들로

---

[1] 영국 남부 항구.

부터 아주 후한 대접을 받았다. 신분 높은 한 신사는 럭낵으로 가는 배는 한 달 정도 기다려야 할 것이므로 남서쪽으로 24킬로미터 정도 떨어진 글럽덥드립이라는 작은 섬으로 여행을 떠나는 것도 즐거울 거라고 나에게 말했다. 그는 친구 한 사람과 같이 나의 여행에 동행해 주겠다고 제안하면서, 그곳으로 떠날 작고 편리한 범선도 마련해 주겠다고 했다.

그리하여 글럽덥드립 섬을 방문하게 되었다. 그 섬의 이름을 최대한 해석해 보자면 '마법사의 섬' 정도가 된다. 이 섬은 크기가 영국 와이트 섬²의 3분의 1 정도 되는데 아주 비옥했다. 섬은 특정 부족의 족장이 통치하는데, 부족 전원이 마법사였다. 이 부족은 자기들끼리 결혼했으며, 승계권 중 가장 나이가 많은 자가 통치자 즉 족장이 되었다. 그는 약 12제곱킬로미터의 정원을 갖춘 웅장한 궁전에서 살았고, 궁전 주위는 커다란 바위에서 잘라낸 돌로 쌓아 만든 6미터의 벽이 두르고 있었다. 정원 내부엔 가축을 키우고, 곡물을 재배하며 원예도 하는, 울타리를 두른 땅이 여럿 있었다.

족장과 그의 가족은 다소 별난 하인들의 시중을 받았다. 족장은 강령술을 부릴 수 있어서 그가 원한다면 죽은 자를 불러내 24시간 동안 자신을 위해 봉사하도록 명령할 수 있었다. 하지만 24시간 이상으로 부릴 수는 없다. 또한 아주 비상시가 아니면 이미 불러냈던 죽은 자를 석 달 안에 다시 소환할 수 없다.

우리가 섬에 도착했을 때는 오전 11시경이었다. 나와 동행한 신사 한 사람이 족장에게로 가서 알현의 영광을 얻고자 이방인들이 찾아왔으니 궁전에 들어가는 걸 허가해 주었으면 한다고 요청했다. 이는 즉시 받아들여졌고, 우리 세 사람은 두 열로 도열한 위병들이 지키는 궁전 대문으로 들어갔다. 위병들이 입은 제복이나 들고 있는 무기는 아주 기괴했다. 그들의 표정은 필설로 다 할 수 없는 공포를 안겨 주어 온몸을 오싹하

---

2 약 380제곱킬로미터.

게 만들었다. 우리는 위병들처럼 양쪽으로 도열한, 역시 오싹한 느낌을 주는 하인들이 대기하는 여러 방을 지나간 다음에 비로소 알현실에 도착했다. 우리는 허리를 깊이 숙여 족장에게 세 번 예를 표했고, 몇 가지 일반적인 질문을 받은 다음 족장의 옥좌로 이어지는 계단 가장 밑 단 근처의 세 의자에 앉는 것을 허락받았다. 족장은 자기 섬의 모국어와는 다른 발니바비어를 알고 있었다. 그는 내가 겪은 여행 이야기를 들려달라고 나에게 요청했다. 이어 형식을 차리지 않고 나를 친밀하게 대우하겠다는 걸 보여 주겠다는 듯이, 손가락을 돌려 모든 하인을 물러가게 했다.

여기서 나는 정말 깜짝 놀랐다. 그들이 족장이 손짓한 순간에 곧바로 허공으로 사라져서 보이지 않았기 때문이다. 마치 갑자기 잠에서 깨어날 때 꿈에서 본 이미지가 사라지는 것 같았다. 나는 족장이 아무렇지도 않은 일이라고 말해 줄 때까지 한동안 마음을 진정하지 못했다. 나와 동행한 두 사람은 그런 현상에 무관심했는데, 전에 자주 같은 방식으로 대접을 받은 것 같았다. 이에 나는 용기를 얻고서 내가 겪은 여러 나라의 여행담을 족장에게 짧게 보고했다. 그렇지만 그렇게 말하는 중에도 꺼림칙한 기분이 전혀 없었던 건 아니어서 아까 유령 하인들이 있었던 곳을 자꾸 뒤돌아보았다.

이어 나는 족장과 함께 저녁을 먹는 영광을 얻게 되었다. 식탁에서는 새로운 유령 무리가 고기 요리를 차려놓고 시중을 들었다. 나는 내가 오전보다 덜 두려워하고 있음을 깨달았다. 나는 해가 질 때까지 궁전에 머물렀지만, 거기서 자고 가라는 족장의 권유를 공손하게 사양했다. 나와 두 친구는 이 작은 섬의 수도인 왕궁 인근의 도시에 위치한 어떤 개인의 집에서 머물렀다. 다음날 아침 우리는 족장의 지시를 이행하고자 다시 궁전으로 향했다.

이런 식으로 우리는 섬에 열흘 동안 머물렀는데, 하루 중 낮에는 대부분 족장과 함께 있고 밤에는 숙소로 돌아왔다. 나는 곧 유령을 보는 일에 무척 익숙해져 서너 번 본 뒤엔 아무런 느낌도 없었다. 혹여 유령에 대한 두려움이 약간 남아 있다고 하더라도 호기심이 그것을 덮을 정도로 컸다. 족장은 내게 세상의 시작부터 지금 이 순간에 이르기까지 모든 망자들 중에 아무나 몇 명이든 고르면, 그들에게 질문하여 답변을 들을 수 있는 기회를 마련해 주겠다고 했다. 다만 내 질문은 반드시 죽은 자가 살았던 시대의 상황에만 국한되어야 했다. 한 가지 확실한 건, 죽은 자는 반드시 진실만 말한다는 점이었다. 왜냐하면 거짓말은 저승에선 아무도 사용하지 않는 재간이었기 때문이다.

나는 망자를 불러 주겠다는 통치자의 엄청난 호의에 공손하게 사의를 표명했다. 그리하여 우리는 정원의 풍경이 환히 내다보이는 방으로 들어갔다. 나는 처음엔 웅장하고 호화로운 광경을 보고 싶었으므로 아르벨라 전투[3] 직후에 휘하 군대의 선두에 있는 알렉산드로스 대왕을 만나고 싶다고 했다. 통치자가 손가락을 움직이자마자 우리가 서 있는 창문 아래의 커다란 들판에 그 전투 장면이 나타났다. 이어 알렉산드로스 대왕이 방으로 불려 왔는데, 나는 그리스어 실력이 변변찮아서 대왕의 말을 아주 어렵사리 알아들었다. 그는 내게 명예를 걸고 밝히겠는데, 자신이 과도한 음주로 인한 고열로 죽은 것이지 독살당한 것이 아니라고 말했다.

다음으로 나는 한니발이 알프스를 넘어가는 장면을 봤는데, 한니발은 내게 카르타고 군의 진영에 식초라고는 한 방울도 없었다고 말했다.[4]

나는 카이사르와 폼페이우스가 막 교전을 벌이려고 하면서 휘하 부대의 선두에 있는 모습도 봤다. 또한 카이사르가 마지막으로 웅장한 개선식을 누리는 광경도 보았다. 이어 로마 원로원 의원들을 한 커다란 방에, 그리고 후대의 의원들을 다른 방에 나타나게 하여 한꺼번에 볼 수 있게 해 달라고 통치자에게 요청했다. 전자는 영웅과 반신半神으로 구

---

[3] 기원전 331년 마케도니아의 알렉산더 대왕과 페르시아의 다리우스 3세가 티그리스 강 상류에 있는 가우가멜라의 평원에서 벌인 싸움. 이 싸움으로 페르시아 제국은 멸망하였다.

[4] 한니발이 로마를 공격하러 알프스를 넘어갈 때 길을 막는 바위를 불로 달구고 식초를 부어 갈라지게 했다는 이야기가 있다.

성된 사람들의 모임처럼 보였지만, 후자는 행상인, 소매치기, 노상강도, 불량배 등 어중이떠중이처럼 보였다.

통치자는 내 요청에 카이사르와 브루투스에게 신호를 보내 우리 쪽으로 오게 했다. 나는 브루투스를 보고 엄청난 존경심을 품게 되었다. 나는 그의 얼굴 전체에서 지극히 완성된 미덕, 최고의 용맹성, 굳은 마음, 조국을 향한 진정한 사랑, 인류를 향한 박애를 단번에 느낄 수 있었다. 나는 이 두 사람이 저승에서 친하게 지내는 걸 보고 더욱 기뻤다. 카이사르는 그가 이승에서 거둔 가장 훌륭한 행위도 브루투스가 목숨을 빼앗는 영광[5]에 비하면 한참 떨어진다고 거침없이 고백했다. 나는 브루투스와 많은 대화를 나누는 영광을 누렸는데, 그는 자신의 선조 유니우스[6], 소크라테스, 에파미논다스[7], 소(小) 카토[8], 토머스 모어 경[9]과 자신이 영원히 함께 있다고 하면서, 온 세상, 모든 시대를 다 뒤져 보아도 이 여섯 사람의 모임에 일곱 번째로 들어올 만한 자격을 갖춘 사람은 없을 것이라고 말했다.

나는 고대 세계의 인물들을 모두 다 보고 싶다는 끝없는 욕망을 충족시키기 위해 저명한 사람들을 무수히 불러냈다. 하지만 여기서 그 사람을 다 언급하면 독자를 따분하게 만들 것이다. 나는 주로 폭군과 찬탈자를 무너뜨린 사람들과 억압받고 피해를 입은 나라에 자유를 되찾아 준 사람들을 보며 내 눈을 만족시켰다. 하지만 내가 느낀 만족감을 독자들에게 적절히 재미있게 전달하기란 불가능하다.

---

5 공화정을 지지하는 브루투스가 독재관 카이사르를 암살한 사건을 가리킴.
6 루시우스 '유니우스' 브루투스는 로마 왕정을 몰아내고 로마 공화정을 창시한 인물이다. 독재에 대항한 인물로서 휘그당의 상징적 영웅이었다.
7 에파미논다스는 고대 그리스의 장군이자 정치가로 기원전 5세기 경 스파르타를 무찌르고 테베를 그리스의 패자(霸者)로 만들었다.
8 소(小) 카토는 기원전 1세기 로마의 정치가이자 스토아 철학자로 증조부 대(大) 카토와 구분하기 위해 소 카토로 부른다. 키케로와 함께 활약했으나 카이사르에게 적대하다 패하여 자살했다. 올곧고 청렴결백한 인물로 유명하다.
9 토머스 모어 경은 영국의 정치가(1478~1535)로 1516년 유럽 사회를 풍자한 『유토피아』를 발표하였다.

제 8 장

계속되는 글럽덥드립 이야기. 고대사와 현대사가 수정되다.

나는 지혜와 학식으로 가장 명성이 높은 고대인들을 만나보고 싶어서 하루 종일 그들을 만나는 일에 매달렸다. 먼저 호메로스와 아리스토텔레스를 불러내 그들의 작품에 주석을 달았던 후대의 모든 논평가들 앞에 서 있게 해 달라고 제안했다. 하지만 두 사람의 저서에 주석을 단 사람들은 어마어마하게 많았고, 그중 몇백 명은 어쩔 수 없이 안뜰과 궁전 바깥에 있는 방에 머물러야 했다. 나는 첫눈에 두 주인공을 알아볼 수 있었다. 두 사람은 다른 사람들과 구분될 뿐만 아니라 서로 간에도 구분되었다. 호메로스는 두 사람 중에 키가 크고 아름다운 용모를 갖춘 사람이었다. 고령에도 불구하고 허리를 아주 꼿꼿하게 펴고 걸었다. 그의 두 눈은 형형하게 빛났는데 그 어떤 사람보다도 예리하고 통찰력 있어 보였다.

아리스토텔레스는 몸이 무척 굽은 채로 지팡이를 짚고 있었다. 그는 메마른 얼굴에 길고 가는 머리카락을 길렀는데 목소리에는 힘이 없었다. 나는 곧 두 사람 모두 주석자들을 전혀 모르며, 본 적도 들은 적도 없다는 걸 알게 되었다. 익명을 요구한 한 유령은 내게 주석자들이 저승에서도 두 사람과 늘 최대한 거리를 유지하며 지낸다고 은밀히 말했다. 후대에 들어와 두 사람의 뜻을 끔찍할 정도로 오해하고 잘못 소개한 것에 부끄러움과 죄책감을 느끼는 탓이었다. 나는 디디무스와 에우스타티오스¹

¹ 디디무스는 고대 그리스의 학자, 에우스타티오스는 12세기 비잔틴 시대의 신학자로 둘 다

를 호메로스에게 소개했고, 그들을 더 잘 대우해 줄 수 없겠냐고 호메로스에게 간청했다. 호메로스가 그들을 보고 이내 그들에게 시인의 정신이 없다는 걸 간파하고는 심드렁한 태도로 나왔기 때문이다. 하지만 아리스토텔레스는 내가 스코투스와 라무스[2]를 소개하고 그들의 주석 내용을 전하자 화를 벌컥 냈고, 이어 두 사람에게 저기 모인 자들이 전부 당신들처럼 천치냐고 물었다.

나는 이어 데카르트와 가상디[3]를 불러 달라고 족장에게 제안했다. 그들이 나타나자 나는 두 사람에게 그들의 철학 체계를 아리스토텔레스에게 설명했으면 좋겠다고 말했다. 그러자 위대한 철학자 아리스토텔레스는 선뜻 자연 철학에서 자신이 오류를 범했다는 걸 인정했다. 그도 모든 사람이 그러하듯이, 많은 부분을 추측에 의존했기 때문이다. 이후 아리스토텔레스는 에피쿠로스의 학설을 최대한 그럴듯하게 수정한 가상디의 업적과 데카르트의 소용돌이 가설도 붕괴되었다는 사실을 알게 되었다.[4]

아리스토텔레스는 또한 현재 지식인들이 열렬히 옹호하는 만유인력설도 같은 운명을 맞이할 것으로 예측했다. 아리스토텔레스는 자연에 관한 새로운 체계는 새로운 유행에 불과하며, 시대에 따라 달라진다고 했다. 또한 그런 체계를 수학 원리로 설명하려는 체하는 자들도 있기는 하지만 그런 활동은 단기간에 그칠 뿐이며, 유행이 지나면 그것마저도 곧 붕괴된다는 말도 남겼다.[5]

호메로스 작품에 주석을 달았다.

[2] 둔스 스코투스는 스코틀랜드의 철학자, 페트뤼 라무스는 프랑스의 철학자이다. 라무스는 아리스토텔레스를 비판한 것으로 유명하다.

[3] 가상디는 17세기 프랑스 철학자로 아리스토텔레스를 비판하고 쾌락주의 철학자인 에피쿠로스를 높이 평가했다.

[4] 데카르트는 우주는 입자로 가득 차 있으며 이 입자의 소용돌이로 인해 천체가 움직인다는 소용돌이 가설을 세웠으나 아이작 뉴턴의 만유인력설에 의하여 대체되었다.

[5] 스위프트는 아이작 뉴턴에 대하여 '하프펜스 동전 사건'과 관련하여 깊은 반감을 갖고 있었고 그것이 이런 비판으로 이어졌다. 역자 해제 중 "풍자문학의 대가" 참조.

나는 고대의 많은 다른 지식인과 대화하며 닷새를 보냈다. 나는 초기 로마 황제들을 대다수 만나보기도 했다. 나는 글럽덥드럽의 통치자를 설득하여 로마 황제 엘리오가발루스[6]의 요리사들을 불러내 우리에게 저녁을 차리게 했다. 하지만 그들은 음식 재료가 부족하여 재능을 거의 보여 주지 못했다. 스파르타 왕 아게실라오스[7]의 노예 한 사람은 우리에게 스파르타 수프를 만들어줬는데, 나는 첫 술을 뜨고 숟가락을 내려놓을 수밖에 없었다. 두 번째 술은 도저히 목구멍으로 넘길 수가 없었기 때문이다.

나를 섬으로 안내한 두 명의 신사는 개인적인 일로 사흘 안에 돌아가야 했다. 나는 그 남은 시간을 지난 2~3백 년 동안 영국과 다른 유럽 나라에서 명성을 떨친 위대한 인물을 만나며 보내기로 했다. 나는 오래된 저명한 가문을 늘 흠모해 왔으므로, 10명에서 20명 정도 되는 왕을 불러내고 그 위의 선조들을 8대, 혹은 9대까지 순서대로 불러내 달라고 했다. 하지만 그 일로 나는 뜻밖에 심하게 실망하게 되었다. 기품 넘치는 왕관을 쓴 국왕들이 길게 늘어설 것으로 기대했지만 그렇지 않았다. 한 가문에선 두 명의 사기꾼, 세 명의 말쑥한 아첨꾼, 그리고 이탈리아 고위 성직자 한 사람이 나왔다. 다른 가문도 이와 마찬가지여서 이발사 한 사람, 수도원장 한 사람, 추기경 두 사람이 나타나기도 했다. 어쨌든 나는 왕관을 쓴 국왕들을 깊이 존경하고 있으니 이런 난처한 주제를 꼬치꼬치 따지지는 않겠다.

하지만 백작, 후작, 공작 등에 관해서는 주저할 이유가 없다. 여기서 고백하는데, 특정 가문에서 나타나는 특징을 그들의 조상에게서도 찾아볼 수 있었다는 건 즐거운 일이었다. 나는 어떤 가문의 특징인 기다란 턱이 누구에게서 유래했는지 분명히 알 수 있었다. 또 어떤 가문에서 특정

---

6 사치와 향락으로 악명이 높았다.
7 스파르타인들은 금욕적인 생활로 유명했다.

한 두 세대엔 악당이, 그 이후 두 세대엔 바보가 넘치는 이유도 분명히 확인했다. 세 번째로 찾아본 가문에선 미친 사람이, 네 번째로 찾아본 가문에선 사기꾼이 많이 등장했는데 그 이유도 아주 명확했다. 폴리도어 버질[8]은 특정 명문가에 대하여, "남자는 아무도 용맹하지 않고, 여자는 아무도 정숙하지 않다"는 말을 남겼는데, 나는 그 말이 곧바로 이해가 됐다. 문장紋章처럼 특정 가문을 구별하는 특징, 즉 잔혹함과 거짓말, 비겁함이 어디서 비롯되었는지 빤하게 보였다. 누가 처음 매독에 걸려 후대까지 이어지는 연주창 종양을 옮겼는지도 분명해졌다. 나는 이런 모든 점에 전혀 놀라지 않았다. 사환, 하인, 종, 마부, 노름꾼, 사기꾼, 바람둥이, 선장, 소매치기 등이 명문가의 혈통에 대신 끼어드는 걸 뻔히 봤기 때문이다.

나는 주로 현대사에 역겨움을 느꼈다. 지난 백 년 동안 여러 왕가에서 커다란 족적을 남긴 사람을 전부 세심히 검토해 보니, 세상이 돈에 영혼을 판 저술가들에 의해 엄청나게 날조되고 있음을 알게 되었다. 전쟁에서 이룬 가장 위대한 업적이 겁쟁이에게 돌아가고, 가장 현명한 조언이 멍청이가 한 것이 되고, 아첨꾼이 정직함의 표상이 되고, 조국에게 등을 돌린 자가 로마인의 미덕을 갖춘 사람이 되고, 신을 믿지 않는 자가 경건한 사람이 되고, 남색男色을 하는 자가 정결한 사람이 되고, 밀고자가 진실한 사람이 되는 것, 이런 것들은 모두 그런 저술가들 때문이다. 얼마나 많은 무고하고 훌륭한 사람이 재판관의 타락과, 악의에 넘치는 당파에 소속된 대신들의 책략으로 목숨을 빼앗기거나 추방당했는가? 얼마나 많은 악당이 신임, 권력, 위엄, 이익을 누리는 고위직에 올랐는가? 궁정, 추밀원, 의회의 제안과 행사가 포주, 창녀, 뚜쟁이, 기생충, 어릿광대 등에 의해 얼마나 많이 유린되었는가? 세상의 위대한 사업과 혁명의 근원과 동기를 알게 되고, 그런 일의 성공이 한심스럽게도 우연에 불과했다는 점을 진정으로 알게 되었을 때 내가 느낀 인간의 지혜와

---

8   잉글랜드 역사서를 쓴 인물.

지성에 대한 실망은 얼마였던가.

여기서 나는 비밀스러운 야사를 쓰는 척하는 이들이 얼마나 무지하고 나쁜 자들인지 알게 되었다. 그들은 수많은 왕이 독살당했다고 하고, 아무 증인도 없는 왕과 총리 간의 대화를 전한다. 대사와 대신의 생각과 그들의 회의실을 공개한다고 해놓고 사실과 다른 이야기를 한다. 그것을 지적받으면 사람들이 자신을 오해하는 불운이 자신을 떠나지 않는다고 말한다.

여기서 나는 세상을 놀라게 한 많은 대사건의 진정한 원인을 발견했다. 어떻게 창녀 하나가 배후 인물들을 마음대로 휘두르고, 그 배후 인물들이 추밀원을, 추밀원이 의회를 흔드는지도 확실히 알게 되었다. 어떤 장군은 내 앞에서 순전히 비겁하고 잘못된 전술을 펼쳤을 뿐인데 전쟁에서 승리했다고 고백하기도 했다. 한 제독은 아군 함대를 적에게 넘겨주는 배신행위를 저지르려 했으나, 적에 대한 정보의 부족으로 그 적을 물리치게 되었다고 말했다. 국왕 세 사람은 내게 왕위에 머물렀을 때 단 한 번도 훌륭한 인재를 뽑은 적이 없었다고 주장했다. 그들은 혹여나 그런 일이 벌어졌다면 실수이거나 믿던 대신에게 배신당했을 때뿐이라고 첨언했다. 그들은 되살아난다고 하더라도 인재를 원하는 일은 없을 것이라고 했다. 또한 그들은 미덕에서 생겨나는 긍정적이고, 자신감 있고, 고집이 센 기질은 공무를 방해하기만 하므로, 악덕과 부패 없이 왕권을 지탱하는 건 불가능하다고 아주 강력하게 주장했다.

나는 많은 사람이 어떻게 고위직과 엄청난 재산을 얻었는지 호기심이 생겼고, 그것을 자세하게 물어보고자 했다. 다만 이런 질문을 현재와 아주 가까운 시기의 인물에게 국한시키기로 했다. 그러나 현재 살아 있는 인물에게는 피해를 주지 않으려 하며, 심지어 외국인이라고 할지라도 감정을 상하게 할 일은 피하고자 한다. 여기서 내가 언급하려고 하는 내용이 우리 조국과 전혀 무관하다는 사실은 독자들에게 미리 말할 필요조차 없을 것이다.

아무튼 나는 고위직과 재산에 관하여 많은 망자들을 불러냈는데, 아주 조금 살펴봤는데도 악행이 가득하여 이 문제를 떠올릴 때마다 우려하지 않을 수 없다. 위증, 억압, 매수, 사기, 뚜쟁이질 등의 결점은 그나마 그런대로 용납할 수 있는 악행이었다. 이런 것들은 어느 정도 정상참작할 만하다고 생각되기 때문이다. 하지만 남색과 근친상간을 하고, 아내와 딸에게 몸을 팔게 하고, 나라나 군주를 배신하고, 다른 사람을 독살하고, 무고한 자를 파멸시키고자 정의의 실현을 방해하여 부와 명예를 쌓았다는 고백을 듣는 일은 정말 고역이었다. 여기서 독자들의 양해를 구하는 바이지만, 그 결과 고위직 인사들에게 마땅히 보여야 할 나의 존경심은 다소 시들해져 버렸다. 우리 하급자들이 저 숭고한 위엄을 지닌 고위직 인사들을 마땅히 존경해야 한다고 생각해 왔으나 실상은 그럴 만한 자격을 갖춘 사람이 별로 없다는 것을 알게 되었기 때문이다.

나는 군주와 국가에 엄청난 봉사를 한 사람들에 관한 글을 읽은 바가 있어 그들을 만나고 싶었다. 그러나 자세히 물어보니 그들의 이름은 기록엔 나타나지 않았고, 몇 안 되는 사람들만이 극도로 비열한 악당이나 반역자로 둔갑되어 역사에 정반대의 이름으로 남아 있었다. 나머지는 내가 단 한 번도 들어 보지 못한 이들이었다. 그들은 전부 낙담한 표정이었고 누더기 같은 옷을 입고 있었는데, 그들 중 대다수가 가난과 불명예 가운데 죽었고, 나머지는 교수대나 단두대에서 삶을 마쳤다고 했다.

그중에는 사연이 조금 특이한 사람도 하나 있었다. 그는 18살 정도 된 청년을 옆에 데리고 있었다. 그는 자신이 오랫동안 어떤 전함의 지휘관이었다고 했다. 악티움 해전[9]에서 행운이 따라 적의 엄청난 전열을 돌파했고, 주력함을 세 척 침몰시키고 한 척은 나포하는 전공을 세워 안토니우스를 도망치게 했는데 이것이 결국 승전으로 이어졌다. 옆에 선

---

[9] 기원전 31년 그리스 서북부 악티움 앞바다에서 일어난 해전. 이 전투에서 옥타비아누스가 안토니우스와 클레오파트라의 연합군을 격파한 후 로마의 패권을 잡고 황제가 되었다.

청년은 그의 외아들이었는데, 전투 중에 목숨을 잃었다. 전쟁이 마무리되는 상황에서 그는 자신이 전공을 세웠다고 확신했고, 로마로 가서 아우구스투스의 궁전을 예방禮訪하여 최근 지휘관의 전사로 그 자리가 공석이 된 더 큰 전함의 지휘를 맡겨 달라고 간청했다.

하지만 황제는 그의 청원에 전혀 관심을 보이지 않았고, 도리어 단한 번도 바다를 본 적이 없고, 소년에 불과했던 리베르티나의 아들에게 그가 원했던 자리를 내어 줬다. 리베르티나는 당시 황제의 정부情婦에게 비위를 맞추던 자였다. 자기 배로 돌아온 그는 직무 태만으로 고발되었고, 그의 배는 부제독 푸블리콜라의 총애를 받던 시동에게 주어졌다. 이에 그는 로마에서 아주 멀리 떨어진 한적하고 미천한 농장으로 은퇴하여 그곳에서 삶을 마쳤다. 나는 그가 들려 준 이야기의 진실이 무척 궁금했던 나머지 악티움 해전의 총사령관 겸 제독이었던 아그리파를 불러냈다. 그는 내가 들은 이야기가 전부 맞다고 확인해 줬고, 해당 지휘관 본인의 말보다 훨씬 더 유리하게 증언해 주었다. 그 지휘관이 워낙 겸손하여 자신의 업적 중 상당 부분을 겸손하게 말하거나 숨겼다는 것이었다.

나는 로마제국 말기에나 만연하기 시작했던 사치스러운 분위기로 인한 제국의 부정부패가 그토록 대규모로 또 신속하게 퍼진 것에 놀랐다. 그리하여 다른 나라에서 벌어졌던 이와 무척 흡사한 일들에 관해 그다지 놀라지 않게 되었다. 그런 일이 벌어지는 나라들에선 온갖 악덕이 장기간 판쳤고, 찬사와 전리품 등 좋은 것이 모조리 합당한 자격이 전혀 없는 최고 지휘관에게 넘어갔다.

불러낸 사람은 모두 살아 있을 때와 똑같은 모습이었기 때문에, 나는 아주 우울해졌다. 지난 백 년 동안 인류가 얼마나 퇴보했는지 똑똑히 통찰하는 계기가 되었기 때문이다. 그들에 비하면 현대인은 얼마나 달라졌는가! 매독과 갖가지 병들의 영향은 영국인들의 용모를 모조리 바꿔 놓았다. 체격은 줄어들었고, 신경은 허약해졌고, 근육은 긴장이 풀렸으며, 얼굴은 누렇게 뜨고, 살은 축 늘어지고 악취가 났다.

나는 너무 침울했던 나머지 영국의 옛 자작농 몇 사람을 불러냈다. 그들은 한때 소박한 관습, 식습관, 의복, 공정한 행동, 진정한 자유의 정신, 애국심과 용맹 등으로 유명했다. 죽은 자와 산 자를 비교하니 마음이 아프지 않을 수 없었다. 그들의 손자들은 돈 몇 푼에 이런 모든 순수하고 타고난 미덕을 팔아 버렸다. 그들의 후손은 투표권을 팔고, 선거에서 온갖 더러운 술수를 쓰고, 궁정에서나 배우는 모든 악덕과 부정행위를 습득하게 되었다.

제 9 장

저자가 말도나다로 돌아가다. 럭낵 왕국으로 항해하다. 그는 감금되었다가 궁정으로 보내지고, 국왕을 알현하는 특이한 방식을 경험한다. 국왕이 신하에게 엄청난 자비를 베풀다.

이제 떠나야 할 날이 되었으므로 나는 글럽덥드립의 통치자에게 작별을 고하고 동행한 두 사람과 함께 말도나다로 돌아왔다. 그 항구에서 럭낵으로 가는 배가 준비되는 데는 2주가 걸렸다. 출항하는 날, 여행을 함께 했던 두 신사와 다른 이들 몇 명이 참으로 관대하고 친절하게 식량도 마련해 주고 배웅하러 배까지 나와 줬다. 이번 항해엔 한 달이 걸렸다. 배는 한 번 맹렬한 폭풍을 만났고, 무역풍을 타기 위해 서쪽으로 방향을 틀어서 그 바람의 힘으로 3백 킬로미터 이상을 나아갔다.

1708년 4월 21일이 되자 우리는 럭낵의 남동쪽 끝에 있는 항구 도시인 클루맥닉의 강을 타고 올라갔다. 이어 도시에서 5킬로미터도 되지 않는 곳에 닻을 내리고 수로 안내인을 보내 달라는 신호를 보냈다. 30분도 채 되지 않아 두 사람이 배에 올랐고, 그들의 안내를 받아 바닷길에 있는 무척 위험한 여울과 암초 사이를 지나서 커다란 정박지로 들어갔다. 이곳은 도시 성벽에서 2백 미터도 안 되는 거리였지만 안전하게 머무를 수 있을 정도로 넓었다.

나쁜 마음을 품었는지 아니면 단순히 부주의해서 그랬는지 모르겠지만, 선원 중 몇 사람이 수로 안내인들에게 내가 이방인이며 많은 곳을 여행한 사람이라는 걸 알려 줬고, 이런 이야기를 듣게 된 세관원은 내가 상륙하자 나를 무척 엄격하게 조사했다. 이 세관원은 발니바비어로 나를 심문했다. 많은 교역이 이루어지기 때문인지 발니바비 말은 이 도시에서 전반적으로 널리 사용되었고, 특히 선원이나 세관원은 이에 더욱 능통했다. 나는 세관원에게 자초지종을 짧게 설명하고 최대한 이치에 맞고 앞뒤 모순이 없게 내 이야기를 들려줬다.

하지만 나는 국적을 숨길 필요가 있다고 생각했고, 그에 맞춰 네덜란드인이라고 둘러댔다. 왜냐하면 나는 일본에 가는 게 목적이었는데, 그곳에 입국할 수 있는 유럽인은 오로지 네덜란드인뿐이라는 걸 알고 있었기 때문이다.[1] 따라서 나는 세관원에게 발니바비 해안에서 난파당해 바위섬에 머물렀던 일과 떠 있는 섬 라퓨타로 받아들여졌던 일(그는 라퓨타에 관해서 자주 이야기를 들었다고 한다)을 말하고, 이젠 일본으로 가서 고국으로 돌아갈 편리한 방법을 찾으려 한다고 답변했다. 이에 세관원은 궁정에서 지시를 받기 전까지는 나를 구금할 수밖에 없으며, 즉시 보고서를 작성하겠지만 답신은 2주 정도 기다려야 한다고 했다. 나는 가까운 임시 숙소로 가게 되었는데, 문에는 초병이 배치되어 있었다. 하지만 커다란 정원을 자유롭게 거닐 수 있었고, 충분히 인도적인 대우를 받은 데다 머무르는 비용은 전부 국왕이 부담했다. 여러 사람이 주로 호기심 때문에 숙소로 나를 보러 왔다. 그들은 내가 전혀 들어본 적도 없는 아주 먼 나라에서 왔다는 소식을 듣고 찾아온 것이었다.

나는 같은 배에 탔던 청년을 통역사로 고용했다. 그는 럭낵 태생이었는데, 몇 년 동안 말도나다에 살아 두 언어를 완벽하게 구사했다. 그의 도움으로 나는 방문자들과 대화를 나눌 수 있었다. 하지만 대화는 그들이 질문하면 내가 답변하는 형식을 벗어나지 않았다.

편지가 도착할 것으로 예상했던 날이 되자 궁전에서 답신이 왔다. 나

---

[1] 일본은 반기독교 조치의 하나로 1638년에 네덜란드인 이외에 모든 유럽인의 자국 입항을 거부했다. 네덜란드인은 그 덕분에 일본과의 무역을 독점할 수 있었다.

와 내 수행원에게 10명의 기병을 붙여 트랄드락덥 혹은 트릴드록드립(내 기억으로는 이렇게 두 가지 방식으로 발음되었다)까지 안내하라는 명령서가 동봉되어 있었다. 수행원이라고 할 만한 사람은 내가 도와달라고 설득하여 통역사로 남아 준 그 불쌍한 청년뿐이었다. 나의 공손한 요청이 효과를 발휘하여 우리 두 사람은 각자 타고 갈 노새를 한 마리씩 받게 되었다. 사자 한 사람이 우리보다 반나절 앞서 출발했다. 국왕에게 내가 예방하리라는 사실을 알리는 동시에 내가 왕의 발판 앞의 먼지를 핥을 영광을 누릴 날짜와 시간을 정하기 위한 것이었다. 핥기 행사는 궁정의 고유한 경례 방식이었는데, 나는 이 행사가 단순한 형식만이 아님을 알게 되었다. 왜냐하면 도착하고 이틀 뒤에 국왕을 알현할 때 배를 바닥에 대고 엎드린 채 앞으로 기어가면서 바닥을 핥아야 했기 때문이었다.

하지만 내가 외국인이어서 국왕은 사전에 바닥을 깨끗하게 청소하도록 지시했고, 따라서 핥아야 할 먼지는 그리 많지 않았다. 어쨌든 그것은 특별한 호의였다. 왕을 알현하고자 할 때 이런 특별한 대접을 받는 건 지극히 높은 지위에 있는 사람뿐이었다. 알현하려는 사람이 궁중에 영향력이 강한 사람과 적대 관계라면 때로는 바닥을 고의로 먼지투성이로 만들어 놓는 일도 있다고 했다. 나는 어떤 대단한 귀족이 옥좌에서 적당한 거리를 기어가는 동안 입안이 먼지로 가득 차서 한 마디도 말하지 못 하는 걸 지켜보기도 했다. 그렇다고 딱히 그 먼지를 적절히 처리할 방법도 없었다. 국왕을 알현하는 자리에서 입 안에 들어온 먼지를 뱉거나 입을 닦아내는 행위는 사형감이었기 때문이다.

사실 나는 다른 관습 하나도 도저히 받아들일 수 없었다. 국왕이 어떤 귀족을 온건하고 관대한 방식으로 죽이고자 한다면 바닥에 어떤 갈색 가루를 흩뿌리게 한다. 이 가루는 치명적인 혼합물이라 핥으면 24시간 안에 확실하게 죽는다. 하지만 국왕의 엄청난 관용과 신하들의 목숨을 배려하는 세심함은 공정하게 평가되어야 하며, 나는 그의 명예를 위해 한 가지 사항을 분명하게 언급하고자 한다(유럽의 군주들이 그의 이런 점을 따라 하길 바라는 바이다). 그렇게 처형을 할 때마다 가루를 뿌렸던 부분을 나중에 잘 닦으라고 엄명을 내린다는 것이다. 이런 일을 소홀히 하는 궁전의 종들은 국왕을 불쾌하게 만드는 위험에 처한다. 나는 국왕이 시동 하나를 매질하라는 명령을 내리는 걸 직접 듣기도 했다. 처형 이후 바닥을 닦으라는 명령을 널리 알려야 했는데도 악의적으로 그 임무를 생략했기 때문이다. 그 결과 불행하게도 국왕이 목숨을 빼앗을 생각도 없던 장래가 유망한 젊은 귀족이 중독되고 말았다. 하지만 이 훌륭한 군주는 시동이 특별한 지시 없이는 다시는 그렇게 하지 않겠다고 약속하자 매질마저 없던 일로 해 주는 무척 자애로운 모습을 보였다.

이제 여담은 그만하도록 하자. 나는 옥좌에서 4미터도 채 되지 않는 거리를 기어갔고, 무릎을 대고 서서히 몸을 일으킨 다음에 이마로 바닥을 일곱 번 찧었다. 그리고 전날 밤에 배운 대로 다음과 같이 말했다. "익플링 글로프스롭 스큇세룸 블리옵 플라쉬날트 즈윈 트노드발크구프 슬리오파드 구르들룹 아쉬트." 이 말은 국왕을 알현하는 사람이라면 누구나 해야 하는, 국법으로 규정된 찬사였다. 뜻을 풀이하자면 "거룩한 폐하께서 태양보다 열한 달 보름을 더 오래 사시옵소서" 정도가 되었다. 이에 왕은 뭔가 대답을 들려줬으나, 나는 알아듣지 못했고 지시받은 바에 따라 이렇게 대답했다. "플루트 드린 얄레릭 드울둠 프라스트라드 미르플루쉬." 이 말은 적절하게 해석한다면 "내 혀는 내 친구의 혀에 있습니다" 정도이다. 이 말은 결국 통역사를 데려오면 좋겠다는 뜻이었다. 이에 내가 말한 그 청년이 알현실로 들어왔고, 나는 한 시간 넘게 국왕이 묻는 말에 충분히 답변할 수 있었다. 나는 발니바비어로 말했고, 통역사는 내 말을 럭낵어로 전달했다.

국왕은 내 이야기에 무척 즐거워했고, 블리프마르클룹, 그러니까 우리로 따지면 시종장에게 나와 통역사가 머무를 숙소를 궁전 내에 마련하고, 매일 내가 먹을 식사를 준비하라고 지시했다. 또한 그는 일상생활에서 쓰라고 금화가 든 커다란 주머니까지 하사했다.

나는 국왕의 뜻에 온전히 따라 이 나라에서 석 달을 머물렀다. 그는 내게 대단한 호의를 보였고, 무척 명예로운 고위직을 제안하기도 했다. 하지만 나는 영국으로 돌아가 아내와 가족과 함께 여생을 보내는 게 신중하고도 올바른 일이자 도리라고 생각했다.

제 10 장

저자가 럭낵인들을 칭찬하다. 스트럴드브럭에 관한 자세한 설명을 듣다.
해당 주제에 관해 몇몇 저명인사와 많은 대화를 나누다.

럭낵인들은 정중하고 너그러웠다. 비록 모든 동양 국가 특유의 오만함
이 어느 정도 있긴 했지만, 그래도 이방인들에게 정중하게 대했으며, 특
히 궁정의 호의를 받는 사람에겐 더욱 관대했다. 나는 상류 사회 인사를
많이 알게 되었는데, 통역사와 늘 함께 있었기에 대화에는 별 어려움이
없었다.

　어느 날 무척 훌륭한 사람들과 어울리던 중에 신분 높은 한 사람이
내게 '스트럴드브럭', 즉 죽지 않는 자를 본 적이 있냐고 물었다. 나는
없다고 대답하며 반드시 죽을 수밖에 없는 인간을 그런 명칭으로 부르
는 이유가 무엇인지 설명해 달라고 했다. 그러자 그는 내게, 아주 드물
지만 때로 왼쪽 눈썹 바로 위 이마 부분에 붉고 둥근 점이 있는 아이가
태어나는데, 그 점은 틀림없는 불사不死의 표시라고 했다. 그가 말한 점
은 3펜스 은화 크기 정도이지만, 시간이 흐름에 따라 점점 커지고 색깔
도 변한다. 12살이 되면 초록색으로 변하고, 25살이 되면 짙은 파란색
으로 바뀐다. 45살이 되면 색은 칠흑처럼 변하고, 크기도 1실링 동전처
럼 커진다. 하지만 그 단계에 이르면 더는 변화가 없다. 그는 스트럴드
브럭은 아주 드물게 태어나기에 남녀를 가리지 않고 왕국을 통틀어 그
숫자가 1천1백 명이 넘지 않는다고 했다. 수도만 따지면 50명 정도 있
을 것 같은데, 가장 최근에 태어난 이는 3년 전에 태어난 여자아이였다.

스트럴드브럭, 죽지 않는 자들.

이어 그는 스트럴드브럭의 탄생이 어떤 가문만의 고유한 특성이 아니라 순전히 우연의 결과라고 부연 설명했다. 그러나 그들의 자식은 다른 사람들처럼 똑같이 언젠가는 죽는다는 것이었다.

나는 이 이야기를 듣고 이루 말할 수 없는 기쁨을 느꼈음을 솔직히 인정하는 바이다. 이야기를 들려 준 사람은 내가 능숙하게 구사하는 발니바비어를 알아듣는 사람이었다. 그래서인지 나는 참지 못하고 조금 과도하게 그런 감정을 드러냈고, 황홀경에 빠져 이렇게 소리쳤다.

"모든 아이가 불사의 몸이 될 기회를 지닌 행복한 나라여! 수많은 고대 미덕의 산 증거를 누리고, 모든 과거의 지혜를 가르칠 스승을 둔 행복한 사람들이여! 하지만 무엇과도 비할 수 없이 가장 행복한 건 저 훌륭한 스트럴드브럭들이다. 인간성에서 오는 보편적 재앙 없이 태어나서, 죽음에 대한 끊임없는 걱정으로 중압감을 느끼지도 우울하지도 않은 자유롭고 해방된 정신을 가지고 있으니!"

하지만 이렇게 감탄하던 중에 내가 그런 훌륭한 사람들을 궁정에서 단 한 명도 보지 못했다는 걸 알게 되었다. 누군가의 이마에 검은 점이 있었으면 워낙 두드러져 금방 보았을 것이다. 게다가 지극히 현명한 국왕이 그런 현명하고 유능한 고문을 많이 데리고 있지 않은 것도 말이 되지 않았다. 어쩌면 그런 존경할 만한 현인들의 미덕이 궁정의 타락하고 방탕한 관습에 아주 적대적이어서 그들이 초빙되지 않은 것일 수도 있었다. 우리가 자주 경험하여 알고 있는 바이지만, 젊은이들은 너무 독선적이고 변덕스러워서 손윗사람의 온건한 지시를 따르지 않는다.

아무튼 국왕이 내게 알현할 권리를 기꺼이 허락했으므로 다음 기회가 오자마자 이 문제에 관한 내 의견을 기탄없이 개진하기로 했다. 물론 주로 통역사의 도움을 받아야 할 일이긴 했다. 나는 국왕이 내 의견을 받아들이든 말든 한 가지 결심한 바가 있었다. 국왕이 내게 자주 그 나라에 정착하라고 제안해 왔으니 그 호의를 감사하게 받아들여 남은 삶을 여기서 우월한 존재인 스트럴드브럭과 대화를 나누며 지내고 싶었던 것이다. 물론 그들이 나를 받아 준다면 말이다.

이미 언급했듯이 그 신사가 발니바비어를 할 수 있었기에 나는 그런 생각을 전했다. 그러자 그는 무지한 자를 딱하게 여기는 미소를 짓더니 내게 언제라도 기꺼이 스트럴드브럭에게 데려다 주겠다고 하면서, 내 말을 일행에게 알려줘도 되겠냐고 허락을 구했다. 허락을 받은 그는 내 생각을 일행에게 전했고, 그들은 한동안 럭낵어로 서로 이야기했다. 하지만 나는 그들의 말을 한 음절도 알아들을 수 없었고, 내 이야기가 어떤 인상을 남겼는지 그들의 표정만으로는 알 수 없었다.

잠시 정적이 흐른 뒤 내 생각을 전하겠다고 한 신사가 자신의 친구들과 나의 친구(그는 자신을 그렇게 표현하는 것이 적당하다고 생각한 모양이었다)는 영원한 삶에서 오는 커다란 행복과 유익에 관한 나의 현명한 말을 듣고서 무척 즐거웠으며, 내가 스트럴드브럭으로 태어났다면 어떤 삶의 계획을 세웠을지 자세하게 듣고 싶다고 했다.

나는 이렇게 대답했다.

"그토록 대단하고 기분 좋은 주제에 대해 유창하게 말하는 건 쉬운 일입니다. 특히 나는 내가 한 나라의 왕이나 장군, 혹은 대단한 귀족이라면 무엇을 해야 할지 자주 상상하며 즐거워하는 경향이 있으므로 더욱 그렇습니다. 바로 이 경우에도, 나는 영원히 산다면 어떤 일을 하면서 어떻게 시간을 보낼지 그 총체적인 방법을 자주 고민했습니다.

운이 좋아 스트럴드브럭으로 세상에 태어나게 된다면, 남들은 죽는데 저는 죽지 않는다는 삶과 죽음의 차이를 이해함으로써, 내게 주어진 고유한 행복을 깨달을 것입니다.

그러면 첫째, 가능한 모든 수완과 방법을 동원하여 부자가 될 겁니다. 목적을 달성하고자 절약과 관리에 혼신의 힘을 기울일 것이고, 그렇게 되면 당연히 2백 년 정도 지났을 때 이 왕국에서 가장 부유한 사람이 될 수 있을 겁니다.

둘째, 아주 젊을 때부터 인문학과 과학을 배울 것이며, 결국엔 다른 모든 사람보다 더 나은 학식을 갖출 겁니다.

셋째, 나라에서 벌어지는 중대한 행위와 사건을 전부 세심하게 기록할 것입니다. 여러 국왕과 대신의 특성도 모든 면에서 직접 살피며 공명정대하게 기록해둘 것입니다. 관습, 언어, 복식, 식습관, 오락과 관련된 유행에서 생겨나는 여러 변화도 정확하게 서술할 겁니다. 그렇게 습득한 모든 것으로 저는 지식과 지혜의 살아 있는 보고가 될 것이고, 분명 나라의 현인이 될 겁니다.

60세 이후로는 절대 결혼 생활을 하지 않고 손님을 잘 대접하며 살겠지만, 그래도 절약하는 태도는 버리지 않을 겁니다. 장래가 기대되는 청년들의 강건한 정신을 형성하고 지도하는 일을 하며 즐거움을 느낄 겁니다. 청년들은 저만의 기억, 경험, 관찰 등으로부터 도움을 받아 공사公私 양면에서 미덕이 유용하다는 확신을 품게 될 겁니다. 이미 수많은 사례로 확증된 바이니까 그들도 잘 이해하겠지요. 하지만 늘 함께하고 싶은 친구는 나와 같은 불사의 몸을 지닌 형제로 엄선할 것입니다. 나는 그중에서도 가장 오래 산 사람부터 동년배까지 12명을 고를 것입니다.

재산이 부족한 사람이 있다면 내 사유지 주위로 편안한 숙소를 제공하고, 일부는 늘 식사에 초대할 겁니다. 물론 유한한 삶을 사는 사람 중에서도 가장 훌륭한 인물을 몇 사람 초대하여 함께할 겁니다. 시간의 흐름이 저를 무디게 하여 그런 훌륭한 사람들을 잃게 되더라도 꺼리는 태도를 거의, 아니 아예 드러내지 않게 될 겁니다. 그 후손도 마찬가지로 대할 것이고요. 정원에 매년 패랭이꽃과 튤립을 키우는 사람이 지난해에 시들어 없어진 꽃들을 아쉬워하지 않는 것과 같은 이치입니다.

다른 스트럴드브럭과 저는 지나온 세월을 관찰, 기록한 바를 서로 나눌 것이며, 세상에 타락이 슬그머니 들어오는 것을 단계별로 감지하고 모든 단계마다 인류에게 끊임없는 경고와 가르침을 주어 이를 막을 것입니다. 그에 더하여 우리 불사의 몸을 가진 자가 본보기가 되어 강한 영향력을 미침으로써 인간 본성의 지속적인 퇴보를 막을 수 있을 것입니다. 이런 퇴보는 모든 시대에서 불평의 대상이 되어 왔으니 반드시 막아야 합니다.

이 모든 것에 더해 여러 나라에서 발생하는 다양한 혁명, 땅과 하늘에서 생겨나는 변화, 고대 도시들이 폐허가 되고 외진 마을들이 왕의 도시가 되는 모습을 보는 즐거움도 있을 겁니다. 유명한 강들이 얕은 개울로 줄어들고, 바다의 한쪽 해안이 마르면서 다른 쪽은 넘치는 광경도 볼수 있을 겁니다. 아직 알려지지 않은 많은 나라도 발견할 겁니다. 야만인들이 가장 고상한 나라를 침공할 것이고, 극도로 야만스러운 자들이 문명인이 될 겁니다. 경도 측정, 무한 동력 장치, 만병통치약과 다른 많은 훌륭한 발명이 극도로 완벽해지는 모습을 보게 될 겁니다.

오래 살면서 우리가 천문학에서 예측했던 걸 확인할 수 있다면 그 발견이 얼마나 훌륭했는지 알게 되겠지요. 혜성이 움직이고 돌아오는 것, 태양, 달, 별이 보여 주는 움직임의 변화를 관찰하면서 우리는 예측이 옳았는지 여부를 확인할 수 있을 겁니다."

나는 이것 이외에도 죽지 않는 삶과 현세의 행복을 누리려는 자연스러운 욕망이 가져다 주는 다른 많은 화제들에 대해서도 언급했다. 내가 말을 마치자 그 이야기는 전처럼 요약되어 통역되었고, 나머지 사람들은 자국어로 상당히 많은 이야기를 나눴다. 나를 비웃는 듯한 말도 없지는 않았다. 마침내 내 이야기를 전달한 그 신사는 다른 사람들이 내가 저지른 몇 가지 실수를 통역관을 통하여 바로잡고 싶어 한다는 말을 전했다. 그런 실수는 인간 본성의 보편적인 약점에서 나오므로, 충분히 이해할 만한 것이라는 말도 했다.

이어 그는 이렇게 말했다.

"스트럴드브럭이라는 인종은 우리 나라에만 있는 것으로, 발니바비나 일본에는 그런 사람이 없습니다. 저는 명예롭게도 국왕 폐하께서 대사로 임명하셔서 두 나라를 다녀왔는데, 그곳 주민들은 그게 정말 사실이냐며 제 말은 거의 믿지 않으려 했습니다. 당신도 제가 처음 그 사람들 이야기를 하자 놀라신 걸 보니 완전히 새롭고, 또 믿기 힘든 일로 받아들이신 모양입니다. 앞서 말한 두 왕국에서 머무르는 동안 저는 많은 대화를 나눴는데, 오래 사는 것이야말로 인류의 보편적인 욕구이자 바람이더군요. 한쪽 발이 무덤에 있는 사람은 누구든 최대한 힘을 주어 다른 발이 무덤으로 끌려 들어가지 않게 하려고 애씁니다. 가장 나이가 많은 사람도 여전히 하루라도 더 살려는 희망을 품으며, 죽음을 가장 심각한 해악으로 봅니다. 인간의 본능이 죽음을 물리치라고 늘 시키기라도 하는 것처럼 말입니다. 오로지 이 럭낵 섬에서만 오래 살겠다는 욕구가 그리 간절하지 않습니다. 스트럴드브럭들의 삶을 계속 봤기 때문이죠.

말씀하신 삶의 계획은 불합리하고 부당한데, 영구히 유지되는 젊음, 건강, 활력을 전제로 하기 때문입니다. 인간의 소망이 한없이 크기는 하지만, 그 누구도 그런 소망이 성취 가능하리라고 생각할 정도로 어리석지는 않습니다. 부와 건강을 지닌 채 한창 젊을 때의 육신을 한다면 좋겠지요. 하지만 문제는 고령에 수반되는 일반적인 불이익을 감수하면서도 영생이 가능할 것인가 하는 것입니다. 이런 괴로운 상태로 불사의 몸이 되고자 소망하는 자는 거의 없겠지만, 앞서 말한 두 왕국, 그러니까 발니바비와 일본에서 저는 모든 사람이 조금이라도 죽음을 뒤로 미루고, 최대한 늦게 죽음과 마주치길 원하는 걸 봤습니다. 아주 큰 슬픔이나 고통을 겪은 경우가 아니라면 기꺼이 죽겠다고 하는 자에 관한 이야기는 거의 들어 보지 못했습니다. 당신의 조국이나 여행하셨던 나라들에서 똑같은 현상을 보지 못하셨습니까?"

이런 서론을 말한 후에 그는 럭낵의 스트럴드브럭에 관해 자세하게 설명해 줬다.

"그들은 보통 서른이 될 때까지 불사의 몸이 아닌 것처럼 행동합니다. 이후 그들은 점차 우울하고 낙담한 모습으로 변하고, 여든이 될 때까지 증상은 더 나빠집니다. 물론 이것은 그들이 직접 고백하여 알게 되었습니다. 그들은 한 세대에 두세 명 정도밖에 태어나지 않을 정도로 숫자가 너무 적어 일반적 결론을 도출하기 어렵기 때문입니다. 이 나라에서 아주 오래 살았다고 생각되는 나이인 여든이 되면 그들은 다른 여든 살 노인에게서 드러나는 우둔함과 결점을 전부 보여줄 뿐만 아니라, 절대 죽지 않는다는 끔찍한 전망 때문에 더 많은 결점을 보여줍니다. 그들은 독선적이고, 역정을 잘 내고, 탐욕스럽고, 심술궂고, 자만심이 강하고, 수다스러울 뿐만 아니라 남들과 친분을 쌓지도 못하고, 모든 자연적인 애정에 무관심합니다.

스트럴드브럭은 자식과 손자를 빼면 그 누구도 사랑하지 못합니다. 그들에게 팽배한 감정은 부러움과 공연한 욕심입니다. 그들은 주로 젊은이의 부도덕한 쾌락과 노인의 자연스러운 죽음을 질투하는 것 같습니다. 젊은이를 볼 때마다 그들은 자신들이 그런 쾌락을 느낄 모든 가능성에서 차단당했음을 알게 됩니다. 또 그들은 장례식을 볼 때마다 다른 사람이 자신들은 결코 다다를 수 없는 안식의 항구로 떠난 데 대해 한탄하고 푸념합니다. 그들은 청년일 때와 중년일 때 배우고 본 것 말고는 아무 것도 기억하지 못하는데, 그 기억마저도 아주 불완전합니다. 진실이나 어떤 사실에 관한 자세한 내용을 확인하고자 한다면, 그들이 최선을 다해 기억해 낸 것보다는 일반적인 구전(입말에 의한 전달)에 의지하는 것이 더 안전합니다. 그들 중 가장 덜 비참한 사람이 있다면 망령이 들어 기억을 모조리 잃어버린 사람일 겁니다. 그런 사람들은 더 많은 동정과 지원을 받는데, 그들에겐 다른 멀쩡한 스트럴드브럭에게서 나타나는 많은 나쁜 특성이 없기 때문입니다.

스트럴드브럭끼리 결혼한다면, 두 사람 중 젊은 사람이 여든이 되자마자 국법에 따라 혼인 관계가 해제됩니다. 아무 잘못도 저지르지 않았는데도 영원히 살게 된 사람에게 배우자가 불사의 몸이라는 부담으로 인해 고통이 배가되어서는 안 되기 때문입니다. 따라서 국법으로 그런 합리적인 관용을 베풉니다.

80년을 살게 되면 그들은 국법상으로는 죽은 사람이 됩니다. 상속인들이 즉시 재산을 물려받고, 그들은 생계를 유지할 적은 돈만 가질 수 있게 되죠. 가난한 자들은 국고에서 지원하여 돌봅니다. 그들은 여든 이후로는 신탁이나 수익과 관련된 일을 할 수 없으며, 토지를 사들이거나 임대할 수 없고, 민사나 형사 사건은 물론 땅의 경계를 정하는 문제에서조차 증인이 될 수 없습니다.

아흔이 되면 머리카락과 이빨이 빠집니다. 그들은 맛을 구별할 수 없는 나이가 되었지만, 식욕도 없으면서 음식이라면 뭐든지 먹고 마시려고 합니다. 앓고 있는 병도 좋아지거나 나빠지는 일 없이 계속됩니다. 사람들과 이야기하면서도 물건의 보편적 명칭이나 사람의 이름을 잊어버립니다. 심지어 가장 친한 친구나 친척들의 이름마저 기억하지 못합니다. 같은 이유로 그들은 책을 읽으면서 절대 즐거움을 느낄 수가 없습니다. 한 문장을 읽더라도 끝부분에 도달하면 처음 읽었던 부분을 기억하지 못하기 때문이죠. 이런 결점으로 인해 그들은 기억이 좋았더라면 누렸을 수도 있는 단 하나의 오락마저도 빼앗기고 맙니다.

이 나라의 말은 늘 끊임없이 변화하기에 한 세대의 스트럴드브럭은 다른 세대의 동족이 하는 말을 알아듣지 못합니다. 2백 년이 지나면 이웃 일반인들은 보편적인 단어 몇 가지를 제외하면 그들의 말을 전혀 알아듣지 못해서 대화 자체가 안 됩니다. 따라서 그들은 고국에 살면서도 외국인처럼 살아야 하는 불이익을 받게 됩니다."

이상이 내가 스트럴드브럭에 관하여 들은 이야기를 최대한 기억해낸 것이다.

그때 이후 나는 대여섯 명의 서로 다른 나이의 죽지 않는 자들을 만났는데, 가장 어린 사람은 2백 살을 넘지 않았다. 나는 친구들 덕분에 이들을 여러 번 만났다. 하지만 그들은 내가 대단한 여행자이고 전 세계를 둘러봤다는 이야기를 들었음에도 전혀 호기심을 보이지 않았고, 질문도 하지 않았다. 그들은 그저 내게 '슬럼스쿠다스크', 즉 기억의 표시를 달라는 말만 했다. 그것은 완곡한 구걸 행위였다. 그들은 아주 적은 금액이기는 해도 국고의 지원을 받아가며 살아가고 있었으므로 구걸을 엄금하는 국법을 준수해야 했고, 그래서 저런 완곡어법으로 법망을 피하려고 했다.

누구나 그들을 경멸하고 싫어했다. 스트럴드브럭이 태어나면 불길하게 여기고 그들의 탄생은 아주 상세히 기록된다. 따라서 호적을 찾아보면 그들의 나이를 알 수 있지만, 기록의 보존 기한은 1천 년을 넘지 않고 설사 보존되었다고 하더라도 시간의 풍화 작용이나 사회의 소요 사태 때문에 사라져 버린다. 그들의 나이가 몇 살인지 계산하는 일반적인 방법은 기억나는 왕이나 위인이 누군지 묻고, 역사서를 참고하는 것이다. 그들이 기억하는 마지막 군주는 분명 그들이 여든이 되기 전에 즉위했을 것이기 때문이다.

스트럴드브럭은 내가 본 사람 중에 가장 끔찍한 몰골을 하고 있었다. 여자는 남자보다 그 정도가 더욱 심했다. 아주 많은 나이로 인해 신체 변형이 생기는 것 이외에도 그들은 나이가 들어가면서 점점 더 귀신같아졌는데, 그 끔찍한 형상은 도저히 서술할 수가 없을 정도이다. 나는 여섯 명 중에서 누가 가장 나이가 많은지 이내 구별했지만, 그들의 나이 차이는 1백 년이나 2백 년을 넘지 않았다.

이들의 이야기를 듣고, 또 이들을 직접 봄으로써 영원한 삶을 소망하는 나의 간절한 욕구는 크게 줄어들었다. 이것은 독자들도 쉽게 수긍할 것이다. 나는 위에서 말한 기분 좋은 상상이 진심으로 부끄러워졌다. 그런 지루한 장수의 삶에서 벗어날 수 있다면 폭군이 고안한 그 어떤 처형 방법도 즐겁게 받아들이겠다는 생각이 들었다. 국왕은 이 주제에 관한 나와 친구들의 대화 내용을 전부 듣고서 즐거워하면서 나를 놀려댔다. 그는 또한, 영국인들이 죽음의 공포에 맞설 수 있도록 내가 스트럴드브럭 몇 사람을 데리고 귀국할 수 있었으면 좋겠다는 말도 했다. 하지만 그런 일은 국법으로 금지된 모양이었다. 그렇지 않았더라면 나는 그들을 데려오는 수고와 비용을 기꺼이 감당했을 것이다.

나는 스트럴드브럭에 관한 이 왕국의 법이 지극히 타당한 이유를 바탕으로 하고 있으며, 다른 나라도 비슷한 상황에 있었다면 그런 법을 제정했으리라는 생각에 동의할 수밖에 없었다. 그렇게 하지 않으면, 탐욕은 고령에 필연적으로 따르는 것이니만큼 죽지 않는 그들이 온 나라를 그들의 손아귀에 거머쥐고 국가 권력을 독점할 것이다. 게다가 그들은 욕심만 많았지 관리 능력은 거의 없으므로 필경에는 나라를 멸망하게 만들 것이다.

제 11 장

저자가 럭낵을 떠나 일본으로 가다. 그곳에서 네덜란드 배를 타고 암스테르담으로 갔다가 다시 영국으로 돌아오다.

나는 스트럴드브럭에 관한 이런 이야기로 독자가 즐거움을 느꼈으리라고 생각한다. 왜냐하면 도무지 평범한 일이 아니기 때문이다. 적어도 내가 읽었던 여행기에서 이와 비슷한 내용을 접했던 기억은 없다. 만약 내가 이런 여행기가 없다고 착각한 것이라면 다음과 같이 변명해야 할 것이다. 같은 나라를 설명하는 여행자들은 어떤 사항이 매력적이라면 필연적으로 전에 기록되었을지도 모르는 사항을 똑같이 기술할 수밖에 없다고 말이다. 이렇게 한다고 해서 선배 여행자들의 글을 그대로 베꼈다는 책망을 듣는 일은 부당하다고 생각한다.

사실 이 왕국과 일본 간에는 계속 반복되는 교역이 있었기에 일본 작가들이 스트럴드브럭에 관한 이야기를 했을지도 모른다. 하지만 나는 일본에 무척 짧게 머무른 데다 일본어는 전혀 몰랐기에 아무리 생각해도 이 주제와 관련하여 뭔가 문의할 수 있는 입장이 아니었다. 하지만 이 이야기를 들은 네덜란드인이 해당 문제에 호기심을 갖고 내 결점을 보완해 주길 기대하는 바이다.

국왕은 내게 그의 궁정에서 일을 맡아 달라고 여러 번 권했지만, 조국으로 돌아가겠다는 나의 결심이 확고함을 알고 기꺼이 떠나는 걸 허락해 주었다. 그뿐만 아니라 나는 일본 왕에게 보여줄 추천장을 받는 영광까지 누렸다. 또한 그는 444개(이 나라는 짝수를 좋아했다)의 커다란 금덩이와 붉은 다이아몬드 하나를 작별 선물로 주었다. 다이아몬드는 영국에 돌아왔을 때 1천1백 파운드에 팔았다.

1709년 5월 6일, 나는 국왕과 모든 친구에게 진심어린 작별 인사를 했다. 국왕은 무척 자비롭게도 한 명의 호위병을 붙여서 나를 글란겐스탈드까지 안내해 주라고 지시했다. 이 항구 도시는 섬의 남서부에 있었다. 엿새 뒤에 나는 일본으로 가는 배를 탔고 보름 동안 항해했다. 우리는 일본 남동부에 있는 자모시¹라는 작은 항구 도시에 내렸다. 도시는 비좁은 해협의 서부에 있었는데, 해협에서 북쪽으로 나아가면 기다란 만이 나타났고, 그 만의 북서쪽에 수도인 에도[江戸]가 있었다. 상륙할 때 나는 럭낵 국왕이 발부한 일본 국왕에게 보내는 추천장을 세관원에게 보여 줬다. 그들은 럭낵 국왕의 인장을 잘 알고 있었는데, 그것은 내 손바닥만큼이나 넓었다. 인장에는 '절름발이 거지를 땅에서 일으켜 세워 걷게 하는 왕'이라고 새겨져 있었다. 도시 관리들은 국왕의 친서에 관한 이야기를 듣고 나를 공식적인 사절로서 대했다. 그들은 마차와 하인을 제공하고 에도까지 가는 비용을 부담했다.

수도에 도착한 나는 황제를 알현했고 친서를 제출했다. 친서는 엄청난 격식을 준수하며 개봉되었고, 통역관이 그 내용을 황제에게 보고했다. 일본 황제는 내가 무엇을 요청하든 형제 같은 럭낵 왕을 위해서 들어주겠다고 말했다. 통역관은 네덜란드인과의 일을 처리하고자 고용된 사람이었는데, 내 생김새를 보고 나를 유럽인이라 판단하고 왕의 명령을 유창한 네덜란드어로 다시 말했다. 나는 전에 이미 결심한 바에 따라 나를 네덜란드 상인으로 소개했다. 또한 아주 먼 나라에서 난파당해 그곳에서 바다와 육지를 거쳐서 럭낵에 왔으며, 그곳에서 다시 일본으로 배를 타고 왔다고 했다. 이어 나는 동포들이 이 나라와 빈번히 거래하는 걸 알고 있으니 여러 동포와 함께 유럽으로 돌아갈 기회를 얻길 바란다

---

¹ 시모사, 일본의 옛 지명으로 지금의 지바현 북부 및 이바라키현의 일부를 말한다.

고 한 다음 나가사키[長崎]까지 안전하게 안내를 받을 수 있도록 왕명을
내려달라고 아주 공손하게 요청했다.

나는 그 외에 한 가지를 더 간청했는데, 나의 은인인 럭낵 왕을 봐서
라도 네덜란드인이라면 응당 해야 할 십자가를 밟는 의식²을 면제해 달
라고 했다. 동시에 운이 따르지 않아 일본까지 오게 되었으며, 교역하려
는 의도는 전혀 없으니 그 점을 참작해 달라고 했다. 두 번째 간청을 듣
게 된 일본 황제는 조금 놀란 기색이었다. 그는 네덜란드인 중에 그런
일에 양심의 가책을 느끼는 자는 처음 봤다고 하면서 내가 정말 네덜란
드인인지 의심하기 시작했다. 좀 더 정확히 말하자면 내가 기독교인이
분명하다고 생각하는 모양이었다.

하지만 왕은 내가 내세운 이유가 그럴듯하다고 생각했고, 무엇보다
주로 럭낵 왕을 기쁘게 하기 위해 내 특이한 부탁을 들어주는 이례적인
호의를 보였다. 하지만 그 일은 반드시 은밀하게 처리해야 하며, 관리
들이 마치 깜빡하여 나를 봐준 것처럼 되어야 한다고 했다. 왕은 이 비
밀이 내 동포, 그러니까 네덜란드인들에게 발각되면 항해 중에 살해당
할 것이라고 단언했다. 나는 통역관을 통해 왕에게 특별한 호의를 베풀
어 주어 감사하다는 인사를 전했다. 당시 일부 병력이 나가사키로 진군
할 예정이었고, 왕은 부대 지휘관에게 나를 그곳까지 안전하게 안내하
되 십자가 밟기에 관해서는 특별하게 신경 써서 면제해 주라고 명령을
내렸다.

1709년 6월 9일, 아주 길고 힘든 여정을 거친 뒤에 나는 나가사키에
도착했다. 나는 곧 암스테르담의 암보이나 호 소속 선원들 몇 사람과 친
분을 쌓게 되었다. 그 배는 450톤짜리 튼튼한 배였다. 나는 네덜란드에
서 오래 살았고, 레이던 대학교에서 공부한 적도 있어서 네덜란드어를
유창하게 했다. 그들은 호기심이 생긴 모양인지 내가 어떤 항해를 했고

---

2 에후미라고 하는데 역자의 "작품 해설" 참조.

어떻게 살아왔는지에 대해서 물었다. 나는 이야기를 최대한 짧고 개연성 있게 만들어 들려줬지만, 진심은 대부분 숨겼다. 나는 네덜란드인을 많이 알고 있었다. 그래서 부모의 이름도 꾸며낼 수 있었고, 내 부모가 네덜란드 동부 헬데를란트 지방에 사는 평범한 사람이라고 둘러댈 수도 있었다.

나는 테오도로스 판그롤트라는 선장에게 뱃삯을 얼마나 지불하는 게 좋겠냐고 물었는데, 그는 내가 의사인 걸 알고 선의로 일해 주면 뱃삯을 절반만 내도 좋다고 했다. 항해 전에 몇몇 선원들이 내게 십자가를 밟는 의식을 치렀냐고 자꾸 물었다. 나는 일본 황제와 궁정이 요구하는 모든 세부 사항을 만족시켰다는 두루뭉술한 대답으로 그런 질문을 피했다. 하지만 선원 중에도 악의가 넘치는 악당 같은 자가 있어서, 어떤 일본인 관리에게로 가서 나를 가리키며 아직도 십자가를 밟지 않았다고 했다. 하지만 그 관리는 나를 봐주라는 지시를 받았기에 그자의 어깨를 대나무로 스무 번 두들겼다. 이후에 나는 그런 질문으로 곤란한 일을 겪지 않았다.

귀국 항해에 관해서는 별로 보고할 사항이 없다. 우리는 순풍을 받으며 희망봉으로 나아갔고, 신선한 물을 확보하는 동안만 그곳에 머물렀다. 4월 6일에 우리는 안전하게 암스테르담에 도착했다. 항해 중에 병으로 죽은 선원은 세 명밖에 되지 않았고, 기니 해안에서 그리 머지 않은 곳에서 선원이 앞 돛대에서 바다로 떨어져 죽는 사고가 있었다. 암스테르담에서 나는 시청 소유의 작은 배를 타고 영국으로 떠났다.

1710년 4월 10일, 배는 다운스에 입항했다. 나는 다음날 아침 상륙하여 5년 반 만에 조국을 다시 보게 되었다. 나는 곧장 레드리프로 떠났고, 같은 날 오후 2시에 집에 도착하여 건강하게 잘 지내고 있었던 아내와 아이들을 보았다.

제 4 부

후이늠국(말의 나라) 여행기

Nuyts Land

Edels Land

Lewins Land

I. S.ᵗ Francoi

I. S.ᵗ Pieter

Sweers I.

I. Maetsuyker

De Wits I.

HOUYHNHNMS LAND

Discovered A.D. 1711

제 1 장

저자가 선장 자격으로 출항하다. 선원들이 그에게 대항할 음모를 꾸미고 그를 선실에 오랫동안 감금했다가 미지의 해안에 내려놓다. 저자가 그 지역 안으로 여행하고 거기서 만난 기이한 동물 야후에 관해 묘사하다. 두 후이늠을 만나다.

나는 집에서 5개월 정도 아내와 아이들과 함께 아주 행복하게 보냈다. 그때 그렇게 사는 게 삶의 보람이라는 걸 알았더라면 얼마나 좋았을까. 하지만 나는 그것을 깨닫지 못했다. 나는 임신 중이어서 힘든 아내를 집에 혼자 남겨 두고 어드벤처라는 배의 선장이 되어 달라는 유리한 제안을 받아들였다. 이 배는 350톤의 튼튼한 상선이었다. 나는 이제 항해술을 잘 알고 있었으므로 선장을 하고 싶었고, 선상 의사 노릇은 이제 질렸기에 로버트 퓨어포이라는 유능한 의사를 선의로 고용했다. 물론 나의 도움이 필요한 상황이 온다면 언제든 선의 노릇을 할 수도 있었다.

우리는 1710년 9월 7일 포츠머스를 떠나 14일에 브리스틀 출신 포콕 선장을 카나리아 제도 테네리페에서 만났다. 그는 목재를 베어 수입하기 위해 캄페체 만¹으로 가는 중이었다. 16일에 그는 폭풍을 만나 우리와 떨어지게 되었다. 나는 귀국한 뒤에 그의 배가 침몰했으며, 선실 담당 사환 한 명을 제외하고 아무도 탈출하지 못했다는 소식을 들었다. 그는 정직한 사람이고 훌륭한 뱃사람이었지만, 다소 지나치게 자신의

---

1 캄페체는 멕시코의 유카탄 반도에 있는 도시다.

의견을 확신했다. 그와 같은 성격을 가진 다른 사람들이 그랬던 것처럼 그것이 그가 파멸한 원인이 되었다. 그가 내 조언을 따랐더라면 지금까지도 나처럼 그의 가족과 함께 집에서 별일 없이 지내고 있었을지도 모른다.

열사병으로 선원이 몇 사람 죽는 바람에 나는 보충 선원을 고용해야 했다. 배의 고용주인 상인들이 바베이도스[2]와 리워드 제도[3]에 들르라고 했기에 그곳에서 선원을 보충할 수밖에 없었다. 하지만 나는 곧 그 일을 무척 후회했다. 나중에 그때 채용한 대다수 선원이 실은 전에 해적 노릇을 한 자들이라는 걸 알았기 때문이다. 배엔 50명의 선원이 있었고, 나는 고용주 지시에 따라 남태평양의 인디언들과 교역하고 최대한 많은 문물을 구경하며 새로운 발견을 할 생각이었다. 그러나 내가 추가로 채용한 악당들은 다른 선원들까지 꼬드겨 나를 감금하고 배를 차지할 음모를 꾸몄다. 어느 날 아침 그들은 선장실로 몰려와 내 손발을 묶고 조금이라도 움직이면 배 밖으로 던져버리겠다고 위협했다.

나는 포로가 되었으니 그들의 뜻을 따르겠다고 말했다. 그러자 그들은 내게 맹세를 시킨 뒤 줄을 풀어 주었지만, 내 다리 한쪽을 침대 근처에 사슬로 묶어 놓았다. 선장실 앞엔 나의 행동을 감시하기 위해 장전된 총을 든 보초를 세웠다. 그 보초는 내가 탈출하려고 하면 나를 죽여도 좋다는 명령을 받았다. 그들은 내게 먹고 마실 것을 주었으나, 배의 운항運航은 자신들이 장악했다. 그들은 내 배를 해적선으로 둔갑시켜 스페인 배들을 약탈하려고 했지만 인원이 부족하여 여의치 않았다. 그리하여 그들은 우선 배에 실은 물건을 팔아치우고 마다가스카르로 가서 추가로 선원을 모집할 계획을 세웠다. 나를 감금한 뒤에 그들과 한 패인 선원이 여러 명 죽었기 때문이다. 그들은 몇 주 동안 항해하며 인디언들

---

2 서인도제도의 섬나라.
3 서인도제도 동부의 소(小)앤틸리스 제도에 있는 작은 섬의 무리.

과 교역했다. 하지만 나는 배가 어디로 가고 있는지 알지 못했다. 선실에 포로로 감금당한 데다가, 툭하면 죽여 버리겠다고 협박하여 이제는 꼼짝없이 죽은 몸이라고 생각했다.

1711년 5월 9일, 제임스 웰치라는 자가 내 선실로 와서 선장이 나를 해안에 내려놓으라고 지시했다고 전했다. 나는 그건 너무 잔인한 처사이니 재고해 달라고 통사정했으나 아무 소용이 없었다. 아무도 누가 새로운 선장인지 말해 주지 않았다. 그들은 나를 기다란 보트에 강제로 밀어 넣고 새것이나 다름없는 가장 좋은 신사복을 입게 했다. 작은 리넨 보따리도 챙겨 가게 했지만, 무기는 단검 말고는 아무것도 가져가지 못하게 했다. 그들이 내 주머니를 뒤지는 짓까지는 하지 않았으므로 돈과 다른 사소한 필수품 몇 가지는 챙길 수 있었다. 그들은 5킬로미터 정도 노를 저어 가더니 어떤 해안가에서 나에게 내리라고 했다. 나는 여기가 어느 지역인지 말해 달라고 했지만, 그들은 자신들도 모르는 건 마찬가지이며, 선장(그들끼리 그렇게 부르는 자)이 뱃짐을 팔아버린 직후 처음 발견하는 육지에다 나에게 내려놓으라고 지시했다고 퉁명스럽게 말했다. 그들은 나를 배에서 빨리 내리라고 하더니, 뭉그적거리면 밀물에 휩쓸릴지도 모르니 서두르라고 충고하고는 휭하니 떠나가 버렸다.

나는 너무나 절망적인 상황에서 앞으로 나아갔고, 곧 견고한 땅 위를 걷게 되었다. 나는 강둑에 앉아 쉬면서 앞으로 어떻게 하는 게 최선일지 궁리했다. 조금 기운을 차린 뒤 나는 그 미지의 지역 안쪽으로 걸어 들어갔고, 길 위에서 만나는 첫 야만인에게 내 운명을 의탁하기로 했다. 나는 그 야만인에게 팔찌, 유리 반지, 그 외의 자질구레한 장신구를 내놓으면서 내 목숨을 구해 볼 생각이었다. 선원들은 항해할 때 보통 그런 걸 몸에 지니고 다니는데, 나 역시 어느 정도 가지고 있었다.

땅은 길게 열을 이룬 나무들로 구분되어 있었는데, 누군가 규칙적으로 심은 것이 아니라 자연적으로 자란 것들이었다. 풀이 아주 무성하게 자라나 있었고, 귀리 밭도 몇 두둑 보였다. 나는 뒤나 옆에서 기습을 받거나 화살이 갑자기 날아오는 상황이 생길까 두려워하며 지극히 신중하게 걸어갔다. 그렇게 앞으로 나아가던 중에 어떤 다져진 길을 만났는데, 사람의 발자국도 많고 소 발자국도 몇 개 있었지만 대다수는 말 발자국이었다. 마침내 나는 들판에서 어떤 동물들을 보게 되었다. 나무 위에도 같은 종種이 한두 마리 앉아 있었다. 그들의 모습은 아주 특이하면서 흉측했고, 그래서 조금 불안한 느낌이 들었다. 나는 그들을 더 잘 관찰하기 위해 덤불 뒤에 숨었다. 몇 마리가 내가 숨은 곳 가까이 다가왔고, 덕분에 나는 그들의 모습을 좀 더 뚜렷하게 살펴볼 기회를 얻었다.

그들의 머리와 가슴은 털로 수북하게 뒤덮여 있었는데, 몇 마리는 털이 꼬불꼬불했고, 다른 몇 마리는 털이 곧았다. 염소 같은 수염을 달고 있었고, 등, 다리, 발 앞부분에 털이 길게 나 있었지만 몸의 나머지 부분은 털이 없는 황갈색 피부였다. 그들에겐 꼬리가 없었고 엉덩이에도 털이 전혀 없었지만 항문만은 예외였다. 땅에 앉을 때 다치지 말라고 자연이 배려해 준 결과이리라. 그들은 눕기도 하고, 자주 뒷발로 일어서기도 했지만, 때로는 땅에 앉기도 했기 때문이다. 그들은 다람쥐처럼 민첩하게 높은 나무를 올랐는데, 앞발과 뒷발에 있는 끝이 갈고리처럼 날카롭게 굽은 튼튼하고 쭉 뻗은 발톱 덕분이었다. 그들은 종종 엄청나게 민첩하게 도약하고, 뛰어넘고, 휙휙 달렸다. 암컷은 수컷처럼 크지는 않았다. 그들은 머리에 길고 곧은 털이 나 있었고, 항문과 음부를 뺀 나머지 몸엔 일종의 잔털만 나 있었다. 젖통은 축 처져서 양쪽 앞발 사이까지 내려와 있었고, 걸을 때에는 종종 거의 땅에 닿는 것이 보였다. 털은 성별을 가리지 않고 갈색, 붉은색, 검은색, 노란색 등 여러 색깔이었다.

나는 여태까지 온갖 여행을 많이 했지만, 이 정도로 불쾌한 느낌을 주고, 또 이 정도로 커다란 반감을 일으키는 동물은 단 한 번도 본 적이 없었다. 그리하여 나는 경멸과 혐오감을 견디지 못하면서 저 동물은 이제 그만 봐야겠다고 생각했다. 나는 덤불에서 벗어나 인디언의 오두막이라도 발견했으면 좋겠다는 생각으로 아까 봤던 그 밟아 다져진 길로 나아갔다. 하지만 그리 멀리 가지도 않았는데 아까 본 동물 한 마리가 앞길을 완전히 가로막고 나를 쳐다보며 다가왔다. 그 추한 괴물은 나를 보자 눈과 코와 입을 흉측하게 일그러뜨리며 난생 처음 보는 물건을 보는 것처럼 빤히 쳐다봤다. 이어 내게 가까이 다가오며 앞발을 들어올렸는데, 호기심이 생겨서 그러는 건지 공격을 하려고 그러는 건지 알 수가 없었다. 여하튼 나는 단검을 뽑아 그 동물을 칼등으로 세게 한 번 내리쳤다. 감히 칼날로 공격하지는 못했는데, 가축을 죽이거나 불구로 만든 게 알려지면 가축의 주인들이 내게 화를 낼지도 몰랐기 때문이었다. 그 짐승은 아픔을 느끼자 뒤로 물러서면서 엄청나게 큰 소리로 울부짖었다. 그러자 적어도 마흔 마리는 되는 짐승 무리가 옆 들판에서 내 주변으로 모였는데, 하나같이 끔찍한 얼굴을 찡그리며 악을 쓰고 있었다. 나는 근처 나무로 달려가 등을 대고 단검을 휘두르며 그 짐승들이 접근하지 못하도록 막았다. 그러자 이 망할 것들 중 몇 마리가 뒤에 있는 나뭇가지를 붙잡고 나무로 뛰어올라 거기서 똥과 오줌을 내 머리 위로 갈기기 시작했다. 나는 나무줄기에 바싹 붙어 그 배설물을 꽤 잘 피했다. 하지만 내 주변 사방으로 떨어진 분뇨가 풍기는 악취에 거의 질식할 지경이었다.

이렇게 곤경에 빠진 중에 나는 갑자기 이 짐승들이 온 힘을 다 짜내어 황급히 달아나는 모습을 보았다. 곧 나는 과감히 나무 근처를 벗어나 아까 그 길로 다시 나아갔다. 대체 이 짐승들을 달아나게 한 게 무엇인지 알아보고 싶었기 때문이었다. 그런데 왼쪽을 보니 한 마리 말이 들판을 조용히 걸어가는 중이었다. 나를 괴롭히던 짐승들은 바로 이 말을 보고 도망친 것이었다. 말은 내게 가까이 다가오면서 조금 놀란 기색이었다. 하지만 곧 평정을 되찾고 호기심을 드러내면서 내 얼굴을 자세하게 살폈다. 말은 여러 번 내 주위로 돌면서 내 손과 발을 관찰했다. 나는 가려던 길을 계속 가고자 했으나 말이 이내 막아섰다. 하지만 그 태도는 아주 온화했고, 폭력적인 면은 전혀 보이지 않았다. 그 말과 나는 한동안 서로 쳐다보며 서 있었다. 마침내 나는 대담하게도 쓰다듬을 생각으로 말의 목을 향해 손을 뻗었다. 나는 기수가 처음 만난 말을 다루는 방식대로 행동하면서 기수의 휘파람 소리도 흉내 냈다. 하지만 말은 내 정중한 행동을 무시했고, 고개를 젓고 이맛살을 찌푸리며 왼쪽 앞발을 살며시 들어 내 손을 거부했다. 이어 말은 서너 번 울었는데, 내가 알고 있는 말의 울음소리와는 무척 달라서 자신만의 어떤 언어로 혼잣말을 하는 것 같다는 생각이 절로 들었다.

나와 말이 그렇게 서로 살피는 동안에 다른 말이 접근해 왔다. 나중에 온 말은 나와 마주 보던 말에게 아주 정중한 태도로 다가왔고, 서로 오른쪽 앞발굽을 살며시 내밀어 쓰다듬은 다음 번갈아 여러 번 울었다. 이 울음소리는 거의 명료하게 말하는 것처럼 느껴졌다. 두 마리 말은 뭔가 상의라도 하는 것처럼 잠시 서성거렸는데, 나란히 앞뒤로 걷는 모습이 마치 중대한 일을 의논하는 사람들 같았다. 그러면서도 자주 내게 눈을 돌리면서 내가 도망치지 않는지 감시한다는 느낌이 들었다. 나는 짐승이 보여 주는 그런 의젓한 행동에 놀랐고, 또 이 나라 주민들이 그에 비례하는 이성을 지녔다면 분명 세상에서 가장 현명한 민족일 거라고 판단했다.

이런 생각에 나는 무척 위안을 받았고, 민가나 마을을 발견할 때까지, 혹은 주민을 만날 때까지 계속 앞으로 걸어가 보기로 했다. 나는 두 마리 말을 그냥 그들이 하고 싶은 대로 하도록 내버려 두고 길에 올랐다. 그러자 첫 번째 만난 잿빛 얼룩말이 내가 빠져나가려는 모습을 보고 무척 표현력이 풍부한 어조로 울어댔다. 이 소리를 들은 나는 마치 어떤 뜻인지 알겠다는 착각마저 들었다. 어쨌든 그 소리에 나는 몸을 돌려 그 말의 근처로 가서 그 다음에는 어떻게 나오는지 살펴보기로 했다. 나는 이 모험이 어떻게 끝날지 잘 알지 못해서 막연한 고통을 느꼈지만 두려움을 가능한 한 감췄다. 아무튼 독자는 내가 지금 이 상황을 그리 달갑게 여기지 않았다는 걸 쉽게 짐작했을 것이다.

두 마리 말은 내게 가까이 와서 무척 진지하게 내 얼굴과 손을 살폈다. 잿빛 말은 오른쪽 앞발굽으로 내 모자 온갖 곳을 문질러서 마구 구겨놓는 바람에 나는 모자를 벗고 정돈하여 다시 써야 했다. 그러자 잿빛 말과 친구인 갈색 말은 무척 놀란 것처럼 보였다. 갈색 말은 내 윗옷의 늘어진 부분을 만졌는데, 말들은 그것이 내 몸 주위로 늘어진 것을 알고 연신 놀랍다는 기색이었다. 갈색 말은 내 오른손을 만졌는데, 손의 색깔과 부드러움에 감탄하는 것 같았다. 하지만 발굽과 발목 사이로 내 손을 너무 세게 쥐어짜서 나는 무심결에 커다란 소리를 내질렀다. 이후로 말들은 최대한 살살 나를 만지려고 조심했다. 그들은 내 신발과 스타킹에 무척 당황한 모양이었다. 그래서 두 물건을 자주 만지고 다양한 몸짓을 하면서 서로에게 울음소리를 냈다. 그들의 모습은 새롭고 난해한 현상을 만나서 어떻게 하든지 그것을 해결하고자 하는 철학자의 모습 그대로였다.

　　전반적으로 이 짐승들의 행동은 무척 질서정연하고 이성적이며, 대단히 예리하고 신중했기에 나는 마침내 이 말들이 마법사가 분명하다는 결론을 내렸다. 그들은 틀림없이 어떤 계획이 있어서 저런 모습으로 둔갑했으리라. 이렇게 말의 모습으로 둔갑해 길에서 만나는 이방인을 데리고 심심풀이하는 것일 수도 있었고, 아니면 아주 먼 지역에 사는 사람의 너무나 다른 옷, 용모, 안색에 정말로 놀란 것일 수도 있었다. 추리가 여기에 이르자 나는 대담하게 그들에게 말했다.

　　"신사 여러분, 아무래도 여러분은 마법사인 것 같습니다. 정말로 마법사라면 내가 하는 말을 알아들을 수 있겠죠. 나는 실례를 무릅쓰고 여러분에게 내가 불운 때문에 여러분이 사는 이곳 해안까지 밀려온 불쌍하고 비참한 영국인이라는 걸 알리고자 합니다. 부디 간청하건대 두 분 중 한 분께서 마치 진짜 말로 둔갑한 것처럼 저를 등에 태우고 제가 고통을 덜 수 있는 집이나 마을로 데려다 주셨으면 합니다. 호의에 보답하고자 여러분에게 이 칼과 팔찌를 드리겠습니다."

나는 말을 마치자마자 주머니에서 그 물건들을 꺼냈다. 그들은 내가 말하는 동안 조용히 서 있었고, 무척 주의를 기울이며 내 말을 듣는 것 같았다. 내 말이 끝나자 그들은 서로를 향해 계속 울음소리를 냈다. 내가 보기에 진지한 대화를 하는 것 같았다. 나는 그들이 쓰는 말이 감정을 아주 잘 표현하고, 그 단어도 중국어보다 훨씬 수월하게 알파벳으로 옮길 수 있다는 걸 분명히 알 수 있었다.

나는 그들이 여러 번 '야후'라는 말을 반복했기 때문에 그 단어를 알아듣게 되었다. 비록 뜻을 추측하는 건 불가능했지만, 두 마리 말이 대화하느라 바쁜 사이에 나는 그 단어를 입에 익히려고 애썼다. 그리고 대화가 끊겨 조용해지자마자 대담하게 큰 목소리로 최대한 말 울음소리를 흉내 내며 '야후'라고 발음했다. 이에 그들은 눈에 띌 정도로 놀랐고, 잿빛 말은 마치 내게 올바른 억양을 가르쳐 주겠다는 듯이, 그 단어를 두 번 반복하여 말했다. 나는 최대한 그대로 따라 하려고 했는데, 어쨌든 완벽하지는 않았지만 매번 말할 때마다 느낄 수 있을 정도로 발전이 있었다. 그러자 갈색 말은 내게 두 번째로 어떤 단어를 알려 주려고 했는데, 발음하기가 훨씬 더 어려웠다. 하여튼 그것을 소리 나는 대로 옮겨 보자면 '후이늠'이었다. 이 단어는 야후를 발음할 때만큼 좋은 결과가 나오지 않았다. 하지만 두세 번 시도하니 발음이 나아졌다. 그들은 나의 언어 능력에 몹시 놀라는 것 같았다.

내 추측에, 친구 사이인 두 말은 나에 관한 이야기를 좀 더 하는 모양이었다. 그러다가 둘은 전처럼 서로의 발굽을 쓰다듬는 인사를 하면서 헤어졌다. 잿빛 말은 내게 신호를 보내 자기 앞에서 걸으라고 했다. 나는 더 나은 지도자를 만나기 전까지 그런 지시를 따르는 것이 신중한 자세라 생각했다. 나의 걸음 속도가 느려지면 말은 "훈훈" 하고 소리쳤다. 나는 빨리 걸으라는 뜻을 짐작하고, 몸이 지쳐서 더 빨리 걸을 수 없음을 말에게 최대한 이해시켰다. 그러자 말은 잠시 서서 내가 쉬어갈 수 있게 했다.

제 2 장

저자가 후이늠의 안내를 받아 그의 집으로 가다. 그 집과 그곳에서 받은 접대에 대해 묘사하다. 먹을 것이 없어 고통 받던 저자가 마침내 안도하다. 그가 이 나라에서 식사하는 방식을 설명하다.

5킬로미터 정도 걸어가자 우리는 어떤 기다란 건물에 도착했는데, 목재를 땅에 박고 잔가지를 가로질러 엮어 만든 집이었다. 낮은 지붕은 짚으로 덮여 있었다. 이제 나는 조금 마음이 놓이기 시작했다. 나는 장난감을 몇 개 꺼냈다. 아메리카의 흉포한 인디언이나 다른 곳의 야만인들에게 선물로 주려고 여행자들이 흔히 들고 다니는 것들이었다. 어쨌든 이 장난감들이 그 집 사람들을 만족시켜 그들이 나를 친절하게 받아 주길 바랐다. 나를 안내한 말은 먼저 들어가라는 신호를 보냈다. 들어가 보니 커다란 방이 있었는데, 바닥은 찰흙으로 매끈하게 처리되어 있었고, 한쪽 면엔 선반과 여물통이 설치되어 있었다.

방에는 늙은 말 세 마리와 암말 두 마리가 있었는데, 여물통에서 뭔가 먹고 있지는 않았고 몇 마리는 뒤쪽 허벅다리를 깔고 앉아 있었다. 나는 그것을 보고 무척 놀랐다. 하지만 나머지 말들이 집안일을 열심히 돌보고 있는 모습을 보고는 그보다 더 놀랄 수밖에 없었다. 집안일을 하는 말들은 평범한 가축처럼 보였다. 어쨌든 나는 그 장면을 보고서 앞서 했던 생각을 확신하게 되었다. 짐승을 이토록 교화시킬 수 있는 민족이 있다니! 분명 온 세상을 다 뒤져도 이 민족의 지혜에 맞설 다른 민족은 찾을 수 없으리라. 바로 내 뒤에 들어온 잿빛 말은 내가 혹시 다른 말들에게 당할지도 모르는 푸대접을 사전에 막아 줬다. 그는 다른 말들에게 여러 번 권위 있게 울음소리를 냈고, 다른 말들도 그에 맞추어 응답했다.

이 방 너머엔 방이 세 개 있었는데, 집의 끝까지 가려면 세 개의 문을 통과해야 했다. 이 문들은 긴 복도에 일렬로 서로 마주 보고 설치되어 있었다. 우리는 두 번째 방을 지나 세 번째 방으로 향했다. 여기서 잿빛 말은 내게 잠깐 서 있으라면서 먼저 들어갔다. 나는 두 번째 방에서 기다렸고, 집의 주인과 안주인에게 전달할 선물을 준비했다. 선물은 두 개의 칼과 모조 진주로 만든 세 개의 팔찌, 작은 거울과 구슬 목걸이였다. 말의 울음소리가 서너 번 정도 들렸고, 사람의 말소리가 들리기를 기다렸지만 말 울음소리 말고 다른 목소리는 들려오지 않았다. 그 울음소리는 잿빛 말의 것보다 더 날카로웠는데, 한두 번 들렸을 뿐이었다.

나는 이 집이 정말 대단한 사람의 거처가 틀림없다고 생각하기 시작했다. 입장 허가를 받는 데 이렇게 많은 의식이 필요한 걸 보니 자연히 그렇게 생각할 수밖에 없었다. 하지만 이런 대단한 사람을 시중드는 게 죄다 말이라는 사실은 도무지 이해가 되지 않았다. 나는 그때까지 겪었던 고통과 불행으로 나의 머리가 좀 혼란스러워져 헛것을 보는 게 아닌지 걱정이 됐다. 나는 정신을 바짝 차리고 나 혼자 남은 방 안을 이리저리 둘러봤다. 그 방은 첫 번째 방처럼 가구를 들여놓았지만 훨씬 품격이 있었다. 나는 몇 번이고 눈을 비볐지만 여전히 같은 물건들만 보였다. 나는 이게 꿈이길 바라면서 깨어나려고 내 팔과 옆구리를 꼬집어보기도 했다. 그래도 아무런 변화가 없자 나는 이 모든 상황이 주술과 마법으로 생긴 것이라고 결론을 내렸다. 하지만 그런 생각을 계속 하고 있을 여유가 없었다. 잿빛 말이 문으로 와서 자신을 따라 세 번째 방으로 들어오라고 신호를 보냈기 때문이었다. 그곳에서 나는 무척 아름다운 암말을 봤는데, 망아지 두 마리와 함께 짚으로 된 깔개에 엉덩이를 대고 앉아 있었다. 깔개는 꽤 솜씨 있게 만들어진 것으로 아주 산뜻하고 정결했다.

　암말은 내가 들어오자 이내 깔개에서 일어나 내게 가까이 왔다. 내 손과 얼굴을 꼼꼼하게 살펴본 암말은 극도로 경멸하는 표정을 지었다. 이어 암말은 잿빛 말에게 고개를 돌렸는데, 그들 사이에 오가는 대화에서 나는 야후라는 단어를 자주 들었다. 내가 처음으로 발음하는 법을 알게 된 단어였지만, 그 뜻을 알 수가 없었다. 하지만 얼마 지나지 않아 그 뜻을 알게 되었고, 이는 나에게 영원한 수치가 되었다. 잿빛 말은 머리로 나를 가리키며 길에서 그랬던 것처럼 "훈훈"이라는 말을 반복했다. 나는 그것을 따라오라는 뜻으로 이해하고 그와 함께 움직였고, 이어 일종의 안마당으로 들어갔다. 집과는 어느 정도 떨어진 곳에 또다른 건물이 있었다. 그 건물에 들어간 나는 해안에서 내륙으로 들어오면서 처음 만났던 그 혐오스러운 짐승 세 마리를 봤다. 그들은 식물 뿌리와 어떤 동물의 고기를 먹고 있었는데, 그것이 당나귀와 개, 그리고 때때로 사고나 병으로 죽은 소의 고기임을 나중에 알게 되었다. 그들은 전부 버드나무 가지로 만든 튼튼한 굴레를 목에 매고 있었고, 그 굴레는 기둥에 매여 있었다. 그들은 앞 발톱으로 먹이를 잡고서 이빨로 그것을 찢어 먹었다.

　주인 말은 하인인 늙은 밤색 말을 불러 이 짐승들 중 가장 큰 놈을 풀어 마당으로 데리고 오라고 지시했다. 나는 그 짐승과 가까이 서게 되었고, 주인과 하인 말은 부지런히 우리의 생김새를 비교했다. 그러는 중에 그들은 여러 번 야후라는 단어를 반복했다. 이런 가증스러운 짐승이 완벽한 인간의 형태를 지닌 걸 알았을 때, 내가 느낀 공포와 놀라움은 필설로 다 표현할 수 없다. 사실 그 짐승의 얼굴은 평평하고 넓었고, 코는 납작했고, 입술은 컸고, 입도 넓었다. 하지만 이런 모양은 모든 미개한 나라에서 흔히 발견되는 얼굴 모양이다. 그런 나라의 사람들은 얼굴의 윤곽이 뒤틀려 있기 마련인데, 야만인들이 아이를 땅바닥에 엎어 놓거나, 어머니가 아이를 등에 업을 때 아이 얼굴이 어깨에 짓눌려도 그냥 내버려 두기 때문이다. 야후의 앞발은 내 손과 별 차이가 없었다. 손톱이 더 길고, 손바닥이 거칠고 갈색으로 변했으며, 손등에 털이 수북하다는 것 정도가 그나마 차이가 나는 부분이었다. 발도 비슷했고, 차이점도 손과 비슷했다. 내가 스타킹과 신발을 신고 있었기 때문에 말들은 그 사실을 몰랐지만 나는 아주 잘 알았다. 나와 그 짐승은 신체의 모든 면이 똑같았다. 이미 말한 바와 같이 다른 점은 털이 수북한지 아닌지의 여부와 피부색 정도였다.

두 마리 말이 가장 이해하기 어려워했던 건 내 몸의 나머지 부분이 야후와 무척 다르다는 것이었다. 그것은 내가 입고 있는 옷 때문이었는데, 그들은 옷이 무엇인지 알지 못했다. 늙은 밤색 말은 발굽과 발목 사이에 끼워서 들고 있던 식물 뿌리를 나에게 줬는데(그들은 물건을 이렇게 잡았는데, 나중에 적당한 때에 다시 설명하도록 하겠다), 나는 손으로 그것을 받고 냄새를 맡은 뒤 최대한 공손하게 다시 돌려줬다. 그러자 그는 야후의 우리에서 당나귀 살코기를 가져왔는데, 냄새가 너무 불쾌해서 나는 질색하며 고개를 돌렸다. 그는 그것을 곧바로 야후에게 던졌고, 그 짐승은 걸신들린 것처럼 먹어치웠다. 이후 밤색 말은 건초 다발과 귀리를 잔뜩 가져왔다. 하지만 나는 고개를 저으며 그 어느 것도 내가 먹을 수 있는 게 아니라는 몸짓을 했다.

나는 이런 동물들만 만나고 그 외에 사람다운 사람을 만나지 못하면 틀림없이 굶어 죽겠다는 생각이 들었다. 저 추악한 야후들에 관해 말하자면, 비록 내가 누구보다도 인류를 사랑하지만, 모든 면에서 저들보다 더 혐오스러운 존재는 일찍이 본 적이 없다는 걸 고백해야겠다. 그 나라에 있는 동안 나는 그들을 가까이서 보면 볼수록 더욱더 혐오하게 되었다. 주인 말은 내 행동을 관찰하더니 야후를 우리로 돌려보냈다. 그는 이어 앞발을 자기 입으로 가져갔다. 비록 말이 그런 행동을 쉽게 하고 또 그 움직임도 아주 자연스러웠지만 나는 그런 동작을 보고서 깜짝 놀랐다. 그는 다른 신호를 보내며 내가 무엇을 먹을 수 있는지 알고 싶어 했다. 하지만 나는 그가 이해하도록 대답할 수 없었다. 설사 내 뜻을

야후

이해한다고 하더라도 음식을 찾을 방법이 있을지 알 수 없었다. 그렇게 문제를 고민하던 중에, 소 한 마리가 지나가는 것을 보았고, 곧 소를 가리키며 가서 우유를 짜고 싶다는 뜻을 표시했다. 그 몸짓은 효과가 있었다. 그는 나를 집으로 데려가 하인 암말에게 방을 하나 열라고 지시했는데, 그곳에 비치된 토기와 목기에는 아주 정연하고 깔끔하게 엄청난 양의 우유가 담겨 있었다. 암말은 커다란 사발에 우유를 가득 채워 주었고, 나는 실컷 우유를 들이켰다. 그렇게 하고 나니 다시 기운이 났다.

정오 즈음에 나는 네 마리 야후가 끄는 썰매 같은 탈것이 그 집으로 오는 걸 보았다. 그 안엔 늙은 말이 타고 있었는데, 귀한 신분인 듯했다. 그는 뒷발을 먼저 땅에 내디디면서 탈것에서 내렸는데, 사고로 왼쪽 앞발을 다친 모양이었다. 그는 내가 머무르는 집의 말과 함께 식사를 하러 온 손님이었고 아주 정중한 대접을 받았다. 그들은 가장 좋은 방에서 식사했고 두 번째 코스로 우유에 끓인 귀리가 나왔다. 늙은 말은 그 음식을 따뜻하게 데워서 먹었으나 나머지 말들은 식혀서 차가운 상태로 먹었다. 그들의 여물통은 방 중앙에 원형으로 배치되었고 여러 부분으로 나뉘었는데, 말들은 그 주변에 놓인 짚방석 위에 엉덩이를 대고 앉았다. 여물통의 중앙엔 커다란 선반이 있었는데, 그 선반은 여러 갈래로 구부러져서 각각 구분된 여물통의 칸을 이루었다. 말들은 그런 식으로 각자 자신의 건초와, 우유로 끓인 귀리를 아주 점잖고 의젓하게 먹었다. 망아지들의 행동은 아주 공손했다. 주인 말과 여주인 말은 손님을 지극히 유쾌하고 정중하게 대접했다. 잿빛 주인 말은 내가 자기 옆에 서도록 했다. 그와 손님은 나에 관한 이야기를 많이 했으며, 손님 말은 나를 자주 돌아보면서 야후라는 단어를 반복했다.

당시 나는 장갑을 끼고 있었는데, 주인인 잿빛 말은 그것이 당혹스러운 모양이었다. 내가 앞발에 뭔가 경이로운 조치를 취했다고 생각하며 놀라는 듯했다. 그는 발굽을 서너 번 내 손에 올려놓았는데, 원래 모양으로 되돌려 놓으라는 뜻인 것 같았다. 나는 즉시 장갑을 벗어 주머니에 넣고 맨손을 내보였다. 이 덕분에 대화는 더욱 길어졌고, 내 행동으로 손님은 즐거워했는데, 곧 그로 인해 내게는 좋은 일이 생겼다. 주인 말은 내가 알고 있는 단어 몇 개를 말해 보라고 주문했고, 저녁을 먹는 동안 귀리, 우유, 불, 물 이외에도 몇 가지 다른 물건을 지칭하는 단어를 가르쳐 줬다. 나는 손쉽게 그를 따라서 그 단어들을 발음했다. 나는 어렸을 때부터 언어 학습에 대단한 재능이 있었으므로 별로 어려운 일은 아니었다.

저녁 식사를 마치자 주인 말은 나를 옆으로 데리고 와서 몸짓과 말로 내가 아무것도 먹을 게 없어서 걱정이라는 표시를 했다. 그들 말로 귀리는 "흘룬"이라고 했다. 나는 이 단어를 두세 번 발음했다. 비록 처음엔 귀리를 거절했지만, 다시 생각해보니 어떻게든 빵을 만들 수 있을 것 같았고, 우유와 함께 먹는다면 다른 지역으로 탈출하여 다른 사람들을 만날 때까지 충분히 굶지 않고 버틸 수 있을 것 같았다. 주인 말은 곧장 하인인 흰색 암말에게 나무 쟁반에 귀리를 넉넉히 담아 오라고 지시했다. 나는 이렇게 받은 귀리를 불 앞에 놓고 최대한 열을 가한 다음에 겉껍질이 떨어질 때까지 비볐다. 이어 그 곡식에서 좋은 부분을 골라냈고, 그것을 두 개의 돌 사이에 놓고 갈면서 두들겼다. 그런 다음 물을 붓고 반죽을 만든 다음 불에서 굽고 따뜻할 때 우유와 함께 먹었다. 처음엔 맛이랄 게 없었지만, 이건 유럽의 많은 곳에서 흔한 음식이었다. 게다가 시간이 흐르면서 그 맛도 참을 만해졌다. 나는 살면서 자주 형편없는 음식을 먹어 봤기에 인간의 욕구가 얼마나 쉽게 충족되는지 이전부터 알고 있었다.

내가 이 섬에 머무르면서 단 한 시간도 아프지 않았다는 점을 언급하지 않을 수 없다. 나는 때로 야후의 털로 만든 덫으로 토끼와 새를 잡았고, 건강에 좋은 약초를 모아 끓이거나 샐러드처럼 해서 빵과 함께 먹었다. 드물긴 해도 때로는 버터를 조금 만들기도 했고, 버터를 만들고 남은 유장乳漿을 마시기도 했다. 처음엔 소금이 없어서 어쩔 줄 몰랐는데,

습관이 드니 소금을 안 쳐도 음식에 만족하게 되었다. 나는 우리가 소금을 빈번히 사용하는 건 사치스러워서 그런 것이고, 당초에 소금은 술을 더 마시게 하려는 일종의 자극제로서 도입되었다고 확신하게 되었다. 소금은 장기간 항해를 할 때나 대도시 시장에서 멀리 떨어진 오지에서 고기를 보존하려고 할 때에만 예외적으로 필요하다. 인간 말고는 소금을 좋아하는 동물은 도무지 보지를 못했다. 내가 후이늠 나라를 떠나고 난 뒤에 소금을 친 음식에 적응하는 데에는 오랜 시간이 걸렸다.

내가 먹은 음식에 관해서는 이 정도로 말해 두면 충분하다고 생각한다. 다른 여행가들은 마치 독자들이 개인적으로 저자가 잘 먹었는지 못 먹었는지 걱정이라도 하는 것처럼 책에다 그런 이야기를 잔뜩 써서 채우지만 나는 그렇게 하지 않겠다. 그러나 어떤 독자들은 말들이 지배하는 이런 나라에서 내가 3년 동안 정말로 머물렀다면 음식 때문에 생명 유지가 불가능했을 거라고 생각할지 모르므로 식사 문제를 간략히 언급했다.

점점 밤이 가까워지자 주인 말은 내가 묵을 곳을 마련하라고 지시했다. 숙소는 집에서 5미터 정도 떨어져 있었는데, 야후의 우리와는 분리되어 있었다. 여기서 나는 바닥에 깔아놓은 짚 위에서 옷을 입은 채로 아주 곤하게 잘 잤다. 하지만 얼마 지나지 않아 더 나은 자리로 옮겼는데, 이에 관해선 내가 살았던 방식을 자세히 서술할 때 독자들에게 알리기로 하겠다.

제 3 장

저자가 후이늠의 말을 배우려고 애쓰고, 그의 주인 후이늠이 그를 도와서 말을 가르치다. 이곳의 언어에 관해 설명하다. 여러 신분 높은 후이늠이 호기심에 저자를 보러 오다. 저자가 그의 주인에게 자신이 했던 여행에 관해 짤막하게 이야기하다.

나의 최우선 과제는 무엇보다 말을 배우는 것이었다. 주인(앞으로 나는 그를 이렇게 부르고자 한다)과 그의 아이들, 그리고 집 안의 모든 하인은 나를 가르치고 싶어 했다. 그들은 이성적인 동물의 특징이 발견된 짐승을 경이롭다고 생각했다. 나는 뭐든지 보이는 대로 가리키며 그것의 이름을 물었다. 홀로 있을 때 일기장에 단어를 적고, 집 안 말들에게 자주 단어를 다시 발음해 달라고 요청하여 잘못된 억양을 고쳤다. 하인 중 하나인 늙은 밤색 말이 언어 습득을 기꺼이 도와주었다.

그들은 말을 할 때 코와 목구멍으로 발음했고, 그들의 말은 내가 아는 유럽 언어들 중에서는 고지高地 네덜란드어나 독일어에 가장 가깝다. 신성로마제국 황제 카를 5세도 이와 비슷한 의견을 말한 바 있는데, 황제는 자신이 말[馬]과 이야기할 수 있다면 고지 네덜란드어로 할 것이라고 했다. 그러나 후이늠의 말은 유럽 언어보다 훨씬 우아하고 표현력이 풍부했다.

내 주인의 호기심과 조바심은 엄청나서 그는 나에게 말을 가르치며 여가 시간의 대부분을 보냈다. 나중에야 말해준 것이지만 그는 내가 틀림없이 야후라고 확신했다. 하지만 내가 가르쳐 준 것을 쉽게 받아들이고, 정중하고, 깔끔한 것에 적잖게 놀랐다. 이런 자질은 야후에게서는 전혀 찾아볼 수 없었기 때문이다. 그는 내 옷에 가장 당혹스러워했는데, 때로는 그것이 내 몸의 일부가 맞는지 혼자 생각했다는 것이다. 내가 주인의 가족들이 잠들기 전엔 절대 옷을 벗는 일이 없었고, 아침에는 그들이 일어나기 전에 옷을 입었기 때문이었다.

주인은 내가 어디서 왔는지, 내 행동에서 자연스레 드러나는 이성을 어떻게 갖추게 되었는지 내 입으로 직접 그 이야기를 듣고 싶어 했다. 그는 내가 그들이 쓰는 단어와 문장을 배우고 발음하는 것에 무척 능숙한 것을 보고 곧 그 이야기를 해줄 수 있기를 바랐다. 나는 어휘를 더 잘 기억하려고 배운 건 전부 영어 알파벳으로 바꿔서 적어 두고 단어의 뜻도 함께 그 옆에다 달았다. 얼마 지나지 않아 나는 대담하게도 주인이 보는 데서도 그런 어휘 기록 작업을 했다. 하지만 주인에게 그 작업을 설명해 주는 건 무척 곤란한 일이었다. 여기 말들은 책이나 문헌이 무엇인지 전혀 알지 못했기 때문이다.

10주 정도 흐르자 나는 주인의 질문 대다수를 알아듣게 되었다. 석달 정도 지나자 그런대로 대답도 할 수 있었다. 그는 내가 어느 나라에서 왔는지, 또 어떻게 이성적인 동물을 흉내 내는 법을 배웠는지 무척 알고 싶어 했다. 야후는(주인은 겉으로 드러나는 내 머리, 손, 얼굴 등이 야후와 정확히 닮았다고 생각했다) 교활하고 걸핏하면 나쁜 짓을 저질러 가장 가르치기 힘든 짐승으로 여겨졌기 때문이다. 이에 나는 먼 곳에서 수많은 동족과 함께 나무로 만든 속이 텅 빈 거대한 탈것을 타고 바다로 왔는데, 같이 온 동족들이 강제로 나를 이 해안에 내려놓아 혼자 힘으로 살아남아야 했다고 대답했다. 많은 몸짓을 동원한 덕분에 나는 간신히 그에게 내 이야기를 이해시켰다.

그러자 주인은 내가 분명 뭔가를 잘못 알고 있거나, 내가 "있지도 않은 것"을 이야기했다고 말했다. 그들의 언어에는 거짓말이나 허위를 나타내는 단어가 없어서 그 대신 "있지도 않은 것"이라고 표현했다. 그는 바다 너머에 나라가 있다거나, 짐승 무리가 내키는 대로 물 위를 움직이는 나무로 된 탈것을 움직이는 건 불가능하다고 말했다. 그는 살아 있는 후이늠 중에 그런 탈것을 만들 수 있는 자는 없다고 확신하며, 설혹 만들 수 있더라도 야후에게 그런 걸 맡겨 운용하게 내버려 두지는 않을 거라고 했다.

그들의 언어에서 후이늠이라는 단어는 말[馬]을 뜻하며, 어원은 "자연의 완성"이었다. 나는 주인에게 내 뜻을 도무지 잘 표현할 수 없어 난감한 상황이지만 최대한 빨리 말을 배워 더 나은 모습으로 조만간 놀라운 이야기를 들려줄 수 있기를 바란다고 했다. 그는 기꺼이 자기 아내와 아이들, 그리고 하인들에게 기회가 날 때마다 나에게 말을 가르쳐 주라고 지시했고, 매일 두세 시간은 직접 나를 가르쳐 주러 왔다. 이웃의 여러 신분 높은 말들이 자주 내가 머무르는 집에 찾아왔는데, 후이늠처럼 말할 수 있고 언어와 행동에서 이성을 발휘하는 놀라운 야후가 있다는 소문이 퍼졌기 때문이다. 그들은 나와 대화를 하면서 즐거워했고, 많은 질문을 해 왔다. 나는 그 질문에 대답할 수 있는 한 성의껏 대답했다. 이렇게 대화를 많이 한 덕분에 나는 그 나라 언어에 상당히 숙달되었다. 나는 이곳에 도착한 지 다섯 달 만에 그들의 말을 모두 알아듣게 되었고, 내 생각을 말로 표현하는 것도 그런대로 잘 할 수 있었다.

나를 만나서 이야기를 나눌 계획으로 주인을 방문한 후이늠들은 내가 정말 야후가 맞는지 의아해했다. 내가 야후와는 다르게 몸에다 뭔가를 덮고 있었기 때문이다. 그들은 내 머리와 얼굴, 그리고 손을 빼놓고는 평소 보던 야후의 털이나 피부색이 없음에 놀라움을 금치 못했다. 하지만 나는 우연히 주인에게 입고 있는 옷의 비밀을 들켰는데, 약 2주 전에 벌어진 일 때문이었다.

이미 독자들에게 말한 것처럼 나는 습관적으로 매일 밤 여기 식구가 잠이 들면 옷을 벗어 그것을 덮고 잤다. 어느 날 이른 아침, 주인은 시종인 늙은 밤색 말을 보내 나를 불렀다. 그때 나는 곤히 잠든 상태라 내 옷은 한쪽에 떨어져 있었고, 셔츠는 허리 위에 걸쳐져 있었다. 나는 그가 내지르는 소리에 잠에서 깼고, 이어 그가 주인의 메시지를 혼란스러운 상태로 전하는 것을 들었다. 그 다음에 그는 경악하여 주인에게 가서 방금 목격한 것을 두서없이 보고한 모양이었다. 나는 그런 사실을 곧바로 알게 되었는데, 내가 옷을 입고 주인을 보러 가자마자 주인이 대체 자기 하인이 보고한 바가 무엇이냐고 물었기 때문이다. 하인이 말하길 내가 잠잘 때와 깨어났을 때 생김새가 다르고, 어떤 부분은 흰색이고, 다른 어떤 부분은 희지 않은 황색이며, 또 어떤 부분은 갈색이라고 하는데, 대체 이게 무슨 소리냐는 것이었다.

나는 가증스러운 야후들과 나를 최대한 구별하고자 옷에 관한 비밀은 여태껏 숨겨 왔다. 하지만 이제 더 이상 그래봤자 소용없다는 걸 깨달았다. 게다가 옷과 신발이 이미 상태가 나빠져 조만간 닳아 없어질 것이었으므로, 야후나 다른 짐승의 가죽으로 새로 만들어 입어야 했다. 그래서 나는 나의 비밀을 전부 알려 주기로 마음먹었다. 나는 주인에게 나의 조국에서 내 동족은 혹독한 더위와 추위를 피하고 예의를 갖추고자 기술적으로 가공한 동물의 털로 늘 몸을 덮고 다니며, 주인이 바란다면 당장이라도 이 말이 사실임을 확인시켜 드리겠다고 했다.

이어 나는 자연이 우리에게 은폐하라고 가르친 부분은 드러낼 수 없는 점을 양해해 달라고 했다. 그러자 주인은 나의 말이 전부 이상하며, 특히 마지막 말은 더욱 이상하다고 했다. 그는 자연이 왜 자연 스스로가 준 것을 숨기라고 가르쳤는지 도무지 이해가 안 된다고 했다. 주인은 자기 자신이나 가족은 누구나 몸의 어떤 부분도 부끄러워하지 않는다고 했다. 하지만 내가 그렇게 가리는 게 좋다고 생각한다면 그렇게 하라고 말했다. 나는 먼저 겉옷 단추를 풀고 옷을 벗었다. 이어 조끼, 신발, 스타킹, 바지도 벗었다. 나는 셔츠를 허리까지 내렸고, 아래를 끌어올려 내 몸 가운데에서 허리띠처럼 묶었다. 완전히 알몸이 되는 건 피하려는 방편이었다.

주인은 이 모든 과정을 아주 흥미롭고 놀랍다는 듯 지켜봤다. 그는 발목으로 내 옷을 하나도 빠짐없이 하나씩 들어올려 부지런히 살폈다. 이어 내 몸을 조심스럽게 쓰다듬고, 여러 차례 내 주위를 움직이며 내 몸을 살폈다. 그런 다음 내가 완벽한 야후임에 틀림없다고 말했다. 하지만 피부가 희고 매끈하며, 신체 여러 부분에 털이 없고, 앞발과 뒷발에 달린 발톱이 짧고 모양도 다르며, 계속 두 뒷발로 걷기를 선호한다는 점이 나머지 야후와는 다르다고 했다. 그는 그만 됐다면서 다시 옷을 입으라고 했다. 내가 추위에 떨고 있는 걸 본 탓이었다.

나는 끔찍한 짐승인 야후를 철저하게 혐오하고 경멸했는데, 주인이 나를 자주 야후라고 부르니 심기가 불편했다. 그래서 주인에게 그런 뜻을 전하며 앞으로 그런 말을 내게 쓰는 걸 삼가면 좋겠고, 가족이나 나를 보러 오는 그의 친구들도 그렇게 해 주기를 바란다고 간청했다. 또한 나는 적어도 지금 입는 옷이 다 닳아 없어질 때까지는 옷으로 몸을 덮고 있다는 비밀을 아무에게도 알리지 않았으면 좋겠다고 말했다. 하인인 늙은 밤색 말에게 이번에 본 것을 아무에게도 발설하지 말라고 지시해 달라고도 요청했다.

주인은 자비롭게도 이 모든 요청을 들어줬다. 그리하여 나는 내 옷이 닳아 없어질 때까지 비밀을 지킬 수 있게 되었고, 새 옷을 만들고자 여러 가지 궁리를 해야 했는데 이에 관해선 나중에 언급하도록 하겠다. 주인은 내가 그동안 최대한 부지런하게 이곳 말을 배우길 바랐다. 그는 내 몸에 뭔가 덮여 있는지의 여부보다는 논리적으로 생각하고 말하는 나의 능력을 더욱 놀랍게 여겼다. 그는 여기에 더하여 내가 들려주겠다고 약속한 경이로운 사건들을 빨리 듣고 싶어 기다리기가 아주 힘들다는 말도 했다.

이후 그는 나를 가르치는 시간을 두 배로 늘리는 수고를 아끼지 않았다. 그는 모임이 있을 때마다 나를 데려가 다른 말들에게 나를 정중하게 대해 달라고 요청했다. 나중에 알게 된 것이지만 그는 사적으로 그들에게 그렇게 해야 내가 좋은 기분으로 더 재미있는 이야기를 많이 들려줄 것이라고 했다.

나는 매일 그와 함께 시간을 보냈는데, 그는 나를 열심히 가르치면서도 나에 관해 여러 가지를 물어봤다. 당연히 나는 최선을 다해 대답했다. 그런 대화를 통하여 주인은 무척 불완전하긴 해도 나에 대해 대략적으로 파악하게 되었다. 나는 더욱 온전한 대화를 나누게 되기까지 여러 단계를 거쳤는데, 그 과정을 설명하는 건 지루한 일이 될 것이다. 하지만 내가 처음으로 주인에게 어느 정도 정리되고 길게 이야기해준 내용은 이런 것이었다.

내가 이미 주인에게 말하려 했던 것처럼 나는 아주 먼 나라에서 왔고, 대략 50명이 넘는 동족과 함께 큰 나무로 만든 안이 텅 빈 커다란 탈것, 크기가 주인의 집보다 더 큰 탈것을 타고 바다를 항해했다.

나는 최대한 좋은 단어를 선택하여 주인에게 배에 관해 말했다. 그리고 손수건을 동원하여 배가 어떻게 바람을 받아 나아가는지 설명했다.

그러던 중에 동족끼리 싸움이 났고, 나는 이곳 해안에 강제로 내리게 되었다. 나는 어디로 가는지도 모르고 내륙을 향해 걸어 나갔고 그러다 지긋지긋한 야후들에게 괴롭힘을 당하게 되었는데 때마침 주인이 나타나 구해 주었다.

여기서 주인은 누가 배를 만들었으며, 내 조국에서는 후이늠들이 짐승에게 배를 맡기는 게 가능한 일이냐고 물었다.

그 질문에 대하여, 나는 주인이 무슨 말을 듣더라도 불쾌하게 여기지 않겠다고 명예를 걸고 약속하기 전까지는 전에 약속했던 놀라운 이야기를 계속 할 수 없다고 답했다. 그는 약속했고, 나는 내 동족이 그 배를 만들었으며 내 조국은 물론 내가 여행한 모든 국가에서 내 동족만이 유일하게 나라를 통치하는 이성적인 동물이라고 설명했다. 또한 내가 후이늠들이 이성적인 존재처럼 행동하는 것에 매우 놀랐으며, 이는 주인과 그의 친구들이 야후라고 부르는 짐승에게 이성의 흔적이 있는 걸 발견했을 때와 똑같은 반응이라고 말했다. 또한 나는 내가 모든 면에서 야후와 닮긴 했지만, 어떻게 하다가 야후가 그토록 타락하고 야만적인 동물이 되어 버렸는지 도무지 이해하지 못하겠다고 말했다.

나는 더 나아가 행운이 따라 조국으로 돌아간다면 마음속에 다짐한 바에 따라 여태까지 겪은 여행에 관해 책으로 써낼 생각인데, 야후와 후이늠 이야기를 들으면 누구라도 내가 "있지도 않은 것"을 말하고 있으며, 내 머리에서 꾸며낸 이야기를 한다고 생각할 것이라고 했다.

마지막으로, 나는 주인과 주인의 가족과 친구들에게 깊은 존경의 마음을 갖고 있으므로 이 이야기는 하고 싶지 않으나 어떤 말을 해도 불쾌하게 여기지 않겠다는 주인의 약속을 믿고서 말하는데, 내 동포는 후이늠이 나라를 지배하고, 야후가 피지배 짐승인 나라가 있다는 이야기를 들으면 도저히 불가능한, 말도 안 되는 소리로 여길 것이라고 말해 주었다.

제 4 장

진실과 거짓에 관한 후이늠의 개념을 설명하다. 저자의 이야기에 주인이 찬성하지 않다. 저자가 자신과 자신이 여행 중에 겪은 일들을 더 자세하게 설명하다.

주인은 무척 불편한 기색을 드러내며 내 이야기를 들었다. 왜냐하면 이 나라에서는 의심 혹은 불신이라는 개념을 거의 알지 못하기 때문이었다. 그래서 이곳에 사는 후이늠들은 의심이 들거나 믿어지지 않는 경우에는 어떻게 행동해야 할지 알지 못했다. 나는 주인과 함께 세상의 다른 곳에 사는 인간의 본성에 관해 자주 이야기를 나눴는데, 거짓말이나 허위 주장에 관한 말을 할 때 주인은 그 이야기를 이해하기 힘들어 했다. 하지만 다른 문제에 있어 그의 판단력은 지극히 예리했다.

그는 이렇게 주장했다.

대화의 이유는 서로 이해하고 사실에 관한 정보를 얻기 위한 것인데, 누군가 있지도 않은 것을 말한다면 대화의 목적 자체가 성립되지 않는다. 듣는 사람이 말하는 사람의 말을 적절하게 이해하지 못하고, 정보를 받아들이기는커녕 정반대로 알아들어 아예 모르는 것보다도 못한 상태가 되기 때문이다. 그는 흰 것을 검다고 믿게 되고, 긴 것을 짧다고 믿게 되는 꼴이라고 했다. 인간 사이에서는 누구에게나 완벽하게 이해되고, 보편적으로 사용되는 거짓말의 기능에 관해서 그는 이 정도의 생각밖에 하지 못했다.

여담에서 벗어나 이제 본론으로 돌아가기로 하자.

내가 살던 조국에서 유일한 지배층은 야후라는 말을 들은 주인은 도무지 이해할 수 없다는 듯 우리 사이에 후이늠이 있는지, 있다면 그들이 무슨 일을 하는지를 알고 싶어 했다. 나는 우리 나라에 말들이 아주 많이 있으며, 여름에는 들판에서 풀을 뜯고, 겨울에는 집 안에서 건초와 귀리를 먹는다고 말했다. 여기에 더해 하인들이 말들의 피부를 문질러 매끈하게 해 주고, 갈기를 빗어 주고, 발에 낀 이물질을 골라내 주고, 음식을 가져다 주고, 잘 곳을 마련해 준다고 했다. 그러자 주인은 잘 알겠다고 하면서 나의 말을 전부 듣고 보니 야후가 제아무리 이성을 가진 척하더라도, 후이늠이 주인이 되는 게 마땅하다고 말했다. 그러면서 후이늠 나라의 야후도 그렇게 순종적이길 진심으로 바란다고 했다.

나는 주인에게 더 이상 이야기하지 않게 해 달라고 간청했다. 그가 내 이야기를 듣고 무척 불쾌할 게 뻔했기 때문이다. 하지만 그는 최선이든 최악이든 빼놓지 말고 말하라고 고집했다. 이에 나는 그 뜻을 따르겠다고 하고서 숨김없이 말했다.

"후이늠은 우리 사이에서 '말'이라고 불립니다. 무척 너그럽고 매력적인 동물이죠. 높은 신분인 사람의 소유일 때는 여행, 경주, 마차 운행에 쓰이며, 지극히 자상한 보살핌을 받습니다. 하지만 병에 걸리거나 다리를 절게 되면 누군가에게 팔려가 죽을 때까지 온갖 힘들고 단조로운 노동을 하게 됩니다. 죽은 다음엔 말가죽이 가치에 맞게 팔리고, 남은 몸은 개와 맹금猛禽이 먹어 치웁니다. 하지만 보통 말들은 그런 행운을 누리지 못합니다. 농부나 심부름꾼, 그 외의 천한 사람들의 소유가 되면 일은 더 많이 하는데 제대로 먹지도 못합니다."

이어 나는 우리가 말을 타는 법과 굴레, 안장, 박차, 채찍, 마구, 바퀴의 형태와 그 활용을 최대한 설명했다. 또한 말의 발바닥에 철이라고 하는 단단한 물질을 판으로 만들어 고정시키는데, 돌이 많은 길을 달리다가 말발굽이 깨지는 걸 막기 위해서라고 부연 설명했다.

내 주인은 크게 분노한 표정을 지으면서 어찌 감히 야후가 후이늠의 등에 탈 수 있냐고 언성을 높였다. 자신의 집 안에서 가장 약한 하인도 가장 힘센 야후를 몸을 흔들어 가볍게 떨어트릴 수 있고, 혹은 누워서 구르면서 그 야후를 눌러 죽일 수 있다고 확신하기 때문이었다. 이에 나는 이렇게 답했다.

"우리가 키우는 말은 세 살이나 네 살이 될 때부터 용도에 맞게 일하도록 훈련을 받습니다. 어떤 말이 지나치게 사나운 성질을 갖고 있는 것으로 드러나면 그 말은 마차를 끌게 됩니다. 어린 말이 고약한 장난질이라도 치면 심하게 매질을 당합니다. 사람을 태우거나 마차를 끄는 수컷은 태어나고 2년이 지나면 보통 거세시키는데, 그 말의 기운을 꺾어 유순하게 만들려는 조치이지요. 인간 사회의 말들은 상과 벌에 관해 알고 있지만, 이 나라의 야후들만큼이나 이성적이지 못하다는 걸 주인께서 고려해 주셨으면 합니다."

주인에게 내 뜻을 제대로 전달하고자 나는 무척 에둘러 말해야 했다. 그들의 언어는 단어가 풍부하지 않은 데다, 욕구와 감정이 우리보다 적기 때문이었다. 인간 사회에서 말[馬]을 그렇게 야만적으로 대우한다는 이야기에 주인은 필설로 표현하기 힘든 엄청난 분노를 보여 주었다. 특히 번식을 못 하게 하고, 더욱 쉽게 굴복시키기 위해 말을 거세하는 방식과 효용을 설명한 후에는 더욱 분노했다. 그는 이렇게 말했다.

"야후만이 이성을 갖춘 나라가 있을 수 있다면 분명 그가 지배 동물일 수밖에 없겠지. 이성은 늘 때가 되면 야만적인 힘을 이기기 마련이니까. 하지만 야후의 체격, 특히 그대의 체격을 보면 그런 체격으로 일상적인 일을 해 나가는 데 이성을 발휘하기란 무척 어려워 보이는군. 그대와 같이 지냈던 야후들은 그대처럼 생겼는가, 아니면 이 나라의 야후처럼 생겼는가?"

나는 그에게 대답했다.

"제 또래 대다수는 체격이 저와 다를 바 없습니다. 하지만 나이가 더 어리거나 여자라면 저보다 훨씬 연약하며, 피부는 보통 우유처럼 하얗습니다."

그러자 주인은 이렇게 답했다.

"그대는 실로 다른 야후들과 다르다. 훨씬 깨끗하고, 전혀 기형적이
지도 않지. 하지만 실질적인 측면에서 보자면 그대가 야후들보다 불리
하다고 생각하네. 그대의 앞발이나 뒷발에 달린 발톱은 쓸모가 없네. 앞
발은 그 이름대로 앞발이라고 부르기도 적절하지 않네. 나는 그대가 앞
발로 걷는 걸 한 번도 본 적이 없네. 땅을 딛고 다니기엔 너무 물러. 그
대는 앞발을 보통 맨살로 내놓고 다니지. 때로는 뭔가로 덮기는 하지만
뒷발을 덮은 것과 모양이 같지도 않고 그만큼 튼튼하지도 않네. 그대는
안정감 있게 걷지도 못하네. 뒷발이 하나라도 미끄러지면 반드시 쓰러
지니 말일세."

이어 그는 내 몸 다른 부분의 결점을 지적하기 시작했다.

"얼굴은 평평하고, 코는 돌출되어 있고, 눈은 정면을 향하고 있어서
머리를 돌리지 않고는 양옆을 볼 수가 없지. 그대가 먹으려면 무조건 앞
발 하나를 들어올려야 하지 않나? 그래서 자연이 그 필요에 따라 관절
을 붙여준 것이고. 그런데 나는 그대의 뒷발이 왜 여러 개로 갈라져 있
는지, 그 용도가 무엇인지 도무지 모르겠네. 그 발은 너무 물러서 다른
짐승 가죽으로 만든 덮개를 쓰지 않으면 단단하고 날카로운 돌을 견뎌
내지 못하지 않는가? 그대의 몸은 어느 한 군데도 더위와 추위를 막지
못해 매일 덮개를 걸쳤다 벗어야 하니 그 얼마나 답답하고 곤란한가."

마지막으로 주인은 이런 말을 했다.

"이 나라의 모든 동물은 본래 야후를 싫어하네. 야후보다 약한 동물
은 야후를 피하고, 야후보다 세면 야후를 몰아내지. 그대는 동족에게 이
성이 있다고 했는데, 그래도 모든 동물이 그대들에게 품은 반감을 해결
하기가 불가능하고, 따라서 다른 동물들을 길들이고 부리는 것 또한 불
가능함을 모르는가? 아무튼 내 생각은 그렇네. 하지만 그 문제를 더 논
하지는 않겠네. 그대와 그대가 태어난 나라, 그리고 여기 오기 전에 그

대의 삶에서 벌어진 여러 가지 일에 관해 듣고 싶으니 말일세."

이에 나는 이렇게 대답했다.

"모든 점에서 만족할 만한 설명을 할 수 있길 저도 무척 바라고 있습니다. 하지만 주인께서 여러 주제에 관해 아예 그 개념조차 없으니 과연 설명할 수 있을지 의문이 듭니다. 이 나라에서 그와 유사한 어떤 것도 보지 못했을 테니까 말입니다. 하지만 저는 비유를 들어 뜻을 표현하려고 최선을 다하겠으니 적절한 말이 필요할 때 도와주시기를 겸허히 요청합니다." 그러자 주인은 기꺼이 그러겠다고 했다. 나는 이렇게 말을 이어갔다.

"저는 영국이라 불리는 섬에서 선량한 부모 밑에서 태어났습니다. 그 섬은 이곳에서 아주 멀리 떨어져 있는데, 주인님의 가장 튼튼한 하인이 해가 1년이 걸려 가는 길을 여행하면 나오는 정도의 거리에 있다고 보시면 됩니다. 그곳에서 저는 외과 의사였는데, 사고나 폭력으로 생긴 상처를 치료하는 일을 했습니다. 제가 살던 나라는 인간 여자가 통치하는데, 우리는 그분을 여왕이라 부릅니다. 저는 돈을 벌기 위해 해외로 떠났습니다. 돌아왔을 때 그 돈으로 저와 가족을 지탱할 생각이었죠. 마지막 항해에서 저는 배의 선장이었고, 제 밑엔 50명 정도의 야후가 있었습니다. 많은 선원이 바다에서 죽었기 때문에 저는 여러 나라에서 다른 야후들을 선발하여 보충해야 했습니다. 항해 중에 저희 배는 두 번이나 침몰의 위험을 겪었습니다. 첫 번째는 엄청난 폭풍을 만났을 때였고, 두 번째는 암초에 충돌했을 때였습니다."

여기서 주인은 끼어들며 질문을 던졌다. 그렇게 인원을 잃고, 그렇게 위험에 처했는데 어떻게 다른 여러 나라에서 낯선 자들을 설득하여 함께 모험에 나설 수 있었는가? 이에 나는 이렇게 대답했다.

"그들은 극심한 가난이나 그들이 저지른 범죄 때문에 태어난 곳에서 도망칠 수밖에 없는 절망적인 운명이었습니다. 몇몇은 소송 건으로 재산이 완전 거덜이 났고, 다른 몇몇은 술과 창녀, 노름에 빠져 인생을 낭비했고, 또 다른 이들은 반역을 저질러 도망쳤습니다. 많은 자들이 살인, 독살, 절도, 위증, 문서 위조, 화폐 위조를 저질렀죠. 강간이나 남색을 한 자들도 있고, 탈영하거나 적군에 투항한 자들도 있었습니다. 대다수가 탈옥수입니다. 그들은 조국으로 돌아가면 교수형을 당하거나 감옥에서 굶어 죽을까 봐 두려워 감히 돌아가지도 못하는 자들입니다. 따라서 타지에서 생계를 구할 수밖에 없었습니다."

이야기 도중에 주인은 자주 끼어들었다. 내 휘하에 있던 선원 대다수가 조국을 떠날 수밖에 없었던 원인인 여러 범죄의 본질을 설명할 때 내가 완곡한 표현을 많이 썼기 때문이었다. 주인은 며칠 동안 대화한 끝에 내 말을 겨우 이해했다. 그는 그런 악덕들을 저지르는 이유가 무엇인지, 그런 게 무슨 소용이 있는지 도무지 이해가 되지 않아 어쩔 줄 몰라 했다. 이를 설명하고자 나는 권력과 부를 향한 갈망, 그리고 욕망, 방종, 악의, 질투로 인한 끔찍한 결과를 주인에게 이해시키려고 애썼다. 이 모든 걸 정의하고 설명하기 위해 나는 구체적 사례들을 제시하고 여러 가지 가정을 내세워야 했다.

주인은 전에 본 적도, 들어본 적도 없는 사물을 접하고는 도무지 상상할 수가 없다는 듯이 놀라움과 분노로 눈을 치켜떴다. 권력, 정부, 전쟁, 법, 처벌, 그 외의 무수한 것을 후이늠의 언어로는 표현할 수 없었다. 그리하여 주인에게 어떤 생소한 개념을 전달하는 데 아주 큰 어려움이 있었다. 하지만 그는 이해력이 워낙 대단했기에 숙고와 대화를 거듭하면서 내 말을 더 잘 이해하게 되었고, 마침내 우리가 사는 쪽 세상에서 인간 본성이 무슨 일을 행할 수 있는지 충분히 알게 되었다. 그는 우리가 유럽이라고 부르는 땅, 특히 내 조국에 대하여 자세한 설명을 해주길 바랐다.

제 5 장

저자가 주인의 지시에 따라 주인에게 영국의 국정을 알려 주다. 유럽의
군주들이 서로 전쟁하는 원인과 영국의 헌법을 설명하기 시작하다.

독자는 이 점을 염두에 두길 바란다. 다음의 내용은 주인과 나눴던 많은
대화에서 발췌한 것이며, 2년 넘게 수도 없이 나눈 대화 중에서 가장 중
요한 내용들만 요약하여 제시한 것이다.

내가 후이늠의 언어에 점점 더 능숙해지자 주인은 더욱 자세한 이야
기를 듣고 싶어 했다. 나는 최선을 다해 그에게 유럽의 국정에 관해 설명
했다. 교역과 제조, 예술과 학문에 관해서도 설명했다. 여러 주제를 다루
며 그가 한 질문과 나의 답변은 무궁무진한 대화의 원천이 되었다. 하지
만 나는 여기서 내 조국에 관해 오간 내용만 적을 것이며, 연대年代나 다
른 환경 같은 건 고려하지 않고 최대한 잘 간추려볼 것이지만, 그 과정
에서 철저하게 진실을 고수하고자 한다. 단 한 가지 아쉬운 건 내 주인
의 주장과 표현을 정확하게 전달할 수 없다는 점이다. 내 능력도 부족하
거니와 상스러운 영어로는 제대로 그 내용을 옮기기 어려운 까닭이다.

주인의 지시에 따라 나는 오렌지 공이 주도한 명예혁명에 대해서 말
했다. 오렌지 공이 일으키고, 그 후계자인 현 여왕이 다시 시작하고, 여
러 기독교 강대국들이 참전하여 아직도 진행 중인 프랑스와의 오랜 전
쟁에 관해 이야기했다.[1] 그 전쟁이 여태까지 진행되는 동안 1백만 마리

---

[1] 스페인 왕위 계승 전쟁을 말함. 역자 해제 중 "스위프트 당시의 시대적 상황" 참조.

정도의 야후가 죽고, 1백 개 이상의 도시가 점령당하고, 5백 척 정도의 배가 불타거나 침몰했을 것이라고 계산하여 주인에게 알려 줬다.

주인은 한 나라가 다른 나라와 전쟁을 하는 통상적인 원인이나 동기가 무엇이냐고 물었다. 나는 이렇게 답했다.

"무수히 많지요. 하지만 주요한 몇 가지만 말해보겠습니다. 때로는 야심이 많은 군주가 통치할 땅이나 백성이 적다고 생각하여 전쟁을 일으킵니다. 때로는 타락한 대신들이 군주를 부추겨 전쟁을 벌이는데, 그들의 악랄한 행정에 반발하여 백성들이 일으키는 소란을 억압하거나 아니면 백성들의 눈을 다른 곳으로 돌리기 위한 짓입니다. 또 사람들 사이의 의견 차이로 수백만 명이 목숨을 잃기도 했습니다. 예를 들면, 몸[肉]이 빵인지, 빵이 몸인지, 특정 열매(포도)의 즙이 피인지 술인지, 휘파람을 부는 게 악덕인지 미덕인지, 나무 기둥에 입을 맞추는 게 나은지 아니면 그것을 불에 던지는 게 나은지, 검은색, 흰색, 붉은색, 회색 중에 어떤 것이 겉옷(성직자 의복) 색깔로 가장 나은지, 겉옷이 길어야 하는지 짧아야 하는지, 좁아야 하는지 넓어야 하는지, 더러워야 하는지 깨끗해야 하는지 등입니다.[2] 이것 말고 다른 사례도 많습니다. 그런 의견 차이로 벌어진 전쟁은 맹렬하고 피비린내 나며, 아주 오래 지속됩니다. 특히 별로 중요하지도 않은 사유로 전쟁이 벌어지면 더욱 오래 갑니다.

때로는 어떠한 권리도 없는 제3의 영토를 마음대로 차지하고자 두 군주가 싸우기도 합니다. 때로는 다른 군주가 싸움을 걸어올까 두려워 먼저 싸움을 일으키기도 합니다. 때로는 적이 지나치게 강하거나, 혹은 지나치게 약해서 전쟁이 벌어지기도 합니다. 때로는 이웃 나라가 우리 나라가 가진 걸 원하거나, 혹은 우리 나라가 바라는 걸 가져서 전쟁이 일어나며, 원하는 바를 얻어야 전쟁이 끝납니다. 백성들이 기근으로 죽

---

2 그리스도교 안에서 성찬식, 성직자의 의복 등을 놓고 격렬하게 싸우던 것을 가리킨다. 빵이 그리스도의 몸이라고 주장한 천주교(구교)와 그에 반대한 개신교의 갈등을 언급한다.

거나 역병으로 쓰러지거나 혹은 당파 싸움이 격렬할 때도 다른 나라를 침공하며, 그건 오히려 무척 정당한 전쟁의 사유가 됩니다. 가장 가까운 동맹국이 어떤 도시나 영토를 갖고 있는데 그 도시나 영토를 차지하면 우리 군주의 지배권이 더욱 강력해질 경우에도 전쟁을 벌이기 위한 정당한 이유가 생깁니다.

군주가 어떤 나라로 병력을 보냈을 때 그곳 백성이 가난하고 무지하면 절반을 죽이고 나머지 절반을 자기 노예로 만들어도 정당합니다. 미개한 삶의 방식을 교화하겠다는 명분만 내세우면 그런 학살도 아무 문제 없습니다. 적의 침략에서 지켜 달라고 다른 군주를 불러들인 군주가, 그렇게 해서 침략자를 물리친 뒤 도움을 주러 온 군주에게 붙잡혀 살해당하거나, 감옥에 갇히거나, 추방당하는 일은 아주 흔합니다. 오히려 도움을 주러 온 군주가 제왕답고 명예롭다는 평가를 받습니다. 혈연이나 결혼으로 인한 동맹도 군주들 간에 전쟁의 사유가 되기에 충분합니다. 더 가까운 친척일수록 싸우는 경향은 더 높아집니다. 가난한 나라는 배고프고, 부유한 나라는 오만합니다. 오만과 굶주림은 언제나 불화하기에 싸움의 원인이 됩니다. 이런 여러 가지 이유들로 늘 전쟁이 벌어지므로, 군인이라는 직업이 모든 직업 중에 가장 명예롭다는 인식이 있습니다. 왜냐하면 군인은 자신을 단 한 번도 모욕하지 않은 사람을 냉혹하게, 최대한 많이 죽이고자 고용된 자들이기 때문입니다.

또한 유럽엔 비루한 군주들도 있습니다. 이들은 전쟁을 일으킬 능력은 안 되면서 일당을 받는 조건으로 휘하 군대를 부유한 나라에 빌려줍니다. 일당의 4분의 3은 군주가 가져가는데, 이것이 바로 그들의 주요 수입원입니다. 북유럽에 있는 많은 나라의 군주가 이런 식으로 돈벌이를 하고 있습니다."

그러자 주인은 이렇게 말했다.

"전쟁이라는 주제로 그대가 말한 내용은 그대의 동족이 갖추었다는 이성의 효과가 실로 어떤 것인지 잘 보여 주는군. 하지만 위험보다 부끄러움이 더 큰 억제력을 발휘하고, 자연이 그대의 동족에게 그런 허약한 신체를 부여해 커다란 해악을 저지르지 못하게 했다는 건 그나마 다행스러운 일이야. 그대들의 입은 얼굴에 평평하게 달렸으니 동의가 없는 한 어떤 의도로도 상대를 물어뜯을 수 없을 것이네. 그대들의 앞발과 뒷발에 달린 발톱은 너무 짧고 연해서 이곳의 야후 하나가 그대의 동족 여럿을 상대할 수 있을 것이네. 따라서 그대가 말한 전사자의 숫자는 그대가 있지도 않은 것을 말했다고 생각할 수밖에 없네."

나는 주인이 몰라도 너무 모르는 것 같아 고개를 저으며 살짝 미소 짓지 않을 수 없었다. 나는 전술에 문외한이 아니므로 주인에게 대포, 대형 대포, 소총, 기병총, 권총, 탄환, 화약, 칼, 총검, 포위, 후퇴, 공격, 땅굴, 대항 땅굴, 포격, 해전에 대하여 설명했다. 1천 명의 선원과 함께 침몰하는 배, 양쪽에서 나오는 2만 명의 전사자, 사람들이 신음하며 죽어가는 모습, 공중에 날아다니는 사지를 묘사하고, 연기, 소음, 혼란, 말 발굽에 밟혀 죽는 모습, 패주, 추격, 승리를 묘사했으며, 개와 늑대와 맹금의 먹잇감인 시체로 뒤덮인 들판과 약탈, 강탈, 강간, 방화, 파괴 등에 대하여 설명했다. 또한 나는 내 동포의 용맹을 드러내고자 포위 작전을 펼칠 때 그들이 한 번에 1백 명의 적을 날려버리는 모습을 보았고, 배에서도 그만큼 적이 죽어 나가는 걸 봤다고도 했다. 이어 나는 구름처럼 높이 떠 있는 성벽에서 시체들이 갈가리 찢겨 떨어져 구경꾼들에게 커다란 즐거움을 주는 장면도 봤다고 했다.

나는 더 자세하게 설명하려고 했으나 주인이 더는 이야기하지 말라고 제지했다. 그는 이렇게 말했다.

"야후의 사악한 본성을 아는 자라면, 야후가 그 모든 일을 저지를 수 있다고 쉽게 믿을 걸세. 야후의 힘과 교활함이 그런 악의에 필적한다면 말일세. 하지만 그대의 이야기로 나는 야후라는 종족을 더욱 혐오하게 되었고, 전에는 아예 들어본 적 없던 이야기를 들어서인지 마음에 동요가 이네. 앞으로 그런 가증스러운 말을 듣는 데 익숙해지면 그런 말을 덜 혐오스럽다고 생각하게 될 것 같네. 나는 '그나이'(이곳의 맹금이다) 의 잔혹성이나 말의 발굽을 깎아내는 날카로운 돌을 비난하지 않네. 그 건 원래 그런 거니까. 마찬가지로 이 나라 야후의 혐오스러운 특징을 비 난하지는 않네. 하지만 자네 나라의, 소위 이성적인 척하는 짐승이 그런 엄청난 짓을 저지른다면 그건 정말 극악무도한 일이야. 왜냐하면 타고 난 야만성보다 정신적 능력의 타락이 더 나쁜 것이니까 말이야."

그래서 주인은 우리 인간이 이성을 갖고 있는 것이 아니라, 우리의 타고난 악덕을 더욱 심화시키는 데 적합한 모종의 능력을 가지고 있을 뿐이라고 보았다. 비유적으로 말해서, 추한 몸뚱이가 물결치는 개울에 비치면 더욱 크게 보일 뿐만 아니라 더욱 왜곡되어 보이는 것과 같다 는 것이었다.

그는 이렇게 말을 이어 갔다.

"이번과 지난 몇 번의 대화로 전쟁이라는 주제에 관해 지나치게 많은 이야기를 들었네. 그런데 별개로 그대가 했던 이야기 중에 이해하기 어 려운 것이 한 가지 더 있네. 그대의 선원 몇 명이 법(소송) 때문에 몰락 하여 조국을 떠났다고 했지. 법이 무엇을 뜻하는지는 그대가 설명했네. 하지만 모든 이를 지키고자 만들었다는 법이 왜 누군가를 몰락하게 만 드는지 도무지 이해할 수 없네. 따라서 그대의 조국에서 현재 통용되고 있는 법의 적용과 그 집행자들에 관해 좀 더 자세하게 설명해 주게. 그 대들은 스스로를 이성적인 동물이라고 생각하는데, 나는 자연과 이성이 야말로 무엇을 해야 하고, 무엇을 하지 말아야 할지를 보여 주는 지침으 로서 충분한 역할을 한다고 생각하네. 그런데 그대들은 그게 잘 되지 않 는 것 같으니 이렇게 물어보는 것이야."

나는 주인에게 이렇게 답했다.

"법은 제가 잘 알지 못하는 분야여서 이렇다 하게 말씀드릴 게 없습 니다. 어떤 부당한 일을 당하여 변호사를 고용했지만 헛된 일이었던 경 험밖엔 없습니다. 하지만 최대한 법에 관해 설명해 보겠습니다.

우리 사이엔 한 집단이 있는데, 이 집단에 속한 이들은 젊을 때부터 의뢰인에게서 받은 돈의 액수에 따라 흰 것이 검고, 검은 것이 희다고 하는 걸 세련되게 증명하는 기술을 배웁니다. 나머지 사람들은 전부 이 집단의 노예입니다. 예를 들어, 제 이웃이 제 암소를 빼앗고 싶다면 그는 변호사를 고용하여 제 암소를 자기가 가져야 한다는 걸 증명합니다. 그러면 저는 반드시 제 권리를 지키고자 다른 변호사를 고용해야 합니다. 누구든 자기를 직접 변호하는 것은 법으로 허용되지 않기 때문입니다. 이런 일에서 암소의 진짜 주인인 저는 두 가지 엄청난 불이익을 받습니다.

첫째, 제 변호사는 어린 시절부터 거짓을 변호하는 일에만 능숙합니다. 그래서 정당한 것을 변호할 때는 전혀 뜻대로 하지 못합니다. 그에겐 이런 일이 정상적이지 않아서 악의가 없더라도 늘 엄청나게 서투른 모습을 보입니다.

둘째, 제 변호사는 아주 조심스럽게 일을 해야 합니다. 그렇지 않으면 그는 법의 관행을 소홀히 한다며 판사들에게 질책당할 것이고, 같은 이유로 동업자들에게 혐오의 대상이 될 것입니다.

그러니 제겐 암소를 지킬 방법이 두 가지뿐입니다. 하나는 상대방 변호사에게 두 배로 돈을 주어 그 사람을 제 편으로 끌어들이는 겁니다. 그러면 그는 정의는 자신의 편이라고 하며 의뢰인을 배신할 겁니다. 다른 하나는 제 변호사에게 암소가 상대방의 것이라고 말하게 함으로써 저의 주장을 최대한 부당하게 보이게 하는 겁니다. 이것을 아주 교묘하게 잘 처리하면 분명히 판사의 호의를 이끌어냅니다.

주인께서 아셔야 할 것은 이 판사란 사람들이 모든 재산 분쟁은 물론 범죄자를 처벌하는 재판도 맡는다는 점입니다. 또한 이들은 과거에 가장 솜씨 좋은 변호사들이었으나 늙거나 게을러진 자들입니다. 이들은 평생 진실과 공정함에 대해 편견을 지니고 살았고, 그래서 사기, 위증, 직권 남용을 더 좋아하지 않을 수 없습니다. 그래서 자신의 본성이나 직무에 어울리지 않는 일을 하여 자기 직업에 손해가 되는 일을 하느니 차라리 정당한 쪽에서 건네는 거액의 뇌물을 거절하는 판사들도 있다고 합니다.

전에 했던 일은 무엇이든 법적으로 다시 할 수 있다는 게 변호사의 격언입니다. 따라서 그들은 인류의 보편적인 정의와 일반적 이성을 무시하고 내려진 이전의 모든 판결을 특별한 주의를 기울여 기록해둡니다. 그것은 판례라는 이름으로 활용되는데, 그들은 대단히 부당한 의견을 정당화할 때 하나의 권위로서 그 판례를 제시합니다. 그러면 판사들은 예외 없이 그에 따른 판결을 내립니다.

변론하는 과정에서 그들은 소송에서 시비를 가리는 일은 주도면밀하게 피하고, 목적과 상관없는 온갖 자질구레한 일을 맹렬하고 지루하게 물고 늘어지며 목소리를 높여 따집니다. 예를 들면 앞서 말씀드렸습니다만, 그들은 상대방이 제 암소에 관해 어떤 권리를 가졌는지 전혀 알고 싶어 하지 않습니다. 하지만 암소가 붉은지 검은지, 뿔이 긴지 짧은지, 암소가 풀을 뜯었던 들판이 둥근지 네모난지, 우유를 짠 곳이 집인지 밖인지, 어떤 병에 걸리는지 등엔 엄청나게 파고듭니다. 그런 다음엔 판례를 찾아보고 때때로 휴정하는데 판결은 10년, 20년, 혹은 30년이 지나야 나옵니다.

또한 이 집단은 그들만의 특정한 은어가 있어 다른 사람은 그 말을 알 수가 없습니다. 법은 전부 그런 은어로 기록되며, 그들은 은어 자체를 늘리는 데에도 특별한 관심을 기울입니다. 그런 은어들은 옳고 그름, 진실과 거짓의 본질을 전적으로 혼란하게 만들었고, 그래서 제가 6대에 걸쳐 선조들에게서 물려받은 들판이 제 것인지 아니면 5백 킬로미터 떨어져 사는 낯선 이의 것인지를 가리는 데 30년이 걸립니다.

국가에 대해 범죄를 저지른 형사범에 대한 재판 과정은 훨씬 빠르고 훌륭합니다. 판사는 먼저 사람을 보내 권력자의 생각을 물어보고, 이후 모든 법 절차를 엄격하게 지키며 범죄자를 교수형에 처하거나 무죄로 풀어 줍니다."

여기서 주인은 끼어들어 이렇게 말했다.

"그대가 내게 한 설명대로라면 이 변호사란 자들은 틀림없이 놀라운 지성의 소유자인데, 지혜와 지식을 다른 이들에게 가르치는 일을 맡지 않으니 참으로 딱한 일이다."

이에 나는 주인에게 이렇게 답했다.

"그들은 자신들이 늘 하는 일을 제외한 다른 모든 면에서 우리 중에 가장 무지하고 어리석은 자들입니다. 그들은 일상적으로 대화할 때도 가장 비열하며 모든 지식과 학문에 대해 공적公敵 노릇을 합니다. 그들은 자기 직업에서 익숙하게 왜곡을 일삼았던 것처럼, 모든 다른 화제에서도 인류의 보편적 이성을 왜곡하려는 모습을 보입니다."

제 6 장

앤 여왕 치하 영국의 국정에 관한 설명이 계속되다. 유럽 궁정에서 총리들이 하는 일과 그들의 특성을 설명하다.

주인은 변호사라는 집단이 대체 무슨 동기로 부당한 공모에 끼어들어 그들 자신을 난처하고, 불안하고, 힘들게 만드는지 도무지 이해하지 못했다. 게다가 그런 일은 그저 동포에게 피해를 입힐 뿐이었다. 더불어 그는 의뢰인에게 고용되었기에 그런 일을 한다는 내 말도 이해하지 못했다. 그래서 나는 돈의 효용과 그것을 만드는 물질, 그 금속의 가치에 관해 힘들게 설명했다. "야후가 이 귀중한 물질을 많이 가지고 있으면 원하는 건 무엇이든 살 수 있습니다. 훌륭한 옷, 웅장한 집, 광대한 땅, 가장 비싼 고기와 술은 물론 가장 아름다운 암컷을 얻을 수도 있습니다. 따라서 돈으로 이 모든 재주를 부릴 수 있기에 우리 야후는 늘 사용하거나 저축할 돈이 부족하다고 생각합니다. 사치나 탐욕이라는 본질적인 성향에 이끌리기 때문입니다. 부자는 가난한 자가 일한 노동의 결실을 누리는데, 가난한 자가 1천 명이면 부자는 한 명입니다. 우리 대다수는 비참하게 살 수밖에 없습니다. 매일 푼돈을 받으며 소수가 풍족하게 사는 것을 도와주는 그런 삶을 사는 거죠."

나는 이런 사항과 같은 취지의 다른 많은 사항들을 더욱 자세하게 말했다. 하지만 주인은 여전히 이해하지 못했다. 왜냐하면 그는 모든 동물은 땅에서 나는 걸 나누어 가질 권리가 있고, 특히 다른 동물을 지배하는 동물은 더욱 그렇다는 생각을 했기 때문이다. 따라서 그는 비싼 고기 요리가 무엇인지, 어째서 우리 중 일부가 그것을 원하는지 설명해 달라고 했다. 그래서 나는 머리에 떠오르는 많은 음식을 나열하고 그것을 만드는 다양한 방법도 설명했다. 또한 나는 이런 음식은 세계 온갖 곳으로 배를 보내어 원료를 수입하지 않으면 만들 수 없으며, 마실 것이나 소스, 그리고 무수한 다른 편리한 것도 그와 마찬가지라고 했다. 나는 주인에게 상류층 암컷 야후가 먹을 아침을 만들고 그녀가 마실 음료를 담을 컵을 구하려면 적어도 세상을 세 바퀴는 돌아야 한다고 자신 있게 말했다. 그러자 그는, 주민이 먹을 음식을 마련할 수 없는 나라라니 참으로 비참한 곳이라고 했다. 하지만 주인의 주된 의문은 어째서 내가 그토록 광대하다고 말한 땅에 신선한 물이 하나도 없어 마실 것을 찾으러 나라 밖으로 나서야 하는가 하는 것이었다.

이에 나는 이렇게 답했다. "사랑하는 나의 조국 영국은 주민들이 먹을 수 있는 식량의 세 배를 생산합니다. 곡식에서 추출하거나 특정 나무의 열매를 짜서 만든 훌륭한 술은 물론이고, 일상생활에서 사용되는 다른 편리한 물건도 전부 그 정도로 생산됩니다. 하지만 수컷 야후의 사치와 방종, 암컷 야후의 허영을 채우고자 우리는 다른 나라로 필수품을 대부분 수출하고 그 대신 질병, 바보짓, 악덕을 우리 사이에 퍼뜨리는 물건을 받아 옵니다. 따라서 영국인 대다수는 필연적으로 구걸, 강탈, 절도, 사기, 뚜쟁이질, 위증, 아첨, 매수, 위조, 노름, 거짓말, 아양, 위협, 투표권 매매, 매문賣文, 점술, 독살, 매춘, 위선, 명예 훼손, 자유사상* 등으로 생계를 유지할 수밖에 없습니다."

나는 이런 말을 하는 중에도 주인이 내가 사용한 모든 용어를 이해할 수 있도록 애쓰면서 말을 이어 갔다.

"우리가 와인을 다른 나라에서 수입하는 이유는 물이나 다른 음료가

/ 이신론(理神論)을 가리키는 말로 신을 합리주의에 입각하여 해석하려는, 절반은 위장된 무신론이라고 의심받는 사상.

부족하여 보충하려는 것이 아닙니다. 그 술을 마시면 정신이 몽롱해지면서 즐거워지기 때문입니다. 그것만이 아닙니다. 우울한 생각에서 벗어나 다른 생각을 할 수 있고, 뇌에선 신명나고 사치스러운 상상이 떠오르며, 희망이 솟고 두려움이 사라집니다. 또한 잠시 이성의 기능이 정지되며, 사지를 쓸 수도 없게 되지요. 그러고 나면 깊은 잠에 빠져듭니다. 다만 아침에 일어나면 늘 머리가 아프고 의기소침해지며, 이렇게 술을 계속 마시면 병에 걸려 수명이 줄어들고 삶이 불편해진다는 걸 꼭 말씀드리고 싶습니다. 게다가 영국인 대다수는 부자에게 혹은 서로에게 삶에 필요하거나 편리한 물건을 제공하는 것으로 생계를 유지합니다. 예를 들어, 제가 집에서 평상복을 입고 있다면 저는 장인 백 명의 솜씨를 걸친 셈입니다. 집과 가구에는 더 많은 인력이 필요하고, 제 아내를 꾸미려면 5백 명의 힘이 필요합니다."

나는 주인에게 또다른 부류의 사람, 즉 환자를 치료하는 것으로 생계를 꾸리는 사람들에 관해 이야기했다. 내 밑에서 일하던 많은 선원이 병으로 죽었다는 말을 한 적이 있었기 때문이다. 하지만 여기서 내가 뜻한 바를 주인에게 이해시키기는 극히 어려운 일이었다. 그는 후이늠이 죽기 며칠 전 힘이 빠지고 몸이 무거워지거나, 사고를 당하여 사지를 다칠 수 있다는 건 쉽게 이해했다. 하지만 그는 모든 걸 완벽하게 제공하는 자연이 몸에 어떤 고통을 안긴다는 건 상상도 못할 일이라고 했으며, 그런 설명할 수 없는 해악이 왜 생겨나는지 이유를 알고 싶어 했다. 나는 이렇게 대답했다.

"우리는 서로 반대로 작용하는 것을 무수히 먹습니다. 배고프지 않을 때도 먹고, 목마르지 않을 때도 마십니다. 밤새 아무것도 먹지 않고 독한 술을 마시기도 합니다. 그래서 우리는 나태해지고, 몸에 염증이 생기고, 소화가 너무 빨리 되거나 아예 잘 되지 않습니다. 몸을 파는 암컷 야후들은 특정 질병을 안고 있는데, 이런 암컷과 교접한 수컷들은 성병이 옮아 뼈가 썩습니다. 이런 질병 외에 다른 많은 질병이 아버지에게서 아들로 전파되고, 수많은 야후가 복합적인 병을 안고 세상에 태어납니다. 인간의 몸에 걸리는 질병을 모두 나열하면 끝도 없습니다. 사지와 관절에 퍼지는 질병만 5백에서 6백 가지를 넘기 때문입니다. 요약하면 우리 몸 안팎의 모든 부위에 각각 발생하는 질병이 있습니다. 우리 사이엔 훈련을 받고 환자를 치료하거나 혹은 치료한다고 주장하는 직업을 가진 집단이 있습니다. 저 역시 그런 직업을 가진 사람으로서 치료의 기술을 알고 있으니 주인님께 감사하는 마음을 담아 치료 비법과 방법을 알려 드리겠습니다.

근본 원칙은 모든 질병이 과식에서 발생한다는 것입니다. 그래서 자연스러운 경로인 항문으로든 아니면 거꾸로 입으로든 다량의 배출이 필요하다고 합니다. 다음으로 할 일은 약초, 광물, 수지樹脂, 기름, 조개 껍데기, 소금, 즙, 해초, 배설물, 나무껍질, 뱀, 두꺼비, 개구리, 거미, 시체의 살과 뼈, 새, 짐승, 물고기를 섞어서 냄새와 맛이 극도로 끔찍하고, 역겹고, 혐오스러운 약재를 만드는 것입니다. 그래야 환자의 위장이 질색하여 곧장 받아들인 걸 내보내는데 이걸 우리는 구토라고 합니다. 아니면 같은 재료에 다른 독성 있는 첨가물을 넣어 위나 아래의 구멍으로 복용할 것을 지시하기도 하는데 위인지 아래인지는 의사가 내키는 대로 정합니다. 이 약도 마찬가지로 내장에 성가시고 메스꺼운 것이라 모든 걸 아래로 쏟아내게 하며 이를 우리는 하제下劑나 관장제라고 합니다.

의사들의 주장으로는 자연은 위쪽 앞에 있는 구멍으로는 고체와 액체만 들여보내게 하고, 아래쪽 뒤에 있는 구멍으로는 배출만 하게 했다고 합니다. 의사들은 영리하게도 모든 질병이 자연이 마땅히 있어야 할 자리에서 벗어났을 때 발생한다고 여겼습니다. 따라서 그들은 자연이 제자리를 찾을 수 있도록 신체를 정반대의 방식으로 다뤄야만 한다고 했습니다. 즉, 구멍의 활용을 서로 바꿔 항문으로는 고체와 액체를 밀어 넣고, 입으로는 배출해야 한다는 겁니다.

진짜 질병 이외에도 우리는 상상으로만 존재하는 많은 병에 걸리는

데, 의사들은 그에 맞는 상상 치료를 발명했습니다. 그런 질병들은 각각 이름이 있고, 그에 맞는 약도 있습니다. 암컷 야후들은 늘 이런 병에 걸립니다. 의사 집단의 기술 중 예후豫後라는 탁월한 기술이 있는데 좀처럼 실패하는 일이 없습니다. 현실의 병이 차도가 없이 더 악화되면, 즉 회복 기미가 없으면 그들은 보통 죽음을 예고합니다. 이건 늘 의사의 권력이었습니다. 그러다 죽음을 예고했는데도 예기치 못하게 회복세가 보이면 그들은 거짓 예언자로서 비난을 감수하기는커녕 자신이 시의적절하게 약을 투여했기에 병세가 호전되었다고 자신의 총명을 세상에 널리 과시합니다. 또한 그들은 배우자에게 넌덜머리가 난 남편과 아내, 장남, 국가 대신, 때로는 군주에게도 특별한 도움이 됩니다."

나는 전에도 기회가 될 때마다 주인과 함께 정부의 특성에 관해 전반적으로 이야기를 나눴는데, 특히 세상의 감탄과 질투를 마땅히 받아야 하는 우리 조국의 탁월한 헌법에 관해서는 더욱 자세하게 이야기한 바있다. 여기서 우연히 총리에 관한 언급이 나왔기에 주인은 얼마 뒤 내게 그 명칭의 야후가 어떤 사람인지 알려 달라고 했다.

나는 그에게 이렇게 말했다.

"제가 말한 총리는 기쁨과 슬픔, 사랑과 증오, 연민과 분노를 전적으로 느끼지 못하는 자입니다. 적어도 부, 권력, 직위에 관해 보이는 맹렬한 욕구 이외에 다른 감정은 드러내지 않습니다. 온갖 용도에 맞는 말을 하지만, 자기 생각을 보여 주는 말은 절대로 하지 않습니다. 그가 진실을 말할 때는 반드시 상대가 그것을 거짓으로 받아들이게 하려는 의도가 깔려 있습니다. 거짓을 말할 때도 마찬가지로 반대로 알아들어야 합니다. 그가 뒤에서 험담하는 사람은 확실하게 윗자리로 갈 사람이고, 그가 당사자에게든 다른 사람에게든 누군가를 칭찬하기 시작하면 그런 칭찬의 대상이 된 사람은 그날부터 희망이 없습니다. 그에게서 약속을 받는 건 그중에서도 가장 나쁜데, 특히 그가 맹세까지 하며 그 약속을 확인해 주면 최악의 사태라고 할 수 있습니다. 현명한 사람이라면 그런 일을 겪은 다음엔 모든 희망을 꺾고 은퇴합니다.

총리 자리에 오르는 데엔 세 가지 방법이 있습니다. 첫째는 아내, 딸, 누나나 여동생을 신중하게 이용하는 법을 아는 것입니다. 둘째는 전임자를 배반하거나 음해하는 것입니다. 셋째는 궁정의 타락에 대해 대중이 모인 곳에서 맹렬하게 비판하는 것입니다.

하지만 현명한 군주는 마지막 방법을 실행에 옮기는 자들을 총리로 쓸 겁니다. 왜냐하면 그런 과격한 자들이 늘 주인의 뜻과 감정을 헤아리며 가장 알랑거리고 순종한다는 사실이 증명되었기 때문입니다. 이렇게 임명된 총리들은 마음대로 인사권을 휘두르며, 상원이나 국무회의의 사람들을 대다수 매수하여 권력을 지킵니다. 마지막으로 이들은 면책법이라는 수단으로(나는 이 법의 특성을 주인에게 설명했다) 심판에서 벗어나고, 국가에서 약탈한 물건을 가득 안고 공직에서 은퇴합니다.

총리 공관은 다른 사람들에게 총리 직무를 가르치는 학교입니다. 그곳의 시동, 하인, 짐꾼 등은 주인을 흉내 내며 각자의 구역에서 총리가 됩니다. 그리고 총리의 세 가지 주요 요소인 오만, 거짓말, 뇌물 수수에 탁월해지는 법을 배웁니다. 그에 따라 그들은 높은 지위에 있는 사람들에게서 대접받는 일종의 하부 궁정을 거느리고, 때로는 영리함과 뻔뻔함으로 여러 단계를 거쳐 주인의 후계자가 되기도 합니다.

총리는 보통 타락한 여자 애인이나 총애하는 하인에게 휘둘리는데, 그들은 총리의 모든 총애가 전달되는 은밀한 통로이기에 최종적으로 의지할 수 있는 사람이자 왕국의 지배자로 불려도 무방할 것입니다."

어느 날 주인은 내가 조국의 귀족을 언급하는 걸 듣고서 내게 어울리지 않는 찬사를 보냈다.

"나는 그대가 귀족 가문에서 태어났으리라고 확신하네. 이곳의 모든 야후보다 체형, 피부색, 청결함이 훨씬 우월하기 때문이지. 비록 힘과 민첩성에선 그들보다 떨어지지만, 그대가 생활하는 방식이 저 짐승들과 다르니 당연한 일일세. 더욱이 그대에겐 말하는 재능이 있을 뿐만 아니라 어느 정도 기본적인 이성도 지니고 있어 내가 아는 모든 후이늠에게 그대는 경이로운 존재로 통하네. 후이늠 사이에도 차이가 있지. 흰색, 밤색, 철회색 후이늠은 갈색, 검은 얼룩이 있는 회색, 검은색 후이늠과 체형도 다르고, 지성도 다르다네. 전자의 후이늠은 지성을 증진할 능력도 없지. 따라서 전자는 늘 하인에 머무르며, 후자의 후이늠과 결혼하고자 하는 열망도 없네. 그런 일은 이 나라에서 끔찍하고 비정상적인 일로 여겨지지."

나는 나를 좋게 생각한 주인에게 지극히 겸손하게 고마움을 표시했다. 하지만 동시에 이렇게 대답했다.

"저는 변변찮은 집안에서 태어났습니다. 평범하고 정직한 부모님 덕분에 괜찮은 교육을 받을 수 있었죠. 우리의 귀족은 주인께서 생각하시는 것과는 전적으로 다른 자들입니다. 젊은 귀족들은 어릴 때부터 나태하고 사치스럽게 삽니다. 성인이 되면 음탕한 여자들과 어울리며 기력을 소모하고 끔찍한 병에 걸리죠. 재산이 거의 바닥나면 그들은 오로지 돈 때문에 천한 태생의 못생기고 건강하지 못한 여자와 결혼합니다. 그러면서도 그들은 아내를 싫어하고 멸시하죠. 그런 부부 사이에서 태어난 아이들은 보통 연주창에 걸리고 관절이 약하며 몸의 형태도 기형적입니다. 그래서 그런 가문은 3대를 넘어 유지되는 일이 좀처럼 없습니다. 부인이 대를 이을 건강한 아이를 얻고자 이웃이나 하인 중에 건강한 아버지를 찾아내지 않는 한 말입니다. 나약하고 병든 몸, 야윈 얼굴, 누렇게 뜬 안색이야말로 진정한 귀족 혈통이라는 표시입니다. 건강하고 원기 왕성한 외양은 귀족에겐 무척 수치스러운 것입니다. 세상 사람들이 그를 보고 진짜 아버지는 마부라고 생각할 것이기 때문입니다. 신체가 불완전하니 이들은 정신마저 불완전합니다. 이들은 심술, 둔감, 무지, 변덕, 호색, 오만의 혼합물입니다. 이런 걸출한 집단의 동의 없이는 어떤 법도 제정되거나, 폐지되거나, 변경되지 못합니다. 그리고 이 귀족들은 우리의 모든 재산을 결정할 권리를 지니며, 이는 항소 대상도 아닙니다."

제 7 장

저자가 남다른 애국심을 보여 주다. 저자가 다른 나라의 유사한 사례와 비교하면서 영국의 헌법과 행정을 설명하고, 주인이 그에 대하여 논평을 가하다. 주인이 인간 본성에 관해 발언하다.

독자는 이런 궁금증을 느낄지도 모르겠다. 나의 모습이 신체적으로 야후와 일치한다는 사실을 근거로 이미 인간에 대하여 몹시 나쁜 생각을 품었을지도 모르는 후이늠 종족 사이에서 내가 어떻게 그리도 거리낌 없이 인간에 대하여 설명할 생각을 했는가?

여기서 솔직히 고백해야 할 점이 하나 있다. 타락한 인간과 정반대 지점에 있는 저 훌륭한 네발 동물의 많은 미덕으로 인해 나는 진정한 지혜에 눈을 떴고 이해력도 넓히게 되었다. 그리하여 나는 무척 다른 관점으로 인간의 행동과 감정을 보기 시작했고, 동족의 명예는 신경 쓸 가치가 없다고 생각하게 되었다. 게다가 판단력이 예리한 주인 앞에선 그렇게 할 수밖에 없었다. 그는 매일 내 결점을 지적하며 수긍하도록 했는데, 전에는 단 한 번도 깨닫지 못했던 것이었다. 이런 결점은 우리 인간들 사이에선 결점 축에도 들지 않는 것이라서 나는 정말로 놀랐다. 또한 나는 주인을 본보기로 삼고 배운 바가 있어 모든 거짓이나 속임수를 철저히 싫어하게 되었다. 내겐 진실이 무척 친근하게 느껴졌고, 그래서 진실을 위해 모든 걸 희생하기로 했다.

독자에게 솔직하게 고백할 게 하나 더 있다. 내가 이처럼 인간 사회에 대하여 자유롭게 털어놓는 데에는 그보다 훨씬 더 강한 동기가 있었다. 나는 이 나라에 1년도 머무르지 않았지만 이곳 후이늠에게 커다란 애정과 존경을 품게 되었고, 절대로 인간 사회로 되돌아가지 않고 여생을 이 탁월한 후이늠들 사이에서 보내겠다고 굳게 다짐했던 것이다. 악덕에 관한 사례나 동기는 전혀 없는 곳이니 그야말로 모든 미덕에 관해 깊이 생각하고 실천하기 적합한 곳이었다. 하지만 내 영원한 적인 운명은 그런 더할 나위 없는 행복이 내게 오도록 놔두지 않았다. 그래도 돌이켜 생각할 때 좀 위안이 되는 사항은 그토록 엄한 시험관 앞에서 대담하게도 동포의 결점에 정상을 참작해 주고, 관련된 모든 사항을 최대한 호의적으로 말했다는 것이다. 실제로 자신의 조국을 편들지 않을 사람이 어디 있겠는가?

나는 주인과 함께 보낸 영광스러운 시간의 대부분에 여러 이야기를 나누었는데, 여태까지 그중 핵심만 골라서 언급했다. 간결한 글을 쓰려다보니 여기에 적은 것보다 훨씬 많은 내용을 생략할 수밖에 없었다.

내가 모든 질문에 답하자 주인은 호기심이 완벽히 충족된 것 같았다. 어느 날 아침 그는 일찍 나를 불렀고, 나를 얼마 떨어지지 않은 곳에 앉게 한 뒤(이는 전에 단 한 번도 허락하지 않은 명예로운 대우였다) 이렇게 말했다.

"그대가 말한 이야기를 전부 진지하게 생각해 봤네. 그대 자신과 그대의 조국이 관련된 거라면 더 많이 생각하려고 애썼지. 어떻게 그리 되었는지 도무지 추측할 수 없지만, 여하튼 그대들은 약간의 이성을 부여받은 동물인 것처럼 보이네. 하지만 그대들은 그런 이성을 엉뚱한 곳에다 사용했어. 타고난 타락한 모습을 더욱 악화시키고, 애초에 자연이 부여하지도 않은 새로운 타락을 얻으려는 일 이외에는 전혀 사용하지 않았지. 그대들은 자연이 부여한 몇 안 되는 능력을 스스로 제거하고 태생적인 결점만 더욱 확대시켰네. 게다가 그런 결점을 진귀한 발명품으로 보충하려고 헛되이 노력하며 평생을 보내는 것처럼 보이네. 그대에 관해 말하자면, 보통 야후 같은 힘이나 민첩성은 없지. 또 뒷발로 불안하게 걷고, 앞발톱을 방어나 다른 용도로 쓸 수 없게 하는 도구를 고안했고,[1] 햇빛과 다른 악천후를 막게 해 주는 턱수염도 밀어 버리는 도구를 만들어냈네. 마지막으로 그대는 이 나라에 있는 그대의 형제(그는 야후를 이렇게 불렀다)처럼 빨리 뛰거나 나무를 타지도 못하지.

그대들의 정부와 법이라는 제도는 명백히 이성의 중대한 결함에서 생겨났네. 또한 미덕의 결함 때문에 생긴 것이기도 하지. 이성적인 동물을 다스리는 데엔 이성만 있으면 충분한데 말일세. 따라서 그대가 동족에 관해 해 준 이야기만으로도 그대들은 이성을 갖췄다고 감히 주장할 수 없네. 비록 그대가 동족 편을 들고자 많은 자세한 사항을 숨기고 자주 있지도 않은 것을 말했지만 난 그 사실을 분명하게 알고 있네.

이런 의견을 더욱 굳힐 수밖에 없는 이유가 있네. 힘, 속도, 활력, 짧은 발톱, 그 외에 비자연적인 사항들로 그대가 불리한 상황이지만, 그대의 신체와 야후의 신체는 모든 점에서 같네. 그대가 동족의 삶, 관습, 행위에 관해 내게 말해 준 이야기에 따르면 마음의 기질도 야후와 거의 비슷하네. 야후는 다른 어떤 동물보다 서로를 더 미워하는 것으로 알려져 있지. 그들이 이렇게 된 건 그들의 불쾌한 외양 때문이네. 자기 모습은 보지 못해도 나머지 동족의 모습은 볼 수 있으니까. 따라서 나는 그대의 동족이 옷이라는 발명품으로 기형적인 모습을 서로 보여 주지 않는 게 다소 현명하다고 생각하네. 그렇지 않았다면 서로 도저히 참을 수 없었을 테니까.

하지만 이젠 내가 잘못 판단했다는 걸 알게 되었네. 그대가 내게 해 준 이야기로, 이 나라 야후들 사이의 불화는 그대의 동족과 같은 이유로 일어난다는 걸 알았기 때문이지. 야후 쉰 마리가 족히 먹을 수 있는 음식을 다섯 마리에게 던지면 그들은 평화롭게 음식을 먹기보다 음식을 모조리 차지하려고 조바심을 내며 싸움을 벌이기 시작하네. 따라서 그

---

[1] 장갑을 가리킴.

짐승들이 밖에서 음식을 먹을 때는 보통 하인들을 두어 지켜보게 하고, 집에서 음식을 먹일 때는 서로 어느 정도 거리를 둔 채로 매어 둔다네. 암소가 나이가 들거나 사고로 죽으면 후이늠이 자기 야후를 위해 그 암소를 확보하기도 전에 이웃의 야후가 그것을 차지하려고 떼로 몰려오네. 그리고 앞서 말한 것처럼 싸움을 벌이지. 비록 그대의 동족이 발명한 것 같은 편리한 살상 무기는 없고 좀처럼 서로를 죽일 수는 없어도 그 짐승들은 발톱으로 서로에게 끔찍한 상처를 남길 수 있네. 어떤 때엔 명백한 이유도 없는데 여러 이웃 야후 간에 싸움이 벌어지기도 하네. 한 구역의 야후는 옆 구역 야후가 준비되기 전에 기습할 기회만을 노리지. 하지만 그런 계획이 실패했다고 판단하면 집으로 돌아와서 이제 외부의 적이 아니라 자기들끼리 싸움을 벌이는데, 그대의 표현대로라면 '내전'이 벌어지는 것이네.

우리 나라의 어떤 들판엔 여러 색을 띠는 빛나는 돌이 있네. 야후는 이런 돌을 끔찍이 좋아하지. 이런 돌이 우연히 땅에 박혀 있으면 그들은 종일 발톱으로 땅을 파서 그것을 꺼내고, 그들의 우리로 들고 가서 무더기로 숨긴다네. 하지만 그러면서도 다른 야후들이 자기 보물을 찾아낼까 두려운 나머지 엄청나게 경계하며 사방을 감시하지. 야후들이 왜 그런 돌을 비정상적으로 좋아하는지, 그런 돌이 야후에게 어떤 효용이 있는지 나는 도무지 알 수 없었네. 하지만 이제는 그런 행동이 그대가 인류에게서 나타난다고 했던 탐욕의 원칙에 기인하는 것임을 잘 알겠네.

한번은 실험을 해 본 적이 있네. 우리 집 야후 한 마리가 돌을 파묻은 곳에서 몰래 돌무더기를 꺼내 치웠지. 그러자 이 추악한 짐승은 보물이 없어진 걸 알고 큰 소리로 슬퍼하며 모든 야후를 그곳으로 오게 했네. 이어 지독하게 악을 쓰더니 나머지 야후들을 물어뜯고 할퀴며 난리를 피우지 뭔가. 그런 일이 있고 녀석은 야위기 시작했고, 먹지도 자지도 일하지도 않았네. 그래서 내가 하인에게 몰래 돌을 같은 곳에 돌려놓으라고 했더니 이 짐승 녀석은 곧 활력을 되찾고 기분도 좋아졌네. 이어 녀석은 숨기기 더 좋은 곳으로 돌들을 옮겼네. 그때부터 녀석은 아주 쓸 만한 짐승이 되었지."

더 나아가 주인은 빛나는 돌이 가득한 들판에선 맹렬한 싸움이 자주 벌어지며, 이웃 야후들이 끊임없이 그곳을 침략한다는 말도 했는데, 그 광경은 나도 직접 본 적이 있었다.

주인은 계속 말을 이어 갔다.

"두 마리 야후가 들판에서 그런 돌을 발견하여 누가 주인이 되어야 하는지를 놓고 다투는 동안 다른 녀석이 나타나 돌을 가져가 버리는 건 흔한 일이네. 그대가 언급한 소송이란 게 어느 정도 이와 비슷하다고 생각되더군."

하지만 나는 주인에게 진실을 알리지 않는 게 우리 인간의 평판에 더 도움이 될 것이라고 생각했다. 그가 말한 야후 싸움의 결론이 우리가 겪는 많은 법원의 판결보다 훨씬 더 공정했기 때문이다. 왜냐하면 야후 원고와 피고는 싸움의 원인인 빛나는 돌 말고는 아무것도 잃는 게 없는 반면에, 형평법 법원에선 양자 누구에게든 재산이 조금이라도 남아 있으면 절대로 소송이 종결되지 않기 때문이다.

주인은 계속 내게 말했다.

"야후를 가장 끔찍하게 보이게 하는 건 그들의 무차별적인 식욕이야. 그 짐승들은 손에 들어오는 건 뭐든지 집어삼키려고 하네. 풀, 식물 뿌리, 열매, 짐승의 썩은 살, 혹은 그 모든 게 뒤섞인 것까지 가리지 않지. 이 야후란 것들은 집에서 내어 주는 음식을 먹는 것보다 멀리 나가 빼앗거나 훔친 음식을 먹는 걸 훨씬 더 좋아한다네. 참 성미가 이상하지 않은가? 이 짐승들은 먹이를 구하면 배가 터질 때까지 먹고, 이후엔 자연이 알려준 약효에 따라 어떤 식물 뿌리를 먹고 다 배설한다네."

주인의 말에 따르면, 다른 어떤 식물 뿌리는 무척 즙이 많은데, 드문 것이라 찾기 어려웠다. 야후들은 이 뿌리를 찾지 못해 안달했고, 마침내 구하면 무척 기뻐하며 쭉쭉 빨았다. 뿌리가 어떤 효과가 있는지 이야기를 들어 보니 우리가 와인을 마시면 생기는 효과와 똑같았다. 이 즙을 마신 야후들은 때로는 껴안고, 때로는 밀어내고, 악을 쓰다가 활짝 웃고, 재잘거리고, 비틀거리며 넘어지고, 그러다가 마침내 진흙 속에 쓰러져 잠든다.

실제로 나는 이 나라에서 병에 잘 걸리는 유일한 동물이 야후라는 사실을 알게 되었다. 하지만 우리가 키우는 말과 비교하면 병에 덜 걸리는 편이었다. 어쨌든 야후들이 이렇게 병에 잘 걸리는 이유는 학대를 당하기 때문이 아니라, 그들 자체가 몹시 더럽고 탐욕스럽고 추악한 짐승이기 때문이다. 후이늠의 언어에는 그런 여러 가지 병을 개별적으로 가리키는 명칭은 없고 보편적인 명칭밖에 없다. 그 명칭은 그 짐승의 이름에서 따온 것으로, '흐니 야후'라고 했는데 '야후의 병'이라는 뜻이었다. 이런 병은 야후의 대변과 소변을 섞은 것을 강제로 야후의 목에 밀어 넣는 방법으로 치료했다. 나는 이 방법이 성과를 거두는 걸 여러 번 목격했다. 여기서 나는 터놓고 조국 동포의 공익을 위하여 이 방법을 권하고자 한다. 과도한 식사로 인한 모든 질병을 고칠 수 있는 감탄할 만한 특효약이기 때문이다.

주인은 학문, 정부, 기술, 제조 등에 관해서 이 나라의 야후와 우리 인간 사이에 어떠한 유사성도 찾아내지 못했다고 고백했다. 왜냐하면 그는 야후와 우리 인간의 본성이 얼마나 같은지만 관찰했기 때문이다. 이어 그는 이렇게 말했다.

"몇몇 호기심 많은 후이늠들이 관찰한 바로는 대다수 야후 무리엔 일종의 지배자 야후가 있네(우리가 사냥터에서 우두머리 사슴을 보는 것과 마찬가지인 것 같았다). 이런 지배자 야후는 다른 야후보다 늘 몸이 더 기형적이고, 성질도 더 모질고 사납네. 이 지배자란 녀석은 보통 최대한 자신과 같은 야후를 측근으로 삼는데, 이런 총애를 받는 녀석은 주인의 발과 엉덩이를 핥아 주고, 암컷 야후들을 주인의 우리로 데리고 오는 게 주된 일이네. 때때로 주인은 이 녀석에게 당나귀의 살점 하나를 보상으로 내어 주지. 야후 무리 전체는 이 총애 받는 녀석을 싫어하네. 따라서 이 녀석은 자신을 지키고자 늘 지배자 가까이에 있네. 이 녀석은 보통 주인이 더 나쁜 녀석을 찾아낼 때까지 자리를 지키는데, 자리를 내려놓는 그 순간부터 자신의 후계자와 그 구역 모든 야후에게 공격의 대상이 되네. 야후들은 성별과 나이를 가리지 않고 밀려난 녀석의 머리부터 발끝까지 똥을 싸갈긴다네. 하지만 이런 사례가 얼마나 그대 조국의 궁정, 총신, 대신에게 적용되는지는 자네가 가장 잘 판단하겠지."

나는 이런 악의적인 비유에 감히 대답을 하지 못했다. 주인은 인간의 이해력이 사냥개의 그것보다 못하다고 본 것이었다. 사냥개는 무리 중에 가장 유능한 개를 구별하고 따르는 판단을 내리는 데 전혀 실수가 없기 때문이다.

주인은 말을 계속 이어 갔다.

"야후에겐 몇 가지 놀라운 특징이 있는데, 그대는 나에게 그대의 동족에 관해 말할 때 그건 말하지 않았지. 아니면 아주 조금만 이야기하고 말았거나. 야후는 다른 짐승과 마찬가지로 암컷을 공유하네. 하지만 다른 점이 있다면 암컷 야후는 새끼를 배고 있을 때도 수컷을 받아들인다는 것이지. 수컷들이 마치 자기들끼리 싸우는 것처럼 격렬하게 암컷과 말다툼하고 몸싸움을 벌인다는 점도 빠뜨릴 수 없군. 암컷 대 수컷이든 수컷 대 수컷이든 그 싸움은 모두 악독할 정도로 야만적이네. 감각을 갖춘 다른 동물은 절대로 그 지경까지 이르지는 않지."

주인이 의아하게 생각하는 다른 사항은, 야비함과 더러움을 좋아하는 야후의 기이한 성향이었다. 다른 모든 동물이 청결함을 좋아하는 걸 보면 도무지 이해가 되지 않는 기질이라는 것이었다. 앞의 두 가지 비난, 즉 암컷 공유와 싸움에 관해 나는 아무 대답도 하지 않고 흘려보냈다. 동족을 변호할 말이 도저히 떠오르지 않았기 때문이다. 그렇지 않았더라면 분명 내 기질상 한 마디라도 했을 것이었다. 하지만 오물을 좋아하는 기이한 성향에 대해서는 이 나라에 돼지가 한 마리라도 있었더라면 적절히 대응하여 인류의 오명을 쉽게 씻을 수 있었을 것이다. 비록 돼지가 야후보다 귀여운 네 발 동물이긴 하지만, 야후보다 더 청결하다 고는 생각할 수 없기 때문이다. 주인도 지저분하게 먹이를 먹고, 진흙에 서 뒹굴고 자는 돼지의 모습을 봤다면 이런 사실을 인정했을 것이다.

주인은 또한 야후의 다른 특성에 관해서도 언급했다.

"하인들이 여러 야후를 보고서 발견한 것인데, 내게는 도저히 이해가 되지 않았어. 때때로 야후가 공상에 사로잡혀 구석으로 가서 누워 울부 짖고, 신음하고, 가까이 오는 모든 걸 쫓아낸다는 거야. 젊고 뚱뚱한 야 후인데도 음식을 먹거나 물을 마시려고 하지도 않는다네. 야후들이 무 엇 때문에 저렇게 병들었는지 내 하인들은 도저히 원인을 알 수 없었네. 하인들이 찾아낸 유일한 치료법은 고되게 일을 시키는 것뿐이었지. 그 러고 나면 틀림없이 원래대로 돌아오더군."

이에 대해서 나는 동포에 대한 편파적 감정 때문에 입을 다물었다. 그러나 그 이야기에서 신경성 우울증의 싹을 분명하게 볼 수 있었다. 이 런 병은 게으르고, 사치스럽고, 부유한 자들만이 걸리는 것이었다. 만약 그런 자들에게 이 나라에서 활용하는 치료법을 강제로 적용할 수 있다 면 내가 그 일에 앞장설 것이다.

주인은 관찰한 바를 계속 말했다.

"암컷 야후는 자주 강둑이나 덤불 뒤에 서서 젊은 수컷이 지나가는 걸 보네. 그런 다음엔 수컷들에게 모습을 보였다가 숨고, 이어 아주 기 괴한 몸짓과 표정을 끝도 없이 드러내지. 그때 암컷에게선 극도로 불쾌 한 냄새가 나네. 수컷이 하나라도 다가오면 암컷은 천천히 물러나며 자 주 뒤를 돌아보고, 겁을 내는 척하며 수컷이 틀림없이 쫓아오기 편리한 장소로 뛰어가네.

때로는 낯선 암컷이 나타나면 서너 마리 정도 되는 암컷이 낯선 암컷 주변으로 와서 빤히 쳐다보고, 재잘거리고, 씩 웃고, 온갖 곳의 냄새를 맡네. 그런 다음엔 경멸하고 무시하는 몸짓을 드러내며 떠나 버리지."

주인은 직접 관찰한 경험이나 다른 후이늠에게 들은 이야기에다 약간 독창적인 내용을 가미했을지도 모른다. 하지만 나는 음탕함, 교태, 혹평, 험담의 싹이 틀림없이 여자의 본능에 내재되어 있는 것만 같아 놀라움과 슬픔을 감출 수 없었다.

나는 주인이 우리 인간에게서 흔히 발견되는 부자연스러운 암수 야후의 성적 욕구[2]를 비난할 것 같아 조마조마했다. 하지만 자연에서는 그런 부자연스러운 욕구가 생기지 않는 것 같다. 그런 은밀한 쾌락은 전적으로 우리 인간이 사는 세상 쪽에서 기술과 이성이 결합하여 만들어 낸 결과물이다.

---

2 동성애를 가리킴.

제 8 장

저자가 야후의 여러 사항에 관해 언급하다. 후이늠의 훌륭한 미덕, 젊은
후이늠이 받는 교육과 훈련, 후이늠 총회에 관해 설명하다.

주인보다 내가 훨씬 더 인간 본성을 잘 이해하는 건 당연했으므로 그가
언급한 야후의 특징을 나와 조국의 사람들에게 적용하는 건 쉬운 일이
었다. 나는 야후를 직접 관찰하면 더 많은 발견을 할 수 있으리라고 생
각했다. 따라서 나는 자주 주인에게 근처 야후 무리에게 보내 달라고 간
청했다. 그는 늘 이런 부탁을 아주 자비롭게 들어주었는데, 내가 그 짐
승들에 대해 품은 증오를 생각하면 절대로 야후 때문에 타락할 일은 없
다고 확신했기 때문이다. 주인은 하인인 건장한 밤색 말에게 나를 지키
라고 했는데, 그는 정말로 정직하고 선량한 말이었다. 그가 보호해 주지
않았더라면 나는 감히 그런 모험에 나서지 못했을 것이다. 이곳에 처음
왔을 때부터 그 끔찍한 짐승들에게 내가 얼마나 당했는지는 이미 독자
에게 언급한 바 있다.

그 이후로도 나는 서너 번 정도 아슬아슬하게 놈들에게 붙잡히는 걸
피할 수 있었는데 마침 단검을 차지 않고 외출했으므로 참 위험했다. 야
후들은 나를 동족이라고 생각하는 모양이었다. 보호자를 옆에 둔 상황
에서 내가 소매를 걷어 팔을 드러내고 단추를 풀어 가슴을 드러낸 것이
그들로 하여금 그런 생각을 갖게 만든 것 같았다. 놈들은 때로 대담하게
내 근처로 와서 원숭이처럼 내 행동을 따라 했는데, 그런 흉내에선 엄청
난 증오심이 그대로 드러났다. 내 처지는 마치 사람 손에 길들여져 모자

를 쓰고 스타킹을 신은 갈까마귀가 야생 갈까마귀 무리를 만나면 늘 괴롭힘 당하는 것과 비슷했다.

야후들은 유아기부터 아주 날렵하다. 한 번은 내가 세 살 정도 된 어린 수컷을 잡은 적이 있었다. 녀석을 조용하게 하려고 상냥한 태도로 온갖 노력을 했지만, 이 조그만 마귀 같은 녀석이 비명을 지르고 할퀴고 무는 게 여간 지독한 게 아니었다. 그리하여 나는 어쩔 수 없이 녀석을 놓아주었다. 놓아주고 나니 때마침 잘 놓아줬다는 생각이 들었다. 시끄러운 소리에 어른 야후들의 무리가 나와 밤색 말 주변으로 몰려왔기 때문이다. 새끼가 안전하다는 걸 확인한 데다(바로 도망쳤으니) 밤색 말도 내 옆에 있으니 놈들은 감히 가까이 올 생각은 못 했다. 어린 야후의 살에선 코를 찌르는 심한 악취가 났는데, 족제비 냄새도 아니고 여우 냄새도 아닌 그 둘의 중간 정도 되는 냄새였다. 하지만 그 두 동물과는 비교가 안 될 정도로 훨씬 불쾌했다.

다른 상황을 언급하는 걸 잊었는데(사실 전부 생략하더라도 독자가 이해할 만한 이야기일지도 모른다는 생각이 들긴 하지만), 그 끔찍하고 해로운 어린 짐승을 양손으로 붙잡는 동안 녀석은 노란 액체 형태의 더러운 똥을 내 옷 이곳저곳에 싸갈겼다. 다행히 아주 가까운 곳에 작은 개울이 흘러 최대한 깨끗하게 씻어낼 수 있었다. 하지만 나는 충분히 냄새가 빠질 때까지 감히 주인 앞에 나아갈 수가 없었다.

나는 야후야말로 모든 동물 중에서도 가장 가르치기 힘든 동물이라는 걸 알게 되었다. 놈들은 짐을 나르고 끄는 일 이상은 절대 할 수 없었다. 내 생각으로 이런 결점은 주로 비뚤어지고 다루기 힘든 성향 때문에 생기는 것 같다. 그들은 교활하고, 악의적이고, 믿을 수 없고, 원한을 잊지 않는 동물이다. 그들은 건장하고 강인하지만 성격이 비겁하다. 그 결과 무례하고, 야비하고, 잔인하다. 관찰한 바에 따르면, 암수 가리지 않고 붉은 털을 가진 녀석들이 나머지 야후보다 더 호색하고 해롭다고 한다. 그런 만큼 훨씬 힘도 세고 활동력도 왕성하다.

후이늠들은 곧바로 부려먹을 야후들은 집에서 그리 떨어지지 않은 오두막에 데리고 있다. 하지만 나머지는 특정 들판으로 보내는데, 그들은 그곳에서 식물 뿌리를 캐내고, 여러 종류의 풀을 먹고, 썩어가는 고기를 찾아다닌다. 때로는 족제비와 '루히무'(들쥐의 일종)를 잡아 게걸스럽게 먹기도 한다. 자연이 가르친 바에 따라 그들은 봉긋하게 솟은 땅의 옆면을 발톱으로 파서 깊은 동굴을 만들고 그곳에 들어가 눕는다. 암컷들의 굴은 더 커서 두세 마리의 새끼를 충분히 데리고 있을 수 있다.

그들은 어릴 때부터 개구리처럼 능숙하게 헤엄칠 수 있는데 물에 들어가서도 오랫동안 있을 수 있다. 물에서 그들은 물고기를 잡고 암컷은 물고기를 들고 집으로 돌아가 새끼에게 준다. 이 기회에 나는 독자의 양해를 바라며 내가 겪은 기이한 경험을 말해 보도록 하겠다.

하루는 보호자인 밤색 말과 함께 밖에 나가 있었는데, 날이 무척 더워 근처 강에서 목욕하게 해 달라고 보호자에게 간청했다. 그는 내 부탁을 들어줬고, 나는 즉시 옷을 벗고 알몸으로 천천히 물로 들어갔다. 그런데 강둑 뒤에 서 있던 젊은 암컷 야후가 이 과정을 다 본 모양이었다. 성욕으로 잔뜩 흥분한 그 암컷은 밤색 말과 내가 추측하는 바로는 전속력으로 달려온 것 같았는데, 어쨌든 내가 몸을 씻는 곳에서 5미터도 되지 않는 물로 뛰어들었다. 나는 생전 그렇게 겁이 났던 적이 없었다. 보호자는 무슨 일이 생겼는지도 모르고 어느 정도 떨어진 곳에서 풀을 뜯고 있었다. 이 야후 암컷은 극도로 불쾌한 방식으로 나를 끌어안았다. 나는 목이 터져라 고함쳤고, 밤색 말은 이에 전속력으로 내게 달려왔다. 암컷 야후는 정말 마지못해 내게서 벗어났고, 다른 쪽 강둑으로 뛰어올랐다. 그곳에서 그 암컷은 내가 옷을 입는 내내 나를 바라보면서 울부짖었다.

이 일은 주인과 그의 가족에겐 즐거운 이야깃거리였지만, 나한테는 그만큼 치욕이었다. 이제 나는 팔다리와 얼굴의 이목구비 등에서 내가 진짜 야후라는 걸 더는 부정할 수 없게 되었다. 암컷이 나를 동족으로 보고 내게 자연스럽게 끌렸기 때문이다. 그 암컷의 털은 붉은색이 아닌 (그랬다면 약간 비정상적인 성욕 때문에 그런 일이 벌어졌다고 할 수 있었으리라) 야생 자두 같은 검은색이었고, 용모는 다른 야후처럼 완전히 흉측하지는 않았다. 내 생각엔 11살도 되지 않은 것 같았다.

이미 이 나라에서 3년을 살았으니 독자는 내가 다른 여행자처럼 이곳 후이늠의 생활양식과 풍습을 알려 주길 기대할 것이다. 실은 그게 바로 내가 주로 알아내려고 연구하던 것이기도 했다.

이 고결한 후이늠들은 보편적으로 모든 미덕을 갖추고자 하는 선천적인 성향을 지니고 있으며 이성적인 동물에게서 사악한 면이 드러난다는 생각은 아예 하지 않는다. 그리하여 그들의 주된 격언은 이성을 함양하고 전적으로 이성의 지시를 따르라는 것이다. 그들 사이에서 이성은 우리처럼 어떤 문제의 양쪽에서 타당성 여부를 따지는 문제적 인식이 아니라, 즉각 확신이 들 정도로 알고 또 행하는 것이었다. 그러니까 감정이나 이해관계로 뒤범벅되고, 그로 인해 깨달음이 모호해지거나 퇴색되지 않는 확고한 이성이었다. 나는 '의견'이라는 단어의 뜻이 무엇인지, 혹은 어떤 사항이 어떻게 논란의 여지가 되는지 주인에게 이해시키느라고 큰 어려움을 겪었다. 그럴 수밖에 없는 게, 우리가 알고 있는 이성은 우리가 확실히 아는 것만 긍정하거나 부정하라고 가르치며, 우리가 확실히 알지 못하는 건 긍정도 부정도 하지 말라고 가르치기 때문이다. 따라서 어떤 명제가 거짓되거나 미심쩍은 경우에는 논란, 논쟁, 분쟁이 벌어지는데, 후이늠들은 이런 것들은 알지도 못할 뿐만 아니라 모두 악으로 치부한다.

마찬가지로 자연철학/의 체계를 설명하자, 그는 이성이 있다고 하는 동물이 다른 자의 추론에 바탕을 둔 지식을 귀중하게 여기고, 또 설사 어떤 사물에 대한 지식이 확실하다고 해도 아무런 쓸모도 없는데 우쭐

/ 오늘날의 자연과학.

해하다니, 그게 과연 맞는 태도냐고 비웃었다. 주인의 이런 태도는 플라톤이 전한 소크라테스의 생각과 전적으로 동일한 것이었다. 내가 이 말을 하는 것은 철학의 왕자[2]에게 최대한의 경의를 표시하기 위해서이다. 나는 이후로 후이늠의 그런 신조가 유럽의 도서관을 어떻게 파괴할지, 또 그런 이론이 학계에서 유명인사가 되는 길들을 얼마나 많이 막을지 종종 생각했다.[3]

후이늠들에게 우정과 박애는 두 가지 주된 미덕이다. 이런 미덕은 특정 대상에게만 국한되는 것이 아니라, 종족 전체에 보편적으로 적용된다. 아주 먼 곳에서 온 후이늠도 가장 가까운 이웃과 다를 바 없는 대접을 받으며, 여행 온 후이늠도 고향에 있는 것과 똑같이 행동한다. 그들은 극도로 정중하며 품위 있지만 격식을 따지지 않는다. 그들은 자식을 맹목적으로 사랑하지 않으며, 전적으로 이성이 지시하는 바에 따라 신경을 써 가며 자식을 교육한다. 또한 나는 주인이 이웃의 자식을 자기 자식과 다를 바 없이 사랑하는 모습을 보기도 했다. 그들은 자연의 가르침에 따라 후이늠이라는 종족 전체를 사랑하고, 이성에 의해서만 탁월한 미덕을 지닌 자를 구별할 수 있다고 여긴다.

후이늠 부인들은 자식을 남녀 하나씩 낳으면 더는 배우자와 관계를 가지지 않는다. 다만 불의의 재난이 닥쳐 자식을 하나라도 잃었을 때는 예외이다. 하지만 이런 일은 거의 일어나지 않는다. 그렇게 되면 부부는

---

2 소크라테스.

3 플라톤이 전했다는 소크라테스의 말은 플라톤의 『변명』에서 나오는데 이런 말이다. "윤리학이 자연세계의 연구보다 더 중요한 과목이다." 다시 말해 철학의 연구 대상은 자연이 아니라 인간이 되어야 한다는 것이다. 소크라테스는 그 이전의 철학자들을 가리켜 광인이라고 했다. 그들은 지각할 수도 없고 이해할 수도 없는 형이상학적인 것들만 주장했다. 가령 세상의 근원은 물이다, 라고 말하는 식이다. 설사 그들이 확실히 이해한 것이라 할지라도 그것은 실제 생활에 아무런 도움이 되지 않는다. 세상의 근원이 물이라는 것을 알았다고 해서, 인간의 윤리적 행동에 무슨 영향을 미치는가? 후이늠이 믿는 이성은 윤리적 행동을 강제하는 실천적 이성을 말한다. 역자의 "작품 해설" 참조.

다시 관계를 갖는다. 혹은 어떤 가정이 부인이 가임기를 지났는데 그런 사고를 당하면 다른 부부가 그들의 자식 하나를 양자 혹은 양녀로 들일 수 있게 도와주며, 그런 다음 그 부부는 다시 관계하여 자식을 갖는다. 이런 조심스러운 행동으로 그들은 이 나라가 인구 과잉이 되는 걸 막는다. 하지만 하인으로 자랄 열등한 후이늠은 이런 규제를 그리 엄격하게 적용하지 않는다. 이들은 남녀를 각각 셋까지 낳는 게 허락되는데, 이 망아지들은 자라서 고귀한 가문의 하인이 된다.

결혼할 때 그들은 종족에 불쾌한 잡종이 생기는 걸 막고자 배우자의 피부 색깔을 무척 신중하게 고른다. 수말은 주로 힘으로 평가되고, 암말은 주로 아름다움으로 평가된다. 결혼은 사랑 때문에 하는 것이 아니라 종족의 쇠퇴를 막기 위해서 하는 것이다. 따라서 암말이 힘이 탁월하다면 그 배우자는 외모를 고려해 선택된다. 구애, 사랑, 선물, 과부 급여,✝ 결혼 재산 계약은 그들의 사고에 아예 존재하지 않으며, 그들의 언어엔 그런 개념을 표현하는 단어도 없다. 젊은 남녀는 부모와 친구의 결정으로 만나 부부가 된다. 이런 일이 일상적으로 벌어지며, 그들은 그런 일을 이성적인 존재가 반드시 해야 하는 일로 여긴다. 하지만 결혼 서약 위반이나 다른 부정은 전혀 나타나지 않는다. 결혼한 부부는 살면서 만나는 다른 모든 동족에게 품는 것과 전혀 다를 바 없는 우정과 상호 간 박애로 평생을 살아간다. 질투, 맹목적인 사랑, 언쟁, 불만은 전혀 생기지 않는다.

그들의 교육 방법은 남녀를 가리지 않고 훌륭한데 우리가 마땅히 본보기로 삼아야 할 만하다. 후이늠은 열여덟이 될 때까지 특정일을 제외하면 귀리와 우유를 거의 먹지 못한다. 여름에 그들은 오전에 두 시간, 오후에 두 시간 풀을 뜯는데, 부모도 똑같이 이것을 준수한다. 하지만 하인들은 한 시간 이상 풀을 뜯지 못한다. 그래도 그들은 자기 몫의 풀 대부분을

✝ 남편 사후 처의 부양을 위해 설정한 부동산.

집으로 가져와 일할 가능성이 거의 없는 아주 편한 시간에 먹는다.

절제, 근면, 운동, 청결은 젊은 후이늠이라면 남녀를 가리지 않고 똑같이 실천해야 하는 가르침이다. 주인은 집안일 몇 가지를 빼놓고 우리가 여자에게 남자와 다른 교육을 시키는 것이 말도 안 된다고 했다. 그는 그렇게 되면 종족 절반이 아이를 낳는 일 말고는 아무런 쓸모가 없게 되지 않느냐고 했는데, 정말 옳은 말이었다. 또한 자식을 그런 쓸모없는 동물(여자)에게 보살피게 맡기는 것도 엄청나게 야만적인 일이라고 했다.

어린 후이늠들은 가파른 언덕을 달리며 오르내리거나 돌이 많은 딱딱한 땅을 달리는 운동을 하며 힘, 속력, 강건함을 키운다. 땀을 잔뜩 흘리면 그들은 지시에 따라 연못이나 강에 머리와 귀까지 잠기도록 풍덩 뛰어든다. 매년 네 번 특정 지역의 젊은 후이늠들이 모여 달리기, 높이뛰기, 그리고 다른 힘과 민첩성을 드러내는 재주가 얼마나 능숙한지 보여준다. 승자는 그, 혹은 그녀를 칭찬하는 노래를 상으로 받는다. 이런 축제가 열릴 때 하인들은 후이늠들의 식사인 건초, 귀리, 우유를 양손에 가득 든 야후 무리를 인솔하여 들판으로 간다. 짐을 다 옮기면 모임에 피해를 줄 가능성이 있는 이 야후들은 즉시 다시 돌려보낸다.

4년마다 춘분에 이 나라를 대표하는 회의가 열리는데, 장소는 내 주인의 집에서 30킬로미터 정도 떨어진 평야이다. 회의는 닷새나 엿새 정도 진행된다. 여기에서 그들은 여러 지역 현황을 알아보고 건초, 귀리, 소, 야후 등이 충분한지 아니면 모자란지 확인한다. 그런 일은 좀처럼 없지만, 어딘가에 부족한 것이 있다면 즉시 다른 지역들이 그 모자라는 만큼 분담하여 채우기로 만장일치로 의결한다. 또한 여기서 자식들의 교환 조정도 이루어진다. 예를 들면, 어떤 후이늠 부부가 아들만 둘 데리고 있으면 딸만 둘 데리고 있는 다른 부부와 서로 자식을 교환한다. 또 가임기를 지난 어떤 부인이 사고로 자식을 잃으면 어느 가족이 그 손실을 보충하고자 자식을 하나 더 낳아줄지도 결정한다.

제 9 장

후이늠 총회에서 이루어지는 중요한 토론과 그 결론에 대해 이야기하다. 후이늠들의 학문, 건물, 장례 방식, 그리고 그들의 언어가 갖고 있는 결함에 대해 설명하다.

그런 총회가 내가 이 나라를 떠나기 3개월 정도 전에 열렸다. 주인은 우리 지역 대표로서 이 총회에 참석했다. 이 회의에선 예전부터 내려온 논의가 계속되었는데, 실상 이 나라에서 벌어진 유일한 논의였다. 주인은 돌아온 뒤 내게 이 논의에 관해 아주 자세하게 설명했다.

논의된 문제는 야후를 세상에서 몰살해야 하는가의 여부였다. 이것을 찬성하는 한 참석자는 꽤 설득력 있고 무게감 있는 주장을 여러 가지 제시했다.

"야후들은 자연이 창조한 동물 중 가장 추악하고, 해가 되고, 기형적인 동물이라 반항적이고, 가르치기 힘들고, 해롭고, 악의적입니다. 그들은 계속 지켜보지 않으면 몰래 우리가 키우는 소의 젖을 빨고, 고양이를 죽여 게걸스럽게 먹으며, 귀리와 풀을 짓밟습니다. 그 외에 저지르는 온갖 방종한 짓은 말할 것도 없습니다."

또한 그는 야후들이 항상 이 나라에 있어 왔던 것은 아니라는 널리 알려진 전설을 언급하기도 했다.

"오래전 이 짐승 두 마리가 산 위에 함께 나타났습니다. 태양열을 받은 썩은 진흙에서 생겨났는지, 바다의 개흙과 거품에서 생겨났는지 알 수는 없습니다. 이 야후들은 새끼를 낳았고, 그것들은 단기간에 이 나라

전체에 급속히 퍼지고 우글거릴 정도로 많아졌습니다. 우리 후이늠들은 이 사악한 짐승들을 처리하고자 전면적인 사냥을 벌였고, 마침내 무리 전체를 에워쌌습니다. 나이 든 놈들을 모조리 죽인 뒤 모든 후이늠은 어린 야후 두 마리를 각각 맡아 우리에 가뒀고, 그 야만스러운 천성을 한계까지 길들여 짐을 끌고 나르게 했습니다. 이 전설은 진실인 것 같습니다. 우리 후이늠과 다른 모든 동물들이 놈들에게 품고 있는 격한 증오를 생각하면 이 짐승들은 '일른니암시'(이곳 원주민을 뜻하는 말)일 리가 없습니다.

그들은 사악한 성향 때문에 그런 취급을 당하지만 원주민이었다면 그 정도까지 미움을 사지 않았을 것입니다. 그게 아니라면 오래전에 멸종되었을 겁니다. 우리는 야후를 부리는 걸 선호하게 되어 무척 경솔하게도 당나귀를 기르는 데 소홀해졌습니다. 당나귀는 야후에 비하면 민첩성이 떨어지지만, 용모가 훌륭하고 쉽게 기를 수 있으며, 말을 잘 듣는 데다 유순합니다. 야후처럼 불쾌한 냄새가 나지 않고, 일할 힘도 충분히 있습니다. 당나귀가 내는 소리가 그리 듣기 좋은 건 아니지만, 야후가 끔찍하게 울부짖는 소리보다는 훨씬 낫습니다."

다른 여러 후이늠도 같은 생각을 표시했다. 내 주인은 총회에 한 가지 방책을 제시했는데 실은 내게서 힌트를 얻은 것이었다. 그는 앞서 말한 명예로운 일원이 언급한 전설에 동의하며 이렇게 말했다.

"처음 우리 가운데 나타난 두 마리의 야후는 바다에서 밀려와 이곳으로 오게 됐을 겁니다. 동족에게 버림받아 산으로 들어간 놈들은 시간이 흐르며 점점 퇴화하여 고향의 동족보다 훨씬 더 야만적으로 변하게 되었을 겁니다. 이렇게 생각하게 된 이유는 제가 지금 대단한 야후(나를 가리킴) 하나를 데리고 있기 때문입니다. 그에 관해선 여러분 대다수가 이야기를 들었고 다수가 그를 만나 봤습니다."

이어 주인은 어떻게 나를 처음 만나게 되었는지를 이야기했고 더불어 나에 관해 설명했다. 내 몸이 전부 다른 동물의 가죽과 털로 만든 인공적인 혼합물로 덮여 있다는 것, 내가 고유한 언어를 구사하는 건 물론 그들의 언어도 완전히 습득했다는 것, 내가 이곳으로 온 경위를 말해 주었다는 것, 인공적인 혼합물을 벗었을 때 내 몸이 야후와 모든 측면에서 같지만 색깔이 더 희고 털도 없으며 발톱이 짧다는 것 등이 그 내용이었다.

주인은 여기에 덧붙여 이렇게 말했다.

"제가 데리고 있는 야후는 자기 조국과 다른 나라에서는 야후가 지배자이며 이성적 동물이어서 후이늠을 부리고 있다는 말을 제가 납득하게 하려고 무척 애썼습니다. 그는 야후의 특징을 전부 가지고 있었는데, 조금 이성이 있어 다소 문명화되었다는 것만 달랐습니다. 하지만 우리 후이늠 종족에 비교하면 훨씬 열등했고, 이런 차이는 우리 나라의 야후가 내가 데리고 있는 야후보다 훨씬 열등한 것과 비슷합니다. 그가 언급했던 여러 관습 중엔 어린 후이늠을 거세하는 것이 있었는데, 온순하게 길들이고자 하는 조치라고 하는군요. 거세 자체는 쉽고 안전하다고 합니다. 짐승에게서 지혜를 배우는 건 부끄러운 일이 아닙니다. 근면함은 개미에게서 배우고, 건축은 제비(원래는 '리한'이라는 제비보다 더 큰 새를 가리키는 말이지만 나는 이렇게 옮겼다)에게서 배우라는 말도 있지 않습니까.

이 거세라는 발명을 이 나라의 새끼 야후들에게 도입해도 좋을 것입니다. 그러면 부리기도 쉬워지고 온순해질 뿐만 아니라 일부러 죽이지 않고도 야후라는 종 전부를 한 세대 안에 없앨 수 있을 겁니다. 그러는 사이 우리는 당나귀를 열심히 길러야 합니다. 모든 면에서 당나귀는 야후보다 귀중한 짐승인 데다 야후는 12살이 되어야 일할 수 있지만 당나귀는 5살만 되어도 일할 수 있기 때문입니다."

주인이 당시에 총회에서 오간 이야기 중 내게 말하기 적당하다고 생각한 건 이게 전부였다. 하지만 그는 한 가지 논의 사항은 숨겼는데 그건 나와 관련된 것이었다. 적절한 때에 독자에게 언급하겠지만 나는 곧 이로 인해 불행한 결과를 맞이하게 되었고 그때부터 내 인생에 온갖 불운이 닥쳐왔다.

후이늠들에게는 문자가 없고, 그로 인해 그들의 지식은 모두 입말로 전해진[口傳] 것이다. 하지만 그들은 무척 단합되어 있고, 천성적으로 모든 미덕을 추구하는 성향이 있으며, 전적으로 이성의 지배를 받고 있어 어느 때건 사건이라고 할 만한 일이 거의 벌어지지 않는다. 그들은 기억에 부담을 받는 일 없이 역사를 쉽게 보존한다. 이미 말한 것처럼 그들은 병에 걸리지 않고 따라서 의사가 필요 없다. 하지만 그들은 여러 약초를 혼합하여 만든 훌륭한 약이 있어서 날카로운 돌로 인해 발목이나 발굽 바닥에 생긴 타박상과 베인 상처, 그리고 사고로 몸 여러 부위에 생긴 다른 상처를 치료할 수 있다.

그들은 해와 달의 공전으로 한 해를 계산하지만, 주 단위로 다시 시간을 나누지 않는다. 그들은 두 발광체의 움직임을 잘 알고 있고, 일식이나 월식의 특징도 알고 있다. 하지만 여기까지가 그들이 보유한 천문학 지식의 한계이다.

시詩로 말하자면 그들은 분명 어떤 다른 동물보다도 뛰어날 것이다. 비유와 세밀하고 정확한 묘사가 어찌나 적절한지 실로 따라할 수 없을 정도이다. 그들의 시는 우정과 박애를 칭송하고, 경주나 다른 운동의 승자에게 찬사를 보내는 직유와 묘사가 풍부하다.

그들의 건물은 아주 단순하고 조잡하지만, 불편하지 않고 추위와 더위로 인한 피해를 전부 잘 막아낸다. 그들에게는 40년이 되면 뿌리가 느슨해져 폭풍이 불면 쓰러지는 나무가 있어서 이 나무를 집을 짓는 데 쓴다. 이 나무는 무척 곧게 자라는데, 후이늠은 날카로운 돌(그들은 쇠를 쓰는 법을 모른다)로 이 나무의 끝을 깎아 말뚝처럼 만든다. 그들은 그것을 약 25센티미터 간격으로 땅에 박고, 귀리 짚이나 때로는 윗가지로 그런 말뚝 사이를 엮는다. 지붕이나 문도 이런 식으로 만든다.

후이늠들은 앞발 발목과 발굽 사이의 움푹 들어간 부분을 우리가 손을 쓰듯이 사용하는데, 내가 생각했던 것보다 훨씬 재주가 있었다. 나는 주인 가족의 흰색 암말이 그 관절로 바늘에 실을 꿰는 것도 봤다(나는 실험 차 일부러 바늘을 빌려 줬다). 그들은 우유를 짜고, 귀리를 수확하고, 그 외 손이 필요한 모든 일을 같은 방식으로 해낸다. 그들에겐 단단한 부싯돌이 있는데 그것을 다른 돌에 대고 갈아 도구를 만든다. 이런 도구는 쐐기, 도끼, 망치 역할을 한다. 이런 부싯돌로 만든 도구로 그들은 건초를 자르고 귀리를 수확한다. 귀리는 여러 들판에서 자연적으로 자란다. 야후들은 귀리 다발을 운반 수레에 실어 가져오고, 하인들은 지붕이 덮인 특정 오두막에서 그것을 밟아 낟알을 빼내 창고에 저장한다. 그들은 조잡한 토기와 목기를 만드는데, 토기는 햇빛으로 구워 만든다.

사고만 피한다면 그들은 다른 이유로는 죽지 않고 나이가 들어 자연사할 뿐이다. 후이늠은 최대한 구석진 곳에 묻히며, 친구와 친척들은 이런 죽음에도 기쁨이나 슬픔을 드러내지 않는다. 죽는 자도 마치 이웃에 들렀다 집으로 돌아가는 것처럼 세상을 떠나며 죽음에 대하여 전혀 유감을 보이지 않는다.

내 기억으로는 어느 날 주인이 어떤 중요한 일로 집에 친구와 그의 가족을 초대한 적이 있었다. 약속한 날 친구의 부인과 두 자녀가 아주 늦게 주인의 집에 나타났다. 그녀는 두 가지 사항에 대하여 양해를 구했다. 하나는 그녀의 남편에 관한 것인데, 그녀의 말로는 그날 오전 그가 '르누운'했다는 것이었다. 이 말은 후이늠의 말에선 강한 표현인데, 쉽게 뜻을 옮길 수 없지만, 굳이 말하자면 최초의 어머니에게로 돌아갔다는 뜻이다. 이어 그녀는 더 일찍 오지 못한 것에 양해를 구하며 이유를 설명했는데, 오전 늦게 남편이 죽어서 하인들과 함께 그를 묻을 가장 편리한 자리를 논의하느라 늦었다는 것이었다. 내가 본 바로는 그녀는 주인의 집에서 다른 후이늠과 다를 바 없이 쾌활한 모습을 보였다. 그녀는 약 석 달 뒤에 죽었다.

그들은 보통 70살이나 75살까지 사는데, 80살까지 사는 일은 좀처럼 없다. 죽기 몇 주 전 그들은 점점 쇠약해지는 걸 느끼지만, 고통은 없다.

이런 기간 동안 친구들이 많이 방문하는데, 그들이 평소처럼 쉽고 편안하게 밖으로 움직이지 못하기 때문이다. 하지만 죽기 열흘 정도 전이면 (그들은 이 시기 계산을 좀처럼 틀리지 않는다) 야후들이 끄는 편리한 썰매를 타고 가장 가까운 곳에 사는 이웃에게 답방한다. 이 썰매는 이런 때에만 쓰는 게 아니라 나이가 들거나 장거리 여행을 할 때, 혹은 사고로 다리를 절뚝거릴 때도 사용한다. 따라서 죽어가는 후이늠들은 답방할 때, 마치 여생을 그 나라의 아주 먼 곳에서 보내기로 마음먹기라도 한 것처럼 답방한 친구들에게 엄숙한 작별 인사를 남긴다.

딱히 언급할 가치가 있는지는 모르겠지만, 후이늠의 말엔 악한 것을 표현하는 단어가 없다. 다만 야후의 흉측한 모습과 유해한 특징을 빌린 표현이 있을 뿐이다. 따라서 그들은 하인이 우둔한 짓을 하거나, 자식들이 태만하거나, 발에 상처를 내는 돌이나 계속되는 악천후 등을 표현할 때 야후라는 형용사를 추가한다. 예를 들면 '흐늠 야후', '으흐나홀름 야후', '이늘흠나위흘마 야후', 그리고 잘못 지은 집을 가리키는 '인홀름흠로흘느우 야후' 등이 있다.

이 훌륭한 종족의 관습과 미덕에 관해 더 언급하는 건 무척 즐거운 일이지만, 조만간 그 주제를 분명하게 다룬 책을 출판할 예정이므로 독자는 그 책을 참고하길 바란다. 그러면 이제 내가 맞이한 슬픈 파국에 관하여 말하도록 하겠다.

제 10 장

후이늠들 사이에서 저자가 누린 경제적인 생활과 행복한 삶에 대해 이야기하다. 후이늠과 대화하며 저자의 미덕이 크게 개선되다. 후이늠들이 대화하고, 주인이 저자에게 그 나라를 떠나야 한다고 알려 주다. 저자는 슬퍼 기절하지만 결국 받아들이다. 저자가 동료 하인의 도움을 받아 카누를 만들고, 바다에 띄워 모험에 나서다.

나는 아주 흡족하게 검소한 경제생활을 누렸다. 주인의 지시로 주인집에서 5미터 정도 떨어진 곳에 후이늠의 방식으로 지어진 방을 배정받았다. 나는 사방의 벽과 바닥에 진흙을 발랐고, 내가 만든 돗자리를 깔았다. 들에 자라는 삼을 두드려서 일종의 리넨을 만들었다. 여기에다 야후의 털로 만든 덫에 걸린 여러 새들의 깃털을 채워 넣었다. 그 새들은 훌륭한 음식이기도 했다. 내가 칼로 두 개의 의자를 만드는 과정에서 밤색 말이 거칠고 힘든 일을 도와줬다. 옷이 누더기로 변하자 나는 토끼와 '누노'라고 하는 동물의 가죽으로 새 옷을 만들어 입었다. 누노는 토끼와 거의 같은 크기에다 가죽이 부드러운 털로 덮여 있는 예쁜 동물이다. 같은 재료로 나는 아주 그럴듯한 양말도 만들었다.

나는 나무에서 자른 목재로 가죽 구두의 밑창을 삼았고 구두의 가죽이 떨어지면 햇빛에 말린 야후의 가죽으로 대체했다. 나는 속이 빈 나무에서 자주 꿀을 가져와 물과 섞어 마시거나 빵에 발라 먹었다. "인간의 자연적 욕구는 아주 쉽게 충족된다", "필요는 발명의 어머니이다" 이두 가지 격언이 옳다는 걸 나보다 더 잘 입증한 사람도 없을 것이다. 나는 육체적으로 더할 나위 없이 건강했고 정신도 평온했다. 친구의 배신이나 변덕, 공개된 적이나 드러나지 않은 적으로 인한 피해는 전혀 없었다. 지체 높은 사람이나 그의 하인에게 호의를 얻자고 뇌물을 주거나, 아첨하거나, 뚜쟁이 짓을 할 필요가 없었다. 기만이나 압제를 대비할 필요도 없었다. 내 몸을 망가뜨리는 의사도, 나를 파산하게 만드는 변호사도 없었다.

나의 언행을 지켜보거나 누군가에게 고용되어 허위 사실로 나를 고소하는 정보원도 없었다. 여기엔 조롱하는 자, 비난하는 자, 험담하는 자, 소매치기, 노상강도, 침입 강도, 변호사, 포주, 어릿광대, 노름꾼, 정치인, 재주꾼, 성마른 자, 지루한 연설가, 논객, 강간범, 살인자, 강도, 거장인 체하는 사람도 없었다. 파당과 파벌의 지도자나 추종자도, 다른 사람을 유혹하거나 다른 사람에게 본보기를 보여 악덕을 권장하는 자도 없었다. 지하 감옥, 참수용 도끼, 교수대, 태형 기둥, 죄인에게 씌우는 칼도 없었다. 손님을 등치는 가게 주인이나 직공도 없었다. 오만, 허영, 으스댐도 없었다. 외모에 지나치게 관심이 많은 남자, 불량배, 주정뱅이, 길거리 창녀, 혹은 매독도 없었다. 고함치고 음탕하고 사치스러운 아내도 없었다. 멍청하고 오만한 현학자도 없었다. 성가시고, 고압적이고, 걸핏하면 싸우려고 하고, 시끄럽고, 으르렁거리고, 하찮고, 우쭐거리고, 욕하는 동료들도 없었다. 악덕 덕분에 무일푼에서 출세한 악당도, 미덕 때문에 망해 버린 귀족도 없었다. 영주, 사기꾼, 판사, 혹은 춤 선생도 없었다.

나는 주인과 함께 식사하러 온 여러 후이늠과 동석하는 특권을 누렸다. 주인은 자상하게도 나를 주인 방에 머무르게 하여 그들의 대화를 들을 수 있게 해 줬다. 그와 그의 친구들은 종종 친절을 베풀어 내게 궁금한 걸 물어봤고 나는 성실히 답변했다. 나는 때로 주인과 함께 다른 후이늠의 집에 방문하는 특권을 누리기도 했다. 나는 질문에 답할 때를 빼놓고 절대 말하려고 하지 않았다. 대답할 때도 속으로는 무척 안타까웠

걸리버가 주인 및 그의 손님과 대화하다.

다. 그들의 행동을 관찰하면서 나를 개선할 수 있는 시간이 그만큼 없어지기 때문이었다. 하지만 나는 변변찮은 방청자로서 그곳에 있게 되어 무척 기뻤다. 그들의 대화는 중요한 단어만을 최소한으로 사용하면서도 유익한 내용을 담고 있었기 때문이다.

이미 언급했지만, 그들은 격식을 전혀 따지지 않으면서도 무척 품위 있었다. 그들의 대화는 이야기를 하는 후이늠과 그것을 듣는 다른 후이늠 모두가 즐거운 자리였다. 대화가 상대방의 간섭으로 끊기거나, 지루하거나, 격렬해지거나, 생각이 엇갈리는 일은 없었다. 그들은 모임 자리에선 잠깐의 침묵이 대화를 훨씬 낫게 한다고 생각했다. 나는 그 생각이 옳다는 걸 알게 되었다. 잠시 대화를 하지 않는 사이에 새로운 생각이 떠올랐고, 이후로는 대화가 무척 생동감 있게 바뀌었기 때문이다. 그들이 대화를 나누는 주제는 보통 우정, 박애, 질서, 근검절약하는 생활에 관한 것이었다. 때로는 뚜렷한 자연 작용이나 오랜 전설, 미덕의 경계와 한계, 이성의 틀림없는 규칙, 다음 총회에서 결정할 일, 詩시의 다양한 우월성 등을 이야기했다.

자만하는 건 아니지만, 내 존재 자체가 종종 그들에게 충분한 대화 소재를 제공하기도 했다. 그 덕분에 주인은 그의 친구들에게 내 이력과 영국의 역사를 들려줄 수 있었고, 이에 후이늠들은 인류에겐 썩 유리하지 않은 논평을 할 수 있었다. 그런 이유로 나는 그들이 언급한 내용을 여기에 옮기지는 않겠다. 나는 주인이 나보다도 야후의 특성을 훨씬 잘 이해하는 것 같아 감탄할 수밖에 없었다. 그는 우리의 모든 악덕과 어리석음을 밝혀내고 내가 전혀 언급하지 않았던 많은 점도 발견했다. 그는 짐작만으로 이 나라 야후들이 조금이라도 이성을 가지고 있다면 어떤 행동을 할 수 있는지 알아냈다. 그는 그런 삶을 사는 동물이 얼마나 미천하고 비참하겠냐는 결론을 내렸는데 정말 그럴듯한 결론이었다.

터놓고 고백하건대, 내가 아는 가치 있는 몇 안 되는 지식은 전부 주인에게서, 또 주인과 친구들 간에 오간 대화에서 얻은 것이다. 나는 그런 대화를 들은 게 유럽에서 가장 위대하고 현명한 사람들을 모아 놓은 자리에서 그들에게 연설하는 것보다 더욱 자랑스러운 일이라고 생각한다. 나는 후이늠의 힘, 아름다움, 속도에 감탄했다. 그런 상냥한 후이늠들에게서 발견되는 별자리처럼 많은 미덕에 나는 저절로 극도의 존경심을 품게 되었다. 사실 처음에 나는 야후나 다른 모든 동물이 후이늠에게 품는 자연스러운 외경심을 느끼지 못했다. 하지만 점차 생각했던 것보다 훨씬 빠르게 그런 외경심을 느끼게 되었다. 나는 또한 친절하게도 나를 다른 야후와 구별해 준 그들에게 존경이 담긴 애정과 감사를 느끼게 되었는데, 앞서 언급한 외경심에 이런 감정이 자연스럽게 추가되었다.

나는 가족, 친구, 동포, 혹은 보편적인 인류를 생각하면서 그들이 외양이나 성향 면에서 야후와 같다고 여기게 되었다. 그들은 조금 더 문명화되고, 말할 수 있는 재능이 있을지 모르지만, 이곳 야후들이 자연적으로 저지르는 악덕을 더 키우는 데만 이성을 사용한다. 호수나 샘에 비친 내 모습을 보면 나는 자신이 끔찍하고 혐오스러워 얼굴을 돌렸다. 내 모습을 보는 것보다는 차라리 야후의 모습을 보는 게 낫다는 생각마저 들었다. 후이늠과 대화하고 그들을 즐겁게 지켜보면서 나는 그들의 걸음걸이와 몸짓을 흉내 내게 되었는데, 이제 그 행동은 하나의 습관이 되었다. 영국의 내 친구들은 자주 직설적으로 내가 말처럼 빨리 걷는다고 지적한다. 하지만 나는 그걸 엄청난 칭찬으로 받아들인다. 말하는 방식과 목소리가 후이늠 같아서 조롱당하기도 하지만 나는 조금도 모욕이라고 생각하지 않는다.

이렇게 행복하게 지내며 여생을 이곳에서 보내리라 생각했다. 그러던 어느 날 아침, 나는 평소보다 주인에게 일찍 불려갔다. 그의 표정을 보니 어떻게 말을 시작해야 할지 몰라 난감해하는 것 같았다. 잠시 침묵이 흐른 다음 그는 내게 말했다.

"내가 지금 하려는 말을 그대가 어떻게 받아들일지 잘 모르겠네. 지난 총회에서 야후에 관한 논의가 시작되었을 때 대표들이 내가 야후를 데리고 있으면서 야만적인 짐승처럼 부리는 것이 아니라, 후이늠처럼 대하고 있다고 비판했네. 그들은 내가 그대와 자주 대화하면서 마치 어떤 이득이나 즐거움을 얻는다고 생각한 것 같네. 그들은 이런 일이 이성이나 본성에 어긋나는 일이며, 들어본 적도 없는 일이라고 비판했네. 그에 따라 총회는 그대를 다른 야후와 똑같이 대하든가, 아니면 그대에게 고향으로 헤엄쳐 돌아가라고 명령하라고 하네. 내 집과 다른 집에서 그대를 한 번이라도 본 후이늠들은 앞의 조치를 전부 반대했네. 이성을 조금 가진 그대가 타락한 천성을 가진 야후들 사이에 들어가서 살게 되었을 때, 그들을 꾀어 이곳의 숲이나 산으로 데려가거나, 천성적으로 노동을 꺼리고 약탈을 선호하는 그들을 부추겨 밤에 떼로 몰려와 가축을 습격하면 어쩔 것인가 하고 걱정했지."

주인은 계속하여 이렇게 말을 이어 갔다.

"이웃 후이늠들이 총회의 권고를 시행하라고 매일 압력을 넣고 있으므로 이 일을 오래 미룰 수는 없네. 다른 곳으로 헤엄쳐 가는 건 그대에게 불가능한 일이겠지. 그러니 전에 그대가 타고 바다를 건너왔다는 탈것과 비슷한 것을 만들어 보게나. 도움이 필요하면 내 하인들과 이웃 하인들을 쓰도록 하게. 나로서는 그대가 살아 있는 동안 나와 함께 지냈으면 했네. 열등한 천성을 지녔지만, 최대한 후이늠을 모방하려고 노력하면서 나쁜 버릇과 성향을 어느 정도 고친 걸 내가 직접 봤으니 말이야."

여기서 나는 독자에게 말해둘 것이 있다. 이 나라 총회의 포고는 '흔로아인'이라는 단어로 표현되는데, 최대한 옮겨보자면 권고라는 뜻을 지닌다. 이성적인 동물에게 강요라는 개념은 아예 없고, 오로지 조언이나 권고만 할 수 있기 때문인데, 스스로 이성적인 동물이라는 걸 포기하지 않는 바에야 이성의 권고를 거역할 수 없기 때문이다.

나는 주인의 말에 극도의 슬픔과 절망을 느꼈다. 밀려오는 고통을 도저히 견딜 수 없었던 나는 기절하여 주인의 발 앞에 쓰러졌다. 정신을 차리자 주인은 내가 죽은 줄 알았다고 말했다. 후이늠들은 천성적으로 이런 정신적 나약함이 없기 때문이었다. 나는 가냘픈 목소리로 말했다.

"이런 상황이라면 차라리 죽는 게 훨씬 행복할 것입니다. 비록 총회의 권고, 혹은 친구 분들의 재촉을 제가 탓할 수는 없습니다만, 보잘것없는 저의 판단으로는 이렇게까지 혹독하게 하지 않는 게 오히려 이성에 더 맞는다고 봅니다. 저는 5킬로미터도 헤엄칠 수 없는데, 여기서 가장 가까운 땅은 5백 킬로미터도 더 가야 할 겁니다. 저를 이곳까지 데려온 작은 탈것을 만드는 데 필요한 재료들은 이 나라에 거의 없습니다. 그 일은 불가능하고, 따라서 저는 이미 죽은 목숨이나 다를 바 없지만, 그래도 주인님께 감사하는 마음이 있으니 지시하신 바를 따르도록 하겠습니다.

그런 부자연스러운 죽음을 맞이하리라는 전망은 그나마 가장 나은 것입니다. 여러 기이한 위험에서 무사히 빠져나와 귀국한다 하더라도 미덕의 길로 저를 이끌어 주던 본보기가 없으니 야후들 사이에서 예전의 타락한 모습으로 다시 돌아갈 텐데, 어떻게 개탄하지 않을 수 있겠습니까. 저는 현명한 후이늠들이 확실한 이성을 바탕으로 모든 결정을 내린다는 걸 아주 잘 알고 있습니다. 그건 저 같은 초라한 야후가 주장한다고 번복될 수 있는 게 아니지요. 탈것을 만드는 데 하인들을 보내 돕겠다고 하신 결정엔 깊이 감사드립니다. 하지만 그걸 만드는 건 무척 어려운 일이므로 그에 맞는 시간이 필요합니다. 그렇게만 지원해 주신다면 이 형편없는 목숨을 부지하고자 최선을 다하겠습니다. 제가 영국으로 돌아가게 된다면 이름 높은 후이늠을 찬사로써 기리고, 그 미덕을 인류가 본받아야 한다고 주장하며 우리 동족에게 도움이 되는 일을 하겠습니다."

주인은 짧게 아주 자비로운 대답을 했다. 그는 배를 만드는 데 두 달의 시간을 주었다. 그리고 내 동료 하인(지금 이렇게 멀리 떨어져 있으니 주제넘게 이렇게 한 번 불러보고자 한다)인 밤색 말에게 내 지시를 따르라고 했다. 왜냐하면 내가 주인에게 밤색 말이 도와주면 충분하다고 한 데다 그 말이 그동안 내게 친절히 대해 왔기 때문이었다.

내가 밤색 말과 처음으로 한 일은, 내 배에서 반란을 일으킨 선원들이 나를 내려놓은 해안으로 가는 것이었다. 해안 근처의 고지로 올라가 사방 바다를 살펴보니 북동쪽에 작은 섬이 하나 보였다. 나는 이어 휴대용 망원경을 꺼내 관찰했고, 계산해보니 약 25킬로미터 정도 떨어진 섬이라는 사실을 확실히 알게 되었다. 하지만 밤색 말에게 그 섬은 푸른 구름처럼 보일 뿐이었다. 이곳 말고는 다른 땅이 없다는 생각을 가지고 있었기에 바다 멀리 있는 물체를 구별해낼 때는 아무래도 나처럼 능숙할 수 없었다.

섬을 발견한 다음 나는 더 생각하지 않았다. 가능하다면 저곳을 유배지로 생각하자고 결심했고, 나머지는 운에 맡기기로 했다.

집으로 돌아온 나는 밤색 말과 논의한 뒤 집에서 어느 정도 떨어진 숲으로 갔다. 그곳에서 나는 칼을 가지고, 밤색 말은 후이늠의 방식을 따라 만든 나무 손잡이에 붙인 날카로운 부싯돌을 가지고, 지팡이나 그보다 더 큰 정도의 참나무 가지를 여럿 잘라냈다. 하지만 여기서 배를 만든 방법을 자세하게 설명하여 독자를 번거롭게 하지는 않겠다. 그저 밤색 말의 도움으로 6주 만에 일종의 인디언 카누를 만들었다고 말하면 충분할 것이다. 밤색 말은 힘이 가장 필요한 일을 대신 해 주었다. 이 카누는 통상의 인디언 카누보다 훨씬 컸고, 겉은 야후 가죽으로 덮었다. 내가 삼에서 직접 뽑은 실로 잘 바느질하여 만든 가죽이었다. 돛도 마찬가지로 야후의 가죽으로 만들었다. 하지만 최대한 어린 야후의 가죽으로 쓰고자 했는데, 늙은 야후의 가죽은 지나치게 거칠고 두꺼웠기 때문이다. 나는 네 개의 노도 마련했다. 토끼와 새의 고기를 삶아 챙겨 두고, 통도 두 개 마련하여 한 통엔 우유를, 다른 통엔 물을 담았다.

나는 주인의 집 근처 커다란 연못에서 카누를 시험했고, 잘못된 부분을 고쳤다. 그리고 모든 틈새에다 물이 들어오지 않을 때까지 야후의 기름을 발랐다. 이렇게 하여 완성된 배는 내 몸과 짐을 제대로 실을 수 있었다. 더는 손댈 곳이 없을 정도로 완성되었을 때 나는 야후들에게 바다까지 배를 조심스럽게 운반하게 했다. 밤색 말과 다른 하인이 이 과정을 지휘했다.

모든 것이 준비되고 떠날 날이 되자 나는 주인과 마님, 그리고 모든 가족에게 작별 인사를 했다. 슬픔으로 눈물이 계속 흐르고 억장이 무너졌다. 하지만 주인은 절반은 호기심으로, 절반은 나에 대한 애정으로(이건 절대로 자랑하려고 하는 말이 아니다), 내가 카누에 타는 모습을 지켜보러 해변까지 나왔다. 이웃에 사는 그의 여러 친구도 주인을 동행했다. 나는 조류가 알맞을 때까지 한 시간 넘게 기다렸고, 운 좋게도 전에 봐 뒀던 섬 방향으로 바람이 부는 걸 확인하고 주인에게 두 번째로 작별 인사를 했다. 내가 엎드려 그의 발굽에 입을 맞추려고 하자 그는 스스로 내 입 가까이 천천히 발을 들어올려 나에게 관대하게 대어 주었다.

이런 절을 했다는 사실을 언급한 일로 내가 얼마나 많이 비난받았는지 나 자신도 모르지 않는다. 나를 폄하하려는 자들은 그토록 저명한 후이늠이 나같이 열등한 동물을 위해 그런 대단한 영광을 베푸는 일이 있겠느냐고 생각했다. 나 역시 여행기 작가들이 현지에서 대단한 호의를 받았다고 자랑하는 경향이 있다는 것을 알고 있다. 하지만 이렇게 비난에 열을 올리는 자들이 후이늠의 고귀하고 친절한 성향에 대해 잘 알게 된다면 그들은 이내 생각을 바꿀 것이다.

나는 주인의 친구들에게 경의를 표시하고 카누에 탔고, 이어 해안에서 배를 밀고 섬으로 떠났다.

제 11 장

저자의 위험한 항해. 저자가 뉴홀랜드에 도착하고 그곳에서 정착하길 희망하다. 저자가 원주민의 화살에 상처를 입다. 그는 붙잡혀 강제로 포르투갈 배로 끌려가지만 선장이 무척 정중하게 대해 주었다. 저자가 영국에 도착하다.

나는 1715년 2월 15일 오전 9시에 그 절망적인 항해를 시작했다. 바람은 순풍이었다. 나는 처음에는 노만 썼지만, 조만간 체력이 빠질 것이고 바람도 방향이 바뀔 것이라는 생각이 들자 과감하게 작은 돛을 펼쳤다. 추측해 보자면 나는 조류의 도움을 받아 1시간에 10킬로미터를 나아간 것 같았다. 주인과 그의 친구들은 내가 거의 보이지 않을 때까지 계속 해변에 머무르며 지켜보았다. 나는 (나를 늘 사랑했던) 밤색 말이 "흐누이 일라 니하 마이아 야후"라고 종종 소리치는 걸 들을 수 있었다. "조심해라, 순한 야후야"라는 뜻이었다.

내 계획은 가능하다면 내 노력만으로 생필품을 마련할 수 있는 작은 무인도를 발견하는 것이었다. 그렇게 된다면 유럽에서 가장 우아한 궁정에서 총리가 되는 것보다 더 행복할 것이었다. 야후가 통치하는 사회로 돌아가 다시 그곳에서 살아야 한다는 생각만 해도 끔찍하게 고통스러웠다. 내가 왜 그런 고독을 바랐냐면, 적어도 그 속에선 나만의 생각을 즐길 수 있고, 동족의 악덕과 타락에 휘말려 같이 퇴보할 일도 없고, 비길 데 없는 후이늠의 미덕을 깊이 생각하는 기쁨을 누릴 수 있기 때문이었다.

독자는 선원들이 음모를 꾸며 나를 선실에 가뒀을 때의 상황을 기억할 것이다. 나는 몇 주 동안 어떤 방향으로 나아가는지도 알지 못한 채 갇혀 있었다. 참말인지 거짓말인지 모르겠지만, 내가 보트에서 해안으로 내려질 때 선원들은 자기들도 그곳이 어디인지 알지 못한다고 맹세했다. 하지만 나는 당시 희망봉에서 남쪽으로 약 10도, 그러니까 남위 45도 정도에 있다고 생각했다. 그들 사이에서 들려오는 말을 종합해 보니 마다가스카르로 나아가는 항해 중에 남동쪽으로 나아간 것 같았다. 내 생각은 막연한 추측이나 다를 바 없었지만, 그래도 나는 항로를 동쪽으로 잡고 뉴홀랜드(오스트레일리아)의 남서쪽 해안이나 혹은 서쪽에 있는, 내가 소망했던 무인도에 도착하길 바랐다.

　　바람은 완전히 서풍이었고, 오후 6시가 되었을 때 배는 계산한 바로는 동쪽으로 적어도 90킬로미터 움직였다. 그러다 나는 2.5킬로미터 정도 떨어진 곳에 아주 작은 섬이 하나 있는 걸 발견하고 이내 그곳에 도착했다. 이 섬은 개울이 하나 있는 바위에 불과했고, 폭풍의 영향으로 자연적으로 아치형이 되어 있었다. 나는 여기에 카누를 올려놓고 바위에 올랐는데, 그곳에서 동쪽에 있는 땅을 확실히 보았다. 그 땅은 남쪽에서 북쪽으로 뻗어 있었다. 나는 밤새 카누에 누워 있었고, 이른 아침이 되자 항해를 다시 시작했다. 나는 7시간에 걸쳐 나아간 끝에 뉴홀랜드의 남동쪽 끝에 도착했다. 이 일로 나는 내가 오래전부터 품은 생각을 확신하게 되었다. 바로 지도와 해도가 이 지역을 실제보다 최소 3도 정도 더 동쪽에 위치시켰다는 생각이었다. 여러 해 전에 나는 이 생각을 훌륭한 친구이며 지도 제작자인 허먼 몰[1]에게 알려 주고 그 이유도 설명했지만, 그는 다른 권위자들의 의견을 채택했다.

　　나는 상륙한 곳에서 주민을 만나지 못했으나, 무기도 없어 감히 내륙으로 들어가기가 두려웠다. 나는 해안에서 조개를 어느 정도 주웠지만,

---

[1]　네덜란드에서 태어나 영국으로 이주한 유명 지도 제작자.

날것으로 먹을 수밖에 없었다. 원주민들에게 발각될까 봐 겁이 나 감히 불을 피우지 못했기 때문이다. 나는 가져온 식량을 아끼고자 사흘 연속 굴과 삿갓조개를 먹으며 지냈다. 돌아다니다 발견한 개울에선 다행스럽게도 깨끗한 물이 흘렀고, 그것은 내게 커다란 위안이 되었다.

도착한 지 나흘째가 되자 나는 대담하게도 아침 일찍 조금 멀리 나아갔는데, 내가 있는 곳에서 5백 미터도 떨어져 있지 않은 고지에서 스무 명에서 서른 명 정도 되는 원주민을 봤다. 그들은 남자나 여자, 아이를 가리지 않고 알몸이었는데, 연기가 나는 것으로 미루어 보아 불 주변에 있는 모양이었다. 그러다 그중 하나가 나를 발견했고, 나머지에게 그 사실을 알렸다. 이어 그들 중 다섯 명이 여자와 아이를 불 주위에 그대로 남겨 두고 내게로 다가왔다. 나는 최대한 서둘러 해안으로 달려갔고, 카누에 올라타 바다로 나아갔다. 야만인들은 내가 바다 쪽으로 물러나는 걸 보고 나를 뒤쫓았고, 내가 먼 바다로 나가기 전에 화살을 쐈다. 화살은 내 왼쪽 무릎 깊숙이 박혀 크게 상처를 냈는데, 나는 이 상흔을 무덤까지 가지고 갈 것이다. 나는 화살에 독이 묻었을까 봐 염려하면서도 온힘을 다해 노를 저어 사정거리 밖으로 나갔다. 좋은 날씨라 물결이 잔잔해서 다행이었다. 나는 재빨리 상처를 입으로 빨아내고 최대한 붕대로 처맸다.

전에 내린 곳으로 감히 되돌아갈 수는 없었기에 나는 어찌할 줄을 몰랐다. 어쩔 수 없이 노를 저어 북쪽으로 나아갈 수밖에 없었다. 바람은 무척 온화했지만, 북서쪽에서 불어오고 있어 내겐 역풍이었다. 위험 없이 상륙할 곳을 찾던 중에 나는 범선 하나를 북북동 방향에서 보았다. 그 배는 시시각각 더 뚜렷하게 보였다. 나는 그 배를 기다려야 할지 확신이 서지 않았다. 하지만 결국 야후에 대한 나의 증오심 때문에 망설임은 사라졌고, 나는 카누를 돌려 돛과 노를 써서 남쪽으로 나아갔다. 오전에 떠난 그 개울로 돌아가기 위해서였다. 나는 유럽 야후들과 함께 사느니 차라리 야만인들 사이에서 사는 편이 더 낫다고 생각했다. 나는 카누를 해변으로 최대한 끌어올렸고, 앞서 말했던 물이 깨끗한 작은 개울 옆에 있는 바위에 몸을 숨겼다.

아까 그 범선은 내가 있는 개울에서 2.5킬로미터 떨어진 곳까지 다가왔고, 기다란 보트에 민물을 담을 용기를 실어서 이곳으로 파견했다. 이곳은 무척 유명한 것 같았다. 하지만 나는 그들이 내려 보낸 보트가 거의 해안에 도착할 때까지 그들을 보지 못했다. 그렇다고 다른 은신처를 찾기엔 너무 늦었다. 상륙한 선원들은 내 카누를 보고 주인인 내가 그리 멀리 가지 못했을 것으로 쉽게 추측했고, 사방을 뒤지면서 돌아다녔다. 그들 중 네 사람은 제대로 무장한 상태였는데, 갈라진 틈이나 구멍을 하나도 빠짐없이 수색했다. 그러다 마침내 바위 뒤에서 얼굴을 땅에 대고 엎드린 나를 발견했다. 그들은 잠시 내 기이하고 투박한 옷에 놀란 모양이었다. 외투는 가죽으로, 신발 밑창은 나무로, 양말은 털가죽으로 되어 있었으니까 말이다.

하지만 그런 모습이었기에 선원들은 내가 이곳 원주민이 아님을 알았다. 원주민은 전부 알몸으로 다니기 때문이다. 선원 한 사람이 내게 포르투갈어로 일어나라고 하며 내가 누구인지 물었다. 나는 포르투갈어를 무척 잘 알고 있었으므로 일어서면서 말했다.

"나는 후이늠들 사이에서 추방당한 딱한 야후요. 내가 조용히 떠나도록 놓아주면 좋겠소."

그들은 내가 포르투갈어로 답변하는 걸 듣고 놀랐고, 내 안색을 보고 유럽인이 틀림없다고 생각했다. 하지만 그들은 내가 말한 야후와 후이늠이 어떤 뜻인지 전혀 모르면서도 말울음과 비슷한 내 이상한 어조를 듣고 웃음을 참지 못했다. 나는 두렵고 혐오스럽기도 해서 몸을 떨었다. 다시 조용히 떠나게 해 달라고 하며 천천히 카누를 향해 움직였다. 하지만 그들은 나를 붙잡고 내가 어느 나라 사람인지, 어디서 왔는지 등 많은 질문을 퍼부었다. 그래서 나는 내가 영국 사람이며, 그곳을 떠난 지 5년이 되었고, 당시 영국과 포르투갈은 평화로운 상태였다고 대답했다. 그리고 그들에게 이어서 이렇게 말했다.

"그러하니 나를 적으로 대하지는 말아 주시오. 나는 불행한 여생을 보낼 황량한 장소를 찾고 있는 불쌍한 야후에 불과하니까."

그들이 말을 시작했을 때 나는 그런 부자연스러운 소리는 들어본 적이 없다는 생각이 들었다. 영국에서 개나 소가 내는 소리 혹은 후이늠의 땅에서 야후가 내는 소리처럼 기괴하게 들렸기 때문이었다. 정직한 포르투갈인들도 내가 입은 기이한 옷, 내 특이한 발음에 놀라기는 마찬가지였다. 하지만 그들은 내가 하는 말을 확실하게 이해했다. 그들은 내게 엄청난 인정을 보이며 말했고, 선장이 틀림없이 나를 거저 리스본까지 데려다 줄 것이니 그곳에서 조국으로 돌아가면 된다고 했다. 이어 선원 두 사람이 선장에게 이곳에서 벌어진 일을 보고하고 그의 지시를 받으러 배로 돌아갔다.

그러는 사이 그들은 내게, 도망치지 않겠다고 엄숙하게 맹세하지 않으면 힘으로라도 나를 안전하게 지키겠다고 말했다. 나는 그들의 제안에 따르는 게 최선이라는 생각이 들었다. 그들은 내 이야기를 무척 듣고 싶어 했지만, 나는 그들의 소망을 거의 들어주지 않았다. 그들은 모두 내가 여러 가지 불운한 일을 겪고서 머리에 문제가 생겼다고 추측했다. 물을 담은 용기를 실은 보트는 두 시간 만에 돌아왔고, 선장이 나를 배에 태우라고 지시했다고 전했다. 나는 무릎을 꿇고 나를 자유롭게 풀어 달라고 했지만 모두 허사였다. 그들은 끈으로 나를 묶고 보트에 태우고 배로 올렸다. 이어 나는 선장실로 가게 되었다.

선장의 이름은 페드로 데 멘데스였다. 그는 아주 정중하고 관대한 사람이었다. 그는 내 이야기를 들려 달라고 청했고 먹거나 마시고 싶은 게 있다면 알려 달라고 했다. 그는 나를 자신과 똑같은 대우를 받게 해 주겠다고 하는 등 많은 친절한 말을 건넸고 나는 야후에게 그런 정중함이 있다는 사실에 놀랐다. 하지만 나는 심술궂게 입을 다물고 있었다. 그와 휘하 선원들에게서 풍겨 오는 냄새 때문에 거의 실신할 지경이었다. 결국 나는 카누에서 먹을 것을 꺼내 오려고 했다. 하지만 선장은 지시를 내려 내게 닭고기와 훌륭한 와인을 대접했고, 침대가 있는 무척 깨끗한 선실도 내주었다. 나는 옷을 벗지 않고 이부자리에 누웠다. 30분 정도 지났을 때 선원들이 저녁을 먹고 있다는 생각이 들자 나는 몰래 선실에서 빠져나와 배의 측면으로 갔고, 여기서 바다에 뛰어들고자 했다. 야후들 사이에서 계속 지내느니 필사적으로 헤엄쳐 빠져나가는 게 낫다고 생각했기 때문이다. 하지만 선원 한 사람이 내 행동을 저지했고, 이를 선장에게 보고했다. 그래서 나는 사슬에 묶인 채 선실로 가게 되었다.

저녁 식사 후에 페드로 선장은 내게로 와서 왜 그렇게 필사적으로 도망치려고 하는지 물었다. 동시에 그저 최대한 나를 많이 도와주려 하는 것뿐이라며 무척 감동적인 어조로 말을 이어 나갔다. 결국 나는 그를 약간의 이성을 지닌 동물로 대우하기로 했다. 나는 부하 선원들이 꾸민 음모, 그들이 나를 내려놓았던 나라, 그 나라에서 5년 동안 지낸 일 등 과거에 겪은 항해에 대하여 짧게 말해 주었다. 하지만 선장이 내가 말한 걸 마치 꿈이나 환상처럼 여기는 눈치여서 무척 기분이 상했다. 왜냐하면 나는 야후가 지배하는 모든 나라에서 나타나는 거짓말의 습관을 완전히 잊어버렸기 때문이다. 야후는 그 거짓말 습성 때문에 다른 동족이 하는 말이 진실인지 의심하는 성향이 생긴다.

나는 그에게 이렇게 물었다.

"그대의 나라에선 있지도 않은 것을 있다고 말하는 게 관습이오? 나는 거짓말이 무슨 뜻인지 거의 잊어버렸소. 내가 후이늠의 땅에서 천 년을 산다고 하더라도 거짓말은 단 한 마디도 못 들었을 것이오. 장담하건대 그곳에선 가장 천한 하인도 거짓말을 하지 않소. 나는 그대가 내 말을 믿건 말건 개의치 않소. 하지만 그대가 보인 호의에 보답하고자, 그대의 천성이 타락한 걸 최대한 감안하여, 그대가 제기하는 반대 의견에 대답을 하겠소. 그러면 쉽게 진실을 발견할 것이오."

선장은 현명한 사람이라 처음엔 내 이야기에서 부분적으로 말꼬리를 잡으려다가 결국 내가 진실을 말한다고 믿기 시작했다. 하지만 그는 내가 그토록 진실을 굳건히 지킨다고 말했으니 내 명예를 걸고 목숨을 버리지 않고 자신과 함께 이번 항해를 완주하겠다고 약속해 달라고 했다. 여기에 응하지 않으면 리스본에 도착할 때까지 나를 포로처럼 가둬 두겠다고 말했다. 나는 그가 요구하는 대로 하겠다고 약속했다. 하지만 동시에 야후 사이로 돌아가 사느니 무슨 고생이든 견디는 게 낫겠다고 항의하기도 했다.

항해 중엔 별다른 사고가 없었다. 선장에게 고마운 마음이 있었기에 나는 때로 그의 진지한 요청에 응했고, 동시에 인간에 대한 나의 적개심을 감추려고 애썼다. 그래도 그런 증오의 감정이 종종 드러나는 걸 막지는 못했는데, 그럴 때면 선장은 못 본 것처럼 행동했다. 선원들의 눈에 띄는 걸 피하고자 나는 하루 대부분을 선실에서 지냈다. 선장은 자주 내가 입은 옷이 야만스럽다며 벗으라고 했고 자기가 가진 가장 좋은 옷을 한 벌 빌려주겠다고 했다. 하지만 나는 야후가 입었던 어떤 것도 입기 싫었기에 그의 제안을 끝까지 거부했다. 나는 선장에게 그가 입었다가 세탁해 둔 깨끗한 셔츠 두 벌만 빌려 달라고 했다. 그런 옷이라면 그리 나를 오염시킬 것 같지 않았다. 빌린 셔츠는 이틀마다 갈아입고 직접 세탁했다.

우리는 1715년 11월 5일에 리스본에 도착했다. 상륙할 때 선장은 내게 억지로 자기 외투를 입혔다. 내 주위로 사람들이 몰려드는 것을 막기 위해서였다. 나는 선장의 집으로 가게 되었는데, 그는 내 애원에 따라 집 뒤편에 있는 가장 높은 방으로 나를 데리고 갔다. 나는 그에게 후이늠에 관한 이야기를 누구에게도 말하지 말라고 간청했다. 왜냐하면 그런 이야기가 조금이라도 흘러나가면 많은 사람이 나를 보러 몰려들 뿐만 아니라 투옥되거나 종교 재판으로 화형당할 위험도 있었기 때문이다.

선장은 옷을 새로 한 벌 지어 입으라고 나를 설득했지만, 나는 재단사가 내 치수를 재는 것도 거부했다. 하지만 페드로 선장은 거의 나와 체형이 같았고, 그의 옷은 내게 잘 맞았다. 그는 다른 생활필수품도 모두 새것으로 마련해 주었는데, 나는 그것들에 24시간 동안 바람을 쐰 다음에 사용했다.

선장은 아내가 없었고, 하인도 세 사람밖에 없었다. 그들 중 누구도 선장과 함께 식사하지 않았다. 선장의 태도는 무척 정중했으며, 인간에 관한 이해도 무척 뛰어났다. 그래서 나는 그와 함께 지내는 걸 견딜 수 있게 되었다. 그는 내게 뒤쪽 창문으로 밖을 내다보라고 권했고, 나는 조심스럽게 그의 조언을 따랐다. 서서히 나는 그의 권유에 따라 다른 방에서도 거리를 쳐다보았지만, 깜짝 놀라 내밀었던 고개를 다시 거둬들였다. 몇 주가 지나자 나는 그의 권유로 집 문까지 내려왔다. 두려움은 점차 줄어들었지만, 야후를 증오하고 경멸하는 마음은 더 커지는 것 같았다. 마침내 나는 그와 함께 거리를 걸을 정도로 대담해졌지만, 코는 루타²로 막은 채로 다녀야 했다. 루타가 없으면 담뱃잎으로 막기도 했다.

열흘이 지나자 페드로 선장은 내 집안 사정에 관한 이야기를 들어서 그런지 내가 조국으로 돌아가 부인과 아이들과 함께 사는 게 명예와 양심을 지키는 길이라며 이를 강력하게 권유했다. 그는 내게 막 출항 예정인 영국 배가 항구에 있으니 필요한 걸 전부 마련해 주겠다고 했다. 그가 주장하고 내가 반박한 사연을 여기다가 일일이 적는 건 따분한 노릇이니 하지 않겠다. 그는 내가 원하는 무인도를 찾아내는 건 완전히 불가능하니 집에서 필요한 만큼 은둔하며 시간을 보내면 될 거라고 했다.

나는 결국 그의 뜻에 따랐다. 더 나은 길이 없었기 때문이다. 나는 11월 24일 영국 상선을 타고 리스본을 떠났는데, 그 배의 선장이 누구인지 묻지 않았다. 페드로 선장은 배까지 나와 동행했고, 20파운드도 빌려줬다. 그는 다정한 작별 인사를 건넸고 헤어질 때 나를 껴안았다. 나로서는 그 포옹을 최대한 참을 수밖에 없었다. 나는 상선 선장이나 선원들과 교제

---

2 지중해 연안 원산의 귤과(科)의 상록 다년초.

할 생각이 없었고, 그래서 몸이 아프다는 핑계를 대고서 선실 밖으로 나가지 않았다. 1715년 12월 5일, 우리는 오전 9시 경에 다운스에 닻을 내렸다. 오후 3시에 나는 레드리프에 있는 집에 안전하게 도착했다.

내가 죽은 게 확실하다고 생각했던 아내와 아이들은 무척 놀라고 기뻐하며 나를 맞이했다. 하지만 터놓고 고백하건대 그들을 만나고서 내 마음은 증오, 역겨움, 경멸로 채워졌다. 그들이 나와 혈연이라는 걸 생각하니 이런 감정이 더욱 강해졌다. 후이늠의 나라에서 불행하게 추방당한 이후로 나는 야후의 모습을 보는 걸 간신히 견뎌냈고, 페드로 데 멘데스와 대화도 나눴지만, 아직도 저 고상한 후이늠들의 미덕과 사상을 생생하게 기억했고 또 저절로 생각하게 되었다. 내가 과거에 야후 중 하나와 관계하여 더 많은 야후의 아비가 되었다는 걸 생각하자 극도로 수치스럽고, 당혹스럽고, 소름 끼쳤다.

집에 들어서자마자 아내가 나를 껴안고 키스했는데, 오랫동안 그 끔찍한 동물과 접촉하지 않아서인지 나는 기절하여 거의 한 시간이나 깨어나지 못했다. 내가 글을 쓰는 지금은 영국으로 돌아온지 5년이 지난 시점이다. 첫 해에 나는 아내나 아이들이 내 곁에 있는 상황을 견딜 수 없었다. 그들의 냄새를 도무지 참을 수 없었기 때문이다. 같은 방에서 식사하는 건 더욱 견디기 힘들었다. 지금 이 순간까지 그들은 감히 내 빵을 만지거나 내 컵으로 뭔가 마실 생각을 하지 못한다. 또한 가족 누구도 내 손을 건드리지 못한다.

나는 어린 종마種馬 두 마리를 사는 데 처음으로 돈을 썼다. 나는 그 말들에게 훌륭한 마구간을 마련해 줬다. 그들 다음으로 내가 좋아하는 건 마부였다. 마구간에서 일한 그의 체취를 맡으면 정신이 되살아나는 기분이 들었기 때문이다. 내 말들은 나를 잘 이해한다. 나는 매일 그들과 적어도 네 시간을 대화한다. 그들은 굴레나 안장 같은 건 모른다. 그들은 나와 무척 우호적으로 지내고 있으며, 서로 우정도 나누고 있다.

제 12 장

저자는 진실만을 말할 것을 약속하며, 이 책을 출판하는 의도를 밝힌다. 진실에서 벗어나는 여행자들을 질책한다. 저자는 글에 어떠한 사악한 목적도 없음을 분명하게 밝히고 반론에 대해 답변한다. 야만적인 식민지 건설을 비판하고 그렇게 하지 않는 조국을 칭송하며 저자가 서술한 나라들에 대한 정복 사업이 어려운 이유를 밝힌다. 저자는 독자에게 작별 인사를 건네고, 앞으로 어떻게 살 것인지 말하며 독자에게 훌륭한 조언을 남기고 책을 마무리한다.

나는 16년 7개월을 넘게 여행했고, 이것이 바로 그 여행에 관한 진실한 기록임을 점잖은 독자께 알린다. 나는 화려한 글이 아니라 진실을 보여주는 글을 쓰고자 무척 신경 썼다. 나는 괴상하고 있을 수 없는 이야기로 독자를 놀라게 할 수도 있었을 것이다. 하지만 그보다 가장 간결한 방식과 문체로 명백한 사실을 전하기로 했다. 내 주된 의도는 독자를 놀라게 하는 것이 아니라, 정보를 전달하는 것이기 때문이다.

영국인이나 다른 유럽인이 좀처럼 들르지 않는 오지의 여러 나라들을 여행한 사람이 바다나 육지의 놀랄 만한 동물들을 설명하기란 쉬운 일이다. 그러나 여행자의 주된 목적은 외국의 훌륭하거나 좋지 못한 점을 알려 독자의 정신을 향상시켜 더 현명하고 나은 사람이 되도록 기여하는 것이어야 한다.

진심으로 바라건대, 모든 여행자가 자신의 여행기를 출판하기 전에 책 안의 내용이 자신이 아는 한 절대적으로 진실이라고 대법관 앞에서 맹세하는 법이 제정되었으면 한다. 그러면 세상은 더 이상 과거처럼 기만당하는 일이 없을 것이며, 몇몇 작가가 부주의한 독자에게 지극히 역겨운 거짓을 전하면서 책을 더 많이 파는 일도 하지 못하게 될 것이다. 나는 어렸을 때 여러 여행기를 정독하며 무척 즐거워했다. 하지만 세상 대부분을 많이 다니면서 직접 관찰한 지식에 의거하여 많은 전설적인 이야기를 반박할 수 있게 된 지금, 그런 여행기를 엄청나게 혐오하게 되었다. 게다가 뭐든지 쉽게 믿는 인류의 특성을 너무나 뻔뻔하게 오용하는 걸 보며 화를 참을 수 없었다. 따라서 나는 지인들이 나의 이런 초라한 노력이 조국에 받아들여질 수 있는 것이라고 생각할 수 있도록 진실을 철저하게 고수하고 절대로 진실에서 벗어나지 말자고 결심했다. 나는 이것을 하나의 격언으로 내게 부과했다. 나는 오랫동안 내 고귀한 후이늠 주인과 다른 저명한 후이늠의 이야기를 겸허히 경청하는 영광을 누렸다. 따라서 자신들이 한 말을 몸소 실천했던 그들의 고상한 모습을 기억하는 한, 진실을 지켜야 한다는 격언에서 내가 벗어나는 일은 없을 것이다.

> 잔인한 운명의 여신이 이 시논을 비참하게 하더라도
> 저를 거짓되고 기만하는 자로 만들 수 없을 것입니다.[/]

나는 훌륭한 기억력과 정확한 기록 외에 다른 재능이 없거나, 천재성이나 박학함이 없다면 글로 명성을 얻지 못한다는 점을 아주 잘 안다. 또한 여행기 작가들은 사전 편찬자처럼, 가장 최근에 출판되어 맨 위에 놓이는 여행기 책들의 무게와 두께에 짓눌려 잊힌 사람이 되어 버린다. 이 책에서 서술한 나라를 나중에 방문한 여행자들이 내 오류를 발견

[/] 로마 시인 베르길리우스의 「아이네이스」 2장 79-80. 그리스 병사 시논이 그리스 군이 숨어 있는 목마를 트로이 성 안에 들이도록 신을 빙자하여 거짓말을 한다.

하고(만약 오류가 있다면), 자기만의 새로운 발견을 많이 추가한다면 나는 한물간 사람이 되어 버리고, 그들이 내 자리를 차지하리라. 그렇게 되면 세상은 내가 작가였다는 사실도 잊게 될 것이다.

내가 명성을 얻고자 글을 썼다면 그런 일은 실로 엄청난 굴욕일 것이다. 하지만 내 의도는 오로지 공익이었으며, 그러니 내가 실망할 일은 전혀 있을 수 없다. 이성이 있고, 나라를 통치하는 동물이라면 내가 언급한 후이듬의 뛰어난 미덕을 읽고 어찌 자신의 악덕에 부끄러움을 느끼지 않을 수 있겠는가? 나는 야후들이 지배하는 저 먼 오지의 나라들에 관해서는 어떤 말도 하지 않을 것이다. 하지만 그중에서 가장 덜 타락한 건 브롭딩낵인들이다. 도덕과 통치에 관한 그들의 현명한 격언들을 지킨다면 우리는 그 덕을 보게 될 것이다. 하지만 나는 더는 상세하게 말하지 않을 것이며, 이를 살펴보고 적용하는 일은 현명한 독자에게 맡기기로 하겠다.

내 책을 비난할 사람이 없을 거라는 점을 나는 아주 다행스럽게 여긴다. 무역이나 교섭을 할 생각이 전혀 없는 아주 먼 나라에서 드러난 명백한 사실만을 언급한 작가에게 무슨 이의제기가 있겠는가? 나는 세심하게 생각하여 모든 오류를 피했는데, 일반적인 여행기 작가들은 그런 오류를 빈번히 저지르는 바이며, 그것은 비난 받아도 싸다. 게다가 나는 어떤 정당과도 관련된 바 없으며 어떤 개인이나 단체에 대한 감정, 편견, 혹은 악의가 완전히 배제된 상태로 글을 썼다. 내가 글을 쓰는 것은 인류에게 정보를 알리고, 또 그들을 가르치려는 지극히 고귀한 목적에서일뿐이다. 나는 극도로 뛰어난 후이늠들과 그토록 오래 대화를 나눴으므로 그것 자체가 하나의 강점이 된다고 본다. 따라서 나의 우월함을 어느 정도 주장한다고 해도 오만하다고 볼 수 없을 것이다. 나는 돈을 벌거나 대중의 찬사를 받자고 글을 쓰지 않았다. 나는 비난처럼 보이는 말을 한 적이 없고, 툭하면 남의 말을 비난이라고 생각하는 자들에게조차 조금도 거슬리는 말을 하지 않았다. 따라서 나는 전혀 부끄러울 것이 없는 작가라고 자처할 만하다. 그러니 비평자, 고찰자, 관찰자, 비판자, 검토자, 논평자 무리는 그들의 재능을 발휘할 어떤 시빗거리도 찾아내지 못할 것이다.

고백할 게 하나 있는데, 어떤 사람이 내게 영국의 신민으로서 귀국하자마자 외무대신에게 각서를 제출할 의무가 있다고 귀띔한 적이 있었다. 왜냐하면 신민이 발견한 땅은 왕에게 속하기 때문이다. 하지만 내 책에서 다룬 나라들을 우리 영국이 정복하는 일은 멕시코 정복자 페르디난도 코르테스가 발가벗은 남아메리카인들을 정복한 것처럼 그리 간단하지는 않을 것이다. 릴리펏인들을 복종시키는 것이 육군과 해군을 동원할 만한 일이라는 생각은 들지 않으며, 브롭딩낵인들을 제압하려는 시도가 신중하다거나 안전하다는 생각 역시 들지 않는다. 또한 영국군이 그들의 머리 위로 날아다니는 섬을 편안하게 상대할 수 있을지도 의문이다. 사실 후이늠들은 전쟁을 그리 잘 대비하고 있지 않다. 그들은 전쟁 지식이 전혀 없고, 특히 공중을 날아가는 무기는 생각도 못할 것이기 때문이다. 하지만 내가 외무대신이라면 후이늠국을 침공하라는 지시는 절대로 내리지 않을 것이다. 그들의 신중함, 단결력, 두려움 없는 용맹함, 애국심 등은 군사 기술의 모든 결점을 충분히 덮을 수 있기 때문이다. 상상해 보라, 2만 후이늠이 유럽군의 중앙을 돌파하여 대열을 혼비백산케 하고, 전차를 뒤집으며 군인들의 얼굴을 가공할 뒷발차기로 으깨 버리는 모습을.

"사방에서 보호받으며 뒤로 걷어찬다"는 로마 초대 황제 아우구스투스의 특성은 후이늠들에게 무척 잘 어울린다. 나라면 저 고결한 나라를 정복하는 대신 사절단을 충분히 파견하여 유럽을 교화할 여력이나 의향이 있는지 그들에게 물어볼 것이다. 그들은 우리에게 명예, 정의, 진실, 절제, 공익 정신, 불굴의 정신, 정숙, 우정, 박애, 충성에 관한 근본 원칙을 가르쳐 줄 것이다. 이 모든 미덕의 명칭은 여전히 대다수 언어에 남아 있고, 고대 저술은 물론 현대 저술에도 그런 단어들이 나타난다.

나는 그리 많은 독서를 한 건 아니지만, 그 점을 장담할 수 있다.

하지만 내가 새로운 땅을 발견함으로써 국왕 폐하의 영토가 늘어나는 것을 다소 꺼림칙하게 여기는 데에는 또다른 이유가 있다. 사실대로 말하자면, 나는 영토 확장에서 군주들이 정의를 잘 배분하는지 약간 의심이 들었다. 예를 들어, 폭풍 때문에 어딘지도 모르는 곳으로 내몰린 해적 무리가 있다고 치자. 돛대 꼭대기에서 한참 바다 너머를 보던 한 소년이 땅을 발견한다. 그들은 약탈하고자 해안으로 들어선다. 그들은 순진한 사람들을 만나고, 친절한 대접을 받는다. 그들은 그 나라에 새로운 이름을 부여하고, 자신들의 국왕을 위해 그 나라를 공식적으로 점령한다. 그들은 새로운 정복을 기념하고자 썩은 판자나 돌을 세우고, 원주민 수십 명을 살해하고 강제로 원주민 몇 명을 정복의 증거로 데리고 귀국한다. 이어 그들은 국왕에게 사면 받는다. 이렇게 하여 신성한 권리라는 명칭으로 획득한 새로운 영토의 통치가 시작된다. 원주민들은 내쫓기거나 몰살당하며, 그들의 군주들은 금의 생산지를 말할 때까지 고문당한다. 무자비하고 탐욕스러운 행동들이 자유롭게 허용되며, 땅은 원주민들의 피로 물든다. 이 저주받을 학살자 무리는 독실한 탐험대로 파견된 자들이며, 우상을 믿는 야만스러운 자들을 개종시키고 교화하는 임무를 받은 현대의 식민지 개척단이다.

하지만 이 내용은 절대로 영국과 관련된 것이 아님을 밝힌다. 오히려 우리나라는 식민지 건설 과정에서 지혜롭고, 세심하고, 정정당당하여 세상에 본보기가 된다고 생각한다. 우리는 종교와 학문 분야의 향상을 위해 기부금을 아끼지 않는다. 우리는 그리스도교를 전파하고자 독실하고 유능한 성직자를 보내고, 본국에서 분별력 있는 삶을 살고 올바른 정신으로 대화할 수 있는 사람들을 세심하게 선발하여 이민단으로 보내며, 타락과는 무관한 최고로 유능한 관리들을 식민지로 파견하여 민정을 펼치게 하여 정의가 고루 실천되도록 엄격하게 신경 쓴다. 마지막으로, 우리는 가장 부지런하고 고결한 총독을 식민지로 파견하는데, 이들은 자신이 통치하는 신민의 행복과, 주인인 국왕의 명예만 생각하는 인재이다.

하지만 내가 서술한 나라들은 이민단에 의해 순순히 정복되고, 노예가 되고, 내쫓기거나 학살당할 것처럼 보이지 않는다. 또 내 보잘것없는 생각으로는 그런 나라들엔 금, 은, 설탕, 담배가 풍부하지도 않아 우리의 열정, 용기, 관심의 대상으로는 부적합해 보인다. 그러나 해외 사업에 종사하는 사람들이 나와 다른 생각을 하고 있다면 나는 적법하게 소환되었을 때 기꺼이 어떤 유럽인도 나보다 먼저 그 나라들을 방문한 적이 없다고 증언하겠다. 물론 그곳 원주민들의 말을 믿을 수 있다면 말이다.

하지만 국왕 폐하의 명의로 그 나라들을 공식적으로 소유하려는 생각은 단 한 번도 해 본 적이 없다. 설사 그런 생각이 들었다고 하더라도 내가 겪은 상황을 고려하면 신중히 목숨을 부지해야 했으므로 나중에 더 좋은 때를 노렸을 것이다.

여행자로서 내게 제기될 수 있는 유일한 이의 사항에 대답했으니 나는 여기서 점잖은 독자들에게 작별 인사를 건네고 레드리프의 작은 정원에서 사색을 즐기러 돌아가겠다. 나는 후이늠들에게서 배운 미덕과 관련된 훌륭한 교훈을 나 자신에게 적용하고, 가족인 야후들을 가르쳐 최대한 온순한 동물이 되도록 만들 것이다. 또한 자주 거울에 비친 내 모습을 보며 점차 인간의 모습이 되어가는 걸 능숙하게 견뎌내려고 노력할 것이다. 우리나라의 후이늠들이 보이는 야만성엔 한탄할 수밖에 없지만, 나는 그들을 늘 존중할 것이다. 나의 고귀한 주인, 그의 가족, 친구, 모든 후이늠 종족을 생각하면 그들을 이렇게 대접해 주는 것이 당연하다. 우리나라의 후이늠들은 지능은 퇴화했지만, 명예롭게도 외견은 그들과 똑같아 그나마 다행이다.

지난주부터 나는 아내가 나와 함께 저녁을 먹는 것을 허락했다. 그녀는 긴 식탁에서 나와 반대편에 앉아 내가 묻는 몇 안 되는 질문에 지극히 간결하게 답한다. 야후의 냄새는 여전히 무척 불쾌하여 나는 항상 코를 약초 혹은 담뱃잎으로 막고 지낸다. 생애 만년에 이른 사람으로서 옛 버릇을 떨쳐내기란 어려운 일이지만, 나는 언젠가 야후의 이빨과 발톱에 대한 두려움을 버리고 이웃 야후와 잘 어울리며 살겠다는 희망을 완전히 놓아 버리지는 않았다.

야후가 천성적으로 어쩔 수 없는 악덕과 어리석은 짓만 한다면, 내가 다시 야후 종족과 조화를 이루는 건 그리 어렵지 않을지도 모른다. 나는 변호사, 소매치기, 대령, 천치, 영주, 노름꾼, 정치인, 뚜쟁이, 의사, 증인, 위증교사자僞證敎唆者, 대리인, 반역자 등을 본다고 해도 전혀 화나지 않는다. 이들은 모두 자연스러운 사물의 질서에 따라 행동하는 것이다. 하지만 몸과 마음에 병이 들어 기형으로 뒤틀린 자들이 교만을 떠는 걸 보면, 그 순간 나의 인내심은 바닥나고 만다. 어떻게 동물이 저런 악덕과 혼연일체가 될 수 있는지도 이해할 수 없다. 이성적인 동물의 주된 특징인 모든 탁월함을 풍성하게 갖춘 저 현명하고 고결한 후이늠의 언어엔 교만의 악덕을 가리키는 단어가 없다. 그들의 언어엔 야후의 혐오스러운 특징을 나타내는 단어를 제외하면 악을 표현하는 단어가 일체 없다. 그들은 야후의 악덕 중 교만을 따로 구별해 내지 못하는데, 그것은 후이늠들이 야후가 통치하는 다른 나라에 가 본 적이 없어서 인간의 본성을 철저하게 이해하지 못하기 때문이다. 하지만 그런 경험이 풍부한 나는 야생 야후들 사이에서 그런 교만함의 조짐을 명백히 볼 수 있었다.

하지만 이성의 통제를 받으며 사는 후이늠들은 자신들의 훌륭한 특성을 자랑하지 않는다. 그건 내 다리나 팔이 멀쩡히 있다고 자랑하지 않는 것과 마찬가지이다. 팔이나 다리가 없다면 틀림없이 비참하겠지만, 그것이 있다고 자랑하는 자 또한 제정신이라고 볼 수 없다. 내가 이 주제를 길게 언급하는 건 영국의 야후 사회를 어떻게든 견딜 만한 것으로 만들어 보려는 소망이 있기 때문이다. 그러니 그런 어리석은 악덕을 조금이라도 갖고 있는 자는 내 앞에 나타나지 말기를 간청한다.

⚓

─── 조너선 스위프트 연보 ───

1649 엘리자베스 여왕 사망 후 제임스 1세(재위 1603-25)가 영국의 왕위에 오르다. 제임스 1세의 아들인 영국 왕 찰스 1세(재위 1625-49)가 청교도 혁명 때 반역죄로 처형되고, 청교도 혁명의 지도자 올리버 크롬웰 정부가 수립되다.

1658 크롬웰이 사망하고 그의 아들이 정권을 이어받았으나 곧 붕괴하다.

1660 찰스 2세에 의한 왕정복고.

1667 11월 30일 스위프트가 더블린에서 유복자로 태어나다. 재정 지원은 죽은 아버지의 형제인 고드윈 스위프트가 담당했다. 스위프트 자신이 알렉산더 포프에게 보낸 편지에 의하면, 그는 잉글랜드 레스터에서 태어났으며 아버지는 헤리퍼드셔 주의 한 교구 목사였다고 한다. 이 문제는 스위프트 생시에 결정이 나지 않았다.

1673-82 스위프트가 킬케니에 있는 초등학교에 다니다.

1682-9 스위프트가 더블린에 있는 트리니티 칼리지에 다니다. 그는 대학생 시절 그리 근면하지도 즐겁지도 않은 학생이었다. 학위사정관들은 그의 학업 성적이 미흡하다고 판단했으나 스위프트는 1686년 'Special gratia'로 학사 학위를 취득했다. 이 용어는 학위를 따기에 부족한 점이 있다는 것을 에둘러 말하는 더블린 대학의 완곡어법이었다. 이후 석사를 따기 위해 머무르던 스위프트는 아일랜드에서 제임스 2세와 오렌지 공 윌리엄 사이에 전쟁이 터지면서 더블린에서 런던으로 피난을 갔다.

1685 찰스 2세가 사망하고 아들 제임스 2세가 영국 왕위에 등극하다.

1687 제임스 2세가 사면령을 선포하다.

1688 후견인이었던 큰아버지 고드윈 스위프트 사망. 오렌지 공 윌리엄에 의한 명예혁명이 일어나다. 그는 영국을 침공하여 나중에 윌리엄 3세가 되었고, 제임스 2세는 프랑스로 달아났다. 망명 중이던 제임스 2세는 아일랜드에 잠입하여 영국의 왕위에 복위할 것을 시도했다. 아일랜드에서 제임스 2세와 오렌지 공 윌

리엄 사이에 내전이 터지자 스위프트는 잉글랜드로 떠날 생각을 했다.

1689   1월에 스위프트가 당시 잉글랜드의 레스터에 살고 있던 어머니를 찾아가다. 어머니는 윌리엄 템플 경을 찾아가 조언과 후원을 부탁하라고 말했다. 템플 경은 아일랜드에서 재무장관을 지낸 존 템플의 아들로, 존 템플은 스위프트의 후견인이었던 고드윈 스위프트와 절친한 사이였다. 윌리엄 템플 경은 스위프트의 외가 쪽 사람과 결혼을 했다. 이러한 것들이 인연이 되어 스위프트는 윌리엄 템플 경 저택의 비서로 고용되었다. 그 저택은 서리 주 파넘 근처의 무어파크에 있었다. 여기서 템플 저택의 집사 존슨의 딸 에스터 존슨(스텔라)을 만났다. 그녀는 당시 여덟 살이었다. 한편 오렌지 공 윌리엄이 윌리엄 3세로 등극했다. 윌리엄 3세는 통풍으로 몸이 아플 때에는 템플 경의 집을 찾아오곤 했는데, 이때 스위프트는 저택 정원에서 왕의 시중을 들었다.

1690   제임스 2세가 아일랜드의 보인 전투에서 윌리엄 3세에게 패배하여 프랑스로 달아나다. 스위프트가 5월에 아일랜드로 돌아오다. 아일랜드로 돌아오기 전에 스위프트는 자신이 과일을 너무 많이 먹어서 병이 생겼다고 생각했다. 그 병은 현기증과 난청 증세를 동반했는데 스위프트는 청년 시절부터 이 병을 앓았고 그 후 평생 동안 고생했으며, 결국에는 이것 때문에 자신의 광기를 의심하며 사망했다.

1691   리메릭 조약(10월 3일)으로 아일랜드의 전쟁이 끝나다. 스위프트가 8월에 다시 영국으로 돌아와 무어파크로 가다. 템플 경의 집에 유숙하는 동안 그는 레스터에 있는 어머니를 1년에 한 번씩 방문했다. 그는 걸어서 레스터까지 갔는데 도중에 밤이 되면 1페니(싸구려) 여인숙에 들어서 6펜스(값싼) 이불 한 장을 덮고 잤다고 한다. 어떤 사람은 이것을 그의 통속적이고 천박한 측면이라고 해석하고, 또 어떤 이는 다양한 인생 경험을 하고 싶었던 것으로 해석하고, 또 어떤 이는 평생 돈에 인색했던 절약 정신 탓으로 돌리기도 한다. 그러나 스위프트가 돈을 아낀 것은 사실이지만 그렇다고 해서 부자가 된 것도 아니었다.

1692   트리니티 칼리지를 평범한 성적으로 졸업한 것을 부끄럽게 여기던 스위프트가 열심히 공부하여 옥스퍼드 대학에서 석사 학위를 취득하다.

1694   스위프트, 템플 경에게 많은 봉사를 해 주었는데도 적절한 보상이 없다

면서 불만을 품고 아일랜드로 돌아가 부제의 서품을 받다.

1695   스위프트, 벨파스트 근처의 킬루트 교회의 교구신부가 되다.

1696-9   스위프트, 다시 무어파크로 돌아가 기독교권의 분열을 풍자한『통 이야기』를 집필하다. 시작詩作에도 손을 대어 사촌 관계인 시인 존 드라이든에게 습작한 시를 보여 주었으나 "스위프트 사촌, 당신은 결코 시인이 되지 못할 거야"라는 대답이 돌아왔다. 이 때문에 스위프트는 평생 드라이든에게 적개심을 품게 되었다. 드라이든의 평가로 당시 스위프트의 시들은 별로 높은 평가를 받지 못했으나, 20세기에 들어와 아일랜드의 시인 윌리엄 버틀러 예이츠가 스위프트의 시를 높이 평가하면서 재평가되었다.

1697   항해가 윌리엄 댐피어의『새로운 세계 일주 여행』이 발표되다.『걸리버 여행기』는 이 여행기를 패러디하는 형식을 취하고 있다.

1699   윌리엄 템플 경 사망. 스위프트는 템플 경의 사망 후에 아일랜드로 돌아가는 길에 아일랜드 최고법원장인 버클리 백작을 수행하여 그의 개인 비서를 맡아달라는 요청을 받았다. 그러나 더블린에 도착하자 부시라는 자가 백작에게 사제는 비서로 적당하지 않다고 설득하고 자신이 비서 자리를 차지했다. 당시 백작은 데리 주임사제직을 스위프트에게 주려고 했으나 비서 부시가 뇌물을 받고서 다른 사람에게 그 자리가 돌아가게 했다. 스위프트는 그 대신 미스 교구의 라라코어라는 외진 곳의 사제로 보임되었는데, 이 자리의 봉급은 데리 사제직의 절반에도 못미치는 자리였다. 이때부터 스위프트는 인간의 간교함에 환멸을 느끼게 되었다.

1701   스위프트가 버클리 백작과 함께 영국으로 가다. 망명 중이던 제임스 2세가 사망하고 왕위계승법이 내려지다. 이로써 스튜어트 왕가 출신의 개신교 신자만 왕위에 오를 수 있게 되었다.

1702   스위프트가 더블린에서 신학박사 학위를 취득하다. 윌리엄 3세가 사망하고 앤 여왕이 뒤를 이어 영국 왕위에 오르다.

1704   스위프트의『통 이야기』가 발표되다. 이 작품은 가톨릭, 개신교, 성공회(영국 국교회)의 분열을 비판하면서 성공회를 가장 온건한 교회로 묘사하고 있지만, 그 지독한 풍자 때문에 앤 여왕의 분노를 사게 되었다.

1707 잉글랜드와 스코틀랜드가 합병되다.

1707-09 스위프트가 아일랜드 교회(아일랜드 내에 있는 영국 성공회 교회)의 일로 인해 런던으로 가다. 이때 영국 문인들을 많이 만났으며, 스텔라에 이어 스위프트의 두 번째 여자가 되는 에스터 바남리(바네사)와의 우정이 시작되었다.

1709 작가·정치가였던 리처드 스틸이 스위프트의 지원으로『태틀러』라는 잡지를 시작하다.

1710 9월에 스위프트가 런던으로 와서 아일랜드 내 영국 교회를 위하여 사제들에게 부과된 재정적 부담을 덜어달라고 호소하다. 새로운 토리 정부의 지도자인 로버트 할리를 만나고, 친정부 잡지인『이그재미너』의 편집인으로 임명되다.

1710-13 스위프트가『스텔라에게 보내는 일기』라는 편지를 쓰다.

1710-14 당초 휘그당 지지였던 스위프트가 정치적 입장을 바꾸어 토리 정부를 위한 정치적 팸플릿 저술가로 활발한 활동을 펼치면서 말보로와 휘그당을 맹렬하게 공격하다. 애디슨과 스틸로부터 멀어진 반면, 알렉산더 포프, 존 게이, 윌리엄 콩그리브 등과 가까워지다. 바네사와 친밀한 우정을 나누다.

1711 애디슨과 스틸이『스펙테이터』라는 잡지를 시작하고 스위프트가 이 잡지에 글을 기고하다. 로버트 할리가 옥스퍼드 경으로 훈작되다.

1713 스위프트가 더블린의 성 패트릭 대성당의 주임사제로 임명되다. 그러나 이 인사는 스위프트에게 큰 실망감을 안겨 주었다. 그는 내심 영국 내의 주요 지역에 있는 대성당의 주교로 임명되기를 희망했으며 그가 토리 정부를 위해 열심히 팸플릿 저술가로 활동했으니 충분히 기대할 만했다. 그러나『통 이야기』를 못마땅하게 여긴 앤 여왕이 그런 임명에 반대함으로써 그 일은 결국 수포로 돌아갔다. 앤 여왕에 대한 마음속 분노는『걸리버 여행기』제1부에서 걸리버가 오줌을 싸서 왕비의 궁전 불을 껐으나, 이 일로 왕비의 미움을 사서 결국 소인국에서 축출된 일로 재현되어 있다. 스크리블레루스 클럽을 창설하고, 이때『걸리버 여행기』를 집필하는 아이디어를 얻다. 위트레히트 조약이 스페인 계승 전쟁을 끝내다.

1714 앤 여왕이 사망한 뒤 토리당 정부가 붕괴하고 조지 1세가 등극하다. 스위프트가 아일랜드로 돌아오다.

1715   재커바이트 반란이 일어나다. 옥스퍼드 백작(로버트 할리)이 이 반란에 가담했다는 혐의로 탄핵되었으나, 프랑스로 망명을 떠나다.

1716   스위프트가 스텔라와 비밀 결혼을 했다는 소문이 떠돌다. 새뮤얼 존슨이 『영국의 시인들』 중 스위프트 편에서 비밀 결혼이 사실이라고 주장하다.

1717   옥스퍼드 백작이 절차상의 불비한 문제로 탄핵에서 해제되다.

1719   다니엘 디포의 장편소설 『로빈슨 크루소』가 발간되다. 스위프트는 비국교도인 디포를 대단치 않게 생각했고, 디포의 소설이 굉장한 인기를 누리는 것을 보고 그에 맞서는 소설을 써보겠다는 생각을 했는데 이것이 『걸리버 여행기』 집필의 한 원인이 되었다.

1721   월폴이 조지 1세의 등극과 함께 새로 들어선 휘그 정부의 수반이 되다. 월폴은 브리튼 최초의 '총리'가 되었다.

1723   바네사 사망.

1724   스위프트가 『드레피어의 편지』를 발간하다. 옥스퍼드 백작 사망.

1726   스위프트, 런던을 몇 달 간 방문하여 시인 알렉산더 포프의 집에 머무르다. 내각 수반인 월폴과 몇 차례 만나 아일랜드 문제를 논의했으나 가시적인 결과는 없었다. 『걸리버 여행기』가 발간되다. 이 소설에 대한 평가는 찬반이 극명하게 갈려서, 새뮤얼 존슨은 "독자는 이 책을 재미있게 읽고 내려놓은 다음, 그 후에 다시는 집어 들지 않을 것이다"라고 혹평했는가 하면, 조지 오웰은 "이 책은 아무리 읽어도 지겹지 않으며, 다른 모든 책들을 파괴하고 오로지 여섯 권만 골라야 한다면 그중의 하나로 이 책을 고를 것이다"라고 극찬했다.

1727   스위프트의 마지막 런던 방문. 조지 1세가 사망하고 조지 2세가 등극하다.

1728   스텔라 사망. 스위프트가 〈존슨 부인의 사망에 관하여〉라는 시를 쓰다.

1729   스위프트, 『겸손한 제안』을 발표하다.

1731   스위프트, 「닥터 스위프트의 죽음에 관하여」라는 글을 쓰다.

1742   스위프트, 주위의 친지들에 의하여 "마음과 기억이 건전하지 못하다"라고 선언되다.

1745   10월 19일, 스위프트 사망.

⚓

이종인

『걸리버 여행기』, 풍자 문학의 최고봉

옮긴이가 시골 초등학교에 다닐 때, 토요일 오전이면 담임 선생님은 10권 정도의 아동용 도서를 교실로 가지고 와서 한 권, 한 권 쳐들면서 "이거 빌려갈 학생?" 하고 말했다. 방과 후에 집으로 돌아가면 주말 동안 그 책을 읽으라는 뜻이었다. 어린 초등학생들은 저마다 "저요, 저요" 하고 손을 쳐들면서 자기에게 그 책이 돌아오기를 기다렸다. 나는 어느 주말 오전, 아마도 일고여덟 번째로 어떤 책을 선생님으로부터 빌려 받게 되었다. 그 전에 선생님이 쳐든 신나는 전투 이야기, 아름다운 소녀 이야기 같은 책은 이미 다 나가 버리고, 어떤 서양 어른과 말이 나란히 서서 웃고 있는 표지의 책이었는데 그리 재미있을 것 같지 않았다. 그래도 없는 것보다는 낫다고 생각하며 받아 온 책이 바로 조너선 스위프트(1667-1745)의 『걸리버 여행기』였다. 이처럼 이 책과의 첫 만남은 주로 어릴 적 아동용 도서를 통해서이지만, 나중에 어른이 되어 이 책을 다시 읽어 보면 아주 심오한 내용을 담고 있는 작품임을 알고 당황하게 된다. 실제로 1-2부를 재미있게 읽고, 더욱 흥미진진한 이야기가 전개될 것으로 기대하면서 3-4부에 들어선 우리는 아주 당황스러운 풍경과 현상을 목격하게 된다. 3-4부는 앞의 이야기들과는 너무나도 달라서 이것이 과연 같은 책인가 하는 느낌이 들 정도인 것이다.

그러나 작가의 생애와 그가 살았던 시대, 그리고 작가의 풍자 정신 등을 잘 이해하고 나면 이 소설이 아주 흥미로운 책임을 알게 된다. 가령 상상의 나라를 다녀온 여행기를 실제 이야기라고 강력하게 주장하는 걸리버 선장에게서 우리는 진실과 거짓의 경계가 실은 불명확하다는 20세기 포스트모더니즘의 씨앗을 발견할 수 있으며, 말[言] 대신 사물을 가지고 의사 표현을 하자는 라가도 학술원의 계획은 언어와 재현의 불일치 문제를 아주 진지하게 제시한다. 또 네 발로 달리는 말이 오히려 인간보다 더 지혜로운 동물이라는 주장이 나오는 제4부에 이르면, 우리는 이런 엉뚱한 역발상을 어떻게 이해해야 할지 난처함과 당황스러움을 동시에 느끼게 된다.

일반적으로 말해서, 이야기를 읽는 독자는 그것이 수미일관하여 쉽게 이해할 수 있는 어떤 것이 되기를 바란다. 그러나 이 작품은 독자의 예상과는 정반대로 방향 전환을 하면서 우리에게 창조적인 독자가 될 것을 요구한다. 왜 걸리버는 네 발로 달리는 말이 인간보다 더 지혜롭다고 했을까? 왜 인간이 이성적인 존재가 아니라고 말했을까? 소설 말미에 나오는 걸리버의 광기를 우리는 어떻게 이해해야 할 것인가? 판타지임에 틀림없는 이야기를 왜 걸리버는 백 퍼센트 진실이라고 했을까? 이해제는 이런 질문들에 답변하기 위해 작성되었다.

작가의 생애

스위프트의 할아버지 토머스 스위프트는 헤리퍼드셔 굿리치의 목사였고 영국의 내전 시기(1642-51)에 철저한 왕당파로 명성이 높았다. 이 때문에 할아버지는 영국 내전 때 투옥되어 갇힌 몸이 되었다. 스위프트의 아버지는 왕정복고 이후에 세 형제들과 함께 아일랜드로 이주하여 더블린의 법조계인 킹스 인스King's Inns에서 집사로 근무했다. 1664년 아버지는 아비게일 에릭과 결혼했는데 그녀는 레스터셔에서 활동하는 목사의 딸이었다. 1666년 5월에 스위프트의 누나 제인이 태어났다. 그리고 1667년 봄에 아버지가 결혼한 지 2년도 못 되어 갑자기 세상을 떠나는 바람에 어린 딸과 유복자 스위프트는 삼촌들의 보호 아래 성장하게 되었다. 어머니 아비게일은 스위프트의 양육을 유모 손에 전적으로 맡겼으며, 이 유모는 돌이 채 안 된 어린 스위프트를 유괴하여 영국으로 데려가 3년 정도 같이 살다가 아일랜드로 돌아왔다고 한다. 스위프트에 의하면, 이 유모는 그를 아주 좋아하여 읽고 쓰기를 가르쳤다. 스위프트가 유모의 손을 떠나 어머니 손에 넘겨졌을 때에, 어머니는 거의 그를 무시하다시피 했고 스위프트가 6세 무렵에 그를 더블린에서 무려 70마일(110킬로미터)이나 떨어진 곳에 있는 학교에 보내 놓고 나서 누나 제인과 함께 아예 아일랜드를 떠나 영국으로 돌아가 버렸다. 스위프트는 나중에 성장하여 표면적으로는 어머니를 존경하고 칭송하는 발언을 했지만 모자 관계는 18세기의 다소 근엄한 기준을 들이댄다 하더라도 결코 살가운 것이 아니었다.

아버지가 없고 어머니의 자상한 보살핌도 없이 삼촌들에게 의존하며 자라야 했던 환경 탓에, 조너선 스위프트는 어릴 적부터 불안감을 느끼며 살았을 것으로 보인다. 하지만 정규 교육은 잘 받았다. 여섯 살에 아일랜드에서 가장 좋은 학교인 킬케니 그래머 스쿨에 입학했고 이어 1682년에는 더블린의 트리니티 칼리지에 입학했다. 여러 해 뒤에 집필되었고 『스위프트의 가족』이라는 제목으로 스위프트 사후인 1755년에 발간된 단편적인 자서전에서 그는 자신을 이렇게 묘사했다. "친척들의 홀대로 좌절과 실망을 심하게 겪었으며 그 결과 학업을 게을리하고 역사책과 시집만 주로 읽었고 1686년 2월 대학을 간신히 졸업했다."

대학 시절에 그는 뛰어난 학생은 아니었으나 그렇다고 완전 낙제생이 될 정도도 아니었다. 그는 1689년 2월까지 석사 학위를 딸 목적으로 트리니티 칼리지에 그대로 머물렀다. 그러나 1688년의 명예혁명 이후에 강제 퇴위당한 제임스 2세가 아일랜드를 거점으로 왕국을 되찾으려는 운동을 벌이자 더블린에서는 혼란스러운 사회 상황이 점점 확대되었고, 마침내 대학 당국은 학생들이 안전한 곳으로 피신해도 좋다는 허가를 내렸다. 스위프트는 영국으로 피신하여 레스터셔의 어머니를 찾아갔는데, 어머니의 주선으로 서리 카운티의 무어파크에 있는 윌리엄 템플 경의 개인 비서로 취직했다. 그는 이 집에서 템플 경이 사망하는 1699년까지 머물렀다.

스위프트는 템플 경의 집에서 두 번이나 나와서 아일랜드로 돌아왔는데, 이것은 그의 경력이 그리 안정적이지 못했다는 것을 보여준다. 스위프트가 쓴『스위프트의 가족』이라는 글을 보면, 20세 이전에 과일을 지나치게 많이 먹어서 현기증과 뱃속에 오한이 생기는 병에 걸렸는데 이 때문에 거의 죽기 일보 직전까지 갔다고 말했다. 이 질병은 2-3년의 시차를 두고서 계속 엄습해 오면서 그를 평생 따라다녔다. 한번은 고향 아일랜드로 돌아가면 좋은 공기 덕분에 이 병을 고칠 수 있지 않을까 하는 희망에 아일랜드로 돌아갔으나 오히려 병이 더 악화되어 템플 경의 집으로 되돌아오고 말았다. 두 번째로 아일랜드를 방문했던 1695년 1월 13일, 스위프트는 영국 국교회(성공회)의 사제로 서품을 받았고 같은 달 벨파스트 근처 킬루트 교회의 교구신부로 임명되었다.

스위프트는 템플 경의 집에서 방대한 서재의 책들을 읽으면서 지적으로 성숙했다. 여기서 그는 에스터 존슨(훗날의 스텔라)을 만나게 되는데 그녀의 아버지는 홀아비로서 템플 경의 집에서 저택 관리인으로 일하고 있었다. 스위프트가 무어파크에 처음 왔을 때 그녀는 여덟 살이었고 스위프트는 스물두 살이었다. 그가 스텔라의 교육을 맡으면서 두 사람 사이의 우정은 깊어져 갔다. 1692년 스위프트는 템플 경의 주선으로 옥스퍼드 대학에서 석사 학위를 받았다. 그는 1693년에는 템플 경의 심부름으로 켄싱턴으로 가서 윌리엄 3세를 알현했다. 왕은 국제國制의 문제와 관련하여 템플 경의 조언을 구했는데 그 메시지의 전달자로 스위프트가 나선 것이었다.

1691년과 1694년 사이에 그는 다수의 시를 썼으나 높은 평가를 받지는 못했다. 그 후 산문, 특히 풍자적인 내용의 산문을 발표하면서 그의 진가가 발휘되기 시작했다. 특히 1696년과 1699년 사이에 무어파크에서 집필한 글들이 큰 주목을 받았다. 이 시기에 집필한 『통 이야기』는 그의 대표적 논문이다. 이 글은 종교와 학문 분야의 부정부패를 통렬하게 비판하고 풍자했다.

1699년 템플 경이 갑자기 사망하자 스위프트는 다양한 체험과 엄청난 불안정을 겪는 시기에 들어서게 되었다. 1699년 여름에 당시 아일랜드 대법관으로 부임하게 된 버클리 백작의 개인 비서 자격으로 더블린으로 돌아갔다. 그 후 스위프트는 1701, 1702, 1703, 1707-9년 등 네 차례에 걸쳐 런던으로 되돌아가서 그곳 지식인들 사이에서 재치가 풍부한 작가라는 평판을 받았다. 그는 무어파크에 있을 때 이미 킬루트의 부제 직을 사임했으나, 그 후에 아일랜드의 여러 성공회 교회의 사제로 추천되었는데 그중 가장 중요한 것이 더블린에서 그리 멀리 떨어지지 않은 라라코어의 사제직이었다.

1704년에 『통 이야기』가 익명으로 발표되었으나 런던 지식인 사회에서는 스위프트가 저자라는 사실이 널리 알려져 있었다. 1709년에 휘그당원인 조지프 애디슨이 『태틀러』 지를 창간하면서 스위프트는 이 잡지에다 여러 편의 글을 실었다. 이렇게 하여 일반 독자들뿐만 아니라 조지프 애디슨이 이끄는 휘그당 작가들의 주목을 받게 되었다. 스위프트는 출생이나 교육 배경을 감안하면 휘그당이었고, 또 그가 써낸 여러 정치적 평론들은 17세기 휘그당 전통을 따른 것이었다. 하지만 그는 영국 국교회에 대하여 열정적인 충성을 바치는 사제였고, 그리하여 비국교도들에게 점점 더 관용을 취하려는 휘그당에 의구심을 품고 있었다. 그는 세월이 흘러가면서 이러한 충성심의 갈등을 점점 더 첨예하게 의식하게 되었다.

1710년 9월에 스위프트에게 새로운 정치적 변화의 계기가 찾아왔다. 로버트 할리(후일의 옥스퍼드 백작)와 헨리 선트 존(후일의 볼링브로크 후작)이 이끄는 토리당 내각이 휘그당 내각을 몰아내고 정권을 잡은 것이다.

이 새로운 내각은 프랑스와의 교전 사태를 종식시키려 했을 뿐만 아니라, 휘그당에 비하여 영국 국교회를 더욱 보호해 주려는 태도를 취했다. 이처럼 바뀐 정국에 대한 스위프트의 열렬한 반응은『스텔라에게 보내는 편지』에 잘 드러나 있다. 노련한 정치가인 로버트 할리는 풍자적인 팸플릿 작가인 다니엘 디포를 포섭하여 이 작가로부터 상당한 정치적 지원을 얻어냈다. 이어 할리는 스위프트에게 접근하여 앤 여왕의 재정적 후원이 아일랜드 내의 영국 성공회까지 확대될 것이라고 말하면서 스위프트를 토리당 편으로 넘어오게 했다. 이렇게 하여 스위프트는 당파보다 교회를 더 중시하는 태도를 보이며 토리 정부에 가담했지만, 그렇다고 해서 휘그당의 진보적인 정치적 관점을 완전히 포기한 것은 아니었다. 가령 스위프트는 토리당이 말하는 왕권신수설을 전혀 믿지 않았다. 그는 절대 권력은 국민으로부터 나오고, 영국의 국제는 왕, 귀족, 평민 사이에 권력이 공유되는 형태를 취해야 하고 이렇게 함으로써 어느 한쪽의 독재를 막을 수 있다고 믿었다.

스위프트는 곧 토리당의 중요한 홍보 담당 선전관이 되었고 1710년 10월 말에는 토리당의 잡지인『이그재미너』의 편집을 맡아서 1711년 6월 14일까지 편집장으로 일했다. 그는 프랑스와의 평화를 주장하는 토리당을 지원하기 위하여 여러 팸플릿을 써냈다. 이렇게 하여 영국 의회 내에서 평화를 지지하는 결의안이 통과되었다. 행정부 내의 스위프트의 친구들은 그의 활동을 높이 평가했으나 그의 활동에 대한 보상은 아주 느리게 찾아왔다. 1713년 4월, 그의 공로에 대한 논공행상이 이루어졌을 때, 그 자리는 그가 원했던 영국 내의 주교 자리가 아니라 더블린의 성 패트릭 대성당의 주임사제직이었다. 앤 여왕과 많은 고관들은『통 이야기』를 종교에 적대적이라 여겨서 스위프트가 잉글랜드 내에서 보직을 받는 것에 반대했다. 하지만 잉글랜드의 주임사제직과 주교직을 아일랜드 태생의 잉글랜드 인에게는 주지 않는 것이 당시의 일반적 관행이기도 했다.

그러나 1714년 8월 앤 여왕이 사망하고 조지 1세가 등극하면서 토리 당 내각은 붕괴되었다. 휘그당이 다시 정권을 잡으면서 정적에 대한 마녀 사냥이 시작되어 옥스퍼드 공과 볼링브로크 공이 대역죄로 기소되었다. 볼링브로크는 프랑스로 달아나서 재판을 피했고 옥스퍼드는 재판을 받고 투옥되었다. 1722년 스위프트의 친구 애터버리도 재커바이트 음모에 가담했다는 날조된 죄목으로 재판을 받고 투옥되었다. 스위프트는 토리당 정부 시절에 공개적으로 토리당을 지원한 사실 때문에 언제 기소될지 모르는 불안한 나날을 보내야 했다.

스위프트는 이런 상황 아래에서 아일랜드로 돌아갔고, 1726년과 1727년에 두 차례 런던을 방문한 것을 제외하고는 그 후 평생을 아일랜드에 머무르게 된다. 그가 아일랜드로 돌아왔을 때 앵글로-아이리시 휘그당은 스위프트의 토리당 내각에 참여한 경력을 지적하며 조롱과 경멸을 퍼부었다. 그는 주임사제직에만 충실하면서 외부와의 교제를 일체 끊어 버렸다. 이 무렵 그는 자신의 생애가 이제 끝났고 이제 앞으로 얼마 살지 못할 것이라고 생각했다. 하지만 그 생각은 기우로 판명되었다. 스위프트는 그 후 30년을 더 살면서 최후의 대작인 『걸리버 여행기』를 써냈다.

『걸리버 여행기』는 1720년 말에 집필이 시작되었다. 그보다 전인 1713년 경에 시인 알렉산더 포프, 극작가 존 게이, 조너선 스위프트 등은 스크리블레루스 클럽Scriblerus Club이라는 문인 클럽을 결성하고서 스크리블레루스라는 가상 인물의 회상록을 한번 써보자는 계획을 세웠는데, 그중에는 이 가상 인물이 해외여행을 다녀온 부분이 들어 있었고 이 부분의 집필을 평소 여행기 읽기를 좋아했던 스위프트가 맡게 되었다. 이 계획의 일환으로 1714년 경에 스위프트는 "릴리펏 여행기"와 "라퓨타 여행기"의 초고를 작성했던 듯하다. 스위프트가 『걸리버 여행기』를 쓴 시기는 정확히 알 수는 없지만 그의 편지들에 나타난 정보를 종합해 보면 1720년 말에 집필을 시작하여 1725년 가을에 완성한 것으로 보인다. 1부와 2부는 대체로 1721-2년 사이에 썼고, 제4부는 1723년, 그리고 제3부는 1724-5년에 썼다. 그리고 책이 출판되는 과정에서 현재와 같은 1-4부의 순서와 체재를 갖추게 되었다.

『걸리버 여행기』는 1726년 10월 28일에 출간되었고 독자들의 반응은 폭발적이라고 할 정도로 뜨거웠다. 초판이 일주일 사이에 매진되었고 그 후 3주 이내에 1만 부가 판매되었다. 출간 2년 이내에 프랑스어로는 두 번, 네덜란드어와 독일어로는 각 한 번씩 번역이 되었다. 이 작품은 피카레스크 소설, 상상 속의 여행기, 모범을 제시하는 역사서, 장편 소설, 아동용 우화, 알레고리, 정신적 전기, 과학 소설, 여행기, 과학 논문, 철학 논문, 정치적 풍자, 메니포스(기원전 3세기의 그리스 풍자작가) 풍의 풍자, 이야기의 형태를 취한 풍자, 로맨스 등 다양한 방식으로 읽을 수 있다.

스위프트는 1720년대에 들어오면서 의기소침한 상태에서 벗어나 공공 업무에 관한 관심을 다시 보이기 시작했고 또 시를 다시 쓰기도 했다. 그가 1720년대 내내, 그리고 1730년대 초기에 써낸 일련의 논문들은 아일랜드의 경제적·사회적·문화적 문제들을 통렬하게 풍자하는 것들이었다. 그는 아일랜드의 처참한 현실을 목격하면서, 로버트 월폴 경이 이끄는 영국 휘그당 정부에 맹공을 퍼부었다. 그는 아일랜드가 그처럼 낙후된 것은 영국 휘그당 정부의 맹목적인 태도 때문이라고 비판했다. 그가 아일랜드 문제를 거론한 논문으로는 『드레피어의 편지』(1724-25)와 『겸손한 제안』(1729)이 있다. 영국이 아일랜드를 수탈하는 데 대한 풍자는 『걸리버 여행기』(1726)의 제3부 날아다니는 섬(구체적으로 라퓨타와 발니바비의 관계)에서 암시적으로 묘사되어 있다.

스위프트의 생애 만년은 여러 억측들이 난무하는 시기이다. 그가 한번 화를 내면 억제할 줄을 모르고 또 자기 통제가 되지 않아 주위 사람들을 아주 불편하게 만들었다는 이야기들이 나돌았다. 심지어 그가 정신이상이 되었다는 설도 나왔다. 그는 젊은 시절부터 현기증과 뱃속에 오한이 생기는 병으로 고생해 왔기 때문이다. 그러나 그 증세는 스위프트 시대의 사람들이 추측한 것처럼 정신이상은 아니었다. 그는 1730년대에도 여전히 정신적으로 활발했고 더블린의 가장 명망 높은 시민이면서 아일랜드의 애국적 주임사제였다.

그러나 1730년대 후반 현기증과 난청이 더욱 심해졌다. 이 당시 에드워드 영이라는 인사는 스위프트 일행과 함께 더블린에서 1마일(1.6킬로미터) 정도 떨어진 곳으로 산책을 나갔다. 영은 당시를 이렇게 회고했다. "우리가 시골길을 걸어가는데 스위프트가 갑자기 걸음을 멈추었다. 나는 그가 우리를 따라오지 않는 것을 보고서 걸음을 되짚어갔다. 그는 조각상처럼 우뚝 멈춰 서서 멋진 느릅나무를 하염없이 올려다보고 있었다. 그 나무의 우듬지 가지들은 상당 부분 시들어서 썩어 가고 있었는데 스위프트는 그 가지를 가리키면서 이렇게 말했다. '나는 저 나무처럼 될 거야. 나는 꼭대기부터 죽어 가게 될 거야.'"

이런 에피소드에서 볼 수 있듯이, 스위프트는 자신이 평생 앓아온 메니에르병Méniere 病/ 때문에 자신을 정신병 기질이 있는 사람으로 생각한 것 같다. 1737년 그의 70회 생일을 맞아서는 더블린 전역에서 축하 행사가 열렸다. 그러나 그 직후 중풍을 맞아서 실어증에 걸렸고 1742년에는 스스로 자신의 일을 처리할 수 없는 상태라는 진단이 내려져 그의 친지들은 그를 "마음과 기억이 온전치 못하다"라고 선언하고 보호자를 붙여 주었다. 스위프트는 1745년 10월 19일에 사망했고 평생 모아온 재산을 아일랜드의 최초 정신병원인 성 패트릭 정신병원 건립에 보태 쓰라고 내놓았다. 그의 시신은 성 패트릭 대성당에 안치되었는데 스텔라 바로 옆 자리였다. 성당 벽에는 생전의 스위프트가 작성한 다음과 같은 라틴어 비명이 걸렸다.

/ 귀울림, 난청과 함께 갑자기 평형 감각을 잃고 현기증이나 발작을 일으키는 병. 1861년 프랑스 의사 메니에르가 최초로 보고했기에 메니에르병이라는 이름이 붙었다.

"여기에 신학박사이며 이 교회의 주임신부인 조너선 스위프트가 누워 있다. 이제 맹렬한 분노saeva indignatis가 더 이상 그의 가슴을 찢어놓지 못하는구나. 가라, 여행자여, 그리고 할 수 있다면 본받으라. 온 힘을 다하여 자유를 옹호하려고 노력한 자를Abi viator, et imitare si poteris, Strenum pro virili, Libertatis Vindicatorem."

작품의 배경

『걸리버 여행기』는 고도로 풍자적인 작품이기 때문에, 풍자작가인 스위프트가 써낸 다른 작품들, 작품 출간 이후의 여러 비판에 대한 스위프트 자신의 생각, 이 작품을 둘러싼 정치적·역사적 배경, 유토피아에 대한 스위프트의 사상, 여성 혐오증과 관련된 스위프트 자신의 여성 교제 등을 미리 알아두는 것이 필요하다.

1. 풍자 문학의 대가

『걸리버 여행기』를 쓰기 전에 스위프트는 이미 풍자작가로 높은 명성을 쌓아 놓고 있었다. 그의 대표적인 풍자 논문 다섯 가지만 알아보면 다음과 같다.

『통 이야기』는 영어 산문 중 가장 뛰어난 풍자 작품이라는 평가를 받는 글이다. 이 글은 종교와 학문에 대하여 통박痛駁한 것인데, 특히 자신의 학식을 뽐내는 학자들에 대하여 신랄하게 비판한다. 스위프트는 먼저 '통 이야기'라는 제목을 설명한다. 바다에서 배가 고래를 만나면 바다에 통을 내던져 고래의 주의력을 다른 데로 분산시킴으로써 고래가 배를 난파시키지 못하게 한다. 여기서 배는 국가의 비유이고, 고래는 종교와 정부라는 배에 구멍을 뚫으려 하는 파괴적인 작가나 사상가를 말한다. 그러면서 스위프트는 자신의 글이 그런 자들의 공격을 막아내는 통이 되었으면 하는 뜻을 밝힌다.

이어 스위프트의 이야기가 시작된다. 그 이야기에는 피터, 마틴, 잭이라는 3형제가 등장한다. 그들은 각각 성 피터(가톨릭), 마틴 루터(종교개혁의 결과로 생겨난 영국 국교회), 존 칼뱅(비국교도 즉 청교도)을 상징한다. 아버지는 사망할 때 이 삼형제에게 소박하고 튼튼한 외투를 하나 물려주면서 잘 사용하되 결코 고쳐서는 안 된다고 당부한다. 이 외투는 원시교회(초대교회)의 신약성경 교리를 상징한다. 그러나 3형제는 도시에서 유명한 사람이 되기를 원했고 그래서 그 외투를 제멋대로 고친다.

3형제는 뜻이 맞지 않고 피터는 자기 고집만을 부리면서 두 형제에게 자신의 뜻을 따르라고 주장한다. 그러나 그들이 그 뜻에 순응하지 않자 피터는 두 동생을 함께 살던 집에서 쫓아내 버린다. 이런 추방은 종교개혁의 상징이다. 스위프트는 이어 마틴과 잭의 움직임을 묘사한다. 마틴은 과거에 외투에 달았던 쓸데없는 장식들을 제거하고 원래의 상태로 되돌리려고 노력한다. 반면에 잭은 외투의 모든 장식을 거부하여 마구 떼어내는 바람에 외투가 너덜너덜해진다. 마틴은 스위프트의 이상적 교회(영국 국교회)로서 피터의 정교한 제도와 잭의 광신주의 사이에서 중간노선을 취한다.

이어 이야기는 다른 화제로 빗나가서 스위프트는 광기에 대해 묘사한다. 그는 광기가 뱃속의 나쁜 증기가 머리 쪽으로 올라와서 생기는 현상이라고 진단한다. 이 광기에서 좋은 결과와 나쁜 결과가 생겨나는데, 가령 전쟁, 새로운 철학, 인간의 놀라운 업적 등이 그것이다. 일단 광기가 발동하면 판타지가 인간의 이성을 제압하고, 상상이 상식을 제압한다.

스위프트는 다시 본래의 이야기로 돌아와서 광신적이고 성경 구절을 줄줄 인용하는 칼뱅주의자들을 조롱한다. 그러면서 잭은 변덕과 허세가 너무 심해져서 결국 피터 비슷한 사람이 되어 간다고 진단을 내린다. 이어 스위프트는 종교와 학문에서 상식과 양식을 강조하면서 문장의 끝을 맺는다.

『드레피어의 편지』는 마르쿠스 브루투스라고 하는 더블린의 린넨 제조업자가 쓴 편지라고 되어 있으나 실은 스위프트가 쓴 글이었다. 영국 정부는 이 편지를 쓴 자의 정체를 고발하는 사람에게 높은 현상금을 걸었으나 아일랜드인은 아무도 스위프트를 고발하지 않았다. 이 글의 내용은 구리로 만든 하프펜스half-pence와 파딩farthing 동전을 아일랜드에 공급함으로써 아일랜드의 경제를 영국에 완전히 복속시키려는 영국 정부를 통렬하게 비판한 것이었다.

1722년 아일랜드에 통용 중인 동전이 오래되어 낡은 것이 되어버려 귀해지자 새 동전을 주조해야 되었다. 그러나 아일랜드에는 조폐국이 없었으므로 영국 정부는 울버햄턴의 제철업자인 윌리엄 우드에게 10만 파운드 상당의 하프페니와 파딩을 주조하라는 칙허(임금의 허가)를 수여했다. 그러나 우드의 동전은 함량 미달로 판명된 것이 많았다. 당시 열렬한 휘그당원 겸 반反재커바이트파인 수학자 아이작 뉴턴은 영국 조폐국의 국장으로 근무했는데, 우드의 함량 미달 동전을 만족스러운 동전이라고 증언했다. 아일랜드는 이 동전에 총체적으로 반발했고 스위프트는 1724-25년 사이에 쓴 『드레피어의 편지』 중에서 다음과 같은 문장으로 그런 반발의 기운을 더욱 불을 붙였다.

"미친 사람이 개집에서 한 줌의 흙을 파가지고 내 가게에 와서 물건과 교환하자고 하면 나는 그를 측은하게 여기면서 웃음을 터트리고 말 것이다. 만약 윌리엄 우드가 그 쓰레기를 가지고 와서 나의 금 혹은 은과 바꾸자고 한다면, 그 또한 지금 말한 미친 사람과 똑같은 대접을 받을 것이다." 이 논문은 영국 당국의 비위를 건드렸고 그 논문을 펴낸 출판업자 존 하딩은 체포되었다. 영국 정부는 그 글의 저자 이름을 공식적으로 밝혀 주는 사람에게 3백 파운드의 상금을 내걸었으나 아무도 스위프트를 고발하지 않았다. 그리하여 총리대신 로버트 월폴은 1725년 동전 주조 특허를 취소했고, 우드는 개인적으로 보상을 받았다.

이에 대하여 앙심을 품은 월폴이 몇 년 뒤에 논문의 저자가 스위프트인 것을 알고서 그를 체포하라는 명령을 내렸으나, 아일랜드에서 스위프트를 체포해 오려면 아일랜드 주민들의 격렬한 반발로 인해 적어도 1만 병력의 군대를 파견해야 할 것이라는 조언을 듣고서 그 명령을 취소했다는 이야기가 전해진다. 하프펜스 사건은 아일랜드가 브리튼 왕실의 지배를 받는다는 사실을 재확인한 1720년의 법에 대한 아일랜드인들의 강한 적개심과 분노를 보여 주는 사건이었다.

『겸손한 제안』은 아주 음산한 풍자를 담고 있는 글로서, 이 글 속에 등장하는 공익 정신이 강한 어떤 시민은 아일랜드의 불쌍한 부모들이 약 10만 명에 달하는 한 살짜리 어린아이들을 부자들의 먹잇감으로 내놓으면 어떻겠냐고 이야기한다. 아이들의 고기는 연하니 전골을 해 먹을 수도 있고, 튀겨 먹을 수도 있고, 구워 먹을 수도 있으며, 아니면 삶아서 수육으로 먹을 수도 있다는 것이다. 또 아이들의 피부를 벗긴 가죽은 숙녀의 장갑이나 신사의 여름 구두 소재로도 아주 적합하다고 말한다. 이렇게 하면 그 부모들은 아이들을 부양하지 않아서 좋고 또 아이들을 팔아먹어서 돈이 생기니 이중으로 좋아져서 아일랜드 경제가 크게 발전할 것이라고 제안하는 내용이다. 이 논문은 "영국이 아일랜드를 현재 잡아먹고 있다"는 주장을 좀 더 과장되게 진술하여 풍자의 효과를 높이고 있다.

『기독교의 폐지를 반대하는 주장』은 영국 내에서 기독교를 폐지할 필요가 없다고 반어적으로 말하고 있다. 그 이유는 현재의 영국에는 기독교라고 이름붙일 만한 것이 전혀 없기 때문이다. 하지만 교회는 아주 유익한 사교적 목적에 봉사하고 있다고 풍자한다. 교회가 아니라면 남자는 도대체 어디 가서 여자를 만날 것인가? "그곳에서처럼 사업 모임이 활발하게 벌어지는 곳은 없으며, 각종 거래가 활발하게 이루어지고 또 그곳처럼 달콤한 잠을 유도해 주는 곳이 또 어디에 있는가?"

이러한 논문 이외에도 스위프트는 어떤 사기꾼 점성술사를 매섭게 공격한 일도 있었다. 그가 런던에서 활동할 당시에 존 파트리지라는 점성술사가 앤 여왕의 죽음을 예언하고 영국 성공회를 공격하자, 스위프트는 '아이작 비커스태프'라는 필명으로 파트리지가 1708년 3월 29일 밤 11시에 죽는다는 내용의 팸플릿을 발표했다. 멀쩡하게 살아 있던 파트리지가 반격의 글을 써내자, 비커스태프는 또다른 팸플릿을 발표하여 더욱 강력하게 이런 주장을 폈다. "파트리지 씨는 죽은 것이 분명하다. 자신이 파트리지라고 주장하고 나선 사람은 가짜이니 속지 말기 바란다." 파트리지는 그 후 정말로 얼마 살지 못하고 죽었다고 한다.

이처럼 반어와 재치가 넘쳐나는 풍자작가 스위프트에게 영향을 준 선배작가는 서기 2세기 사람인 루키아노스와, 스위프트보다 1백 년 전 앞선 영국 시인 새뮤얼 버틀러(1612-1680)였다. 루키아노스의 풍자소설 『진짜 이야기』와 버틀러의 풍자적인 장시 『휴디브라스』가 특히 영향을 많이 미쳤다. 전자는 해나라와 달나라를 여행한 것을 기록한 여행기인데 시종일관 자신이 해와 달을 여행한 것이 진실이라고 강변하고 있다. 뒤의 장시長詩는 영웅적 운율과 우스꽝스러운 주인공을 어울리지 않게 병치시켜 풍자의 효과를 내고 있다. 여기서 우리는 풍자satire를 뜻하는 영어 단어가 라틴어 사티라satira에서 온 것임을 상기하게 되는데 이는 여러 가지 과일이 뒤섞여 있는 식사 접시라는 뜻이다.

풍자의 한 가지 목적은 이상과 실제, 상상과 기억, 사람들이 이러이러해야 한다고 말하는 세상과 실제로 존재하는 세상 사이의 차이점을 지적하는 것이다. 그리하여 풍자적인 글이 내포하고 있는 속뜻은 이런 것이다. 사람들의 어리석은 행동과 세상의 우스꽝스러움에 비교해 볼 때 풍자적인 글을 쓰는 작가의 어리석거나 우스꽝스러운 주장은 실제 세상의 그것에 비하여 상대적으로 하찮은 것에 불과하다는 것이다. 새뮤얼 버틀러의 이러한 풍자는 조너선 스위프트에게 깊은 영향을 미쳤다.

2. 걸리버 선장의 편지

스위프트는 『걸리버 여행기』를 1725년 가을에 완성하고서 그 원고를 싸들고 1726년 3월에 런던의 문인 친구들을 찾아갔다. 그는 몇 달 동안

트위크넘에 있는 시인 알렉산더 포프의 집에 머물면서 스크리블레루스 클럽의 친구들과도 상의했다. 그러나 집권당인 휘그당을 풍자하는 내용이 가득한 이런 소설을 출판해 줄 출판사를 물색하는 것이 중대한 문제로 등장했다. 또 스위프트 자신도 출판물에 의한 명예훼손으로 고소를 당할지도 모르는 사태에 대비해야 되었다. 그러다가 1726년 8월에 런던의 출판인인 벤저민 모트가 섭외되었다. 모트는 소설의 상업적 가치를 금방 알아보았고 출판을 하겠다고 나섰다. 그러나 저자의 신원을 감추기 위해 모트에게 스위프트의 육필 원고를 친구 존 게이가 다시 베껴 쓴 원고를 제출하면서 저자 이름은 레뮤얼 걸리버라고 둘러댔고, 이 가상의 저자를 더욱 실제 인물인 것처럼 만들기 위하여 리처드 심슨이라는 가공의 사촌까지 등장시켰다.

이렇게 하여 이 소설은 그 해 10월에 처음 발표되었는데, 이때 스위프트는 아일랜드에 돌아가 있었다. 발표 당시 출판사 사장인 모트는 가능한 한 영국 정부의 비위를 거스르지 않으려고 교열자를 동원하여 상당 부분 가필을 했다. 이렇게 된 데에는 1724-25년 당시에 스위프트의 논문 『드레피어의 편지』를 펴낸 출판인 존 하딩이 당국에 체포된 전례가 있기 때문이었다. 그러나 스위프트로서는 아무런 대응을 할 수가 없었다. 소설은 성공을 거두었지만 빠지거나 변경된 부분이 상당히 있었으므로, 1735년에 아일랜드의 더블린에서 조지 포크너 판이 다시 출간되었다. 이때 스위프트는 1726년 초판본에서 가필된 부분을 삭제하고 또 임의로 삽입된 부분도 바로잡았으며 특히 영국의 앤 여왕을 비난하는 문장을 쓴 적이 없다는 입장을 밝히고 있다. 포크너 판에 붙인 걸리버 선장의 편지는 이런 우여곡절 끝에 나오게 된 것이며, 1735년 판본에만 들어 있다. 반면에 걸리버 선장의 편지 바로 뒤에 나오는 '발행인이 독자에게 보내는 편지'는 1726년 판본에도 들어 있었던 것으로 내용의 변동이 없다.

걸리버 선장의 편지는 이 작품을 이해하는 데 중요한 단서를 제공한다. 왜냐하면 소설이 발표된 이후에 비판을 받았던 세 가지 사항, 즉 고위직 정치인에 대하여 비판적이고, 여성을 혐오하며, 인간성을 모독했다는 점을 언급하고 있기 때문이다. 실제로 이 세 가지 사항이 작품을 관통하는 중요한 주제이다. 1-2부는 영국과 프랑스 정부의 고위직 정치인들이 벌이는 음모와 비방 그리고 권력 투쟁 등을 다루고 있고, 여성 혐오증은 1-4부에서 골고루 묘사되어 있으며, 인간성에 대한 모독은 2부에서도 슬쩍 언급이 되지만, 3부를 거쳐서 4부에서 절정을 이룬다. 당연히 우리는 이러한 풍자가 타당한 것인지, 그것을 뒷받침할 만한 배경이 충분히 제시되어 있는지 등을 살펴보아야 한다. 이 점에 대해서는 역자의 "작품 해설" 부분에서 자세히 다룬다.

걸리버 선장은 이 편지에서 자신의 여행기가 백 퍼센트 진실이라고 거듭하여 주장한다. 그 부분을 인용해 보면 이러하다. "이러한 야후들의 비난이 내게 다소 영향을 미친 것도 있는데 특히 다음과 같은 주장을 아주 개탄스럽게 생각하네…(중략)…

─ 나의 여행기는 내 머리에서 만들어 낸 순전한 허구이다.

─ 후이늠과 야후는 유토피아의 주민들과 마찬가지로 실체가 없는 존재들이다."

이어 걸리버 선장은 "나를 비난하는 이 한심한 동물들은 내가 나 자신의 진실을 옹호해야 할 정도로 아주 타락한 자라고 감히 생각하고 있단 말인가?"라고 말하면서 자신의 여행기는 진실을 백 퍼센트 그대로 옮겨놓은 것이므로 변명할 필요가 아예 없다고 말한다.

우리는 『걸리버 여행기』를 읽기 전에 이러한 결백 주장에 대하여 다소 당황스러움을 느끼게 된다. 네 나라가 모두 존재하지 않는 나라임이 분명한데 어떻게 이리도 강력하게 그 실재와 진실성을 주장하고 나설 수 있을까? 이것을 이해하기 위해서는 위에서 언급한 루키아노스의 『진짜 이야기』라는 작품을 간단히 살펴볼 필요가 있다.

루키아노스(120-180)는 고대 그리스 작가로 『진짜 이야기』라는 짧은 여행기를 펴냈다. 작품 속의 여행자는 해와 별을 여행하고 또한 고래 뱃속에 들어가서 오래 사는 등 판타지 소설 혹은 과학 소설의 분위기를 물씬 풍긴다. 이 작품에서 여행자들은 생전에 거짓말을 해서 벌을 받고 있는 망자들의 땅을 지나치는데 거기에서 그리스 역사가 헤로도토스를 발견한다. 그러나 루키아노스는 자신이 오로지 진실만 말하고 썼기 때문에 그런 벌을 받을 일은 없다고 능청을 떤다. 이 책은 황당한 이야기를 써낸 시인, 철학자, 역사가들이 모두 거짓말쟁이라고 비난하면서 『진짜 이야기』만은 오로지 진실을 말하고 있다고 주장한다. 이 작품의 제목 중 "이야기"에 해당하는 원어는 히스토리아historia이다. 고대 로마의 수사학자들은 이야기를 히스토리아, 아르구멘툼argumentum(논증), 파블라fabla(허구)의 세 가지로 분류했는데 히스토리아는 실제로 발생한 사건들만 보고하는 이야기를 가리켰다.

해, 달, 고래 뱃속에 갔다 왔다는 이야기는 히스토리아가 될 수 없다. 그러나 화자는 그 경험을 아주 자세하고도 그럴 듯하게 묘사하기 때문에 독자는 그 이야기를 거의 믿어 버리게 된다. 이 작품의 메시지는 거짓말을 진실인 것처럼 꾸미기가 너무나 쉽기 때문에 독자는 그 둘의 차이를 명확히 구분해야 한다는 것이다.

거짓말을 말하면서 진실을 말하고 있다고 강변하는 이러한 풍자 문학의 전통은 조너선 스위프트의 『걸리버 여행기』에 결정적인 영향을 미쳤다. 제4부 12장의 초입에 나오는 문장은 영락없는 루키아노스 식 주장을 담고 있다.

"나는 16년 7개월을 넘게 여행했고, 이것이 바로 그 여행에 관한 진실한 기록임을 점잖은 독자께 알린다. 나는 화려한 글이 아니라 진실을 보여주고자 무척 신경 썼다. 나는 기이하고 있을 수 없는 이야기로 독자를 놀라게 할 수도 있었을 것이다. 하지만 그보다 가장 간결한 방식과 문체로 명백한 사실을 전하기로 했다. 내 주된 의도는 독자를 놀라게 하는 것이 아니라 정보를 전달하는 것이었기 때문이다."

그러면서 곧바로 뒤이어서 베르길리우스의 『아이네이스』 제2권 79-80행에 나오는 시논의 말을 인용하면서 실은 자신(걸리버)이 거짓말을 하고 있음을 암시한다.

"잔인한 운명의 여신이 이 시논을 비참하게 하더라도
저를 거짓되고 기만하는 자로 만들 수 없을 것입니다."

시논은 이렇게 말함으로써 트로이 사람들을 속여 트로이 목마를 성 안으로 가져가게 했는데, 실은 거짓말을 하고 있으면서 진실을 말하는 것처럼 능청을 떨고 있는 것이다.

위에서 풍자는 여러 가지 과일이 담긴 그릇이라고 했는데, 바로 이것이 풍자의 대표적 사례이다. 스위프트는 여기에서 다른 여행기들은 모두 거짓을 말하고 있지만 자신은 진실만 말하고 있다고 주장하면서 루키아노스가 수립한 풍자의 전통을 이어받고 있다. 풍자 문학에서 진실과 거짓의 경계는 독자가 그것을 믿어 주면 진실이 되는 것이고, 그렇지 못하면 거짓이 된다. 『걸리버 여행기』 1-2부에서 우리는 그것이 거짓인 줄 알면서도 진실이라는 느낌을 갖게 된다. 그러나 3-4부는 좀 더 지적인 추리 작용이 필요하다. 그것은 인간은 과연 이성적인 존재인가 하는 질문과 관련되는데, 이에 대해서는 "작품 해설"을 읽어주기 바란다.

『진짜 이야기』의 주장에 더하여 우리는 유토피아라는 용어에 주목하게 된다. 유토피아라는 것은 말 그대로 어디에도 없지만 실제로 있는 것처럼 제시되는 개념이고, 그 어떤 유토피아가 되었든 객관적으로 제시되는 순간 유토피아의 특성보다는 그 허구적 성격으로 인해 공격을 당하게 된다. 걸리버 선장의 편지에서도 걸리버는 "후이늠과 야후는 유토피아의 주민들과 마찬가지로 실체가 없는 존재들이다"라고 말하면서 유토피아라는 용어를 사용하고 있다. 사실 제4부 말의 나라는 유토피아의 성격이 강하다. 그래서 우리는 유토피아 사상을 검토해 보아야 한다.

3. 유토피아 사상

『걸리버 이야기』의 유토피아 사상은 토머스 모어의 『유토피아』로부터 많은 영향을 받았다. 그 외에 플라톤의 『국가』와 플루타르코스의 『영웅전』 중 리쿠르고스 편에서도 이상국의 형태를 차용해 오고 있다. 먼저 모어의 유토피아는 이런 특색을 갖고 있다.

유토피아에서는 모든 사람이 일을 하기 때문에 주민들에게 돌아갈 음식과 제품은 언제나 충분하다. 사람들의 취미는 단순하며 개인적으로 충분한 물질을 소유하고 있기에 남들보다 더 많이 가지려고 하지 않는다. 황금과 순은은 경멸되어 요강의 재료, 노예를 묶는 사슬, 범죄적 확신의 표시로만 이용된다. 폭력, 유혈, 악덕은 유토피아에서 존재하지 않는다. 유혈 행위가 사람들을 타락시킬 것을 두려워하여 가축 잡는 일은 노예에게 일임한다. 일체의 도박 행위는 알려져 있지 않다. 유토피아 주민들은 아름다운 정원을 꾸미고, 깨끗하게 집을 단장하며 인문주의적 강의를 경청하고 이웃들과 다정한 대화를 나누며 우애를 다진다. 병자들은 각 도시의 해당 지역에 세워진 넓은 병원에서 치료를 받는다. 치명적인 질병에 걸렸을 때에는 사제가 그 환자와 상담하여 당국이 마련해 주는 고통 없는 죽음을 선택하도록 한다.

『걸리버 여행기』의 제4부에 묘사된 말의 나라의 특징은 다음과 같다.

후이늠은 거짓말을 하지 않는다. 거짓말이라는 단어가 없어서 "있지도 않은 것"이라는 말을 대신 사용한다. 후이늠의 언어는 다양한 어휘가 부족한데 그들의 필요나 열정이 유럽인보다 훨씬 적기 때문이다. 후이늠은 야후의 탐욕을 심히 경멸한다. 후이늠은 언제나 이성理性을 존중하고 이성이 지시하는 바에 따라 행동한다. 우정과 자비는 후이늠들이 높이 치는 2대 미덕이다. 후이늠들은 절제, 근면, 운동, 청결을 어린 남녀에게 가르친다. 후이늠은 죽음이 닥쳐오기 전 몇 주 전에 신체가 쇠퇴하기 시작하여 아무 고통 없이 죽음을 맞이한다. 후이늠은 사악함을 표현하는 어휘가 없어서 야후의 기형적인 행동을 가져와 그 사악함을 표현한다.

이상에서 살펴본 바와 같이 모어의 『유토피아』와 제4부의 말의 나라 상황은 상당히 유사함을 알 수 있다.

이처럼 스위프트의 소설은 유토피아를 동경하는 작품이다. 사람들이 유토피아를 동경하는 데에는 다음 세 가지 동기 중 어느 하나가 작용하거나 또는 그 세 가지가 복합적으로 작용한다.

첫째, 토머스 홉스가 『리바이어던』에서 말한 "만인이 만인을 향하여 싸우는 상태"가 뚜렷하게 드러나지 않는 다른 시간, 다른 장소, 다른(새로운) 사회로 도피하고 싶은 욕구이다.

둘째, 인류가 지금보다 더 좋은 방향으로 갈 수 있는 길을 제시하려는 욕망이다. 유토피아가 도래하는 시간대가 지금 당장은 아니더라도, 앞으로 5년, 50년 혹은 500년 후라도 그런 세상이 오기를 간절히 바라는 것이다. 그런 새로운 사회를 위하여 인간은 있는 힘을 다 쏟아야 한다고 유토피아를 동경하는 사람은 말한다. 그러나 걸리버 선장은 조급증에 빠져서 책이 출간되고 6개월이 지나갔는데도 야후는 아무 변화가 없다고 개탄하고 있다.

셋째, 유토피아 소설의 작가는 그가 살고 있는 지금 이 사회에 대하여 논평을 하고 싶어 하는 욕구를 강력하게 느낀다. 현재의 사회를 이상 사회와 대비하면서 현재 사회의 결점과 단점을 지적하고 부각하려는 것이다. 아마도 스위프트의 욕구는 위의 세 가지 중 세 번째 것이 더 강력했을 것이다. 그렇다면 스위프트 당대의 시대 상황은 어떤 것이었을까?

4. 스위프트 당시의 시대적 상황

『걸리버 여행기』에서는 앤 여왕 이야기는 물론이고 오렌지 공의 명예혁명도 명시적으로 언급되어 있다. 1-4부에 등장하는 나라의 지도자들은 모두 영국의 국정과 통치 상황, 나아가 유럽의 정치적 상황을 알고자 한다. 특히 제2부 6장에는 이런 말이 나온다. "왕은 지난 백 년 동안 우리나라에서 벌어진 일들에 대하여 역사적 설명을 해주었더니 깜짝 놀

랐다. 그 사건들이라는 것은 음모, 반란, 살인, 학살, 혁명, 추방뿐이라는
것이었다. 그건 탐욕, 파당, 위선, 배신, 잔인, 분노, 광기, 증오, 시기, 욕
정, 악의, 야심 등이 만들어낸 최악의 결과라고 진단했다." 또한 제4부에
서는 영국의 국정과 헌법에 대한 집중적인 논의가 이루어진다. 스위프
트는 1667년에 출생했는데, 특히 1600년대 이후에 벌어진 영국의 역사
는 변화와 동요가 심했다. 따라서 이 작품을 제대로 이해하려면 스위프트
생존 전후 1백 년에 걸친 영국 역사를 어느 정도 알아두는 것이 좋다.

1600년대 초인 1603년에 엘리자베스 여왕이 사망하면서 당시 스코
틀랜드 왕이었던 제임스 6세가 제임스 1세(재위 1603-1625)로 개명하고
서 영국 왕위에 올랐다. 그는 헨리 7세의 자손이어서 영국(잉글랜드) 왕
위에 오를 자격이 있었다. 제임스 1세는 곧 스튜어트 왕가의 시조가 되
었다. 그는 헨리 8세의 수장령(영국 국왕을 영국 교회의 수장으로 하는 법률)
으로 확립된 영국 국교회 제도를 지키는 데 힘을 쓰면서 그에 반발하는
가톨릭교도와 비국교도를 박해했다. 대외적으로는 찰스 왕자(후일의 찰
스 1세)를 스페인 왕녀와 결혼시키려다 실패하고 굴욕 외교라는 비난을
받았으며, 대내적으로는 왕실의 사치, 무질서한 정책, 아일랜드 토벌 등
으로 재정이 궁핍해지자 무거운 세금을 부과하여 의회의 반격을 받았
다. 제임스 1세는 왕권신수설을 신봉하여 절대 왕정을 강화하려 했기에
1621년 의회로부터 항의를 받았다.

제임스 1세 사후에 왕위에 오른 찰스 1세(재위 1625-1649)는 부왕과
마찬가지로 왕권신수설의 신봉자였다. 영국 국교회를 옹호하여 청교도
를 억압했을 뿐만 아니라 대외 전쟁 때문에 재정이 곤란하게 되자 무거
운 세금을 매기려 했다. 그러나 오히려 1628년 의회의 역공을 받아서
의회의 권리 청원을 승인하게 되었다. 그러나 1629년 톤세ton稅와 파운
드세의 문제로 의회를 해산하고 이후 11년간 의회를 소집하지 않고 로
드, 스트래퍼드 등을 수석 장관으로 기용하여 보수 정치를 강화했다. 찰
스 1세는 스코틀랜드에 영국 국교를 강요했고, 군대를 동원하여 스코틀

랜드의 반발을 진압하려 했으므로 자금이 필요했다. 찰스 1세는 자금 조달차 소집한 단기 의회와의 협상이 여의치 않자 즉시 해산했고, 뒤이어 소집한 장기 의회와도 충돌했다. 그리하여 1641년 12월에는 영국의 구질서를 타파하려는 대진정서Grand Remonstrance가 하원을 통과했다. 이를 계기로 찰스 1세를 지지하는 사람들은 의회를 떠나 왕당파를 형성했다. 조너선 스위프트의 할아버지는 바로 이 왕당파 소속이었다. 반면에 의회에 남은 사람들은 의회파를 형성하여 찰스 1세에 맞서 싸우려는 태도를 취했다. 대진정서가 하원을 통과하자 찰스 1세는 의회파의 지도자들을 체포하기 위해 의회에 병력을 투입했다.

이렇게 하여 1642년 8월에 제1차 내전(청교도 혁명)이 발발했다. 청교도 혁명은 영국 청교도가 중심이 되어 일으킨 최초의 시민 혁명이다. 내전은 처음에는 왕당파에게 유리하게 전개되었으나 올리버 크롬웰이 이끄는 철기대의 출현으로 전쟁 국면이 의회파에게 유리하게 돌아갔고 마침내 네이즈비 전투에서 크롬웰이 이끄는 의회파가 승리를 거두었다. 그러자 찰스 1세는 1646년 8월, 당시 의회파와 동맹한 세력인 스코틀랜드 군대에 투항했다. 그러자 의회파 내부에서, 의회파를 장악한 장로파와 의회의 군대를 장악한 독립파 사이의 분열이 발생했다. 또한 의회의 군대 내에서도 크롬웰을 중심으로 하는 주류파와 민주적 평등사상을 주장하는 수평파가 서로 대립하면서 각각 다른 혁명의 방식을 주장했다. 찰스 1세는 이러한 분열의 기회를 틈타서 1647년 감금에서 탈출하여 군대를 모아 1648년 2월 다시 전투가 시작되었다(제2차 내전).

그러나 이러한 사태 발전은 오히려 의회의 군대를 더욱 단합시키는 계기가 되었고, 내전은 결국 의회 군대의 승리로 끝났으므로 의회 또한 군대의 실력 앞에 굴복하였다. 이렇게 하여 1649년 1월 30일 찰스 1세는 체포되어 반역자, 국민의 적으로 낙인 찍혀 처형되었다. 『걸리버 여행기』 1부 1장에서 "오래된 사원이 하나 서 있었는데 왕국 내에서 가장 큰 사원이었다. 그곳은 몇 해 전에 이 나라 주민들의 광분하는 태도 때문에 부자연스러운 살인 사건이 벌어져서, 부정 탄 곳으로 여겨졌다."라는 문장이 나오는데, 이것은 찰스 1세의 처형을 암시하는 것이다. 이어 의회파는 상원의 폐지, 자유공화국 선언, 아일랜드 정복을 시작했다. 그러나 구태의연한 의회는 해산되지 않았고 보통 선거법도 실시되지 않았으므로 수평파는 강한 불만을 표시했다.

반면에 크롬웰 일파는 이들 수평파를 힘으로 억압함으로써 호국경(왕을 대신하는 섭정 귀족) 크롬웰의 시대를 앞당겼다. 1654년에 열린 의회는 군대와 충돌하여 다음해 1월 해산되었고, 크롬웰은 군사 독재를 시행하게 되었다. 그 당시 영국 유산계급은 호국경보다는 왕정복귀를 원하여 크롬웰을 아예 왕위에 등극시키려 했다. 그러나 크롬웰의 즉위는 실현되지 않았고 국제國制 개편이 시행되기도 전에 크롬웰은 사망했다(1659년). 크롬웰은 사망 직전 자신이 찰스 1세를 처형한 것을 의식하여 주임 목사인 토머스 굿윈에게 자신이 사후에 구원(천국행)을 받을 수 있겠느냐고 물었고 굿윈은 구원을 확신한다고 대답했다. 크롬웰의 아들이 뒤를 이어 호국경 자리에 올랐으나 그는 군대와 의회의 대립을 해소시키지 못했다. 1659년 군인 귀족들은 그를 폐위시키고 왕정복고의 길을 선택했다.

왕정복고로 들어선 왕이 바로 찰스 2세(재위 1660-1685)였다. 이 왕은 처형당한 찰스 1세의 아들로 왕당파가 패배한 이후 프랑스로 망명하여 왕위에 오를 궁리를 했다. 1651년 스코틀랜드에 상륙하여 국왕 자격으로 영접되었으나 크롬웰과 싸워서 패배하고 재차 프랑스로 망명했다. 그러나 1660년 브레다 선언 직후 영국으로 돌아와서 왕정복고를 마침내 실현시켰다. 찰스 2세는 국교를 재건하는 데 힘썼으나 보수적이고도 전제적인 태도를 취하여 의회를 자극했다. 찰스 2세 사후에 그의 동생인 제임스 2세(재위 1685-1688)가 즉위하였는데, 왕권신수설에 입각한 보수 정책을 강화하면서 시대착오적인 절대주의를 고집하여 사회의 동요와 반발을 일으켰다. 이런 인기 없는 정책으로 휘그당은 물론, 그에게 우호적이었던 토리당마저 등을 돌리게 되어 제임스 2세는 왕위를 박탈당했다. 이 퇴위당한 제임스를 지지하는 세력을 통칭하여 재커바이트Jacobite라 하고, 집권 휘그당은 정적이나 반대파를 재커바이트 세력으로 몰아붙였다. 이후 네덜란드 총독 윌리엄(빌렘) 3세가 새 왕으로 추대되어 명예혁명이 이루어졌다. 제임스 2세는 프랑스로 망명하여 루이 14세의 비호 아래 아일랜드에 상륙하여 왕위 탈환을 기도했으나 실패했다. 조너선 스위프트가 대학원생 시절 어수선한 사회 분위기 때문에 영국으로 피신한 것이 바로 이 시기였다.

윌리엄 3세(재위 1689-1702)는 처음에는 네덜란드 총독, 오렌지 공 윌리엄(빌렘)이었다. 찰스 1세의 딸이 그의 모친이었고 그 자신은 제임스 2세의 딸인 메리와 결혼했다. 명예혁명 때 오렌지 공은 의회의 초청으로 영국으로 건너가 메리와 공동 대관하여 윌리엄 3세가 되었고, 유명한 권리 선언을 승인했다. 1692년 숙적 루이 14세와 싸워 그 함대를 격파했다. 스페인 계승 전쟁 때는 다시 프랑스와 싸웠다. 스페인 계승 전쟁은 루이 14세가 마지막으로 나선 침략 전쟁으로, 스페인 왕 카를로스 2세가 후사 없이 죽자 유럽 각국이 그 왕위 문제를 두고 자국의 이해관계에 따라 싸운 전쟁이다. 이때 루이 14세는 자신의 손자 앙주 공을 스페인 왕위에 즉위시켰다. 프랑스의 영향력이 커지는 것을 두려워한 영국, 오스트리아, 네덜란드가 동맹하여 프랑스와 싸웠다. 이 전쟁 동안 영국은 스페인의 지브롤터를 점령하여 오늘날까지 차지하고 있다. 이 전쟁은 유트레히트 조약(1713)이 체결됨으로써 끝났다. 이 조약에 의하여 영국은 프랑스와 스페인이 서로 동맹하지 않는 것을 조건으로 펠리페 5세의 즉위를 승인했다. 그리고 영국은 스페인으로부터 지브롤터의 영유권을 얻어냈다. 윌리엄 3세는 1701년 왕위계승법을 반포하여 왕위를 스튜어트 왕가 출신의 개신교 신자에만 국한시켰다. 또한 정당에 의한 책임 내각제를 시작하고 권리 선언의 승인과 아울러, "군림하나 통치하지는 않는다"라는 영국 왕정의 방향을 정하여 입헌군주제의 기초를 놓았다.

윌리엄 3세의 뒤를 이은 앤 여왕(재위 1702-1714)은 제임스 2세의 딸로서 형부인 윌리엄 3세와는 사이가 좋지 못하였으나 그의 사후에 권리 장전에 의하여 즉위했다. 국정은 의회 다수당이 조직한 내각에 일임함으로써 책임 내각 제도의 발전을 후원했고, 교회의 십일조세와 왕실 수입의 일부를 앤 여왕의 선물로서 빈민 구제에 돌렸다. 재위 중 대외적으로 스페인 계승 전쟁을 승리로 이끌었고, 1707년에는 스코틀랜드와 잉글랜드를 합병하여 대 브리튼 왕국을 성립시켰다. 앤 여왕은 평범한 여성이었으나 그 치세는 영국의 역사에서 빛나는 시대로 평가되며 문학 방면에서도 조너선 스위프트, 다니엘 디포, 알렉산더 포프 등을 배출했다. 앤 여왕은 스위프트를 싫어하여 그가 영국 국교회 주교로 임명되는 것에 반대했다는 이야기도 있는데, 이런 배경은 제1부에서 걸리버가 불난 왕비의 궁전을 오줌을 싸서 진화하자, 왕비가 걸리버에게 앙심을 품었다는 이야기에 반영되어 있다.

앤 여왕이 후사 없이 사망하자 스튜어트 왕조는 끝이 났고 조지 1세(재위 1714-1727)가 앤 여왕을 뒤이어 등극하여 하노버 왕조가 시작되었다. 조지 1세는 하노버 공 에른스트 아우구스트의 아들이었다. 그는 치세 중에 스코틀랜드 폭동을 진압했고 스페인 계승 전쟁의 뒤처리를 마무리했다. 불굴의 정신의 소유자였으나 독일 출신이었으므로 영어를 하지 못했고 독일 하노버 가의 영지에 관심이 많았기에 영국 국민들 사이에서는 인기가 좋지 못했다. 조지 1세는 아내와 쾨니히스마르크 백작 필립의 음모를 알게 되자 아내를 평생 감금하는 등 질투심이 강했다.

조지 2세(재위 1727-1760) 또한 하노버 태생이었고 조지 1세의 아들이다. 스페인 계승 전쟁 때 종군했고 부왕과 함께 영국으로 건너와 태자가 되었다. 즉위 후인 1739년에 아메리카 식민지에서 스페인과 싸움을 시작한 이래, 오스트리아 계승 전쟁, 캐나다 국경 문제로 프랑스와의 7년 전쟁 등을 수행하면서 국제 문제에 개입했고 수상 대大 피트의 도움을 받아 영국의 국위를 선양시켰다.

이상이 스위프트 당시의 전후 백 년에 걸친 영국의 정치와 역사를 대강 살펴본 것인데, 내전, 국왕 시해, 국교도와 청교도 사이의 갈등, 왕정 복고, 명예혁명에 이르는 파란만장한 시기였음을 알 수 있다. 그리고 휘그당과 토리당이라는 말이 나오는데, 대체로 토리당은 왕권신수설을 옹호하는 보수당이고, 휘그당은 자유와 진보를 표방하는 정당이다. 이 두 당이 발전하여 영국의 근대적인 정당인 보수당과 노동당으로 계승되었다. 1688년의 명예혁명은 휘그당 노선의 승리를 의미하며 윌리엄 3세의 시대에 휘그당의 우위가 확립되었다. 앤 여왕 치세 말년에 한때 토리당이 우세해졌으나, 조지 1세의 즉위와 더불어 휘그당이 다시 세력을 회복했고, 조지 2세의 치세인 약 50년 간은 이른바 휘그당 우위 시대를 출현시켰다. 이 동안에 수상 로버트 월폴의 노력으로 내각 책임 제도가 확립되었다. 조너선 스위프트는 이 휘그당 내각이 아일랜드를 억압하려 하자 거기에 반발하여 여러 풍자적인 글을 발표했다.

5. 바리나, 스텔라, 바네사

스위프트는 1696년 킬루트에서 부제로 근무할 때 인근에 사는 영국 교회 부감독의 딸인 제인 웨어링을 만났다. 웨어링은 지참금이 그리 많지 않고 변덕이 심하며 다소 미온적인 심약한 여성이었다. 스위프트는 그녀를 바리나라고 부르면서 교제하다가 애정을 느껴 아주 충동적인 방식으로 불쑥 구혼했으나 겁이 많은 바리나는 그런 태도에 놀라서 거절했다. 그 후 4년 동안 두 사람 사이에서 편지가 오갔다. 바리나는 스위프트가 영국의 어떤 여성과 결혼하려 한다는 소문을 듣고서 갑자기 안달이 났다. 그리하여 스위프트의 마음을 사로잡으려고 적극적인 애정공세를 폈으나, 스위프트는 그동안 자존심을 크게 상한 남자의 공손하면서도 오만한 어조로 그녀에게 편지를 써서 그 공세를 거부했다. 그 편지의 어조는 이런 식이었다.

"영국에서는 상식을 가진 젊은이라면 당신이 갖고 오겠다는 지참금보다 더 큰 돈을 얻을 수 있습니다. 당신은 연간 300파운드도 안 되는 돈을 가지고 가정을 꾸려나갈 수 있습니까? 내 뜻대로 내 삶을 살아 나가는 데 있어서 내 요구와 기분에 맞춰줄 수 있습니까? 만약 당신이 이런 조건을 다 받아들인다면 당신이 아름다운 사람인지 아닌지, 당신의 지참금이 많은지 적은지를 따지지 않고 당신을 받아들이겠습니다. 순결함과 온순함이 내가 제일 바라는 것입니다. 나는 많은 수입을 바라지만 그것이 내 힘으로 만든 것이기를 바랍니다."

편지의 어조는 아주 모욕적이었고 과거에 청혼을 거절당해 굴욕을 느꼈던 남자가 상대방 여자에게 똑같은 굴욕을 안겨주려는 의도로 작성된 것이었다. 이런 편지에 제인 웨어링이 답변할 리가 없었다. 또 스위프트는 그녀의 답변을 바란 것도 아니었다. 제인 웨어링은 그 후 남편을 만나지 못한 채 오래 살면서 그녀가 거부했던 남자의 명성이 날이 갈수록 높아지는 것을 지켜보아야 했다. 몇몇 평론가들은 스위프트가 바리나로부터 청혼을 거부당한 것이 하나의 심리적 상흔으로 남아서 그가 여성들에게 혐오감을 느끼는 계기가 되었고 그 후 다시는 거기서 회복되지 못했다고 본다. 그러나 바리나와의 관계는 그 후에 만나게 되는 두 여자들과 비교해 보면 그리 결정적인 것은 아니었다.

스위프트가 청년 시절에 알았던 에스터 존슨(1681-1728: 스텔라)은 처음에는 스위프트에게서 공부를 배우는 제자였으나 곧 그에게 연모의 정을 품게 되었다. 스텔라라는 이름은 필립 시드니의 소넷 〈아스트로펠과 스텔라〉에서 따온 것으로 스위프트가 붙여준 별명인데 추후 이 이름으로 널리 알려지게 된다. 시드니의 소넷은 "오 달이여, 그대는 슬픈 걸음걸이로 하늘로 올라가는구나"라는 시구가 보여주듯이 두 남녀의 슬픈 사랑을 노래한 것이다. 스텔라는 1700년 스위프트가 사는 아일랜드로 아예 이사를 했다. 이때 그녀는 레베카 딩리라는 여자 친구와 함께 이사 가서 이 친구와 같이 살았고 스위프트와 동거한 적은 한 번도 없었다. 스위프트는 『스텔라에게 보내는 편지』라는 글을 이 시절의 스텔라에게 자주 써 보냈다. 그런데 1716년에 스텔라가 비밀리에 스위프트와 비밀 결혼(문서상의 결혼)을 했다는 소문이 나돌았다. 또다른 소문은 스텔라가 윌리엄 템플 경의 서녀庶女였는데 이것 때문에 스위프트가 그녀와 결혼하기를 꺼렸다는 것이다. 아무튼 비밀 결혼 이전에 어정쩡한 상태로 스텔라와의 교제를 이어가던 스위프트는 1707-09년에 런던에 머물던 시절에 에스터 바남리(1688-1723)라는 새로운 여자를 만나게 된다. 바남리는 스텔라보다 일곱 살 아래의 여자이고 스위프트보다는 스물한 살이나 연하이다.

바남리에게 스위프트는 바네사라는 별명을 지어 주었는데 바남리의 첫글자인 '반'과 에스터의 약자인 '에사'를 합성하여 만들어낸 이름이다. 바네사는 부유한 네덜란드계 상인의 딸이었다. 이 여자와의 관계는 〈카데누스와 바네사〉(1713)라는 스위프트의 시에 에둘러서 묘사되어 있다. 카데누스는 주임사제를 가리키는 라틴어 데카누스Decanus를 앞의 두 자만 새롭게 조합하여 만들어낸 이름으로 곧 스위프트를 가리킨다. 이 시에서 카데누스는 바네사의 탁월함을 칭송하면서 그녀에 대한 자신의 사랑을 고백하고 있다. 이 시는 발표되지는 않고 비밀리에 유통되다가 바남리 사후에 널리 알려지게 되었다.

바네사 또한 스위프트를 흠모하게 되어 1714년 스위프트의 만류에도 불구하고 그를 따라 아일랜드로 건너와 그의 근처에서 살기 시작했다. 사태가 이렇게 돌아가자, 언제나 스위프트에게 순종적이던 스텔라는 크게 당황하고 괴로워하면서 마침내 스위프트에게 결혼을 요구하고 나섰다. 그런데 여기서 또다른 황당한 소문이 나돌기 시작했다. 스위프트도 실은 템플 경의 서자로서, 스위프트와 스텔라는 실은 이복 남매간이라는 이야기이다. 이런 소문은 두 사람이 비밀 결혼을 한 직후에 유포되었다고 한다. 스위프트가 그토록 순종적인 스텔라와 결혼을 하지 않고 버텼기 때문에 이런 소문이 나돌게 된 것이었다.

세 번째 여자 바네사와 스위프트의 관계는 어떤 것이었을까? 바네사는 그저 친밀한 친구였는가, 아니면 애인 관계였는가? 들리는 소문에 의하면 그들 사이에서 남자 아이가 태어났는데 곧 동정심 많은 스텔라가 맡아서 키우게 되었다는 이야기도 있다. 아이가 있었다는 이야기는 낭설로 보인다. 만약 그것이 사실이라면 스텔라와의 비밀 결혼을 알게 된 바네사가 생모 자격을 주장하고 나섰을 것이고 그런 결혼을 묵과했을 리가 없을 것이기 때문이다.

바네사는 1723년 더블린 근처의 셀브릿지에서 사망했다. 스위프트는 바네사를 처음 알게 되었을 때 마흔 살 남짓이었는데 젊은 여자가 자신에게 애정 공세를 펴 오니 당연히 남성으로서 허세가 발동하고 자부심이 한껏 높아졌을 것이다. 스위프트는 자신이 충족시켜줄 수 없는 여성의 사랑을 사전에 만류하는 것이 당연했으나, 한편으로는 "남자는 어디까지나 남자"라는 정상참작의 사유도 감안해야 한다는 주장도 있다. 아무튼 스위프트가 두 여자 사이에서 일종의 사랑의 줄타기를 펼친 것은 분명해 보인다. 그리고 자신이 직접 결자해지하는 강단은 보이지 못한 채 사태 해결을 우물쭈물 뒤로 미루다가 결국 비밀 결혼을 강요당했고, 그 결과 바네사는 자신이 무시당했다는 느낌과 나아가 실망감 때문에 사망한 것으로 보인다. 바네사는 자신의 유서에서 〈카데누스와 바네사〉라는 시의 발표를 허용하는 글을 남겼다. 또한 바네사는 형제들이 모두 사망하여 아버지 재산의 단독 상속자가 되었으나 이 재산 또한 스위프트에게는 단 한 푼도 물려주지 않았다. 이 시가 세간에 알려져서 스텔라의 지인 한 사람이 그 시에서 바네사가 아주 뛰어난 여인으로 묘사되어 있다고 스텔라에게 전하자, 스텔라는 미소를 지으며 이렇게 대답했다. "하지만 과연 그런지는 분명하게 알 수 없는 문제 아닐까요? 스위프트 작가는 빗자루도 아름답게 묘사하고자 마음먹는다면 얼마든지 그렇게 할 수 있는 사람이니까요." 실제로 스위프트는 "빗자루에 대한 명상"(1710)에서 빗자루를 칭송한 바 있었다.

스텔라와의 비밀 결혼에 대하여 새뮤얼 존슨(1709-84)은 『영국 시인들의 생애』(1779) 중 스위프트 편에서 이렇게 말하고 있다. "1716년 마흔아홉이 되던 해에 그는 존슨 부인과 은밀하게 결혼했다. 주례는 클로거의 주교이며 스위프트의 친구인 닥터 애쉬였다. 이것은 닥터 매든이 정원에서 내게 해 준 말이었다. 그 결혼은 그들의 생활에 아무런 변화도 가져오지 않았다. 그들은 전과 마찬가지로 서로 다른 집에서 살았다. 스텔라는 스위프트가 현기증으로 고생할 때를 제외하고는 그의 집에 들른 일이 없었다. 스위프트의 전기를 최초로 집필한 닥터 오리는 이렇게 말했다. '그들이 결혼 이후에 제3자의 입회 없이 단 둘이 있은 적이 과연 있었는지 입증하기 어렵다.'… 비밀 결혼에도 불구하고 외부적으로 볼 때 스텔라의 지위는 정부 이상의 것이 되지 못했다. 스위프트는 결혼을 했다고는 하나 부부의 의무를 수행해야 하는 불편함을 겪는 일이 없이 완벽한 우정의 즐거움을 계속 누릴 수 있었다."

새뮤얼 존슨은 비밀 결혼이 사실이 아니라는 주장에 대해서 이런 반박도 하고 있다.

"최근에 발간된 몇몇 스위프트 전기들은 비밀 결혼이 근거 없는 이야기 혹은 의심스러운 이야기라고 말한다. 하지만 불쌍한 스텔라는 닥터 셰리던이 목사 자격으로 그녀의 병상에 찾아와 기도를 올릴 때, 분명하게 그 울적한 이야기(비밀 결혼)를 했다고 한다. 그리고 닥터 매든이 그 이야기를 나에게 전한 것이다."

스위프트의 세 여자에 대한 양가감정적인 관계는 『걸리버 여행기』에 나오는 여성 혐오증을 이해하는 데 하나의 단서를 제공한다. 또한 스위프트의 시, 〈숙녀의 화장실〉도 여성 혐오증을 잘 보여준다. 이 시는 셀리아라는 숙녀가 5시간이나 화장을 하고 찬란한 모습으로 외출한 직후, 스트레폰이라는 하인이 호기심에서 그 화장실을 살펴보니 빗을 비롯하여 모든 것이 더럽기 짝이 없고, 한 구석에 아름답게 장식한 변기통 뚜껑을 열어보니 오물이 가득 찬 그곳에서 악취가 솟아나와 코를 막게 되었다는 내용이다. 이 여성 혐오증과 작품이 어떻게 연결되는지에 대해서는 다음의 작품 해설을 참조하기 바란다.

⚓

—————— **작품 해설** ——————

이종인

『걸리버 여행기』의 주요 부분은 묘사나 서술보다는 주로 대화의 형식을 통하여 메시지를 전달하고 있다. 가령 1부에서는 고관과 걸리버, 2부에서는 국왕과 걸리버, 3부에서는 발니바비 고관과 걸리버, 4부에서는 후이늠 주인과 걸리버의 대화가 중요한 부분이다. 여기에서 힌트를 얻어서 이 작품의 해설은 갑과 을을 가상하고 그들의 대화를 서술하는 형식으로 꾸며 보았다. 갑은 아무런 배경 지식 없이 이 소설을 한 번 읽은 독자이고, 을은 여러 번 읽고 각종 평론집과 연구서를 두루 섭렵하여 많은 배경 지식을 알고 있는 평론가이다.

갑: 이 소설을 읽고 나서 제일 먼저 드는 의문은 선장 걸리버와 작가 스위프트는 어떤 관계냐 하는 것입니다. 제가 보기에 두 사람은 동일한 인물인 것 같은데 이러한 관점이 타당한 것인지요?

을: 이 소설이 처음 발표되고 나서 150년 동안, 그러니까 20세기가 시작되기 직전까지는 걸리버가 곧 스위프트라는 관점이 우세했습니다. 그 주된 이유는 제4부에서 영국으로 귀국한 걸리버의 태도 때문이었습니다.

갑: 구체적으로 어떤 부분을 말씀하는 것인지요?

을: 영국으로 돌아온 걸리버는 아내도 멀리하고 마구간으로 가서 말들과 친하게 지내려 하는 등 비정상적인 행동을 보입니다. 이러한 광기가 이 글을 쓰던 시점(당시 작가는 59세)의 스위프트 자신의 광기와 비슷하다고 본 것입니다. 스위프트는 어릴 적부터 현기증과 난청 증세를 앓아왔는데 그 때문에 자신이 광인이 아닐까 하는 의심을 자주 했고 평소

에도 우울증이 심했다고 합니다. 그래서 성격이 까칠하고 하인들에게 성마르게 대하는 적이 많았다고 해요. 그 현기증은 19세기에 들어와 프랑스 의사 메니에르에 의해 메니에르 증세로 판명되었습니다. 그것은 내이(內耳)의 반원형 도관에 염증이 생겨서 현기증과 구토증세가 생기는 질병일 뿐, 정신병은 아닌 것으로 확인되었습니다. 하지만 『걸리버 여행기』를 쓸 당시에 스위프트는 자신에게 정신병이 있을지 모른다고 의심을 했을 법합니다. 그러나 그 소설을 쓰면서 『드레피어의 편지』라는 논문을 동시에 쓰고 있었으므로 정신에 이상이 온 상태는 아니었습니다.

갑: 정신병이 아닌 것으로 밝혀졌으니, 그렇다면 걸리버와 스위프트는 완전히 다른 사람이라는 뜻인가요?

을: 20세기에 들어와 평론가들은 걸리버는 걸리버, 스위프트는 스위프트라는 관점을 유지하기 시작했습니다. 그러니까 미친 것은 걸리버이지, 스위프트는 아니라는 관점이지요. 이것은 걸리버라는 인물을 해석하는 데 있어서 스위프트의 생애를 그대로 적용해서는 안 된다는 뜻이기도 합니다. 이처럼 걸리버와 스위프트는 분명 다른 사람이지만, 그렇다고 해서 분리해서 이야기할 수도 없는 관계입니다. 뭐라고 할까, 둘의 관계는 섞이지도 않으나 그렇다고 해서 완전히 떨어져 있는 것도 아닙니다. 왜 이런 이야기가 나오는가 하면, 제2부에서 거인국 황제와 이야기를 나눌 때, 그리고 제4부에서 후이늠 주인과 이야기를 나눌 때, 걸리버는 영국 왕실이나 정부의 내각, 그리고 영국의 헌법, 유럽의 정치적 상황 등에 대하여 아주 깊이 있게 거론하고 있습니다. 이런 식견과 통찰은 정계에 직접 몸담지 않은 사람은 쉽게 얻을 수가 없는 것입니다. 반면에 작품 속의 걸리버는 레이던 의과대학을 나와서 그 후 의사 개업을 하다가 다시 의사 생활, 그리고 마지막으로 선장이 된 사람입니다. 도저히 2부나 4부의 그런 정치적 식견을 보여줄 정도의 인물은 아닌 것입니다.

갑: 그런 미묘한 문제가 있군요. 먼저 이 소설을 읽은 제 소감을 말씀드리겠습니다. 1-3부의 이야기와 마지막 제4부의 이야기는 서로 일

체감을 이루지 못하는 것 같습니다. 순전히 이야기의 관점으로 보자면 4부는 1-3부와는 전혀 다른 이야기인 것 같아요. 1부에서 자유를 얻기 위해 애쓰고, 2부에서도 자유의 몸이 되기를 늘 소망하는 걸리버는 어려운 환경에서도 살아남기 위해 온갖 적응 능력과 모험심, 용기, 그리고 때로는 관대한 태도를 보입니다. 그리고 3부에서는 여러 괴상한 사람들을 만나서 인간이란 복잡 미묘한 존재라는 것을 관찰하게 됩니다. 특히 3부 말미에서 일본에 갔을 때 십자가를 밟지 않으려고 애쓰는 기독교인의 모습도 제시됩니다. 이렇게 여행한 경력이 거의 12년이나 됩니다. 걸리버는 자신의 총 여행 기간이 16년 7개월이라고 말했고 그중 후이늠의 나라에서 5년 있었으니, 이런 계산이 나옵니다. 그런 사람이 세상 많은 지역들 중 어느 한 지역에 있는 야후를 보고서, 또 후이늠의 덕성에 압도되어 자기 자신을 야후와 동일시하고 나중에 인간 세계로 돌아와서는 정신 이상의 행동을 보인다는 설정은 좀 황당하다는 느낌이 듭니다.

을: 먼저 십자가 밟기는 일본어로 에후미[繪踏]라고 하는데, 일본 도쿠가와 막부가 기독교를 금지하면서 1628년부터 나가사키 일원에서 시행되었고 실시 지역이 북부 큐슈로까지 확대되면서 1858년까지 이어졌습니다. 기독교 신자일 것으로 의심되는 사람은 성모 마리아, 아기 예수, 혹은 그리스도의 그림이 새겨진 동판(후미에)을 밟고 지나가야 했습니다. 이렇게 하여 일본 당국에 자신이 기독교인이 아니라는 것을 증명한 것이지요. 일부 기독교인들은 궁여지책으로 십자가 위에 그리스도가 아니라 붓다의 이미지를 새겨 넣어 그 위로 걸어감으로써 마음의 부담을 덜었다고 합니다.

걸리버의 광기 부분은 많은 사람들이 의아하게 여겨온 부분입니다. 그래서 평론가들은…

갑: 잠깐만요, 그 전에 저의 생각 한 가지를 더 말씀드리겠습니다. 1, 2, 3부에서 비교의 대상은 모두 사람 대 사람입니다. 그런데 4부에서는 사람이 아니라 짐승이나 다를 바 없는 야후가 등장하고, 이어 난데없

이 말이 등장합니다. 즉 인간 대 인간의 비교가 아니라, 말과 인간이 서로 비교되는 것입니다.

을: 야후와 말의 등장은 분명 곤란한 문제였습니다. 그래서 19세기 영국 소설가로 『허영의 시장』을 쓴 윌리엄 새커리는 4부의 인간 모독에 격분하면서 이 부분은 숙녀들은 읽지 않는 것이 좋겠다고까지 말했습니다. 새커리는 스위프트에 대해서도 이렇게 격렬하게 비난했습니다. "인류에 대하여 헛소리를 지껄이고 저주를 퍼붓는 괴물 같은 자이다. 예의를 산산조각내 버렸고, 남자다움과 수치심의 감정은 모두 내던졌다. 그 언어는 지저분하고 생각도 지저분하고, 미친 듯이 화를 내며 상스러운 말을 마구 내뱉는 자이다." 또 18세기 영국 평론가인 새뮤얼 존슨은 "소인과 거인을 생각해 내면, 나머지 부분은 써내려가기가 아주 쉽다"라고 하면서 3부와 4부는 다소 폄하하는 발언을 했습니다.

갑: 아까, 그래서 평론가들은…이라고 하다가 말이 끊겼는데요.

을: 그래서 평론가들은 걸리버의 광기를 풍자의 관점에서 보려고 합니다. 그들은 스위프트의 풍자를 두 가지로 설명합니다. 풍자에는 호라티우스 풍의 부드러운 풍자와, 유베날리스 풍의 신랄한 풍자가 있습니다. 가령 어떤 사람이 머리가 나쁜 것을 풍자하여, "머리를 도무지 사용하지 않으니 나이가 들었는데도 흰 머리카락이 하나도 없네" 하는 것이 호라티우스 방식이고, "그걸 머리라고 달고 다녀? 차라리 떼서 축구공으로 써!" 하는 것이 유베날리스 방식입니다. 스위프트는 1-2부에서는 호라티우스 방식을 사용했으나 뒤의 3-4부에서는 유베날리스 방식을 사용하고 있습니다. 말[馬]과 인간의 비교에 대해서 말해 보자면 이렇습니다. 제4부에서 말이 아니라, 완벽한 인간 대 걸리버를 설정하면 독자는 곧 그 완벽한 인간과 자신(독자)을 동일시하기 때문에 걸리버가 이야기를 전개하는데 곤란한 문제가 발생합니다. 주인공 걸리버를 따라가는 관점을 유지해야지, 그런 이상적 인간 쪽으로 독자의 관점을 전환시켜 놓으면 작품의 일관성(풍자정신)이 흐려진다고 본 것입니다. 걸리버를

주인공으로 유지하는 가운데 유토피아의 사상을 전개하려면 다소 파격적인 발상이 필요하여 말이 등장했다는 것입니다. 스위프트의 관점은 완벽한 사회를 건설하려고 하기보다는 현재의 불완전한 사회를 풍자하는 데 있었기 때문에, 일종의 충격 요법으로 말이 등장했다는 것이지요.

갑: 그러니까 풍자의 효과를 높이기 위해 말을 등장시켰다는 거군요.

을: 그렇습니다. 말의 등장을 좀 더 말해 보자면 이렇습니다. 스위프트가 대학을 다닐 때 배운 논리학 교과서는 물론 라틴어로 된 것이었는데, 그중 중요한 대목이 인간은 이성적 존재라는 것이고, 그에 대비되는 개념으로 말은 비이성적 존재라고 가르쳤습니다. 이 소설의 발표 당시 교양 있는 독자들은 이런 말과 인간의 대비를 금방 알아보았을 것으로 추정됩니다. 그래서 인간이 이성적 존재라고 하지만 실은 말보다 못한 비이성적 존재라고 가혹하게 풍자하기 위해 말이 동원된 것입니다. 방금 걸리버라는 인물의 성격적 불일치를 말씀하셨는데, 작가는 풍자의 메시지를 강력하게 전달하기 위해 캐릭터 빌딩(character building: 인물의 성격을 주도면밀하게 구축하기)을 어느 정도 희생시킨 것입니다.

갑: 그렇다면 이 소설은 여느 소설들과는 다르게 오로지 풍자 문학으로만 읽어야 한다는 뜻입니까?

을: 그렇지는 않습니다. 1-2부의 이야기는 그 자체로 떼어 놓고 읽어도 훌륭한 이야기가 아니겠습니까? 3-4부도 이야기로서 재미있다고 하는 독자들도 많습니다. 특히 나이 든 독자일수록 제3부의 라가도 학술원 이야기를 아주 매력적이라고 생각합니다. 게다가 이 작품이 나온 1720년대는 아직 오늘날 같은 리얼리즘의 전통이 수립된 시기가 아니었습니다. 소설이라고 해도 어떤 때는 에세이와 비슷하고 또 어떤 때는 논문하고 비슷하기도 해서 명확한 정체성이 확립되어 있지 않았어요. 이에 대해서는 스위프트의 논문 『통 이야기』가 좋은 사례입니다. 이 논문에는 많은 곁가지 이야기들이 나오는데, 『걸리버 여행기』의 제3부는 그런 곁가지로 읽으면 좋을 것입니다. 이 경우 1부, 2부, 4부는 당연히

이야기의 본류가 되는 것이고요.

갑: 1, 2, 4부 중 제4부의 풍자를 이 소설의 핵심으로 보아야 할까요?

을: 그렇습니다. 스위프트는 제4부를 쓰기 위해 나머지 1-3부를 쓴 것 같은 인상을 줍니다. 그러나 세심하게 읽어 보면 1-3부도 풍자의 요소가 많이 들어 있습니다. 1부에서 걸리버를 탄핵하면서 두 눈알을 뽑기로 한 것을 군주의 관대함이라고 말하는 부분이 나옵니다. 이것은 군주의 쩨쩨함을 정반대로 치켜세우면서 풍자하고 있는 것입니다. 2부에서는 걸리버가 국왕을 상대로 하나의 도시를 날려버릴 수 있는 포탄을 제조하는 법을 알고 있다고 하면서 자신의 능력을 과시하자, 국왕이 소인의 과도한 자부심을 비웃으며 벌레만도 못한 생각이라고 비난합니다. 3부에서는 라퓨타가 발니바비 섬을 식민 지배하는 과정을 묘사하고 있는데 실은 영국이 아일랜드를 식민 지배하는 모양이 그와 비슷하다고 풍자하는 것입니다. 스위프트는 1-2-3부를 지나가는 동안에 이러한 풍자의 강도가 점점 세어져 독자들이 제4부의 후이늠 풍자를 자연스럽게 받아들일 것으로 기대한 듯합니다.

갑: 저는 말의 갑작스러운 등장에 1-2-3부의 판타지가 오히려 사라지는 느낌이 들었는데요?

을: 그것이 소위 재현의 문제라는 것이지요. 작가의 구상과 작품 속의 재현은 완벽하게 일치하지 못합니다. 이것은 꿈을 생각해 보면 금방 이해가 됩니다. 꿈에서 우리는 사람과 사물을 마음대로 부릴 수 있습니다. 그러나 깨어 있을 때의 작가는 꿈속에서와 같은 재현을 할 수가 없습니다. 스위프트는 인간이 비이성적이고 사악한 존재라는 것을 풍자하기 위해 후이늠을 자신의 재현 수단으로 등장시켰습니다. 이러한 풍자의 수단이 타당한 것이냐에 대해서는 의문이 있을 수 있겠지만, 풍자의 대상은 정확하게 짚었습니다.

갑: 그 대상은 구체적으로 무엇입니까?

을: 인간이 과연 이성적인 존재냐 하는 것입니다. 영국 성공회 사제였

던 스위프트는 기독교의 원죄 사상에 입각하여 인간은 아무리 노력해도 완전히 이성적인 존재는 될 수 없고, 이성을 때때로 발휘할 수 있는 존재일 뿐이라고 생각했습니다. 그나마 그 얼마 안 되는 이성을 착한 일에다 쓰는 것이 아니라 사악한 짓을 하는 데 쓰니까 더 문제라고 보았어요. 바로 이것이 4부의 핵심 주제입니다.

갑: 인간성을 말씀하니까 한마디 하고 싶은데, 스위프트는 인간의 나쁜 면, 어두운 면만 보는 것 같습니다. 가령 걸리버의 예를 든다면, 걸리버는 소인국에서 블레푸스쿠 제국을 무력 정복하자는 릴리펏 황제의 제안을 거부합니다. 또한 거인국 왕은 폭탄(오늘날로 말하자면 핵폭탄)을 써서 사람을 죽이는 일에 동의하느니 왕국의 절반을 잃어버리는 게 낫다고 말합니다. 또 거인국에서 어린 소녀 글룸달클리치는 얼마나 정성스럽게 걸리버를 보살피고 사랑해 줍니까? 왜 걸리버는 인간의 이런 좋은 측면은 모두 거부하고 오로지 나쁜 면만 강조하면서 인간이 곧 야후라고 주장하는 것입니까?

을: 그런 염세적 태도는 스위프트의 우울증과 관련이 있다고 봅니다. 가령 그는 좌절과 실망이 많은 인생을 살아왔습니다. 유복자로 태어나 어머니와 소원한 관계였던 점, 늘 현기증과 난청 증세로 고통을 당하면서 자신이 광인이 되는 게 아닐까 우려한 점, 세 여자와의 관계가 성공적으로 끝맺어지지 못한 점, 영국에서 주교 자리를 얻을 것을 노리고 토리 정부에 적극 협력했으나 더블린으로 유배나 다름없는 보직을 받은 것 따위가 그를 우울하게 만들었을 법한 요소입니다. 그러나 작가 본인이 염세적인 사람인 것과 작품 속에 구현된 염세 사상은 엄연히 별개의 것입니다. 작품에서 제시된 상황이 걸리버를 우울하게 만들 만한 것이면, 걸리버는 얼마든지 우울한 사람이 될 수 있습니다.

갑: 그렇다면 무엇이 걸리버를 우울하게 만들었습니까?

을: 결국 거짓말입니다. 걸리버는 인간 사회에 만연한 거짓말을 혐오하고 비난하는 것입니다. 거짓말은 "있지도 않은 것(거짓말을 가리키는 후

이늠의 표현)"을 있는 것처럼 꾸며냅니다. 가령 비겁함을 용기라고 분식하고, 잔인함을 관대함으로 둔갑시키고, 폭력을 평화라고 말하는 것 등이 그것입니다. 이러한 거짓말 하기는 특히 정치가일수록 더욱 심합니다. 『걸리버 여행기』는 일관되게 영국의 정치 상황을 비판하고 있습니다. 제4부에서 영국의 지도층 인사들 가령 법관, 의사, 정치가 등을 모두 사기꾼으로 매도하는 장면은 통쾌하면서 유머러스하고 또 때로는 "야, 이거 너무 나간 거 아니야" 하는 생각이 들기까지 합니다.

갑: 그런 풍자의 대상이 되는 거짓말은 어디서 생겨나는 것입니까?

을: 거짓말은 인간이 언어를 사용하는 유일한 동물이라는 사실에서 비롯되는 것입니다. 언어는 부재 혹은 결핍을 전제로 합니다. 즉 없는 것을 일시적으로 있다고 가정합니다. 구체적으로 말하면 빵이라는 단어는 비록 빵을 가리키기는 하지만 실제 빵은 아닙니다. 빵을 가리킬 때마다 실제 빵이 주위에 있어야 한다면 우리의 일상생활은 엄청 불편해졌을 겁니다. 이처럼 언어는 없는 것을 가리키는 기능이 있기 때문에 얼마든지 거짓말을 할 수가 있는 겁니다. 4부 4장에서 후이늠 주인은 거짓말을 이렇게 정의합니다. "대화하는 이유는 서로 이해하고, 사실에 관한 정보를 얻기 위한 것인데, 누군가 '있지도 않은 것(거짓말)'을 말한다면 대화의 목적 자체가 성립되지 않는다. 듣는 사람이 말하는 사람의 말을 적절하게 이해하지 못하고, 정보를 받아들이기는커녕 정반대로 알아들어 아예 모르는 것보다 더 못한 상태가 되기 때문이다. 흰 것을 검다고 믿게 되고, 긴 것을 짧다고 믿게 되는 꼴이다."

후이늠 주인이 거짓말을 대하는 태도는 제3부에서 라가도 학술원 사람들이 언어 대신 사물을 들고 다니게 하자는 계획과 일맥상통하는 것이지요. 그런데 걸리버가 지적한 "인간 사이에서는 누구에게나 완벽하게 이해되고, 보편적으로 사용되는 거짓말의 기능"은 걸리버가 혐오하고 비난하는 부정적인 측면도 있지만, 반대로 긍정적인 측면도 있습니다. 가령 영국의 소설가 서머셋 몸은 "인간이 오로지 용무를 위해서만 말을 해야 되었다면 인간의 말은 곧 사라져 버렸을 것이다"라고 말한 바 있습니다. 말에는 놀이의 기능이 있어서 거짓말을 하면서도 진실을 말할 수 있고, 반대로 진실을 말하면서도 거짓을 말하는 놀이의 가능성이 있다는 것이지요. 인간의 풍자나 유머는 바로 이 거짓말과 진실의 경계 선상에서 생겨나고 또 말과 사물의 불일치를 지적하면서 생겨나기도 합니다.

갑: 풍자와 유머는 언어의 놀이 기능에서 나온다는 말인데 그렇다면 그 둘은 서로 관련이 있습니까?

을: 그렇습니다. 스위프트는 풍자만 하면 너무 신랄해지니까 유머로 그 분위기를 좀 조절한 것이 아닌가 생각합니다. 가령 1부에서 내각의 장관들이 밧줄 넘기로 좋은 자리를 차지한다는 이야기, 2부에서 걸리버가 잘난 체하다가 소똥 더미에 빠진 이야기, 3부에서 항문으로 바람을 집어넣어 개의 병을 고치려다 오히려 개를 죽인 이야기, 4부에서 변호사들이 남의 암소를 의뢰인의 것이라고 둘러대는 이야기 등은 언제 읽어도 참으로 유머러스한 이야기입니다. 사실 유머는 슬픔의 반대 얼굴입니다. "나는 울지 않으려고 웃는다"라는 말이 있는데, 슬픔에 맞서기 위해 유머가 존재하는 것입니다. 또 우리는 아주 불합리한 상황이나 사건을 겪으면 웃음이 먼저 나옵니다. 스위프트가 풍자하려는 대상도 너무나 말이 안 되기 때문에 이런 유머가 생겨나는 것입니다.

갑: 정말 그런데요. 사실 걸리버 자신도 거짓말로부터 완전히 벗어나지는 못하는 아이러니를 보입니다. 늘 자신이 진실을 말하고 있다고 하면서도, 실제로는 그렇지도 않습니다. 가령 1부에서 자신을 은밀하게 찾아온 사람이 없다고 했으나, 그의 탄핵 사건을 알려주기 위해 정부 고관이 은밀하게 찾아왔고, 2부에서 거인국 왕과 대화를 나눌 때 조국에게 불리한 것은 감추고, 또 제4부에서 후이늠 주인과 대화를 나눌 때 어떤 이야기는 비밀로 해 달라고 하여 주인을 은근히 타락시키고 있습니다.

제2부 끝부분에서 걸리버는 다른 여행기 작가에 대하여 이렇게 말

합니다. "진실을 말한다면서 그들 자신의 허영과 관심사를 말하고 독자의 오락에 골몰한다." 3-4부의 스위프트는 다른 여행기 작가들과 다를 바 없지 않은가요? 진실을 말한다고 하면서 그 자신의 허영("인간은 야후")과 관심사("인간은 비이성적 존재")를 말하고 있는 게 아닌가요? 반면에 1-2부는 독자를 아주 즐겁게 하고 있지 않습니까?

을: 위에서 잠깐 말했듯이, 그런 거짓말을 하면서 진실을 말하는 것이 풍자의 기본적인 자세입니다. 1735년에 나온 12절판 판본의 『걸리버 여행기』에는 걸리버의 초상화가 들어가 있는데 그 초상화 밑 부분의 설명에 이런 말이 나옵니다. 레뮤얼 걸리버 선장, 멋진 거짓말쟁이 선생Hon. Splendide Mendax. 이것은 거짓말을 하면서 진실을 말한다는 주장인데, 그의 이름 '걸리버Gulliver'와도 조응합니다. 걸리버는 '걸'(Gull: 바보 혹은 잘 속는 사람)과 '버'(ver: 진실 혹은 진리)의 합성어이니까요. 이 둘을 합치면 걸리버는 진실을 말하는 바보(혹은 거짓말쟁이), 즉 거짓인 것처럼 보이나 실은 진실인 것을 말하는 풍자가라는 뜻입니다.

그리고 독자를 즐겁게 하는 것은 스위프트의 일차적 집필 목표는 아닌 것 같습니다. 그는 독자를 즐겁게 하는 게 아니라 화나게 하고 또 세상을 바꾸기 위해 이 소설을 썼다고 했으니까요. 아무튼 걸리버가 믿기 어려운(거짓말하는) 화자인 건 분명한데 우리는 이런 화자에 맞서서 창조적 독자가 되어야 합니다. 다시 말해, 화자가 하는 말을 곧이곧대로 다 믿지 말고 독자 나름의 관점으로 다시 해석해야 한다는 것이지요.

갑: 그런데, 제4부의 후이늠 세계가 정말로 유토피아여서 인간 세계를 풍자할 만한 세계입니까? 아무런 향상의 노력도 없고, 마치 고여 있는 물처럼 너무나 갑갑한 세계가 아닙니까? 제가 보기에 이성의 지배만 받고 이성이 지시하는 대로 행동한다는 이야기도 전혀 설득력이 없습니다. 사람에게는 감성, 충동, 비이성, 그리고 의지가 있습니다. 이런 것들 덕분에 인간 사회는 역동적이고 변화가 많고, 그리하여 보람과 재미가 있습니다. 생활 속에는 사람을 행복하게 만드는 자그마한 사건들이

아주 많이 벌어집니다. 가령 봄, 가을에 핀 꽃을 바라보며 즐거워하는 것이나, 예전에 보았던 산과 들을 다시 되돌아보게 되는 감격이나, 보고 싶었던 친구가 갑자기 찾아올 때의 행복감이나, 전혀 선량한 행동을 하지 않을 것으로 보이던 사람이 갑자기 거액의 기부금을 사회에 기증한다거나 하는 변화가 발생합니다. 바로 이런 것이 인생의 멋진 모습이라고 생각합니다. 또한 상상력이 발휘되는 경우도 있는데 이성이 시키는 대로만 한다면 어떻게 사회가 발전할 수 있겠습니까? 달에 가고 싶다는 환상적 생각이 먼저 있어야 달에 갈 수 있는 것 아니겠습니까?

반면에 후이늠의 세계는 기쁨과 슬픔, 충동과 절제 등이 서로 균형을 이루는 것이 아니라 무관심과 냉담함이 지배하는 차가운 사회입니다. 그 세계는 사회를 재미있는 유원지로 보는 것이 아니라, 근엄한 신학교로 보는 것 같습니다.

을: 스위프트가 후이늠의 세계를 일종의 유토피아로 제시한 것은 분명합니다. 후이늠 세계를 묘사하는데 토머스 모어의 『유토피아』에서 전반적으로 힌트를 얻었고, 현명한 자들이 통치하는 사회는 플라톤의 『국가』에서, 그리고 제1부 소인국의 자녀 교육과 제4부 후이늠 자녀의 교육은 스파르타의 교육을 모델로 한 것인데, 플루타르코스의 『영웅전』 중 리쿠르고스 편에서 힌트를 얻은 것입니다. 아무튼 인간의 악덕을 전혀 모르는 세상을 설정하려다 보니 후이늠의 세계라는 개념을 설정한 것으로 보입니다. 말씀한 대로 후이늠은 이성을 가장 중시하는데 그 이성은 후이늠 주인이 인간의 이성을 이해하지 못하는 대목에서 잘 드러납니다.

"우리가 알고 있는 이성은 우리가 확실히 아는 것만 긍정하거나 부정하라고 가르치며, 우리가 확실히 알지 못하는 건 긍정도 부정도 하지 못하게 가르치기 때문이다. 따라서 어떤 명제가 거짓되거나 미심쩍은 경우에는 논란, 논쟁, 분쟁이 벌어지게 되는데, 후이늠들은 이런 것들을 알지도 못할 뿐만 아니라 모두 악으로 치부한다."(4부 8장)

다 알다시피 이성에는 순수 이성과 실천 이성이 있습니다. 순수 이성은 오로지 논리적 추론만으로 어떤 사물을 알아내려 하기 때문에 우리 마음(인식)의 제한을 받으며, 따라서 모든 지식은 상대적이라고 가정합니다. 반면에 실천 이성은 인간의 의지를 발동시켜서 우리에게 하느님, 자유의지, 영혼의 불멸 등 추상적인 것이 실재함을 확신시키는 이성입니다. 실천 이성 덕분에 인간의 도덕률이 확립되고, 도덕률은 그 경험적 내용이 아니라 그 실천적 원칙 때문에 보편적인 것이 됩니다. 만약 도덕률이 없다면 인간은 그 자신이 자유롭다는 사실을 결코 알지 못할 것입니다. 다시 말해 자유는 도덕적 범위 내에서만 비로소 자유로 인정받을 수 있는 것입니다. 위의 인용문에서 걸리버가 말하는 확실히 아는 범위 내에서의 논증은 순수 이성을 가리키고, 후이늠 주인의 주장은 실천 이성을 가리킵니다. 그리하여 후이늠 사회에서는 도덕률, 즉 선과 악의 구분을 아주 중시하는 것입니다.

이렇게 볼 때 후이늠의 이성은 실천 이성일 뿐, 세상에 있지 않거나 앞으로 있을 수 있는 것을 추론하는 능력은 아닙니다. 여기서 "있지도 않은 것"은 거짓말이 되지만 동시에 허구와도 상통하고 더 나아가 소설의 집필 같은 창작이나 새로운 물건의 발명에도 연결됩니다. 방금 말씀한 것처럼 아무도 달에 가 보지 않아서 달에 간다는 사실은 있지도 않은 것이지만, 먼저 그 생각(순수이성)을 했기 때문에 결국 달에 갈 수 있었던 것입니다. 스위프트는 인간 사회의 거짓말만 비판할 뿐, 자신의 거짓말(소설)이 역설적으로 인간 사회에 경종을 울릴 수 있다는 허구의 효과를 간과하고 있습니다. 제3부 2장에서 "라퓨타인들은 상상, 공상, 발명 등은 전혀 알지 못한다"라는 말이 나오는데 후이늠들의 생활이 바로 그러합니다. 만약 인간 사회에 이 세 가지가 없다면 세상은 얼마나 삭막하겠습니까?

걸리버는 후이늠의 실천 이성을 높이 평가하면서 있지도 않은 것(거짓말)을 밥 먹듯이 하는 인간을 증오하게 됩니다. 그러나 순수 이성을 부정하는 후이늠의 세계가 과연 유토피아의 모델이 될 수 있는가 하는 의문이 제기됩니다. 인간의 역사는 걸리버가 비난하는 것처럼 거짓말의 역사이기도 하지만, 동시에 사상의 자유의 역사이기도 하니까요.

제4부에서 후이늠 총회가 야후를 몰살하려는 계획을 세우다가 거기서 한 발 후퇴하여 야후 수컷을 거세해 버리면 한 세대 내에 그들이 모두 죽어버리는 효과가 발생한다는 이야기가 나옵니다. 이 부분은 2백년 뒤에 등장하는 히틀러의 나치 정권을 예고하는 엄청난 예지를 보여주지만, 이상사회를 묘사하려는 작가의 당초 의도를 크게 훼손하고 있습니다. 과연 나치 정권의 홀로코스트(인종 대학살)를 연상시키는 이런 사회가 유토피아 혹은 도덕적인 사회라고 할 수 있느냐 하는 것입니다.

또한 주인 후이늠과는 다르게, 총회에 모인 다른 후이늠들은 야후(걸리버)를 후이늠처럼 대하는 주인을 비난하며, 걸리버를 야후처럼 대하거나 아니면 고향으로 돌려보내라고 합니다. 야후든 후이늠이든 동물이기는 다 마찬가지 아니겠습니까? 단지 후이늠은 이성적으로 행동하기에 야후로부터 구분되는 것입니다. 그런데 후이늠들은 두 동물(야후와 후이늠)이 신체적으로 다르기 때문에 아예 다르다는 구분을 하고 있습니다. 실천 이성의 관점에서 보자면, 착한 야후가 곧 후이늠이 될 수도 있는데, 그것을 인정하지 않는 것입니다. 그러면서 총회의 포고를 권고라고 하는데, 이성적인 후이늠이 다른 후이늠에게 명령을 할 수는 없기에 그런 말을 쓴다고 덧붙입니다. 후이늠의 이성은 포고라는 형식적 절차만 따를 뿐, 정작 어떤 존재가 실제로 착한지 아닌지 따지는 실질적 판단은 하지 않습니다. 총회의 우려, 즉 착한 야후(걸리버)가 사악한 야후의 무리에게 들어가 반란을 일으키도록 사주할지도 모른다는 우려도, 합리적인 판단이라기보다는 동물적 공포의 반응입니다.

갑: 제4부는 야후를 인간과 똑같다고 묘사하고 있는데, 실은 원숭이의 묘사에 더 가깝습니다. 나뭇가지를 건너뛰면서 똥을 싸갈긴다는 설정은 원숭이 묘사에서 그대로 가져온 것입니다. 『걸리버 여행기』는 똥에 대

한 혐오감이 그대로 노출되어 있습니다. 또 여자에 대한 혐오감이 반복적으로 서술되고 있습니다. 똥과 여성 혐오는 서로 관련이 있습니까?

을: 똥과 오줌 이야기는 1-4부에 걸쳐서 나오고 있는데, 제4부에서는 야후를 지칭하는 대표적 용어입니다. 이것은 결국 독자에게 "너는 냄새 나는 똥을 싸는 육체적 존재이다"라는 메시지를 전달하려는 것입니다. 아마도 이런 메시지 때문에 윌리엄 새커리는 스위프트에 대해서 그처럼 격렬한 비난의 말을 쏟아낸 거겠지요. 그런데 배설은 호흡과 마찬가지로 인간이 반드시 해야 하는 자연스러운 신체 기능입니다. 스위프트가 이 배설에 대하여 혐오감을 느끼는 것은 그 행위 자체보다는 그 냄새 때문입니다. 이것은 다시 인간이 저지르는 온갖 도덕적·윤리적 악행惡行의 추악한 냄새와 연결이 됩니다.

이 분변학적糞便學的 이야기가 풍자의 최고점에 도달하는 것은 4부 7장에서 나오는 다음과 같은 이야기입니다. "이런[과식하는] 병은 야후의 대변과 소변을 섞은 것을 강제로 야후의 목에 밀어 넣는 방법으로 치료했다. 나는 이 방법이 성과를 거두는 걸 여러 번 목격했다. 여기서 나는 터놓고 조국 동포의 공익을 위하여 이 방법을 권하고자 한다." 이 문장을 읽으면 우리는 풍자가 너무 고약하고 지나치다는 느낌마저 받게 됩니다. '너는 똥이므로 너의 병은 똥으로 치료해야 한다'라는 뜻이니까요. 이 지독한 분변 혐오는 고약한 냄새라는 연결고리를 통하여 여성 혐오와도 연결이 됩니다.

가령 제2부에서 왕궁의 시녀들 몸에서 고약한 냄새가 난다는 표현이 있습니다. 그러나 여성 혐오의 주제는 제1부 6장에 나오는 고관 부인과 제3부 2장에 나오는 고관 부인 등 부정不貞을 저지르는 여자의 묘사에서 잘 드러납니다. 이 고관 부인은 스위프트가 그렇게 미워했던 조지 1세 시대의 최초 영국 총리인 로버트 월폴의 첫 번째 부인 캐서린 쇼터가 모델이라고 합니다. 그래서 이 이야기는 실은 월폴을 풍자하기 위한 것이라는 해석이 나옵니다. 집안의 아내도 하나 제대로 간수하지 못하는 자가 무슨 일국의 총리냐는 것이지요. 3부 6장에서는 정조와 순결을 지키는 여성에게 만약 세금을 매긴다면, 그런 여성은 너무 희귀하여 세금 징수원의 인건비조차 안 나올 것이라고 말합니다. 또 3부 8장에서는 소위 명문가에는 악당, 바보, 사기꾼들이 많이 태어나는데, 그 이유는 "사환, 하인, 종, 마부, 노름꾼, 사기꾼, 바람둥이, 선장, 소매치기 등이 명문가의 혈통에 대신 끼어들었기" 때문이라고 말합니다. 명문가 부녀자들의 부정에 대한 스위프트의 풍자가 너무나 지독하여 오싹하기까지 합니다. 제4부 7장에서는 여자 야후가 남자를 유혹하는 행태를 이렇게 묘사합니다. "암컷 야후는 자주 강둑이나 덤불 뒤에 서서 젊은 수컷이 지나가는 걸 보네. 그런 다음엔 수컷들에게 모습을 보였다가 숨고, 이어 아주 기괴한 몸짓과 표정을 끝도 없이 드러내지. 그때 암컷에게선 극도로 불쾌한 냄새가 나네. 수컷이 하나라도 다가오면 암컷은 천천히 물러나며 자주 뒤를 돌아보고, 겁을 내는 척하며 수컷이 틀림없이 쫓아오기 편리한 장소로 뛰어가네."

스위프트 본인의 여성 관계를 살펴보면, 에스터나 바네사는 먼저 스위프트에게 연모의 정을 품고 접근해 왔습니다. 이런 배경이 여성 혐오와 관련이 있지 않을까 하는 의심도 해보게 됩니다. 정신분석의 관점을 취하는 평론가들은 스위프트의 여성 혐오가 어릴 적에 어머니와 서먹했던 모자 관계가 영향을 미쳤을 것이라고 판단합니다. 정신분석에서는 아이가 어머니로부터 독립하여 자발적 의지와 자기 통제를 획득하는 과정을 항문기라고 하는데, 이 과정을 순조롭게 넘기지 못하면 배변에 대하여 혐오감을 갖게 된다는 것입니다. 그 혐오감은 일차적으로 자기 자신에 대한 혐오감으로 시작하고, 이것이 외부로 확대되면 여성 혐오증, 나아가 인간 전체에 대한 혐오증으로 확대된다는 것입니다. 배변 장애는 스트레스와도 깊은 관련이 있습니다. 예를 들어 집 안에서 아내에게 심한 정신적 긴장을 느끼는 어떤 남편은 집에 있을 때에는 똥이 잘 안 나오는데, 밖에 나오면, 가령 직장의 화장실 같은 데서는 배변이 잘 된다는 사례 보고도 있습니다. 여기서 똥은 정신분석의 관점에서 보자면 정액의 대체물이라고 해도 상관이 없을 것입니다.

그러나 조지 오웰은 이것과는 약간 다른 해석을 내놓고 있습니다. 스위프트가 성불능자였을지도 모른다고 본 것입니다. 성불능자일수록 인간의 배설물을 혐오하는 경향이 있습니다. 인간은 자기에게 없는 것을 부러워하거나 증오하는데 아마도 후자가 더 흔한 반응일 것입니다. 그러나 풍자의 관점에서 본다면, "모든 일의 밑바닥에는 여자가 있다"라는 말이 있듯이, 남자들이 저지르는 우행愚行의 대부분이 변덕스러운 여자 때문임을 풍자한다고 보아야 할 것입니다.

갑: 걸리버는 자신이 야후임을 확인하는 결정적 사건으로 여자 야후가 시냇가에서 자기에게 성적으로 접근해온 사건을 들고 있습니다. 후이늠의 지적도 그렇고 이 여자 야후 건도 그렇고 걸리버 자신의 내부적 깨달음보다는 이런 외부적인 것들 때문에 자신이 야후라고 생각하게 됩니다. 이것은 걸리버의 내면적 성격 구성에 좀 문제가 있는 게 아닐까요?

을: 내면적 깨달음에 대해서는 4부 7장 시작 부분에서 걸리버가 후이늠의 미덕에 감화되어 자신이 지금껏 갖고 있던 인간관을 완전히 바꾸고서 전과는 다른 사람이 되어 버렸다라고 서술한 내용이 있습니다. 그렇기 때문에 전적으로 외부적인 것 때문에 걸리버가 자신을 야후라고 생각하는 것은 아닙니다. 우리가 의문을 갖게 되는 점은 지금까지의 걸리버의 행적을 보았을 때 그런 극적인 변모가 타당한 것이냐 하는 것입니다.

여기서 일반 소설과 풍자 소설에서 등장인물의 성격 구성은 약간 다르다는 점을 감안해야 합니다. 가령 소인국에 간 걸리버가 황제와 사이가 틀어지게 만들려면 황제의 뜻을 거슬러야 하고 그러자면 쩨쩨한 황제에게 대비시키기 위하여 걸리버를 관대한 사람으로 만들어야 합니다. 또 거인국에 간 걸리버가 큰 동물이나 거인에게 밟혀 죽는 상황이 발생하면 안 되니까, 용감하고 씩씩하게 행동하도록 만들어야 합니다. 그래야 주인공이 죽지 않고 스토리가 계속 전개될 수 있으니까. 이런 식으로 일단 주인공을 관대한 사람, 용감한 사람으로 만들어 놓으면 그 다음에는 그를 갑자기 비겁한 사람 혹은 인색한 사람으로 표변시킬 수가 없습니다. 이것이 등장인물이 누리는 소설적 자유라고 하는 개념이고, 일반 소설이 준수하는 성격 구성의 원리입니다.

반면에 풍자소설은 메시지의 전달을 더 중시합니다. 그래서 소설적 자유를 어느 정도 희생시키더라도 갑작스런 장면 전환이나 기발한 생각을 제시하는 것입니다. 1-2부에서 걸리버는 용감하고 관대하고 모험적이고 합리적인 사람으로 제시됩니다. 그러다가 3부에서 걸리버는 1-2부와는 다르게 전편에 걸쳐서 아무런 행동 없이 주로 관찰만 하는데, 이 때문에 어떤 평론가는 3부는 아예 없는 것만 못하다고 논평하고 있습니다. 그러다가 4부에 들어서면 걸리버는 1-2부의 합리적인 사람에게서 기대할 수 있는 반응과는 정반대 되게도, 자신을 야후라고 확신하고 나아가 인류 전체를 야후라고 보게 됩니다. 이와 같은 180도 유턴은 일반 소설이라면 용납되기 어려운 것입니다.

갑: 그렇다면 스위프트가 그런 소설 구조의 피해를 감수해가면서까지 정말로 전하고자 하는 메시지는 무엇입니까?

을: 인간 사회가 지금처럼 겉으로는 이성적인 척하면서 속으로는 온갖 비이성적인 행동을 하는 것을 중지해야 한다는 것입니다. 스위프트는 사람이 이렇게 비이성적으로 행동하는 것은 자유가 없기 때문이라고 보았습니다. 다시 말해 도덕률을 엄격하게 지키지 않기 때문이라고 본 겁니다. 얼핏 생각하면 자유와 도덕은 서로 배치되는 것처럼 보이지만, 자유는 실은 자기 마음대로 행동하는 것이 아니라 자기가 옳다고 생각하는 바를 실천하는 것입니다. 그래서 자유는 도덕과 같은 것이 되고 실천 이성의 지향점이 되는 것입니다.

스위프트는 직접 작성한 묘비명에서 자신이 자유를 얻기 위해 평생 가슴에 맹렬한 분노를 간직하고 살아간 사람이라고 선언합니다. 또 사람들을 가리켜 여행자^{viator}라고 말하기도 합니다. 이 둘을 종합하면 여행자가 가장 중요시해야 하는 것은 지상에서의 자유라는 뜻입니다. 이 자유를 가져다주는 것은 진리인데 종교적 관점에서는 신앙입니다. 생애 후반기를 아일랜드에서 영국 성공회 주임 신부로 보낸 그의 경력이 『걸리버 여행기』에 반영되었다고 보아야 합니다.

갑: 작품 속에서는 그런 경력 혹은 신학사상이 직접 노출되어 있지는 않은 것 같은데요?

을: 그러나 여러 부분에서 암시되어 있습니다. 2부 거인국에서 사원 이야기와 안식일을 지킨다는 이야기가 나오는 것, 걸리버가 에후미를 피한 것, 또 2부 2장에서 걸리버가 자유에 대한 열망을 말한 것 등입니다. 그리고 4부 7장에서는 이런 말도 하고 있습니다.

"타락한 인간과 정반대 지점에 있는 저 훌륭한 네발 동물의 많은 미덕으로 나는 눈을 뜨게 되었고, 이해력도 넓히게 되었다. 그리하여 나는 무척 다른 관점으로 인간의 행동과 감정을 보기 시작했고, 동족의 명예는 신경 쓸 가치가 없다는 생각을 하게 되었다. 게다가 판단력이 예리한 주인 앞에선 그렇게 할 수밖에 없었다. 그는 매일 내 결점을 지적하며 수긍하도록 했는데, 전에는 단 한 번도 자각하지 못한 것이었다. 이런 결점은 우리 인간들 사이에선 결점 축에도 들지 않는 것이라 나는 정말로 놀랐다. 또한 나는 주인을 본보기로 삼고 배운 바가 있어 모든 거짓이나 속임수를 철저히 싫어하게 되었다. 내겐 진실이 무척 우호적으로 보였고, 그래서 진실을 위해 모든 걸 희생하기로 했다."

이 인용문은 신약성경에서 나오는 "진리(신앙)가 너희를 자유롭게 하리라"(요한복음 8:32)를 연상시킵니다. 이렇게 본다면 스위프트가 말한 여행자에게 꼭 필요한 지상地上의 양식糧食은 진리와 자유라는 이야기가 되는데 이것은 곧 그의 신학사상이기도 합니다. 진리는 사람에 의해 넓혀지고 가르침은 문장에 의해 밝혀진다는 말이 있는데, 스위프트는 『걸리버 여행기』로 그것을 실천하려 한 것입니다.

갑: 저는 중년의 독자이고 인생의 어려운 경험도 많이 해 왔지만 그런 대로 처자식을 거느리고 가장 노릇을 하며 살아가고 있습니다. 걸리버도 그런 가장이고 일관되게 가족을 사랑한다고 1-3부에서 말하고 있습니다. 그래서 저의 개인적 의견인데, 걸리버가 갑자기 염세주의자가 되지 말고, 그런 이상적 사회가 있다는 것을 인식하고 더욱 원숙한 지혜를 갖춘 사람으로 가족 품에 돌아와 사회 개혁에 나섰더라면 더 좋지 않았을까 하는 생각이 듭니다.

을: 독자로서는 그런 생각을 할 만합니다. 그러나 이 작품이 특별한 나라들로의 여행기이고 또 풍자 소설이라는 배경도 감안해야 합니다. 사실 고전은 어느 한 가지 해석만으로는 그 총체적 의미가 파악되지 않는데 『걸리버 여행기』 또한 마찬가지입니다. 지난 3백 년 동안 이 작품을 읽어온 독자들이 그랬듯이, 우리 독자는 처음 이 작품을 읽으면 분명한 해석과 결론을 내릴 수가 없어서 당황하게 됩니다. 가령 우리가 걸리버를 미친 사람이라고 결론지으면 우리는 야후의 특성을 많이 가진 현재의 세상이 아주 정상적인 세상이라고 인정해야 합니다. 반대로 우리가 현재의 세상을 걸리버가 주장하는 것처럼 미쳐 버리고 타락한 세상이라고 인정한다면, 우리는 마구간을 찾아가 하루 네 시간씩 말과 대화를 나누는 걸리버의 행동을 인정해야 하는 곤란한 입장에 빠지게 됩니다. 이렇듯 어떤 고정된 하나의 해석을 거부하기에 이 작품은 그만큼 도전적이고 자꾸만 되돌아와 읽게 되는 것입니다.

갑: 이 작품을 딱 한 번만 읽고서 제 머리 속에 떠오른 잡다한 생각과 질문에 자상하게 답변해 주신 것을 감사드립니다. 여러 가지 조언 덕분에 앞으로 이 책을 재독 삼독하게 될 것 같습니다.

현대지성 클래식 살펴보기